P9-CMN-450

TÚNELES 2
PROFUNDIDADES

© The Chicken House

RODERICK GORDON & BRIAN WILLIAMS

BRIAN WILLIAMS pasó sus primeros años en un pueblo minero de Zambia, antes de que su familia regresara a Liverpool. Estudió bellas artes en la prestigiosa Slade School of Fine Art y se dedicó a la pintura, a realizar instalaciones y al cine experimental. Más tarde trabajó en cine y televisión. Vive en Hackney en compañía de su perro invisible.

RODERICK GORDON nació y creció en Londres. Estudió biología en el University College, donde conoció al irrefrenable Brian Williams, un prometedor estudiante de arte. Años más tarde, después de que lo despidieran de su trabajo en la zona financiera de la ciudad, Roderick y Brian decidieron embarcarse en la aventura de escribir *Túneles*.

En la actualidad, Roderick vive en Norfolk, con su esposa y sus dos hijos.

Roderick Gordon – Brian Williams

Túneles 2

PROFUNDIDADES

Traducción de Adolfo Muñoz

PUCK

Argentina - Chile - Colombia - España
Estados Unidos - México - Uruguay - Venezuela

3 1357 00132 4299

6-5-13
W PK

DISCARDED

Título original: *Deeper*
Editor original: Chicken House
Traducción: Adolfo Muñoz

Original English language edition first published in 2008
under the title *DEEPER* by The Chicken House,
2 Palmer Street, Frome, Somerset, BA11 1DS.

Reservados todos los derechos. Queda ri-
gurosamente prohibida, sin la autoriza-
ción escrita de los titulares del *copyright*,
bajo las sanciones establecidas en las le-
yes, la reproducción parcial o total de
esta obra por cualquier medio o procedimiento, incluidos la reprografía y el tra-
tamiento informático, así como la distri-
bución de ejemplares mediante alquiler
o préstamo públicos.

Copyright 2008 © by Roderick Gordon and Brian Williams
Copyright 2008 © de las ilustraciones del interior *by* Brian Williams,
excepto «The Bridge» Copyright 2008 © *by* Roderick Gordon
Copyright 2008 © de la cubierta *by* David Wyatt
© de la traducción 2008 *by* Adolfo Muñoz García
© 2008 *by* Ediciones Urano, S.A.
  Aribau, 142, pral. – 08036 Barcelona
  www.mundopuck.com

ISBN: 978-84-96886-09-4
Depósito legal: NA. 2918 - 2008

Fotocomposición: Ediciones Urano, S.A.
Impreso por Rodesa S.A. – Polígono Industrial San Miguel
Parcelas E7-E8 – 31132 Villatuerta (Navarra)

Impreso en España - *Printed in Spain*

Nota del editor inglés

No sé vosotros, pero yo me moría por saber qué había pasado después del final de *Túneles*. Aunque estaba desesperado por cavar más profundo en todos esos misterios, los autores sólo revelaban algunos datos aislados de nuevos personajes y susurraban secretos sobre monstruos y extrañas inscripciones. «¡Contadme la historia, por favor!», les supliqué. Hasta que por fin, lo hicieron.

Es asombrosa.

Barry Cunningham

Abrí los oídos y escuché
las mazas que, noche y día,
demolían el palacio recientemente erigido,
golpeando hasta reducirlo a polvo y nada.
Hay otras mazas, acolchadas,
silenciosas mazas de la decadencia.

Las mazas, DE RALPH HODGSON (1871-1962)

PRIMERA PARTE

Descubrimientos

1

Las puertas del autobús se abrieron con un chirrido, depositaron a la mujer en la parada, y se cerraron con un chasquido metálico. Como si no le importara en absoluto el viento ni la fuerte lluvia que la azotaban, la mujer se quedó allí quieta, observando cómo volvía a arrancar el vehículo haciendo rechinar las marchas en el difícil descenso de la colina. Y sólo cuando el autobús hubo desaparecido tras los setos, se volvió para contemplar las pendientes cuajadas de hierba que se extendían a ambos lados de la carretera. Bajo el chaparrón, ambas pendientes se desleían en el gris del cielo, de manera que resultaba difícil decir dónde comenzaba una y dónde terminaba la otra.

Apretándose con fuerza el cuello de la gabardina, salió de allí, sorteando los charcos que había en el deteriorado asfalto del arcén que bordeaba la carretera. Aunque el lugar estaba desierto, vigilaba atentamente la carretera por delante de ella, y de vez en cuando volvía la vista atrás. No había en esa actitud nada especialmente sospechoso: en un lugar como aquél, tan aislado, lo más probable es que cualquier chica hubiera tomado las mismas precauciones.

Su aspecto no ofrecía muchas pistas sobre su identidad. El viento agitaba sin cesar el pelo castaño sobre su rostro de anchas mandíbulas, oscureciendo sus rasgos con un velo en perpetuo movimiento, y su ropa no llamaba la atención. Si alguien hubiera pasado por allí, la hubiera tomado por una vecina de la zona que volvía a casa, con su familia.

Pero la verdad no podía ser más diferente.

Se trataba de Sarah Jerome, una colona fugada que huía de la muerte.

Al llegar un poco más allá, se volvió de repente hacia el borde y se internó por una abertura del seto. Se metió en un pequeño hoyo al otro lado y, agazapada, se dio la vuelta para examinar la vista que tenía de la carretera. Allí permaneció unos cinco minutos, escuchando y observando ojo avizor, como un animal cuya vida peligra. Pero no vio otra cosa que el azote del agua y el rugido del viento: estaba completamente sola.

Se anudó un pañuelo a la cabeza y salió del hoyo. Alejándose a toda prisa de la carretera, cruzó el campo al abrigo de un destartalado muro de piedra. A continuación subió a buen paso la empinada cuesta, hasta alcanzar la cumbre de la colina. En aquel punto, en el cual su silueta se recortaba en el cielo, Sarah sabía que estaba muy expuesta, y sin perder tiempo empezó a descender por el otro lado hacia el valle que se abría ante sus ojos.

A su alrededor, el viento, canalizado por las curvas del terreno, enviaba el agua en remolinos, como diminutos tornados. A través de ellos, percibió con el rabillo del ojo algo que se agitaba. Se quedó petrificada, y se giró para ver aquella cosa pálida. Un escalofrío le recorrió la espina dorsal… Aquello no tenía nada que ver con la oscilación de las matas de brezo ni con la ondulación de la hierba agitada por el viento… Se movía con otro ritmo diferente.

Fijó la mirada en aquel punto hasta distinguir de qué se trataba. Allí, en plena ladera, salió a la vista un pequeño cordero, que retozaba y hacía cabriolas entre las matas de cañuela. Delante de sus ojos, el cordero corrió a esconderse entre unos raquíticos arbolillos, como si algo lo hubiera asustado. Sarah se estremeció. *¿Qué era lo que lo había hecho escapar? ¿Había alguien* *más por allí cerca? ¿Otro ser humano?* Se puso tensa, pero se volvió a relajar cuando vio que el corderillo volvía a salir al claro, esta vez acompañado por su madre, que pacía sin prestar atención mientras la cría se restregaba contra su costado.

Era una falsa alarma, pero el rostro de Sarah no reflejó asomo de alivio ni de regocijo. Sus ojos no se prendieron del cordero cuando volvió a corretear, con su lana virgen que parecía algodón, en marcado contraste con la lana áspera y sucia de su madre. No había tiempo para tales entretenimientos en la vida de Sarah, ni en aquel momento ni nunca. Ella estaba ya repasando la ladera opuesta del valle, escudriñándola en busca de cualquier presencia sospechosa.

Volvió a ponerse en camino por entre la céltica quietud de la frondosa vegetación y sobre las lisas piedras hasta llegar al arroyo que corría por lo hondo del valle. Sin dudar un instante, pisó en las aguas cristalinas y caminó con decisión por ellas, modificando su dirección para seguir la del arroyo, y utilizando las piedras cubiertas de musgo para pisar sobre ellas siempre que eso le permitía avanzar más aprisa.

Cuando creció el nivel del agua, amenazando con metérsele por los zapatos, dio un salto para volver a la orilla, que estaba alfombrada de una mullida capa de hierba recortada por las ovejas. Pero siguió caminando aprisa, sin descanso, y antes de que pasara mucho tiempo, vio una alambrada oxidada, y a continuación la senda agrícola que sabía que iba por el otro lado.

Entonces vio lo que había estado buscando. En el punto en que la senda agrícola cruzaba el arroyo, había un rudimentario puente de piedra, cuyos bordes, erosionados, reclamaban a gritos una reparación. El camino que ella llevaba, a la vera del arroyo, la llevaba derecha allí, y en su impaciencia por llegar, echó a correr hacia aquel punto. Alcanzó su destino pocos minutos después.

Agachándose bajo el puente, se detuvo para liberar su pelo del pañuelo y secarse la humedad de los ojos. Después cruzó al otro lado, donde se quedó completamente inmóvil, escudriñando el horizonte. Se acercaba la noche, y el destello rosáceo de las luces recién encendidas comenzaba a filtrarse por la pantalla de robles que ocultaba completamente el distante pueblo, salvo la punta de la aguja de la iglesia.

Regresó hasta un punto situado en la mitad de la parte inferior del puente y se agachó cuando se le enganchó el pelo en la áspera piedra que tenía por encima de la cabeza. Localizó un bloque irregular de granito que sobresalía ligeramente de la superficie. Con ambas manos, comenzó a extraerlo moviéndolo a izquierda y derecha, y después arriba y abajo, hasta que salió completamente. Tenía el tamaño y el peso de varios ladrillos de obra, y el esfuerzo le arrancó un gruñido al agacharse para dejarlo en el suelo, a sus pies.

Se irguió, miró en el hueco y metió el brazo hasta el hombro para tentar el interior. Tuvo que apretar la cara contra el muro de piedra, y encontró entonces una cadena de la que intentó tirar. Estaba atascada. Por mucho que lo intentara, no conseguía moverla. Lanzó una imprecación y, aspirando fuerte, se colocó lo mejor que pudo para volver a intentarlo. Esta vez la cadena cedió.

Nada sucedió durante un rato, mientras seguía tirando con la mano de la cadena. Después oyó un sonido, como un trueno que estallara en las mismas profundidades del puente.

Ante ella se abrieron, escupiendo polvo de argamasa y de líquenes secos, unas junturas hasta ese momento invisibles. Toda una sección del muro retrocedió para elevarse después, dejando abierto un agujero irregular del tamaño de una puerta. Todo terminó con un ruido sordo que hizo temblar la totalidad del puente, y volvió a hacerse un silencio en que sólo se oía el murmullo del arroyo y el golpeteo de las gotas de lluvia al caer.

Penetrando en el oscuro interior, sacó de un bolsillo una linternita de llavero y la encendió. El círculo de tenue luz le mostró que se hallaba en una cámara de unos quince metros cuadrados, que tenía un techo lo bastante alto para permitirle estar de pie. Miró a su alrededor observando las motas de polvo que flotaban perezosamente en el aire, y las telarañas, espesas como restos de un tapiz podrido, que engalanaban la parte superior de los muros.

Había sido construido por el tatarabuelo de Sarah el año antes de llevarse a su familia al mundo subterráneo para iniciar con ella una nueva vida en la Colonia. Maestro cantero de oficio, había utilizado toda su habilidad para conseguir ocultar la cámara dentro del ruinoso puente, utilizando a propósito un lugar situado a varios kilómetros de cualquier parte, y al que se llegaba por una senda agrícola apenas transitada. Por qué motivo se había tomado tanto trabajo, era algo que ni siquiera los padres de Sarah habían sido capaces de explicarle. Pero fuera cual fuera el propósito original, aquél era uno de los poquísimos lugares en que se sentía realmente a salvo. Podía no estar en lo cierto, pero el caso es que estaba segura de que nadie la encontraría allí jamás. Se quitó el pañuelo, se soltó el pelo y se relajó.

Sobre el suelo cubierto de arenilla, sus pies quebraron el silencio sepulcral al acercarse a la estrecha repisa de piedra que había en la pared opuesta a la entrada. A cada extremo de la repisa había un oxidado hierro vertical. Unas fundas de piel cubrían las puntas.

—Hágase la luz —dijo en voz baja. Alargó las manos y simultáneamente sacó ambas fundas para dejar libres dos esferas luminiscentes, sujetas sobre cada uno de los hierros por una garra herrumbrosa.

No más grandes que mandarinas, de cada una de las cristalinas esferas salió una misteriosa luz de color verde de tal intensidad que se vio forzada a taparse los ojos. Era como si su energía hubiera estado fortaleciéndose bajo las fundas de cuero y se desprendiera ahora a raudales en su recién recuperada libertad. Acarició con las yemas de los dedos una de las esferas, palpando su superficie fría como el hielo, y sintió un ligero estremecimiento, como si ese contacto estableciera algún tipo de conexión con la oculta ciudad donde tales esferas eran comunes.

Cuánto dolor y sufrimiento había soportado bajo aquella misma luz.

Posó la mano en la parte superior de la repisa, y la hundió en la gruesa capa de polvo que la cubría.

Tal como esperaba, su mano encontró una pequeña bolsa de plástico. Sonrió, la levantó y la sacudió para desprenderle la suciedad. La bolsa estaba cerrada con un nudo que rápidamente deshizo con sus fríos dedos. Sacó de dentro el trozo de papel cuidadosamente doblado y se lo acercó a la nariz para olerlo. Olía a viejo y húmedo. Podía asegurar que el mensaje llevaba allí varios meses.

Aunque no siempre había algo esperándola cada vez que iba por allí, se reprochó severamente no haber acudido antes. Pero raras veces se permitía consultar aquel «buzón» secreto en intervalos menores de seis meses, porque tal actividad resultaba peligrosa para todos los implicados. Aquéllas eran las únicas ocasiones en que entraba en contacto indirecto con alguien perteneciente a su vida anterior. Siempre había un riesgo, por pequeño que fuera, de que el correo fuera seguido al salir de la Colonia para salir a la superficie en Highfield. Tampoco podía ignorar la posibilidad de que lo hubieran descubierto en el viaje desde el mismo Londres. No se podía estar seguro de nada. El enemigo era paciente, absolutamente paciente y calculador, y Sarah sabía que nunca cejarían en sus esfuerzos por capturarla y matarla. Tenía que vencerlos con sus propias armas.

Consultó el reloj. Siempre cambiaba su ruta hacia y desde el puente, y no le quedaba mucho tiempo para la caminata a través del campo hasta el pueblo en que tenía que coger el autobús para volver a casa.

Hubiera debido ponerse en camino, pero el ansia de recibir noticias sobre su familia era demasiado fuerte. Aquel papel era la única conexión que tenía con su madre, su hermano y sus dos hijos: para ella era como una cuerda de salvación.

Necesitaba saber qué decía. Volvió a oler la carta.

Aparte de esa necesidad que sentía de enterarse de cualquier cosa sobre ellos, había algo más que la empujaba a quebrantar el procedimiento cuidadosamente diseñado que seguía de manera infalible cada vez que se acercaba al puente.

Era como si el papel desprendiera un olor distinto y poco grato, un olor que dominaba entre la mezcolanza de olores a moho de la fría y húmeda cámara. Era fuerte y desagradable: era el olor de las malas noticias. Hasta entonces sus premoniciones habían acertado y le habían sido útiles, y no estaba dispuesta a empezar a ignorarlas.

Con creciente aprensión, miró fijamente la luz de la esfera más próxima, jugando con el papel entre los dedos mientras resistía el impulso de leerlo. Después, consternada por su propia debilidad, hizo una mueca y desdobló el papel. De pie ante la repisa de piedra, examinó la carta bajo la verdosa iluminación.

Frunció el ceño. La primera sorpresa fue ver que el mensaje no estaba escrito de puño y letra de su hermano. Aquella letra algo infantil le resultaba desconocida. Siempre era Tam quien escribía. Su premonición había acertado: comprendió de inmediato que había algún problema. Le dio la vuelta al papel para buscar un nombre al final de la carta. «Joe Waites», pronunció en voz alta, sintiéndose cada vez más inquieta. Eso no presagiaba nada bueno. En ocasiones, Joe actuaba de correo, pero el mensaje lo escribía Tam.

Temerosa, se mordió el labio y empezó a leer, recorriendo velozmente con la vista las primeras líneas.

—¡No, Dios mío! —soltó con la voz ahogada, negando con la cabeza.

Volvió a leer la primera cara de la carta, incapaz de aceptar lo que ponía, diciéndose que debía haberlo entendido mal, o que tenía que haber un error por alguna parte. Pero era clara como la luz del día, y las frases, formadas de manera muy simple, no dejaban lugar a la confusión. No tenía tampoco razón alguna para dudar de lo que decía: aquellos mensajes eran lo único en que confiaba, el elemento permanente en su vida nómada y sin descanso. Le daban un motivo para seguir.

—No, Tam no… Tam no… —gemía.

Como si hubiera recibido un golpe físico, cayó sobre la repisa de piedra y se apoyó en ella con todo su peso para sostenerse.

Aspiró hondo, temblando, y se obligó a dar la vuelta a la hoja y leer el resto, mientras con la cabeza negaba enérgicamente y murmuraba:

—No, no, no… No puede ser…

Como si la primera cara no fuera lo bastante terrible, lo que había en el reverso era sencillamente más de lo que era capaz de asimilar. Con un grito, se apartó de la repisa y se dirigió al centro de la cámara. Balanceándose y rodeándose con los brazos, alzó la cabeza y miró al techo sin ver.

De repente, sintió la necesidad de salir. Atravesó la salida a toda prisa, frenética. Dejó el puente tras ella, sin detenerse. Mientras avanzaba ciegamente por un lado del arroyo, se iba haciendo de noche y la lluvia seguía cayendo en forma de una persistente llovizna. Sin saber adónde la conducían sus pasos ni preocuparse de ello, corrió por la hierba empapada, resbalándose.

No había llegado muy lejos cuando tropezó y cayó de bruces en el centro del arroyo, salpicando agua por todas partes. Se puso de rodillas. La cristalina agua la abrazaba por la cintura, pero su pena era tan devastadora que no notó el contacto helado. La cabeza le daba vueltas sobre los hombros, como poseída por el más intenso de los sufrimientos.

Hizo algo que no había hecho desde el día que escapara a la Superficie, el día en que había abandonado a sus dos niños y a su marido: empezó a llorar, al principio tan sólo unas pocas lágrimas, pero después fue incapaz de controlarse y las lágrimas le cayeron por las mejillas a borbotones, como si se hubiera roto un dique.

Lloró hasta que no le quedaron lágrimas. En el momento en que se puso en pie lentamente, luchando contra la creciente corriente del arroyo, su rostro era una airada y fría máscara de piedra. Sus manos chorreantes se cerraron, y levantó al cielo los puños al tiempo que gritaba con toda la fuerza de sus pulmones: un grito salvaje y primigenio que recorrió el vacío valle.

2

—¡Entonces mañana no hay cole! —gritó Will a Chester en el Tren de los Mineros que los alejaba de la Colonia y los hundía velozmente en las entrañas de la Tierra.

Se desternillaron de risa, pero la risa duró poco y enseguida se quedaron callados, sintiéndose contentos de estar de nuevo juntos. Mientras la locomotora de vapor avanzaba traqueteando por los raíles, los dos muchachos permanecieron inmóviles sobre el suelo del enorme vagón descubierto en el que Will había encontrado a Chester oculto bajo una lona.

Unos minutos después, Will levantó las rodillas y se frotó una de ellas, que le había quedado dolorida después de tirarse a ciegas al tren, unos kilómetros antes. Al verlo, Chester le dirigió una mirada interrogante, a la que Will respondió levantando el pulgar y asintiendo con la cabeza para mostrar su entusiasmo.

—¿Cómo has llegado aquí? —gritó Chester tratando de hacerse oír por encima del estrépito del tren.

—¡Cal y yo —respondió Will gritando igualmente, y señalando por encima del hombro para indicar la parte de delante del tren, donde había dejado a su hermano. Después señaló con un movimiento de la mano el techo lleno de centellas del túnel— saltamos…! ¡Imago nos ayudó!

—¿Eh?

—¡Imago nos ayudó! —repitió Will.

—¿Imago? ¿Eso qué es? —gritó Chester aún más fuerte, poniéndose la mano en la oreja.

—No importa —dijo Will moviendo exageradamente los labios y negando con la cabeza, con la esperanza de que pudieran comunicarse leyéndose los labios. Sonrió a su amigo y le gritó—: ¡Mola que estés bien!

Quería darle la impresión a Chester de que no había nada de lo que preocuparse, aunque el futuro lo aterrorizaba. Se preguntaba si su amigo sabía que se dirigían a las Profundidades, un lugar del que la gente de la Colonia hablaba con espanto.

Will volvió la cabeza para echar un vistazo a la pared del fondo del vagón. Por lo que había visto hasta aquel momento, la locomotora y cada uno de los vagones que arrastraba estaban construidos en una escala varias veces más grande que cualquier tren que hubiera visto en la Superficie. No le hacía ilusión pensar en el lugar en que su hermano lo esperaba. Llegar hasta allí no había sido hazaña pequeña. Will era consciente de que el más pequeño error al pasar de un vagón a otro podría haber supuesto caer a la vía, y con toda seguridad ser aplastado por las gigantescas ruedas que giraban, a veces desprendiendo chispas, sobre los gruesos raíles. Se le hacía duro pensar en ello. Tomó aire.

—¿Listo para ir? —le gritó a Chester.

Su amigo asintió con la cabeza y se irguió con movimientos inseguros. Aferrándose a la pared posterior del vagón, se aseguró frente al incesante balanceo del tren, mientras éste tomaba una serie de curvas en el interior del túnel.

Iba vestido con la chaqueta corta y los gruesos pantalones que constituían el atuendo habitual en la Colonia, pero cuando la chaqueta se le abrió, lo que vio Will le dejó estupefacto.

En el colegio, a Chester lo llamaban el Armario por su imponente corpulencia, pero, mirándolo ahora, parecía haberla perdido completamente. A menos que la luz lo engañara, Chester tenía la cara demacrada y su cuerpo había perdido gran parte de su masa. Lo más increíble es que, a los ojos de Will, tenía un aspecto de fragilidad. Will conocía bien las espantosas condiciones en que se vivía en el Calabozo, porque no mucho después de que él y Chester llegaran por primera vez al mundo subterráneo los había atrapado un policía de la Colonia y los había metido en una de las celdas oscuras y mal ventiladas de la prisión. Pero Will sólo había permanecido allí alrededor de dos semanas, en tanto que Chester había sufrido mucho más tiempo aquella terrible experiencia. Meses.

Will se dio cuenta de la manera en que estaba observando a su amigo, y se apresuró a apartar la mirada de él. Se sentía culpable porque él era la causa de todo lo que Chester había tenido que soportar. Él, y solo él, había arrastrado a su amigo a todo aquello, empujado por su carácter impulsivo y por la terca determinación de encontrar a su padre.

Chester dijo algo, pero Will no entendió una palabra, estando como estaba examinándolo a la luz arrojada por la esfera que tenía en la mano mientras trataba de adivinar sus pensamientos. Tenía cada centímetro de la cara cubierto por una espesa capa de suciedad depositada por el humo sulfúreo al que se hallaban expuestos de manera constante. Era una capa tan gruesa que parecía una máscara hecha con negro de humo, interrumpida sólo por el blanco de los ojos.

Por lo poco que podía ver Will, Chester no parecía, desde luego, la imagen misma de la salud. Bajo la suciedad del humo, podían apreciarse manchas abultadas de color amoratado, algunas con una cierta rojez donde la piel parecía haberse abierto. El pelo, que le había crecido tanto que se le rizaba en las puntas, estaba lleno de grasa y pegado a los lados de la cabeza. Y por la manera en que Chester le devolvía la mirada, Will supuso que su propio aspecto debía de resultar igual de chocante.

Con cierta incomodidad, se pasó la mano por el pelo sucio y blanquecino, que nadie había cortado desde hacía varios meses.

Pero en aquel momento había cosas más importantes de qué preocuparse. Se desplazó hasta la pared posterior del vagón, y estaba a punto de encaramarse a ella cuando se detuvo y se volvió hacia su amigo. Chester se mantenía a duras penas sobre los pies, aunque era difícil saber hasta qué punto eso se debía al irregular balanceo del tren.

—¿Te sientes capaz? —gritó Will.

Chester asintió con poco entusiasmo.

—¿Estás seguro? —volvió a gritarle.

—¡Sí! —gritó su amigo en respuesta, asintiendo con la cabeza, esta vez más decididamente que antes.

Pero el proceso de pasar de un vagón a otro era cosa peliaguda, por decirlo de la manera más suave posible, y tras atravesar cada uno, Chester necesitaba para recuperarse un descanso cada vez más prolongado. Y no facilitaba las cosas el hecho de que el tren, según parecía, fuera ganando velocidad. Era como si los chicos estuvieran luchando contra vientos de fuerza diez, con los rostros azotados y los pulmones llenándose de pútrido humo cada vez que respiraban. Además de esto, estaban las ráfagas de cenizas y ascuas que brillaban por encima de sus cabezas como luciérnagas muy gordas. Por supuesto, conforme el tren aceleraba, parecía haber cada vez más ascuas iluminando la turbia penumbra que los rodeaba con su estela anaranjada. Al menos eso tenía la ventaja de que Will no necesitaba sacar su esfera de luz.

Avanzaron por la fila de vagones cada vez más despacio, pues Chester tenía muchas dificultades para mantenerse en pie, pese a que usaba las paredes de los vagones para sujetarse.

No pasó mucho tiempo antes de que resultara evidente que no podía seguir. Cayó a cuatro patas, y no pudo hacer otra cosa que seguir a su amigo en aquella postura, muy lentamente y con la cabeza gacha. Pero Will no iba a seguir como si tal cosa, dejando que Chester se las apañara como pudiera. Sin hacer caso de sus protestas, le pasó el brazo alrededor de la cintura y le ayudó a levantarse.

Requería un enorme esfuerzo cargar con Chester en los cambios de vagón que quedaban, y Will tenía que ayudarle en cada centímetro del camino. Cualquier error podía hacer que uno de los dos, o ambos, acabara entre las enormes ruedas del tren.

Will se sintió más aliviado de lo que hubiera podido explicar cuando vio que sólo les quedaba un vagón que cruzar, porque dudaba sinceramente de que pudiera seguir cargando con su amigo mucho más tiempo. Sujetando a Chester, ambos llegaron a la pared del último vagón y se agarraron a ella.

Will respiró hondo varias veces, preparándose. Chester movía con debilidad sus extremidades, como si apenas tuviera control sobre ellas. Para entonces Will soportaba la totalidad de su peso, y apenas era capaz de moverse. La maniobra ya era bastante difícil de por sí, pero intentar llevarla a cabo con el equivalente a un gran saco de patatas bajo el brazo, resultaba excesivo. Will reunió todas las fuerzas que le quedaban para transportar a su amigo. Entre tensiones y gruñidos, lo lograron finalmente, y en el suelo del último vagón se dejaron caer.

Resultaron bañados de inmediato por una luz intensa. Numerosas esferas de luz del tamaño de canicas grandes corrían sueltas por el suelo. Se habían salido de una endeble caja que había amortiguado la caída de Will sobre el vagón. Aunque ya se había metido unas cuantas en los bolsillos, sabía que tendría que hacer algo con el resto, porque lo último que podía permitirse era que alguno de los colonos que iban en el tren viera la luz y se acercara a echar un vistazo.

Pero por el momento tenía las manos ocupadas, ayudando a su debilitado amigo a ponerse en pie. Con el brazo alrededor de Chester, Will dio patadas a algunas de las esferas que se cruzaban en su camino para no resbalar al pisarlas. Corrieron desordenadamente por el suelo, dejando tras de sí una estela luminosa y chocando con otras esferas a las que pusieron en movimiento, como si se hubiera puesto en marcha una reacción en cadena.

Will respiró con esfuerzo, notando el agotamiento mientras cubrían la escasa distancia que les quedaba. Aunque hubiera perdido peso, Chester no resultaba en absoluto una carga ligera. Tropezando una y otra vez, envuelto en la intensa e inquieta luz, Will tenía el aspecto de un soldado que ayudara a su compañero herido a regresar a sus posiciones mientras una bengala enemiga los descubría en tierra de nadie.

Chester parecía no comprender apenas lo que había a su alrededor. El sudor le caía a chorros de la frente, abriendo grietas en la máscara de suciedad que le cubría el rostro. Will notaba que el cuerpo de su amigo temblaba violentamente contra el suyo, mientras él respiraba con jadeos entrecortados y superficiales.

—Ya llegamos —le dijo a Chester al oído, animándolo a proseguir mientras llegaban a la parte del vagón en que estaban apiladas las cajas—. Cal está justo ahí.

Mientras se aproximaban, Cal estaba sentado de espaldas a ellos. No se había movido del lugar en que lo había dejado Will, entre las cajas astilladas. Varios años más joven que éste, su hermano recién descubierto guardaba con él un asombroso parecido. Cal era también albino y tenía el mismo pelo blanco y anchas mandíbulas que habían heredado de su madre, a la que ninguno de los dos había llegado a conocer. Pero ahora Cal tenía la cabeza agachada y sus rasgos quedaban ocultos mientras se masajeaba suavemente la nuca. Al dejarse caer sobre el tren en marcha, no había tenido tanta suerte como su hermano.

Will ayudó a Chester a llegar a una caja sobre la que éste se dejó caer, agotado. Después Will se acercó a su hermano y le dio una palmada en el hombro, intentando no producirle un susto de muerte. Imago les había dicho que estuvieran alerta porque había colonos en el tren. Pero en ese momento Will no tenía realmente de qué preocuparse respecto a asustar a su hermano, porque Cal estaba tan metido en sus dolores que apenas reaccionó a sus palmadas. Sólo unos segundos después, y tras varias quejas poco audibles, Cal se dio la vuelta sin dejar de masajearse el cuello.

—¡Lo he encontrado, Cal! ¡He encontrado a Chester! —intentó gritar Will, aunque las palabras apenas le salieron. Cal y Chester se miraron, pero ninguno de ellos habló porque se encontraban demasiado lejos uno del otro para poder comunicarse. Aunque ya se habían conocido antes, eso había ocurrido en la peor de las circunstancias posibles, cuando tenían a los styx pisándoles los talones. Y en aquella ocasión no habían tenido tiempo para muchas cortesías.

Dejaron de mirarse y Chester se bajó de la caja al suelo del vagón, donde apoyó la cabeza en las manos. Evidentemente, el paseo que acababan de dar había acabado con todas las fuerzas que le quedaban. Cal volvió a masajearse la nuca. No parecía en absoluto sorprendido de que Chester se encontrara en el tren, o tal vez fuera que no le importaba. Will se encogió de hombros.

—¡Dios mío, vaya par de supervivientes! —dijo con voz normal para que ninguno de los dos lo oyera por encima del fragor del tren. Pero cuando recordó el futuro que les esperaba, se sintió como si un ratón le royera las entrañas.

Según todos los indicios, se dirigían a un lugar del que incluso los colonos hablaban en voz baja, con respeto. Desde luego, para un colono era uno de los peores castigos imaginables ser «desterrado» allí, a las tierras yermas.

Y los colonos eran una raza extraordinariamente dura, que durante siglos había soportado las peores condiciones de vida en su mundo subterráneo. Así que, si era tan terrible el lugar al que los llevaba el tren, ¿cómo se las iban a apañar ellos? No tenía duda de que iba a ser una dura prueba para los tres. Y estaba claro también que ni su amigo ni su hermano se encontraban en las mejores condiciones, justo en aquel momento, para afrontar nuevos riesgos.

Flexionando el brazo y notando lo rígido que estaba, Will se metió la mano bajo la chaqueta para palparse la herida que tenía en el hombro. Lo había atacado un perro, uno de los feroces perros de presa empleados por los styx, y aunque Imago le había curado las heridas, no se hallaba tampoco en perfectas condiciones. Sin pensar, dirigió la mirada a las cajas de fruta fresca que los rodeaban. Al menos tendrían comida suficiente para reponer fuerzas; pero, por lo demás, apenas se encontraban preparados para nada.

Sentía una responsabilidad inmensa, como si le hubieran atado enormes pesas a cada hombre y no tuviera modo de librarse de ellas. Había implicado a Chester y Cal en aquella caza quimérica en busca de su padre, que ahora se hallaba en algún punto de las tierras desconocidas a las que se acercaban en cada recodo de aquellos túneles retorcidos. Eso en caso de que el doctor Burrows siguiera vivo… Will meneó la cabeza.

¡No! No podía permitirse el lujo de albergar pensamientos negativos. Tenía que seguir, con la esperanza de encontrar a su padre. Y después de dar con él se arreglaría, tal como soñaba… Los cuatro (el doctor Burrows, Chester, Cal y él) trabajarían juntos, como un solo hombre, y descubrirían cosas inimaginables y maravillosas…, civilizaciones perdidas, tal vez nuevas formas de vida… Y después… después ¿qué?

No tenía ni la más remota idea.

No podía adivinar lo que sucedería. Por mucho que lo intentara, no podía saber cómo resultaría todo. Lo único que sabía era que acabaría bien, y que la clave para lograrlo era encontrar a su padre. Eso era lo que tenían que hacer.

3

Desde diferentes puntos de la planta, las máquinas de coser repiqueteaban y las prensas de planchado les respondían con su silbido, como tratando de comunicarse unas con otras.

Donde se sentaba Sarah, el murmullo aflautado de una emisora de radio, siempre presente como fondo, trataba en vano de traspasar el barullo de las máquinas. Apretando el pedal con el pie, la máquina despertó ronroneando al tiempo que metía un hilo a través de la tela. Todo el mundo trabajaba a máxima velocidad porque era necesario que la ropa estuviera lista para el día siguiente.

Sarah levantó la vista al oír gritar a alguien, una mujer que se abría camino por entre los bancos de trabajo hacia sus compañeras, que esperaban a la salida. Al reunirse con ellas, se pusieron a charlar bulliciosamente, como una bandada de ocas excitadas, y después salieron por las puertas de vaivén.

Cuando las puertas se cerraron tras ellas, Sarah levantó la vista hasta los sucios cristales de los altos ventanales de la fábrica. Vio que el cielo se estaba nublando, y se oscurecía tanto como si estuviera anocheciendo, aunque no era más que mediodía. Quedaban muchas otras mujeres en aquel piso de la fábrica, cada una de ellas aislada de las demás bajo un cono de luz irradiado por la lámpara que tenían sobre la cabeza y que iluminaba el duro trabajo que trataban de terminar.

Sarah apretó el botón que tenía bajo el banco para apagar la máquina y, cogiendo la gabardina y la bolsa, se fue hacia la puerta a toda velocidad. Atravesó las puertas de vaivén asegurándose de que no hacían ningún ruido al cerrarse, y recorrió el pasillo. Por la ventana del despacho vio al encargado de la planta, que se encorvaba sobre el escritorio, absorto en el periódico. Sarah debería comunicarle que iba a salir, pero tenía prisa por coger el tren y, además, cuanta menos gente supiera que se iba, mejor.

Al salir a la calle, observó las aceras por si encontraba a alguien que le resultara sospechoso. Era algo que hacía ya de manera automática, sin siquiera darse cuenta. Su instinto le dijo que la calle era segura, y siguió colina abajo, abandonando la carretera principal para tomar una ruta más larga de lo necesario.

Después de tantos años viviendo como un fantasma, cambiándose de un trabajo a otro cada pocos meses y de vivienda con parecida regularidad, vivía entre los invisibles, los inmigrantes ilegales y los delincuentes de poca monta. Pero aunque ella era una especie de inmigrante, no era ninguna delincuente. Aparte de asumir diferentes identidades a lo largo de los años, no se le hubiera ocurrido quebrantar la ley de ninguna otra manera, ni aunque se viera desesperadamente necesitada de dinero. No: cualquier ilegalidad acarrearía el riesgo de ser arrestada y fichada. Y de esa forma, habría dejado un rastro por el que podrían encontrarla.

Porque los primeros treinta años de la vida de Sarah no habían sido exactamente lo que uno esperaría.

Sarah había nacido bajo tierra, en la Colonia. Su tatarabuelo, junto con varios centenares de hombres más, había sido elegido para trabajar en la ciudad oculta, jurando lealtad a sir Gabriel Martineau, el hombre al que consideraban su salvador.

Sir Gabriel les había asegurado a sus fieles seguidores que, en una fecha no especificada, el corrupto mundo de la Superficie sería barrido por un dios airado y vengativo. Todos cuantos habitaban allí arriba, los Seres de la Superficie, serían exterminados, y entonces su gente, la grey de los puros, regresaría a su legítimo hogar.

Y ahora Sarah temía lo mismo que temían sus descendientes: a los styx. Esta policía religiosa imponía el orden en la Colonia con eficiencia brutal e inquebrantable. Por increíble que pareciera, Sarah había logrado escapar de la Colonia, y los styx no se detendrían ante nada para capturarla y aplicarle un castigo ejemplar.

Entró en una plaza y la recorrió entera, comprobando que no la habían seguido. Antes de volver a la carretera principal, se escondió tras una camioneta aparcada.

La que salió un poco después de detrás de la camioneta era una persona de aspecto muy diferente. Le había dado la vuelta a la gabardina para transformar su tela de cuadros verdes en un gris triste, y se había atado al cuello un pañuelo negro transparente. Al recorrer la distancia que le quedaba hasta la estación del tren, esa ropa la hacía casi invisible contra las sucias fachadas de los edificios de oficinas y las tiendas por las que pasaba, como si fuera un camaleón humano.

Levantó la vista al oír los primeros sonidos del tren que se aproximaba. Sonrió: su cálculo del tiempo había sido perfecto.

4

Mientras Cal y Chester dormían, Will hizo balance de la situación.

Mirando a su alrededor, comprendió que la mayor prioridad en aquellos momentos era ocultarse. Le pareció muy improbable que alguno de los colonos hiciera algún tipo de registro mientras el tren seguía en movimiento. Sin embargo, si el tren se detenía, entonces sería importante que él, Chester y Cal estuvieran preparados. ¿Qué podía hacer? Tal vez no gran cosa, pero le pareció que no estaría de más volver a colocar de manera algo diferente las cajas rotas. Fue arrastrándolas y colocándolas en torno a Cal y Chester, que seguían durmiendo. Las apiló unas encima de otras y dejó en medio espacio suficiente para que se pudieran esconder los tres.

Al hacerlo, se dio cuenta de que las paredes del vagón de delante eran más elevadas que las del vagón en que se encontraban, y que las de cualquiera de los que había atravesado en su anterior expedición en busca de Chester. Parecía que Imago, ya fuera por suerte o por cálculo, los había dejado caer en un lugar relativamente protegido, donde estaban hasta cierto punto al abrigo del humo y el hollín que echaba la locomotora que iba en cabeza.

Tras colocar en su sitio la última de las cajas y retroceder un poco para admirar con suficiente perspectiva su obra, su mente pasó enseguida a la segunda prioridad: el agua. Se las podían arreglar con la fruta, pero realmente necesitarían beber algo antes de que pasara mucho tiempo, y también estaría bien contar con las provisiones que Cal y él habían comprado en la Superficie. Eso significaba que alguien tendría que aventurarse para recuperar las mochilas de los vagones de delante, donde Imago las había dejado caer. Y estaba claro que ese alguien tendría que ser él.

Manteniendo el equilibrio con los brazos extendidos, como si estuviera en la cubierta de un barco con la mar picada, miró la pared de hierro que iba a tener que trepar. Levantó los ojos hasta lo alto de ella, que resultaba claramente recortada por el resplandor anaranjado de las ascuas que pasaban por encima. Le pareció que tenía cuatro o cinco metros de alto, casi el doble que los vagones de cola que había atravesado antes.

«¡Vamos, gallina, tienes que hacerlo!», se dijo, y entonces echó una carrera a toda velocidad para saltar a la pared del vagón en que se hallaba y aferrarse desde allí a la pared, mucho más alta, del siguiente vagón.

Por un momento pensó que había calculado mal y estaba a punto de deslizarse y caer. Agarrándose con las manos lo mejor que podía, revolvió los pies hasta que encontró dónde colocarlos.

Se felicitó a sí mismo, pero no tardó en darse cuenta de que no se encontraba en el mejor sitio posible para quedarse colgado: tanto un vagón como el otro se balanceaban violentamente y lo zarandeaban, amenazando con arrancarlo de su precaria posición. Y no se atrevía a mirar abajo, a los raíles que corrían a sus pies, por temor a perder los nervios.

—¡Tengo que lograrlo! —gritó y, con toda la fuerza de sus piernas y brazos, trepó hasta arriba. Se deslizó por el lado interior del vagón y cayó hecho una bola. Lo había conseguido: estaba dentro.

Al sacar la esfera de luz para echar a su alrededor un vistazo en condiciones, le decepcionó ver que el vagón parecía vacío, salvo por unos pequeños montones de carbón. Siguió adelante, y dio las gracias en silencio al descubrir las dos mochilas caídas al final del vagón. Las recogió. Con toda la precisión de que era capaz, arrojó primero una y luego otra al vagón contiguo.

Al volver donde Chester y Cal, comprobó que seguían profundamente dormidos. Ni siquiera se habían dado cuenta de que habían caído por milagro dos mochilas junto a su escondite. Sabiendo lo débil que estaba Chester, decidió prepararle un bocadillo sin perder un instante.

Cuando, después de zarandearlo enérgicamente, Will logró incorporar a Chester lo suficiente para que pudiera coger lo que le ofrecía, su amigo se lanzó sobre el bocadillo. Sonreía a Will entre un bocado y el siguiente, y devoraba el bocadillo acompañándolo con agua de una de las cantimploras. Después, sencillamente, volvió a quedarse dormido.

Y así fue como ocuparon las horas siguientes: durmiendo y comiendo. Se preparaban extraños bocadillos de grueso pan blanco rellenos con secas tiras de cecina de rata y con repollo. Hasta se sirvieron las poco apetecibles tabletas de hongos (que constituían el alimento básico de los colonos, elaboradas con las setas gigantes a las que llamaban *boletos edulis*), que tomaban sobre gofres untados con una gruesa capa de mantequilla. Y para acabar cada uno de aquellos banquetes, comían tanta fruta que muy pronto acabaron con toda la que había en las cajas rotas y se vieron obligados a abrir otras nuevas.

Y el tren seguía rugiendo y haciendo su camino, hundiéndolos más y más bajo la corteza de la Tierra. Will comprendió que era inútil intentar hablar con los otros, y en vez de eso se acostó boca arriba, escudriñando el túnel. No dejaba de resultarle fascinante observar cómo penetraba el tren por entre los distintos estratos. Se fijaba en las diferentes capas de roca metamórfica que iban atravesando, y apuntaba como un estudioso en su cuaderno todas sus observaciones, con letra tambaleante. Aquél sería un informe geológico que acabaría con todos los informes geológicos del mundo. Desde luego, dejaría reducidas a nada sus propias excavaciones en Highfield, donde no había hecho más que arañar la corteza terrestre.

También observó que la pendiente del túnel variaba considerablemente. Había tramos, que se prolongaban varios kilómetros, que estaban claramente hechos por la mano del hombre, y en los cuales el tren descendía más suavemente. Después, con mucha frecuencia, la vía se nivelaba al atravesar por cavernas naturales en las que podían ver espeleotemas que formaban elevadas empalizadas. La verticalidad de estas construcciones dejaba sin aliento a Will, que no podía apartarse de la cabeza su aspecto de catedrales derretidas. Algunas estaban rodeadas de fosos de agua oscura que llegaba hasta la misma vía. Después había tramos que parecían una montaña rusa y que resultaban tan empinados que, si pillaban durmiendo a los chicos, los hacían rodar y chocar unos con otros antes de que despertaran.

De repente sintieron un estruendo muy fuerte, como si el tren se hubiera salido de la vía. En aquel momento los chicos se encontraban sentados, y se miraron anonadados cuando vieron salir de lo alto agua a borbotones. Estaba caliente, y fue inundando el vagón, empapándolos a los tres como si se hubieran metido bajo una cascada. Empezaron a reírse y a agitar los brazos bajo los torrentes de agua hasta que, tan de repente como había comenzado, el diluvio cesó y volvieron a quedarse en silencio.

De ellos y del suelo del vagón se desprendió un poco de vapor, que fue inmediatamente arrastrado por la estela del tren. Will había notado que aumentaba claramente el calor conforme avanzaban en su camino. Esto había resultado al principio apenas perceptible, pero después la temperatura había empezado a ascender de forma alarmante.

Después de un rato, los tres se desabrocharon las camisas y se quitaron las botas y los calcetines. El aire era tan caliente y seco que se turnaban para subirse a las cajas de fruta que no estaban rotas y recibir un poco de brisa. Will se preguntaba si sería ya siempre así a partir de aquel momento. ¿Resultarían las Profundidades insoportablemente calurosas, como la bocanada que suelta un horno cuando se abre la puerta? Porque aquello era como si circularan por la autopista que llevaba al mismísimo infierno.

Sus pensamientos quedaron bruscamente interrumpidos cuando los frenos chirriaron con una fuerza tal que se vieron obligados a taparse los oídos. El tren aminoró la marcha y finalmente se detuvo con una sacudida. Varios minutos después oyeron un chasquido que provenía de algún lugar del tren por delante de ellos y, finalmente, el rotundo estrépito del metal que golpea una roca. Will se puso las botas a toda prisa y se dirigió a la parte delantera del vagón. Allí se izó para mirar por encima de la pared del vagón y ver qué pasaba.

No sirvió de nada. Por delante, el túnel tenía un brillo rojo apagado, pero todo lo demás estaba cubierto por nubes de humo. Chester y Cal se acercaron a Will y estiraron el cuello tratando de ver algo por encima de los vagones. Con la locomotora parada, el nivel de ruido había descendido hasta aproximarse al silencio, y cualquier sonido que hicieran ellos, como una tos o el arrastrar de una bota, parecía remoto e insignificante. Aunque era una oportunidad para hablar, no hacían más que mirarse sin saber qué decir. Por fin, Chester rompió el silencio:

—¿Ves algo? —preguntó.

—¡Sí!, ¡que parece que estás mucho mejor! —le respondió Will. Su amigo se movía con más seguridad, y se había izado hasta ponerse a su lado sin ninguna dificultad.

—Lo único que tenía era un poco de hambre —murmuró Chester, sin darle importancia, apretándose la oreja con la palma de la mano como si intentara calmar la sensación producida por el repentino silencio.

Oyeron un grito, la voz profunda de un hombre que retumbaba en la parte de delante, y se quedaron paralizados.

Aquel grito era un claro recordatorio de que no se hallaban solos en el tren. Había, claro está, un maquinista, posiblemente acompañado por un ayudante, según les había advertido Imago, y otro colono en el furgón de cola. Y aunque esos hombres sabían que Chester se hallaba a bordo, y sería misión suya conducirlo a donde tuvieran que conducirlo al llegar a la Estación de los Mineros, Cal y Will eran polizones, y con toda probabilidad habrían puesto un precio a sus cabezas. De ningún modo podían permitir que los descubrieran.

Los chicos se intercambiaron nerviosas miradas, y a continuación Cal se alzó un poco más en la pared del vagón.

—No veo nada —dijo.

—Lo intentaré por aquí —sugirió Will, y desplazándose con las manos, se dirigió hacia el rincón del vagón para poder ver mejor. Aguzó la vista mirando hacia el lateral del tren, pero entre el humo y la oscuridad no pudo distinguir nada. Se volvió al lugar en que estaban colgados los otros dos.

—¿Crees que estarán haciendo un registro? —preguntó a Cal, que se limitó a encogerse de hombros y a mirar hacia atrás con nerviosismo.

—¡Dios mío, esto es sofocante! —susurró Chester, resoplando. Y tenía razón: sin la brisa del movimiento, el calor resultaba casi insoportable.

—Sí, pero ahora ése es el menor de nuestros problemas —murmuró Will.

Entonces la locomotora volvió a trepidar, y después de una serie de empellones volvió a ponerse en marcha. Los muchachos siguieron donde estaban, obstinadamente colgados de la alta pared del vagón, y enseguida quedaron inmersos en el estruendoso tumulto de ruido y humo cuajado de hollín.

Cuando comprendieron que no tenía objeto seguir en aquella posición, se dejaron caer de un salto y regresaron a su escondite, aunque siguieron vigilando desde lo alto de las cajas. Fue Will quien comprendió el motivo de la parada.

—¡Ahí! —gritó, señalando algo mientras el tren reemprendía la marcha. Había dos enormes puertas de hierro abiertas incrustadas en las paredes del túnel. Los tres se levantaron para ver.

—¡Compuertas de tormenta! —le gritó Cal—. Las cerrarán en cuanto pasemos. Ya lo verás.

Antes de que hubiera terminado de decirlo, los frenos chirriaron otra vez y el tren empezó a aminorar la marcha. Volvió a detenerse con otra sacudida que derribó al suelo a los tres muchachos. Hubo una pausa y después volvieron a oír el ruido metálico, esta vez detrás de ellos. El ruido culminó en un estruendoso golpe, que les hizo rechinar los dientes y que hizo temblar el túnel, como si hubiera sido una explosión.

—¿No os lo dije? —presumió Cal durante el rato de silencio—. Son compuertas de tormenta.

—Pero ¿para qué son? —le preguntó Chester.

—Para evitar que toda la fuerza del Viento del Levante llegue a la Colonia.

Chester lo miró sin comprender.

—Sí. El viento sopla con una furia tremenda desde el Interior —respondió Cal a su mirada interrogante, y añadió—: Es bastante lógico, ¿no? —Puso los ojos en blanco como si pensara que la pregunta de Chester era muy tonta.

—Seguramente Chester no ha presenciado ninguno hasta ahora —se apresuró a explicar Will—. Chester, imagínate un polvo espeso que llega del lugar al que vamos, de las Profundidades.

—¡Ah, muy bien! —respondió su amigo, y se volvió. Will no pudo dejar de notar el gesto de irritación que aparecía en su rostro. En ese momento tuvo el presentimiento de que la vida con Chester y Cal no iba a ser fácil. Nada fácil, con los dos juntos.

Mientras el tren comenzaba a recuperar velocidad, los muchachos volvieron a ocupar su posición entre las cajas de fruta. Durante las siguientes doce horas atravesaron muchas más compuertas como aquéllas. Cada vez que se paraban, los tres vigilaban por si a alguno de los colonos se le ocurría ir a ver cómo estaba Chester. Pero no se acercó nadie, y después de cada interrupción los muchachos recuperaban su rutina de comer y dormir. Consciente de que tarde o temprano llegarían al final del recorrido, Will empezó a prepararse. Encima de todas las esferas de luz sueltas que él ya había guardado en las dos mochilas, metió toda la fruta que pudo. No tenía ni idea de dónde ni cuándo podrían encontrar comida en las Profundidades, y le parecía que lo mejor sería cargar con todas las provisiones que pudieran.

Dormía profundamente cuando lo despertó de súbito el tañido de una campana. En un estado de confusión, sin haber despertado del todo, lo primero que pensó fue que se trataba de la alarma de su reloj, que lo despertaba para ir al colegio. De manera automática, su mano se dirigió al lugar en que debía estar su mesita de noche, pero en vez de con el reloj sus dedos se toparon con el suelo cubierto de polvo del vagón.

La mecánica insistencia de la campana lo despertó por completo y se puso en pie de un salto, restregándose los ojos. Lo primero que vio fue a Cal poniéndose los calcetines y las botas de manera frenética, mientras Chester lo observaba desconcertado. La estruendosa campana seguía sonando, retumbando en las paredes del túnel y más allá, por detrás de ellos.

—¡Vamos, vosotros dos! —vociferó Cal a pleno pulmón.

—¿Por qué? —preguntó Chester moviendo los labios y mirando a Will, que observó la expresión de angustia en el rostro de su amigo.

—¡Ya estamos! ¡Preparaos, rápido! —exclamó Cal cerrando la solapa de su mochila.

Chester le dirigió una mirada inquisitiva.

—¡Tenemos que tirarnos! —le gritó el más pequeño de los chicos señalando el tren con gestos—. ¡Antes de llegar a la estación!

5

Sarah se dirigía a Londres en un tren muy diferente al que transportaba a sus dos hijos. No quiso quedarse dormida; pero durante mucho rato fingió que lo estaba, entrecerrando los ojos, para evitar cualquier tipo de relación con otros pasajeros. El vagón en que iba se fue abarrotando de gente durante las frecuentes paradas del final del trayecto. Se sentía muy incómoda, porque en la última parada había subido un hombre de barba sucia y alborotada, un pobre vestido con abrigo de tela escocesa y que llevaba en las manos una variopinta colección de bolsas de plástico.

Tenía que tener cuidado. A veces «ellos» se hacían pasar por mendigos y vagabundos. El único cambio que requería el rostro chupado del styx medio era dejarse crecer la barba durante unos meses y embadurnarla de suciedad, para volverse imposibles de distinguir de los pobres infortunados que se encuentran por las esquinas de cualquier ciudad.

Era una artimaña inteligente. Disfrazados de esa manera, los styx podían meterse en cualquier parte sin despertar recelos de los Seres de la Superficie. Y lo mejor de todo era que les permitía ocupar puestos de vigilancia en las abarrotadas estaciones de tren durante días y días, controlando a los pasajeros que iban y venían.

Sarah había perdido la cuenta de las veces que había visto merodeando en las puertas vagabundos que, bajo su pelam-

brera sucia y apelmazada, la escudriñaban con sus ojos cristalinos de negras pupilas que dirigían hacia ella.

Pero ¿sería aquel vagabundo uno de ellos? Observó su reflejo en las ventanillas mientras él sacaba una lata de cerveza
de una mugrienta bolsa de plástico. Tiró de la anilla para
abrirla y empezó a beber derramando una buena parte por la
barba. En más de una ocasión lo sorprendió mirándola directamente. La suya parecía una mirada borrosa, y a ella no le
gustaron sus ojos, que eran de un negro azabache y tendían a
entrecerrarse, como si no estuviera acostumbrado a la plena
luz del día. Todo eso eran malos indicios, pero aunque le hubiera gustado hacerlo, no se cambió de asiento, porque lo último que deseaba era llamar la atención.

De forma que se quedó allí sentada, rechinando los dientes, hasta que el tren llegó a la estación de St. Pancras. Fue de
los primeros pasajeros en bajarse del tren y, una vez atravesa-
da la barrera, se encaminó a toda prisa hacia la zona de las
pantallas interactivas. Mantuvo la cabeza agachada para evitar que su cara apareciera en las cámaras de seguridad repar-
tidas por el lugar, y se llevó un pañuelo a la cara cada vez que
pensaba que podía estar al alcance de una de ellas. Se paró
delante del escaparate de una tienda, observando al vagabundo mientras cruzaba el vestíbulo.

Si era un styx, o uno de sus agentes, sería mucho mejor no
separarse de la multitud. Sopesó las probabilidades de escapar. Estaba meditando si sería buena idea subirse a un tren
que estuviera a punto de salir, cuando, a menos de quince
metros de ella, el vagabundo se detuvo para rebuscar algo entre las bolsas. Después, insultando de manera incoherente a
un hombre que le pasó rozando, empezó a andar hacia las
puertas principales de la estación con andares inseguros y
tambaleantes, con los brazos extendidos como si empujara
un imaginario carrito de la compra con una rueda atascada.
Sarah lo vigiló mientras salía por la puerta principal de la estación.

Entonces se sintió casi totalmente segura de que se trataba de un auténtico vagabundo, y además ella estaba impaciente por continuar su camino. Así que tomó una dirección al azar, atravesó por entre la multitud y abandonó la estación por una salida lateral.

En el exterior hacía buen tiempo, y las calles de Londres estaban abarrotadas. Perfecto. Justo lo que quería. Era mejor tener alrededor una muchedumbre de gente. Se estaba mucho más segura disimulada entre un montón de gente, porque ante un montón de testigos era mucho más difícil que los styx intentaran algo.

Siguió caminando a buen paso, dirigiéndose hacia el norte, hacia Highfield. El ruido del intenso tráfico se amalgamaba hasta formar un solo estrépito continuo y uniforme, que llegaba a través del pavimento hasta las plantas de sus pies, y de allí le subía al estómago. Por extraño que pareciera, eso la hacía sentirse mejor: era una vibración constante y reconfortante que le producía la sensación de que la ciudad, en sí misma, era un ser vivo.

Mientras caminaba contemplaba los nuevos edificios, y volvía la cabeza para no salir en ninguna de las cámaras de seguridad que había en ellos. Se quedaba atónita de ver cuánto había cambiado la ciudad desde la primera vez que estuvo en Londres. ¿Cuánto hacía?, ¿casi doce años?

Se dice que el tiempo lo cura todo. Puede ser, pero eso depende de lo que suceda durante ese tiempo.

Durante muchos años la vida de Sarah había sido monótona y triste, y tenía la sensación de no haber estado realmente viva. Aunque hubiera ocurrido hacía ya mucho, su huida de la Colonia seguía produciéndole recuerdos dolorosos.

Al caminar, se daba cuenta de que no podía contener la ráfaga de recuerdos que se cernían sobre ella, abrumándola. Empezó a revivir las apabullantes dudas que la habían asaltado al escapar de una pesadilla para meterse en otra, en aquella tierra ajena en la que el brillo del sol resultaba angustioso y todo era diferente y extraño. Y lo peor de todo, la desgarraba el sentimiento de culpa por haber abandonado a sus dos hijos.

Pero no había tenido opción, había tenido que irse. Su hijo, con apenas una semana de edad, había contraído una fiebre horrible que se apoderaba de él, sacudiéndolo con violentos temblores a la vez que lo consumía. Incluso ahora, tanto tiempo después, Sarah oía el interminable llanto y recordaba la indefensión en que se sentían ella y su esposo. Habían implorado al doctor que les diera algún medicamento, pero él les explicaba que en su negro maletín no tenía nada que darles. Ella se había puesto como loca, pero el doctor se había limitado a negar con la cabeza en un gesto adusto y a evitar su mirada. Sarah sabía perfectamente lo que significaba aquel gesto que el médico hacía con la cabeza. Sabía la verdad: en la Colonia, medicinas tales como los antibióticos escaseaban siempre. Las pocas de las que disponían eran para uso exclusivo de las clases dominantes: los styx, y puede que un grupo muy selecto de la élite dentro de la Junta de Gobernadores.

Había otra alternativa: ella había sugerido comprar penicilina en el mercado negro, y quería pedirle a su hermano Tam que le consiguiera un poco. Pero el marido de Sarah fue categórico: «No puedo aprobar esas prácticas», fueron las palabras que pronunció dirigiendo una sombría mirada al niño, que se debilitaba a cada hora que transcurría. Después había mascullado comentarios sobre la posición que ostentaba en el seno de la comunidad y la obligación que tenía de respetar y hacer respetar sus valores. A Sarah todo eso le importaba un comino: sólo quería que su bebé se volviera a poner bien.

Pero no podía hacer nada para lograrlo aparte de limpiarle continuamente la carita, que se había vuelto de un color rojo encendido, en un intento de bajarle la temperatura. Eso y rezar. Durante las veinticuatro horas siguientes el niño lloró casi en silencio, dando patéticas boqueadas, como si no pudiera respirar de otro modo. No servía de nada tratar de alimentarlo, porque el pequeño no hacía ningún esfuerzo por sacar la leche. El bebé se le iba y no había nada, absolutamente nada, que pudiera hacer para evitarlo.

Creyó que se volvería loca.

La acometieron ataques de rabia y, separándose de la cuna que estaba en un rincón del dormitorio, intentó autolesionarse hundiéndose frenéticamente las uñas en los antebrazos y arañándoselos hasta hacerse sangre, mordiéndose la lengua para no gritar y no despertar al niño, que estaba semiinconsciente. En otras ocasiones, se desplomaba en el suelo, presa de una desesperación tan profunda que rezaba pidiendo morir con su hijo.

En la hora final, los pálidos ojillos del bebé se volvieron vidriosos y lánguidos. Entonces, estando sentada junto a la cuna, en el oscuro dormitorio, Sarah fue arrancada de su desesperación por un sonido. Era una especie de susurro levísimo, como si alguien estuviera intentando hacerle recordar algo que era importante que recordara. Se inclinó sobre la cuna. Supo por instinto que había oído el último aliento de los labios del bebé. No se movía. Era el final. Levantó el bracito del niño y lo dejó caer en el colchón. Era como tocar una muñeca de factura exquisita.

Pero no lloró entonces. Sus ojos estaban secos y miraban con determinación. En aquel mismo instante, cualquier lealtad que hubiera sentido hacia la Colonia, hacia su marido y hacia la sociedad en que había vivido toda su vida se desvaneció. Y lo vio todo tan claro en aquel momento como si se le hubiera encendido una luz en la mente. Comprendió qué era lo que tenía que hacer, y lo comprendió de manera tan clara y segura que nada hubiera podido interponerse en su camino. Costara lo que costara, tenía que ahorrar aquel destino a sus otros dos hijos.

Esa misma tarde, mientras se enfriaba en la cuna el cuerpo del niño muerto, del niño que no tenía nombre, había metido algunas cosas en su bolso y había cogido a sus dos hijos. Mientras su marido estaba fuera haciendo los preparativos para el funeral, ella había salido de la casa con los niños y se había dirigido hacia una de los caminos de salida que le había descrito su hermano en cierta ocasión.

Como si los styx conocieran cada movimiento suyo, la cosa se echó muy pronto a perder y se convirtió en el juego del gato y el ratón. Mientras ella corría por la maraña de túneles de ventilación, los styx la perseguían, y estaban en todo momento muy cerca. Recordó cómo se había detenido un instante para recuperar el aliento. Se apoyó en la pared escondiéndose en lo oscuro con un niño en cada brazo y percibiendo sus movimientos. En el fondo, sabía que no tenía más remedio que dejar atrás a uno de ellos, porque no podía escapar con los dos. En aquel momento, recorriendo las calles de Londres, recordaba la tortura de aquella indecisión que había tenido lugar años atrás.

Pero poco después la había encontrado un colono, uno de los suyos. Sarah había peleado con él como una loca y había conseguido soltarse tras dejarlo aturdido de un golpe. En la pelea, había recibido una terrible herida en el brazo, y ya no había posibilidad de seguir dudando.

Sabía qué era lo que tenía que hacer.

Dejó allí a Cal, que contaba apenas un año de edad. Abandonó el inquieto bulto entre dos piedras, en el suelo arenoso del túnel. En su memoria quedó grabada la imagen del niño envuelto en pañales que le daban aspecto de crisálida, pañales manchados con la sangre de su brazo. Y quedaron grabados también los sonidos que hacía, sus gorgoteos. Sabía que no tardarían en encontrarlo y llevárselo a su marido, y que él lo cuidaría. Escaso consuelo. Reanudó la huida con su otro hijo y, más por suerte que otra cosa, consiguió eludir a los styx y salir a la superficie.

Durante las primeras horas de la mañana había llegado caminando a High Street, en el barrio de Highfield, con el niño a su lado por la acera, un chavalillo que aún no se mantenía firme sobre las piernas. Era su hijo mayor y se llamaba Seth. Tenía dos años y medio. No dejaba de observar aquellos lugares tan extraños con la boca abierta y los ojillos aterrorizados.

No tenía dinero ni lugar al que ir, y no tardó en darse cuenta de que incluso para cuidar de un solo hijo tendría que pasar grandes apuros. Para empeorar las cosas aún más, empezaba a marearse a causa de la sangre que perdía por la herida del brazo. Al oír a gente en la distancia, apartó a Seth de la calle principal y se metió por varias calles secundarias hasta que vio una iglesia. Buscando refugio en el pequeño cementerio contiguo en el que la hierba estaba demasiado crecida, se sentaron sobre una lápida cubierta de musgo, oliendo por primera vez en su vida el aire nocturno y mirando con sobrecogimiento el cielo que tenían sobre la cabeza, un cielo de luz sucia y amarillenta. Sólo deseaba cerrar los ojos durante unos minutos, pero tenía miedo de que, si se quedaba demasiado rato allí, ya no podría volver a levantarse. La cabeza le daba vueltas, pero reunió las fuerzas que le quedaban y se puso en pie con el propósito de encontrar un lugar en que pudieran esconderse y, si tenía suerte, algo para comer y para beber.

Trató de explicarle a su hijo lo que pretendía, pero él sólo quería ir con ella. El pobre Seth estaba anonadado. La expresión de su carita y la desgarradora incomprensión que traslucía en el momento en que ella se alejaba de él a toda prisa eran más de lo que Sarah podía soportar. Se agarraba a la reja que rodeaba la más grande e imponente de las tumbas del pequeño cementerio, una reja que, cosa curiosa, en su vértice tenía dos figuritas de piedra que empuñaban pico y pala. Seth la llamó cuando se alejaba, pero ella no se podía volver a mirar, porque su instinto le decía que no se fuera.

Dejó el cementerio sin saber adónde iba, luchando contra aquel mareo que, a cada paso, la hacía sentirse como si estuviera subiendo y bajando en una atracción de feria.

Después de eso, Sarah ya no recordaba gran cosa.

Recobró la conciencia cuando algo la despertó zarandeándola. Al abrir los ojos, el sol le resultó insoportable. Su luz era tan cegadora que apenas podía distinguir a la mujer que tenía de pie ante ella y que, preocupada, le preguntaba qué le ocurría. Sarah se dio cuenta de que se había desmayado entre dos coches aparcados. Tapándose los ojos con las manos, se puso rápidamente en pie y echó a correr.

Finalmente, había encontrado el camino de regreso al cementerio, pero se detuvo cuando vio que alrededor de Seth había unos cuantos hombres vestidos de negro. Al principio pensó que eran styx, pero después, a través de sus ojos anegados en lágrimas, fue capaz de leer la palabra «Policía» escrita en el coche. Se alejó a hurtadillas.

Desde ese día había intentado un millón de veces convencerse de que eso había sido lo mejor, de que no hubiera estado en condiciones de alimentar a un niño pequeño, y mucho menos de escapar de los styx llevándolo consigo. Pero ese razonamiento no conseguía borrar la imagen de su hijo llorando y alargando hacia ella su manita tan pequeña mientras la llamaba una y otra vez cuando ella se perdía en la noche.

La manita diminuta que se agitaba vacilante a la luz de las farolas, tendida hacia ella.

Algo se agazapó en su mente, como un animal herido que se hace una bola para defenderse.

Sus pensamientos eran tan vívidos y claros que, cuando alguien que pasaba por la acera la miró , se preguntó si habría estado hablando en voz alta sin darse cuenta.

«¡Vamos, cálmate!», se dijo. Tenía que centrarse en lo que estaba haciendo. Sacudió la cabeza para arrojar de su mente la imagen de la carita del niño. De cualquier manera, ya hacía demasiado tiempo de aquello, y como los edificios que la rodeaban, todo lo demás también había cambiado para siempre. Si el mensaje que había encontrado en el buzón secreto decía la verdad, esa verdad que aún no podía creerse, entonces Seth se había convertido en Will, en alguien completamente diferente.

Tras recorrer varios kilómetros, Sarah llegó a una calle abarrotada, con tiendas y la mole de ladrillo visto de un supermercado. Rezongó para sí cuando se vio obligada a detenerse en un cruce, entre un montón de personas, y esperar a que el semáforo se pusiera verde. Se sentía incómoda y se arrebujó en la gabardina. Después, acompañado por la señal sonora, se encendió el hombrecillo verde del semáforo y Sarah cruzó la calle, adelantando a otras personas que iban cargadas con bolsas de la compra.

Las luces de las tiendas se iban apagando, empezaba a llover y la gente corría en busca de refugio o para llegar al coche que tenían aparcado. La calle se despejó. Ella siguió su camino pasando desapercibida entre los demás viandantes, a los que ella no dejaba de escrutar con ojos experimentados. Oía la voz de Tam tan clara como si lo tuviera a su lado: «Observa, pero no dejes que te observen a ti».

Ése era el consejo que le había dado. Cuando eran niños, a menudo se escapaban de su casa, desobedeciendo descaradamente las instrucciones de sus padres. Se disfrazaban poniéndose unos harapos y tiznándose la cara con un corcho quemado, y se internaban en uno de los lugares más violentos y peligrosos de toda la Colonia: los *Rookeries*. Incluso ahora, ella recordaba a Tam tal como era en aquellos tiempos, lo recordaba con su rostro juvenil y sonriente manchado de negro y con la emoción reflejada en los ojos al escapar de algún apuro. Lo echaba tanto de menos…

De pronto, algo la arrancó de sus pensamientos: era su instinto, que sonaba como una alarma. Un joven esquelético, vestido con guerrera, apareció frente a ella, caminando en dirección opuesta. Se dirigía directo hacia ella. Sarah siguió su camino pero, en el último instante, el joven se giró, la rozó con el codo y le tosió en plena cara. Ella se paró en seco, echando chispas por los ojos. Él siguió su camino, murmurando palabras horribles entre dientes. En la espalda de la guerrera llevaba puestas las palabras «TE ODIO» en grandes letras blancas. Tras dar unos pasos, el joven debió de darse cuenta de que ella seguía mirándolo, porque volvió ligeramente el cuerpo hacia ella y la miró con cara amenazadora.

—¡Basura! —le dijo.

El cuerpo de Sarah se tensó completamente, como el de una pantera a punto de saltar.

«Cerdo despreciable», pensó, aunque no dijo nada.

Él no tenía la menor idea de quién era ella, ni de lo que ella era capaz de hacer. Se había jugado la vida sin saberlo. Sarah sintió ganas de matar y deseos de enseñarle una lección que no olvidaría. Tenía tantas ganas de hacer algo así que reprimirse le resultaba doloroso, pero no se podía permitir el lujo de hacer otra cosa, y menos en aquel momento.

—En otra ocasión, en otro momento... —murmuró ella mientras él seguía con sus andares insolentes, arrastrando por la acera sus zapatillas muy gastadas. No volvió la vista atrás, ignorando por completo que se había salvado por los pelos.

Por un momento ella siguió allí parada, sin moverse del sitio, recobrando la calma mientras vigilaba la calle mojada y el constante runrún de los coches que pasaban. Consultó el reloj. Era muy pronto: había caminado demasiado aprisa.

Le llamó la atención una conversación en voz alta mantenida en una lengua que no comprendía. Varias tiendas más abajo, dos trabajadores salían de una cafetería cuyos cristales empañados estaban iluminados por los tubos fluorescentes del interior. Sin pensarlo dos veces, se fue derecha allí y entró.

Pidió una taza de café y la pagó en la barra. A continuación, se la llevó hasta una mesa que había junto a los cristales. Sorbiendo el líquido ralo e insípido, se sacó del bolsillo la carta plegada y lentamente volvió a leer las frases escritas en aquella tosca letra. Seguía sin poder creerse lo que decía. ¿Cómo iba a estar muerto Tam? ¿Cómo podía ocurrir algo así? Por muy mal que fueran las cosas en aquel mundo de la Superficie, ella siempre había podido obtener consuelo en la idea de que su hermano vivía y estaba bien en la Colonia. La esperanza de que un día podría volver a verlo era como la titilante llama de una vela al final de un larguísimo túnel. Y ahora que estaba muerto, le habían robado hasta esa minúscula esperanza.

Dio la vuelta a la hoja, la leyó por el otro lado y la volvió a leer, moviendo la cabeza de un lado a otro en gesto de negación.

Tenía que haber un error en aquella carta. Joe Waites tenía que haberse engañado al escribirla. ¿Cómo iba su propio hijo, Seth, su primogénito, el origen de su orgullo y de su alegría, haber traicionado a Tam entregándolo a los styx? ¿Que su propia sangre había asesinado a su hermano? Y si eso era cierto, ¿cómo podía haber llegado a cometer semejante acción? ¿Qué podía haberle incitado a hacerlo? Pero en el último párrafo había otras noticias igual de impactantes. Leía los renglones una y otra vez, los renglones en que se explicaba cómo Seth había raptado a su hermano pequeño, Cal, obligándolo a irse con él.

—¡No! —dijo en voz alta, negando con la cabeza al mismo tiempo y negándose a aceptar que Seth fuera responsable de tal cosa. Estaba claro: su hijo era Seth y no Will, y no podía ser capaz de nada así. Aunque la carta proviniera de una fuente que ella consideraba completamente fiable, quizá alguien la hubiera alterado. Podía ser que alguien más conociera el buzón secreto. Pero ¿cómo, y por qué, y qué podía ganar nadie dejándole una carta falsa? Nada de todo aquello tenía sentido.

Se dio cuenta de que le costaba trabajo respirar y de que le temblaban las manos. Las apoyó con fuerza en la mesa, arrugando la carta que mantenía en una de ellas. Hizo un esfuerzo por sobreponerse y después miró a hurtadillas a los demás

51

clientes de la cafetería, con la preocupación de que alguien la hubiera estado observando. Pero los otros clientes, albañiles en su mayoría a juzgar por la ropa de trabajo que llevaban, estaban demasiado ocupados con los enormes platos de comida frita que tenían delante para fijarse en nada más, y el propietario del establecimiento estaba detrás de la barra, tarareando para sí una canción.

Se apoyó en el respaldo de la silla y observó la cafetería como si la viera por primera vez. Contempló las paredes forradas de imitación de madera, y el póster descolorido de una Marilyn Monroe repantigada contra un largo coche estadounidense. Sonaba un programa de radio, pero para ella no era más que un zumbido molesto y no le prestaba atención.

A continuación limpió en el cristal de la ventana un pequeño redondel de la condensación producida en el interior, y miró a través de él. Seguía siendo demasiado pronto y seguía habiendo demasiada luz, así que decidió esperar allí un poco más, dibujando con la punta de una servilleta de papel humedecida en una gota de café derramada sobre la arañada melamina roja de la mesa. Cuando el café se secó y se quedó sin material con el que dibujar, se quedó mirando al frente sin ver nada, como si hubiera entrado en trance. Un poco después salió de ese estado dando un respingo y vio que de la gabardina le colgaba un botón, que pendía tan sólo de un hilo. Tiró de él y se lo quedó en la mano. Sin pensar en lo que estaba haciendo, lo dejó caer en la vacía taza de café y después dejó que su mirada se perdiera en los cristales empañados y en las formas borrosas de los apresurados viandantes.

Finalmente, el dueño del local dio una vuelta por las mesas, pasando la sucia bayeta por las mesas vacías y colocando en su sitio las sillas que encontraba por el camino. Se detuvo junto a la cristalera y durante unos segundos miró lo que miraba Sarah, antes de preguntarle, en tono claramente brusco, si deseaba tomar algo más. Sin responderle, ella simplemente se levantó y se fue derecha hacia la puerta. Él agarró de mal humor la taza vacía y descubrió el botón desechado que ella había depositado en el fondo.

Eso era el colmo. Ella no era cliente habitual, y él podía pasarse muy bien sin aquellos visitantes esporádicos que le ocupaban las mesas sin hacer casi nada de gasto.

—¡Ro…! —gritó él, pero sólo logró pronunciar la primera sílaba de la palabra «roñosa» antes de que los labios se le quedaran congelados.

Había bajado la vista a la mesa. Parpadeó y acercó la cara, pensando que la luz les jugaba una mala pasada a sus ojos. Allí, en la roja melanina, le devolvía la mirada una imagen sorprendentemente lograda y tan perfecta que parecía real.

Era una cara de unos diez centímetros, dibujada con una capa tras otra de café que se había secado, como si hubiera sido pintada al temple. Pero no era la perfección artística lo que lo había dejado helado, sino el hecho de que la cara tenía la boca abierta completamente en un grito desgarrador. Parpadeó. El dibujo era tan desconcertante e inesperado que durante varios segundos permaneció inmóvil, mirando la imagen. Le resultaba imposible asociar a la mujer de apariencia tranquila e insignificante que acababa de salir de la cafetería con aquel impactante retrato de la angustia. No le gustó en absoluto, y se apresuró a taparlo con la bayeta antes de borrarlo.

De nuevo en la calle, Sarah intentó no ir demasiado aprisa, porque aún le sobraba tiempo. Antes de llegar a Highfield, interrumpió su trayecto para buscar una habitación en una pensión. Había varias en la misma calle, pero eligió una al azar, una vieja casa adosada de la época victoriana. Así tenía que ser si quería seguir con vida.

Nunca la misma dos veces.

Nunca dos veces la misma.

Pensaba que si caía en algún tipo de rutina o de patrón de comportamiento, los styx la capturarían de inmediato.

Dando un nombre y dirección falsos, pagó por adelantado y en efectivo por una sola noche. Cogió la llave que le tendió el recepcionista, un viejo arrugado de aliento acre y lacio pelo gris y, de camino a su cuarto, comprobó la situación de la salida de emergencia, y también tomó nota mental de una segunda puerta que supuso que llevaba al tejado. Por si acaso. Una vez en su cuarto, cerró la puerta con llave y la atrancó colocando una silla bajo la manilla. Después corrió las cortinas descoloridas por el sol y se sentó al pie de la cama intentando poner en orden sus pensamientos.

La sacó de ellos una risa nasal procedente de la calle que pasaba por delante de la pensión. Sarah se puso en pie en un santiamén. Separando un poco las cortinas, escrutó ambos lados de la calle, pasando la mirada por las apretadas filas de coches aparcados. Volvió a oír la risa, y vio un par de hombres vestidos con vaqueros y camiseta que iban hacia la calle principal. Su aspecto no era nada sospechoso.

Regresó a la cama y, tendiéndose sobre ella, se quitó los zapatos con la punta del pie. Bostezó, pues se sentía bastante adormilada. Pero no podía permitirse el lujo de dormir, y para mantenerse despierta, abrió el ejemplar del *Heraldo de Highfield*, un periódico que había cogido en la recepción. Como hacía siempre, cogió un bolígrafo y se fue directa a los anuncios por palabras que había en la parte de atrás, y marcó con un círculo las ofertas de empleo temporal que podían interesarle. Tras mirar exhaustivamente esa sección, recorrió el resto del periódico leyendo sin mucho interés los artículos.

Entre columnas que debatían los pros y los contras de la peatonalización de la vieja plaza del mercado y las propuestas para instalar nuevos badenes y poner otro carril bus, algo atrajo su atención:

¿LA BESTIA DE HIGHFIELD?
Por T. K. Martin, redactor

Este fin de semana ha vuelto a verse en los terrenos comunales de Highfield al misterioso animal con aspecto de perro. La señora Croft-Hardinge, que habita en la urbanización Clockdown, paseaba a su basset hound *Goldy* la tarde del sábado cuando vio la bestia en las ramas inferiores de un árbol.

«Estaba mordisqueando la cabeza de algo que parecía un peluche, hasta que me di cuenta de que era un conejo y vi la sangre que caía por todos lados —ha declarado a *El Heraldo*—. Era enorme, tenía unos ojos espantosos y unos dientes horribles. Cuando me vio, escupió la cabeza de la boca y juraría que me miraba.»

Las informaciones sobre el animal son confusas, porque algunas lo describen como un jaguar o un puma, similar al enorme gato que ha sido visto numerosas veces en el páramo de Bodmin desde los años ochenta, mientras que otros testigos aseguran que su aspecto es más bien de perro. El inspector de parques de Highfield, el señor Kenneth Wood, supervisó recientemente el rastreo en busca de este animal después de que un vecino del barrio denunciara que la bestia se había llevado a su caniche enano tras arrancarle la correa de las manos. En los últimos meses, otros residentes del área de Highfield han informado de la desaparición de sus perros.

El misterio continúa…

A golpes de bolígrafo, Sarah empezó a garabatear en el margen del periódico, junto al artículo, la forma del salvaje animal. Aunque no usaba más que un viejo bolígrafo barato, antes de que pasara mucho rato había trazado un detallado cuadro de un cementerio a la luz de la luna, no muy diferente a aquel de Highfield en que ella se había refugiado el día de su huida a la Superficie. Pero allí acababan las semejanzas, porque en primer plano dibujó una gran lápida sin nombre. Observó durante un instante la lápida que había dibujado hasta que, usando el nombre que había recibido él en la Superficie, terminó escribiendo en ella WILL BURROWS, flanqueado por dos signos de interrogación.

Frunció el ceño. La rabia que le producía la muerte de su hermano era tan fuerte que se sentía como arrastrada por una ola, que terminaría depositándola en algún lugar. Y cuando llegaba a donde fuera, sentía la necesidad de odiar a alguien. Naturalmente, el objeto fundamental de ese odio eran los styx; pero ahora, por vez primera, se permitía pensar en algo que antes le hubiera parecido imposible pensar. Si era cierto lo que le decían de Seth, entonces su hijo pagaría por lo que había hecho, y lo pagaría muy caro.

Sin dejar de mirar el dibujo, apretó tan fuerte la mano que se partió el bolígrafo y se clavaron en la cama astillas de plástico transparente.

6

Con rostro sombrío, los muchachos se agarraron a la pared lateral del vagón, mientras el túnel pasaba delante de ellos en borrosos y terroríficos relámpagos a pesar de que el tren reducía en ese momento la velocidad antes de virar en una pronunciada curva.

Ya habían tirado las mochilas, y Chester había sido el último en alzarse sobre la pared del vagón y unirse a los otros dos. Tanteó con los pies hasta que encontró un saliente en qué apoyarlos, y después se sujetó con todas sus fuerzas. Will estaba a punto de gritar a los otros cuando a su hermano se le metió en la cabeza saltar él primero.

—¡Allá voy! —gritó Cal, y soltó un aullido al lanzarse del tren en marcha. Will lo vio desaparecer engullido por la oscuridad, y después observó la silueta de Chester, consciente de que su amigo lo estaría pasando mal en aquel preciso instante.

En cuanto a Will, no tenía más opción que seguir a su hermano. Apretó los dientes y se propulsó hacia fuera, girando al mismo tiempo que saltaba. Durante una fracción de segundo, le pareció que iba colgado del viento. Después cayó de pie, pero con una sacudida que le hubiera podido desencajar los huesos se vio impulsado hacia delante en una carrera atropellada, corriendo a lo loco con los brazos extendidos para mantener el equilibrio.

Se vio envuelto en una vorágine de humo acre mientras las

enormes ruedas chirriaban a sólo unos metros de él. Pero corría a una velocidad imposible, y apenas había recorrido unos metros cuando sus pies tropezaron uno con otro y le hicieron perder el equilibrio. Salió volando, cayó sobre una rodilla y finalmente se dio de bruces en el suelo. Entonces resbaló aún un poco sobre el pecho, levantando una nube de polvo. Una vez que se hubo detenido, se dio lentamente la vuelta hasta ponerse boca arriba, y a continuación se sentó, tosiendo y escupiendo tierra. Las enormes ruedas seguían avanzando pesadamente, y dio gracias a su buena estrella por no haber ido a parar debajo de ellas. Se sacó del bolsillo una esfera de luz y empezó a buscar a los otros.

Después de un rato, oyó un fuerte gemido que llegaba de delante, siguiendo la trayectoria de la vía. En cuanto miró hacia allí vio salir de una oscura nube de humo a Chester, caminando a cuatro patas. Levantó la cabeza como una tortuga enfadada y, al ver a su amigo, empezó a avanzar más aprisa.

—¿Estás bien? —le gritó Will.

—Estupendamente —respondió Chester desplomándose junto a él.

Will se encogió de hombros y se frotó la pierna que había recibido el impacto en el momento de caer.

—¿Y Cal? —preguntó Chester.

—Ni idea. Mejor será que lo esperemos aquí. —Will no estaba seguro de que su amigo le hubiera oído, pero vio que no estaba dispuesto a emprender ninguna búsqueda.

Unos minutos después, mientras el tren seguía pasando a su lado, Cal surgió de la nube de humo llevando una mochila en cada hombro y caminando de manera tan airosa como si no tuviera la más leve preocupación. Se puso en cuclillas al lado de Will.

—Traigo las cosas. ¿Estáis enteros? —preguntó gritando. Tenía un gran arañazo en la frente, del que le manaban unas gotitas de sangre que le caían por el puente de la nariz.

Will asintió con la cabeza y miró detrás de Cal.

—¡Agachaos! ¡El furgón de cola con los guardias! —advirtió, tirando hacia él de su hermano.

Apretándose los tres juntos contra la pared del túnel, vieron la luz que se acercaba a ellos. Salía de las ventanillas del furgón de cola, e iba dibujando amplios rectángulos en las paredes del túnel. Pasó por delante de ellos iluminándolos por un segundo. Cuando el tren continuó por el túnel y la luz se alejó, haciéndose más y más pequeña hasta que finalmente se perdió de vista, Will se sintió sobrecogido por la sensación de que ya no había marcha atrás.

Inmerso de pronto en un silencio al que no estaba habituado, se levantó y estiró las piernas. Se había acostumbrado de tal forma al balanceo del tren que le resultaba extraño encontrarse de nuevo en *terra firma*.

Olfateó, y estaba a punto de decirles algo a los otros, cuando el tren silbó un par de veces en la distancia.

—¿Qué significa eso? —preguntó finalmente.

—Que el tren está entrando en la estación —respondió Cal, mirando hacia la oscuridad en la que el tren se había internado y perdido de vista.

—¿Cómo lo sabes? —le preguntó Chester.

—Me lo dijo mi... nuestro tío.

—¿Vuestro tío? ¿No podría echarnos una mano? ¿Dónde está? —Chester le lanzó las preguntas a Cal en rápida sucesión, ansioso de oír noticias de alguien que tal vez pudiera llegar a rescatarlos.

—No —respondió Cal, mirando a Chester con cara de pocos amigos.

—¿Por qué no? No entiendo...

—No, Chester —terció Will bruscamente, apresurándose a negar con la cabeza, tratando de hacerle entender que debía mantener la boca cerrada.

Se volvió hacia su hermano:

—¿Y ahora qué? Se darán cuenta de que Chester no está cuando el tren llegue a la estación. ¿Qué pasará entonces?

—Nada. —Cal se encogió de hombros—. Trabajo hecho. Lo único que pensarán es que se ha tirado del tren. Pensarán que no vivirá mucho tiempo por sus propios medios: al fin y al cabo, no es más que un Ser de la Superficie. —Se rió sin ganas, y siguió hablando como si Chester no estuviera delante—: Ni siquiera se molestarán en enviar una patrulla para buscarlo, ni nada parecido.

—¿Cómo puedes estar tan seguro? —le interrogó Will—. ¿No pueden pensar que se dirige de regreso a la Colonia?

—Bien pensado, pero si se le ocurriera volver, haciendo a pie todo el camino, los Cabezas Negras se lo cargarían en cuanto lo vieran aparecer —explicó Cal.

—¿Cabezas Negras? —preguntó Chester.

—Los styx; así es como los llaman a su espalda los colonos —explicó Will.

—¡Ah, vale! —dijo Chester—. De todas maneras, no pienso volver nunca a ese lugar espantoso. ¡No lo haré en toda mi repajolera vida! —le dijo a Cal en tono firme.

Éste no contestó, y se echó la mochila a la espalda mientras Will cogía la suya por las correas de los hombros, comprobando el peso. Y pesaba de lo lindo, porque estaba llena hasta los topes con sus cosas, además de la comida extra y de las esferas de luz. Se la llevó a la espalda, haciendo un gesto de dolor cuando la correa se le clavó en la herida del hombro. La cataplasma de Imago había hecho milagros, pero en cuanto se tocaba la herida volvía a ver las estrellas. Intentó ajustar las correas de la mochila para que la mayor parte del peso cayera en su hombro bueno, y se pusieron en marcha.

Antes de que transcurriera mucho tiempo, Cal se había puesto en cabeza caminando con rapidez y dejando a Will y a Chester atrás, que contemplaban cómo avanzaba la inquieta silueta del pequeño por la sucia penumbra que se extendía ante ellos. Los dos mayores iban más despacio y caminaban por entre los dos enormes raíles de hierro de la vía.

Eran muchas las cosas que tenían que contarse uno al otro, pero ahora que estaban solos, no sabían por dónde empezar. Por fin, Will se aclaró la garganta.

—Tengo que ponerte al tanto de un montón de cosas —dijo titubeando—. Es mucho lo que ha pasado mientras estabas en el Calabozo.

Will empezó a hablar de su familia, de su familia auténtica, a la que había conocido en la Colonia, y de cómo había sido la vida con ellos. Después le contó cómo había planeado liberarlo a él, a Chester, con ayuda de su tío Tam.

—Pero cuando todo salió mal, fue espantoso. No podía creerlo cuando vi que Rebecca estaba con los st...

—¡Esa víbora! —prorrumpió Chester—. Pero ¿cómo pudiste no darte cuenta, durante todos estos años que habéis vivido juntos, de que había algo sumamente extraño en ella?

—Bueno, me parecía que era un poco rara, pero me imaginaba que todas las hermanas pequeñas serían iguales —explicó Will.

—¿Un poco rara? —repitió Chester—. Está como una cabra. ¿Cómo no pensaste que no era tu hermana de verdad?

—¿Y por qué tendría que haberlo pensado? Yo ni siquiera sabía que era adoptado, ni de dónde provenía.

—¿No recuerdas cuando tus padres la llevaron a casa? —preguntó Chester sorprendido.

—No —respondió Will, pensando—. Supongo que yo tendría unos cuatro años. ¿Tú recuerdas muchas cosas de cuando tenías esa edad?

Chester hizo un gesto de incredulidad antes de que Will prosiguiera con su relato. Caminando al lado de su amigo con cierta dificultad, Chester le escuchaba atentamente. Will llegó por fin a la discusión con Imago, cuando Cal y él tuvieron que decidir si regresaban a la Superficie o bajaban a las Profundidades.

Chester asintió con la cabeza.

—Y así es como llegamos a compartir contigo el Tren de los Mineros —concluyó Will al llegar al final del relato.

—Bueno, me alegro mucho de que lo hicierais —comentó su amigo sonriendo.

—No podía dejarte ahí —explicó Will—. Tenía que asegurarme de que estabas bien. Es lo menos que…

A Will se le quebró la voz. Estaba tratando de dominar sus emociones, sus remordimientos por todo cuanto había tenido que pasar Chester.

—Me golpearon, ya te puedes imaginar —explicó de pronto Chester.

—¿Eh…?

—Cuando volvieron a cogerme —dijo en voz tan baja que Will apenas podía oírle—, me devolvieron al Calabozo y me pegaron con palos… montones de veces —prosiguió—. En ocasiones, Rebecca venía a mirar.

—¡No! —farfulló Will.

Se quedaron en silencio durante unos pasos de su camino sobre las enormes traviesas del tren.

—¿Te hicieron mucho daño? —preguntó al fin Will, temiéndose la respuesta.

Chester no contestó inmediatamente.

—Estaban muy irritados con nosotros… Sobre todo contigo. Gritaban un montón de cosas contra ti mientras me golpeaban. Dijeron que les habías hecho quedar en ridículo. —Chester se aclaró ligeramente la garganta y tragó saliva. Sus palabras se hicieron más confusas—. Era… Yo… ellos… —Tomó aire por un lado de la boca—. Los golpes no llegaron tan lejos como me prometían, y yo pensaba todo el tiempo que reservaban para mí algo mucho peor. —Se detuvo, pasándose el dorso de la mano por la nariz—. Después aquel viejo styx me sentenció al Destierro, que era algo más terrible aún. Estaba tan asustado que me derrumbé… —Chester bajó la mirada al suelo como si hubiese hecho algo indebido, como si hubiese hecho algo vergonzoso.

Prosiguió, pero a su voz acudió un dejo de furia fría y controlada, de firme resolución:

—¿Sabes, Will? Si hubiera podido, habría matado… a esos styx. Lo hubiera hecho encantado. Son unos cabrones… todos. Los habría matado, incluso a Rebecca.

Dirigió a su amigo una mirada tan intensa que éste tuvo un escalofrío. Chester le estaba presentando un lado de su personalidad que no sabía que existiera.

—Lo siento —le dijo Will.

Pero otra cosa importante se le pasó a Chester por la cabeza, que hizo que desviara sus pensamientos. Se paró en seco y se quedó tambaleándose en el sitio, como si hubiera recibido una bofetada en pleno rostro.

—¿Qué decías de los styx y de sus…? ¿Cómo llaman a los que tienen trabajando para ellos en la Superficie?

—Agentes —apuntó Will.

—Eso, sus Agentes… —Entrecerró los ojos—. Aunque pudiera volver a la superficie, no podría regresar a casa, ¿verdad que no?

Will permaneció ante él sin saber qué decir.

—Porque si lo hiciera raptarían a mi padre y a mi madre como a esa familia que mencionaste: los Watkins. Esos malditos y apestosos styx no sólo la emprenderían conmigo, sino que cogerían a mis padres y los convertirían en esclavos, o bien los matarían, ¿no es así?

Will no fue capaz más que de devolverle la mirada a Chester, pero eso era suficiente.

—¿Y qué podría hacer? Si intentara prevenir a mis padres, ¿crees que me iban a creer? ¿Me creería la policía? Pensarían que me había puesto hasta las trancas de drogas o algo parecido. —Abatió la cabeza con un suspiro—. Mientras estaba en el Calabozo no pensaba más que en volver a casa contigo. No quería más que volver a casa. Ese pensamiento me ayudó a soportar todos esos meses. —Tosió, tal vez para ocultar un sollozo, Will no estaba seguro. Chester lo agarró por el brazo y lo miró directamente a los ojos. Tenía una expresión de intensa desesperación—. Nunca volveré a ver la luz del día, ¿verdad?

Will se quedó callado.

—El caso es que estamos atrapados aquí para siempre, ¿no? No podemos ir a ningún sitio, ya no. ¿Qué demonios vamos a hacer? —preguntó Chester.

—Lo siento tanto… —repitió Will.

De delante les llegaron los gritos de entusiasmo de Cal.

—¡Eh! —llamó varias veces.

—¡No! —gritó Will con frustración—. ¡Ahora no! —Agitó su luz en un claro gesto de irritación. Necesitaba seguir hablando con su amigo y le enfurecía la interrupción—. ¡Espera un poco!

—¡He encontrado algo! —gritó Cal aún más fuerte, ya fuera por no haber entendido la respuesta de Will o porque decidiera no hacerle caso.

Chester dirigió la vista al lugar en que se encontraba el menor de los tres, y dijo de manera resuelta:

—Espero que no sea la estación. No me van a volver a atrapar. —Avanzó un paso por la vía.

—No, Chester —repuso Will—. Espera un segundo. Quiero decirte algo.

Los ojos de su amigo seguían enrojecidos de cansancio. Will movía los dedos sin parar en torno a la esfera de luz, bajo cuyo resplandor Chester podía apreciar la agitación de su mugriento rostro.

—Sé perfectamente lo que vas a decir —repuso—, que no es culpa tuya.

—Sí que lo es —dijo Will con voz firme—. Es culpa mía… No debería haberte metido en todo esto. Tú tienes una familia de verdad, mientras que yo… Al fin y al cabo, yo no tengo ninguna familia, no tenía nada que perder.

Chester intentó contestar y adelantó la mano para detenerlo, pero su amigo prosiguió, balbuceando las palabras de forma algo menos coherente al intentar expresar los sentimientos y remordimientos que le habían atormentado durante los últimos meses.

—No debería haberte metido en esto. Tú sólo querías ayudarme…

—Mira… —empezó Chester, intentando tranquilizar a su amigo.

—Mi padre podrá ayudarnos, pero si no lo encontramos, yo…

—Will… —volvió a interrumpirle Chester, pero a continuación le dejó seguir.

—No sé qué vamos a hacer, ni qué nos va a pasar. Tal vez nunca… Puede que nos aguarde aquí la muerte…

—No pienses en eso ahora —dijo Chester con suavidad cuando la voz de Will se convirtió en un susurro—. Ninguno de nosotros sabía lo que iba a pasar, y además… —Will vio que una sonrisa se dibujaba en el rostro de su amigo— las cosas ya no pueden empeorar, ¿no? —Chester le lanzó a Will un cariñoso puñetazo al hombro, sin darse cuenta de que pegaba precisamente en la zona de la horrible herida producida por el perro de presa en la Ciudad Eterna.

—Gracias, Chester —dijo Will con la voz entrecortada, apretando los dientes para no gritar por el dolor del brazo y usando su antebrazo para secarse las lágrimas que le afloraban a los ojos.

—¡Venid de una vez! —volvió a gritar Cal—. He encontrado un camino por aquí. ¡Vamos!

—Pero ¿de qué está hablando? —preguntó Chester.

Will intentó recobrarse.

—Siempre tiene que ir delante, no puede quedarse con nosotros —explicó, volviendo la cabeza hacia el lugar en que estaba su hermano, dirigiendo sus ojos hacia lo alto.

—¿De verdad? ¿No te recuerda a nadie? —comentó Chester, levantando una ceja.

Ligeramente avergonzado, Will asintió con la cabeza.

—Sí… un poco.

Consiguió devolverle a Chester la sonrisa, aunque sonreír era lo último que le apetecía en aquel preciso instante.

Llegaron donde estaba Cal, que, completamente emocionado, farfullaba algo sobre una luz.

—¡Os lo dije! ¡Mirad ahí! —Saltaba arriba y abajo, señalando hacia el interior de un largo pasadizo que salía del túnel del tren. Will miró y vio un leve resplandor azul que parpadeaba como si estuviera a una gran distancia.

—Venid conmigo y no os quedéis atrás —ordenó Cal y, sin esperar la reacción de Will ni de Chester, se lanzó a caminar a un ritmo endiablado.

Will intentó gritarle, pero su hermano no se detuvo.

—Pero ¿quién se ha creído que es? —dijo Chester mirando a Will, que se limitó a encogerse de hombros mientras se ponían en camino—. No puedo creerme que un enano me ordene lo que tengo que hacer —se quejó entre dientes.

Notaron que la temperatura ascendía de repente, haciéndolos jadear. El aire era tan seco, árido y abrasador que el sudor se evaporaba de la piel en el instante en que afloraba.

—Dios mío, esto es sofocante. Parece España o algo así —se quejó Chester sin dejar de caminar, pero desabotonándose la camisa para rascarse el pecho.

—Bueno, si los geólogos no se equivocan, la temperatura debería subir un grado por cada veintiún metros que nos acerquemos al centro de la Tierra —recordó Will.

—¿Y eso qué significa? —preguntó Chester.

—Eso significa que ya deberíamos habernos calcinado.

Mientras seguían a Cal, preguntándose adónde los estaba llevando exactamente, la luz aumentaba en intensidad. Parecía como si latiera, iluminando un instante las irregulares paredes que los rodeaban, y disminuyendo al instante siguiente hasta quedarse en tan sólo un pequeño brillo azulado al final del pasadizo.

Dieron alcance a Cal justo cuando éste llegaba al final del pasadizo. Salieron de él, y ante ellos apareció un gran espacio abierto.

Del centro mismo de ese espacio salía una sola llama que tenía unos dos metros de altura. No le quitaron los ojos de encima mientras, con un potente silbido, la llama creció hasta cuadruplicar su altura, lanzándose contra el techo y lamiendo una abertura de forma circular que había justo encima de ella. El calor de la llama era más de lo que se podía soportar, y se vieron obligados a retroceder y taparse la cara con los brazos.

—Pero esto ¿qué es? —preguntó Will, aunque ninguno de los otros dos contestó, porque estaban embobados por la extraña belleza del fuego. Porque en su base, donde surgía de la roca ennegrecida, la llama era casi transparente para luego transformarse en un espectro de colores, desde unos amarillos y rojos relucientes hasta una asombrosa gama de verdes, que adquirían luego un tono magenta sumamente intenso en la cúspide. Pero la suma de todos aquellos colores era la luz azul que se proyectaba en todo y que los había atraído hasta ese lugar. Se quedaron allí, juntos, con la iridiscente visión reflejada en sus pupilas, hasta que el silbido remitió y la llama perdió fuerza y fue recuperando su tamaño original.

Como si en ese instante los tres despertaran de un embrujo, se volvieron hacia los lados para ver lo que había a su alrededor. Podían distinguir una serie de aberturas oscuras en los muros de la cámara.

Will y Chester se dirigieron hacia la más próxima. Al penetrar cautamente en ella, la luz de las esferas que llevaban en la mano se mezcló con el azul de la llama decrecida para revelar lo que había allí. Miraran donde miraran, estaba lleno de fardos del tamaño de una persona, apoyados contra las paredes. En algunos sitios, la fila tenía dos o tres fardos de grosor.

Envueltos en tela polvorienta, cada uno de los fardos estaba rodeado varias veces por algún tipo de cuerda o soga. Algunos parecían más recientes que otros, pues su contenido estaba recubierto por una tela menos sucia y polvorienta.

Pero los más viejos estaban tan sucios que apenas se distinguían de la roca que tenían detrás. Seguido de cerca por Chester, Will se dirigió a uno de aquellos fardos y le acercó la esfera de luz. La tela se había podrido y caído a trozos, de manera que permitía ver lo que había dentro.

—¡Dios mío! —dijo Chester, tan rápido que las dos palabras sonaron como una sola. Al mismo tiempo, Will contuvo un grito.

La reseca piel estaba pegada al rostro de una calavera, que les devolvía la mirada desde las cuencas vacías de sus ojos. Aquí y allá, el marfil mate del hueso limpio surgía a través de las grietas de la oscurecida piel. Al mover Will la esfera de luz, pudieron ver otras partes del esqueleto: costillas que sobresalían de la tela, y una mano con aspecto de araña que descansaba en una cadera cubierta de piel tan tensa como un viejo pergamino.

—Supongo que serán coprolitas muertos —murmuró Will mientras seguía bordeando la pared y examinando otros fardos.

—Dios mío —repitió Chester, esta vez más despacio—. Hay cientos.

—Tiene que ser una especie de cementerio —comentó Will en voz muy baja como muestra de respeto ante aquella acumulación de cuerpos—. Como hacen los indios de América que dejan los cadáveres sobre una plataforma de madera o en la ladera de una montaña, en vez de enterrarlos.

—Si es algún tipo de sitio sagrado, ¿no sería mejor que nos largáramos? No tenemos ganas de molestar a esa gente, los cobardicas o como quiera que se llamen —se apresuró a proponer Chester.

—Coprolitas —le corrigió Will.

—Vale, coprolitas —repitió su amigo, haciendo el esfuerzo de pronunciar la palabra con cuidado—. Vale.

—Otra cosa —dijo Will.

—¿Qué? —preguntó Chester, volviéndose hacia él.

—El nombre de «coprolitas» —prosiguió Will, reprimiendo a duras penas una sonrisa— es el que emplean los colonos. Pero si te encuentras con un coprolita, no le llames de esa manera, ¿de acuerdo?

—¿Por qué?

—Porque no resulta muy halagador. Es caca de dinosaurio. «Coprolito» significa fósil de excremento de dinosaurio. —Will sonrió mientras avanzaba por entre los cadáveres momificados, hasta que le llamó la atención uno cuyo sudario estaba completamente desintegrado.

Dirigió la esfera hacia el cadáver, pasando el haz de luz lentamente de arriba abajo y luego otra vez de abajo arriba. Aunque el cuerpo había sido evidentemente más alto que el de Will o Chester, estaba tan consumido que parecía muy pequeño, y en absoluto tenía aspecto de ser el cadáver de una persona adulta. En torno al hueso de la muñeca tenía una gruesa pulsera dorada en la que había gemas incrustadas de color rojo, verde y azul oscuro, y algunas que no tenían color en absoluto. La superficie de esas gemas tenía el brillo completamente apagado. Parecían gominolas viejas.

—Apuesto a que es oro, y me imagino que esas piedras pueden ser rubíes, esmeraldas y zafiros… y puede que hasta diamantes —dijo Will conteniendo la respiración—. ¿No es increíble?

—Sí —contestó Chester sin mucha convicción.

—Tengo que hacer una foto.

—¿Y no podríamos simplemente salir de aquí? —apremió Chester mientras Will se quitaba la mochila y sacaba de ella la cámara. A continuación vio que alargaba la mano hacia la muñeca que tenía puesta la pulsera.

—¿Se puede saber qué haces, Will?

—Quiero moverla un poco para que se vea mejor —le explicó.

—¡Will!

Pero Will no escuchaba. Había cogido la pulsera con el índice y el pulgar y la movía con cuidado.

—¡No, Will! ¡Por Dios, Will, no deberías…!

Todo el cadáver tembló y a continuación simplemente se desplomó en el suelo, con lo que se levantó una nube de polvo.

—¡Vaya! —exclamó Will.

—¡Muy bien! ¡Lo has hecho muy bien! —Chester tragó saliva al tiempo que tanto él como Will daban un paso atrás—. ¡Mira lo que has hecho!

Mientras la nube de polvo se asentaba, Will miró con pesar y vergüenza la desordenada pila de huesos y la ceniza gris que tenía ante él: parecían los restos de un montón de leña después de apagada la hoguera. El cuerpo se había desintegrado.

—Lo siento —dijo. Con un escalofrío, se dio cuenta de que tenía la pulsera en los dedos, y la dejó caer encima del montón de huesos.

Renunciando a su deseo de tomar fotos, Will se puso en cuclillas junto a la mochila para dejar la cámara. Acababa de cerrar el bolsillo lateral cuando notó que tenía polvo en las manos. Inmediatamente, empezó a inspeccionar el suelo sobre el que pisaban Chester y él. Con cara de asco, se levantó enseguida y se sacudió los pantalones. Acababa de comprender que estaban sobre una capa de varios centímetros de polvo y diminutos fragmentos de hueso de cadáveres descompuestos. Caminaban sobre los restos de muchos cadáveres.

—¿Volvemos? —sugirió, sin querer alterar en exceso a su amigo—. Mejor dejamos a estos…

—Me parece muy bien —respondió Chester con agradecimiento, y sin querer saber el porqué—. Este lugar me pone los pelos de punta.

Ya habían caminado unos cuantos metros de regreso, cuando Will se detuvo a contemplar las silenciosas filas de fardos apoyados contra las paredes.

—Han depositado aquí a miles. Generaciones enteras —comentó pensativo.

—Realmente, deberíamos…

Chester se paró en mitad de la frase, y a regañadientes Will apartó la mirada de los cadáveres para dirigirla al rostro preocupado de su amigo.

—¿Viste adónde iba Cal? —preguntó Chester.

—No —respondió Will, preocupado de repente.

Volvieron apresuradamente a la cámara central, donde se pararon a mirar cada rincón, y como no lo vieron, empezaron a bordear la cámara para mirar al otro lado de la llama, que volvía a silbar fuertemente y a alargar su punta hacia el techo.

—¡Ahí está! —exclamó Will, aliviado al ver la solitaria figura que penetraba resueltamente en un rincón alejado de ellos—. ¿Por qué no se queda nunca quieto?

—La verdad, conozco a tu hermano desde hace tan sólo… cuarenta y ocho horas, y tengo que decirte que ya estoy harto de él —se quejó Chester, observando la reacción de Will detenidamente para comprobar que no se ofendía.

A éste no le pareció importarle su comentario.

—¿No podríamos llevarlo atado? —comentó Chester con sonrisa irónica.

Will dudó por un segundo.

—Mira, mejor vamos tras él. Debe de haber encontrado algo… Tal vez otro camino de salida —comentó, empezando a caminar hacia su hermano.

Chester miró con el rabillo del ojo la cámara que contenía las filas de cadáveres amontonados.

—Buena idea —murmuró y, exhalando un gemido involuntario, fue tras Will.

Anduvieron a buen paso, evitando acercarse mucho a la llama, que volvía a alcanzar su máxima longitud e irradiaba un calor fortísimo. Apenas vieron a Cal saliendo del extremo opuesto de la cámara por un arco toscamente tallado. Lo siguieron por él para descubrir que no era otra cámara-cementerio, sino algo completamente distinto. Se encontraban en un terreno del tamaño de un campo de fútbol, con una enorme bóveda. Cal les daba la espalda y estaba evidentemente observando algo.

—No debes separarte e ir solo —le reprochó Will.

—Es un río —dijo el chico, sin hacer caso del enfado de su hermano.

Ante ellos tenían un amplio canal cuya agua corría rápida rociando finísimas gotitas de agua cálida. Lo notaban en la cara, aunque estaban todavía a bastante distancia de la orilla.

—¡Eh, mirad ahí! —indicó Cal a los otros dos.

Había un embarcadero que entraba en el agua, de unos veinte metros de longitud. Estaba hecho de vigas de metal oxidado que parecían irregulares y trabajadas a mano. Aunque no parecía estar bien construido, resultaba perfectamente sólido bajo los pies, y no dudaron en llegar al final, donde había una plataforma circular rodeada por una verja hecha con trozos de metal irregulares.

Cuando la luz de las esferas, que apenas llegaba a la orilla opuesta del río, iluminó las blancas gotas de espuma en la por lo demás negra y serena superficie de la rápida agua, la mente les engañaba, y tenían la sensación de ser ellos y no el agua los que se movían. De vez en cuando, al golpear el agua los montantes que había por debajo de la plataforma, las gotas los empapaban.

Mientras hablaba, Cal se echaba sobre la verja hacia delante todo lo que podía.

—No veo la orilla, ni… —empezó a decir.

—Cuidado —le advirtió Will—. No te vayas a caer.

—… ni la manera de cruzar —terminó.

—¡No! —repuso Chester de inmediato—. Desde luego, yo no pienso ni acercarme. La corriente parece muy fuerte.

Ninguno de los otros dos le llevó la contraria, y los tres se quedaron allí, recibiendo con agrado las gotitas de agua en la cara y el cuello.

Will cerró los ojos y escuchó el sonido del agua. Pese a su aparente calma, por dentro luchaba con sus emociones. Por un lado, pensaba que debía insistir en cruzar el río, sólo por seguir adelante, aun cuando no tenían ni idea de lo profundo que era ni de qué era lo que había al otro lado.

Pero ¿para qué? No sabían adónde iban, ni tenían ningún lugar al que llegar. En aquel momento él se encontraba muy hondo debajo de la corteza de la Tierra, posiblemente mucho más hondo de lo que había llegado nadie procedente de la superficie del planeta. ¿Y por qué estaba allí? Por su padre, que, por lo que él sabía, posiblemente estuviera muerto. Por duro que resultara, tenía que considerar la posibilidad de estar haciendo perder el tiempo a todos buscando un fantasma.

Will sintió una ligera brisa que le alborotaba el pelo, y abrió los ojos. Miró a su amigo Chester y a su hermano Cal y vio que los ojos les resplandecían en medio de las mugrientas caras. Parecían embelesados con la visión del río subterráneo que corría ante ellos. No había visto nunca a ninguno de los dos más animado que en aquel instante. Pese a todos los apuros que habían pasado, en aquel momento daba la impresión de que eran felices. Las dudas se borraron de su mente, y recobró la confianza en sí mismo. Pensó que al final todo habría servido para algo.

—No vamos a cruzarlo —anunció—. Será mejor volver a la vía.

—De acuerdo —respondieron de inmediato Chester y Cal.

—Bien. Está decidido, pues —dijo asintiendo con la cabeza en un gesto dirigido a sí mismo mientras se daban la vuelta y regresaban, uno al lado del otro, por el embarcadero.

7

Sarah paseaba por High Street tranquilamente, sin prisas. Ni ella misma entendía por qué, pero el caso es que había algo profundamente gratificante en el hecho de volver al lugar por el que había salido a la superficie.

Era como si, mediante ese regreso, comprobara que allí abajo, oculta, existía realmente la Colonia, el espectro del que llevaba tanto tiempo escapando. Porque se preguntaba muchas veces si todo aquello no sería un producto de su imaginación, si toda la primera parte de su vida no sería tan sólo un elaborado autoengaño.

Acababan de dar las siete, y el interior del soso edificio victoriano que se proclamaba Museo de Highfield se hallaba a oscuras. Más allá del museo, vio con cierta sorpresa que la tienda de fruta y verdura de los hermanos Clarke parecía definitivamente clausurada. Los postigos, pintados con varias capas de una empalagosa pintura al esmalte de color verde guisante, se hallaban firmemente cerrados. Así debían de llevar ya algún tiempo, porque había una gruesa capa de carteles pegados encima, los más llamativos de los cuales anunciaban la actuación de un grupo de chicos recientemente reformado y el mercadillo de Año Nuevo.

Se paró a mirar la tienda. Durante varias generaciones, la población de la Colonia había confiado en los Clarke para surtirse con regularidad de frutas y verduras frescas. Había otros proveedores, pero los hermanos y sus antepasados habían sido aliados de confianza desde siempre. Aparte de la remota posibilidad de que ambos hubieran muerto, Sarah sabía que ellos nunca clausurarían la tienda. Al menos, no voluntariamente.

Echó un último vistazo a los postigos cerrados del escaparate del establecimiento, después siguió su camino. Aquello confirmaba lo que decía la carta del buzón secreto: que la Colonia estaba sometida a un estado de excepción, y la mayor parte de los aprovisionamientos de la Superficie habían sido cortados. Y eso le daba una idea de hasta dónde habían llegado las cosas allí abajo.

Varios kilómetros después, dobló la esquina y se metió por Broadlands Avenue. Al acercarse a la casa de los Burrows, vio que las cortinas estaban corridas y no había indicios de vida en toda ella. Todo lo contrario: una caja de embalaje olvidada bajo el cobertizo, y el estado del jardín hablaban a las claras de meses de abandono. No aminoró la velocidad al pasar por allí, captando con el rabillo del ojo un cartel arrancado de la inmobiliaria en la crecida hierba detrás de la alambrada. Siguió por la fila de casas idénticas hasta el final de la avenida, de donde salía un callejón que iba a los terrenos comunales.

Echó atrás la cabeza y abrió bien las aletas de la nariz, introduciendo aire en los pulmones, aire con una mezcla de olores de campo y de ciudad. El humo de los tubos de escape y la masa de personas competían con la hierba mojada y toda la vegetación que la rodeaba.

Aún había demasiada luz, así que mató el tiempo abriéndose camino hacia el centro de los terrenos comunales. Apenas había recorrido una pequeña distancia cuando unas pesadas nubes de color gris atravesaron el cielo adelantando el anochecer. Sonrió y se volvió de inmediato hacia el camino que circundaba el terreno.

Siguió el camino durante unos cientos de metros y después se metió por entre la vegetación, pasando por entre árboles y arbustos hasta que vio la parte trasera de las casas de

Broadlands Avenue. Caminando con disimulo de una a otra, fue observando a los ocupantes desde la parte de fuera de sus jardines. En una de las casas, una pareja anciana estaba sentada con fría formalidad ante la mesa, sorbiendo la sopa. En otra, un hombre obeso, en camiseta y calzoncillos, fumaba y leía el periódico.

Los habitantes de las dos casas siguientes no estaban a la vista, ya que tenían las cortinas corridas, pero a continuación una mujer joven se hallaba de pie junto a las ventanas jugando con un bebé, subiéndolo en el aire y bajándolo. Sarah se detuvo, con el deseo de verle la cara a la mujer. Notando que empezaban a despertarse en su interior ciertas emociones y una fuerte sensación de pérdida, apartó los ojos del niño y de la madre y siguió su camino.

Por fin llegó a su destino: el mismo lugar, detrás de la casa de los Burrows, al que tantas veces había acudido esperando atisbar el más leve vislumbre de su hijo, que crecía apartado de ella.

Después de que se viera obligada a dejarlo en el cementerio de la iglesia, lo había buscado por todo Highfield. Durante los siguientes dos años y medio, poniéndose gafas de sol hasta que llegó a acostumbrarse a la dolorosa luz del día, había rastreado las calles y rondado por las escuelas de la localidad a la hora en que los padres iban a recoger a los niños. Pero no vio ni rastro de él por ningún lado. Había ampliado el radio de búsqueda, alejándose cada vez más, hasta los barrios vecinos.

Y entonces, poco después del quinto cumpleaños de su hijo, un día, volviendo a Highfield, lo encontró ante la oficina principal de correos. No sólo se tenía ya firmemente sobre los pies, sino que corría como loco llevando en la mano un dinosaurio de juguete. Era ya completamente diferente del niño que había dejado en el cementerio. Y, sin embargo, lo había reconocido de inmediato. Era inconfundible con su indisciplinada mata de pelo blanco, el mismo pelo que tenía ella, aunque ella se veía obligada a teñirlo para pasar desapercibida.

Había seguido a Seth y a su madre adoptiva hasta casa desde las tiendas para averiguar dónde vivían. Su primer impulso fue raptarlo para recuperarlo. Pero era demasiado peligroso intentar una cosa así teniendo a los styx tras sus pasos. De esa forma, una temporada tras otra, sin fallar ninguna, regresaba a Highfield aunque sólo fuera por un rato, desesperada por obtener aunque fuera un breve vislumbre de su hijo. Lo contemplaba a través del jardín de la casa, que era como un abismo infranqueable. Creció y le engordó la cara, que llegó a parecerse tanto a la suya que pensaba a veces que estaba mirando su propio reflejo en el cristal de los ventanales.

En aquellas ocasiones, teniéndolo a una distancia tan tentadoramente corta, le entraban ganas de llamarlo, pero nunca lo había hecho. No podía hacerlo. A menudo se preguntaba cómo reaccionaría él si atravesara el jardín para entrar en la sala de estar y, una vez allí, lo cogía y lo abrazaba. Se le hacía un nudo en la garganta cuando imaginaba la escena, desarrollándose ante ella como en un melodrama de la televisión, una escena en la que se miraban el uno al otro y se reconocían con los ojos llenos de lágrimas, mientras él no dejaba de repetir, una y otra vez, la palabra «mamá».

Pero todo eso ya había quedado atrás.

Y si había que creer el mensaje de Joe Waites, el niño se había convertido en un asesino y tendría que pagar por sus crímenes.

Como si estuviera en un potro de tortura, se desgarraba entre el amor que había sentido hacia su hijo y el odio que la desbordaba. Esos dos sentimientos tiraban cada uno hacia un lado, como para partirla por la mitad. Eran ambos tan fuertes que, entre uno y otro, se sentía en un estado de profunda confusión.

¡Ya estaba bien! Tenía que reaccionar, por todos los santos! ¿Qué le estaba ocurriendo? Su vida, tan controlada y disciplinada durante años, se deslizaba en aquellos momentos hacia el desorden. Tenía que recobrar el autodominio. Puestas en forma de rastrillo, Sarah se pasó las uñas de una mano por el reverso de la otra, clavándolas. Repitió la acción una y otra vez hasta arrancarse la piel. Y, al distraerla de otros dolores más insoportables, el lacerante dolor le proporcionó un amargo alivio.

Su hijo había sido bautizado en la Colonia con el nombre de Seth, pero en la Superficie le habían dado el nuevo nombre de Will. Lo había adoptado una familia del vecindario, los Burrows. Dado que su madre, la señora Burrows, había dejado de ser persona para convertirse en una especie de sombra que veía transcurrir la vida arrellanada frente a la televisión, Will había caído, como no podía ser de otra manera, bajo la influencia de su padre adoptivo, que trabajaba como conservador del museo local.

Sarah había seguido a Will muchas veces, yendo tras él cuando escapaba en su bicicleta, con una brillante pala sujeta a la espalda con una correa. Lo contemplaba mientras él, una figura solitaria con una gorra de béisbol que le cubría sus peculiares mechones blancos, se metía en la tierra, en los confines de la ciudad o junto al vertedero del barrio. Lo observaba cavar agujeros sorprendentemente hondos, animado y dirigido, según suponía ella, por el doctor Burrows. Qué irónico resultaba todo. Después de que ella escapara de la tiranía de la Colonia, era como si él pretendiera regresar a ella, como el salmón que vuelve río arriba para desovar en el lugar en que había nacido.

Pero por mucho que le cambiaran el nombre, ¿qué le había ocurrido a su hijo? Como ella y como su hermano Tam, Will llevaba en sus venas la sangre de los Macaulay, una de las antiguas familias fundadoras de la Colonia. ¿Cómo podía haber degenerado de esa manera durante los años vividos en la Superficie? ¿Qué le había sucedido? Si el mensaje decía la verdad, era como si Will se hubiera trastornado, algo así como el perro enloquecido que ataca a su amo.

Un ave graznó por encima de su cabeza, y Sarah se asustó y se agazapó tras las ramas inferiores de una conífera. Se quedó escuchando, pero no oyó más que el viento que se filtraba por entre los árboles y la alarma de un coche que sonaba de manera intermitente a varias calles de distancia. Echando un último vistazo al terreno comunal que dejaba atrás, se dirigió con cautela al jardín de los Burrows. Se detuvo en seco, porque había tenido la sensación de haber visto luz tras las cortinas de la sala de estar. Pensando que sólo había sido un reflejo de la luna que se habría filtrado un instante a través de las nubes, observó las ventanas del piso superior, una de las cuales sabía que pertenecía a lo que había sido el dormitorio de Will. Estaba completamente segura de que el lugar estaba desocupado.

Pasó por el hueco que había en el seto, donde una vez había habido una pequeña cancela, y cruzó el césped hacia la puerta de atrás. Se detuvo de nuevo a escuchar, y después apartó con el pie un ladrillo que había al lado del felpudo. No se sorprendió nada de ver que la llave seguía allí, porque los Burrows eran una familia descuidada. La utilizó para entrar en la casa.

Cerrando la puerta tras ella, levantó la cabeza y olfateó el aire estanco de la casa. En efecto, hacía meses que nadie vivía allí. No encendió las luces, aunque sus sensibles ojos tenían dificultades para distinguir las cosas en el oscuro interior de las habitaciones; hacerlo hubiera sido demasiado arriesgado.

Atravesó el recibidor hasta la parte delantera de la casa y entró en la cocina. Palpando con las manos, comprobó que la encimera estaba despejada y los armarios vacíos. Después regresó al recibidor y pasó a la sala de estar. Se tropezó con algo, un rollo de plástico de burbujas. Se lo habían llevado todo. La casa estaba completamente vacía.

O sea que era cierto: el mensaje decía que todo había ido muy mal y allí, en la impenetrable oscuridad, tenía la confirmación de que la familia se había disuelto. Ya había leído que el profesor Burrows había encontrado la Colonia, bajo el mismo Highfield, y que los styx lo habían mandado a las Profundidades. Lo más probable era que ya hubiera muerto, porque nadie que llegara muy adentro sobrevivía. Sarah no tenía ni la más remota idea de adónde habían ido la señora Burrows ni su hija Rebecca, pero tampoco le importaba. Sólo le importaba Will, y le preocupaba inmensamente.

Le llamó la atención algo que había en el suelo, junto a la puerta de la calle, y se agachó para palparlo con las manos. Era una pila de cartas esparcidas sobre el felpudo. De inmediato empezó a reunirlas para metérselas en el bolso. Cuando se hallaba a medias en esta labor, le pareció oír ruidos…, después la puerta de un coche…, pisadas sigilosas… y por último tuvo la sensación de que alguien hablaba allí mismo en voz muy baja.

Los nervios se le pusieron de punta. Se quedó completamente inmóvil. Los ruidos se apagaron. No sabía a qué distancia estarían, pero no se podía permitir el lujo de correr riesgos. Aguzó el oído, pero todo estaba en silencio. Pensó que habría sido alguien que pasaba por delante de la casa, o tal vez algún vecino hablando desde la suya. Terminó de recoger las cartas. Ya era hora de ir saliendo.

Fue deprisa hacia la parte de atrás, atravesando el oscuro recibidor. Salió por la puerta trasera, y acababa de cerrar cuando a unos centímetros de su oído sonó la voz de un hombre. Era una voz segura y acusatoria que anunció:

—¡Te pillé!

Una gran mano la agarró del hombro izquierdo y tiró de ella para separarla de la puerta. Ella sacudió la cabeza con la intención de ver a su asaltante. A la escasa luz que había, distinguió una mejilla triangular, delgada pero musculosa, y algo que le provocó un sobresalto: un cuello blanco y el hombro cubierto de tela oscura.

Su mente empezó a darle vueltas al solo pensamiento que le retorcía las tripas.

¡Un styx!

Era fuerte y contaba con la ventaja de la sorpresa, pero ella reaccionó de forma casi instantánea. Lanzó su brazo contra el de él, desprendiendo la mano de su hombro. Y, no conformándose con eso, le cogió el brazo y se lo retorció con un movimiento sencillo pero hábil. Lo oyó tomar aire, asustado, al comprender que las cosas no iban tal como él se había esperado.

Sarah hizo una contorsión para agarrarlo aún más fuerte, al tiempo que él intentaba doblarse hacia delante para aliviar la presión sobre la articulación del codo. Ese movimiento puso su cabeza al alcance de ella, y acababa de abrir la boca para gritar pidiendo ayuda cuando Sarah le hizo callar con un golpe en la sien. Cayó inconsciente sobre el suelo de la terraza.

Había incapacitado a su atacante con precisión endiablada y velocidad vertiginosa, pero no pensaba quedarse allí parada contemplando la perfección de su obra, porque era muy probable que hubiera otros styx rondando cerca. Tenía que escapar.

Atravesó corriendo el jardín, mientras buscaba en el bolso su navaja. Al llegar al hueco del seto, pensó que dejaba atrás el mayor peligro y decidió escapar a través de los terrenos comunales.

—¿Qué le has hecho? —fue el furioso grito que llegó hasta ella al tiempo que una enorme sombra se cernía en su camino.

Sacó la navaja del bolso, y las cartas que había cogido de la casa salieron volando y cayeron al suelo como granizo. Pero algo le golpeó en la mano e hizo saltar la navaja de su puño.

A la luz de la luna, Sarah vio el brillo de plata de la insignia, los números y letras del uniforme del hombre, y comprendió, cuando ya era demasiado tarde que no eran styx: eran policías. Policías de la Superficie. Y ya había dejado a uno fuera de combate. Por desgracia, ese tipo se había cruzado en su camino, y el instinto de supervivencia de Sarah era demasiado fuerte. Tal vez habría actuado del mismo modo aunque hubiera sabido que se trataba de un policía.

Intentó esquivar al agente, pero él se movió muy rápido para cortarle el paso. De inmediato, le lanzó un puñetazo, pero él estaba preparado.

—Resistencia al arresto —gruñó él al tiempo que blandía algo contra ella. Sarah comprendió qué era lo que tenía en la mano, una porra, en el instante mismo en que la golpeaba. Fue un golpe de refilón en la frente, que inundó su campo de visión de un polvo brillante. Se mantuvo en pie, pero la porra se abalanzó de nuevo sobre ella y le golpeó ahora en la boca. Esta vez cayó a tierra.

—¿Ya has tenido bastante, piojosa? —preguntó el policía muy airado. Al hablar, la mueca de su boca le escupía las palabras en la cara, porque se había inclinado sobre ella. Sarah hizo lo imposible por descargar otro puñetazo sobre él, pero su debilidad resultó patética, y él esquivó el golpe con facilidad.

—¿Eso es todo lo que te queda para mí? —dijo él con una risa de odio. Y cayendo sobre ella, la inmovilizó poniéndole la rodilla sobre el pecho. A Sarah no le quedaban fuerzas para oponer resistencia, y el policía estaba furioso, además de pesar mucho. Era como si un elefante macho la utilizara para descansar la pata.

Intentó escaparse moviendo desesperadamente su cuerpo, pero no sirvió de nada. Se sentía cada vez más aturdida, y su mente se tambaleaba en los límites de la conciencia. Todo empezaba a darle vueltas, como si hubiera pasado a formar parte de las imágenes de un caleidoscopio: la traza de la porra de metal en las nubes turbias y el cielo añil, y el neblinoso círculo de la luna eclipsada por la cabeza del policía, una cadavérica máscara de pantomima. Comprendió que se encontraba a punto de perder el conocimiento, y lo curioso es que no se trataba de una sensación del todo desagradable: perder el conocimiento sería penetrar temporalmente en un refugio a salvo del dolor y la violencia, un lugar seguro en el que nada importaba.

Se contuvo.

No, no podía rendirse. No podía ceder en aquel instante.

Desde la terraza, el policía herido lanzó un gemido que hizo que el que atacaba a Sarah se distrajera un instante. Con el brazo en alto, listo para infligir el siguiente golpe, miró un instante a su compañero, al tiempo que deslizaba la rodilla sobre el pecho de Sarah. El aplastante peso se hizo un poco más flojo por un brevísimo momento, algo que le permitió a Sarah tomar aire y recuperar la plena conciencia.

Las manos de Sarah arañaron el suelo a cada lado de su cuerpo en busca de la navaja, de una piedra, de un palo, de cualquier cosa que pudiera servirle como arma. Pero no encontró más que hierba. No tenía nada con qué defenderse. El policía volvió a dirigir su atención hacia ella. Le gritó y la insultó mientras levantaba la porra aún más alto. Ella se preparó para lo inevitable, sabiendo que todo estaba perdido.

La golpeó.

Pero de repente, al brazo del hombre se adhirió algo que parecía informe y borroso, tal vez a causa de la velocidad con que se movía. Sarah cerró los ojos y, cuando volvió a abrirlos, el brazo del policía ya no estaba donde antes, y la rodilla pesaba mucho menos. Como él había dejado de proferir gritos e insultos, el silencio se hacía extraño.

Era como si el transcurso del tiempo se hubiera detenido.

No lo podía comprender. Se preguntó si sería que había perdido la conciencia. Entonces vislumbró dos enormes ojos y un resplandor de dientes que eran como una empalizada de afiladas estacas. Volvió a cerrar y a abrir los ojos, pensando que no veía bien a causa de los golpes que había recibido en la cabeza.

El tiempo volvió a ponerse en marcha. El policía prorrumpió en un grito desgarrador al tiempo que la soltaba. Torpemente, él trató de ponerse en pie, con un brazo que le colgaba a un lado, como inútil, mientras trataba de defenderse con el otro. Sarah no le podía ver la cara. Fuera lo que fuera aquello que le atacaba, se había arremolinado en torno a su cabeza y hombros en un torbellino de zarpas y patas sin pelo. Sí, veía las patas traseras de un animal, largas y nervudas, que arañaban la cara y el cuello del policía. Él no siguió mucho tiempo de pie: cayó boca arriba, como un bolo de la bolera, mientras el animal seguía arremetiendo contra él.

Venciendo su mareo, Sarah se sentó. Se apartó de los ojos el flequillo teñido de sangre y los entrecerró, tratando de ver, tratando de averiguar qué era lo que sucedía.

Las nubes se separaron permitiendo a la débil luna arrojar algo de luz sobre la escena. Entonces Sarah distinguió un contorno.

¡No, no era posible!

Volvió a mirar, sin dar crédito a lo que veían sus ojos.

Era un Cazador, un tipo de gato muy grande criado en la Colonia.

¿Qué demonios hacía allí un Cazador?

Haciendo el mayor de los esfuerzos, Sarah avanzó a gatas hasta el poste más cercano y se apoyó en él para levantarse. Una vez en pie, se sintió tan confundida y mareada que tuvo que esperar un rato para recobrarse.

—No hay tiempo que perder —se reprendió a sí misma mientras recuperaba el sentido de la realidad—. Cálmate.

Ignorando los gemidos y las súplicas ahogadas del policía, que seguía rodando por el suelo con el Cazador sobre él, se acercó tambaleándose hasta el lugar en que pensaba que había caído la navaja. La recuperó, y a continuación hizo lo mismo con las cartas. Aunque le costaba trabajo concentrarse en lo que estaba haciendo, estaba decidida a no dejar ni una en el suelo. Sintiéndose a continuación un poco mejor y más firme sobre sus pies, se volvió para comprobar el estado del primero de los policías. Seguía sin moverse en la terraza donde había caído, y era evidente que no tenía nada que temer de él.

Volviendo al extremo del jardín, vio que el segundo policía estaba tendido de costado, gimiendo lastimeramente con las manos en la cabeza. El Cazador lo había soltado y estaba sentado a su lado, lamiéndose una pata. Dejó de hacerlo cuando Sarah se acercó, y enredó la cola alrededor de las patas, mirándola atentamente. Luego dirigió sus enormes ojos hacia el policía, que no paraba de quejarse. Lo miró como si no tuviera nada que ver con el estado en que se encontraba.

Sarah tenía que decidir lo que iba a hacer, y tenía que decidirlo rápidamente. El hecho de que ambos policías estuvieran heridos y necesitaran ayuda no le importaba en absoluto. No sentía ni piedad ni remordimiento por lo que les había ocurrido. Eran víctimas de la necesidad de supervivencia de ella, ni más ni menos. Se acercó al policía que estaba consciente y se agachó junto a él para sacarle la radio de la chaqueta.

Con una velocidad que la cogió de sorpresa, él le agarró la muñeca. Pero estaba débil y sólo podía utilizar uno de los brazos, así que ella se deshizo de su mano sin mucho esfuerzo y después le quitó la radio: las fuerzas lo habían abandonado, y esta vez no opuso resistencia. Sarah tiró la radio al suelo y la aplastó con el pie. Sonó como un objeto de plástico que se rompe.

Con cierto nerviosismo, Sarah dio un paso hacia el Cazador. Aunque eran sumamente fieros, era raro que los Cazadores atacaran a personas. Se contaban historias de algunos que se volvían salvajes, y atacaban a su amo o a cualquiera que se cruzara en su camino. No tenía modo de saber si aquel Cazador era de fiar, después de la manera en que había tratado al policía. A juzgar por su piel sin pelo que dibujaba la forma de las costillas como una tienda de campaña mal estirada, parecía que no había comido mucho últimamente, y que no se hallaba en muy buenas condiciones. Se preguntó cuánto tiempo llevaría alimentándose por sí mismo allí arriba.

—¿De dónde has salido? —le preguntó con voz suave, pero manteniendo una distancia prudencial.

El animal inclinó la cabeza hacia ella, como intentando comprender la pregunta, y parpadeó. Ella se atrevió a acercarse un poco más, probando a alargar la mano, y el animal se acercó para olfatearle las yemas de los dedos. Lo más alto de la cabeza le llegaba a ella casi a la cadera: se le había olvidado lo grandes que eran aquellos gatos. De pronto, él se acercó hasta tocarla. Sarah se puso tensa, temiéndose lo peor, pero el animal se limitó a frotar la cabeza contra la palma de la mano de ella. Oyó el sonido profundo del ronroneo, que parecía tan potente como el ruido del motor de una lancha. Era una señal inconfundible de que el Cazador tenía intenciones amistosas. Había dos explicaciones posibles para ello: o que la vida en la superficie lo hubiera trastornado un poco; o que, de algún modo, la conociera. Pero en aquel momento no tenía tiempo de andar haciendo preguntas, tenía que decidir rápidamente qué iba a hacer.

Debía alejarse de allí todo lo que pudiera, pero mientras acariciaba la piel de aspecto bastante sarnoso que el gato tenía bajo su hocico increíblemente ancho, comprendió que había contraído con el animal una deuda. Sin duda a esas horas estaría en comisaría si él no hubiera llegado a rescatarla. No podía abandonarlo así como así; si lo hacía, Sarah albergaba pocas dudas de que lo atraparían en la búsqueda a gran escala que tendría lugar en cuanto se descubriera todo.

—Vamos —le dijo al gato dirigiéndose a los terrenos comunales. Su magullada cabeza empezaba a despejarse al ver el camino ante ella. Cuando el Cazador la adelantó, se dio cuenta de que cojeaba ligeramente. Se estaba preguntando cómo se habría hecho la herida cuando oyó voces y vio un grupo de personas a lo lejos. Se salió rápidamente del camino para esconderse tras un par de rododendros, y apretó los dientes al sentir fuertes pinchazos en el costado y en el cuello.

El grupo se encontraba ya más cerca y ella se agachó aún más, hasta pegar la frente palpitante contra la húmeda hierba. Sintió náuseas y sólo deseó no tener que vomitar. No sabía dónde se había metido el Cazador, pero dio por sentado que habría tenido el buen juicio de imitar su ejemplo y esconderse él también.

Unos segundos después oyó las voces con más claridad. Eran jóvenes, probablemente adolescentes. Una lata llegó rodando por el camino hasta justo delante de ella, y después oyó que le daban otra patada. La notó pasar a sólo unos centímetros de distancia de su cabeza y que se detenía en los arbustos que había justo detrás. No se atrevió a mover un músculo, e imploró que a los adolescentes no les diera por ir a recuperarla. No fueron, y Sarah se quedó escuchando las chanzas que se traían entre ellos, hasta que las voces se fueron apagando.

Aguardó a que se perdieran completamente de vista, y aprovechó la oportunidad para sacar el pañuelo del bolso y limpiarse con él las heridas de la cara. Pronto renunció a hacerlo, dándolo por imposible, mientras notaba que la sangre le caía por la mejilla. A continuación comprobó cómo estaba el resto de su cuerpo: aparte de la serie de golpes que había recibido en la cabeza, sentía un fuerte dolor en el costado al aspirar hondo. Eso no le preocupó demasiado; la experiencia le decía que no tenía ninguna costilla rota.

Atisbó desde su escondite, preguntándose si alguno de los policías heridos ya habría logrado llegar a rastras hasta el camino. Necesitaba más tiempo antes de que dieran la alarma. Pero todo parecía estar tranquilo, y los adolescentes habían desaparecido ya.

En cuanto Sarah se aventuró a salir de detrás de los rododendros, el Cazador apareció a su lado, tan silencioso como un fantasma. De nuevo en el camino, se dirigieron juntos hacia el arco de metal que señalaba la entrada en los terrenos comunales. Sarah cruzaba la carretera en dirección a High Street, pero se detuvo en seco para mirar atrás y asegurarse de que el gato la seguía. Estaba sentado en la acera, junto a la cancela, apuntando con el hocico hacia la calle que salía a la derecha, como si tratara de decirle algo.

—¡Vamos, por aquí! —gritó ella con impaciencia, señalando con el dedo hacia el centro de la ciudad, donde estaba su hotel—. No tenemos tiempo que perder… —dijo bajando la voz, comprendiendo lo difícil que sería llevar al animal a través de las calles y meterlo en su cuarto sin llamar la atención.

Pero el gato seguía mirando a la derecha, impertérrito, tal como haría para indicarle a su dueño que había olfateado una presa.

—¿Qué ocurre? ¿Qué hay ahí? —preguntó, regresando a su lado y sintiéndose un poco ridícula por estar conversando con un gato.

Consultó el reloj, sopesando las diferentes opciones. Por un lado, no pasaría mucho tiempo antes de que descubrieran la escena que había ante la casa de los Burrows y los terrenos comunales y que todo el barrio de Highfield se llenara de policías. Por otro lado, era una suerte que acabara de hacerse de noche, porque se encontraba en su elemento, y podía sacarle partido a la oscuridad. Pero la mayor preocupación de Sarah era que tenía que alejarse de la casa todo lo que pudiera, y que utilizar las calles más concurridas podía suponer un craso error, porque su cara magullada llamaría la atención de todo el mundo.

Intentó ver qué era lo que había en la dirección en que indicaba el gato: tal vez no fuera mala idea dejar un rastro falso y, si era preciso, dar un rodeo para llegar al hotel. Mientras se debatía consigo misma, el Cazador pegaba en la acera con la pata, impaciente por echar a andar. Observó al gato, consciente de que podría verse obligada a abandonarlo por el camino, ya que no serviría más que para llamar aún más la atención y reducir sus posibilidades de éxito.

—Está bien, te haré caso —dijo tomando por fin una determinación. Hubiera jurado que el gato le dirigía una sonrisa antes de salir corriendo tan rápido que ella se las vio y se las deseó para no quedarse atrás. Según parecía, se dirigían hacia los límites de la parte vieja.

Veinte minutos después, entraron en una calle que ella no conocía y, por la información del cartel de un poste, supo que se dirigían hacia una especie de vertedero municipal. El gato esperó brevemente ante una entrada que había al final de una larga fila de vallas publicitarias, y después entró. Sarah lo siguió, sin discernir otra cosa que una zona de tierra sin allanar, invadida de maleza y rodeada de pequeños arbustos.

El Cazador pasó corriendo junto a un coche abandonado y se dirigió hacia uno de los rincones. Daba la impresión de que sabía perfectamente adónde iba. Se detuvo derrapando un poco y olfateó el aire mientras Sarah se esforzaba por darle alcance.

No estaba lejos de él cuando la prudencia le hizo darse la vuelta para comprobar que nadie los seguía. Pero cuando se volvió de nuevo hacia el gato, no lo vio por ningún lado. Con todo lo buena que era su visión nocturna, no conseguía descubrir ni rastro del animal. Lo único que veía era montones de arbustos que brotaban del embarrado suelo. Sacó del bolso su linterna de llavero, la encendió y apuntó con ella hacia delante. Entonces, varios metros por delante de donde ella buscaba, descubrió la cabeza del gato que sobresalía de la tierra de manera bastante graciosa.

El animal volvió a meterse dentro y desapareció de la vista. Se acercó a ver y descubrió que había allí una especie de trinchera, la mayor parte de la cual estaba tapada por una tabla de contrachapado. Metió la mano para ver qué había bajo la plancha: daba la impresión de que era un agujero bastante grande. Apartó la plancha hacia un lado, lo suficiente para poder meterse, gimiendo por el dolor de las costillas.

Probó a introducir una pierna en la oscuridad, pero no halló ningún sitio firme donde posar el pie. Agitó los brazos tratando de encontrar algo a lo que agarrarse para no caer, pero no descubrió nada. Resbaló casi ocho metros y llegó al final, sentada, deteniéndose con un sonoro golpe. Echó pestes en voz baja y esperó a que el dolor se le pasara un poco. Después volvió a encender su linterna de llavero.

Para su asombro, resultó que había caído en un hoyo lleno de lo que parecía un montón de huesos. El suelo tenía una gruesa capa de ellos, todos limpios, blancos y brillantes a la luz de la linterna. Cogió un puñado en la mano y eligió un diminuto fémur para examinarlo con detenimiento. Al mirar a su alrededor, vio varios cráneos pequeñitos. Todos los huesos tenían marcas de dientes y, a juzgar por su tamaño, podían ser de conejo o de ardilla. Después vio un cráneo mucho más grande, que tenía pronunciados colmillos.

—Un perro —dijo, identificándolo enseguida. Junto al cráneo había un grueso collar de cuero, oscurecido con sangre reseca.

¡Se encontraba, evidentemente, en la guarida del gato!

De pronto, recordó el artículo del periódico que había leído en el hotel.

—¡Así que eres tú el que se ha estado comiendo a los perros! —dijo—. Tú eres la bestia de Highfield —añadió con asombro y una risita, dirigiéndose hacia la oscuridad, al lugar en el que oía la regular respiración del gato.

Se levantó, notando cómo se partían bajo sus pies los huesos desechados, y empezó a bajar por la galería que salía del hoyo de los huesos. Las paredes de aquella galería estaban reforzadas con puntales que a su experto ojo no le parecieron muy resistentes: presentaban indicios de podredumbre y de verdín acumulado por la excesiva humedad. Lo peor de todo era que no había suficientes puntales para sujetar el techo, como si alguien se hubiera entretenido en quitar, más o menos al azar, cierto número de ellos sin calibrar demasiado las consecuencias que eso podía tener. Movió su dolorida cabeza hacia los lados, en señal de negación. Desde luego, no se encontraba en el lugar más seguro del mundo, pero en aquel momento particular, ésa constituía la menor de sus preocupaciones. Necesitaba un sitio en el que recuperarse de sus heridas.

La galería descendía y después daba a una gran zona más grande. Observó las tablas que había tendidas en el suelo, como para pisar por encima del agua, y cuya superficie estaba recubierta de moho blanco. Había en ella un par de butacas desvencijadas, colocadas una al lado de la otra, y en una de ellas estaba ya sentado el gato, sin moverse, como si llevara un rato esperándola.

Dirigió la luz a su alrededor, y contuvo un grito de sorpresa. En su punto más ancho, la cámara de tierra tenía aproximadamente quince metros, pero al final las paredes se habían evidentemente desplomado, y la tierra llegaba casi hasta las butacas. El agua caía del techo de manera constante, y al bordear la pared, metió el pie en un charco profundo. Tan profundo que perdió el equilibrio.

Soltando una maldición, al ver su pie empapado en agua sucia, se agarró a lo más cercano que tenía para mantenerse en pie, que era uno de los puntales que sujetaban el techo. Pero en vez de agarrar sólida madera como esperaba, se quedó en la mano con un montón de astillas húmedas, y ella se cayó contra la pared, en tanto que la pierna se le hundía más en el charco. Y lo peor de todo fue que como el puntal al que había intentado agarrarse se había corrido, en las combadas tablas que sujetaban el techo se abrió un agujero y le cayó encima un torrente de tierra. Fue difícil intentar al mismo tiempo enderezarse y esquivar la cascada de tierra.

—¡Maldita sea! —gritó enfadada—. ¿Quién sería el imbécil que excavó este lugar?

Sacó el pie del charco y se limpió la tierra que le había caído en los ojos. Al menos había conseguido no dejar caer la linterna, que utilizó en aquel momento para examinar más atentamente el lugar en que se encontraba. Recorrió la excavación con cuidado, evaluando el estado de cada puntal: todos ellos parecían hallarse en diferentes estados de descomposición.

Frunciendo los labios, y preguntándose qué la había impulsado a bajar allí, se volvió hacia el gato, que no había movido un músculo mientras ella sufría su accidente. Estaba tranquilamente sentado sobre su butaca, con la cabeza en alto, como si la examinara. Sarah hubiera jurado que en su expresión había cierto regocijo. Parecía talmente que le hubieran resultado divertidas sus payasadas con el charco y el puntal podrido.

—¡La próxima vez que me quieras llevar a algún sitio, me lo pensaré dos veces! —dijo enojada.

«¡Cuidado!» Se mordió la lengua, recordando con qué tipo de fiera estaba tratando. Aunque el gato parecía muy tranquilo, los Cazadores, especialmente si se asilvestraban, eran imprevisibles, y ella no debía hacer nada para provocarlo. Se acercó a la butaca vacía, con cuidado de no hacer movimientos repentinos.

—¿Te importa que me siente? —preguntó con voz amable, mostrándole al gato las manos abiertas llenas de barro como para que viera que no pretendía hacerle ningún daño.

Mientras se repantigaba en el asiento, empezó a asaltarla una idea. Estaba observando la excavación a su alrededor y tratando de averiguar qué era exactamente lo que la inquietaba, cuando el gato hizo un movimiento de aproximación. Sin estar todavía muy segura de que se pudiera confiar plenamente en él, Sarah retrocedió, y después se tranquilizó al ver que se limitaba a frotar el hocico en el respaldo de la butaca.

Sarah notó que había algo colgado allí, y lentamente acercó las manos para coger lo que fuera. Parecía un trozo de tela con señales de vieja humedad. Recostándose contra el respaldo, la desplegó delante de ella. Se trataba de una camiseta de rugby embarrada, de franjas negras y amarillas. La olfateó.

Frente al potente olor a podrido y humedad que prevalecían en el ambiente, aparecía otro olor simple, apenas perceptible. Apenas un levísimo recuerdo. Volvió a oler para asegurarse de que no se equivocaba, y a continuación miró al gato atentamente. Frunció el ceño al tiempo que la idea, que al principio había sido vaga e indefinida, empezaba a tomar forma. Fue cobrando fuerza y, como una burbuja que asciende hasta la superficie del agua, estalló de repente con irrefutable certeza.

—¡Esto era suyo!, ¿verdad? —dijo levantando la camiseta ante el hocico lleno de cicatrices del gato—. Esto lo llevaba mi hijo Seth... Así que él... ¡él debió de ser el que excavó este lugar! ¡Dios mío, nunca imaginé que sus aficiones llegaran a tanto!

Durante unos segundos volvió a observar la excavación con renovado interés. Pero después se vio inmersa en un tumulto de emociones en pugna. Antes de leer aquella carta, ella a menudo se extasiaba con la idea de entrar en las excavaciones de su hijo, pensando que ésa sería una forma de acercarse más a él. Pero después de leerla, era ya difícil disfrutar de aquel descubrimiento. Le resultaba incómodo el lugar, incómodo el recuerdo de las manos que lo habían abierto.

Negó con la cabeza al tiempo que otra idea se le venía a la mente. Se volvió hacia el animal, que no había apartado ni un momento los ojos de ella.

—¿Cal? ¿No serás tú el Cazador de Cal?

Al oír aquel nombre, al gato le tembló el hocico, y a la luz de la linterna que sujetaba Sarah, le brillaron unas gotitas de humedad condensada en los bigotes.

Sarah levantó las cejas.

—¡Santo Dios! —farfulló—. Sí que lo eres, ¿verdad?

Frunciendo el ceño, se sumergió durante unos segundos en sus propios pensamientos. Si aquel animal era realmente la mascota de Cal, eso podía corroborar lo que Joe Waites había escrito en la carta: que Seth había obligado a Cal a ir con él a la Superficie antes de arrastrarlo a las Profundidades. Eso explicaba la presencia del gato en aquel lugar: habría acompañado a su amo en la salida a la Superficie.

—Así que saliste de la Colonia con... con Seth... —dijo pensando en voz alta—. Aunque tú lo conocerás como Will,

¿no? —Repitió el nombre de Will pronunciándolo con cuidado, buscando la reacción del gato. Pero esta vez no hubo señal alguna por parte del animal de que entendiera el nombre.

Se quedó callada. Si era verdad que Cal había subido a la Superficie, entonces ¿eran ciertas todas las demás cosas que había leído sobre Seth? Las implicaciones de eso llegaban demasiado lejos para ella. Era como si sus intensos sentimientos, todo el amor que profesaba a su hijo mayor, fueran poco a poco vaciados de su interior para dejar sitio a un rencor horrible.

—¡Cal! —dijo queriendo volver a comprobar la reacción del gato. El animal avanzó la cabeza ladeándola, y después volvió a dirigir los ojos hacia la entrada de la excavación.

Lamentando que el gato no pudiera contestar a los cientos de preguntas que le venían a la confusa mente, Sarah reposó la cabeza contra el respaldo de la butaca. Todo aquello la desbordaba, y poco a poco fue sucumbiendo al cansancio.

Oyendo a su alrededor el crujido de las maderas y el ocasional golpeteo de tierra que se desprendía del techo, Sarah clavó la vista brevemente en las diversas raíces que pendían de lo alto, antes de que los párpados se le cerraran. El dedo se desprendió del botón de la linterna, las tinieblas inundaron la cámara y, casi de inmediato, se quedó dormida.

8

Los muchachos volvieron sobre sus pasos, dejando atrás la oscilante llama azul para regresar al túnel del ferrocarril. En poco más de veinte minutos llegaron al lugar en que se había detenido el tren.

Agachados junto al furgón de los guardias, que ahora tenía sin luz sus polvorientas ventanas, veían la larga fila de vagones que terminaba en la locomotora. Pero no se veía a nadie; no parecía que hubiera nadie vigilando el tren.

A continuación desplazaron su atención al resto del lugar. Por lo que podían ver, la caverna que tenían ante ellos debía de tener al menos doscientos metros de lado a lado.

—¡Conque ésta es la Estación de los Mineros! —dijo Will en voz muy baja, fijándose en el área que había a la izquierda de la caverna, que estaba salpicada por una fila de luces. No parecía gran cosa, porque no había más que una fila de casuchas de un solo piso, bastante ordinarias.

—No es que sea precisamente el famoso andén nueve y tres cuartos de Harry Potter, ¿verdad? —comentó Chester.

—No… Me imaginaba que sería bastante más grande —dijo Will algo decepcionado—. Apenas tiene interés —añadió utilizando una frase que su padre solía usar cuando algo no le impresionaba.

—Nadie se queda aquí mucho tiempo —explicó Cal.

Chester parecía claramente a disgusto:

—Creo que nosotros tampoco deberíamos hacerlo —susurró nervioso—. ¿Dónde estarán todos? ¿Dónde se habrán metido el guarda y el maquinista?

—Seguramente, dentro de los edificios —dijo Cal.

Se oyó un ruido, un estruendo apagado, como el de un trueno lejano, seguido de mucho repiqueteo.

—¿Qué demonios ocurre? —preguntó Chester alarmado, al tiempo que los tres se volvían a esconder en el túnel.

Cal señaló la parte de arriba del tren.

—Es sólo que están cargando el tren para el viaje de vuelta.

Se fijaron en que había grandes tolvas suspendidas en el aire, por encima de los vagones de paredes más altas. Eran cilíndricas, tenían al menos el diámetro de un cubo normal de basura, y parecían hechas de chapas de metal remachadas. Algo salía de su boca a gran velocidad y pegaba en el suelo de metal de los vagones provocando un gran estruendo.

—¡Ésta es nuestra oportunidad! —apremió Cal a los otros dos. Se levantó y, pasando por detrás del furgón de cola, salió disparado por el lateral del tren antes de que Will pudiera poner objeciones.

—Siempre igual —protestó Chester, pero tanto él como Will lo imitaron y salieron detrás de Cal, manteniéndose pegados al tren, tal como hacía él.

Corrieron por la fila de los vagones de menos profundidad, pasando aquel en que habían hecho el trayecto, y después continuaron pegados a los que tenían las paredes más altas. Sobre la cabeza les caía polvo y escombros, y tuvieron que pararse varias veces para limpiarse los ojos. Les llevó un minuto entero recorrer toda la longitud del tren, el tiempo suficiente para que terminaran de cargarlo. Algunos restos del material que caía de las tolvas salían fuera, y el aire estaba lleno de polvo y arena.

Desenganchada del tren, la locomotora de vapor estaba algo más allá de la vía, pero Cal se había quedado junto al último de los vagones altos. En cuanto los otros dos le dieron alcance, Will arremetió contra él y le dio un cachete en la cabeza.

—¡Ay! —gritó Cal flojamente, levantando los puños como si tuviera la intención de contraatacar—. ¿Por qué has hecho eso?

—Por volver a escaparte, so pánfilo —le regañó Will en voz baja pero furiosa—. Si vuelves a hacer algo así, nos van a pillar por tu culpa.

—Bueno, pero no nos han pillado… ¿Y de qué otra manera podríamos haber llegado hasta aquí? —se defendió su hermano.

Will no respondió.

Cal parpadeó muy despacio, un gesto con el que indicaba que su hermano estaba resultando muy pesado, y se limitó a volver la cabeza para mirar a lo lejos.

—Tenemos que ir a tra…

—Nada de eso. Antes de que nadie se mueva, Chester y yo tendremos que hacer nuestras comprobaciones. ¡Quédate aquí y quietecito!

Cal obedeció a regañadientes, y se dejó caer en el suelo refunfuñando.

—¿Estás bien? —le preguntó Will a Chester al oír un potente resoplido tras él. Se volvió para mirarle.

—Esta porquería está por todas partes —se quejó su amigo, y después se puso a sonarse la nariz por el procedimiento de apretarse una aleta de la nariz y después la otra con los dedos para eliminar de ella todo el polvo.

—¡Qué desagradable! —comentó Will en voz muy baja cuando Chester se cogió un moco con los dedos y lo tiró al suelo—. ¿De verdad tienes que hacer eso?

Sin tener en cuenta la opinión de su amigo, Chester observó con atención su cara y después se miró las manos y brazos.

—Estamos realmente bien camuflados —comentó. Si su ropa y cara ya estaban sucias antes de someterse a la lluvia de humo negro procedente del tren, lo estaban mucho más ahora con la lluvia de polvo producido durante la carga de los vagones.

—Sí, vale, si has terminado… —dijo Will—, vamos a echar un vistazo a la estación. —Pegados uno al otro, él y Chester pasaron por delante del vagón hasta llegar a un punto desde el cual tenían una visión completa de los edificios. No había el menor signo de actividad.

Sin hacer ningún esfuerzo por obedecer las órdenes, Cal se acercó a ellos. Era incapaz de quedarse quieto, de tan nervioso como estaba.

—Escuchad, los ferroviarios están en la estación, pero no tardarán en dejarla. Tenemos que salir de aquí antes que ellos —insistió.

Will volvió a observar los edificios de la estación.

—Bien, vale, pero iremos los tres juntos y sólo hasta la locomotora. ¿Lo has entendido, Cal?

Pasaron rápidamente desde el parapeto que representaba el vagón, corriendo medio agachados, hasta situarse a un lado de la enorme locomotora. Cada poco, como si fuera un dragón profundamente dormido, la locomotora expulsaba un chorro de vapor. Podían notar el calor que desprendía aún la gigantesca caldera. Inconscientemente, Chester puso la mano en una de las enormes planchas de acero abollado que formaban la base de la máquina, y la retiró de inmediato.

—¡Ay! —exclamó—. ¡Todavía está caliente!

—No me digas —murmuró Cal con sarcasmo mientras bordeaban la enorme locomotora hasta la parte de delante.

—¡Es imponente! Parece un tanque —comentó Chester con ingenuidad infantil. Con sus enormes planchas de blindaje y su gigantesco rastrillo quitapiedras, realmente tenía aspecto de ingenio militar, tal vez de un viejo tanque de guerra.

—¡Chester, no tenemos tiempo de admirar el chacachaca! —dijo Will.

—No pretendía hacerlo —murmuró Chester como respuesta, comiéndose la máquina con los ojos.

Empezaron a debatir qué harían a continuación.

—Tendríamos que salir por ahí —dijo Cal enérgicamente, indicando la dirección con el pulgar.

—Bla, bla, bla —murmuró Chester en voz baja, dirigiéndole a Cal una mirada desdeñosa—. Ya estamos otra vez.

Will examinó el área de la caverna a la que apuntaba su hermano. Tras un tramo de unos quince metros al descubierto, había algo que parecía una abertura en la pared, sobre la que descendía a cada lado una rampa de metal desde una estructura que había en la parte superior. En la oscuridad, Will no podía ver lo bastante bien como para estar seguro de que se tratara de una salida.

—La verdad es que no distingo lo que es —le dijo a Cal—. Está demasiado oscuro.

—Precisamente, por eso deberíamos ir allí —replicó su hermano.

—¿Y si los colonos salen antes de que lleguemos? —preguntó Will—. Sería imposible que no nos vieran.

—Están tomando el té —contestó Cal, haciéndole a Will un gesto negativo con la cabeza—. Todo irá bien si vamos justo ahora.

Chester intervino:

—También podemos volver. Volver al túnel y esperar a que el tren haya salido.

—Eso puede suponer horas. Tenemos que ir ahora —dijo Cal en un tono de evidente irritación—, mientras tengamos la oportunidad.

—¡Vamos a esperar! —contraatacó Chester de inmediato, volviéndose hacia Cal.

—¡Vamos! —insistió el más pequeño, irascible.

—No, nosotros… —respondió Chester, pero Cal levantó la voz y no le dejó terminar:

—No sabes nada —le dijo con desprecio.

—¿Quién te ha nombrado jefe? —Chester se volvió hacia Will en busca de apoyo—. ¿No irás a hacerle caso, verdad? No es más que un tonto mocoso.

—Callad —dijo Will entre dientes, con los ojos puestos en la estación y sin referirse a ninguno en particular.

—Digo que tenemos… —dijo Cal bien fuerte.

Will lanzó su mano para cerrarle la boca.

—Y yo digo que os calléis. Que os calléis los dos. Mirad allí —susurró apremiante al oído de Cal, y después le quitó lentamente la mano de la boca.

Cal y Chester vieron a los dos ferroviarios, que estaban dentro de un pórtico que recorría la fachada de varios edificios de la estación. Aparentemente acababan de salir de una de las casuchas, y a través de la puerta abierta llegaban notas de una extraña música hasta donde estaban los muchachos.

Llevaban puestos unos voluminosos uniformes de color azul y una especie de equipo de respiración en la cabeza, y ante la vista de los muchachos se lo levantaron para poder beber de la gran jarra que ambos tenían en la mano. Desde donde estaban los tres, hasta podían oírles refunfuñar al avanzar unos pasos y detenerse mirando al tren despreocupadamente, señalando algo en la grúa de pórtico, encima del tren.

Unos minutos después se dieron media vuelta y entraron en uno de los edificios, dando un portazo tras ellos.

—¡Venga, vamos! —dijo Cal. Eligió mirar a Will, evitando cuidadosamente a Chester.

—Basta ya —gruñó el hermano mayor—. Iremos cuando lo decidamos. Estamos metidos los tres en esto.

El pequeño se dispuso a contestar, levantando el labio superior en una mueca desagradable.

—Esto no es un juego, a ver si te enteras —le soltó Will.

El menor de los muchachos resopló bien fuerte pero, en vez de contestarle a Will, se volvió hacia Chester y lo fulminó con la mirada.

—¡No eres más que un Ser de la Superficie! —dijo entre dientes.

Ante aquel insulto, Chester se quedó completamente desconcertado. Levantando una ceja, miró a su amigo y se encogió de hombros.

De forma que continuaron allí, Will y Chester observando detenidamente la fachada de la estación mientras Cal trazaba en el suelo dibujos que se parecían mucho a Chester, con el cuerpo cuadrado y una gran cabeza. Cada poco se reía maliciosamente para sí, y borraba los dibujos para empezar de nuevo.

Tras cinco minutos sin indicio alguno de los ferroviarios, habló Will:

—Bien, parece que se han puesto cómodos. Opino que deberíamos salir ahora. ¿Te parece bien, Chester?

Éste hizo un levísimo gesto de asentimiento, aunque estaba claro que no estaba muy convencido.

—¡Por fin! —dijo Cal, poniéndose de pie de un brinco y frotándose las manos para quitarse el polvo de ellas. Un instante después había salido al descubierto, a plena luz, y avanzaba de manera petulante.

—Pero ¿se puede saber qué le pasa? —le preguntó Chester a Will—. Conseguirá que nos maten a los tres.

En el punto oscuro que habían visto en la pared de la caverna, penetraron por entre las dos rampas y comprobaron que, efectivamente, había un camino por allí: una considerable grieta en la roca. Cal había tenido suerte con su propuesta, y no iba a permitir que eso quedara sin notar.

—Yo tenía ra… —empezó.

—Sí, ya lo sé, ya lo sé —le interrumpió Will—. Por esta vez.

—¿Y eso qué es? —preguntó Chester al ver una serie de construcciones en la entrada de un nuevo tramo del túnel. Estaban casi enterradas por grandes montones de lodo que había a un lado del muro. Unas tenían forma de grandes cubos y otras parecían circulares. A su alrededor había piezas sueltas de metal tiradas y trozos desprendidos del techo. Los muchachos se acercaron a una de esas obras, que de cerca parecía una especie de panal construido con ladrillos de color gris.

Cuando Will se metió en el barro para acercarse, su pie volcó algo. Sin saber lo que era, se agachó para recogerlo. Era duro y plano, y tenía el tamaño de su mano, con bordes ondulados. Se acercó con él a la construcción con estructura de panal.

—Por ahí tiene que haber una puerta pequeña —dijo Cal haciendo a un lado a su hermano. Con la bota quitó el barro acumulado en la base de la construcción. En efecto, allí había una pequeña puerta cuadrada de aproximadamente medio metro de lado cuyas bisagras rechinaron cuando se agachó para tirar un poco de ella y abrirla. Salió de dentro algo de ceniza negra.

—¿Cómo lo sabías? —preguntó Will.

Poniéndose en pie, Cal cogió el objeto que tenía su hermano en la mano y lo golpeó con fuerza contra la redondeada superficie de la construcción que tenía a su lado. El objeto emitió un sonido sordo pero ligeramente cristalino y saltaron algunos fragmentos.

—Es un trozo de escoria. —Barrió con el pie un poco de barro, levantándolo hacia todos lados—. Y me apuesto lo que quieras a que aquí debajo hay carbón vegetal.

—¿Y qué quiere decir eso? —preguntó Chester.

—Quiere decir que son hornos —replicó Cal con confianza.

—¿De verdad? —dijo Will agachándose para echar un vistazo por la puertecilla.

—Sí, los he visto antes, en las fundiciones de la Caverna Meridional de la Colonia. —Cal levantó la barbilla y miró a Chester de manera agresiva, como si acabara de demostrar su superioridad sobre él—. Los coprolitas seguramente los utilizaron para hacer arrabio.

—Hace siglos, por la impresión que da —observó Will, mirando el estado de abandono de todo aquello.

Cal asintió con la cabeza y, como no había nada más allí digno de ser descubierto, siguieron caminando por el túnel, en silencio.

—Es un sabiondo —comentó Chester cuando Cal se hallaba lo bastante apartado para no oírle.

—Mira, Chester —replicó Will en voz baja—, seguramente él sigue aterrorizado por este lugar, como lo están todos los colonos. Y no olvides que es bastante más pequeño que nosotros. Sólo es un niño.

—Eso no es excusa.

—No, no lo es, pero tienes que ser un poco tolerante con él —sugirió Will.

—¡Eso de poco sirve aquí abajo, Will, ya lo sabes! —le espetó Chester. Notando que Cal había entendido evidentemente su exclamación y se había vuelto hacia ellos con curiosidad, volvió a bajar la voz—: No nos podemos permitir que nadie lo eche todo a perder. ¿Crees que a los styx se les puede pedir una segunda oportunidad, como quien cuenta con una segunda vida en un videojuego? Vamos, sé realista.

—Él no va a meter la pata —dijo Will.

—¿Estás dispuesto a apostar la vida a que tienes razón? —le preguntó Chester.

Will simplemente negó con la cabeza mientras seguía avanzando despacio. Sabía que no podía decir nada para hacerle cambiar de opinión a su amigo, y podía ser que Chester tuviera razón.

Más allá de los hornos y los montones de barro, vieron que el suelo del túnel se volvía compacto, como si hubieran caminado por allí muchos pies hasta convertirlo en una superficie firme y apretada. Aunque seguían por el túnel principal, de vez en cuando encontraban pasadizos más pequeños que salían de él. Algunos de ellos eran lo bastante altos para poder recorrerlos de pie, pero por la mayoría habría que ir gateando. Los muchachos no tenían intención de abandonar la vía principal, y la idea de meterse por uno de ellos no les resultaba nada atractiva, aparte de que no sabían adónde llevaban. Finalmente, llegaron a un punto en el que el túnel se dividía en dos.

—¿Y ahora por dónde tiramos? —preguntó Chester en el instante en que él y Will alcanzaban a Cal, que se había parado. El chico había visto algo en el suelo, en la base de la pared, y se acercó y lo empujó con la puntera de su bota. Era un cartel señalizador, hecho de madera, que estaba descolorido y astillado, pero que aún tenía dos manos fijadas a una estaca, cuyos índices apuntaban en direcciones opuestas. Hacia cada lado, había una indicación tallada en la madera pero apenas legible. Cal cogió la estaca y la sujetó para que Will la pudiera leer.

—Aquí dice «Ciudad de la Grieta», que debe de ser el túnel de la derecha. Aquí… —titubeó— no sé lo que dice… Falta el final… Creo que pone «Llanur» no sé qué…

—Llanura Grande —ayudó de inmediato Cal.

Will y Chester lo miraron bastante sorprendidos.

—Una vez les oí a los amigos de mi tío hablar de ella —explicó.

—Bueno, ¿y qué más oíste? ¿Cómo es la ciudad? ¿Es una ciudad de coprolitas? —preguntó Will.

—No lo sé.

—Vamos, ¿crees que deberíamos dirigirnos a ella? —le presionó su hermano.

—La verdad es que no sé nada más —replicó Cal con indiferencia, dejando que la señal se le resbalara de la mano y cayera al suelo.

—Bueno, me gusta cómo suena el nombre de la ciudad. Apuesto a que mi padre habría elegido ese camino. ¿Qué te parece, Chester, nos metemos por ahí?

—Me da igual —respondió éste, sin dejar de mirar a Cal con recelo.

Pero sólo tardaron unas pocas horas en darse cuenta de que la ruta elegida no era un camino principal como el túnel que habían dejado atrás. El suelo era más irregular y menos firme, estaba lleno de grandes piedras sueltas, y todo contribuía a producir la sensación de que no era muy transitado. Y lo que era peor: se veían obligados a trepar sobre montones de piedras en determinados puntos en que el techo se había desplomado.

Justo cuando empezaban a discutir entre ellos si volver o no, doblaron una esquina y sus luces iluminaron un obstáculo que les cortaba el paso. Era una construcción regular, claramente artificial.

—O sea que hay algo aquí, después de todo —dijo Will con alivio.

Al acercarse al obstáculo, el túnel se ensanchaba hasta convertirse en una cavidad más grande. Sus luces revelaron una alta construcción en forma de valla con dos torres, cada una de ellas de unos diez metros de altura, que formaba algo parecido a una puerta de muralla. Y al acercarse más, vieron que había un cartel de metal entre las dos torres que proclamaba «Ciudad de la Grieta» en letras de trazo bastante rudimentario.

Pisando cenizas y grava, se atrevieron a avanzar con cautela. A cada lado de ellos, la alta valla se extendía sin interrupción, bloqueando por completo la caverna en toda su anchura. Parecía que no había otro lugar por el que pasar más que la puerta abierta. Haciéndose gestos afirmativos con la cabeza, la atravesaron y, una vez dentro, vieron que había allí unas extrañas edificaciones.

—Parece una ciudad fantasma —dijo Chester observando las filas de cabañas dispuestas a cada lado de la avenida central por la que iban caminando—. No puede haber nadie viviendo aquí —añadió esperanzado.

Si alguno de los chicos conservaba cierta idea de que las cabañas podían estar habitadas, esa idea se desvaneció en cuanto vieron las condiciones en que se hallaban por dentro. Muchas se habían desplomado, y aquellas que aún se mantenían en pie tenían la puerta abierta o no tenían puerta, y todas las ventanas estaban rotas.

—Voy a mirar ésta por dentro —dijo Will. Mientras Chester aguardaba detrás, con nerviosismo, se abrió camino por el umbral por entre un montón de vigas, agarrándose al marco de la puerta para sostenerse. Dio un grito cuando vio que la estructura entera crujía y vibraba presagiando lo peor.

—¡Ten cuidado, Will! —advirtió Chester retrocediendo hasta una distancia prudencial por si la cabaña entera se venía abajo—. Parece peligroso.

—Sí —murmuró su amigo, pero no iba a detenerse. Se metió más adentro e iluminó todo con la luz mientras se abría paso por entre los escombros caídos en el suelo—. Está llena de literas —informó a los otros dos.

—¿De literas? —repitió Cal desde fuera, extrañado, mientras Will seguía curioseando por el interior. Algo se astilló bajo su pie.

—¡Maldita sea!

Sacó el pie de donde lo había metido, y con cuidado empezó a dar marcha atrás. Se detuvo para observar algo que había en un rincón oscuro, que podía ser una especie de cocina o de estufa. Pero decidió que ya había visto lo suficiente, dado el calamitoso estado del suelo.

—¡No hay nada! —les gritó al salir.

Siguieron por la avenida central hasta que Cal rompió el silencio.

—¿No notas ese olor? —preguntó de repente a su hermano—. Es un olor irritante, como si fuera…

—Amoniaco. Sí —interrumpió Will. Iluminó con la esfera el área que tenía delante de los pies—. Parece que llega de… del suelo. Es como si estuviera en este barro —comentó apretando el talón contra el suelo de la caverna y poniéndose en cuclillas a continuación. Cogió un poco de tierra y se la llevó a la nariz—. ¡Buag, es esta mierda! Apesta. Parece como cagarrutas de pájaro secas. ¿Cómo se llama, guano?

—¿Pájaros? Bueno, eso no está mal —comentó Chester con alivio, recordando la inofensiva bandada que habían visto en la Colonia.

—No, no son pájaros, esto es distinto —se corrigió Will de inmediato a sí mismo—. Y no tiene mucho tiempo. Está blando.

—¡Vaya! —dijo Chester entre dientes, mirando a todos lados de manera desesperada.

—¡Puaj! Hay cositas aquí dentro —observó Will, pasando el peso de su cuerpo de una pierna a la otra, pero siguiendo en cuclillas.

—¿Qué tipo de cositas? —preguntó Chester, dando casi un salto.

—Insectos. ¿Los ves?

Apuntando la luz a sus pies, Chester y Cal vieron a qué se refería Will. Unos escarabajos del tamaño de cucarachas grandes se arrastraban pesadamente por la viscosa superficie de excrementos. Tenían el caparazón de color lechoso, y las antenas, que eran de un color similar, se movían rítmicamente mientras avanzaban. A su alrededor había otros insectos más oscuros, pero éstos eran más difíciles de ver porque según parecía les molestaba más la luz, y se apresuraban a hundirse en los excrementos.

También vieron que, muy cerca del borde de su común círculo de luz, un escarabajo grande abría el caparazón. Will se rió de pura fascinación cuando las alas del insecto despertaron a la vida haciendo un sonido mecánico, como de juguete de cuerda, para ascender en un vuelo lento y torpe, como el de un abejorro gordinflón. Una vez en el aire, el escarabajo se desplazó erráticamente de un lado a otro hasta que desapareció de la vista internándose en la oscuridad.

—Aquí hay todo un ecosistema —dijo Will, absorto ante la variedad de insectos que encontraba. Al escarbar en los excrementos, descubrió una larva de color pálido y aspecto hinchado, tan grande como su pulgar.

—Mirad eso. Siempre podríamos alimentarnos con ellas —comentó Cal.

—¡Aaaj! —respondió Chester con un escalofrío—. ¡No seas asqueroso!

—No, no; lo dice en serio —explicó Will.

—¿No podríamos seguir nuestro camino? —imploró Chester.

A regañadientes, Will dejó los insectos y los tres reemprendieron su camino por la avenida central. Habían llegado ante la última cabaña cuando Will les hizo señas de detenerse. El olor resultaba más potente, y él señalaba algo mientras notaban la brisa en la cara.

—¿No lo notáis? Creo que viene de allí arriba —observó Will—. Toda esta zona tiene puesta una especie de red. Mirad los agujeros.

Miraron por encima de los tejados de las cabañas, donde se podía ver un entramado que antes habían pensado que sería el techo natural de la cámara. Bajo el peso de todo lo que se había desprendido sobre ese entramado, en algunos lugares se combaba tanto que casi tocaba el techo de las cabañas, en tanto que en otros lugares el entramado había desaparecido completamente. Intentaron dirigir la luz por una de aquellas aberturas, por entre los hierros torcidos del entramado roto, para iluminar el hueco que quedaba sobre él. Pero no era lo bastante potente y no descubrió nada más que una inquietante oscuridad.

—¿Podría ser eso la grieta que dio nombre a la ciudad? —pensó Will en voz alta.

—¡Eeeh! —gritó Cal forzando la voz al máximo y provocando que los otros dos dieran un respingo. Oyeron los vagos ecos de su grito, reverberando en el vacío—. Es grande —explicó de manera completamente innecesaria.

Después oyeron un ruido. Al principio era suave, algo así como el sonido de las páginas de un libro cuando se pasan en abanico; pero fue haciéndose más y más fuerte a un ritmo alarmante.

Algo se removía, como despertando.

—¿Más escarabajos? —preguntó Chester, esperando esta vez que eso fuera todo.

—Me parece que no... —dijo Will, mirando hacia arriba—. Puede que hacer eso no haya sido una gran idea, Cal.

De inmediato, Chester se volvió contra el hermano pequeño de su amigo:

—¿Qué has hecho ahora, imbécil? —le preguntó en voz baja, pero apremiante.

Cal hizo una mueca.

El rumor era ya potente y, de pronto, de los agujeros que había en la red sobre sus cabezas, descendieron unas formas oscuras que bajaban hacia ellos en picado. Eran de enorme envergadura, y sus chillidos resonaban de un lado a otro de la caverna, como reverberando en ecos agudísimos de apariencia sobrenatural, al límite mismo de lo que podían percibir los oídos humanos.

—¡Son murciélagos! —gritó Cal reconociendo de inmediato el sonido. Chester gritó despavorido, pero se quedó, como Will, inmóvil donde estaba, hipnotizado por el espectáculo de aquellos animales que se lanzaban contra ellos a toda velocidad.

—¡Corred, idiotas! —les gritó Cal poniendo pies en polvorosa.

Un segundo después, el aire estaba cuajado de murciélagos, que eran demasiado abundantes para ser contados, como un enjambre de avispas enojadas y dispuestas a cobrarse su venganza. Pasaban tan rápido que era imposible observar a ninguno en concreto.

—¡Esto no me gusta! —exclamó Will notando el seco aire que agitaban las alas como de cuero. Los murciélagos empezaron a abalanzarse sobre los muchachos, virando bruscamente en el último instante.

Will y Chester corrieron por la avenida detrás de Cal, sin pensar ni preocuparse por la dirección que tomaban, sino sólo de escapar del ataque de aquellos monstruos voladores. No sabían hasta qué punto los murciélagos podían ser peligrosos: corrían impulsados por una idea simple, por un terror casi primordial, por la necesidad de huir de aquellas bestias gigantes de aspecto infernal.

Y, como ofreciendo un remedio a aquella situación, una

casa surgió de entre las tinieblas, delante de ellos. De dos pisos de altura, su austera fachada se elevaba por encima de las bajas cabañas circundantes. Parecía construida en una piedra de color brillante, y tenía todas las ventanas cerradas con postigos. A ambos lados tenía anexos que Cal examinó desesperadamente sin dejar de correr, buscando un lugar donde podían refugiarse.

—¡Rápido, por aquí! —gritó al ver que la puerta principal de la casa estaba ligeramente entornada.

En medio de toda aquella pesadilla, Will miró atrás, justo a tiempo de ver un murciélago especialmente grande posarse en la parte de atrás de la cabeza de Chester. Oyó el golpe sordo con el que se posó. Del tamaño de un balón de rugby, su cuerpo era negro y grueso. El golpe hizo caer a Chester. Will se lanzó para socorrerlo, mientras se protegía la cara con el brazo.

Gritando, tiró de Chester para ayudarlo a levantarse. Éste empezó a correr bastante aturdido, sin saber muy bien lo que hacía, y Will lo guió hacia la casa desconocida. Daba golpes por delante de sí tratando de mantener a los animales a raya, cuando uno, bajando a toda velocidad, se le posó en la mochila. Sintió un impulso lateral que casi lo derriba al suelo, pero logró mantener el equilibrio agarrándose al todavía aturdido Chester.

Will vio que el murciélago había caído al suelo, batiendo inútilmente una de sus alas. En un momento, otro murciélago se posaba encima de él. Otro más cayó y se quedó cerca del primero. Y todavía lo hicieron otros, hasta que el murciélago herido quedó casi oculto bajo los demás, que chillaban ferozmente como si se estuvieran peleando entre ellos. Mientras el murciélago caído luchaba inútilmente por escapar, intentando salir de debajo de los otros, Will vio que lo mordían, y que su sangre teñía de escarlata los dientes, diminutos como agujas, de sus compañeros. Atacaban sin piedad, mordisqueándole el tórax y el abdomen mientras él lanzaba chillidos espantosos.

Tropezando y agachándose al lado de Chester, Will prosiguió por lo que quedaba de la avenida. Subieron la escalera frontal de la casa para entrar en el porche, y después pasaron por la puerta, que Cal había abierto completamente. En cuanto estuvieron dentro, el niño cerró la entrada de un portazo. Oyeron varios golpes de murciélagos que se lanzaban contra la puerta, y después un roce de alas contra ella. Pero no duró mucho, y quedaron sólo los chillidos agudos, tan débiles que apenas resultaban audibles.

En la calma que siguió, los chicos trataron de recuperar su respiración normal, observando el lugar en que se hallaban. Vieron que se encontraban en un imponente vestíbulo dominado por una gran lámpara de araña cuyas intrincadas formas estaban cubiertas de polvo. A ambos lados del vestíbulo había una escalera que subía hasta un rellano trazando elegantes curvas. El lugar estaba vacío: no había muebles, y en los oscuros muros no había más que restos del papel pintado que tendían a soltarse y encogerse en rizos. Parecía que la casa llevaba años deshabitada.

Will y Cal comenzaron a caminar sobre la capa de polvo, tan espesa como nieve recién caída. Chester, que no se había recuperado aún, se apoyaba en la puerta de la calle, jadeando.

—¿Estás bien? —le preguntó Will, cuya voz sonó baja y amortiguada en la casa.

—Creo que sí. —Chester se incorporó y echó para atrás la cabeza, frotándose el cuello para aliviar el escozor—. Me siento como si me hubieran pegado con una pelota de críquet. —Al volver a inclinar la cabeza hacia delante, notó algo.

—¡Eh, Will, creo que deberías ver esto!

—¿Qué pasa?

—Parece como si alguien hubiera entrado aquí —contestó Chester, nervioso.

9

Las llamas de la pequeña hoguera daban saltos en torno a la leña, iluminando la cámara de tierra con luz parpadeante. Sarah daba vueltas sobre las llamas a un improvisado espetón en el que había dos animales ensartados. La vista de la carne que se doraba suavemente en la lumbre y el olor que desprendía le hicieron darse cuenta de lo hambrienta que estaba. Al gato evidentemente le sucedía lo mismo, si es que indicaba algo la baba que le caía de ambos lados del hocico.

—¡Buen trabajo! —le dijo al animal mirándolo de soslayo. El gato no había necesitado que nadie lo animara a salir a buscar algo de comida para los dos. De hecho, parecía encantado de poder hacer aquello para lo que había sido entrenado. En la Colonia, su misión como cazador habría sido atrapar alimañas, en especial ratas ciegas, que se consideraban una extraordinaria exquisitez.

Sentada junto al gato, echado en la butaca vecina a la suya, Sarah tenía la oportunidad de examinarlo más detenidamente a la luz del fuego. Su piel sin pelo, como la de un globo viejo y casi deshinchado, estaba llena de cicatrices, y por el cuello tenía heridas de color morado que evidentemente no eran muy antiguas.

En uno de los hombros tenía una herida con mal aspecto, un agujero con puntos de un amarillo bastante feo. Era evidente que le molestaba, porque seguía intentando limpiársela con la pata delantera. Sarah sabía que tendría que curarle la herida pronto, porque estaba infectada, si quería que el animal viviera, una decisión que todavía no había tomado. Pero si había alguna posibilidad de que efectivamente perteneciera a su familia, era evidente que no podía abandonarlo a su suerte.

—Entonces, ¿a quién perteneces realmente? ¿A Cal o a mi... mi... marido? —preguntó, encontrando difícil pronunciar la palabra. Acarició suavemente la cabeza del gato sin quitar ojo a los dos animales ensartados en el espetón. El gato no tenía ningún collar que lo identificara, pero eso no le parecía nada sorprendente, porque no era práctica común en la Colonia ponerles collares, ya que se esperaba que los Cazadores se metieran por estrechos pasadizos, y el collar se podía quedar enganchado en cualquier piedra y molestar al animal en su cacería.

Sarah tosió y se frotó los ojos. No le hacía demasiada gracia tener un fuego prendido bajo tierra. La leña, que ya de por sí estaba algo húmeda, tenía que ser preservada de los charcos que había en el suelo de la cámara mediante una plataforma que ella misma había hecho apilando piedras. Y como no había ningún lugar por el que pudiera salir el humo, el aire de la cámara estaba tan cargado que le lloraban los ojos.

Pero en especial, esperaba que estuvieran lo bastante lejos de cualquier persona para que no detectaran el olor del asado. Consultó el reloj. Habían pasado ya casi veinticuatro horas desde el incidente, y era muy improbable que los rastreos que pudieran hacer, especialmente si usaban perros, llegaran tan lejos como hasta aquel descampado que tenían sobre la cabeza. La policía concentraría sus esfuerzos en el área cercana al escenario del delito y a los terrenos comunales.

No, no le parecía probable que la descubrieran allí. Además, ningún agente de policía tendría el fino sentido del olfato que poseía la mayoría de los colonos. Se dio cuenta de lo segura que se sentía allí metida, en aquella excavación, y sospechaba que el hecho de encontrarse bajo tierra seguramente tenía algo que ver. Aquel agujero en la tierra era como un segundo hogar.

Cogió su navaja y clavó la punta en la carne.

—Bueno, la cena está lista —anunció al gato que estaba a su vera. Él pasaba la mirada de ella a la carne y de la carne a ella con la regularidad de un metrónomo. Sarah sacó del espetón el primero de los cuerpos, que era de un pichón, y lo puso sobre un periódico plegado que tenía en el regazo.

—Ten cuidado, que quema —le advirtió al gato ofreciéndole la ardilla, que aún estaba metida en el espetón. Pero era gastar las palabras, porque el gato se abalanzó sobre ella, le clavó los dientes y la sacó del espetón. Salió de pronto disparado hacia un rincón oscuro desde el cual Sarah podía oírlo comer, porque hacía bastante ruido y no paraba de ronronear.

Ella se pasó el pichón de una mano a la otra, como si hiciera malabarismos, y sopló para enfriarlo como si se tratara de una patata caliente. Cuando se hubo enfriado lo suficiente, rápidamente comenzó a comer una de las alas, dándole pequeños mordiscos a la carne. Al pasar a la pechuga, de la que arrancaba delgadas lonchas que iba saboreando, empezó a evaluar su situación.

Su norma fundamental de supervivencia era no permanecer nunca mucho tiempo en ningún sitio y cambiar siempre de lugar, especialmente cuando notaba que estaban cerca. Aunque tenía la cara hecha una pena a causa de la pelea con los policías, se había limpiado la sangre y había hecho todo lo posible por disimular los moretones más escandalosos. Lo había logrado utilizando su estuche de maquillaje, algo que llevaba siempre con ella, dado que su falta de pigmentación, su albinismo, la obligaba a usar una combinación de protector solar y crema base para protegerse del sol. Así que estaba segura de que su aspecto no llamaría la atención si decidía salir del refugio.

Limpiando con esmero un huesecillo del pichón, recordó las cartas que había recogido del felpudo de la casa de los Burrows. Se limpió la grasa de las manos con un pañuelo y sacó del bolso el montón de cartas. Había los acostumbrados folletos que anunciaban servicios de fontanería y decoradores de estilo rústico, que examinó uno por uno a la luz del mortecino fuego antes de entregarlos a las llamas. Después encontró algo que parecía bastante más interesante: un sobre de papel Manila con una etiqueta mal escrita a máquina. La carta iba dirigida a la atención de la señora C. Burrows, y el remitente era el Servicio Social de la zona.

Sarah no perdió tiempo en abrirla. Mientras la leía, se oían ruidos de huesos partidos procedentes de algún lugar en la oscuridad, porque el gato cascaba el cráneo de la ardilla entre las fauces y después, con su áspera lengua, chupaba avaricioso los sesos del animalito.

Sarah levantó la vista de la carta. De repente, comprendió con toda claridad qué era lo que tenía que hacer.

10

Will y Cal caminaron por el polvo hasta la puerta de la casa y dirigieron sus luces al lugar que señalaba Chester. Tenía razón: el borde de la puerta había sido forzado. Y no hacía mucho, a juzgar por el color que mostraba la madera allí donde se había roto.

—Me parece reciente —observó Chester.

—Esto no lo hemos hecho nosotros, ¿verdad? —preguntó Will a Cal, que negó con la cabeza—. Creo que deberíamos echar un vistazo a la casa, sólo para quedarnos tranquilos —propuso.

Los tres juntos avanzaron por el vestíbulo hasta llegar ante un par de grandes puertas que abrieron de golpe. Ante ellos se iban levantando oleadas de polvo que eran como un anticipo a sus propias pisadas. Pero incluso antes de que empezara a asentarse el polvo, se quedaron sobrecogidos por el tamaño de la sala y sus impresionantes detalles. La altura del zócalo y las elaboradas molduras del techo (una intrincada celosía de escayola que dibujaba su tejido por encima de su cabeza) daban una clara muestra de su antiguo esplendor. Podía haber sido un salón de baile o de banquetes de etiqueta, dadas sus dimensiones y su situación en la casa. Caminando por el medio del salón, no podían evitar sonreírse a causa de lo inesperado e inexplicable que resultaba todo aquello.

Will estornudó varias veces a causa del polvo, que le irritaba la nariz.

—Os diré algo —comentó, sorbiéndose la nariz y restregándosela.

—¿Qué? —preguntó Chester.

—Que la limpieza de este salón deja mucho que desear. Está peor que mi habitación.

—Sí, decididamente la doncella ha pasado por alto esta estancia —dijo Chester riéndose. Y cuando imitó el movimiento de pasar por el suelo la aspiradora, Will y él se echaron a reír.

Cal los observaba haciendo gestos de negación con la cabeza, como pensando que se habían vuelto locos. Los chicos siguieron su exploración, caminando suavemente por el polvo para mirar las estancias contiguas. La mayor parte eran tan sólo habitaciones para labores domésticas, y estaban todas más o menos igual de vacías, así que volvieron al vestíbulo, donde Will abrió la puerta que daba a una de las escaleras.

—¡Eh, tíos! —dijo—. ¡Es una biblioteca!

Salvo por dos ventanales que tenían los postigos cerrados, las paredes estaban cubiertas con estanterías de libros desde el suelo hasta el techo. La sala tenía unos treinta metros cuadrados, y cerca del extremo había una mesa, alrededor de la cual yacían, volcadas en el suelo, dos sillas.

Los tres dirigieron la vista al mismo tiempo a las huellas del suelo. Era difícil no verlas en medio de la, por lo demás, intacta alfombra de polvo. Dentro de una de esas huellas, Cal puso su bota para comparar la talla. Entre su puntera y la de las huellas había un par de centímetros de diferencia. Él y Will se miraron, éste le hizo un gesto afirmativo con la cabeza, y se pusieron a escudriñar cada rincón de la sala.

—Los pasos van hacia allí —susurró Chester—. Hacia la mesa.

Las huellas iban de la puerta donde estaban los muchachos a las estanterías y después daban varias vueltas alrededor de la mesa para desaparecer tras ella en un confuso revoltijo.

—Quienquiera que fuese —comentó Cal—, volvió a salir. —Se agachó para examinar otras huellas menos evidentes que pasaban por las estanterías y después describían varias curvas de camino a la puerta.

Will se había internado más en la biblioteca y sostenía en alto la luz para escudriñar en las esquinas.

—Está vacío —confirmó a los otros, que se reunieron con él junto a la larga mesa.

Se quedaron callados, escuchando el revoloteo de los murciélagos y sus ocasionales y agudos chillidos, al otro lado de los postigos.

—No pienso volver a salir hasta que se hayan ido todos esos bichos asquerosos —dijo Chester apoyándose en la mesa. Dejó caer los hombros de cansancio y resopló.

—Sí, yo también creo que deberíamos quedarnos aquí un rato —aceptó Will, quitándose la mochila y colocándola en la mesa junto a Chester.

—Pero ¿vamos a ver el resto de la casa o no? —presionó Cal a su hermano.

—No sé vosotros, pero yo necesito comer algo antes —intervino Chester.

Will notaba cómo, de repente, su amigo había empezado a arrastrar las palabras y sus movimientos se habían vuelto torpes, todo a causa de la fatiga. La caminata y la lucha con los murciélagos lo habían agotado, evidentemente. Pensó que debía de sufrir aún las secuelas del duro trato que había recibido durante su cautiverio.

De camino hacia la puerta, Will se volvió hacia Chester:

—¿Qué te parece si vigilas aquí mientras Cal y yo…? —empezó a decir, pero se interrumpió cuando le llamaron la atención los libros de las estanterías—. ¡Estas encuadernaciones son formidables! —dijo acercando la luz a ellos—. Parecen muy antiguas.

—Desde luego —comentó Chester sin interés. Abrió la solapa de la mochila de Will y sacó una manzana.

—Sí. Éste es interesante. Se titula *Ascensión y progreso de la religión en el alma*, de un tal... —limpió el polvo y después se inclinó para ver el resto de las letras doradas que figuraban en el lomo de cuero oscuro— de un tal «reverendo Philip Doddridge».

—Seguro que no lo puedes dejar hasta que te lo acabas —comentó Chester dándole un mordisco a la manzana.

Will extrajo el volumen de entre los otros tomos de aspecto imponente y lo abrió con un movimiento. Trocitos de papel salieron volando y le llenaron la cara, mientras el resto del papel quedaba reducido a un polvillo que cayó al suelo, a sus pies.

—¡Maldita sea! —dijo sosteniendo en las manos la cubierta vacía, con un gesto de desolación en el rostro—. Qué pena, tiene que ser por el calor.

—¿Estabas buscando una lectura demoledora? —se burló Chester, lanzando el corazón de la manzana por encima del hombro y volviendo a buscar más comida en la mochila.

—¡Ja, ja! Muy gracioso —respondió Will.

—Vamos a seguir, ¿te parece? —dijo Cal con impaciencia.

Will se aventuró a subir con su hermano para comprobar que el resto de la casa estaba efectivamente desocupada. Entre todas las habitaciones vacías, Cal descubrió un pequeño cuarto de baño y entró. Había en él un grifo lleno de cal que salía de una pared chapada con azulejos, encima de un viejo lavabo de cobre, que estaba incrustado en una mesa de madera. Levantó la palanca del grifo. Se oyeron leves sonidos de aire y después de varios segundos, empezó un fuerte traqueteo que parecía llegar de las propias paredes.

Mientras proseguía el traqueteo, que se fue transformando en una vibración más suave y quejumbrosa, Will salió corriendo de la habitación que estaba inspeccionando y atravesó el corredor que llevaba al rellano. Allí se detuvo para observar el vestíbulo por encima de la desvencijada balaustrada, y después se metió corriendo por el pasillo por el que había ido

Cal. Gritando el nombre de su hermano, fue asomando la cabeza por cada puerta hasta que llegó a la pequeña habitación que estaba justo al final, donde encontró al niño.

—¿Qué ocurre? ¿Qué has hecho? —preguntó.

Cal no respondió. Miraba el grifo fijamente. Cuando Will hizo lo mismo, vio que de él rezumaba un líquido espeso y oscuro como miel, pero después empezó a salir agua clara a borbotones, para alegría y sorpresa de los dos hermanos.

—¿Crees que se podrá beber? —preguntó Will.

Sin tardanza, Cal acercó la boca al chorro para probarla.

—¡Mmm, está estupenda! No le encuentro ninguna pega. Para mí que viene de un manantial.

—Bueno, ¡al menos hemos resuelto el problema del agua! —lo felicitó Will.

Después de atracarse de comida, Chester durmió varias horas sobre la mesa de la biblioteca. Cuando finalmente se despertó y se enteró por Will de lo que habían descubierto, fue a echar un vistazo por sí mismo y no regresó en un buen rato.

Cuando por fin volvió, tenía la piel de la cara y el cuello rojos e irritados, porque se le había agravado evidentemente el eccema de tanto frotarse la incrustada suciedad. En cuanto al pelo, lo tenía mojado y peinado hacia atrás. El aspecto que tenía de pronto, tan limpio, le recordó a Will cómo habían sido no hacía tanto tiempo. Le trajo recuerdos de Highfield y de otra época de vida más llevadera, antes de que descubrieran la Colonia.

—Esto ya es otra cosa —murmuró Chester con cierta timidez, evitando la mirada de los otros dos. Cal, que había estado echando una siesta en el suelo, se irguió y, sin despertar del todo, observó a Chester entre adormilado y divertido.

—¿Por qué te has hecho eso? —le preguntó con sorna.

—¿No te has olido últimamente? —contraatacó Chester.

—No.

—Yo sí te he olido —dijo Chester arrugando la nariz—. ¡Y no resulta nada agradable!

—Bueno, a mí me parece que has tenido una gran idea —se apresuró a decir Will para ahorrar a su amigo más bochornos, aunque los comentarios de Cal no parecían haberle molestado en absoluto. Chester estaba sólo preocupado por algo que tenía en la uña del dedo meñique, que acababa de utilizar para limpiarse enérgicamente el oído.

—Y yo voy a hacer exactamente lo mismo —proclamó Will al tiempo que Chester comenzaba con el otro oído, metiendo el dedo en él repetidamente. Will hizo un gesto negativo con la cabeza, y empezó a revolver en la mochila en busca de ropa limpia.

Tras sacar la ropa, empleó un instante en examinarse el hombro, preguntándose si sería hora de cambiar la venda de la herida. Por entre los cortes que tenía en la camisa, miró la zona con cautela, y después se dio cuenta de que necesitaba quitarse la camisa para examinar bien el estado de la herida.

—Dios mío, Will, ¿qué te ha pasado? —dijo Chester, olvidando su oído al tiempo que palidecía completamente. Había visto la amplia zona de un color rojo intenso que se transparentaba por el vendaje del hombro.

—Fue en el ataque del perro de presa —explicó Will. Se mordió el labio, y lanzó un gemido al levantar la venda para observar la herida—. ¡Ah! —exclamó—. Supongo que me vendría bien una nueva cataplasma. —Volvió a coger la mochila y a rebuscar por los bolsillos laterales en busca de la venda de repuesto y los paquetitos de polvos que le había dado Imago.

—No pensé que había sido tan grave —comentó Chester—. ¿Necesitas ayuda?

—No, gracias… Además, ya está mejor —dijo, pero se le notaba claramente que estaba mintiendo.

—Vale —dijo Chester, en cuya cara todavía se reflejaba la repugnancia que le causaba ver aquella herida y, aunque intentó sonreír, sólo logró hacer una mueca.

Y, pese a su inicial reacción ante el esfuerzo de Chester por adecentarse, también Cal terminó aprovechando la oportunidad, y en cuanto regresó Will, fue a lavarse con agua tibia.

Parecía que las horas pasaban más despacio en el interior de la casa, como si se tratara de un lugar aislado del mundo exterior. Y el absoluto silencio que invadía las estancias contribuía a provocar la impresión de que la misma casa se hallaba dormida. Aquella calma contagiaba a los tres muchachos, y entre siesta y siesta de las que se echaban en la larga mesa de la biblioteca, usando las mochilas como almohadas, no hacían el menor esfuerzo por hablar entre ellos.

Pero Will estaba nervioso y no lograba conciliar el sueño. Para pasar el rato, siguió con su examen de la biblioteca, preguntándose quién habría vivido en la casa. Pasaba de un estante a otro leyendo los títulos grabados en los lomos de las antiguas encuadernaciones hechas a mano, que en su mayor parte exhibían arcanos temas religiosos y debían de haber sido escritos varios siglos atrás. Era una actividad frustrante, porque sabía que en su interior las páginas no eran ya más que polvo y confeti pero, a pesar de todo, le fascinaban los oscuros nombres de los autores y los títulos absurdamente largos. Estaba empeñado en encontrar algún libro del que hubiera oído hablar, cuando descubrió algo curioso.

En uno de los estantes inferiores había un grupo de volúmenes todos iguales que carecían de título. Después de quitar la suciedad acumulada de los lomos, Will vio que tenían una encuadernación de color burdeos oscuro y que cada volumen ostentaba unas estrellitas de oro diminutas en tres alturas equidistantes.

Inmediatamente, intentó sacar uno de los volúmenes, pero a diferencia de los otros libros, que le habían decepcionado arrojando la acostumbrada avalancha de polvo de sus páginas desintegradas, éste se resistía a salir, como si estuviera sujeto en su sitio. Y lo que era más extraño aún: el mismo libro parecía sólido. Lo volvió a intentar, pero el libro siguió sin salir, así que eligió otro volumen de la serie y trató de sacarlo, con el mismo resultado. Pero esta vez notó que el conjunto entero, que ocupaba aproximadamente medio metro del estante, se movía ligeramente al tirar con más fuerza. Se emocionó al pensar que por fin había encontrado algo que se podía leer y, perplejo por el hecho de que los libros parecieran haberse pegado unos a otros, utilizó ambas manos para extraerlos todos.

Así salieron, todos los volúmenes juntos, y él los dejó en el suelo, a sus pies. Estaba encantado de que pesaran tanto y de que las páginas parecieran intactas vistas desde arriba. Sin embargo, no conseguía comprender por qué no podía desprender ninguno de los libros de los demás. Palpó la parte de arriba de las páginas, metiendo la uña para ver si podía separar unas páginas de otras, pero tampoco lo logró. A continuación golpeó los volúmenes con el nudillo de un dedo. Sonó a hueco, y al repetir la operación con una moneda quedó claro que no eran de papel, sino de madera tallada con mucho esmero para imitar las hojas cortadas desigualmente, como en los libros antiguos. Palpó por la parte de atrás hasta encontrar un cierre, que abrió presionando. Con un crujido, la parte superior se levantó toda entera. Era una tapa, con una bisagra que no quedaba a la vista. Y no se trataba de libros: era una caja.

Emocionado, levantó a toda prisa la tela hecha jirones que tapaba el contenido, y miró dentro de la caja. El oscuro interior de roble contenía unos objetos extraños. Sacó uno de ellos y lo examinó con ansiedad.

Se trataba obviamente de una especie de lámpara. Consistía en un cuerpo cilíndrico, de unos ocho centímetros de longitud, que llevaba adosada en un extremo una pieza circular con una gruesa lente de cristal en el interior. En la parte de atrás del cilindro había una especie de resorte, y detrás de la lente algo que parecía un interruptor.

Se parecía mucho a una luz de bicicleta, pero era sólida y pesada (supuso que estaría hecha de bronce, a juzgar por las manchas verdes que observó en las superficies). En vano intentó mover la palanca, y entonces tiró de un extremo del cilindro, en el que había dos pequeñas hendiduras. La tapa saltó haciendo «¡pop!» y dejando al descubierto una pequeña cavidad. Si era una lámpara, necesitaría pilas, pero no le parecía que hubiera espacio suficiente para pilas de la potencia necesaria, y tampoco había cables.

Perplejo, llamó a su hermano.

—¡Eh, Cal! ¡Supongo que no sabrás lo que es esto! Tal vez sólo un trasto para la basura.

El niño se acercó algo dormido, pero se le iluminó la cara en cuanto vio el objeto. Se lo cogió a Will de las manos.

—¡Ah, esto es estupendo! —dijo—. ¿No tenéis por ahí una esfera de luz?

—Aquí tienes —dijo Chester, bajando los pies de la mesa y después poniéndose en pie.

—Gracias —dijo Cal cogiendo la esfera. Primero quitó el polvo del artefacto volviéndolo del revés, dándole unos golpecitos, y después soplando hacia dentro—. Mirad esto.

Metió la esfera en la cavidad que había dentro del artefacto y apretó hasta que se oyó un *clic*.

—Pásame la parte de arriba.

Will se la entregó, y Cal volvió a ajustar el extremo del cilindro. A continuación restregó la lente en sus pantalones para limpiarla.

—Tienes que mover esta palanca —le explicó a Chester y Will— para ajustar la abertura y enfocar. —La sujetó para que pudieran ver bien cómo intentaba mover lo que parecía una palanca detrás de la pieza circular—. Está algo atascada —dijo apretando todo lo que podía con ambos pulgares. A continuación, al ceder la palanca, sonrió—: ¡Ahí lo tenéis!

Un haz de luz salió a través de la lente: un intenso rayo que corrió por las paredes como si bailara. Aunque la habitación estaba ya muy bien iluminada por las esferas de luz que habían colocado en varios puntos de las estanterías, ahora podían ver lo brillante que era, en comparación, el haz de luz que proyectaba la lámpara.

—¡Es impresionante! —dijo Chester.

—Sí. Las llaman *lámparas de styx*. Realmente hay muy pocas. Y esto es lo mejor —dijo, y abriendo la grapa de muelle que tenía por la parte de atrás, la encajó en el bolsillo de la camisa. Apartó las manos y movió el pecho apuntando a Will y después a Chester, con la lámpara firmemente sujeta en su sitio, mientras el haz de luz les daba a ellos en la cara, obligándolos a cerrar los ojos.

—Manos libres —observó Will.

—Absolutamente libres. Muy útil si uno va caminando. —Se inclinó para mirar el contenido de la caja—. ¡Hay más! Si todas están como ésta, puedo preparar una para cada uno.

—Guay —comentó Chester.

—Así… —comenzó a decir Will, al mismo tiempo que la idea tomaba forma en su cabeza—, así que toda esta casa, todo esto… ¡era para los styx!

—Sí —respondió Cal—. ¡Creía que lo sabíais! —Hizo un gesto que quería decir que eso le parecía demasiado obvio incluso para comentarlo—. Ellos vivirían aquí, y a los coprolitas los guardarían en las cabañas que hay fuera.

Will y Chester se miraron perplejos.

—¿Los guardarían? ¿Para qué?

—Para utilizarlos como esclavos. Durante un par de siglos se les hizo extraer de las minas lo suficiente para el abastecimiento de la Colonia. Ahora es diferente: ahora los coprolitas trabajan para comer y para poder comprar las esferas de luz que necesitan para vivir. Los styx ya no los obligan a trabajar como esclavos.

—Muy amable de su parte —comentó Will con sequedad.

11

La señora Burrows se encontraba en la sala de estar de Humphrey House, una residencia que pretendía ser un lugar de recuperación, o «un respiro de nuestras preocupaciones cotidianas», si se hacía caso del folleto. La sala de estar era el reino en que ella gobernaba. Había tomado posesión de la butaca más grande y más cómoda de la sala, así como del único escabel que había. Y, para poder aguantar toda la tarde viendo la televisión, había embutido, entre el brazo y el cojín de la butaca, una bolsa de frutas caramelizadas. Había conseguido persuadir a uno de los ordenanzas de la residencia para que la proveyera de manera habitual de aquel tipo de cosas, comprándolas en la ciudad. Y casi nunca las compartía con otros pacientes.

Cuando terminó la serie *Vecinos*, zapeó a una velocidad frenética por los otros canales. Dio varias vueltas por todos ellos, y no encontró nada que le interesara. Completamente frustrada, quitó el sonido de la tele y recostó la cabeza contra el respaldo de la butaca. Echaba de menos su enorme videoteca de películas y programas de televisión favoritos con la misma intensidad con que una persona normal lamentaría la pérdida de un brazo.

Lanzó un suspiro largo y desconsolado, y la irritación amainó, dejando en su lugar una vaga sensación de indefensión. Se había puesto a tararear a boca cerrada la melodía de

Urgencias, en tono triste y desesperado, cuando la puerta se abrió de golpe.

—Aquí está otra vez —murmuró la señora Burrows para sí mientras la supervisora entraba tan campante en el salón.

—¿Algo nuevo, cielo? —preguntó la supervisora, una mujer delgada como un palo y con el pelo gris, que se recogía muy prieto en un moño.

—Nada… —respondió con inocencia la señora Burrows.

—Hay alguien que quiere verla. —La supervisora se fue derechita a las ventanas y descorrió las cortinas para que la luz del día entrara en el salón.

—¿Visitas, yo? —respondió sin entusiasmo la señora Burrows protegiéndose los ojos de la luz. Sin levantarse de la butaca, trató de meter los pies en las zapatillas, un par de pantuflas de gamuza con mucho oropel, sucias y con el contrafuerte aplastado—. Me parece raro que venga a verme alguien de la familia, porque no es que queden muchos —dijo con voz un poco enternecida—. Y no me imagino que Jean haya sido capaz de levantar los reales para traer a mi hija hasta aquí… No sé nada de ninguna de las dos desde antes de Navidad.

—No es nadie de la familia —intentó decirle la supervisora, pero la señora Burrows seguía hablando sin hacerle ni caso.

—Y en cuanto a mi otra hermana, Bessie, como no nos hablamos…

—No es nadie de la familia, es una señora del Servicio Social —logró hacerse oír la supervisora antes de abrir una de las ventanas y añadir—: Así está mejor.

La señora Burrows no reaccionó ante aquella noticia. La supervisora volvió a colocar las flores del jarrón que estaba en el alféizar de la ventana y recogió los pétalos caídos antes de volverse hacia ella:

—¿Y qué tal estamos hoy?

—Bueno, no demasiado bien —respondió la señora Burrows, haciéndose la mártir, en tono quejumbroso y abatido, para terminar después la frase con un pequeño gemido.

—No me sorprende. No es sano estar todo el día encerrada. Debería salir a tomar el aire. ¿Por qué no da un paseo por el jardín después de atender a su visita?

La supervisora se detuvo y se volvió hacia la ventana, observando el jardín a través de ella, como si buscara algo. La señora Burrows se dio cuenta enseguida, y le picó la curiosidad. La supervisora se pasaba su hora de recorrido matutino organizándolo todo de forma incansable, a las personas y a las cosas, como si su misión en la vida fuera imponer un poco de orden a un mundo imperfecto. Era una dinamo humana que no paraba nunca. De hecho, era la antítesis perfecta de la señora Burrows, que había dejado en suspenso por el momento sus forcejeos con la rebelde zapatilla para observar aquel instante de inactividad de la supervisora.

—¿Ocurre algo? —preguntó, incapaz de seguir por más tiempo en silencio.

—No, nada... Sólo que la señora Perkiss asegura que ha vuelto a ver a ese hombre. Y muy cerca de ella, además.

—¡Ah! —exclamó la señora Burrows, dando a entender que sabía de lo que le hablaba—. ¿Y cuándo ha sido eso?

—A primera hora de esta mañana. —La supervisora volvió a sus tareas en el salón—. No lo puedo entender. Me parecía que la señora Perkiss estaba mejor, hasta que de repente empezaron estos extraños episodios. —Frunciendo el ceño, miró a la señora Burrows—. Su habitación está justo debajo de la de ella, ¿no ha visto a nadie por allí?

—No, ni lo creo probable.

—¿Por qué? —preguntó la supervisora.

—Está más claro que el agua, ¿no? —contestó la señora Burrows sin rodeos, logrando al fin meter el pie en la zapatilla—. Se trata del ser que todos tememos, en el fondo: la dama del alba, el sueño eterno... como se lo quiera llamar. Ha tenido la espada de Damocles demasiado tiempo sobre su cabeza... Pobrecita.

—Quiere decir... —comenzó la supervisora, tratando de

entender lo que decía la señora Burrows. Le dirigió un leve «uf...» sólo para mostrar lo que pensaba de su teoría.

La señora Burrows no quedó en absoluto afectada por la reacción de la supervisora.

—Recuerde mis palabras, ya verá cómo al final tengo razón yo —dijo con total convicción, volviendo a mirar hacia la enmudecida pantalla de televisión porque se dio cuenta de que de un momento a otro empezaría *Cifras y letras.*

La supervisora resopló para expresar su escepticismo.

—¿Desde cuándo la muerte es un hombre con sombrero negro? —dijo retomando su aire de persona seria y realista y consultando el reloj—. ¿Ya es tan tarde? Tengo que seguir con mi trabajo. —Le dirigió a la señora Burrows una mirada severa—. No haga esperar a su visita, y espero que después salga a dar un buen paseo por el jardín.

—Por supuesto —aceptó la señora Burrows con un rotundo movimiento de cabeza de arriba abajo, aunque en su fuero interno le parecía completamente desagradable el ofrecimiento de hacer ejercicio. No tenía la más leve intención de «darse un buen paseo», pero haría mucho alarde de prepararse para salir, y después se limitaría a rodear la residencia antes de meterse en las cocinas para perderse de vista por un rato. Si tenía suerte, hasta podría tomarse allí una taza de té y unas pastas de crema pastelera.

—¡Muy bien! —dijo la supervisora, paseando la vista por el salón en busca de alguna otra cosa que no estuviera en orden.

La señora Burrows le sonrió con dulzura. Tras llegar a la residencia, le había costado muy poco tiempo comprender que, si seguía un poco la corriente a la supervisora y al personal, podía hacer lo que le diera la gana, por lo menos la mayor parte del tiempo, dado que ella representaba muy pocos problemas en comparación con la mayoría de los internos.

Éstos constituían un grupo heterogéneo, pero la señora Burrows los observaba a todos con idéntico desprecio. Humphrey House tenía su buena ración de «adormilados», como ella los llamaba. Había un montón de aquellos desgraciados que, dejados a su aire, se colocaban por todos lados, como almas perdidas y solitarias, pero sobre todo en rincones en que podían pasarse las amargas horas sin que nadie los molestara. La señora Burrows había presenciado, sin embargo, la sorprendente transformación que podían experimentar los pacientes de aquel tipo, especialmente por las noches. Sin previo aviso, sufrían una metamorfosis después de que apagaran las luces, como las orugas que se envuelven a sí mismas en una acogedora crisálida sólo para salir de allí convertidas en una criatura completamente diferente. En el caso de los «adormilados», se convertían en «chillones» a las tantas de la noche.

Entonces, aquella especie habitualmente no violenta se ponía a chillar y aullar y a romper cosas en su habitación hasta que los empleados de la residencia llegaban a apaciguarlos, o a administrarles un par de pastillas. Y, generalmente, volvían a metamorfosearse en «adormilados» al amanecer del siguiente día.

Después estaban los «zombis», que iban por ahí arrastrando los pies como si fueran extras despistados en un rodaje, que no supieran lo que tenían que hacer ni adónde tenían que dirigirse, y que ciertamente no recordaban nunca la frase que tenían que decir (eran normalmente incapaces de mantener una conversación racional). La señora Burrows los ignoraba casi siempre cuando pasaban a su lado dando trompicones en su azaroso y absurdo deambular.

Pero para ella los peores eran los «representantes», horribles especímenes de profesionales de mediana edad del agobiante mundo de la banca o de la contabilidad, o de otras ocupaciones igual de intrascendentes, en su opinión, cuya mente había estallado en mitad de su carrera profesional.

Aborrecía apasionadamente a aquella especie de mutilados de guerra, soldados con traje de raya diplomática. A veces porque sus maneras y su rostro carente de expresión le recordaban demasiado a su marido, Roger Burrows. Y es que justo antes de que cogiera las cosas y se largara, Dios sabía adónde, ella había percibido peligrosos signos de que iba por el mismo camino de aquellos hombres.

Porque la señora Burrows odiaba a su marido apasionadamente.

Ya en los primeros años de matrimonio habían tenido problemas. La imposibilidad para tener hijos había abierto enseguida una grieta en su relación. Y todo el jaleo que había conllevado el proceso de adopción le había impedido a ella concentrarse en su trabajo, hasta que se había visto obligada a dejarlo. Otro sueño frustrado. Cuando vieron coronados por el éxito sus esfuerzos por adoptar una parejita, ella se había desvivido para darles todo cuanto había tenido en su propia infancia, todas esas cosas como una ropa bonita y el contacto con la gente adecuada.

Pero no había sido posible. Después de pasarse años tratando de hacer de su familia algo que no podría llegar a ser nunca, por culpa del miserable salario de su esposo, tiró la toalla y cerró los ojos a su entorno y situación, buscando solaz en los mundos del otro lado de la pantalla de televisión. Habitando en aquel mundo irreal y sesgado, había abdicado de la maternidad y entregado la responsabilidad de la casa, las labores de lavado, cocina, de todo, a su hija Rebecca, que se hizo cargo de todas las tareas del hogar con una facilidad increíble, considerando que entonces sólo tenía siete años.

Y la señora Burrows no sentía remordimiento ni culpa alguna por ello, dado que su marido no había cumplido su parte del trato. Y años después, para rematarla, el doctor Burrows, el eterno perdedor, había tenido la desfachatez de abandonarla y dejarla sin lo poco que tenía.

Él le había arruinado su arruinada vida.

Por eso lo odiaba. Y todo aquel odio fermentaba dentro de ella, nunca muy lejos de la superficie.

—La visita —insistió la supervisora una vez más.

Asintiendo con la cabeza, la señora Burrows apartó los ojos de la televisión y se levantó con dificultad de la butaca. Salió del salón arrastrando los pies y dejó a la supervisora colocando unas cajas de rompecabezas en el aparador. La señora Burrows no tenía ganas de ver a nadie, y mucho menos a una trabajadora social que podía traerle recuerdos indeseados de su familia y de la vida que había dejado atrás.

Sin prisas por llegar, iba deslizando apáticamente las zapatillas por el abrillantadísimo linóleo del suelo cuando pasó por al lado de la «Venerable anciana» que, con veintiséis años, tenía diez menos que ella, pero sorprendentemente casi no le quedaba pelo. Se encontraba en su actitud habitual: profundamente dormida en una silla del pasillo. Tenía la boca tan abierta como si alguien le hubiera partido la cabeza en dos, y su prominente laringe y amígdalas se ofrecían para que todos las pudieran admirar en la plenitud de su gloria.

La mujer exhaló un potente resoplido de su boca abierta, produciendo un sonido similar al que hace el neumático de un camión al reventar.

—¡Desgraciada! —sentenció la señora Burrows, prosiguiendo su recorrido por el pasillo. Llegó ante una puerta que tenía un tosco cartel de plástico blanco sobre el que unas letras negras proclamaban que se trataba de la «Sala de felicidad». Empujó la puerta.

La sala ocupaba una esquina del edificio y tenía ventanas en dos de las paredes que daban a la rosaleda. Alguien del personal había tenido la brillante idea de animar a los pacientes a pintar murales en las otras dos paredes, aunque el resultado final no había sido exactamente el que se había previsto al principio.

Un arco iris de dos metros de anchura, formado por una serie de franjas pintadas en distintos tonos de marrón, trazaba su curva por encima de un extraño surtido de figuras humanoides. Un extremo de este arco iris se introducía en el mar, donde sonreía un hombre, en pie sobre una tabla de surf y con los brazos extendidos en una especie de saludo de payaso, mientras una enorme aleta de tiburón trazaba a su alrededor un círculo.

En el cielo, por encima del parduzco arco iris, revoloteaban las gaviotas, pintadas en el mismo estilo naïf que todo lo demás. Tenían un cierto encanto, hasta que uno veía las cagaditas que salían de su parte trasera, trazadas en líneas discontinuas, igual que un niño habría dibujado las bombas cayendo de los bombarderos. Estas cagaditas impactaban sobre un grupo de figuras de cuerpo humano aunque redondeado y cabeza de ratón.

La señora Burrows no se sentía cómoda en la sala, porque tenía la sensación de que aquellas imágenes fracturadas y misteriosas intentaban trasmitirle a ella mensajes ocultos, y no le cabía de ninguna manera en la cabeza por qué se usaba para recibir a las visitas.

Prestó atención a su indeseada visitante, mirando con desdén a aquella mujer vestida con ropa anodina que tenía una carpeta sobre las rodillas. La mujer se puso de inmediato en pie y observó a la señora Burrows con sus ojos extremadamente claros.

—Me llamo Kate O'Leary —dijo Sarah.

—Ya lo veo —respondió la señora Burrows leyendo la inscripción de la chapa que llevaba prendida al jersey.

—Me alegro de conocerla, señora Burrows —siguió Sarah sin inmutarse, obligándose a sonreír mientras le tendía la mano.

La señora Burrows murmuró un «hola», pero se guardó la suya.

—¿Nos sentamos? —propuso Sarah retomando su asiento. La señora Burrows echó un vistazo a las sillas que había en la sala, y no eligió la que estaba junto a Sarah, sino otra que había más cerca de la puerta, como si contemplara la posibilidad de hacer una salida apresurada.

—¿Quién es usted? —le preguntó sin rodeos, dirigiendo su mirada a Sarah—. No la conozco.

—No. Pertenezco a los Servicios Sociales —respondió, sosteniendo un instante la carta que había cogido del felpudo de la casa. La señora Burrows alargó el cuello intentando leer algo—. El día quince le escribimos comunicándole esta reunión —dijo Sarah apresurándose a colocar la arrugada carta en la carpeta que tenía en el regazo, encima del resto de los papeles.

—Nadie me ha dicho nada de ninguna reunión. Déjeme ver eso —pidió la señora Burrows intentando levantarse con una mano tendida para coger la carta.

—No… no tiene importancia. Supongo que en la residencia se olvidaron de decírselo, y de todas maneras no voy a entretenerla mucho tiempo. Sólo quería asegurarme de que todo le iba bien y…

—¿No es por el dinero? —la cortó al tiempo que volvía a sentarse, cruzando las piernas—. Según tengo entendido, la Seguridad Social pagará una cantidad además de la aportación del Estado, y todo lo que pase de esa cantidad habrá que pagarlo con el dinero de la venta de la casa.

—Estoy segura de que todo está correcto, pero creo que son cosas que no pertenecen a mi departamento —comentó Sarah con otra fugaz sonrisa. Abrió la carpeta que tenía en las rodillas y sacó un bloc de notas. Estaba quitándole la tapa al bolígrafo cuando le llamó la atención un osito de peluche color café que estaba pintado en la pared, un poco por encima de la señora Burrows. Alrededor del oso había unos dados cuidadosamente pintados de colores brillantes, como rojo, naranja y azul pastel, que mostraban diferentes números. Sarah hizo un gesto negativo con la cabeza y volvió a dirigir su atención a la señora Burrows, levantando el bolígrafo sobre una hoja de papel en blanco.

—Así que, dime, ¿cuándo te admitieron aquí, Celia? ¿Te importa que te tutee?

—No, claro que no. Fue en noviembre del año pasado.

—¿Y qué tal te va? —preguntó Sarah, haciendo como que tomaba notas.

—Muy bien, gracias —respondió la señora Burrows, y después añadió como si se defendiera—: Pero todavía me queda mucho para superar mi... eh... mi trauma... Y necesitaré pasar mucho más tiempo aquí. Tengo que descansar.

—Sí. —Sarah se mostraba de acuerdo para no comprometerse—. ¿Y tu familia? ¿Has tenido noticias suyas?

—No, ninguna en absoluto. La policía dice que sigue investigando las desapariciones, pero son unos inútiles.

—¿La policía?

La señora Burrows respondió en tono triste y monocorde:

—Hasta han tenido la desfachatez de venir a verme ayer. Seguramente te has enterado de lo que pasó hace un par de días... El incidente en mi casa. —Cansinamente, le hizo un guiño.

—Sí, algo he leído —respondió Sarah—. Qué desagradable.

—Desde luego. Dos policías de ronda que sorprenden a una banda saliendo de mi casa, y la pelea que se organizó... Los dos oficiales recibieron una buena tunda, y a uno de ellos hasta lo atacó un perro. —Tosió, y a continuación se sacó un pañuelo mugriento de la manga—. Supongo que serían vagabundos de ésos. ¡Son peores que animales!

«¡Si llegara a saberlo...!», pensó Sarah. Movió la cabeza hacia los lados para mostrar su absoluta conformidad con lo que decía la señora Burrows al tiempo que le venía a la mente la imagen del policía tendido en la terraza, inconsciente.

La señora Burrows se sonó con gran estruendo y se volvió a meter el pañuelo en la manga.

—Realmente, no sé lo que va a ser de este país. De todas formas, esta vez se equivocaron de sitio, porque allí no queda nada que robar... Está todo depositado en un guardamuebles mientras se vende la casa.

Sarah volvió a negar con la cabeza mientras ella proseguía su explicación:

—Pero los policías no son mucho mejores. A mí no me dejan en paz. Mi psiquiatra intenta que dejen de venir a molestarme, pero ellos insisten en interrogarme una y otra vez. Se comportan como si yo fuera la culpable de todo…, de las desapariciones de mi familia…, hasta del ataque a los policías… Como si yo hubiera podido tener algo que ver con eso. ¡A mí aquí me vigilan las veinticuatro horas, por Cristo bendito! —Descruzó las piernas y se corrió un poco en la silla antes de volver a cruzarlas—. Así, ¿cómo voy a descansar? Todo esto me estresa muchísimo, la verdad.

—Ya, ya, lo comprendo perfectamente —se apresuró a decir Sarah—. Es mucho lo que has tenido que pasar.

La señora Burrows asintió con la cabeza y después la levantó para echar un vistazo por las ventanas.

—Pero la policía no habrá abandonado la búsqueda de tu marido y de tu hijo, supongo —apuntó Sarah con suavidad—. ¿No has tenido ninguna noticia de ellos?

—No, parece que nadie tiene ni la más remota idea de dónde se han metido. Ya sabes que mi marido me abandonó sin decir nada, y después mi hijo desapareció también de la faz de la Tierra —comentó desolada—. Bueno, lo han visto… un par de veces en el mismo Highfield. Y las cámaras de seguridad del metro grabaron imágenes de alguien que se parece a él un poco, que va con otro chico… y un perrazo.

—¿Un perrazo?

—Sí, es un alsaciano o algo parecido. —Movió la cabeza hacia los lados—. Pero la policía dice que no pueden comprobar nada. —Suspiró autocompasiva—. Y mi hija Rebecca está en casa de mi hermana, pero no he sabido ni una palabra de ella desde hace meses. —Bajó la voz hasta convertirla en un susurro, mientras su rostro se volvía inexpresivo—. Todos los que conozco se van… Tal vez todos encuentran un sitio mejor en el que estar.

—Sólo puedo decir que lo siento mucho —dijo Sarah con voz amable y consoladora—. Tu hijo… ¿piensas que se fue en busca de tu marido? Creo haber leído que el oficial que llevaba el caso estaba considerando esa posibilidad.

—De Will no me extrañaría —respondió la señora Burrows sin dejar de mirar al jardín, donde alguien había hecho esfuerzos poco entusiastas por atar unos rosales trepadores de aspecto enfermo a la pérgola de plástico que había al lado de la ventana—. No me sorprendería en absoluto.

—Así que no has visto a tu hijo desde… ¿desde cuándo?, ¿desde noviembre?

—No, desde antes incluso. No, no lo he visto —respondió en un suspiro.

—¿Cómo estaba, cómo se encontraba él psicológicamente antes de desaparecer?

—Realmente, no te lo puedo decir. Yo no estaba demasiado bien entonces, y no… —La señora Burrows se detuvo en mitad de la frase y, apartando la mirada de la rosaleda, la dirigió a Sarah—. Mira, supongo que habrás leído lo que ya he dicho, así que ¿por qué vuelves a preguntármelo? —De repente, sus modales se transformaron como si una chispa hubiera prendido la llama. Su voz volvió a adquirir su tono habitual, impaciente e irascible. Se incorporó y levantó los hombros mirando a Sarah con agresiva atención.

A ésta no se le pasó por alto el cambio experimentado por la mujer que tenía enfrente. Retiró inmediatamente la mirada, fingiendo que consultaba las notas sin contenido que había garabateado en el bloc que sostenía en las rodillas. Esperó unos segundos antes de volver a hablar, y lo hizo con una voz lo más tranquila que pudo.

—Realmente, es muy sencillo: soy nueva en este caso y quiero tener toda la información de los antecedentes. Lamento hacerte recordar cosas dolorosas.

Sarah sentía los ojos de la señora Burrows taladrándola como si fueran rayos X. Lentamente, se recostó contra el respaldo. Aparentemente, parecía relajada, pero por dentro se preparaba para resistir un ataque. Y el ataque empezó un instante después:

—O'Leary… ¿Irlandesa, verdad? No tienes mucho acento.

—No, mi familia se trasladó a Londres en los años sesenta. Pero de vez en cuando me voy allí de vacaciones...

La señora Burrows, con el rostro lleno de animación y echando chispas por los ojos, no la dejó acabar:

—Ése no es tu color de pelo natural, se te ven las raíces —observó—. Parecen blancas. Te tiñes el pelo, ¿no?

—Eh... sí, lo hago. ¿Por qué?

—Y tienes algo raro en el ojo... ¿Es un cardenal? Y en el labio también, ¿no lo tienes algo hinchado? No te habrá pegado alguien...

—No, lo que pasa es que me caí por la escalera —respondió Sarah lacónicamente, inyectando a su voz un atisbo de indignación para que su reacción sonara creíble.

—¡Ah, sí, la famosa escalera! Si no me equivoco, llevas un montón de maquillaje encima de lo que yo diría que es una piel muy pálida.

—Eh... supongo —dijo Sarah, poniéndose nerviosa. Se estaba quedando estupefacta ante las dotes de observación de la señora Burrows. Poco a poco, pero con mano firme, le estaba quitando el disfraz, como si le quitara a una flor los pétalos uno a uno para mirar qué quedaba dentro.

Se estaba preguntando cómo podría zafarse del interrogatorio de la señora Burrows, que no mostraba señales de agotamiento, cuando vio unos globos pintados en la pared, justo sobre el hombro izquierdo de su interlocutora. Sobre los globos habían pasado una mano de pintura azul cielo, oscureciéndolos casi por completo y volviendo mates sus brillantes colores. Sarah aspiró un poco de aire y se aclaró la garganta. Después comentó:

—Sólo me quedan unas preguntas, Celia. —Tosió para disimular su incomodidad—. Perdona, me parece que estás entrando en un terreno demasiado... eh... personal.

—¿Personal? —preguntó la señora Burrows con una risa fría—. ¿No te parece que todas tus estúpidas preguntas son también un poco... personales?

—Tengo que…

—Tienes un rostro muy peculiar, Kate, pese a todos los esfuerzos que haces para disimularlo. Ahora que me fijo, creo que encuentro tu cara bastante familiar. ¿Dónde podría haberla visto? —La señora Burrows frunció el ceño e inclinó la cabeza, intentando recordar. Había algo de teatral en su actitud: se lo estaba pasando en grande.

—Esto no tiene nada que ver con lo que…

—¿Quién eres tú, Kate? —la cortó en seco la señora Burrows—. No me digas que eres del Servicio Social, porque a ésas las conozco, y tú eres muy distinta. Así que ¿quién eres realmente?

—Creo que será mejor que lo dejemos por hoy. Tengo que marcharme —dijo Sarah decidiendo interrumpir la visita. Empezó a recoger los papeles y a meterlos en la carpeta. Se puso de pie rápidamente y estaba cogiendo su gabardina del respaldo de la silla cuando la señora Burrows saltó con sorprendente velocidad y se puso delante de la puerta, impidiéndole pasar.

—¡No tan rápido! —exclamó—. Antes tengo algunas preguntas que hacerte.

—Me doy cuenta de que he cometido un error viniendo a verla, señora Burrows —dijo Sarah de manera contundente echándose la gabardina sobre el brazo.

Dio un paso hacia la señora Burrows, que no se movió un centímetro, y así se quedaron las dos, mirándose a la cara, como dos boxeadores profesionales que se miden uno al otro antes de luchar. Sarah se había cansado de fingir su papel, y estaba claro que la señora Burrows no sabía nada que no supiera ella sobre el paradero de Will. O que, si lo sabía, no se lo iba a decir.

—Podemos terminar esta entrevista en otro momento —dijo Sarah forzando una sonrisa cortada y poniéndose de lado como si tratara de meterse entre la señora Burrows y la pared.

—Quédate donde estás —le ordenó ésta—. Debes de creerte que estoy gagá. Vienes aquí vestida con esos harapos y con una actuación de segunda fila, ¿y esperas que me lo trague? —Sus ojos, cerrados hasta convertirse en dos rendijas que daban a su rostro un aspecto malvado, brillaban con la satisfacción del descubrimiento.

»¿De verdad creías que no me iba a imaginar quién eras? Tienes la cara de Will, y por mucho tinte que te eches o por mucha estúpida actuación... —con el dorso de la mano pegó un manotazo a la carpeta que llevaba Sarah en los brazos—, no vas a poder disimularlo. —Movió la cabeza de arriba abajo, poniendo un gesto de astucia—. Tú eres su madre, ¿verdad?

Eso era lo último que Sarah esperaba oír. La mujer que tenía ante ella la asustaba con sus dotes de observación.

—No sé de lo que me habla —respondió Sarah con toda la frialdad que pudo poner en su voz.

—La madre biológica de Will.

—Eso es absurdo. Yo...

—¿De qué madriguera acabas de salir? —preguntó la señora Burrows con desprecio y sarcasmo al mismo tiempo.

Sarah negó con la cabeza.

—¿Por qué has tardado tanto en aparecer? ¿Y por qué lo haces ahora? —prosiguió la señora Burrows.

Sarah no dijo nada, pero fulminó con la mirada a aquella mujer de cara enrojecida.

—Abandonaste a tu hijo, lo entregaste para que lo adoptaran, ¿qué te da derecho a venir a husmear ahora por aquí? —preguntó.

Sarah resopló con fuerza. Le hubiera costado poquísimo esfuerzo apartar de su camino a aquella mujer fofa y perezosa, pero prefirió no hacerlo por el momento. Se quedaron allí las dos, en tenso silencio, por un lado la madre adoptiva de Will y, por otro, su madre biológica, inexorablemente unidas y conscientes ambas de quién era la otra.

La señora Burrows rompió el silencio:

—Por lo que veo, lo estás buscando, o de lo contrario no

habrías venido aquí —dijo algo más tranquila. Levantó las cejas como un detective de televisión al hacer en el caso una deducción de vital importancia—: ¿O tal vez has sido la responsable de su desaparición?

—No tengo nada que ver en su desaparición. Está loca.

La señora Burrows lanzó un gruñido:

—¡Ah!, ¿loca, dices…? ¿Y por eso estoy en este espantoso lugar? —dijo en tono melodramático, sobreactuando como un mal actor. A continuación puso los ojos en blanco como la aterrorizada heroína de una película muda—. ¡Por favor…!

—Déjeme salir, por favor —pidió Sarah con resuelta cortesía, avanzando un pequeño paso.

—Todavía no —dijo la señora Burrows—. ¿No será que decidiste que querías recuperar a Will?

—No…

—¿No será que lo has secuestrado? —la acusó.

—No, yo…

—Bueno, me parece que algo tienes que ver, sea lo que sea. Pues entérate, piojosa, de que espero que mantengas tus narices fuera de mis asuntos, ¡y de mi familia! —dijo con el ceño fruncido—. Mira qué pinta tienes. ¡Tú no te mereces ser la madre de nadie!

Eso era más de lo que Sarah podía soportar.

—¿Ah, no? —respondió apretando los dientes—. ¿Y qué has hecho tú por él?

Una expresión de triunfo recorrió el rostro de la señora Burrows. Había logrado que Sarah se descubriera.

—¿Que qué hice por él? Hice todo lo que pude. Fuiste tú la que se deshizo de él —respondió airada, sin saber que Sarah estaba resistiéndose al fuerte impulso de matarla—. ¿Por qué no has venido antes a verlo? ¿Dónde te has escondido todos estos años?

—¡En el infierno! —estalló Sarah, revelando cuánto desprecio y resquemor sentía hacia aquella mujer. Su cara expresaba toda la violencia que podía albergar.

Pero eso no aplacó a la señora Burrows en absoluto. Se alejó un paso de la puerta, pero no como retirada, sino para poner la mano sobre el gran botón rojo de alarma que había en la pared. Ahora Sarah tenía el camino franqueado y se dirigió a la puerta para girar el picaporte sólo un poco. Al hacerlo, llegó retumbando por el corredor el ruido de un altercado, con tremendos golpes y gritos histéricos. La señora Burrows comprendió al instante que uno de aquellos relojes humanos que acostumbraban a gritar por las noches se había adelantado. Eso era muy infrecuente, porque lo normal era que reservaran sus gritos histriónicos para las altas horas de la madrugada.

Por un brevísimo instante, Sarah se distrajo con el ruido. Después volvió a concentrar toda su atención en la señora Burrows, que seguía con la mano puesta sobre el botón.

Sarah la miró de manera agresiva, negando con la cabeza:

—No te atrevas a hacerlo —la amenazó.

La señora Burrows se rió de manera desagradable:

—¿No? Lo único que quiero es que salgas de aquí... —explicó.

—Ah, yo también quiero irme —gruñó Sarah, cortándola en seco.

—... y que no vuelvas a pisar este lugar. ¡Nunca!

—No te preocupes... Ya he visto todo lo que quería ver —replicó Sarah mordazmente al tiempo que abría por completo la puerta, que pegó contra la pared que tenía pintado el extraño mural e hizo vibrar las ventanas. Avanzó un paso, pero dudó en el hueco de la puerta comprendiendo que no había dicho todo lo que quería, y eso que ya se habían acabado las contemplaciones. Y en el calor del momento, le pareció que por fin podía admitir ante sí misma lo que había intentado rechazar de manera tan dura: que lo que decía el mensaje de Joe Waites podía ser verdad.

—Dime qué le hiciste a Seth...

—¿Seth? —cortó bruscamente la señora Burrows.

—Llámalo como te parezca: Seth o Will, poco importa. ¡Tú lo has convertido en algo perverso, en algo malo! —le gritó a la cara—. ¡En un asesino!

—¿Un asesino? —preguntó la señora Burrows, que de pronto pareció perder toda seguridad en sí misma—. Pero ¿de qué demonios estás hablando?

—¡Mi hermano ha muerto, y Will lo ha matado! —bramó Sarah con lágrimas que le caían de los ojos. Al calor del momento, se dio cuenta de que por fin admitía que los sucesos descritos en la carta de Joe Waites hubieran tenido lugar tal y como él los relataba. Era como si su encuentro con la señora Burrows le hubiera hecho encontrar la pieza que faltaba del rompecabezas, y que una vez completo, ese rompecabezas mostrara a las claras la peor de todas las escenas imaginables. Y el estallido de Sarah era tan convincente y contenía una emoción tan desnuda que a la señora Burrows le quedaron pocas dudas de que decía la verdad. O al menos, de que creía que era verdad lo que decía.

La señora Burrows empezó a temblar. Por primera vez, Sarah le hacía perder los papeles a ella. ¿Por qué aquella mujer acusaba a Will de asesinato? ¿Y por qué lo llamaba Seth? Esto la desquiciaba más que la cancelación tras la emisión de los primeros capítulos de una prometedora serie de televisión a la que se hubiera enganchado. No tenía sentido. Su rostro era la viva imagen de la confusión al apartar la mano del botón y dirigirla en gesto suplicante hacia Sarah.

—¿Que Will ha matado… a tu hermano? ¿Qué…? —masculló la señora Burrows intentando encontrar algún sentido a lo que había dicho Sarah. Pero ésta se limitó a dirigirle una última mirada fulminante, y salió de la sala. Salió corriendo por el pasillo al tiempo que dos corpulentos ordenanzas corrían ruidosamente en sentido contrario.

Se dirigían hacia el lugar en que se originaban los agudos lamentos, pero dieron un frenazo al cruzarse con Sarah, dudando si debían darle el alto.

Pero ella no les dio ocasión de decidirse, porque dobló la esquina del pasillo corriendo como una liebre. Sus zapatos resbalaban y rechinaban tratando de agarrarse al suelo de linóleo demasiado encerado; no estaba dispuesta a pararse por nadie ni por nada. Los ordenanzas se miraron uno al otro, se encogieron de hombros y siguieron su camino.

Sarah abrió la puerta de cristal del vestíbulo. Al entrar en él, vio en la pared una cámara de vigilancia... que la enfocaba directamente a ella. ¡Maldita...! Agachó la cabeza, consciente de que ya era demasiado tarde. Ya no podía hacer nada.

La recepcionista que estaba tras el mostrador era la misma que había consignado la entrada de Sarah. Estaba hablando por teléfono, pero rápidamente lo dejó sobre su mesa para llamarla:

—¡Eh!, ¿se encuentra bien? ¿Qué ocurre, señorita O'Leary?

Como Sarah no le hizo caso, la recepcionista comprendió que pasaba algo y saltó de la silla, gritándole que se detuviera.

Con la recepcionista todavía gritando a sus espaldas, Sarah atravesó corriendo el aparcamiento y salió a la calle por la salida de coches. No dejó de correr hasta que se encontró en una calle principal. Vio un autobús detenido y rápidamente se subió a él. Tenía que alejarse de la zona por si llamaban a la policía.

Se sentó en la parte de atrás del autobús, apartada de los otros pasajeros. Le costaba trabajo volver a respirar con normalidad, porque por dentro era un hervidero de pensamientos y emociones. En todos los años pasados en la Superficie, nunca le había revelado a nadie tantas cosas de sí misma, ¡y pensar que lo había ido a hacer, de toda la gente posible, con la señora Burrows! No debería haberse quitado la máscara, debería haber conservado la sangre fría. Todo había salido horriblemente... Pero ¿en qué había estado pensando?

Al repasarlo mentalmente, el incidente en su totalidad le provocaba palpitaciones. Se enfurecía contra sí misma por su falta de autocontrol y la manera en que había perdido los estribos en la entrevista con aquella mujer ridícula e inútil que había constituido una parte tan importante en la vida de su hijo, que había tenido el privilegio de verlo crecer a su lado y que tenía que tener alguna responsabilidad en el cambio que había experimentado para convertirse en lo que hasta ese momento ella se había negado a creer: un traidor, un renegado y un asesino.

De regreso en Highfield, no pudo evitar echar a correr en el último tramo del descampado. Había recuperado parte de su serenidad en el momento de tirar de la plancha de contrachapado y penetrar de un salto en el hoyo, que la recibió con el acostumbrado y reconfortante crujido de huesecillos bajo los pies.

Buscó la linterna en el bolsillo pero, aunque la encontró, no la encendió porque prefirió hacer a tientas el camino por el oscuro túnel hasta la sala de las butacas.

—¿Estás ahí, gato? —preguntó encendiendo por fin la linterna.

—Sarah Jerome, imagino —dijo una voz al tiempo que la cámara se iluminaba con una luz resplandeciente que no se debía sólo a la pequeña linterna de Sarah. Se protegió los ojos, asustada por lo que le había parecido ver.

—¿Quién…? —preguntó, comenzando a retroceder.

¿Qué significaba aquello?

Allí había una chica de unos doce o trece años, que estaba reclinada en una de las butacas, con las piernas cruzadas como una señorita y una sonrisa coqueta en su bonito rostro. Pero lo que le llamó más la atención e hizo que se le revolvieran las tripas de terror, fue que la chica iba vestida de styx: cuello grande y blanco sobre vestido negro.

¿Una niña styx?

Y de pie, junto a la niña, había un colono, un grandullón de aspecto fiero y brutal. Tenía al gato sujeto del cuello por una correa y tiraba de él con fuerza para no dejarlo moverse.

El instinto reemplazó al intelecto: Sarah abrió el bolso de un tirón y en menos de un segundo su navaja estaba fuera, brillando a la luz. Dejó caer el bolso, se agachó y se echó hacia atrás. Mirando a su alrededor desesperada, vio de dónde provenía la luz: había muchas esferas de luz (no hubiera podido decir cuántas) levantadas a lo largo de las paredes de la cámara, sujetas por colonos. Aquellos hombres musculosos, fuertes y bajos, se alineaban a lo largo de las paredes como estatuas inmóviles, como guardianes.

Al oír la áspera e indescifrable lengua de los styx, lanzó la mirada hacia el túnel por el que había entrado. Por él, a su espalda, acababa de llegar una fila de styx con su uniforme, constituido por un gabán negro y una camisa blanca, y le habían cerrado el único paso por el que podía escapar. Había un lleno total: los Cuellos Blancos estaban bien representados allí.

Estaba rodeada. De aquélla no iba a escapar. Se encontraba en una situación desesperada, completamente perdida. Había actuado con demasiada prisa y de manera insensata; no sabía en qué estaba pensando cuando entró en la excavación sin tomar ninguna de las precauciones habituales. ¡Qué estúpida!

Ahora pagaría su error. Y muy caro.

Dejó caer la linterna y luego levantó la navaja y se la puso al cuello. Tenía tiempo, y eso no se lo iban a poder impedir.

Entonces, la chica volvió a hablar, con voz amable.

—No se te ocurra hacerlo.

Sarah farfulló algo ininteligible, porque el terror le ponía un nudo en la garganta.

—Sabes quién soy… Soy Rebecca.

Sarah negó con la cabeza, con los ojos empañados. Algún rincón de su cerebro se preguntó por qué aquella niña styx utilizaba un nombre de la Superficie. Nadie conocía sus auténticos nombres.

—Me has visto en casa de Will.

Descubrimientos

Sarah volvió a negar con la cabeza, pero después se quedó paralizada. Había algo familiar en la chica. Comprendió que se hacía pasar por la hermana de Will. Pero ¿cómo había podido hacer semejante cosa?

—La navaja —apremió Rebecca—, suéltala.

—No —intentó decir Sarah, pero sólo le salió un gemido.

—Nosotras tenemos mucho en común. Tenemos intereses en común. Harías bien en oír lo que tengo que decirte.

—No hay nada que decir —gritó Sarah, recuperando la voz.

—Explícaselo, Joe —dijo la chica styx, volviéndose un poco hacia un lado.

Alguien avanzó desde la pared. Era el hombre que había escrito la carta, Joe Waites, uno de los amigos de su hermano Tam. Joe había sido como alguien más de la familia para ella y para su hermano, un amigo leal que habría seguido a Tam al fin del mundo.

—Vamos —le ordenó Rebecca—. Explícaselo.

—Soy yo, Sarah —dijo él—. Joe Waites —añadió enseguida, viendo que ella no daba muestras de reconocerlo. Avanzó un centímetro, dirigiendo hacia ella la palma de sus manos temblorosas. La voz se le quebraba a causa de la turbación, y de su boca sólo salían palabras sin mucho concierto—. Sarah —imploró—, por favor, por favor, suelta eso, suelta esa navaja… Hazlo por tu hijo, por Cal… Supongo que has leído mi carta… Es verdad, es el divino…

Sarah apretó más la hoja de la navaja contra el cuello, por encima de la yugular, y él se quedó en el sitio, como muerto, con las manos tendidas y los dedos extendidos, abiertos. Todo su cuerpo temblaba de tal manera que Sarah pensó que se iba a desvanecer.

—No, no, no… Escúchala, Sarah… Tienes que hacerlo. Rebecca puede ayudarnos.

—Nadie va a hacerte nada, Sarah. Te doy mi palabra —dijo la chica con voz tranquila—. Por lo menos, escúchame. —Levantó los hombros encogiéndolos un poco y ladean-

147

do la cabeza—. Pero sigue si quieres… Córtate la garganta… No puedo hacer nada para impedirlo. —Exhaló un prolongado suspiro—. Sería una pena, un error trágico y estúpido. ¿No querrías salvar a Cal? Él te necesita.

Volviéndose a un lado y luego al otro y con la respiración entrecortada como el animal acorralado que era en aquellos momentos, Sarah miró con ojos desencajados a Joe Waites, cerrándolos y volviéndolos a abrir ante la incomprensible presencia de la cara inconfundible del viejo amigo con su gorro apretado y aquel diente solitario que lucía su encía superior.

—¿Joe? —susurró con una voz ronca en la que se reflejaba la tranquila resignación de alguien que está dispuesto a morir.

Se hundió la hoja en la garganta un poco más. Joe Waites sacudió los brazos con desesperación, gritando al ver caer por la extrema palidez de su cuello las primeras gotas de sangre.

—¡Sarah, por favor! —gritó—. ¡No, no, no, no…!

12

Will se ofreció a hacer la primera guardia para que los otros dos pudieran descansar. Intentó escribir en su diario, pero le resultaba difícil concentrarse y, al cabo de un rato, lo apartó. Caminó alrededor de la mesa escuchando los regulares ronquidos de Chester, y a continuación decidió aprovechar para explorar la casa más detenidamente. Además, se moría de ganas de probar la nueva lámpara que Cal había montado para él. Con cierto orgullo la enganchó al bolsillo de su camisa, tal como le había enseñado su hermano, y reguló la intensidad del haz de luz. Tras dirigir una última mirada a sus compañeros dormidos, abrió la puerta con mucho cuidado y salió de la biblioteca.

Decidió que su primera escala fuera la habitación que estaba justo en el lado opuesto del vestíbulo, que Cal y él habían mirado muy por encima en su primera excursión por la casa. Pasó por encima del polvo pisando de puntillas y, tras abrir la puerta con suavidad, entró.

Tenía las mismas dimensiones de la biblioteca, pero estaba completamente desprovista de muebles y estanterías. La circundó entera, fijándose en el zócalo, donde había pequeñas tiras de papel pintado de color verde lima, papel que en un tiempo había obviamente adornado la pared.

Pasó por delante de las ventanas cerradas con sus postigos, venciendo el impulso de abrirlos, y en vez de eso dio varias vueltas más a la habitación. El haz de luz barría ante sus ojos la oscuridad. Y como no encontraba nada de interés, estaba a punto de dejar la estancia cuando algo le llamó la atención. Era algo que no había visto en su primera inspección de la casa, cuando la habían recorrido con las esferas luminiscentes, pero ahora, con aquel haz de luz mucho más potente, era difícil pasarlo por alto.

Junto a la puerta, grabadas en la pared, más o menos a la altura de la cabeza, se podían leer las siguientes palabras:

DECLARO HABER DESCUBIERTO ESTA CASA
FIRMADO: DR. ROGER BURROWS

A continuación figuraba una fecha: un día seguido de un número que Will no lograba comprender; debajo había una posdata:

PD: PRECAUCIÓN: PLOMO EN LAS PAREDES.
¡ALTA RADIACTIVIDAD EN EL EXTERIOR!

Maravillado, Will acercó la mano y la pasó por encima de algunas de las letras, que reflejaban la luz como si estuvieran grabadas en metal.

—¡Mi padre! ¡Mi padre ha estado aquí! —empezó a gritar. Se puso tan eufórico que se le olvidó que intentaban permanecer en la casa haciendo el menor ruido posible—. ¡Mi padre ha estado aquí!

Despertando con aquellos gritos, los otros dos chicos se presentaron corriendo en el vestíbulo.

—¡Will! ¿Qué pasa, Will? —gritó Chester desde la puerta, preocupado por su amigo.

—¡Mirad esto! ¡Ha estado aquí! —balbuceaba Will completamente dominado por la emoción.

Empezaron a leer la inscripción, pero Cal no se sintió muy impresionado, y no tardó en apoyarse en la pared. Bostezó, frotándose los ojos para despertar del todo.

—Me pregunto cuánto tiempo hará que la hizo —comentó Will.

—¡Increíble! —dijo Chester al acabar de leer la inscripción—. ¡Esto es de alucine! —Le dirigió a Will una sonrisa, compartiendo su euforia. A continuación, frunció levemente el ceño—. ¿Piensas que las huellas de la biblioteca eran suyas?

—Me apuesto lo que sea —dijo Will sin aliento—. Pero ¿no es increíble? Vaya coincidencia, hemos elegido la misma ruta que él…

—De tal palo, tal astilla —comentó Chester, dándole una palmada en la espalda.

—Pero no es su padre —dijo desde la penumbra, detrás de Chester, una voz ofendida. Cal movía la cabeza hacia los lados, negando—. No es su padre auténtico —dijo de manera desagradable—. Y ni siquiera tuvo las agallas de decírtelo. ¿No es verdad, Will?

Éste no reaccionó, y tampoco permitió que su hermano le estropeara el momento.

—Bueno, parece que no podemos quedarnos mucho tiempo por aquí, si mi padre tiene razón en lo de la radiactividad y las paredes están forradas de plomo… —Puso mucho cuidado en pronunciar con claridad las palabras «mi padre», sin mirar a Cal—. Y parece que tiene razón. Tocad aquí. —Tocó la superficie de la pared debajo de la inscripción, y Chester hizo lo mismo—. Debe de actuar como escudo protector.

—Sí, efectivamente parece que está frío, como el plomo. Así que me imagino que el resto de la casa estará igual —dijo Chester mostrándose de acuerdo y observando las paredes a su alrededor.

—Está claro. Ya os dije que el aire no es saludable en las Profundidades, idiotas —les dijo Cal con desprecio, y se fue pisando con fuerza el polvo y dejando allí a los otros dos.

—Justo cuando empezaba a pensar que no era tan capullo como me parecía —rezongó Chester moviendo la cabeza hacia los lados—, va y lo echa a perder.

151

—No le hagas caso —dijo Will.

—Se parece un poco a ti, pero es sólo un parecido físico —dijo Chester de mal humor. El comportamiento de Cal lo sacaba de quicio—. Ese enano sólo se preocupa de una persona: de él. Y ya sé de qué va, siempre tratando de hacerme saltar... —Se calló de repente, al notar la expresión ausente de su amigo. Will no le estaba escuchando, sólo miraba la inscripción de la pared, totalmente imbuido en pensamientos que concernían a su padre.

Los chicos pasaron relajados las siguientes veinticuatro horas, a ratos durmiendo sobre la mesa de la biblioteca, a ratos recorriendo la mansión. Al investigar el resto de las estancias, Will se sentía incómodo pensando que allí habían vivido styx en otro tiempo, aunque fuera hacía mucho tiempo. A pesar de su búsqueda, no encontró más rastros de su padre y le entraron ganas de volver a salir, acuciado por la idea de que el doctor Burrows podía encontrarse todavía por la zona, y con el desesperado deseo de encontrarlo. Se inquietaba más a cada hora que pasaba, hasta que no pudo soportarlo por más tiempo. Así que les pidió a los otros dos que prepararan las cosas, y salió de la biblioteca para esperarlos en el vestíbulo.

—No sé lo que es, pero algo hay en este lugar... —le dijo Will a Chester cuando se reunió con él ante la puerta de salida. Había abierto un resquicio por el que proyectaban los haces de luz de sus lámparas a la lúgubre forma de las achaparradas cabañas mientras esperaban a que llegara Cal. Desde la escena que había hecho a propósito del padre de Will, se había mostrado malhumorado y poco comunicativo, así que los otros dos lo habían dejado a su aire.

—Eso me hace sentir... Es una especie de incomodidad —dijo Will—. Son todas esas cabañas que hay ahí fuera, y la idea de que los styx los obligaban a vivir en ellas, como esclavos. Apuesto a que los trataban bastante mal.

—Los styx son lo peor de lo peor —sentenció Chester. A continuación resopló bruscamente y negó con la cabeza—.

No, Will, la verdad es que a mí tampoco me gusta nada. Es extraño que… —reflexionó.

—¿Qué?

—Bueno, es sólo que aquí no ha venido nadie durante años, tal vez durante siglos, hasta que se le ocurrió entrar a tu padre. Estaba cerrado, como si nadie se atreviera a poner un pie aquí dentro.

—Sí, tienes razón.

—¿Crees que se fueron porque la vida aquí se había vuelto simplemente demasiado espantosa? —preguntó Chester.

—Bueno, está claro que los murciélagos son carnívoros. Los vi atacar al que había caído herido. Pero no creo que supongan un gran peligro —contestó Will.

—¿Que no lo suponen? —preguntó Chester con aprensión, y palideciendo—. ¡Nosotros somos carne!

—Sí, pero me apuesto algo a que les gustan más los insectos. O los animales que no pueden defenderse. —Negó con la cabeza—. Tienes razón, tampoco yo creo que sean sólo los murciélagos los que han alejado a la gente de este lugar.

Mientras hablaba, Cal se había acercado pisando fuerte en el polvo, se había quitado la mochila y la había utilizado como asiento.

—¡Ah, sí, los murciélagos! —interrumpió de mal humor—. ¿Cómo vamos a pasar por entre ellos?

—Por el momento, no hay ni rastro de ellos —contestó Will.

—Maravilloso —gruñó su hermano—. Así que no hay ningún plan.

Will contestó sin alterarse, negándose a picar el anzuelo y acabar a la gresca con su hermano:

—Bueno, podemos hacerlo así: apagamos las luces todo lo que podamos, no hacemos ruido, ni gritamos (¿lo pillas, Cal?). Y, como precaución, llevaré unos fuegos artificiales preparados por si aparecen. Eso debería matarlos de miedo.

—Will abrió el bolsillo lateral de la mochila, en el que tenía un par de cohetes que habían quedado de los que había disparado en la Ciudad Eterna.

—¿Eso es todo? ¿Ése es el plan que tenéis? —preguntó Cal de manera agresiva.

—Sí —respondió Will tratando de no perder la calma.

—¡Lo que se dice genial! —gruñó el niño.

Will le lanzó una mirada asesina, y con mucha cautela abrió la puerta por completo.

Cal y Chester salieron, seguidos por Will, que llevaba un par de cohetes de fuegos artificiales en una mano y un mechero en la otra. En varias ocasiones escucharon chillidos de murciélagos, pero parecían demasiado lejos como para provocar alguna alarma. Los muchachos avanzaron en silencio y con rapidez, utilizando el mínimo de luz necesaria para ver por dónde iban. En la penumbra, en torno a sus pies, el sonido de cosas que se movían ponía a prueba su valor, y pensando en lo que debía de haber por allí se les desbocaba la imaginación.

Habían dejado atrás la puerta de la ciudad, y caminaron de vuelta una gran distancia por el túnel principal por el que habían llegado, cuando Cal se detuvo e indicó un pasadizo lateral. Como era de esperar, el chico había ido delante, solo, y en ese momento no decía nada, pero seguía señalando.

—¿El enano intenta decirnos algo? —preguntó con sarcasmo Chester a Will, acercándose a él. Entonces éste se aproximó unos pasos más, hasta que su cara estuvo a muy poca distancia de la de su hermano.

—Cal, haz el favor de no comportarte como un niño. Tenemos que funcionar como un grupo.

—Una señal —se limitó a explicar el niño.

—¿Una señal del cielo? —preguntó Chester.

Sin hablar, el más pequeño de los tres se hizo a un lado para permitirles ver un poste de madera que se elevaba hasta un metro de altura del suelo. Era negro como el ébano y tenía la superficie rajada, como si estuviera carbonizado, y en la parte superior tenía una flecha que señalaba al interior del pasadizo. No lo habían visto a la ida porque estaba metido justo dentro de la boca del pasadizo.

—Supongo que esto podría ser una buena ruta hacia la Llanura Grande —le dijo Cal a Will, evitando concienzudamente la beligerante mirada de Chester.

—Pero ¿para qué queremos ir allí? —le preguntó su hermano—. ¿Hay algo especial en ese sitio?

—Es donde probablemente iría tu padre a continuación —contestó Cal.

—Entonces vamos —dijo Will, y se volvió para entrar por el pasadizo sin decir una palabra más.

El recorrido por el pasadizo fue relativamente fácil, porque tenía buen tamaño y el suelo era llano, aunque el calor aumentaba a cada paso que daban. Siguiendo el ejemplo de Cal y Chester, Will se había quitado la chaqueta, pero seguía notando el sudor que le empapaba la espalda, bajo la mochila.

—Estaremos yendo en la dirección correcta, espero —le dijo a Cal, que por una vez no se había apartado de él y Chester.

—Eso espero, ¿tú no? —respondió el pequeño con insolencia, y después escupió al suelo.

El efecto fue inmediato. Se vio un destello mucho más brillante que la luz que salía de las lámparas que los tres chicos llevaban enganchadas a los bolsillos. Era como si todas las caras de las piedras, y hasta el mismo suelo, irradiaran un limpio resplandor de color amarillo. Y ese resplandor no se limitaba al sitio en que estaban, sino que tenía lugar de forma intermitente a lo largo de todo el pasadizo, en ambos sentidos, iluminándolo todo con tanta claridad como si hubieran accionado el interruptor de la luz. Era como si alguien o algo les iluminara el camino.

Se quedaron anonadados.

—Esto no me gusta, Will —farfulló Chester.

Will sacó la chaqueta de donde la había metido, en la parte de arriba de la mochila, y rebuscó en los bolsillos en busca de sus guantes. Se calzó uno.

—¿Qué haces? —preguntó Cal.

—Es sólo un presentimiento —respondió Will, agachándose para coger una piedra brillante del tamaño de una bola de billar. La aferró con la mano, y una floración de color crema brilló por entre sus dedos. Después abrió la mano y, moviendo la piedra en el interior de la palma, la examinó detenidamente.

—Mirad esto —dijo—. ¿Veis que la piedra está cubierta por algo parecido a líquenes? —Entonces escupió sobre ella.

—¡Will! —exclamó Chester.

La piedra brilló aún más intensamente.

Will estaba fascinado, y su mente trabajaba rápido:

—Está caliente. Así que la humedad activa este organismo, sea lo que sea. Posiblemente una bacteria. Y hace que desprenda luz. Salvo no sé qué que hay en el fondo de los océanos, nunca había oído nada parecido a esto. —Volvió a escupir, pero esta vez sobre la pared del pasadizo.

Allí donde habían caído los puntos de saliva, la pared brilló aún con más intensidad, como si le hubiera caído una pintura luminosa.

—¡Will, por lo que más quieras! —dijo Chester, implorando en voz baja, a causa del miedo—. ¡Podría ser peligroso!

Su amigo no le hizo caso.

—Podéis ver la reacción que provoca el agua. Es como una semilla que estuviera aletargada... hasta que se humedece. —Se volvió hacia los otros dos—. Será mejor que no toquemos nada. No quiero ni pensar qué es lo que puede ocurrir. Podría ser que nos chupara toda la humedad...

—Muchas gracias, querido profesor. Ahora vámonos de aquí con viento fresco, ¿vale? —dijo Chester, molesto con su amigo.

—Vale, como queráis —dijo Will, y tiró la piedra a un lado.

El resto del recorrido careció de acontecimientos interesantes, y pasaron muchas horas de monótono caminar hasta que dejaron el pasadizo y salieron a lo que al principio Will tomó por otra caverna normal y corriente.

Entraron en ella, y no tardó en quedar patente que se trataba de algo muy distinto a cualquiera de los espacios amplios que hubieran visto antes.

—¡Espera, Will! Me parece que veo luces —dijo Cal.

—¿Dónde? —preguntó Chester.

—Allí… y más por allí. ¿No las veis?

Tanto Will como Chester intentaron atisbar en aquella oscuridad aparentemente absoluta.

Para verlas, no se podía mirar directamente. Eso resultaba inútil porque el resplandor emborronaba la visión.

En silencio, volvieron la cabeza muy despacio de un lado a otro, captando los diminutos puntos, que estaban en el horizonte, separados por intervalos irregulares. Las luces parecían lo bastante lejanas y vagas como para reverberar suavemente y cambiar de color, igual que ocurre con las estrellas en una cálida noche de verano.

—Esto tiene que ser la Llanura Grande —anunció de pronto Cal.

Will retrocedió un paso sin querer. No acababa de convencerse de la magnitud de lo que tenía delante. Era sobrecogedor, porque la oscuridad parecía gastarles bromas a sus sentidos y a su mente, de tal manera que era incapaz de decir si las luces se hallaban a una distancia enorme o mucho más cerca.

Juntos, los chicos avanzaron un poco. Ni siquiera Cal, que se había pasado la vida en las inmensas cavernas de la Colonia, había visto nunca nada de un tamaño parecido al de aquello. Aunque el techo se mantenía a una altura relativamente constante, que podía ser de unos quince metros, el resto, una oquedad interminable, era imposible de alcanzar incluso poniendo las lámparas a máxima potencia. Se extendía ante ellos como una rebanada de negro vacío que no era roto por ni una sola columna, ni estalactita ni estalagmita. Y lo que era más sorprendente aún: soplaba una suave corriente de aire que los refrescaba levemente.

—¡Tiene un tamaño alucinante! —exclamó Chester poniendo en palabras lo que pensaba Will.

—Sí, es interminable —replicó Cal sin darle importancia.

Chester se volvió hacia él:

—¿Qué quiere decir «interminable»? ¿Qué tamaño tiene, realmente?

—Unas cien millas —respondió Cal con voz cansina. A continuación avanzó a grandes zancadas y dejó a los otros dos uno al lado del otro.

—¡Unas cien millas! —repitió Will.

—¿Cuánto es eso en kilómetros? —preguntó Chester, pero no recibió respuesta de su amigo, que estaba demasiado sobrecogido por la caverna que tenía delante para escucharle.

De pronto Chester saltó, hecho una furia:

—Todo esto es increíblemente maravilloso, sí, ¿pero por qué no puede tu hermano decirnos lo que sabe? Este lugar no es «interminable». ¡Menudo gilipollas! O bien lo exagera todo, o no nos da nunca nada que se parezca a la información completa —dijo echando chispas. Con el gesto más amargo posible, inclinó la cabeza a un lado y después al otro, imitando a Cal—: Ésta es la Ciudad de la Grieta, bla bla bla… y aquí está la Llanura Grande, bla-bla-bla, bla-bla-bla… —soltó con rabia—. ¿Sabes?, tengo la sensación de que se guarda las cosas sólo para quedar por encima de mí.

—De nosotros —dijo Will—. Pero, bueno, ¿puedes creerte lo que estamos viendo? ¿A ti no te alucina? —Estaba haciendo todo lo que podía por cambiar de tema y sacar a Chester de un camino que, estaba claro, terminaría en un violento enfrentamiento con su hermano.

—Sí, ya lo creo que me alucina —replicó Chester con sarcasmo, y empezó a sondear la oscuridad con su lámpara, como si quisiera descubrir que Cal se equivocaba.

Pero parecía que el vacío se alargaba interminablemente. Will no tardó en empezar a teorizar sobre la manera en que podía haberse formado:

—Si se produce una presión sobre dos estratos que no están firmemente ligados, una presión originada por un movimiento tectónico —explicó posando una mano sobre la otra para hacerle la demostración a Chester—, entonces puede ocurrir que el de arriba se levante, separándose del otro. —Arqueó la mano de arriba—. Y ¡bingo!, puedes encontrarte con un fenómeno como éste. Algo parecido a cuando una veta de la madera se parte por efecto de la humedad.

—Sí, eso está muy bien —dijo Chester—. Pero ¿qué pasa si se vuelven a juntar? ¿Qué ocurre entonces?

—Supongo que puede suceder... muchos miles de años después.

—Conociendo mi puñetera suerte, seguro que toca hoy —murmuró Chester en tono quejumbroso—. Y me aplastará como a una hormiga.

—Vamos, las posibilidades de que eso ocurra justo ahora son ínfimas.

Lleno de dudas, Chester lanzó un gruñido.

13

Sarah entró en un ascensor al que se accedía a través de una entrada muy bien disimulada en los sótanos vacíos de una vieja casa de beneficencia en el barrio de Highfield, no lejos de High Street. Dejó caer el bolso a sus pies, intentando ocupar el menor espacio posible. Colocándose en uno de los rincones, miró el interior con tristeza. No le hacía ninguna gracia meterse en aquellas estrechuras de las que no había posibilidad alguna de escapar. El suelo tenía unos cuatro metros cuadrados, en tanto que las paredes y el techo del ascensor eran paneles de sólido enrejado de hierro, y su interior había sido untado con una capa de grasa a la que se habían ido adhiriendo un polvo y una suciedad que pinchaban.

Oyó el siseo de unas pocas palabras cruzadas entre los styx y los colonos que se habían quedado atrás, fuera del ascensor, en la cámara de paredes de ladrillo, y luego entró Rebecca, sola. La chica no le dirigió a Sarah ni una mirada al girar pulcramente sobre los talones, mientras uno de los styx cerraba la puerta tras ella. Rebecca bajó y mantuvo bajada la palanca de bronce que había al lado de la puerta y, con una sacudida y con un chirrido procedente de lo alto, el ascensor empezó a descender.

Mientras lo hacía, la pesada caja de enrejado crujía y rechinaba contra las paredes del pozo por donde se movía el ascensor, y a ese ruido continuo lo acompañaba de vez en cuando un crispante chirrido de metal contra metal.

Lentamente iban bajando hacia la Colonia.

No importaba que con todas sus fuerzas intentara reprimirla: el caso era que a Sarah la embargaba una sensación desconocida que se abría paso entre el miedo y la ansiedad: la expectación. ¡Estaba regresando a la Colonia, a su lugar de nacimiento! Era como si de pronto le hubiera sido concedido el don de retroceder en el tiempo. A cada metro que descendía el ascensor, el reloj corría velozmente hacia atrás, recuperando hora tras hora, año tras año. Nunca había imaginado, ni en sus sueños más atrevidos, que pudiera volver a ver aquel sitio. Había descartado la posibilidad de manera tan tajante e irrevocable que en aquel momento en que estaba ocurriendo apenas era capaz de creérselo.

Respirando hondo varias veces, aflojó los brazos y enderezó la espalda.

Había oído hablar de esos ascensores, pero nunca había visto uno, y mucho menos montado en alguno de ellos.

Apoyó la cabeza contra el enrejado del ascensor y, mientras la caja descendía, observaba la pared del pozo, que, iluminada por la luz que llevaba Rebecca, mostraba que estaba llena de boquetes, que eran como el picoteo de una gallina: boquetes regulares e innumerables, un testimonio de las cuadrillas de trabajadores que hacía casi tres siglos se habían abierto camino cavando tierra abajo hacia la Colonia, empleando tan sólo unas herramientas muy rudimentarias para tal proeza.

Mientras pasaban por delante de sus ojos los diferentes estratos minerales, de colores rojizo y grisáceo, Sarah pensaba en toda la sangre y el sudor que habían sido necesarios para fundar la Colonia. ¡Tanta gente, generación tras generación, había trabajado duramente toda su vida para construirla! Y ella había rechazado todo aquel esfuerzo y se había fugado a la Superficie.

En lo alto del pozo del ascensor, a varios centenares de metros por encima de ella, el sonido del cabrestante se hizo más agudo al cambiar de velocidad y empezar a descender más aprisa.

Aquel medio de entrar y salir de la Colonia era completamente diferente del que había empleado para escapar doce años antes. Entonces se había visto obligada a subir a pie todo el camino por una escalera de piedra que ascendía en espiral entre paredes de ladrillo. Había resultado largo y duro, en especial porque llevaba a Will, niño entonces, con ella. El peor tramo había sido el último, la salida a un tejado por el interior de una vieja chimenea. Cuando buscaba desesperadamente lugares a los que aferrarse por las paredes interiores del conducto, que estaban llenas de hollín y se desmenuzaban por momentos, arrastrando con ella al niño, que lloraba sin comprender nada, le había hecho falta hasta la última gota de sus fuerzas para no resbalarse y caer al pozo.

«Ahora no pienses en eso», se reprendía Sarah a sí misma, negando con la cabeza. Se daba cuenta de lo profundamente agotada que la habían dejado todos los acontecimientos de aquella jornada, pero tenía que sobreponerse, porque el día todavía no había acabado ni mucho menos. «Concéntrate», se dijo, mirando a la niña styx que iba a su lado.

Con la mirada apartada de Sarah, Rebecca se había mantenido inmóvil, junto a la puerta. De vez en cuando raspaba con el zapato en la plancha de acero que formaba el suelo del ruidoso cubículo y se mostraba claramente impaciente por llegar abajo.

«Ahora podría encargarme de ella.» Esta idea se abrió paso en la mente de Sarah. Como la niña styx no llevaba a su escolta con ella, no había nadie que la pudiera detener. La idea adquirió fuerza, y Sarah era consciente de que, de actuar, tenía que hacerlo rápido, porque no disponía de mucho tiempo antes de que el ascensor alcanzara su destino.

Seguía teniendo la navaja en el bolso. Por algún motivo, los styx no se la habían quitado. «No, demasiado arriesgado. Mucho mejor un golpe en la cabeza.» Cerró los puños y los volvió a abrir.

«¡No!»

Sarah se refrenó. Permitirla montar a solas en el ascensor con la niña era una demostración de la confianza que los styx depositaban en ella. Y todo cuanto le habían dicho encajaba, todo tenía tintes de verosimilitud, de manera que había decidido ponerse de su parte. Intentó volver a tranquilizarse respirando hondo varias veces. Se llevó la mano al cuello, palpándose la hinchazón que se había producido alrededor de la herida que ella misma se había infligido.

Había faltado muy poco: había empezado a apretar la navaja contra su yugular con la desesperada intención de hundirla hasta la empuñadura. Pero debido a la presencia de Joe Waites, que gritaba e imploraba como un loco, su mano no había llegado a apretar. Y eso que estaba preparada para hacerlo. Sarah había vivido con la certeza de que tarde o temprano los styx darían con ella, y en mil ocasiones, de una u otra forma, había ensayado su suicidio.

Con la navaja levantada y la cámara llena de styx y de colonos alineados delante de las paredes, Sarah había prestado atención a lo que tenían que decirle Joe y Rebecca, diciéndose a sí misma que unos segundos no tenían importancia alguna para alguien que ya estaba muerto.

Y, precisamente por estar ya muerta, ella no tenía nada que perder. Le había parecido inevitable. Lo que le contaban confirmaba el contenido de la carta que había leído, y todo ello tenía visos de verdad. Al fin y al cabo, los styx podían haberla ejecutado allí mismo, en la excavación. ¿Por qué, en vez de hacerlo, se tomaban tantas molestias por salvarla?

Rebecca le había explicado lo ocurrido el trágico día en que Tam había muerto. Le había contado que la Ciudad Eterna estaba envuelta en una niebla impenetrable, y que el malvado Will había lanzado fuegos artificiales para atraer a los soldados styx. En plena confusión, Tam se había visto atrapado en una emboscada y los styx, confundiéndolo con un Ser de la Superficie, le habían dado muerte. Y lo que parecía aún peor, Rebecca decía que había muchas posibilidades de que el propio Will hubiera herido a Tam a golpes de machete para dejarlo como señuelo para los soldados styx. A Sarah le hirvió la sangre al escuchar aquello. Lo que estaba claro era que Will había salvado su despreciable vida, y había obligado a Cal a ir con él.

Rebecca había explicado también que Imago Freebone, un amigo de infancia de Sarah y de Tam, había estado presente. Pero después, según le había explicado la chica, Imago había desaparecido, y la única explicación que había era que Will también hubiera tenido algo que ver en ello. Mientras Rebecca le contaba todo aquello, Sarah podía ver las lágrimas en los ojos de Joe Waites. Como miembro del grupo de amigos de Tam, Imago había sido también su amigo íntimo.

Sarah no lograba comprender el comportamiento asesino de Will, y menos aún su insensible indiferencia ante la vida de su hermano. ¿En qué clase de ser malvado y manipulador se había convertido?

En cuanto Rebecca terminó de referirle la cadena de hechos, Sarah pidió quedarse un momento a solas con Joe Waites, y, para su sorpresa, la niña styx se había mostrado conforme. Rebecca y el séquito de styx y colonos se retiraron diligentemente de la cámara subterránea y los dejaron solos a los dos.

Sólo entonces Sarah había bajado la navaja. Se sentó en la butaca vacía, junto a Joe, que lo hizo en la otra. Los dos habían departido de manera apresurada mientras Rebecca y su escolta esperaban en el túnel que iba al foso de los huesos. Hablando muy rápido y en susurros, Joe le había vuelto a contar la historia, corroborando punto por punto todo cuanto había escrito en la carta y la versión que había dado Rebecca de los hechos. Sarah tenía la necesidad de volver a oírlo todo de cabo a rabo de labios de alguien de total confianza.

Al volver, Rebecca le hizo una propuesta. Si se unía a los styx en aquella misión, la ayudarían a seguirle la pista a Will, y de esa manera le darían la oportunidad de enmendar dos cosas: vengar el asesinato de su hermano y rescatar a su hijo Cal.

Era una oferta que Sarah no podía menospreciar. Era mucho lo que había que hacer.

Y allí estaba ella en aquel momento: en una jaula de hierro con una persona perteneciente a sus enemigos declarados, los styx.

¿En qué había estado pensando?

Sarah intentó imaginar lo que habría hecho Tam si se hubiera visto en aquella situación. Pero eso no le aclaró nada, y se puso nerviosa, hurgando en la sangre reseca de la herida del cuello, sin preocuparse en absoluto de que se le volviera a abrir y empezara a sangrar de nuevo.

Como si fuera consciente de la agitación en que se veía inmersa su compañera de ascensor, Rebecca volvió ligeramente la cabeza, pero no miró a Sarah. Se aclaró la garganta y preguntó con amabilidad:

—¿Qué tal te encuentras?

Sarah observó la parte de atrás de la cabeza de la niña styx, con sus cabellos negros como el azabache que se derramaban sobre el inmaculado cuello blanco, y dijo con una nota de agresividad en la voz:

—¡Ah, muy bien! Estas cosas me ocurren constantemente.

—Comprendo lo difícil que es esto para ti —comentó Rebecca con dulzura—. ¿Hay algo que quieras preguntarme?

—Sí —respondió Sarah—. Has dicho algo de tu estancia en casa de los Burrows. Has estado allí todos estos años con mi hijo…

—Con Will. Sí, así es —dijo la chica sin dudar, pero dejó de mover el pie sobre el suelo del ascensor.

—¿Me puedes decir algo de él?

—El que mal anda mal acaba —sentenció la niña styx, dejando que la frase quedara resonando mientras el ascensor disminuía su velocidad al acercarse al destino—. Había algo extraño en él ya desde el principio. Le resultaba difícil hacer amigos, y conforme se hacía mayor, se volvía cada vez más distante y solitario.

—Está claro que era un solitario —corroboró Sarah, recordando las ocasiones en que había visto a Will dirigiéndose a sus excavaciones.

—Mucho más de lo que te imaginas —dijo Rebecca con voz ligeramente trémula—. Podía dar miedo.

—¿A qué te refieres? —preguntó Sarah.

—Bueno, esperaba que se lo hicieran todo: que le lavaran la ropa, que le hicieran la comida... Todo, y perdía los estribos en cuanto había algo que no estaba exactamente como él quería. Tendrías que haberlo visto. A lo mejor estaba completamente bien, y al instante siguiente se ponía hecho una furia, gritando como un loco y rompiendo cosas. En el colegio siempre se metía en problemas. El año pasado tuvo una pelea y dejó malheridos a varios compañeros de clase que no le habían hecho nada. Se puso como loco y se abalanzó sobre ellos con su pala. A varios los tuvieron que llevar al hospital, pero él como si nada, no se arrepintió ni un poquito.

Sarah siguió callada, asimilando lo que acababa de escuchar.

—No, ni te imaginas de lo que era capaz —dijo Rebecca en voz baja—. Su madre adoptiva sabía que él necesitaba ayuda, pero es demasiado vaga para hacer algo al respecto. —la chica se pasó la mano por la frente como si los recuerdos le produjeran dolor—. Tal vez... tal vez la señora Burrows haya sido el motivo de que él sea así. La menospreciaba.

—Y tú... ¿para qué estabas allí? ¿Para vigilarlo a él... o para atraparme a mí?

—Para ambas cosas —respondió Rebecca con calma, girando la cintura para mirar a Sarah fijamente—. Pero lo más importante era recuperarte. Los Gobernadores querían que pararas. Ha sido malo para la Colonia eso de no tenerte localizada. Un cabo suelto. Hacía feo.

—Y tú has conseguido atar el cabo, ¿no? Me has localizado

y has conseguido incluso atraparme viva; estarán contentos contigo.

—No es exactamente así. Además, has vuelto por decisión propia. —No había nada en las maneras de Rebecca que sugiriera que se estaba vanagloriando de su éxito. De nuevo, volvió a mirar hacia la puerta. De vez en cuando llegaba el destello de la intensa iluminación de las entradas a los distintos niveles, que se reflejaba en el brillo de su pelo azabache.

Tras una pausa, volvió a hablar:

—Ha tenido que ser duro sobrevivir todo este tiempo, siempre un paso por delante de nosotros y codeándote todos los días con los infieles. —Se quedó unos segundos callada—. Tiene que haberte resultado penoso estar apartada de todo lo que era tu mundo.

—Sí, a veces —contestó Sarah—. Dicen que la libertad tiene su precio. —Sabía que no debería abrirse a aquella niña styx, pero le inspiraba respeto y cierta envidia. Por ella, Rebecca había sido enviada a aquel lugar ajeno que era la Superficie. Y a una edad muy temprana. Casi la totalidad de la vida de la niña había transcurrido allí, en la Superficie, en casa de los Burrows. Decir que las dos tenían algo en común era quedarse corto—. ¿Y qué me dices de ti? —le preguntó Sarah—. ¿Cómo te ha ido?

—Para mí la cosa es muy distinta —respondió Rebecca—. Vivir en el exilio ha sido mi deber. Ha sido una especie de juego, pero durante todos estos años nunca olvidé cuáles eran mis obligaciones.

Sarah tuvo un estremecimiento. Aunque no parecía que la chica lo hubiera dicho en tono de reproche, ella encajó el comentario como un golpe dirigido al núcleo mismo de su sentimiento de culpa. Retrocedió hasta el rincón del ascensor y cruzó los brazos delante del pecho.

Durante un rato no habló ninguna de las dos, mientras el ascensor proseguía su descenso entre chirridos.

—Ya queda poco —anunció al fin Rebecca.

—Tengo otra pregunta —dijo Sarah.

—Adelante —invitó Rebecca distraídamente, consultando el reloj.

—Cuando todo haya acabado, cuando yo haya hecho lo que tengo que hacer, ¿me dejaréis vivir?

—Naturalmente. —Rebecca se giró con delicadeza y miró a Sarah. Sonrió de oreja a oreja—. Volverás al redil, con Cal y con tu madre. Para nosotros eres importante.

—Pero ¿por qué? —preguntó Sarah con el ceño fruncido.

—¿Que por qué? ¿Es que no lo entiendes? Tú eres la hija pródiga. —Rebecca sonrió aún más, pero Sarah no fue capaz de corresponder. Su mente era un mar de dudas. Tal vez tenía demasiados deseos de poder creer lo que le decía la chica. Una voz en su interior la llamaba continuamente a la prudencia, crispándole los nervios. No intentó acallarla. Había aprendido a partir de sus amargas experiencias que, si algo parecía demasiado bueno para ser cierto, era sensato hacer caso a la intuición.

Finalmente, el cubículo del ascensor golpeó contra los topes al llegar al fondo, sacudiendo a sus dos ocupantes. Fuera, se movían unas sombras. Sarah atisbó un brazo envuelto en manga negra que descorrió la puerta de enrejado, y Rebecca salió con aire resuelto.

«¿Será una trampa?», pensó Sarah, y la idea cayó sobre ella como un mazazo.

Siguió dentro del ascensor, observando el pasillo de paredes forradas de metal, en cuya sombra permanecían dos styx. Estaban colocados a cada lado de una recia puerta de metal, a unos diez metros de distancia. Rebecca levantó la luz e hizo señas a Sarah de que la siguiera, mientras ella se dirigía hacia la puerta. Parecía la única salida que tenía el pasillo, y estaba cubierta por una pintura negra y brillante sobre la cual figuraba un tosco cero. Sarah comprendió que se hallaban en el nivel inferior y que al otro lado de la puerta habría una cámara estanca y después una última puerta, tras la cual se encontraría el Barrio.

Allí estaba, a punto de dar el último paso. Si cruzaba la cámara estanca, habría vuelto y se encontraría de nuevo en sus garras.

Con su gabán largo hasta los pies, que crujía con el movimiento, uno de los dos styx avanzó hacia la luz y agarró el borde de la puerta con sus dedos finos y blancos y tiró de ella hasta que sonó contra la pared de atrás. Mientras el golpe resonaba, no habló nadie. El pelo negro del styx, echado hacia atrás muy aplastado, tenía hebras de plata en las sienes, y su rostro tenía un tono claramente amarillento, además de arrugas profundas. De hecho, en medio de las mejillas las arrugas resultaban tan profundas que la cara parecía a punto de plegarse sobre sí misma.

Rebecca miraba a Sarah, esperando que entrara en la cámara estanca.

Sarah dudó; el instinto le gritaba que no lo hiciera.

El otro styx era más difícil de observar, ya que permanecía envuelto en la penumbra, detrás de la chica. Cuando la luz lo iluminó, la primera impresión de Sarah fue que era mucho más joven que el primero, y que lucía una piel clara y un pelo de un negro muy puro. Pero al seguir mirando comprendió que era mayor de lo que le había parecido al principio. Tenía la cara delgada, hasta el punto de que las mejillas formaban hoyos, y sus ojos eran como cuevas oscuras y misteriosas.

Rebecca seguía mirándola.

—Vamos a entrar nosotros. Tú pasas cuando creas que estás lista —dijo—. ¿Vale, Sarah? —añadió con suavidad.

El mayor de los dos styx cruzó la mirada con Rebecca, y le dirigió un simple gesto de asentimiento con la cabeza. Los tres pasaron al interior de la cámara estanca. Sarah oyó el ruido de los pies contra el suelo ondulado de aquella habitación cilíndrica y después un silbido al tiempo que se abría la segunda puerta y le daba en la cara el soplo del aire.

A continuación, el silencio.

Entraron en el Barrio, una serie de grandes cavernas conectadas mediante túneles, donde sólo podían vivir los ciudadanos más leales. Unos pocos de ellos podían, bajo la supervisión de los styx, comerciar con los Seres de la Superficie para adquirir aquellos productos básicos que no podían crecer ni encontrarse en la Colonia, ni tampoco en las capas inferiores, en las temidas Profundidades. El Barrio era algo parecido a una ciudad de frontera, y las condiciones de vida no eran muy saludables, pues existía la permanente posibilidad de un hundimiento, y además, de vez en cuando, había inundaciones de aguas sucias originadas por los Seres de la Superficie.

Sarah ladeó la cabeza y entrecerró los ojos para intentar penetrar en la oscuridad del pozo del ascensor, que ascendía por encima de ella. Comprendió que era engañarse pensar que tenía alguna alternativa, porque, aunque quisiera, no había ningún lugar adonde escapar. Le habían robado su destino y, desde el mismo momento en que había apartado la navaja del cuello, ese destino se hallaba en manos de los styx. Al menos estaba viva. ¿Y qué era lo peor que le podían hacer? ¿Matarla después de someterla a las más espantosas torturas? Las consecuencias serían las mismas, al final. Muerta ahora o muerta más tarde, no tenía nada que perder.

Recorrió con los ojos el cubículo del ascensor una última vez, y a continuación dio un paso hacia el oscuro interior de la cámara estanca. Tenía unos cinco metros de largo y forma oval, con profundas ondulaciones en sentido longitudinal. Utilizando las paredes para apoyarse y no caerse cuando sus pies resbalaban en los surcos de metal grasiento, se dirigió a la puerta abierta al otro extremo con creciente aprensión.

Se asomó a la salida. Oyó palabras en aquella odiosa lengua de los styx: palabras agudas, cortadas, que cesaron en cuanto los tres la vieron aparecer. La estaban esperando a poca distancia, al otro lado del gran túnel. Por lo que le permitía ver la luz que Rebecca llevaba en la mano, el túnel estaba vacío, pero contaba con una calzada de adoquines y una acera de piedra, que era donde estaban Rebecca y los styx. No había casas. Sarah reconoció de inmediato un túnel de carretera, que tal vez llevara a una de las cavernas de almacenaje que salpicaban la periferia del Barrio.

Lentamente, levantó el pie del raíl de la puerta y lo posó sobre los adoquines de la calzada, que brillaban de humedad. Después, igual de despacio, posó el otro pie, con lo que salió completamente de la cámara estanca. No podía creerse que volviera a la Colonia. Fue a dar otro paso, pero dudó. Mirando por encima del hombro, vio que la pared ascendía formando un elegante arco que debía juntarse en lo alto con la pared del lado opuesto, aunque el vértice del arco no se veía, envuelto como estaba en tinieblas. Alargó la mano para tocar la pared, junto a la puerta, y la apretó contra uno de los enormes sillares de piedra arenisca tallados con toda precisión en forma rectangular. Notó la débil oscilación de los enormes ventiladores que mantenían el aire en circulación, a lo largo de los túneles. Tan diferente de las vibraciones que se apreciaban en la Superficie, tenía un ritmo constante y le hizo sentirse cómoda, como si fueran las pulsaciones del corazón materno.

Aspiró hondo hasta llenarse los pulmones. Aquel olor, aquella característica sensación de humedad y moho, era como la destilación de la vida de todos los habitantes del Barrio y de la Colonia entera. Algo tan claro, tan particular, y que hacía tanto tiempo que no percibía.

Había vuelto al hogar.

—¿Lista? —gritó Rebecca, interrumpiendo sus pensamientos.

Sarah volvió de repente la cabeza hacia los tres styx. Asintió.

La chica chasqueó los dedos, y de la penumbra salió un coche de caballos cuyas ruedas de hierro traquetearon sobre los adoquines. Negros, de formas rectas, con aristas, tirados por un par de caballos de pulquérrimo color blanco, aquellos coches no eran raros en la Colonia.

Se paró ante Rebecca. Los caballos piafaban y movían la cabeza, impacientes por ponerse en movimiento.

El austero coche de caballos se balanceaba cada vez que entraba uno de los styx. Sarah se acercó despacio. En el pescante, al frente del coche, iba sentado un colono, un viejo tocado con un sombrero de fieltro bastante estropeado que posó en Sarah sus ojillos severos. Al pasar por delante de los caballos, percibió al instante aquella mirada severa que la inquietó. Casi por instinto se imaginó lo que pensaba el cochero. Probablemente no sabría quién era ella, pero resultaba suficiente el hecho de que fuera vestida con ropa de la Superficie y llevara una escolta de styx: ella representaba al odiado enemigo.

Cuando Sarah llegó a la acera, el cochero se aclaró la garganta de manera exagerada, se inclinó para escupir, y no le alcanzó a ella por poco. Sarah se paró inmediatamente y con toda la intención pisó el escupitajo con el talón del zapato, como si aplastara un insecto. A continuación levantó la vista y le devolvió la mirada, desafiante. Se miraron a los ojos durante unos segundos. Los ojos del cochero echaban chispas, pero al final parpadeó y apartó la mirada.

—Bueno, vamos allá —dijo Sarah en voz alta, subiendo al coche.

14

—¿No te apetece echar un trago? —propuso Will—. Yo estoy seco.

—Muy buena idea —dijo Chester sonriendo—. A ver si alcanzamos al *boy scout* que va ahí delante.

Ya casi estaban a la altura de Cal, que seguía avanzando a marchas forzadas hacia una de las distantes luces, cuando de pronto se volvió hacia ellos:

—El tío Tam decía que los coprolitas viven en el suelo... como ratas en sus madrigueras. Decía que tenían ciudades y bodegas que cavan en el...

—¡Cuidado! —gritó Will.

Cal se paró justo a tiempo, al borde de un oscuro vacío que se presentaba allí donde tendría que haber habido suelo. Se tambaleó y después se cayó. Al hacerlo, sus pies desprendieron algo de tierra suelta que fue a parar al vacío haciendo un ruido de salpicaduras.

Mientras se levantaba, Will y Chester se acercaron al borde con precaución y echaron un vistazo. A la luz de las lámparas pudieron distinguir que había un desnivel de unos cuatro metros hasta la superficie negra y suavemente ondulada del agua, que reflejaba los haces de luz de sus lámparas devolviéndoles círculos luminosos. El agua parecía correr suavemente, nada parecido a la velocidad de la corriente subterránea que habían encontrado antes.

—Esto está hecho por la mano del hombre —observó Will, señalando los rectos sillares que formaban el borde. Se inclinó todo lo posible para examinar lo que había abajo. Toda la pared del canal estaba también recubierta de sillares hasta la superficie del agua. Y por lo que podían distinguir, el otro lado del canal tenía el mismo tipo de construcción.

—Por la mano de coprolitas —dijo Cal en voz baja, como si hablara consigo mismo.

—¿Qué dices? —le preguntó Will.

—Que esto lo han hecho los coprolitas —repitió en voz más alta—. Tam me dijo una vez que tenían sistemas gigantescos de canales para conducir lo que extraían.

—Una información muy útil si lo hubiéramos sabido... antes —se quejó Chester entre dientes—. ¿Cuántas sorpresas más nos guardas, Cal? ¿Cuántas palabras de sabiduría?

Con la intención de impedir una discusión entre los dos, Will se apresuró a intervenir, sugiriendo que hicieran un descanso. Esto calmó algo la tensión, y buscaron un sitio a la orilla del canal, se recostaron sobre las mochilas y empezaron a beberse a sorbos el agua de las cantimploras. Mirando el canal que se perdía hacia ambos lados, los tres pensaban lo mismo: que no parecía que hubiera por dónde cruzar. No tendrían más remedio que seguir por la orilla y ver adónde los llevaba.

Llevaban un buen rato sentados en silencio, cuando una especie de chirrido los sacó de su letargo. Se pusieron de pie, nerviosos, y trataron de distinguir algo en la impenetrable oscuridad. Proyectaron el haz de luz de las lámparas en la dirección en que les parecía se había producido el ruido.

Como un fantasma, apareció la proa de una embarcación en el confín mismo de la luz combinada de sus tres lámparas. Avanzaba de manera tan misteriosa y silenciosa, salvo por el leve borboteo del agua, que parpadearon preguntándose si les estarían engañando los ojos. Cuando había avanzado lo suficiente para estar plenamente a la vista, comprendieron más cosas de la embarcación: se trataba de una barcaza oxidada y de una anchura inverosímil que se hundía bastante en el agua. Unos segundos después, vieron la razón de que sobresaliera tan poco del agua: iba muy cargada, y en su parte central, la carga estaba apilada y llegaba a gran altura.

Will no se podía creer lo larga que era la barcaza, que seguía pasando y pasando. La distancia desde la orilla en que se encontraban los chicos hasta el casco de la barcaza, dos metros como mucho, era tal que si hubieran querido habrían podido saltar a bordo con facilidad. Pero estaban paralizados por una mezcla de fascinación y miedo.

Distinguieron la popa y vieron una gruesa chimenea por la que salían nubes de humo. Pudieron oír por primera vez el profundo pero amortiguado ruido de un motor. Era un sonido suave, que se parecía algo a un latido acelerado pero regular, y llegaba desde algún punto que se encontraba por debajo de la línea de flotación. Entonces vieron algo más.

—Coprolitas —susurró Cal.

En la popa había tres seres de apariencia pesada, uno de los cuales empuñaba el timón. Los tres muchachos observaban hipnotizados mientras se acercaban las tres formas inmóviles. Entonces, cuando pasaron junto a ellos, pudieron ver en detalle aquella especie de caricatura de hombres, aquellos seres inflados con aspecto de larva que tenían el cuerpo redondeado y las piernas y brazos como globos. Llevaban trajes de color marfil cuya mate superficie absorbía la luz. Su cabeza era del tamaño de una pelota de playa pequeña, pero lo más llamativo de todo era que donde tendrían que estar los ojos brillaban dos luces, como dos focos. Esto tenía la consecuencia de que uno podía saber perfectamente hacia dónde miraban aquellos extraños seres.

Los tres muchachos no pudieron por menos de quedarse boquiabiertos, en tanto que los coprolitas no les prestaban a ellos ni la menor atención. Dado que la presencia de los chicos en la orilla era evidente, con los focos de las lámparas que llevaban, estaba fuera de toda duda que los coprolitas los habían visto.

Pero no había ningún signo de reconocimiento, ni nada que indicara que les prestaban alguna atención. En lugar de eso, los coprolitas se movían muy despacio, como el ganado al pastar, con los focos de los ojos recorriendo la barcaza como faros perezosos, sin posarse ni una vez en los chicos. Entonces, dos de aquellos extraños seres se volvieron pesadamente de manera que sus luces recorrieron los lados de estribor y babor de la barcaza. Fueron a descansar en la proa, y allí se quedaron.

Pero de pronto el tercer coprolita se volvió hacia los muchachos. Se movía más rápido que sus compañeros. Con cierto apresuramiento, los haces de luz de sus ojos pasaron hacia atrás y hacia delante en dirección a ellos. Will oyó que Cal contenía un grito y luego murmuraba algo, mientras el coprolita se pasaba una de sus manos regordetas por los ojos y elevaba la otra como para decir hola, o tal vez adiós. El extraño ser balanceó de lado a lado la cabeza como si quisiera verlos mejor, sin dejar de mover los ojos hacia delante y hacia atrás, pero en dirección a los chicos.

Aquella muda relación entre los muchachos y el coprolita duró poco, porque la barcaza continuó su firme y recto recorrido y se internó en las sombras. El coprolita seguía vuelto hacia ellos, pero la distancia cada vez mayor y las nubecitas de humo de la chimenea iban apagando la luz de sus ojos hasta que terminaron hundiéndose en la oscuridad.

—¿No deberíamos irnos de aquí? —preguntó Chester—. ¿No darán la voz de alarma o algo parecido?

Cal hizo un gesto desdeñoso.

—No, nada de eso... No hacen caso de los visitantes. Son tontos... Lo único que hacen es cavar y cavar y después vender a la Colonia lo que sacan a cambio de cosas como la fruta y las esferas de luz que iban en el tren con nosotros.

—Pero ¿y si les hablan de nosotros a los styx? —le preguntó Chester.

—Os lo he dicho... Son tontos, no hablan ni hacen nada —contestó Cal cansinamente.

—Pero ¿qué son?

—Son hombres... o algo parecido... Llevan esos trajes por encima a causa del calor y del aire pernicioso de aquí —respondió Cal.

—Radiactividad —corrigió Will.

—Vale, si lo quieres llamar así. Está en el terreno. —El niño hizo un gesto con la mano, abarcándolo todo—. Por eso nadie de mi gente pasa aquí mucho tiempo.

—¡Ah, qué bien! Esto se pone mejor cada vez —se quejó Chester—. Así que no podemos regresar a la Colonia, y ahora resulta que tampoco nos podemos quedar aquí. ¡Radiactividad! Tu padre tenía razón, Will, y nos vamos a freír en este maldito lugar.

—Estoy seguro de que no nos pasará nada por estar aquí un tiempo —comentó Will intentando tranquilizar los terrores de su amigo, pero sin mucha confianza.

—Guay, guay, superguay —gruñó Chester, dirigiéndose indignado al punto en que habían dejado las mochilas, sin dejar de rezongar.

—Había algo raro ahí —le dijo confidencialmente Cal a Will en ese momento en que el otro se había apartado.

—¿A qué te refieres?

—Bueno, ¿te diste cuenta de cómo nos miraba el último coprolita? —dijo el pequeño de los hermanos moviendo la cabeza hacia los lados, con expresión de no entender.

—Sí, claro que me di cuenta —respondió Will—. Y tú nos dijiste que nunca hacen caso a los de fuera.

—Nunca, te lo aseguro... Los he visto miles de veces en la Caverna Meridional y te puedo asegurar que nunca te miran directamente. Y éste se movía de manera rara... demasiado rápido para un coprolita. No era normal. —Cal se detuvo rascándose la frente, pensativo—. Tal vez aquí abajo se comporten de manera diferente. Al fin y al cabo, están en su país. Pero de todas formas, me parece raro.

—Sí que lo es —comentó Will también pensativo, sin imaginarse lo cerca que se había encontrado de su padre.

15

El doctor Burrows se desperezó inquieto, creyendo haber oído el suave repiqueteo que cada mañana, sin falta, sonaba en el asentamiento coprolita para despertar a todos. Escuchó atentamente durante un rato. Entonces frunció el ceño: no se oía absolutamente nada.

«Debo de haber dormido más de la cuenta», pensó frotándose la barbilla y descubriendo con cierta sorpresa que raspaba. Se había acostumbrado a la barba desaliñada que había llevado durante tanto tiempo, y ahora que se la había afeitado, la echaba de menos. En el fondo se había encontrado muy cómodo con su imagen barbada, y se había prometido a sí mismo volver a dejársela crecer el día de su glorioso retorno, el día de la salida a la superficie, cuando quiera que fuera. Con ella presentaría una imagen impresionante en la primera plana de todos los periódicos. Se imaginaba los titulares: *El Robinson Crusoe del mundo subterráneo; El hombre salvaje de las Profundidades; El doctor Hades…*

—Ya basta —se dijo, poniendo freno a su anticipada gloria.

Echó a un lado la basta manta y se incorporó en el corto colchón relleno de una especie de paja. Era demasiado pequeño incluso para un hombre de estatura mediana, como era él, y las piernas le sobresalían casi medio metro.

Se puso las gafas y se rascó el pelo. Había intentado cortárselo él mismo, y no había hecho un buen trabajo: por algunos sitios se lo había dejado casi al cero y por otros tenía guedejas de varios centímetros. Se rascó aún más fuerte, recorriendo la cabeza para pasar después al pecho y las axilas. Frunciendo el ceño, se miró con la vista perdida las yemas de los dedos.

«¡El diario! —se dijo de pronto—. Ayer no escribí nada.»

Efectivamente, el día anterior había regresado tan tarde que se había olvidado por completo de hacer el recuento de los sucesos del día. Chasqueando la lengua contra los dientes al tiempo que sacaba el cuaderno de debajo de la cama, lo abrió por una página que estaba en blanco, salvo por el encabezamiento:

Día 141

Bajo este encabezamiento empezó a escribir, silbando al mismo tiempo una melodía deshilvanada:

Me he pasado la noche rascándome como un loco.

Se paró. Chupó pensativo la punta del lápiz. Después prosiguió:

Los piojos son insoportables, y la cosa va a peor.

Se quedó mirando la habitación en que se encontraba, que era pequeña, más o menos circular, de unos cuatro metros de diámetro, y el cóncavo techo que tenía sobre la cabeza. Los muros tenían una textura irregular, como si el yeso o barro o lo que fuera que habían utilizado para la pared hubiera sido aplicado con las manos. En cuanto a la forma, le daba la impresión de encontrarse dentro de un enorme tarro, y eso le hacía gracia, porque de esa manera se hacía a la idea de cómo se sentía un genio atrapado en una lámpara. Esta sensación se veía fortalecida por el hecho de que la única entrada o salida que tenía era por abajo, y estaba situada justo en el centro del suelo. El orificio estaba tapado con una pieza de metal batido que parecía la tapa de un cubo de basura.

Después observó su traje protector, que colgaba de un perchero de madera que había en la pared y que parecía la piel abandonada de un lagarto, pero con una luz que salía de los agujeros de los ojos, donde iban insertadas las esferas de luz. Debería ponerse el traje, pero se sentía compelido por el deber de completar antes la entrada del día anterior. Así que siguió con el diario:

Creo que ha llegado el momento de marcharme. Los coprolitas...

Dudó, pensando si emplear el nombre que se le había ocurrido para denominar a aquella gente, dando por sentado que se trataba de una especie distinta a la del *Homo sapiens,* algo que hasta el momento no había podido establecer. *«Homo caves»,* se dijo, pero enseguida negó con la cabeza, pensando que mejor no. No había que mezclar los temas; además, antes tenía que dejar los hechos bien sentados. Se puso de nuevo a escribir:

Los coprolitas están, según creo, intentando comunicarme que yo debería irme, aunque no sé por qué.

No creo que sea nada que tenga que ver conmigo, ni más en concreto, con nada que yo haya hecho. Puede que me equivoque, pero tengo la impresión de que en el asentamiento ha cambiado el ambiente general. Durante las últimas veinticuatro horas he observado más actividad que en los últimos dos meses. Entre las reservas adicionales de alimento y las restricciones a las mujeres y a los niños para salir del asentamiento, dan la impresión de que estuvieran sitiados. Naturalmente, podrían ser tan sólo medidas cautelares que pongan en práctica cada cierto tiempo, pero la sensación que tengo es que está a punto de suceder algo.

Y por eso puede que haya llegado el momento de reanudar mis viajes. A los coprolitas los echaré de menos en buena medida. Me han admitido en su amable sociedad, en la que parecen encantados unos con otros y, lo que es más extraño, conmigo. Tal vez sea porque no soy ni un colono ni un styx, y saben que no entraño ningún riesgo para ellos ni sus hijos.

En especial, sus retoños son para mí una fuente constante de fascinación, con su carácter juguetón y casi intrépido. Tengo que hacer un esfuerzo continuo para recordar que los jóvenes no son una especie completamente distinta de los adultos.

Dejó de silbar para permitirse una risita, recordando cómo al principio los adultos ni siquiera lo miraban cuando él intentaba, sin éxito, comunicarse con ellos. Apartaban sus ojillos grises, y su lenguaje corporal expresaba sólo vergüenza y sumisión. Tal era la diferencia de temperamento entre él y aquella gente humilde, que a veces se veía a sí mismo como el héroe de una película de vaqueros, el pistolero solitario que llega cruzando las praderas hasta un pueblo de granjeros, o de mineros, o lo que sea. Para ellos, el doctor Burrows era alguien fuerte y poderoso, un vencedor, un macho. *¡Oh, él!*

«Anda, sigue con lo que estabas», se dijo, y volvió a coger el lápiz:

En general, son gente amable y muy reservada, y no puedo decir que haya llegado a conocerlos. Puede que los mansos hayan heredado la tierra, al fin y al cabo.

Nunca olvidaré su acto de piedad cuando me rescataron. Ya he escrito anteriormente sobre lo ocurrido, pero ahora que me dispongo a partir, pienso mucho en ello.

El doctor Burrows se detuvo y levantó la vista para mirar por un rato a media distancia, con el aire del que trata de recordar algo, pero ni siquiera recuerda por qué está intentando recordar.

Entonces pasó hacia atrás las páginas del diario, hasta que encontró las anotaciones del día que llegó a las Profundidades, y empezó a leer:

Los colonos se han mostrado antipáticos y poco comunicativos, aparte de confundirme al indicarme desde el Tren de los Mineros la dirección que debía tomar: según ellos, un tubo de lava. Me dijeron que siguiera por allí hacia la Llanura Grande, y que lo que yo quería ver me lo encontraría por el camino. Cuando traté de hacer preguntas, se mostraron completamente hostiles.

No tenía ganas de discutir con ellos, así que hice lo que me indicaban. Me alejé de allí, al principio a buen paso, pero me paré en cuanto me perdieron de vista. No estaba muy seguro de ir en la dirección adecuada. Tenía la sospecha de que querían que me perdiera en aquel laberinto de túneles, de forma que volví sobre mis pasos y entonces...

En este punto, el doctor Burrows volvió a chasquear la lengua contra los dientes y a mover la cabeza hacia los lados.

... y entonces me perdí completamente.

Pasó la página sacudiéndola, como si siguiera molesto consigo mismo, y vio su descripción de la casa vacía que había descubierto, y de las cabañas que la rodeaban.

Volvió a pasar páginas como si la cosa no le interesara mucho, y llegó a una que estaba muy sucia, llena de manchas. Su letra, que no resultaba muy legible ni en la mejor de las ocasiones, se volvía allí casi imposible de entender, y sus frases apresuradas cruzaban la página en distintos ángulos, ignorando completamente la horizontalidad. En algunos lugares, las frases estaban escritas una encima de otra, como agujas de tricotar literarias. En el margen inferior de tres páginas sucesivas figuraba garabateada en mayúsculas grandes y cada vez más irregulares, la palabra: «PERDIDO».

«Impresentable, impresentable —se reprochó a sí mismo—. Pero la verdad es que no me encontraba en condiciones...»

Entonces le llamó la atención un pasaje que leyó en voz alta:

No sabría decir cuánto tiempo llevo deambulando por esta maraña de pasadizos. En ocasiones me ha abandonado toda esperanza, y me he resignado al hecho evidente de que podría no salir nunca de aquí, pero ahora pienso que todo ha merecido la pena...

Justo debajo de esto, un encabezamiento anunciaba orgullosamente «EL CÍRCULO DE PIEDRA». En las páginas siguientes, lo que aparecía era un dibujo tras otro de las piedras que constituían el monumento con el que se había topado. No sólo plasmaba la posición y la forma de las piedras, sino que en las esquinas de cada página había dibujado unos círculos que representaban lupas, como si fuera algo que veía a través de ellas, con los símbolos y la extraña escritura tallada en las caras de las piedras, todo con meticuloso detalle. Pese al hambre y sed que tenía y que iban en aumento, se había entusiasmado al descubrir las inscripciones. Como no sabía cuánto tiempo tenía que hacer durar sus provisiones, se había obligado a consumir cada día lo menos posible.

Una sonrisa de satisfacción y orgullo asomó a su rostro al inspeccionar aquellas páginas, admirando el trabajo realizado en cada una de ellas.

—Perfecto, perfecto...

Y entonces se detuvo al volver una página, y al leer el encabezamiento frunció los labios para gesticular un mudo «¡Oooh!».

LAS CUEVAS DE LAS LÁPIDAS

Debajo había escrito algunas líneas:

Al encontrar el círculo de piedras, pensé que estaba de suerte. No me podía imaginar que haría otro descubrimiento, en mi opinión de igual o mayor importancia. Las cuevas estaban llenas de lápidas, infinidad de lápidas con una escritura semejante a la grabada en los menhires del círculo.

Y seguían decenas de páginas con dibujos de las lápidas, habilidosos bocetos de la escritura tallada en la superficie de las piedras, copiado todo con meticulosidad. Pero al volver las páginas vio que los dibujos se iban volviendo menos primorosos, hasta que al final parecían hechos por un niño pequeño.

«TENGO QUE SEGUIR TRABAJANDO» era la frase escrita con tanta fuerza bajo uno de los últimos bocetos de estilo deficiente, que el trazado del lápiz estaba profundamente marcado en la página, a la que había desgarrado incluso en algunos puntos.

¡TENGO QUE DESCRIFRAR ESTA CRIATURA! ¡ES LA CLAVE PARA ENTENDER A LOS QUE VIVIERON AQUÍ! ¡TENGO QUE APRENDER, TENGO QUE...!

Palpó con el dedo la impresión de las palabras en las páginas, intentando recordar cómo se hallaba en aquel entonces. Era confuso. Se le había acabado la comida y había seguido trabajando febrilmente, sin prestar atención a sus reservas de agua. Cuando también se acabó el agua, le pilló completamente por sorpresa.

Tratando todavía de recordar, observó la nota que había garabateado de manera menos furiosa, pero igualmente desesperada, en el interior del contorno de una lápida que nunca había terminado de dibujar.

Tengo que seguir trabajando. Las fuerzas me abandonan. Las piedras se vuelven cada vez más pesadas cuando las saco a rastras del montón para estudiarlas. Vivo con el temor a dejar caer alguna. Tengo que...

Allí terminaba. No tenía recuerdos, salvo que en una especie de delirio había salido tambaleándose en busca de un manantial y, al no encontrarlo, había conseguido, como fuera, volver a las cuevas de las lápidas.

Tras una página en blanco, figuraba la pregunta «¿DÍA?», y las palabras: *Coprolitas. Me sigo preguntando si estaría vivo si los dos niños no me hubieran encontrado por casualidad y no hubieran avisado a los adultos. Seguramente no. Debo de haber estado muy mal. En la mente conservo el vago recuerdo de unas siluetas que se inclinaban sobre mi diario y que entrecruzaban sus luces al hojear las páginas en las que yo había plasmado mis bocetos; pero no estoy seguro de haberlo visto realmente, o de si mi mente se imaginó lo que podía haber sucedido.*

«Estoy perdiendo el tiempo, y no debo hacerlo —se reprochó con severidad, moviendo la cabeza hacia los lados—. ¡El relato del día de ayer! Tengo que terminarlo.» Pasó las páginas en abanico hasta encontrar aquella en que había empezado a escribir, y acercó el lápiz al papel.

Escribió:

Por la mañana, después de ponerme el traje, bajé al almacén de alimentos para recoger mi desayuno, atravesando el área comunal en la que un grupo de niños coprolitas jugaban a un juego que re-

cordaba el de las canicas. Debía de haber como una docena de jovencitos de diversas edades, puestos en cuclillas y haciendo rodar por una superficie de terreno lisa y limpia aquellas grandes canicas. Pensé que estaban hechas de pizarra pulida. Intentaban golpear con ellas una especie de bolo de piedra tallada que recordaba vagamente a un hombre.

Por turnos, lanzaban la canica contra el bolo, pero cuando todos terminaron de lanzar, el bolo seguía en su sitio. Uno de los niños más pequeños me entregó una canica. Resultó más ligera de lo que yo había imaginado, y antes de lanzarla, se me cayó al suelo varias veces, por culpa de los guantes, a los que todavía no estoy acostumbrado. Después, con cierta dificultad, logré sujetarla entre el pulgar y el índice. Trataba de apuntar con bastante torpeza cuando de repente (¡imaginad mi sorpresa!) ¡la esfera gris cobró vida! ¡Se abrió y se estiró en la palma de mi mano! Resultó ser una especie de cochinilla gigante: nunca en mi vida había visto nada parecido.

Me quedé tan atónito, que se me cayó de nuevo. El bicho tenía semejanzas con el Armadillidium vulgare, una cochinilla, ¡pero que hubiera tomado esteroides! Tenía una multitud de pares de patas articuladas que utilizaba muy bien, pues se escabulló a toda velocidad cuando varios de los niños lo siguieron pisándole los talones. Podía oír a los otros riéndose en el interior de sus trajes: pensaban que la cosa era desternillante.

Algo más tarde, vi un par de hombres mayores, miembros del asentamiento, que se preparaban para partir. Juntaban las cabezas de sus trajes protectores, muy probablemente conversando uno con el otro. Nunca he podido oír su lengua. Por lo que sé, pudiera ser inglés.

Los seguí, y no parecía que les importara: nunca les importa. Salimos del asentamiento, y alguien volvió a colocar en su sitio, detrás de nosotros, la roca que bloquea la entrada. El hecho de que excaven sus asentamientos en el suelo de la Llanura Grande y en los pasadizos que salen de ella, o a veces incluso en el mismo techo, los vuelve casi invisibles para el observador poco atento. Seguí a la pareja durante varias horas hasta que abandonamos la Llanura Grande, nos *metimos por un pasadizo que bajaba en picado y, al salir de él, vi que nos hallábamos en una especie de embarcadero.*

Era una construcción importante, con unas vías de ancho considerable que corrían paralelas a la ensenada. (Según creo, los coprolitas fueron responsables de la construcción de la vía del Tren de los Mineros y de la excavación del sistema de canales, ambas obras colosales.) En el muelle había tres embarcaciones amarradas, y me alegré de ver subir a los coprolitas a bordo de la primera. Hasta entonces yo no había montado en ninguna. La barcaza iba cargada hasta los topes con carbón recién extraído. La propulsaba un motor de vapor: los vi echar carbón a la caldera y prenderlo con yesca.

Cuando alcanzó suficiente presión, nos pusimos en marcha, salimos de la ensenada y recorrimos milla tras milla por canales cerrados. Varias veces nos detuvimos para abrir las esclusas. Me bajé de la barcaza a la orilla para observar cómo manejaban la manivela que accionaba las compuertas.

Durante el viaje, pensé mucho en cómo esta gente y los colonos se necesitan unos a otros, constituyendo una especie de simbiosis imperfecta. Yo diría que la fruta y las esferas de luz son un pago miserable por el enorme tonelaje de carbón y mineral de hierro que los colonos reciben de ellos. Si hay alguien en el mundo que entienda de minería, son los coprolitas, que trabajan con su pesado equipo de excavación a vapor (véanse mis dibujos en el apéndice número 2).

Pasamos algunas de las áreas de intenso calor que he descrito anteriormente, donde la lava debe de fluir muy cerca de las rocas. Me estremecía pensar qué temperatura habría fuera de mi traje protector, y no me sentía nada inclinado a averiguarlo. Al final salimos de nuevo a la Llanura Grande desplazándonos a buena velocidad, con la barcaza a toda máquina, y yo empezaba a sentirme exhausto (estos trajes resultan condenadamente pesados al cabo de un rato), cuando vimos en la orilla del canal un grupo de gente de la que sólo puedo suponer que eran colonos.

Sin lugar a dudas no eran styx, y pienso que probablemente se asustaron de nosotros. Eran tres, que tenían un aspecto de lo más variopinto, y parecían algo nerviosos y desconcertados. Yo no podía ver-

los muy bien porque la combinación de las gafas con las esferas de luz que van puestas junto a los oculares del traje produce un brillo que dificulta la visión.

No parecían colonos completamente adultos, así que no tengo ni idea de qué hacían tan lejos del tren. Se quedaron mirándonos con la boca abierta, en tanto que los dos coprolitas que iban conmigo, según su costumbre, les hicieron el mismo caso que si no los hubieran visto. Intenté saludar al trío, pero no me respondieron. Quizá también los hayan desterrado de la Colonia, como habrían hecho conmigo de no haber querido venir voluntariamente al Interior.

El doctor Burrows releyó el último párrafo, y a continuación sus ojos volvieron a empañarse mientras se ponía una vez más a soñar despierto. Se imaginó su maltrecho diario abierto por aquella misma página en una vitrina expositora de la Biblioteca Británica, o tal vez incluso de la Institución Smithsoniana.

«Historia —se dijo—. Estás haciendo historia.»

Finalmente se puso el traje y, tras retirar a un lado aquella tapa que parecía la de un cubo de basura, bajó utilizando la escalera tallada en la pared. Cuando salió y se enderezó en el suelo de tierra bien rastrillada, miró a su alrededor. El sonido de su propia respiración le retumbaba en los oídos.

Había tenido razón al pensar que se avecinaba un cambio.

Algo había ocurrido.

El asentamiento se hallaba extrañamente oscuro y completamente desierto.

En el centro del área comunal, ardía una llama solitaria y danzarina. El doctor Burrows se dirigió hacia ella, dejando la pared a un lado y observando por encima los espacios del techo. Los haces de luz gemelos de su traje le revelaron que todas las trampillas de los demás habitáculos estaban abiertas. Y los coprolitas no las dejaban abiertas nunca.

Su presentimiento había ido bien encaminado. Habían desalojado el asentamiento mientras él dormía.

Se acercó a la luz que había en el centro. Era una lámpara de aceite colgada encima de una mesa de obsidiana de la llamada «copo de nieve», montada en una estructura de hierro oxidado. Como un espejo, aquella superficie negra muy pulida y moteada con difusas manchas blancas en forma de copos de nieve reflejaba la luz, y pudo distinguir que había algo allí, algo iluminado misteriosamente por la luz inquieta de la llama. Eran unos paquetes rectangulares primorosamente envueltos en lo que parecía papel de arroz, colocados en fila sobre la mesa. Cogió uno de ellos y lo sopesó en la mano.

«Me han dejado algo de comida», se dijo. Sintiendo un inesperado acceso de cariño hacia los amables seres con los que había pasado todo aquel tiempo, levantó la mano para secarse las lágrimas que le afloraban a los ojos. Pero el guante se topó con el cristal de aquella especie de escudo bulboso que llevaba en la cabeza.

—Os echaré de menos —dijo, aunque su voz temblorosa quedó reducida a un rumor a través de las espesas capas del traje. Negó rápidamente con la cabeza, dando por finalizado su arranque emotivo. Desconfiaba de esos estallidos sentimentales. Si se dejaba llevar, sabía que terminaría sintiendo remordimientos por la familia a la que había abandonado, por su esposa Celia y sus hijos, Will y Rebecca.

No. La emoción era un lujo que no se podía permitir en aquellos días. Tenía un objetivo, y nada debía desviarlo de su cumplimiento.

Empezó a recoger los paquetes. Al levantar el último, sujetándolos todos en las manos, vio que había entre ellos un rollo de pergamino. Se apresuró a volver a dejar los paquetes en la mesa y estiró el pergamino.

Era evidentemente un mapa, trazado con líneas gruesas y puntuado por todas partes con estilizados símbolos. Giró el pergamino, primero hacia un lado, luego hacia el otro, intentando averiguar en qué punto se encontraba. Exhalando un triunfal «¡Sí!», reconoció el asentamiento donde estaba, y después pasó la yema del dedo por la línea más gruesa de todas, la que marcaba el contorno de la Llanura Grande. Desde este borde surgían unas diminutas líneas paralelas, que evidentemente indicaban los túneles por los que se salía de la Llanura Grande. Junto a su recorrido había muchos otros símbolos que no pudo comprender de inmediato. Frunció el ceño, totalmente concentrado en el mapa.

Aquellas criaturas torpes y empeñadas en no llamar la atención le proporcionaban justo lo que necesitaba: le mostraban el camino.

Juntó las manos y las levantó delante de la cara en señal de gratitud.

«Gracias, gracias», dijo, dándole ya mil vueltas en la cabeza al viaje que tenía por delante.

SEGUNDA PARTE

El regreso

16

Sarah apartó un poco la cortina de cuero para mirar por la ventanilla del coche de caballos. El carruaje atravesó una larga sucesión de túneles oscuros hasta que finalmente dobló un recodo y ella pudo ver ante sí una zona iluminada.

A la luz de las farolas de la calle, distinguió las primeras casas adosadas de una larga sucesión de ellas. Al pasar por delante, a gran velocidad, vio que algunas de las puertas estaban abiertas, pero no pudo descubrir ni rastro de nadie, y los jardincillos que había delante de cada casa estaban llenos de líquenes negros demasiado crecidos y de setas que habían brotado espontáneamente. Las aceras estaban llenas de cosas que habían pertenecido a las casas: cazuelas, sartenes y muebles rotos habían quedado allí, olvidados.

El coche tuvo que aminorar la marcha para pasar por delante de un derrumbe del túnel. Era un derrumbe importante: parte del techo del túnel se había desprendido y enormes bloques de piedra caliza habían caído sobre una casa, aplastando el tejado y destruyendo la casa casi completamente.

Sorprendida, Sarah miró a Rebecca, que estaba sentada delante de ella.

—Toda esta parte va a ser taponada con la intención de cerrar algunas de las salidas a la Superficie. Esto es parte de las consecuencias de la llegada de tu hijo a la Colonia —explicó la chica como sin darle importancia mientras el carruaje volvía a tomar velocidad, sacudiéndolos hacia los lados con su movimiento.

—¿Todo esto es por culpa de Will? —preguntó Sarah, imaginándose a toda aquella gente cuando los obligaron cruelmente a abandonar su casa.

—Ya te lo dije: le importa un bledo lo que les pase a los demás —explicó Rebecca—. Ni te imaginas de lo que es capaz. Es un sociópata, y alguien tiene que pararle los pies.

El mayor de los styx, que estaba al lado de Rebecca, asintió y compuso una expresión de confianza en el futuro.

Fueron bajando más y más por calzadas de adoquines en túneles serpenteantes, hasta que llegaron a una fila de tiendas. Por las ventanas tapadas que vio, Sarah dedujo que habían sido clausuradas.

Una vez que emprendieron el descenso final a la Colonia, ya no había nada más que ver, así que Sarah se recostó en el respaldo del coche. Bajó la mirada hacia el regazo, incómoda. Una de las ruedas pisó algo que provocó una sacudida del carruaje, que a su vez hizo saltar de los asientos a sus ocupantes. Sarah le dirigió a Rebecca una mirada de alarma, que ésta respondió con una sonrisa tranquilizadora, al tiempo que el carruaje se enderezaba con gran estrépito. Los otros dos styx permanecieron impasibles, tal como habían estado durante todo el camino. Sarah les lanzó una furtiva mirada, y no pudo evitar un estremecimiento.

Imaginadlo:

Los enemigos a los que siempre había odiado mortalmente estaban a su lado, pegados a ella. Eran sus compañeros de viaje. Estaban tan cerca que los podía oler. Se preguntó por enésima vez qué era realmente lo que querían de ella. Tal vez sólo deseaban meterla en una celda en cuanto llegaran a su destino, para después desterrarla o ejecutarla. Pero si ésas eran sus intenciones, ¿para qué representar toda aquella payasada? El impulso de escapar, de echar a correr, crecía en ella de manera irreprimible. Una parte de su mente le decía a gritos que echara a correr, mientras la otra calculaba hasta dónde podría llegar. Estaba mirando la manecilla de la puerta, moviendo sin parar los dedos, cuando Rebecca alargó una mano y la colocó sobre las suyas, calmando el nerviosismo de los dedos.

—Ya falta poco.

Sarah intentó sonreír, y entonces, al pasar bajo la luz de una farola, notó que el mayor de los styx la estaba mirando fijamente. No tenía las pupilas del todo negras como el resto de los styx, sino que parecían tener mezcla de otro color diferente, un ligero destello de un color que no podía definir, tal vez entre rojo y marrón, que a ella le resultaba más oscuro y más hondo que el mismísimo negro.

Y al notar que la miraba, Sarah se sintió sumamente incómoda, como si él conociera, por algún medio y con toda exactitud, lo que ella estaba pensando. Pero entonces él volvió a mirar por la ventanilla y no apartó los ojos de ella durante el resto del viaje, ni siquiera cuando empezó a hablar. Sólo lo hizo una vez durante todo el viaje. Su manera de hablar era la de alguien a quien los años han hecho prudente y sensato. No era el típico discurso vengativo que Sarah estaba acostumbrada a oír en boca de los styx de más edad. Parecía medir con cuidado sus palabras, como si las sopesara antes de dejarlas salir por sus finos labios.

—Nosotros no somos tan diferentes, Sarah.

Ella volvió la cara hacia él de repente. Se quedó cautivada por la red de profundas arrugas que partían del rabillo del ojo, arrugas que por momentos parecían encresparse como si el styx estuviera a punto de sonreír; pero nunca llegaba a hacerlo.

—Si tenemos un defecto, es el de no reconocer que hay un puñado de gente aquí abajo, los menos, que no son tan diferentes de nosotros los styx.

Cerró lentamente los ojos cuando el coche pasó junto a una farola de luz demasiado intensa que iluminó hasta el último rincón del interior. Sarah observó entonces que ninguno de los otros dos styx estaba mirando al mayor; ni tampoco a ella.

—Nos apartamos completamente, pero a menudo llega alguien como tú. Tú tienes una fuerza que te singulariza. Te has resistido a nuestra persecución con la pasión y el fervor que esperamos de los nuestros.

»Vosotros os afanáis en busca del reconocimiento, lucháis por algo en lo que creéis, no importa qué, y nosotros no escuchamos. —Se detuvo para tomar aire, despacio, prolongadamente—. ¿Por qué? Porque nosotros, desde hace muchos años, tenemos que dominar y vigilar a la gente de la Colonia... por el bien común, y tenemos que trataros a todos igual. Pero no estáis hechos todos con el mismo molde. Aunque tú seas una colona, Sarah, eres apasionada y comprometida, y no eres como todo el mundo, no eres en absoluto como todo el mundo... Creo que deberías ser tolerada, pero sólo por tu espíritu.

Sarah siguió mirándolo después de que dejara de hablar, preguntándose si el styx estaría esperando que ella le respondiera. No tenía ni idea de qué era lo que él realmente quería transmitirle. ¿Trataba de mostrar compasión hacia ella? ¿Se trataba de un ataque de los styx, llevado a cabo con las armas de la seducción?

¿O le estaba haciendo la propuesta, extraña y sin precedentes, de unirse a ellos? No, eso era imposible, era impensable. Ese tipo de cosas no ocurrirían nunca: los styx y los colonos eran razas aparte, eran opresores y oprimidos, como el anciano styx acababa de admitir de manera implícita. Y no había acercamiento posible entre ambos. Siempre fue así, y siempre sería así, en un mundo permanente e inmutable.

Su mente no podía dejar de pensar en ello, no podía dejar de intentar comprender lo que había querido decir el styx, y se le ocurrió aún otra posibilidad: ¿no serían sus palabras simplemente una manera de admitir el fracaso de los styx, una tardía petición de disculpas por la manera en que la habían tratado cuando la muerte de su bebé? Seguía pensando en ello cuando el coche se detuvo ante la Puerta de la Calavera.

En toda su vida sólo la había atravesado alrededor de una docena de veces, acompañando a su esposo en algún asunto oficial que tuviera lugar en el Barrio, asuntos en los que había tenido que aguardar fuera, en la calle; o bien, cuando se le permitió entrar, había permanecido callada, tal como se esperaba de ella. Así eran las cosas en la Colonia: no se consideraba que las mujeres fueran iguales a los hombres, y nunca podían alcanzar cargos de cierto nivel de responsabilidad.

Había oído rumores de que las cosas eran diferentes entre los styx. De hecho, la prueba viviente de ello la tenía sentada delante de ella, en aquel mismo instante, en forma de Rebecca. A Sarah le parecía difícil de creer que aquella niña tuviera la influencia e importancia que parecía tener. También había oído decir, sobre todo a Tam, que había un círculo cerrado, una especie de realeza en la cima de la jerarquía styx, pero eso no eran más que especulaciones. Los styx vivían apartados de la gente de la Colonia, así que nadie sabía con seguridad qué pasaba entre ellos, por más que en las tabernas circularan rumores, susurrados en voz muy baja, sobre sus extraños rituales religiosos, rumores que se iban exagerando cada vez que se volvían a contar.

Y al pasear la vista de la chica al anciano styx y de vuelta a la chica, Sarah se dio cuenta de que podían ser parientes. Si se hacía caso de las habladurías, los styx no tenían familias tradicionales, porque a los niños los apartaban de sus padres a edad temprana para ser educados por los maestros que les designaran, dentro de sus colegios exclusivos.

Pero viéndolos allí sentados, casi a oscuras, Sarah tenía la sensación de que había claramente alguna relación entre ellos dos. Apreciaba una especie de conexión que trascendía la lealtad que unos styx se guardaban a otros. Pese a su avanzada edad y a su rostro inescrutable, había un leve aire de paternidad o paternalismo en las maneras del viejo styx hacia la niña.

Los pensamientos de Sarah quedaron interrumpidos cuando se oyó un simple golpe en la puerta del carruaje, y a continuación la abrieron. Una lámpara cegadora introdujo su luz en el interior del coche, lo que obligó a Sarah a taparse los ojos. A continuación, entre el styx más joven y el portador de la lámpara, siguió un intercambio de palabras en la lengua de sonidos aflautados y metálicos de los styx. La luz se retiró casi de inmediato, y Sarah oyó el traqueteo del rastrillo que subían en la Puerta de la Calavera. No se asomó a la ventanilla para mirar, pero en su mente imaginó la puerta de hierro colado que ascendía hundiéndose dentro de la enorme efigie de una calavera esculpida en piedra.

El propósito de aquella puerta era mantener en su sitio a los habitantes de las grandes cavernas. Naturalmente, Tam había encontrado mil maneras de burlarla, saliendo por otros lugares. Para él había sido como el juego de la oca: cada vez que descubrían una de sus rutas, encontraba una alternativa para salir a la Superficie.

Por supuesto, ella misma había utilizado para escapar una ruta de la que él le había hablado, a través de un túnel de ventilación. Con nostalgia, sonrió al recordar el momento en que su corpulento hermano, con sus manos de oso, le había dibujado detalladamente el intrincado mapa con tinta marrón sobre un trozo de tela del tamaño de un pequeño pañuelo. Sabía que esa ruta en concreto tenía que resultar ya impracticable, porque, con su acostumbrada eficiencia, los styx la habrían cerrado pocas horas después de que ella consiguiera llegar a la Superficie.

El carruaje avanzó, moviéndose a una velocidad increíble y bajando más y más. Enseguida hubo un cambio en el aire que los envolvía: llegó hasta sus narices un olor a quemado, y todo empezó a vibrar con un ruido sordo y penetrante. El carruaje estaba pasando por las principales estaciones de ventilación. Ocultos a la vista en un enorme espacio excavado por encima de la Colonia, enormes ventiladores giraban día y noche, extrayendo el humo y renovando el aire.

Olfateó, aspirando hondo. Allí arriba estaban concentrados todos los olores: el humo de las hogueras, el olor de las cocinas, el del moho, la podredumbre y la descomposición, y el hedor colectivo del enorme número de seres humanos separados en diversas zonas interconectadas, todas ellas muy grandes: lo que se respiraba allí era la esencia destilada de la vida total de la Colonia.

El coche dio un giro brusco. Sarah se agarró al borde del asiento de madera para no deslizarse por su desgastada superficie e ir a caer encima del más joven de los styx, que estaba a su lado.

Se iba acercando más a la Colonia.

Más y más. Seguían bajando.

Sarah se asomó expectante a la ventanilla.

Miró hacia fuera, incapaz de contenerse ante aquel mundo en penumbra que en otro tiempo había sido su único mundo conocido. En la distancia, las casas de piedra, los talleres, las tiendas, los achaparrados lugares de culto y los grandes edificios oficiales de que se componía la Caverna Meridional tenían el mismo aspecto que cuando los había visto por última vez. No le sorprendió. La vida allí abajo era tan constante e inmutable como la escasa luz de aquellas esferas que habían brillado las veinticuatro horas del día, semana tras semana, durante los últimos tres siglos.

El coche llegó al fondo de la pendiente, y se lanzó por las calles a una velocidad vertiginosa. La gente se apartaba del camino o arrimaba a la acera a toda prisa las carretillas para que no se las llevara el coche por delante.

Sarah observó que los colonos miraban el veloz carruaje con expresión de desconcierto. Los niños lo señalaban con el dedo, pero los padres tiraban hacia atrás de ellos al comprender que los que iban dentro eran styx. Nadie se quedaba mirando a los miembros de la clase dirigente.

—Ya estamos —anunció Rebecca abriendo la puerta antes incluso de que el coche se detuviera del todo.

Sarah reconoció la calle familiar con un sobresalto. Había llegado a casa. Pero no se había hecho a la idea, no estaba preparada para aquello. Temblorosa, se levantó para seguir a Rebecca cuando la chica saltó ágilmente del estribo a la acera.

Pero le costaba salir del coche, y se demoró en la puerta.

—¡Vamos! —le dijo Rebecca con amabilidad—. Ven conmigo.

Le cogió la temblorosa mano y la guió hacia un rincón oscuro de la caverna. Mientras se dejaba llevar, Sarah levantó la vista hacia la inmensa bóveda de roca que se extendía sobre la ciudad subterránea. De las chimeneas subían perezosas nubes verticales de humo, como si fueran serpentinas colgadas del techo que se rizaban ligeramente con el aire fresco que salía por los enormes conductos de ventilación de la caverna.

Rebecca agarraba su mano y tiraba de ella. Con bastante estrépito, otro coche de caballos llegó y se detuvo detrás del de ellos. Sarah se paró, resistiéndose al impulso de Rebecca y volviéndose para mirarlo. Distinguió a Joe Waites a través de la ventanilla. Después recobró su anterior posición para observar la fila de casas uniformes que se extendía por la calle, que se encontraba completamente vacía, algo inusual a esas horas. Empezó a sentirse cada vez más incómoda.

—Me imaginé que no querrías que estuvieran todos mirándote como bobos —comentó la joven como si supiera lo que le pasaba a Sarah por la mente—. Por eso he hecho acordonar la zona.

—¡Ah! —exclamó Sarah muy bajo—. Y él no está aquí, ¿o sí?

—Hemos hecho exactamente lo que nos pediste.

Sarah había puesto una condición allí arriba, en la excavación: sabía que no sería capaz de mirar a la cara a su esposo, ni siquiera después de todo aquel tiempo. Aunque ella misma no sabía si era porque tenía miedo a que le trajera recuerdos de su hijo muerto, o bien porque no podría soportar la idea de haberle traicionado y abandonado.

Seguía odiándolo, y al mismo tiempo sabía (cuando se permitía el lujo de ser brutalmente sincera consigo misma) que todavía lo amaba, a partes iguales.

Al llegar a la casa con los demás, Sarah iba caminando como en un sueño. La casa estaba aparentemente igual, como si la hubiera dejado tan sólo el día anterior y los últimos doce años no hubieran tenido lugar. Sarah volvía a casa después de todo aquel tiempo de fugitiva, vivido al día, sin mañana, como una especie de animal.

Se tocó la profunda herida del cuello.

—Está bien, no tiene mal aspecto —dijo Rebecca apretándole la mano.

Otra vez ocurría: ¡una niña styx, un retoño de la peor basura imaginable, le dirigía palabras reconfortantes! Le sujetaba la mano y actuaba como si fuera su amiga. ¿El mundo al revés?

—¿Lista? —le preguntó Rebecca, y Sarah se volvió hacia la casa. La última vez que la vio, su bebé muerto estaba expuesto, en aquella habitación... Sus ojos se dirigieron al dormitorio del primer piso: el dormitorio del matrimonio, en el que ella había pasado aquella noche horrible junto a la cuna. Y allí abajo... Miró la ventana de la sala de estar y vio pasar por delante imágenes de su pasado con sus dos hijos: arreglándoles la ropa, vaciando la chimenea por la mañana, llevándole un té a su marido, que leía el periódico, y la voz profunda de su hermano Tam, como si estuviera en la habitación de al lado, riendo, mientras chocaban los vasos. ¡Ah, si al menos él estuviera vivo...! Su querido Tam...

—¿Lista? —repitió Rebecca.

—Sí —respondió Sarah con determinación—, estoy lista.

Avanzaron lentamente por el camino de la casa, pero al llegar ante la puerta, Sarah se amilanó.

—No te preocupes —le dijo Rebecca con dulzura—. Tu madre te está esperando. —Pasó por la puerta y Sarah entró en el vestíbulo detrás de ella—. Está ahí. Ve a verla. Yo me quedaré fuera.

Sarah observó el conocido papel pintado de rayas verdes del que colgaban los severos retratos de los antepasados de su marido, generaciones enteras de hombres y mujeres que no habían visto nunca lo que había visto ella: el sol. Después acercó los dedos a la pantalla de color azul ahumado de una lámpara que había en la mesa del vestíbulo, como para asegurarse de que todo era real, de que no se encontraba en un extraño sueño.

—Tómate todo el tiempo que quieras. —Diciendo esto, Rebecca se giró y salió de la casa con sus andares de señorita. Sarah se quedó sola.

Respiró hondo y, caminando con rigidez de autómata, entró en el salón.

La chimenea estaba encendida y el salón tenía el mismo aspecto de siempre; tal vez estaba todo un poco más viejo y descolorido por el humo, pero igual de cálido y acogedor. Pisó en la alfombra persa con cuidado, sin hacer ruido, y se acercó a las butacas de cuero con orejas, bordeándolas lentamente hasta ver quién estaba sentado en ellas. Seguía pensando que de un momento a otro despertaría y todo aquello se habría acabado, y se iría perdiendo en el recuerdo como cualquier otro sueño.

—¿Mamá...?

La anciana levantó la cabeza con debilidad, como si se hubiera quedado algo dormida, pero Sarah comprendió que no se había dormido cuando vio las lágrimas que le caían por las arrugadas mejillas. Su madre tenía el pelo blanco no muy bien recogido en un moño, y llevaba un vestido negro con un sencillo cuello de encaje fijado por delante con un simple broche. A Sarah le embargaron tantas emociones, que sintió que las fuerzas la abandonaban completamente.

—Ma... —empezó a decir, pero se quedó sin voz, y sólo salió de su boca un leve gemido.

—¡Sarah! —exclamó la anciana, poniéndose en pie con dificultad. Levantó los brazos hacia su hija, que vio que seguía llorando, y ella misma no pudo reprimirse—. Me dijeron que ibas a venir, pero no quería hacerme ilusiones...

Los brazos de su madre la rodearon, pero era un abrazo débil, no aquella fuerte presión que ella recordaba. Estuvieron abrazadas, en pie, apoyándose la una en la otra, hasta que habló su madre.

—Tengo que sentarme —dijo jadeando.

Al tiempo que la anciana mujer se sentaba, Sarah se puso de rodillas delante de la butaca, sin soltarle las manos.

—Tienes buen aspecto, chiquilla —dijo la madre.

Se hizo un silencio mientras Sarah pensaba qué responder, pero estaba demasiado emocionada para poder hablar.

—Se ve que te ha ido bien la vida allí arriba —siguió la anciana—. ¿Son tan malos como nos dicen?

Sarah se disponía a responder, pero de repente cerró la boca. No podía empezar a explicarse y, además, en aquel momento las palabras no importaban para ninguna de las dos. Estaban juntas, una al lado de la otra: eso era lo importante.

—Han pasado tantas cosas, Sarah... —dijo la anciana dudando—. Los styx se han portado muy bien conmigo. Me han enviado a alguien todos los días para que me ayude a ir a la iglesia a rezar por el alma de Tam. —Levantó los ojos hacia la ventana, como si resultara demasiado doloroso mirar a Sarah—. Me dijeron que ibas a venir, pero no me atrevía a creerles. Era demasiada alegría pensar que podía verte de nuevo, una última vez... antes de morir.

—No digas eso, mamá. Todavía tienes unos cuantos años por delante —dijo Sarah con suavidad, mientras agitaba las manos de su madre en gesto de suave reprimenda. La mujer volvió la cara hacia ella, y Sarah la miró a los ojos. Resultaba desgarrador observar el cambio producido, como si se hubiera apagado una luz dentro de ella. Porque los ojos de su madre siempre habían tenido chispa, pero ahora resultaban apagados y ausentes. Comprendía que el tiempo no era el único responsable; se sentía en parte causa de aquello, y pensó que tenía que dar explicación de sus actos.

—Menuda la que he armado, ¿verdad? He roto la familia, he puesto a mis hijos en peligro... —dijo Sarah con una voz temblorosa que empezaba a fallarle. Respiró rápido varias veces—. Y no tengo ni idea de qué piensa mi marido... John...

—Ahora me cuida —se apresuró a decir la madre—. Como no hay nadie más...

—¡Ay, mamá! —dijo Sarah con la voz ronca y entrecortada—. Yo... yo no te quería dejar sola... cuando me fui... Yo... lo siento tanto...

—Sarah —la interrumpió la anciana con lágrimas que le caían libremente por la cara surcada de arrugas, mientras apretaba las manos de su hija—, no te tortures. Hiciste lo que pensaste que tenías que hacer.

—Pero Tam... Tam ha muerto, y todavía no me lo puedo creer.

—No —dijo la anciana en voz tan baja que apenas se distinguía del crepitar de la hoguera en la chimenea, y ladeó su rostro consternado—. Yo tampoco.

—¿Es cierto...? —Sarah se paró en mitad de la frase, dudando, y después hizo la pregunta que temía hacer—. ¿Es cierto que Seth tuvo algo que ver?

—¡Llámalo Will, no le llames Seth! —soltó la madre volviendo la cabeza de repente hacia ella. La reacción fue tan brusca que Sarah dio un respingo—. Él no es Seth, él ya no es tu hijo —dijo la anciana. Un acceso de rabia le tensaba los tendones del cuello y le cerraba los ojos casi completamente—. No después del daño que ha hecho.

—¿Estás segura de eso?

Las palabras de su madre se volvieron inconexas:

—Joe, los styx, la policía... ¡todo el mundo está seguro de eso! —dijo atropelladamente—. ¿Sabes lo que sucedió?

Sarah se sintió desgarrada entre el impulso de saber más y

el deseo de no alterar a su madre. Pero necesitaba averiguar la verdad:

—Los styx me dijeron que Will llevó a Tam a una trampa —dijo Sarah, apretando las manos de su madre en un gesto de consuelo. Estaban tensas y rígidas.

—Sólo para salvar su propia piel —soltó la anciana—. ¿Cómo fue capaz de tal cosa? —Bajó la cabeza, pero mantuvo los ojos fijos en Sarah. La rabia pareció abandonarla por un instante, reemplazada por una expresión de mudo desconcierto. Por un instante Sarah se encontró más cerca de su madre de lo que podía recordar, de esa anciana bondadosa que se había pasado la vida trabajando duramente por su familia.

—No lo sé —susurró Sarah—. Dicen que obligó a Cal a ir con él.

—¡Así es! —En un instante, la madre volvió a adoptar el gesto de odio y rencor, encorvando los hombros en una exhibición de rabia y arrancando sus manos de las de Sarah—. Recibimos a Will con los brazos abiertos, pero no era ya más que un odioso Ser de la Superficie. —Dio un golpe en el brazo de la butaca, apretando los dientes—. Nos engañó a todos… a todos, y Tam murió por su culpa.

—Pero no comprendo cómo… por qué le hizo eso a Tam. ¿Por qué iba a hacer eso un hijo mío?

—¡Ya no es tu maldito hijo! —gritó la madre gimiendo y respirando agitadamente.

Sarah se echó para atrás. Nunca había oído la palabra «maldito» en boca de su madre, ni una vez en toda su vida. Le dio miedo la salud de su madre, porque se encontraba en tal estado que Sarah pensó que podía ocurrirle algo si seguía tan alterada.

Después, volviendo a tranquilizarse, la anciana suplicó:

—Haz lo que sea para salvar a Cal. —Se inclinó hacia delante. Las lágrimas le caían abundantemente por el rostro arrugado—. Tienes que traerlo, ¿lo harás, Sarah? —preguntó la madre, con voz dura como el acero—. Tienes que salvarlo. Prométemelo.

—Aunque sea lo último que haga —susurró Sarah, y se volvió hacia la chimenea.

Con su falsedad, Will había estropeado y profanado aquel encuentro con su madre después de tanto tiempo, aquel momento con el que tantas veces había soñado. En aquel instante, cualquier duda que aún pudiera albergar Sarah sobre la culpabilidad de Will quedó completamente despejada. Pero lo más difícil de aceptar para ella era que el principal punto de conexión que tenía con su madre, tras doce largos años de separación, fuera un demoledor deseo de venganza.

Se quedaron escuchando el crepitar de la hoguera. No había nada más que decir, y tampoco ninguna de las dos tenía deseos de seguir hablando, embargadas como estaban por la rabia y el odio compartido.

Fuera de la casa, Rebecca contemplaba cómo los caballos brincaban de impaciencia y hacían tintinear el arnés al mover la cabeza. Se inclinaba contra la puerta del segundo de los carruajes, en el que estaba sentado Joe Waites, intranquilo, constreñido entre varios styx. Miraba a Rebecca por la pequeña ventanilla del carruaje, con el gesto tenso y un brillo de sudor en la frente.

Ante la puerta de la casa de los Jerome apareció un styx. Era el mismo que había ido sentado al lado de Sarah durante el camino que habían seguido hasta allí y que, sin que lo supieran ella ni su madre, había entrado por la puerta de atrás de la casa para escuchar la conversación de las dos mujeres escondido en el vestíbulo.

Mirando a Rebecca, le hizo un gesto interrogador con la cabeza. Ella le respondió con otro gesto de confirmación.

—¿Está todo bien? —preguntó rápidamente Joe Waites, acercándose a la ventanilla del coche.

206

—¡Siéntate! —bufó Rebecca con el ímpetu de una víbora molestada.

—Pero ¿mi mujer y mis hijas? —preguntó con la voz quebrada y los ojos desesperadamente patéticos—. ¿Me los devolverán?

—Puede que sí, si eres un colono bueno y haces lo que se te manda —le respondió Rebecca con desprecio—. A continuación, en la lengua nasal y chirriante de los styx, se dirigió a los que lo custodiaban en el coche y les dijo—: Después de esto, llevadlo con su familia. Ya nos las veremos con todos ellos cuando haya terminado todo.

Joe Waites los miraba con aprensión, mientras los styx hacían el gesto a Rebecca de haber entendido, y después le dirigían una sardónica sonrisa.

La joven regresó al primer coche, moviendo las caderas como había visto hacer a las precoces adolescentes de la Superficie. Era su andar victorioso: se deleitaba en su éxito. Estaba ya tan cerca que casi podía apreciar su sabor, allí, en la boca que se le llenaba con una efusión de viscosa saliva. Su padre se hubiera sentido orgulloso de ella. Había cogido dos problemas, dos cabos sueltos de cuerda, y los estaba atando uno al otro. El resultado ideal sería que uno neutralizara al otro, pero aunque al final del juego volviera a quedar suelto uno de los cabos, no resultaría nada difícil cortarlo. ¡Ah, qué solución tan elegante!

Se acercó al primer coche, donde estaba sentado el styx anciano.

—¿Todo va bien? —preguntó él.

—Se lo está tragando todito: el anzuelo, el sedal y el plomo.

—Estupendo —le dijo el anciano—. ¿Y qué pasa con ese cabo suelto? —preguntó, señalando con un movimiento de la cabeza al coche de detrás.

Rebecca sonrió con la misma sonrisa amable que con tanto éxito había utilizado con Sarah.

—En cuanto Sarah esté bien segura en el Tren de los Mineros, los mandaremos triturar a él y a su familia y los esparciremos por los campos de la Caverna Occidental. Serán un excelente abono orgánico para nuestros cultivos de *Boletus edulis*.

Al inhalar aire, Rebecca hizo un gesto de desprecio, como si hubiera olido algo desagradable.

—Y haremos lo mismo con esa vieja inútil que está ahí —dijo señalando con el pulgar la casa de los Jerome.

Se rió. El anciano styx asentía, dando a todo su aprobación.

17

—Comida... No me cabe la menor duda... es comida —dijo Cal echando para atrás la cabeza y abriendo bien las aletas de la nariz para aspirar profundamente.

—¿Comida? —reaccionó Chester de inmediato.

—Bah, yo no huelo nada. —Will miraba hacia abajo, caminando despacio con los otros dos. Ninguno de ellos sabía muy bien adónde iban ni por qué; lo único que sabían era que llevaban ya varios kilómetros siguiendo el canal y todavía no habían encontrado nada que se pareciera a un camino.

—Tenemos agua gracias a que yo la encontré en la mansión, ¿no? Ahora voy a encontrar víveres —declaró Cal con su petulancia habitual.

—Todavía nos queda —respondió Will—. ¿No sería mejor que nos dirigiéramos hacia la luz que tenemos enfrente, o bien que buscáramos un camino o algo parecido, en vez de dirigirnos hacia donde podría haber colonos? Creo que deberíamos bajar al siguiente nivel, donde es fácil que haya llegado ya mi padre.

—¡Exacto! —le apoyó Chester—. Y con más motivo si este condenado lugar va a terminar haciendo que brillemos en la oscuridad.

—Bueno —comentó Will—, eso podría tener su utilidad.

—Una idea luminosa —le dijo Chester a su amigo, sonriendo.

—Lo siento, no estoy de acuerdo —dijo Cal interrumpiendo sus bromas—. Si se trata de una especie de almacenamiento de comida, podríamos encontrarnos cerca de una ciudad coprolita.

—Vale, ¿y...? —cuestionó Will.

—Bueno, el que tú llamas padre... seguro que también anda buscando comida —razonó Cal.

—Es cierto —dijo Will.

Anduvieron un poco más, levantando polvo con los pies hasta que Cal anunció con voz cantarina:

—Es cada vez más fuerte.

—Me parece que vas a tener razón. Algo hay —dijo Will al tiempo que los tres se detenían, olfateando.

—¿Una hamburguesería, tal vez? —preguntó Chester, soñador—. En estos momentos daría un meñique a cambio de un Big Mac gigante.

—Es como... dulce —dijo Will con un gesto de intensa concentración volviendo a olfatear varias veces más.

—Sea lo que sea, no importa —dijo Chester. Se estaba poniendo nervioso, y dirigía a su alrededor cautas miradas que le hacían parecer un palomo pavoneándose—. Realmente, no me quiero encontrar con esos seres coprolíticos.

Cal se volvió hacia él.

—Mira, ¿cuántas veces tengo que decírtelo? Son completamente inofensivos. En la Colonia se dice que les puedes coger lo que quieras, si es que los encuentras, claro. —Como Chester no respondía nada, Cal prosiguió—: Deberíamos ir a ver cualquier cosa que resulte llamativa. Si nosotros lo hemos notado, es muy posible que también lo haya hecho el padre de Will, y es a él a quien andamos buscando, ¿no? —terminó con sarcasmo—. De todos modos, teníamos que quedarnos en este lado del canal porque no os queríais mojar los pies. —Cal se agachó a coger una piedra que tiró con fuerza al agua, haciendo mucho ruido.

—Y tú erre que erre, ¿no? —se quejó Chester.

—¿Cómo dices?

—Es curioso, pero no te he visto quitándote la ropa y saltando el primero —dijo Chester mirándolo—. ¿Cómo es eso que dicen…? ¿Predicar con el ejemplo…?

—¿Qué quieres decir con eso de «predicar»? Aquí no hay ni predicadores ni líderes.

—¡Ah, me dio la impresión!

—Vamos, tíos —suplicó Will—, olvidadlo. No tenéis ninguna necesidad de poneros en ese plan.

La riña entre Cal y Chester quedó momentáneamente suspendida, y el grupo cayó en un silencio tenso mientras volvían a ponerse en marcha.

Después Cal se separó de Will y Chester al formar una ruta perpendicular al canal.

—Viene de allí.

Se detuvo cuando el haz de su lámpara iluminó una peña que sobresalía. Junto a ella había un agujero, una grieta natural en el suelo, como una enorme ranura de buzón.

Mientras los otros dos miraban el agujero, a Will le llamó la atención una cruz clavada en la tierra al lado de la peña. La cruz estaba hecha con dos trozos de madera, tan blancos como si fueran huesos y de alguna manera atados el uno al otro.

—¿Qué significa eso? —preguntó señalándosela a Cal.

—Apuesto a que es una marca de los coprolitas —respondió su hermano asintiendo con entusiasmo—. Si tenemos suerte, tal vez haya un asentamiento aquí abajo, y en ese caso, seguro que guardan comida. Podemos coger todo lo que queramos.

—No estoy seguro de eso —repuso el hermano mayor negando con la cabeza.

—Will, mejor nos olvidamos de eso y seguimos andando —apremió Chester a su amigo, mirando con aprensión al interior del agujero—. A mí tampoco me gusta la pinta que tiene esto.

—A ti no te gusta la pinta que tiene nada —le soltó Cal—. ¿Por qué no os quedáis aquí los dos mientras yo echo un vistazo? —dijo, y se metió por el agujero. Unos segundos después, les gritó que acababa de encontrar un pasadizo.

Will y Chester estaban demasiado cansados para decirle que lo dejara, conscientes de que eso daría origen a una nueva riña. Así que lo siguieron a regañadientes. Nada más bajar por el agujero se encontraron en una galería horizontal. Cal no los había esperado, y ya había recorrido bastante distancia. Fueron tras él; pero avanzar por allí no resultaba nada fácil. La galería se estrechaba tanto que Will se vio obligado a dejar la mochila junto al lugar en que Cal había dejado la suya.

—Odio esto —protestó Chester. Tanto él como Will respiraban con pesadez al avanzar, y en más de una ocasión tuvieron que echarse cuerpo a tierra para seguir.

A Chester le costaba continuar. Will sabía que tenía problemas porque le oía respirar con dificultad cuando avanzaba arrastrándose. Aún no se había recobrado de todos los meses de encarcelamiento pasados en el calabozo, pese a los breves periodos de descanso en el tren y en la mansión.

—¿Por qué no te vuelves? Nos puedes esperar en la entrada —sugirió Will.

—No, no pasa nada —respondió Chester resoplando y gimiendo a causa del esfuerzo mientras se afanaba en pasar por un tramo especialmente estrecho—. Hasta aquí he llegado, ¿no? —añadió.

—Vale. Si lo tienes claro…

Aunque Will hubiera querido moverse más rápido para alcanzar a su hermano, avanzó deliberadamente despacio para no dejar atrás a Chester. Un par de minutos después, se alegró al ver que la galería volvía a ensancharse y que podían volver a ponerse en pie.

Y allí estaba Cal, a unos veinte metros de distancia, detenido ante lo que parecía la entrada a otra larga caverna. Mientras Will y Chester estiraban las piernas, él les hizo una seña con la mano para que lo siguieran. Entonces volvió a ponerse en marcha, sosteniendo la lámpara en la mano, delante de él. Los otros dos lo vieron salir.

—Es rápido, eso tengo que admitirlo. Me parece que tiene algo de conejo —comentó Chester, respirando de manera ya más regular.

—¿Te encuentras mejor? —le preguntó Will notando el gesto de dolor con que se frotaba los brazos, y el sudor que le caía por la cara.

—Claro.

—Entonces mejor le damos alcance —dijo Will—. No me gusta este olor. Es realmente asqueroso —añadió arrugando la nariz.

Llegaron al lugar en que los había esperado Cal, y echaron un vistazo al interior.

Se apreciaba claramente la sequedad del aire y el olor se hacía aún más intenso. No resultaba agradable, había algo en aquel olor que hacía desconfiar, y en la mente de Will saltaron todas las alarmas. Instintivamente, se daban cuenta de que había algo falso en aquel olor, en aquel dulzor de sacarina.

Cal estaba en ese momento explorando una zona del suelo salpicada con grandes rocas de forma redondeada. Sobre estas rocas había racimos de estructuras tubulares que salían hacia arriba, algunas de las cuales alcanzaban dos metros de altura. Will no tenía ni idea de qué eran. No parecían formadas por la acción del agua como las estalagmitas, eso se veía en la manera en que estaban dispuestas. Estaban demasiado organizadas: cada racimo tenía varios tubos más grandes en el centro, de unos diez centímetros de diámetro, y en torno a éstas había grupos más pequeños que salían de forma radial, siguiendo un patrón y apuntando todos hacia arriba.

Los tubos eran de un color ligeramente más suave que la roca en la que se afirmaban, y desde donde se encontraba, Will podía distinguir que en su cara exterior tenían unos claros anillos que rodeaban el contorno cada dos centímetros. Le parecía que aquello indicaba que esas cosas iban segregando su propio recubrimiento a medida que crecían. También se dio cuenta de que estaban fijadas a las rocas por una especie de secreción resinosa, algo así como una goma de origen orgánico. ¡Eran criaturas vivas!

Fascinado, se acercó un paso.

—¿Te parece que esto es seguro, Will? —preguntó Chester cogiéndolo del brazo para retenerlo.

Will se encogió de hombros mirando a su amigo, y se volvía a mirar otra vez hacia el interior de la caverna, cuando ambos vieron que Cal perdía el equilibrio. Se agarró a la parte superior de uno de los tubos para no caer. Retiró rápidamente la mano al mismo tiempo que se escuchaba un sonido, como si alguien hubiera chasqueado los dedos, pero más fuerte. Cal recobró el equilibrio y se puso derecho.

—¡Ay! —dijo en voz baja, mirándose la mano con desconcierto.

—¿Cal? —lo llamó Will.

Durante un segundo siguió allí, con la espalda vuelta hacia ellos, examinándose todavía la mano. Y de repente se desplomó en el suelo.

—¡Cal!

Will y Chester se dirigieron una mirada de desesperación e inmediatamente volvieron la vista hacia el punto en que se hallaba Cal, tendido e inmóvil. Will tuvo el impulso de dirigirse hacia él, pero se dio cuenta de que Chester seguía agarrándolo del brazo.

—¡Suéltame! —dijo tratando de desprenderse.

—¡No! —le gritó Chester.

—¡Tengo que ir! —exclamó Will, forcejeando.

Chester lo soltó, pero él se detuvo después de avanzar unos pasos. Ocurría algo más. Lo oían.

—¿Qué dem...? —intentó decir Chester mientras oían más chasquidos, que se iban haciendo cada vez más fuertes y frecuentes. Chasquidos secos y apagados que sonaban con rapidez creciente hasta que se convirtieron en un traqueteo que retumbaba en las paredes. Los aterrorizados muchachos se volvían a un lado y a otro tratando de descubrir de dónde salían aquellas estruendosas palpitaciones. Pero no había manera de saberlo. Nada parecía haber cambiado en la caverna donde estaba Cal tendido.

—¡Tenemos que sacarlo! —gritó Will, y se lanzó hacia delante.

Corrieron los dos hacia el chico y llegaron al mismo tiempo. Chester observaba con aprensión las columnas que los rodeaban, mientras Will se ponía en cuclillas para cargar a su hermano a la espalda. El cuerpo de Cal estaba flácido, sin vida, y tenía los ojos abiertos y fijos.

Al principio pensaron que simplemente había perdido el sentido, pero ante sus propios ojos unas líneas amoratadas se extendieron desde debajo de cada uno de sus ojos acentuando la red de venillas bajo la piel, más o menos del mismo modo en que la tinta penetra en el agua. Con rapidez aterradora, los moretones se hicieron más grandes e invadieron las mejillas. Era como si tuviera allí dos enormes ojos negros.

—¿Qué está ocurriendo? ¿Qué le pasa? —gritó Will con la voz quebrada por el pánico.

Chester puso la mirada en blanco.

—No lo sé —respondió.

—Pero ¿se ha dado en la cabeza contra algo? —preguntó a gritos.

Chester examinó inmediatamente la cabeza de Cal, pasándole la mano por la coronilla, y por detrás hasta la nuca. No había señal de ninguna herida.

—Comprobar la respiración —murmuró Chester para sí tratando de recordar los primeros auxilios. Le echó la cabeza ligeramente hacia atrás, acercó el oído a la nariz y la boca de Cal, y escuchó. Volvió a levantar la cabeza con aspecto desconcertado. Entonces se acercó de nuevo y le abrió la boca para comprobar que no estaba obstruida, y acercó el oído. Resoplando, se echó atrás, sobre los talones, y le puso la mano en el pecho—. ¡Por Dios, Will! ¡Parece que no respira!

Will cogió el brazo flácido de su hermano y lo agitó.

—¡Cal! ¡Cal! ¡Vamos! ¡Despierta! —gritó.

Puso dos dedos en el cuello del muchacho para palpar la arteria, tratando desesperadamente de encontrarle el pulso.

—Aquí... no... ¿dónde lo tiene...? Nada... ¿Dónde demonios tiene el pulso? —gritó—. ¿Lo estoy haciendo bien? —Miró a Chester, con los ojos desorbitados, gritando ante la imposibilidad de encontrar ni asomo de un latido.

Su hermano estaba muerto.

En ese preciso instante, los chasquidos fueron reemplazados por otro sonido. Un suave estallido semejante al del tapón del champán, pero flojo, como si la botella hubiera sido descorchada en la habitación de al lado.

El aire se llenó de inmediato de puntos blancos que corrían inundándolo todo, un aluvión que envolvía a los muchachos, que brillaba al penetrar en los haces de luz irradiados por las lámparas, y cuajaba el aire con su presencia. Aquellas partículas, como un millón de pétalos diminutos, salían a borbotones. Tal vez salieran de los tubos, pero todo se había vuelto tan denso que era imposible estar seguro.

—¡No! —gritó Will.

Se tapó la nariz y la boca con una mano, y empezó a tirar con el brazo del cuerpo de su hermano, intentando arrastrarlo hacia la entrada de la caverna. Pero se dio cuenta de que no podía respirar: las partículas eran como arena, y le taponaban la boca y la nariz.

Arqueó la espalda y tragó un poco de aire, lo suficiente para poder gritarle a Chester unas palabras por encima del incesante ruido de descorchar botellas:

—¡Hay que sacarlo!

Chester no necesitaba que se lo dijeran. Se había puesto de pie, pero estaba bregando contra la invasión de aquella especie de nieve seca que llegaba a chorros. Parpadeaba y se protegía los ojos. El aire era tan denso que al hacerle una señal con la mano a Will, ese gesto provocó remolinos.

Will resbaló y cayó al suelo, tosiendo y ahogándose.

—No puedo respirar —dijo sin aliento, y al hacerlo, el poco aire que tenía dentro se le escapó de los pulmones. Tendiéndose de costado, hizo todo lo posible por volver a llenarlos. Se lamentó al recordar las máscaras de gas que él y Cal habían utilizado en la Ciudad Eterna, y que habían tirado pensando que ya no las necesitarían para nada. Se habían equivocado.

Will estaba tendido de costado, con una mano delante de la cara, jadeando, incapaz de hacer nada. Por entre aquella invasión de polvo, vio que Chester tiraba del cuerpo de Cal, que dejaba un rastro en la blancura del suelo.

Will se obligó a avanzar a rastras. Los pulmones le dolían por la falta de oxígeno y la cabeza le daba vueltas. No podía pensar en su hermano porque sabía que él también moriría si no salía enseguida de la caverna. Tenía la nariz y la garganta bloqueadas, como si estuviera enterrado en harina. Haciendo un esfuerzo supremo, se puso en pie, tambaleándose, y avanzó unos pasos para llamar a Chester para que saliera como él, pero era imposible. No podía reunir el aire suficiente para gritar, y su amigo, con la espalda vuelta hacia él, seguía tirando del cuerpo sin vida.

Con un enorme esfuerzo, Will avanzó unos escasos cinco metros antes de volverse a desplomar en el suelo. Pero era suficiente: había conseguido salir de aquella vorágine de blancura, y podía volver a aspirar algo de aire limpio.

Prosiguió arrastrándose con lentitud, pero no había llegado muy lejos cuando se retorció y tosió tanto que terminó vomitando incontrolablemente. Quedó consternado al ver que su vómito estaba lleno de diminutas partículas blancas y de puntitos de sangre. Sin otro pensamiento que la idea de sobrevivir, hizo un esfuerzo por continuar por el pasadizo a cuatro patas, avanzando a ciegas por la estrechura, y no se paró hasta llegar a la abertura que recordaba la ranura de un buzón.

Con gran esfuerzo volvió a la Llanura Grande y se tendió allí, tosiendo, resoplando y echando por la boca un líquido lleno de cosas. Pero la horrible experiencia no había concluido. Allí donde las motas de polvo blanco se habían pegado a la piel desnuda de la cara y el cuello, estaban empezando a irritarla, y esa irritación se transformó pronto en la más espantosa de las quemazones. Intentó quitarse las partículas con las manos, pero eso sólo empeoró las cosas, porque al quitarlas, las blancas partículas se llevaban con ellas trocitos de piel, y vio que tenía los dedos embadurnados de sangre.

Sin saber qué más hacer, cogió puñados de tierra y se frotó con ella, restregándose con furia la cara, el cuello y las manos. Esto pareció funcionar, y el intolerable dolor se calmó un poco. Pero los ojos le seguían ardiendo, y le llevó unos minutos limpiárselos usando el lado interior de la manga de la camisa.

Entonces apareció Chester. Salió por la abertura, tambaleándose sin ver. Mientras caía a cuatro patas, tosiendo y con arcadas, Will vio que había llevado algo a rastras con él. Con los ojos empañados, pensó que se trataba de Cal. Pero se le partió el corazón cuando se dio cuenta de que sólo eran las mochilas, que Chester había recogido en la galería.

Su amigo lanzó un alarido, arañándose la cara y los ojos. Will vio que estaba completamente cubierto de partículas blancas. Tenía el pelo lleno de ellas y la cara recubierta por el polvo pegado al sudor. Volvió a lanzar otro alarido y a arañarse el cuello con tanta fuerza como si quisiera quitarse la piel.

—¡Maldita mierda! —gritó entre gemidos y con voz de desolación.

—¡Quítatelo con tierra, frotando! —le gritó Will.

Chester hizo inmediatamente lo que Will le indicaba, cogiendo puñados de tierra y frotándose con ella la cara.

—¡Límpiate bien los ojos!

Chester se hurgó en el bolsillo del pantalón y sacó un pañuelo con el que se limpió los ojos a toda prisa. Al cabo de un rato sus movimientos se hicieron más reposados. Le caían mocos de la nariz, y los ojos le seguían llorando, enrojecidos. La cara era una mezcla de sangre y tierra surcada por chorros, como una máscara fantasmagórica. Miró a Will con expresión de espanto.

—No pude arrastrarlo más —explicó—. No podía seguir allí…, no podía respirar. Pero tenemos… tenemos que volver. —Tuvo un acceso de tos convulsiva, y a continuación escupió en el suelo.

—Tengo que sacarlo de aquí —dijo Will, dirigiéndose hacia la salida—. Voy a retroceder.

—No, no irás —le respondió secamente Chester, irguiéndose y deteniéndolo.

—Tengo que hacerlo —contestó Will, intentando desprenderse de él.

—¡No seas rematadamente estúpido! ¿Qué pasaría si esas cosas te cogen, y no te puedo sacar afuera? —le gritó Chester.

Will luchó con su amigo, procurando desprenderse de sus brazos, pero Chester no estaba dispuesto a dejarlo ir. Completamente frustrado, Will intentó empujar a Chester sin demasiado empeño, y luego empezó a sollozar. Sabía que lo que le decía era razonable. Sintió que su cuerpo se volvía flácido, como si de pronto lo hubiese abandonado toda su fuerza.

—De acuerdo, de acuerdo —contestó en voz baja, rindiéndose a Chester, que lo soltó. Expectoró, y luego dobló la cabeza como si mirara al cielo, aunque sabía que estaba separado de él por miles de metros de manto terrestre. Exhaló un suspiro que estremeció todo su cuerpo al comprender con toda intensidad lo ocurrido—. Tienes razón. Cal está muerto —dijo.

Chester fijó en él sus ojos y movió la cabeza.

—Lo siento, Will, de verdad. Pero yo no podía hacer…

—Cal sólo quería ayudar. Trataba de encontrar comida… y ahora mira. —Will agachó la cabeza y hundió los hombros.

Como la piel irritada seguía escociéndole, se frotó el cuello, y su mano tocó e inconscientemente aferró el colgante de jade que colgaba de él. Se lo había dado Tam sólo unos minutos antes de que los styx lo mataran.

—Le prometí al tío Tam que cuidaría de él. Le di mi palabra —dijo en tono sombrío, apartando la vista—. ¿Qué hacemos aquí? ¿Cómo ha sucedido esto? —Tosió y después dijo en voz baja—: Mi padre seguramente habrá muerto en algún lugar como éste, y nosotros estamos haciendo el tonto. Terminaremos muriendo también. Lo siento, Chester, el juego se acabó. Esto es el fin.

Dejando la lámpara detrás, Will se separó de Chester y se acercó a una roca tambaleándose. Allí, en la oscuridad, se sentó y fijó la mirada en la nada que tenía ante los ojos. Y tuvo la sensación de que la nada lo observaba a él.

18

Con un trallazo del látigo, el carruaje dejó la casa de los Jerome. Cuando llegó ante un control policial, los policías se apresuraron a franquearle el paso. Por la carretera, más allá, se había reunido una pequeña multitud de personas que intentaban aparentar que se dedicaban a sus labores cotidianas y no se preocupaban por nada más. Fracasaron estrepitosamente al volver el cuello hacia el coche para tratar de atisbar quién iba dentro, igual que hacían los policías del control.

Sarah miraba sin ver por la ventanilla, ajena a los rostros y a sus miradas de curiosidad. La conversación con su madre la había dejado completamente agotada.

—Supongo que comprendes que eres una especie de celebridad —dijo Rebecca, sentada al lado del styx anciano. El más joven se había quedado en la casa de los Jerome.

Sarah le dirigió una mirada vidriosa a la chica antes de volverse hacia la ventanilla.

El carruaje siguió traqueteando por las calles hasta la esquina más apartada de la Caverna Meridional, donde se hallaba el recinto en que vivían los styx. El recinto estaba rodeado por una verja de hierro forjado de diez metros de altura, dentro del cual había un edificio enorme, severo e imponente. Sus siete pisos estaban excavados en la misma roca, y tenía dos torres cuadradas en cada extremo de su fachada. El edificio, conocido como la Fortaleza de los styx, era funcional y austero, y sus muros de piedra lisa carecían del menor motivo decorativo que alegrara la geométrica simplicidad. Ningún colono había puesto jamás los pies en él, y nadie sabía muy bien lo grande que era ni lo que pasaba exactamente dentro, entre otras cosas porque su estructura penetraba en la misma roca. Se decía que la fortaleza estaba conectada con la superficie a través de varios túneles, para que los styx pudieran subir arriba siempre que quisieran.

También dentro del recinto y al lado de la Fortaleza había otro edificio grande pero mucho más bajo, con hileras de ventanas pequeñas y regularmente espaciadas en sus dos pisos. Se suponía que aquél era el cuartel general de las operaciones militares de los styx, y aunque fuera cosa que no se sabía de fijo, se le llamaba con frecuencia el Cuartel. A diferencia de la Fortaleza, a los colonos se les permitía entrar en aquel edificio, y cierto número de ellos trabajaban en él al servicio de los styx.

Era a este edificio, al Cuartel, al que se dirigía el coche de caballos. Sarah se bajó y siguió a Rebecca sin hacer preguntas hasta la entrada, en la que un policía desde su garita se llevó la mano al sombrero como saludo, sin mirarlas. Una vez dentro del Cuartel, Rebecca dejó a Sarah atendida por un colono, y se fue sin demora.

Sarah, a la que la cabeza se le caía de puro cansancio, dirigió una mirada al colono. Tenía la camisa arremangada, dejando ver unos fuertes antebrazos. Era bajo y fornido, ancho de pecho, como tantos de los hombres de la Colonia. Llevaba un largo delantal negro de goma, en cuyo centro había una pequeña cruz blanca. Tenía la cabeza pelada casi al cero, aunque quería asomar algo de pelo blanco, y sus enormes cejas colgaban sobre dos ojos azul claro y bastante pequeños. De piel muy semejante a la de la propia Sarah, era un «pura raza», por usar el término local para los albinos, los descendientes de algunos de los fundadores de la Colonia. Él, como el policía, se habían dirigido con mucho respeto a Rebecca, pero ahora miraba a Sarah a hurtadillas mientras ella lo seguía desprovista de fuerzas.

El colono fue delante de ella, indicándole el camino, por una escalera y después por varios pasillos por cuyos suelos de piedra pulida resonaban sus pisadas. Las paredes eran lisas, sin adornos, y sólo se veían interrumpidas por las numerosas puertas de hierro oscuro, que estaban todas cerradas. Llegó ante una de ellas y la abrió para Sarah. Dentro había el mismo suelo de piedra pulida, y vio una estera en la esquina, bajo una saetera que había en lo alto del muro. Al lado de la cama había un cuenco esmaltado de color blanco lleno de agua, y junto a él una jarra con un esmaltado parecido y unas lonchas de *Boletus edulis*, puestas sin más en un plato. La simplicidad y la desnudez de la habitación le daban la apariencia de una celda de monasterio o algún lugar de retiro religioso.

Se quedó parada en el umbral de la puerta, sin hacer ademán de entrar.

El hombre abrió la boca como para decir algo, pero volvió a cerrarla. Lo repitió varias veces como un pez varado en la arena, hasta que pareció reunir coraje suficiente:

—Sarah —dijo con mucha amabilidad, inclinando la cabeza hacia ella.

Muy despacio, ella levantó la vista hacia él, pero estaba tan cansada que no podía hacer el esfuerzo de comprender. Él comprobó que no había nadie por el pasillo que estuviera lo bastante cerca para oírle.

—No debería hablar contigo de este modo, pero... ¿no me reconoces? —le preguntó.

Ella entrecerró los ojos como si intentara fijarse en él, hasta que en su cara se reflejó la sorpresa del reconocimiento.

—Joseph... —dijo él con una voz apenas audible. Sarah y él eran de la misma edad, y de jóvenes habían sido amigos. Ella había perdido el contacto con él cuando su familia había ido a menos y se habían visto obligados a realojarse en la Caverna Occidental para trabajar en los campos que había allí.

Joseph le dirigió una sonrisa difícil, que encajaba mal con su cara regordeta, pero que, por extraño que parezca, resultaba aún más tierna por el hecho de encajar mal.

—Debes saber que todo el mundo comprende por qué te fuiste, y... nosotros... —estaba buscando las palabras adecuadas—, nosotros no nos olvidamos de ti. Algunos..., yo...

Se oyó un portazo proveniente de algún punto del edificio, y él miró nervioso por encima del hombro.

—Gracias, Joseph —le respondió ella tocándole en el brazo, y entró en la habitación arrastrando los pies.

Joseph le dijo algo en un susurro y cerró la puerta suavemente tras ella, pero Sarah no se enteró. Dejó el bolso en el suelo y se dejó caer sobre la estera, donde se hizo un ovillo. Observó la piedra pulida del muro, allí donde arrancaba del suelo, viendo en ella el contorno de muchas formas fósiles, la mayor parte amonitas y otros bivalvos, pero aparecían también sutiles trazos como si algún divino diseñador los hubiera dibujado con un lápiz de punta blanda.

Mientras trataba de organizar sus emociones y pensamientos e imponer en ellos algo parecido a un orden, los masivos restos de fósiles, revueltos pero atrapados para la eternidad en su postura inmóvil, casi cobraron sentido. Era como si los entendiera de repente, como si pudiera encontrar una racionalidad en su caótica disposición, una clave secreta que la ayudara a explicarlo todo. Pero aquel momento de clarividencia pasó enseguida y, arropada en un silencio impenetrable, se fue deslizando poco a poco hacia el más profundo de los sueños.

19

Apuntaban en el horizonte los primeros rayos del sol, que pintaban una estrecha franja de cielo con su clara gama de rojos y naranjas. En pocos minutos, su nueva luz se extendió sobre los tejados de la ciudad, desalojando a la noche y anunciando el comienzo de un nuevo día.

Abajo, en Trafalgar Square, tres taxis negros arrancaban de delante del semáforo al tiempo que un solitario ciclista se metía de manera imprudente entre ellos. Torció bruscamente por delante del primero de los taxis, obligando al conductor a pisar el freno, que lanzó su chirrido característico. El taxista agitó el puño y gritó por la ventanilla abierta de su vehículo, pero el ciclista se limitó a responderle con un gesto poco amable al tiempo que salía disparado en dirección a Pall Mall, moviendo furiosamente las piernas.

Pasada la esquina de la plaza, aparecía una caravana de autobuses rojos de dos pisos que se iba deteniendo en las paradas, aunque muy pocos pasajeros subían o bajaban a aquellas horas de la mañana. Todavía faltaba para la hora punta.

—Al que madruga Dios le ayuda, y el primer pájaro que echa a volar es el que pilla los gusanos —dijo Rebecca con una risa amarga, observando las aceras allí abajo y eligiendo algún raro peatón que caminaba por ellas.

—Yo no los veo como gusanos. Son peores que cosas sin

vida —proclamó el viejo styx, que contemplaba la escena con sus ojos brillantes, que estaban tan alerta como los de Rebecca.

A la luz que iba surgiendo, el rostro del styx resultaba tan pálido y rígido que parecía tallado en una pieza de marfil antiguo. Y con el gabán de cuero que le llegaba hasta los pies y las manos cogidas a la espalda, allí, al lado de Rebecca, en el mismo borde del tejado del Arco del Almirantazgo, parecía un general conquistador. Ninguno de los dos mostraba la más leve señal de vértigo ante el corte vertical que tenían a los pies.

—Hay muchos que están en contra de nosotros y de las medidas que vamos a tomar —dijo el viejo styx sin dejar de mirar la plaza—. Habéis empezado a limpiar de renegados las Profundidades, pero la cosa no termina ahí. Hay facciones de reaccionarios tanto aquí en la Superficie como en la Colonia, en los *Rookeries*, personas con las que hemos sido demasiado tolerantes durante demasiado tiempo. Habéis adelantado los planes de tu padre, y ahora que todo está tan bien preparado, no debemos permitirnos ningún fallo.

—Totalmente de acuerdo —dijo Rebecca, sin dar la impresión de que acababan de tomar la decisión, allí y en aquel preciso instante, de matar a miles de personas.

El viejo styx cerró los ojos, no porque le molestara la creciente luz de la Superficie, sino porque se acababa de acordar de algo que le resultaba enojoso.

—Ese niño de los Burrows...

Rebecca había abierto la boca para hablar, pero se contuvo mientras proseguía el anciano styx.

—Tú y tu hermana habéis hecho bien en detener a esa Jerome y neutralizarla. Tampoco a tu padre le gustaba dejar asuntos pendientes. Las dos habéis heredado su instinto —dijo el anciano styx con una suavidad en la voz que se podía interpretar como afecto.

Pero su tono recuperó la dureza habitual:

—Tal como están las cosas, la serpiente está herida, pero no la hemos matado. Por el momento, a Will Burrows lo mantenemos a raya, pero aún puede convertirse en un falso ídolo, en un emblema para nuestros enemigos. Podrían intentar utilizarlo contra nosotros y contra todas las medidas que queremos llevar a cabo. No podemos dejar que siga suelto por el Interior. Tenemos que encontrarlo y detenerlo. —Sólo entonces el viejo styx volvió lentamente la cabeza hacia Rebecca, que seguía observando la escena que tenía a sus pies—. Y ese chico aún podría darse cuenta de lo que preparamos y estropearnos los planes. No necesito decirte que hay que evitarlo… a toda costa —resaltó.

—Nos encargaremos de ello —aseguró Rebecca con total convicción.

—Asegúrate de ello —dijo el anciano styx. Se soltó las manos de la espalda, las lanzó hacia delante y las juntó dando una palmada.

Rebecca reaccionó ante aquel gesto:

—Sí —dijo—, deberíamos ponernos en marcha. —Su largo gabán negro se abrió por efecto del viento cuando ella se volvió ligeramente hacia la tropa de styx que los esperaba detrás, en silencio.

—Dejadme ver una —ordenó separándose del borde del edificio y caminando con paso firme hacia la fila de hombres vestidos de negro. Eran unos cincuenta, dispuestos en una fila perfecta, y de ellos sólo uno pareció cobrar vida respondiendo a la orden. Se adelantó de la formación, se arrodilló para pasar una mano enguantada bajo la tapa de una de las dos cestas de mimbre que él y cada uno de los styx que había en el tejado tenía a sus pies. De la cesta salió un suave zureo en el momento en que él extraía una blanca paloma y volvía a cerrar la tapa. Al pasársela a Rebecca, el animal intentó batir las alas, pero ella lo agarró firmemente con ambas manos.

Sujetó a la paloma para inspeccionarle las patas. Había algo en torno a cada una de ellas, como si le hubieran puesto anillos, pero eran algo más que meras bandas de metal. De color hueso, brillaban ligeramente cuando les daba la luz. Cada banda tenía unas diminutas esferas incrustadas, diseñadas para degradarse al cabo de varias horas de exposición a la luz ultravioleta, y liberar su carga. De esa manera, el propio Sol hacía las veces de mecanismo de relojería, de disparador.

—¿Están listas? —preguntó el anciano styx acercándose a Rebecca.

—Lo están —confirmó otro styx que se encontraba más lejos, apartado de la fila.

—Muy bien —dijo el viejo styx, y empezó a recorrer la fila de hombres, que a aquella débil luz parecían fundirse unos con otros, pues estaban formados hombro con hombro y llevaban todos idéntico gabán de cuero negro y aparato respiratorio.

»Hermanos —les dijo el anciano styx—. Se acaba el tener que vivir ocultos. Ya es hora de tomar posesión de lo que nos corresponde. —Se quedó por un momento en silencio, como para que sus palabras fueran bien asimiladas—. El día de hoy será recordado como el primer día de una nueva y gloriosa época en nuestra historia. Un día que marcará nuestro retorno a la Superficie.

Deteniéndose, pegó con el puño en la palma abierta de la mano:

—Durante los últimos cien años hemos hecho a los Seres de la Superficie pagar por sus pecados, soltándoles esos gérmenes que ellos llaman gripe. La primera vez fue en el verano de 1918. —Soltó una agria risotada—. Esos idiotas la llamaron «gripe española», y se llevó a la tumba a varios millones de ellos. Después les dimos más demostraciones de nuestro poderío en 1957 y 1968, con las variantes «asiática» y «de Hong Kong».

Volvió a golpearse la palma de la mano con fuerza aún mayor, y sus guantes de cuero resonaron en todo el tejado.

—Pero esas epidemias no fueron más que resfriados comparados con lo que les vamos a enviar ahora. Los Seres de la

Superficie están podridos hasta las entrañas, su moralidad es propia de locos, y nos arruinan nuestras tierras prometidas con su consumo y avaricia desmedidos.

»Su época se acerca al final, y los infieles recibirán su castigo —gruñó como un oso herido, pasando la vista de un extremo a otro de la fila antes de ponerse a andar otra vez. Los talones de sus botas resonaban en el plomo del tejado.

»Hoy vamos a probar una cepa reducida de *Dominion*, nuestra plaga santa. Y mediante el fruto de nuestro trabajo, confirmaremos que podemos extenderla a toda la ciudad, a todo el país, y después al resto del mundo. —Levantó la mano, extendiendo hacia el cielo los dedos abiertos—. En cuanto nuestras palomas alcen el vuelo, el sol se encargará de que las corrientes de aire transmitan nuestro mensaje a las masas de los malvados, un mensaje que será escrito en pus y sangre sobre la faz de la Tierra.

Al llegar ante el último hombre de la fila, se dio la vuelta para volver sobre sus pasos, y no volvió a hablar hasta encontrarse en el punto central:

—Así pues, camaradas, la próxima vez que nos encontremos en este lugar, nuestra carga será letal. Ese día nuestros enemigos, los Seres de la Superficie, quedarán postrados, tal como está decretado en el *Libro de las Catástrofes*. Y nosotros, los genuinos herederos de la Tierra, recuperaremos lo que nos corresponde.

Hizo una pausa por mor del efecto dramático y cambió el tono a otro más bajo, más íntimo:

—Manos a la obra.

Hubo mucho revuelo entre la tropa mientras se preparaban.

Rebecca tomó la palabra:

—Atentos a mi señal: tres… dos… uno… ¡ya! —ordenó, lanzando al aire su paloma. Inmediatamente, los styx abrieron las cestas que tenían a los pies y las palomas alzaron el vuelo como un enjambre blanco que revoloteaba entre los hombres uniformados y terminaba ascendiendo por encima del tejado.

Rebecca se quedó contemplando todo el tiempo que pudo a su paloma; pero las demás, que eran cientos, le dieron alcance, y la suya pronto se perdió entre la bandada, que permaneció un segundo sobre la columna de Nelson antes de dispersarse en todas direcciones, como una nube de pálido humo esparcida por el viento.

—¡Volad, volad, volad! —les gritaba Rebecca, riendo.

TERCERA PARTE

Drake y Elliot

20

—Es sencillamente horrible —decía Chester una y otra vez a medida que lo sucedido lo embargaba—. Pero no había nada que pudiéramos hacer. No tenía pulso.

Chester se hacía reproches a sí mismo, cargado como estaba de una creciente sensación de culpa. Le parecía que él tenía cierta responsabilidad en la muerte de Cal. Porque tal vez, por ser tan crítico con el muchacho, lo había incitado a ser aún más imprudente y a entrar en la caverna él solo.

—No podíamos volver a entrar... —farfulló Chester para sí.

Estaba horrorizado hasta la médula. Nunca había visto a nadie morir de aquella manera, delante de sus ojos. Recordó aquella ocasión en que iba en coche con su padre y habían pasado por delante de un accidente de moto. No sabía si el cuerpo retorcido que había visto al lado de la carretera era un cadáver (no llegó a averiguarlo nunca). Pero esto era muy distinto. Esto era alguien a quien conocía, alguien que había muerto mientras él estaba mirando. En un determinado instante, Cal estaba allí y, al instante siguiente, ya no era más que un cuerpo flácido. Un cadáver. No podía asimilarlo: se trataba de algo tan absoluto, de algo tan brutalmente definitivo... Era como si hubiera estado hablando con alguien por teléfono y de repente la conversación se cortara, pero para no volver a reanudarse nunca.

Después de un rato se quedó callado. Will y él caminaban uno al lado del otro, levantando polvo con las botas. Con la cabeza gacha, Will sondeaba las profundidades de la desolación. Ajeno a cuanto le rodeaba, iba colocando mecánicamente un pie delante del otro como un sonámbulo, mientras el canal proseguía, monótonamente, un kilómetro tras otro.

Chester lo observaba con preocupación, tanto por su amigo como por sí mismo. Si Will no llegaba a reponerse, no sabía cómo iban a seguir. No se encontraban en el tipo de lugar que le dejaba a uno mucha libertad de acción: allí había que tener la cabeza bien puesta si uno quería seguir con vida. Por si Chester no hubiera estado convencido de ello ya antes, la visión de la muerte de Cal se lo había dejado bien claro. Lo único que podían hacer era seguir por la orilla del canal, que había corregido el rumbo y en aquellos momentos parecía dirigirse directamente hacia uno de los parpadeantes focos de luz. A cada hora que pasaba, la luz se hacía más y más brillante, como una estrella que les mostrara el camino. El camino hacia dónde, eso no lo sabía, pero Chester no tenía intención de cruzar el canal, y menos teniendo a Will en aquel estado.

Al segundo día se acercaron lo suficiente a la luz para darse cuenta de que la vacilante iluminación se proyectaba en la curvada pared de roca que tenía detrás, que le servía de pantalla. Evidentemente, se estaban acercando al final de la Llanura Grande. Chester insistió en que se detuvieran para inspeccionar la zona, y sólo cuando comprobó que estaba despejada, estuvo conforme en que se acercaran, despacio. Arrastrándose lo más sigilosamente que podía, Will se limitaba a seguir tras él, sin otorgar la más leve atención a la luz que tenía delante ni a nada de cuanto le rodeaba.

Entonces llegaron hasta el origen de la luz. De la pared de roca salía un brazo de metal de aproximadamente medio metro de largo, y de su extremo surgía una llama de color azul.

La llama emitía un silbido y a veces chisporroteaba, como si desaprobara la presencia de los muchachos. Bajo aquella luz de gas, el canal continuaba impertérrito, introduciéndose por una abertura en la roca tan perfectamente redondeada que tenía que haber sido hecha por la mano del hombre, o al menos por la de coprolitas. Pero cuando miraron por el agujero, vieron con claridad que no había acera ni borde que les permitiera seguir por la orilla del canal.

—Bueno, esto es lo que hay —dijo Will desolado—. Estamos en un callejón sin salida.

Se separó del canal, sin prestar atención a un pequeño chorro de agua que brotaba de la pared. Salía por una fisura que se hallaba más o menos a la altura del pecho y que había ido labrando una muesca a lo largo de su recorrido, pared abajo. Caía hasta una especie de vaso de roca pulida por la acción del agua, desde el que desbordaba luego para bajar por varias pequeñas mesetas hasta desaguar en el canal. El paso del agua dejaba una mancha marrón en los bordes de su camino, pero eso no fue obstáculo para que Chester probara un trago.

—Está rica. ¿Por qué no la pruebas? —le dijo a Will. Era la primera vez que le hablaba desde hacia casi un día entero.

—No —respondió Will con aire taciturno, dejándose caer al suelo con un suspiro de desamparo. Después levantó las rodillas hasta acercarlas al pecho y, pasando los brazos en torno a ellas, empezó a mecerse suavemente. Bajó la cabeza para que Chester no le viera la cara.

Sintiendo que su impotencia crecía hasta estar a punto de estallar, Chester quiso hacer entrar a su amigo en razón y se acercó a él pisando fuerte.

—Vale, Will —dijo con una voz tranquila y cuidadosamente controlada que no sonaba natural y puso a su amigo en alerta sobre lo que iba a seguir—. Nos sentaremos aquí hasta que tomes una decisión sobre lo que vamos a hacer a continuación. Tómate tu tiempo. No me importa si son días o semanas. Piénsatelo todo lo que quieras. Por mí no te preocupes. —Resopló—. De hecho, si quieres que nos quedemos aquí hasta pudrirnos, a mí no me importa. A mí lo de Cal me parte el alma, pero eso no cambia el motivo por el que estamos aquí, el porqué de pedirme ayuda para encontrar a tu padre. —Se quedó un momento callado, de pie ante Will—. ¿O es que te has olvidado de él?

La última frase fue para Will como un puñetazo en el estómago. Chester oyó que aspiraba aire de repente y vio que su cabeza se agitaba, pero no la levantó.

—Así que haz lo que quieras —le soltó a su amigo antes de retirarse a cierta distancia, donde se tendió en el suelo. No supo cuánto tiempo había pasado cuando oyó hablar a Will. Eran como palabras reales oídas por alguien que está soñando, por lo cual Chester comprendió que debía de haberse quedado dormido.

—… tienes razón, tenemos que seguir —estaba diciendo Will.

—¿Eh…?

—Tenemos que seguir nuestro camino. —Will se puso en pie con muchos bríos y se dirigió al chorro de agua que surgía de la pared para examinarlo someramente. Después estudió la abertura por la que el canal entraba en la caverna, iluminando con la lámpara el interior del túnel, en la oscuridad en la que no penetraba la luz de la llama de gas. Asintiendo para sí mismo, concentró su atención en la pared vertical de roca, por encima de la entrada.

—No hay problema —anunció, volviendo adonde había dejado la mochila y echándosela a los hombros.

—¿Cómo dices? ¿Que no hay qué?

—Está muy claro —fue la inescrutable respuesta de Will.

—¡Sí, claro como el lodo!

—Bueno, ¿vienes o no? —le preguntó con aspereza a Chester, que lo miraba fijamente, recelando de aquel cambio repentino. Will estaba ya en la orilla del canal, asegurándose la lámpara en el bolsillo de la camisa. Se volvió mirando a la pared durante unos segundos, y empezó a trepar. Encontrando donde agarrarse con los pies y las manos, fue haciendo un recorrido en arco, pasando por debajo de la luz de gas, pero por encima de la entrada del túnel, hasta volver a bajar por el otro lado y poner pie en tierra firme, al otro lado del canal.

—No soy el primero que pasa por ahí —declaró. A continuación animó a Chester, que seguía en la orilla opuesta—: Vamos, no te quedes ahí. Está superfácil. No tiene ningún problema pasar por ahí porque alguien ha picado unos entrantes a los que agarrarse.

Chester parecía indignado e impresionado en igual medida. Se le abrió la boca como si fuera a decir algo, pero pensándolo mejor, sólo murmuró:

—¡Lo de siempre!

Aunque Will no seguía ningún camino que se pudiera distinguir, parecía tan seguro de que caminaban en la dirección correcta que Chester se limitaba a acompañarlo. Marchando con rapidez, se internaban cada vez más en aquella extensión toda igual, desprovista de hitos, en la que no encontraban canales ni nada que pudiera ser un punto de referencia, hasta que llegaron al final a un punto en que el suelo estaba más suelto y empezaba a ascender. Tal vez tuviera algo que ver con el hecho de que el techo que tenían por encima de la cabeza también ascendía. El caso era que el aire soplaba con más fuerza a cada paso que daban.

—¡Bueno, esto está mucho mejor! —comentó Will pasándose un dedo por el interior del cuello de la camisa, que tenía empapado en sudor—. ¡Corre un poquito de fresco!

Chester se alegraba enormemente de que Will pareciera haber salido de la tristeza apabullante en que se había hundido tras la muerte de su hermano. De hecho, hablaba con total normalidad, aunque todo resultaba mucho más tranquilo y silencioso sin tener a Cal dándoles la lata. Por otro lado, la mente parecía empeñada en engañarle: Chester tenía todo el tiempo la extraña sensación de que el muchacho seguía con ellos, y cada poco miraba a su alrededor con la intención de localizarlo.

—¡Eh, esto parece calcáreo! —comentó Will mientras subían la pendiente, resbalando y tambaleándose porque el claro suelo no resultaba firme bajo sus pies. Durante el último tramo la pendiente se hizo más pronunciada y se vieron obligados a ascender ayudándose de las manos.

De pronto Will se detuvo para coger una piedra del tamaño de una pelota de tenis que tenía delante.

—¡Vaya, un magnífico ejemplar de «rosa del desierto»! —exclamó, y Chester observó los pétalos de color rosa pálido que irradiaban desde un punto central formando aquella piedra redonda de aspecto muy extraño. Parecía una flor cubista. Will rayó con fuerza uno de los pétalos con la uña—: Sí, es yeso. Es bastante bonita, ¿a que sí? —le preguntó a Chester, que no tuvo tiempo de responder antes de que Will siguiera con su perorata—. Un bonito ejemplar. —Miró a su alrededor—. Eso quiere decir que ha tenido que haber evaporación aquí durante el último siglo más o menos. A no ser que esto quedara enterrado. Sea lo que sea, me parece que me la voy a llevar —dijo quitándose la mochila.

—¿Que vas a qué? ¡No es más que un cochambroso trozo de roca!

—No, no es una roca. En realidad, es una formación mineral. Imagínate una especie de mar justo aquí. —Will abrió los brazos intentando abarcar todo cuanto los rodeaba—. Al secarse, las sales se precipitan, es decir, dejan de estar disueltas en el agua y... bueno, el resto de lo que ves es de origen sedimentario. Sabes lo que son las rocas sedimentarias, ¿no?

—Pues no —admitió Chester, estudiando detenidamente a su amigo.

—Bueno, pues hay tres clases de rocas: sedimentarias, ígneas y metamórficas —decía Will sin freno—. Mis favoritas son las sedimentarias, que son las que vemos aquí, porque nos cuentan una historia, por los fósiles que contienen. Se forman...

—Will... —intervino Chester con amabilidad.

—... se forman generalmente en la superficie, en especial bajo el agua. ¿Cómo es que encontramos rocas sedimentarias a esta profundidad, te preguntarás? —Will fingió que se desconcertaba ante su propia pregunta, antes de responderla—. Sí, lo lógico es que haya habido por aquí un lago subterráneo o algo así.

—¡Will! —insistió Chester.

—En cualquier caso, las rocas sedimentarias son frías. Y al decir frías, no me refiero a que no inspiren emociones, no, quiero decir frío como lo contrario de caliente. No son calientes como la lava, que es una roca ígnea, y las rocas ígneas son...

—¡Para, Will! —gritó Chester, asustado ante el extraño comportamiento de su amigo.

—... son llamadas la «primera gran clase» porque están formadas a partir de materiales calientes, fundidos... —se calló en mitad de la frase.

—Contrólate, Will. ¿Qué te pasa? —La voz de Chester sonó ronca de pura desesperación—. ¿Es que te ocurre algo?

—No lo sé —respondió, moviendo la cabeza.

—Bueno, pues cállate y concéntrate en lo que estamos haciendo. No necesito que me des ahora una clase magistral.

—Vale. —Will parpadeó mirando a su alrededor como si acabara de salir de una espesa niebla y no supiera muy bien dónde se encontraba. Se dio cuenta de que la rosa del desierto seguía en su mano y la tiró bien alto. A continuación se puso la mochila. Chester lo observaba con preocupación mientras volvía a ponerse en marcha.

Se acercaban a la cúspide de la pendiente, y el suelo empezaba a nivelarse. Chester vio un rayo de luz que surcaba el aire y barría el techo. Le parecía que el origen estaba muy lejos, pero era como una especie de foco. Como precaución, bajó al mínimo la luz de su lámpara y, ante su insistencia, Will terminó haciendo lo mismo.

Subieron el último tramo bastante agachados. Chester intentaba asegurarse de que Will, en su impredecible estado mental, iba detrás de él. Al llegar a la cúspide vieron un gran espacio circular del tamaño de un campo de fútbol. Era tan yermo y polvoriento que parecía un cráter lunar.

—¡Por Dios, Will, mira! —susurró Chester, haciendo un gesto con la mano a su amigo y apresurándose a apagar la lámpara completamente—. ¿Los ves? Parecen styx, pero van vestidos de soldados o algo así.

En medio del cráter los chicos distinguieron a unos diez styx. Porque, efectivamente, aunque iban vestidos de manera extraña, su cuerpo delgado y la manera en que se movían dejaban bien claro que sólo se podía tratar de styx. Y dos de ellos sujetaban perros de presa. Estaban alineados en una fila, aunque había otro que estaba un poco separado y portaba una lámpara grande. Aunque la base del cráter estaba iluminada por cuatro grandes esferas de luz montadas sobre trípodes, la lámpara del styx principal era de una potencia asombrosa, y él la estaba dirigiendo hacia algo que tenía delante.

Un estremecimiento recorrió el cuerpo de Chester. En cuanto vio a los styx, sintió como si se hubiera dado de bruces contra un nido de víboras, las víboras más agresivas y letales que se pueda uno imaginar.

—¡Ah, los odio! —gruñó con los dientes apretados.

—Mmm —fue la vaga respuesta de Will, que estaba examinando un guijarro con estrías brillantes que le había llamado la atención. Al cabo de un rato lo arrojó dándole con el pulgar.

No se necesitaba ser un psicólogo para darse cuenta de que algo le ocurría. Que la muerte de su hermano le había afectado seriamente.

—Actúas de manera algo rara —le dijo Chester—. ¡Por Dios bendito, Will, ésos de ahí son styx!

—Sí —confirmó Will—, con toda seguridad.

Chester se quedó horrorizado ante la total falta de preocupación que mostraba su compañero.

—Bueno, a mí me ponen la carne de gallina. Vámonos de aquí... —apremió a su amigo, empezando a retroceder.

—Mira a los coprolitas —dijo Will, señalando descuidadamente hacia abajo.

—¿Eh...? —preguntó Chester, intentando localizarlos—. ¿Dónde?

—Allí, enfrente de los styx... —replicó Will levantándose sobre los brazos para ver mejor—. En su foco de luz.

—¿Dónde exactamente? —preguntó Chester en un susurro. Echó un vistazo a Will, que estaba a su lado, y se apresuró a decirle—: ¡Por lo que más quieras, no seas payaso! ¡Agacha la cabeza, que te van a ver!

—A sus órdenes, mi comandante —contestó Will, y obedeció.

Chester volvió a mirar hacia abajo y, a pesar del potente haz de luz de la lámpara del styx, hasta que uno de aquellos seres no se movió no lo localizó (a Chester le costaba trabajo pensar en los torpes y pesados coprolitas como personas). Sus ojos luminosos apenas si se distinguían en aquella zona bien iluminada, y sus trajes de color champiñón se camuflaban tan bien en la piedra del suelo del cráter que, aun habiendo descubierto a uno, Chester tuvo enormes dificultades para encontrar a los demás. El caso es que había bastantes, formados en una fila irregular delante de los styx.

—¿Cuántos serán? —preguntó Will.

—No sabría decirlo. ¿Unos veinte, tal vez?

El styx principal paseaba por la zona comprendida entre los dos grupos. Andaba de un lado a otro pavoneándose, cuando de repente se giró hacia los coprolitas, dirigiendo hacia ellos la lámpara. Aunque los dos muchachos no podían oír nada de lo que decía a causa de la distancia y del viento, por el movimiento de sus brazos y los gestos de la cabeza, que sacudía bruscamente de un lado a otro, se dieron cuenta de que les estaba gritando. Siguieron observando durante unos minutos hasta que Will empezó a aburrirse y a moverse con inquietud.

—Tengo hambre. ¿No tendrás un chicle?

—¿Estás de coña? ¿Cómo vas a tener hambre en una situación como ésta? —le preguntó Chester.

—No lo sé. Dame algo, ¿quieres? —pidió Will quejumbroso.

—Contrólate —le apremió Chester sin apartar los ojos del styx—. Ya sabes dónde están los chicles.

En el estado de aturdimiento en que se encontraba, a Will le costó siglos levantar la solapa del bolsillo lateral de la mochila de Chester. Después, murmurando entre dientes, hurgó dentro hasta que encontró el paquetito de color verde de los chicles. Lo posó delante de él mientras volvía a cerrar la solapa.

—¿Quieres uno? —le preguntó a Chester.

—No.

El paquete se le cayó varias veces de las manos, como si las tuviera entumecidas, hasta que por fin consiguió abrirlo y extraer uno de los chicles en forma de palito. Con sus torpes dedos, estaba a punto de quitar el papel de fuera para dejar al descubierto el de plata, cuando ambos muchachos ahogaron un grito al mismo tiempo.

De repente sintieron un peso aplastante en la espalda y el filo de un cuchillo en el cuello.

—No hagáis ni el más leve ruido. —La voz resultaba baja y gutural, como si su emisor no estuviera acostumbrado a emplearla. Llegaba desde justo detrás de la cabeza de Will.

Chester tragó saliva con esfuerzo, pensando que los styx los habían rodeado por detrás y los habían pillado completamente desprevenidos.

—Y no mováis ni un músculo.

Will dejó caer el chicle de la mano.

—Ya huelo esa cosa apestosa desde aquí, y todavía no lo has abierto.

Will intentó hablar.

—He dicho que os calléis. —El cuchillo se clavó un poco más en el cuello de Will. También sintió que aumentaba la presión en la espalda, al tiempo que una mano calzada con mitón empezaba a abrir un agujero en la arena entre él y Chester.

Los dos muchachos lo observaron con el rabillo del ojo, sin atreverse a mover un centímetro la cabeza. Resultaba casi surrealista: una mano sin cuerpo, cubierta con un mitón negro y cavando poco a poco un pequeño agujero.

De pronto, Chester no pudo evitar ponerse a temblar. ¿Los habían atrapado los styx? Y si no eran styx, ¿quiénes eran? Su mente albergó de repente un montón de ideas estremecedoras sobre su futuro inmediato. ¿Tenían aquellas personas la intención de rebanarles la garganta y enterrarlos allí, en aquel agujero del que no podía apartar los ojos?

Entonces la mano, con parsimonia, cogió el paquete de chicles entre el pulgar y el índice y lo dejó caer en el agujero.

—Ése también —le ordenó la voz a Will. Hizo lo que le mandaba, y tiró al agujero el chicle que había sacado del paquete.

A continuación la mano, con movimientos precisos, volvió a echar la arena semejante a yeso sobre el agujero hasta que los chicles quedaron tapados por completo.

—Así está mejor, pero el olor sigue siendo demasiado fuerte —dijo la voz del hombre después de la pausa—. Si lo llegas a abrir, ese perro de presa que tenemos más cerca… —la voz se apagó, pero después volvió a hablar—: ¿Lo ves ahí…? Ese perro habría tardado en olerlo cosa de… ¿Qué te parece a ti?

Hubo una pausa, durante la cual Will no sabía si tenía que responder, pero después oyeron otra voz, diferente y ligeramente más suave que la primera. Esta segunda voz procedía de detrás de Chester.

—El viento va para allá —dijo—, así que un par de segundos como mucho.

El hombre volvió a hablar:

—Entonces los Limitadores soltarían las correas de los perros. Y acto seguido, seríais hombres muertos, como esos pobres desgraciados de ahí abajo. —Tomó aire con tristeza—. Creo que os vendrá bien ver esto.

A pesar de la amenaza de los cuchillos en el cuello, tanto Will como Chester hicieron un esfuerzo por fijarse en lo que sucedía abajo.

El styx principal se volvió y bramó una orden. Tres hombres vestidos con ropa de color neutro avanzaron hacia el centro del cráter, escoltados por un par de styx. Will y Chester no los habían visto hasta aquel momento porque estaban acurrucados en la oscuridad, más allá del alcance de las luces. Los pusieron junto al grupo de coprolitas, y sus escoltas volvieron a la fila de styx.

El styx principal bramó otra orden y mantuvo la mano en alto mientras algunos de sus hombres daban un paso al frente y apoyaban el rifle en el hombro. Entonces, con un grito entrecortado, los styx bajaron la mano y salió un destello del cañón de cada arma del pelotón de fusilamiento. Dos de las tres figuras cayeron inmediatamente. La otra se tambaleó un instante antes de desplomarse sobre las otras dos. El eco de los disparos reverberó en el cráter, y un extraño y estremecedor silencio invadió a continuación el lugar, ante los tres cuerpos inmóviles. Todo había ocurrido tan rápido que a Will y Chester les era imposible asimilar lo que acababan de ver.

—No —dijo Will sin poder dar crédito a sus ojos—. Los styx... ¿no...?

—Sí, acabas de presenciar una ejecución —aclaró la inexpresiva voz del hombre que se encontraba detrás de su cabeza—. Y ésos eran de los nuestros; eran amigos nuestros.

A otra orden, el pelotón de fusilamiento entregó los rifles a sus camaradas más cercanos. Entonces cada uno de ellos desenfundó algo que llevaba al costado y dio varios pasos al frente. El avance de los styx sobre los coprolitas que tenían enfrente resultaba horriblemente inevitable.

Los muchachos observaron a los soldados styx arremeter contra los coprolitas, que caían al suelo como árboles talados. Vieron al más próximo de los styx retirar el brazo. Al hacerlo, algo le brilló en la mano.

Los demás coprolitas aguardaban en su desordenada fila, mirando hacia todos los lados. No hacían movimiento alguno para ayudar a sus hermanos caídos y, lo que era aún más sorprendente, no parecían reaccionar de ningún modo ante la muerte de sus compañeros. Era como si hubieran matado a parte de una manada de animales, y el resto del rebaño lo aceptara sin más, como bestias mudas y bobas.

La voz bronca volvió a hablar:

—Es suficiente. Habéis notado el filo de nuestros cuchillos. Los usaremos si no hacéis exactamente lo que os decimos. ¿Entendido?

Ambos murmuraron un «sí» mientras notaban que el filo les apretaba un poco más en la garganta.

—Poned los brazos a la espalda —les ordenó la voz más suave.

Les ataron fuertemente las muñecas, y después les levantaron la cabeza tirando del pelo y les pusieron una venda en los ojos. Agarrándolos por los tobillos, los arrastraron despiadadamente boca abajo por la empinada pendiente por la que habían subido. Incapaces de resistirse, trataban de levantar la cabeza para separar la cara del suelo que pasaba a toda velocidad.

A continuación los levantaron y los pusieron en pie con brusquedad. Will y Chester notaron que les ataban algo a las muñecas. Tiraron de ellos por medio de lo que les habían atado, y cada uno de los muchachos oía los pasos desacompasados del otro mientras bajaban a velocidad de vértigo por el resto de la pendiente, inclinados hacia atrás para no caer.

Por el ruido de los pasos y algún gemido ocasional, Will sabía que Chester iba delante de él, y adivinó que habían sido atados en cadena, como dos animales a los que conducen al matadero.

Al fondo de la pendiente, Chester perdió el paso y cayó, arrastrando con él a Will.

—¡Arriba, montón de estiércol! —les dijo el hombre entre dientes—. Haced lo que se os manda o acabaremos con vosotros aquí y ahora.

Apoyándose uno en el otro, volvieron a ponerse en pie.

—¡Moveos! —soltó el otro golpeando a Will tan fuerte en el hombro herido que el chico soltó un gemido de dolor. Oyó que su captor daba un paso atrás de la sorpresa.

El dolor y el miedo, que se sumaban al intenso sentimiento de la pérdida de Cal, trastocaron de pronto algo en su cabeza. Se volvió hacia el que le había pegado y le dijo en voz baja y amenazadora:

—Vuelve a hacer eso, y te…

—¿Qué? —preguntó la voz. Sonó más amable que antes, y Will notó por primera vez que tenía algo de juvenil e incluso de femenino—. ¿Qué me vas a hacer? —volvió a preguntar.

—Eres una chica, ¿no? —dijo Will, sin podérselo creer. Sin aguardar respuesta, cerró los puños y se puso ante ella, lo cual resultaba difícil porque no sabía dónde estaba exactamente.

—Llamaré a los refuerzos —dijo con fiereza, recordando la frase de una de las series de televisión favoritas de su madre adoptiva.

—¿Refuerzos? ¿Y eso qué es? —preguntó ella, dudando.

—Un equipo de hombres cuidadosamente seleccionados que vigilan hasta el menor de tus movimientos —añadió Will con toda la convicción de que era capaz—. Sólo tengo que darles una señal y seréis eliminados.

—Se está marcando un farol —dijo la voz del hombre. También esta voz había perdido parte de su severidad, y hasta parecía divertirse ligeramente—. Están solos. No hemos visto a nadie con ellos, ¿verdad, Elliott? —Se volvió hacia Will—. Si no cooperas, probaré mi cuchillo con tu amigo.

Esto produjo en Will el efecto buscado, devolviéndolo a este mundo.

—Vale, vale, seré bueno, pero vosotros andaos con cuidado. No os paséis con nosotros, o de lo contrario... —Y se calló. Se dio cuenta de que había tentado mucho a la suerte, y empezó a avanzar. Se dio de bruces contra Chester, que había escuchado a su amigo con total perplejidad.

21

—Porque escrito está en el *Libro de las Catástrofes* que el pueblo volverá al lugar que le corresponde desde el Arca de la Tierra, al tiempo que se retiran de él los impuros. Y el pueblo volverá a arar los eriales, levantará las ciudades arrasadas y poblará los terrenos baldíos con su semilla de pureza. Y lo que está escrito, se cumplirá —decía la voz atronadora del predicador styx.

En los confines de la pequeña habitación de piedra del Cuartel, el predicador se alzaba por encima de ella, que estaba de rodillas. Los ojos ardientes y la capa negra le hacían parecer una especie de aparición terrible, con manos como garras que se clavaban en el aire a ambos lados de su cuerpo.

La capa se le abría y se separaba de su delgado cuerpo al acercarse a Sarah. Su mano derecha apuntaba al techo y la izquierda al suelo.

—Así en los firmamentos, como aquí abajo, en la Tierra —dijo con su fina voz—. Amén.

—Amén —repitió ella.

—Dios será contigo en todo cuanto hagas en nombre de la Colonia. —De pronto lanzó sus manos hacia Sarah, cogiéndole la cabeza y apretando tanto con sus pulgares la piel fantasmalmente blanca de su frente que, cuando la soltó y retrocedió, habían quedado marcas rojas en ella.

Se tapó con la capa y salió de la habitación, dejando la puerta abierta tras él.

Con la cabeza agachada, Sarah permaneció de rodillas hasta que oyó una tos sofocada procedente del pasillo. Al levantar la vista vio a Joseph, que sostenía un plato de comida en sus enormes manos.

—Una bendición, ¿eh?

Sarah asintió con la cabeza.

—No quisiera molestar, pero mi madre los ha hecho para ti. Son unos pasteles.

—Tráelos aprisa, no te quedes ahí. No creo que «el Doctor Muerte» lo aprobara —dijo ella.

—No —confirmó Joseph, y entró enseguida, cerrando la puerta tras él. A continuación se quedó allí, con inquietud, como si hubiera olvidado a qué había ido.

—¿Por qué no te sientas? —ofreció Sarah mientras ella se colocaba en la esterilla.

Se sentó a su lado y levantó la gasa que cubría el plato para dejar al descubierto los pasteles, que tenían el insípido glaseado de color caramelo sobre la fibra de hongo gris que se empleaba para hornear en la Colonia. Le pasó el plato a Sarah.

—¡Ah, caprichitos! —dijo ella sonriendo para sí al reconocer lo parecidos que eran a los deformes pero deliciosos pastelitos que solía hacer su madre para la merienda del domingo.

Sarah cogió uno y lo mordisqueó sin mucho interés.

—Son maravillosos. Por favor, dale las gracias a tu madre. Me acuerdo muy bien de ella.

—Ella te envía muchos recuerdos —dijo Joseph—. Este año cumple los ochenta, y todavía... —Se interrumpió de pronto, como si tomara fuerzas para lo que de verdad quería decir—. Sarah, ¿te puedo preguntar algo?

—Por supuesto, lo que quieras —dijo ella, mirándole con atención.

—Cuando hayas hecho lo que ellos quieren que hagas, ¿te quedarás aquí para siempre?

—Pero tú ¿tienes idea de por qué estoy aquí? —le preguntó ella a su vez, estudiándolo con detenimiento.

Él se frotó la barbilla como para ganar tiempo antes de responder.

—No soy quién para saber de esas cosas, pero apostaría a que tiene algo que ver con lo que está ocurriendo en la Superficie...

—No, yo me dirijo en la dirección opuesta —explicó ella, agachando la cabeza para indicar las Profundidades.

—Entonces, ¿no tienes nada que ver con la operación de Londres? —le espetó Joseph. Entonces se tapó la boca, arrepintiéndose claramente de haber dicho lo que acababa de decir—. No quiero ganarme la desaprobación de... —intentó añadir rápidamente antes de que Sarah le cortara.

—No, no tengo nada que ver con eso. Y no te preocupes, a mí me puedes decir lo que quieras.

—Aquí no estamos viviendo un buen momento —comentó Joseph en voz baja—. Hay desapariciones.

Como esto no era algo completamente nuevo en la Colonia, Sarah no hizo ningún comentario, y también Joseph permaneció callado, como si siguiera avergonzado de su indiscreción.

—Así que ¿vas a volver cuando todo haya acabado? —preguntó él al final.

—Sí, los Cuellos Blancos dicen que podré volver en cuanto termine cierto asunto que tengo que hacer para ellos. —Empujó hacia dentro una miga que se le había quedado en la comisura del labio, miró hacia la puerta con añoranza, y suspiró—. Aunque logres escapar de ellos y llegar a la Superficie, hay una parte de ti que no se va. Te atrapan mediante todas esas cosas que amas, mediante la familia... Me he dado cuenta de eso... —dijo con una voz llena de remordimientos— demasiado tarde...

Joseph se puso en pie y le recogió el plato.

—Nunca es demasiado tarde —murmuró yendo hacia la puerta con toda su corpulencia.

Durante los siguientes días a Sarah le mandaron descansar y recuperar fuerzas. Al final, cuando empezaba a pensar que la inactividad la volvería loca, llegó un hombre para conducirla a otra estancia. Iba vestido igual que Joseph, pero era más pequeño y bastante mayor, y tenía la cabeza completamente calva. Sus movimientos resultaban espantosamente lentos al acompañarla por el pasillo.

Se volvió hacia Sarah levantando sus blancas y esponjosas cejas en un gesto de disculpa:

—Las articulaciones —explicó— la humedad se me ha metido dentro.

—Eso le puede pasar a cualquiera —respondió ella recordando cómo había quedado lisiado su padre por la artritis crónica.

El viejo la hizo pasar a una estancia de considerables proporciones en cuyo centro había una larga mesa, y en los muros una sucesión de armarios bajos. Luego salió arrastrando los pies y sin decir ni una palabra, y la dejó preguntándose para qué la habría llevado allí. Había dos sillas de respaldo alto en lados opuestos de la mesa. Se acercó a la que tenía más próxima y se quedó detrás de ella, en pie. Paseando la vista por la estancia, sus ojos se quedaron un rato contemplando el altarcillo que había en la esquina, donde había una cruz de metal de aproximadamente medio metro de altura entre dos cirios encendidos y ante un ejemplar abierto del *Libro de las Catástrofes*.

Después se fijó en algo que había sobre la mesa. Era una enorme hoja de papel con trozos coloreados, que, desplegada como estaba, ocupaba una gran parte de la superficie de la mesa. Mirando por encima del hombro, observó la puerta, preguntándose qué se suponía que tenía que hacer. Entonces cedió a la curiosidad y, acercándose, se inclinó sobre la hoja.

Vio que era un mapa. Empezó a examinarlo por la esquina superior izquierda, fijándose en dos diminutas líneas paralelas meticulosamente sombreadas que, al cabo de varios centímetros, culminaban en una zona en la que había una serie de rectángulos pequeñísimos. Junto a éstos aparecía la inscripción «Estación de los Mineros» y algunos símbolos que no conocía. Después se desplazó para leer otra inscripción que figuraba junto a una línea azul oscuro llena de curvas: «Río Estigio».

Se fue alejando de la esquina, paseando la vista por el resto del mapa, por donde había una enorme área de color marrón claro con muchas manchitas conectadas entre sí, algunas de las cuales estaban pintadas de diferentes colores, como marrón oscuro, naranja, y toda una gama de rojos que iba del carmesí hasta el burdeos fuerte. Todos aquellos colores le parecían sangre en distintos grados de coagulación. Intentó ver si podía descubrir lo que representaban en el mapa.

Eligiendo al azar una de aquellas zonas, se inclinó un poco más para examinarla mejor. Era de color escarlata brillante, toscamente rectangular, con una diminuta calavera de color negro azabache superpuesta. Estaba intentando descifrar la leyenda que había junto a ella cuando oyó un sonido cercano, como una levísima respiración.

Levantó la vista de inmediato.

Retrocedió, pegándose a la silla y haciendo un esfuerzo para no gritar.

En el otro lado de la mesa había un soldado styx vestido con el uniforme de faena de la División, que era de un inconfundible color gris verdoso. Era increíblemente alto y estaba en pie, con las manos enlazadas por delante, a poco más de un metro de distancia de ella, examinándola en silencio. Sarah no tenía ni la menor idea de cuánto tiempo llevaba allí.

Al levantar los ojos vio que en la solapa de su largo gabán

había una fila de cortas hebras de algodón que sobresalían. Eran de diferentes colores: rojas, moradas, azules y verdes, entre otros colores. Como las medallas que daban en la Superficie, aquello también eran condecoraciones por actos de valor, y había tantas que no se podían contar. Levantó los ojos un poco más.

Llevaba su pelo negro recogido en una prieta cola de caballo. Al fijar los ojos en la cara del soldado, Sarah tuvo que hacer un esfuerzo para no retroceder otro paso. Era una imagen aterradora. En un lado de la cara tenía una enorme cicatriz, no muy diferente de una coliflor ni en color ni en textura. Comprendía una tercera parte de la frente y se extendía al ojo izquierdo, que estaba tan mal formado que parecía como si hubiera rotado noventa grados en su eje. La cicatriz alcanzaba su plenitud en la mejilla y llegaba hasta la articulación de la mandíbula. También la boca y los ya de por sí delgadísimos labios estaban transformados por la cicatriz, de forma que se le veían los dientes y las encías hasta casi la zona de las muelas.

Estaba hecho de la materia de las pesadillas.

Rápidamente dirigió la vista al ojo bueno, intentando no fijarse en el otro, que supuraba gotas y mostraba a la vista tejidos de color rojo sangre por encima y por debajo, enlazados por una red de venillas azules. Tenía la impresión de estar ante una autopsia incompleta, como si alguien estuviera en proceso de abrirle la cara en una disección.

—Veo que ha empezado sin mí —comentó él. Las palabras le salían entrecortadas por la contrahecha boca, y su voz era baja pero imperiosa—. ¿Sabe qué es lo que muestra el mapa? —le preguntó.

Sarah asintió con la cabeza.

—Las Profundidades —contestó.

El otro asintió.

—He visto que localizaba la Estación de los Mineros. Bien. Dígame… —Tenía la mano levantada sobre el trazado de la vía del tren, y Sarah vio que le faltaban varios dedos, en tanto que algunos otros eran poco más que muñones. Pasó la mano por el resto del mapa—. ¿Estaba enterada de la existencia de todo esto?

—De la Estación de los Mineros, sí; pero de todo esto, no —respondió con sinceridad—. No obstante, he oído historias sobre el Interior... Muchas historias.

—¡Ah, las historias! —Sonrió él fugazmente. El efecto fue apabullante: el brillante marco de sus dientes se curvó en una onda sinusoidal antes de volver a tensarse. A continuación se sentó, indicándole que hiciera lo mismo—. Mi trabajo es asegurarme de que usted pueda operar en la Llanura Grande y sus alrededores. Cuando terminemos —sus negras pupilas corrieron hacia las cosas que había al final de la mesa—, usted estará completamente versada en nuestro equipo y armas, y capacitada para operar dentro de nuestras restricciones. ¿Ha entendido?

—Sí, señor —respondió ella, dirigiéndose a él de acuerdo con los modales del ejército. Eso pareció agradarle.

—Sabemos que es usted capaz. Tiene que serlo, para haber conseguido burlarnos todo este tiempo.

Sarah asintió.

—Su único objetivo será localizar e inutilizar... por los medios que sean necesarios... al rebelde.

Al mirar aquel rostro horriblemente desfigurado, el aire parecía volverse de plomo.

—¿Quiere decir a... Will Burrows?

—Sí, Seth Jerome —se limitó a decir él. Se secó el ojo lloroso con el dorso de la mano y después chasqueó los dedos torpemente, utilizando lo que le quedaba del pulgar y el índice.

—¿Qué...? —Sarah oyó extraños pasos en el suelo de piedra, a su espalda, y volvió la cabeza. Una sombra apareció por la puerta.

Era el Cazador, el gato gigante que en la Superficie había acudido en su ayuda. El gato se paró para observar a su alrededor, olfateó el aire brevemente, y en un abrir y cerrar de ojos se fue hasta Sarah dando brincos, y se frotó contra su pierna con tanto cariño y vigor que le corrió la silla hacia un lado.

—¡Eres tú! —exclamó ella. Se quedó tan encantada como sorprendida de volverlo a ver. Había dado por hecho que los styx lo habrían matado allí mismo, en la excavación. Pero parecía que había ocurrido exactamente lo contrario: ahora era un animal muy diferente al triste espécimen que había conocido en la Superficie.

Por la manera en que actuaba al corretear por la estancia para olfatear algo en un rincón, se notaba que lo habían alimentado bien. Su aspecto había mejorado mucho, y la herida enconada del hombro había sido tratada. Le habían puesto en ella unas hilas, sujetas con una buena cantidad de vendas alrededor del pecho. Y como también llevaba un collar de cuero completamente nuevo (algo que no era frecuente en aquellos animales), Sarah supuso que había estado al cuidado de styx y no de colonos.

—Se llama *Bartleby*. Nos pareció que podía ser de utilidad —comentó el styx.

—*Bartleby* —repitió Sarah, y a continuación miró al styx que estaba al otro lado de la mesa en busca de una explicación.

—Por supuesto, el animal estará ansioso de encontrar a su antiguo amo, su hijo, empleando su agudo sentido del olfato —le dijo él.

—¡Ah, sí! —dijo ella asintiendo también con la cabeza—, es verdad. —Sería de enorme ayuda contar con un Cazador al bajar a las Profundidades, y mucho más si lo que había que seguir era el rastro de su amo.

Respondió al hombre con una sonrisa y después gritó:

—¡Aquí, *Bartleby*!

El gato regresó obediente a su lado y se sentó, mirándola como si esperara una nueva orden. Ella masajeó la áspera parte superior de la cabeza del gato, que era plana y ancha.

—Así que ése es tu nombre, ¿eh, *Bartleby*?

El gato cerró y abrió los párpados de sus enormes ojos sin dejar de mirarla, y un ronroneo estrepitoso salió de las profundidades de su garganta mientras desplazaba el peso del cuerpo de una pata delantera a la otra.

—Entre tú y yo encontraremos a Cal, ¿a que sí, *Bartleby*?

—Pero a continuación la sonrisa se borró de su rostro al decir—: Y de paso nos ocuparemos de una rata apestosa.

En la rosaleda del jardín de Humphrey House, las palomas se posaban junto a los comederos en que el cocinero les dejaba regularmente unas rebanadas de pan duro y otros restos de la cocina. Distraída de aquel modo de la revista que tenía abierta ante sí, la señora Burrows levantó la mirada e intentó fijar en los pájaros la mirada de sus ojos hinchados y enrojecidos.

—¡Maldita sea! ¡No consigo ver nada, ya no digamos leer! —gruñó probando a guiñar primero un ojo y después el otro—. ¡Este cochino virus!

Hacía una semana que las noticias habían empezado a informar sobre un misterioso brote viral que parecía, según todos los indicios, haberse originado en Londres, y desde allí se estaba propagando como el fuego al resto del país. Incluso parecía haber llegado tan lejos como a Estados Unidos, por un lado, y al sudeste asiático, por el otro. Los expertos decían que aunque la enfermedad, que era una especie de megaconjuntivitis, duraba poco, unos cuatro o cinco días como mucho por término medio, la velocidad de propagación era un serio motivo de alarma. Los medios de comunicación llamaban al virus causante el «superviajero», porque tenía la extraña característica de transmitirse, según parecía, tanto por el agua como por el aire. Una combinación definitiva y demoledora si lo que se quiere es que un virus viaje por el mundo con rapidez.

Según esos mismos expertos, incluso si el Gobierno decidía poner manos a la obra para fabricar una vacuna, el proceso de pleno desciframiento del nuevo virus y la producción de unidades suficientes para toda la población de Inglaterra llevaría meses, si no años.

Pero a la señora Burrows no le preocupaban ni la ponían fuera de sí los entresijos científicos, sino sus propias molestias. Posó la cuchara en el cuenco de los cereales y se frotó los ojos por enésima vez.

Se había sentido en perfectas condiciones la noche anterior, pero al despertarse por la mañana con el timbre que sonaba fuera de la habitación, se había encontrado en un auténtico infierno. Tuvo inmediata conciencia de la dolorosa sequedad de la nariz y de la irritación extrema de la lengua y la garganta. Pero todo eso resultó completamente insignificante cuando trató de abrir los ojos y se dio cuenta de que los párpados estaban tan fuertemente pegados que no podía. Tan sólo después de lavárselos con grandes cantidades de agua caliente en el lavabo de la habitación, operación que había ido acompañada por unas expresiones que hubieran hecho enrojecer a un legionario, logró separarlos ligeramente. Pese a toda el agua con la que los había lavado, los ojos seguían como cerrados por una costra que no se iría de allí a menos que la frotara con un estropajo.

En aquel momento, sentada a la mesa, soltó un gemido lastimero. Aquello de frotarse sin parar sólo parecía empeorar las cosas. Con las lágrimas cayéndole por la cara, se llenó la cuchara hasta arriba de copos de maíz y, utilizando sólo uno de sus enrojecidos ojos, volvió a intentar sumergirse en la lectura del *Radio Times,* la revista de la programación de radio y televisión que tenía en la mesa delante de ella. Era el último número, recién distribuido aquella misma mañana y que había sustraído de la sala de estar antes de que nadie hubiera podido ponerle las manos encima. Pero no le servía de nada: apenas podía leer con mucho esfuerzo los titulares de cada página, así que la letra pequeña en que venía la programación estaba completamente fuera de sus posibilidades.

—¡Qué asquerosa epidemia! —se volvió a quejar en voz alta. El comedor se encontraba increíblemente tranquilo para ser aquella hora de la mañana; en cualquier día normal, hasta el primer turno del desayuno estaba saludablemente concurrido.

Rechinando los dientes de pura impotencia, dobló la servilleta y utilizó el borde para limpiarse con cuidado cada uno de los llorosos ojos. Tras emitir una serie de ruidos próximos al mugido de una vaca, que realizó intentando despejar las fosas nasales, se sonó la nariz en la servilleta de forma estruendosa. Después, parpadeando varias veces con rapidez, trató de nuevo de enfocar las páginas de la revista.

—Todo es inútil, no veo un burro a tres pasos. ¡Es como si tuviera arena en los ojos! —dijo apartando el cuenco de cereales.

Con los ojos cerrados, se recostó en el respaldo de la silla y cogió la taza de té. Al llevársela a los labios para tomar un sorbo, lo escupió ruidosamente en forma de fino rocío que cayó por toda la mesa: estaba frío.

—¡Bruag! ¡Qué asco! —gritó—. En este lugar el servicio es deplorable. —Y puso la taza sobre el plato pegando un golpe—. ¡Todo está paralizado! —se quejó a nadie en particular, sabiendo muy bien que la mayor parte del personal no había acudido a trabajar—. Es como si estuviéramos en guerra.

—La hay —dijo una voz bien modulada.

La señora Burrows subió uno de los hinchados párpados para ver quién había hablado. En otra mesa, un hombre vestido con chaqueta de cheviot que debía de andar por los cincuenta y tantos hundía un trozo de tostada con mantequilla en su huevo pasado por agua con movimientos medidos y parsimoniosos. Como ella, él parecía muy a gusto solo, ya que se había sentado en una mesa pequeña que había junto a la otra ventana. En el comedor no había nadie más que ellos dos. Desde luego, los últimos dos días resultaban bastante extraños, con poquísimos empleados de ojos inflamados y llorosos que hacían todo lo que podían por atender a los internos, que en su mayor parte guardaban cama.

—Mmm... —dijo el hombre, y asintió con la cabeza, como si estuviera conforme consigo mismo.

—¿Cómo ha dicho?

—He dicho que estamos en guerra —declaró mascando su trocito de tostada untada en yema de huevo. Por lo que se veía, él había sido afectado muy levemente por el virus.

—¿Cómo lo sabe? —preguntó la señora Burrows de manera agresiva, aunque de inmediato se lamentó de haber hablado, porque el hombre tenía un sospechoso aspecto de representante: un profesional que se había rayado por el trabajo y ahora estaba reponiéndose. Si se reponían, aquel tipo de pacientes podían ser tremendamente arrogantes e insoportablemente pomposos. En aquella fase de recuperación eran gente difícil de ignorar, pero merecía la pena hacer el esfuerzo.

Agachó la cabeza deseando que la dejara en paz y prestara toda su atención al huevo pasado por agua, pero no iba a tener tanta suerte.

—... Y nosotros estamos en el bando perdedor —dijo él mientras masticaba—. Estamos sometidos al ataque constante de los virus. Podrían acabar con todos nosotros antes de que usted tenga tiempo de decir Amén.

—Pero ¿qué dice? —murmuró la señora Burrows incapaz de contenerse—. ¡Qué tonterías!

—Todo lo contrario —respondió él frunciendo el ceño—. Con el planeta tan superpoblado, nos encontramos en la situación óptima para que los virus muten en algo realmente letal. Y en un santiamén, por cierto. Somos el caldo de cultivo ideal.

La señora Burrows contempló la posibilidad de salir corriendo hacia la puerta. No pensaba quedarse a oír la cháchara de aquel cabra loca, y además casi había perdido el apetito. El lado bueno de aquella misteriosa pandemia era que resultaba muy improbable que hubieran organizado actividades para aquel día, así que podía dedicarse en serio a ver la tele; además, encontraría muy poca o ninguna oposición a su elección de canales. Y si no podía ver gran cosa, al menos podría oír.

—De momento sufrimos esta infección en los ojos que es bastante desagradable, pero no sería nada difícil que mutaran un par de genes y se convirtiera en un virus asesino. —Cogió el salero y lo agitó sobre el huevo—. Recuerde mis palabras: un día aparecerá en el horizonte algo realmente desagradable y pasará segándonos a todos, como hace la guadaña con el trigo —anunció el hombre secándose suavemente las comisuras de los ojos con su pañuelo—. Entonces nos pasará como a los dinosaurios. Y todo esto —hizo un gesto con la mano que pretendía abarcar todo cuanto los rodeaba— y todos nosotros pasaremos a ser tan sólo un pequeño e insignificante capítulo en la historia del mundo.

—¡Qué alegre! Suena como una historia de ciencia ficción de esas horteras —dijo la señora Burrows de manera desdeñosa, al tiempo que se ponía en pie y se abría camino, casi a tientas, por entre las mesas en dirección al vestíbulo.

—Es una posibilidad desagradable, pero bastante probable para nuestra desaparición final —replicó él.

Esta última declaración sacó de quicio a la señora Burrows. Ya era bastante duro que los ojos la estuvieran martirizando sin tener que escuchar paparruchas.

—¡Ah, sí! Estamos todos condenados, ¿verdad? ¿Y cómo lo sabe usted? —comentó con desprecio—. ¿Usted qué es, un escritor fracasado o algo así?

—No, soy médico. Cuando no estoy aquí, trabajo en Saint Edmund's. Es un hospital, tal vez le suene.

—¡Ah! —farfulló la señora Burrows, deteniéndose en su huida y volviéndose hacia su interlocutor.

—Ya que parece usted una especie de experta, me gustaría compartir su seguridad en que no hay nada de lo que preocuparse.

Bastante humillada, la señora Burrows se quedó inmóvil donde estaba.

—E intente no andarse tocando los ojos, porque es peor —dijo el hombre de manera cortante mientras se volvía para observar a través de la ventana a dos palomas que, al pie del comedero, se enzarzaban en el juego del tira y afloja con una corteza de beicon.

22

Durante varios kilómetros, lo único que pudieron oír fue el sonido de sus pasos sobre el polvo. Para Will y Chester resultaba difícil caminar de aquella manera, al lado de sus silenciosos captores, que tiraban de ellos con toda rudeza para obligarlos a ponerse en pie cada vez que tropezaban y caían al suelo. En más de una ocasión los empujaron y les pegaron para obligarlos a ir a su paso.

Después, sin previo aviso, los hicieron detenerse y les quitaron la venda. Parpadeando, los chicos miraron a su alrededor. Era evidente que seguían en la Llanura Grande, pero no se distinguía ningún detalle particular a la luz de la lámpara frontal que llevaba en la cabeza el hombre alto que tenían delante. El brillo de la luz les impedía verle la cara, pero sí veían que llevaba una chaqueta larga y un cinturón del que pendían numerosas bolsas. Sacó algo de una de ellas: una esfera de luz que mantuvo en la palma de su mano enguantada. Después se llevó una mano a la luz de la frente y la apagó.

Se quitó un pañuelo que llevaba alrededor del cuello y la boca, sin dejar de mirar a los muchachos. Era ancho de hombros, pero lo que más les llamó la atención fue la cara. Era una cara delgada, con nariz gruesa y un ojo con reflejos azules. El otro ojo tenía algo delante, algo sujeto con una banda que le pasaba por la parte superior de la cabeza, algo parecido a una lente abatible.

Will se acordó de la última vez que le habían graduado la vista. El oftalmólogo que lo había examinado llevaba un aparato parecido a aquél. Sin embargo, esta versión tenía una lente de color lechoso, con un leve brillo anaranjado, hubiera jurado Will. Supuso enseguida que aquel ojo estaba dañado de alguna manera, pero después notó que había un par de cables retorcidos pegados a su perímetro y que pasaban por detrás de la cabeza del hombre, alrededor de la banda.

El otro ojo, el descubierto, seguía observándolos, pasando de uno a otro chico su astuta mirada.

—No tengo mucha paciencia —empezó a decir.

Will intentó calcular su edad, pero podía tener cualquiera entre los treinta y los cincuenta, y su presencia física era tan imponente que los dos chicos estaban intimidados.

—Me llamo Drake. No estoy acostumbrado a recoger a los que echan de la Colonia —dijo, y después se calló—. Algunas veces a los que ya no sirven para nada porque han sido torturados o están demasiado débiles para sobrevivir… les concedo una liberación anticipada. —Con una triste sonrisa, pasó la mano por el cinturón hasta que la dejó descansar sobre una funda grande que llevaba en la cadera—. Es lo más piadoso que se puede hacer.

Como si hubiera dicho ya lo que quería decir, retiró la mano del cuchillo.

—Quiero respuestas claras y sinceras. Os hemos estado siguiendo y sabemos que no hay ningún refuerzo, ¿está claro? —Miró a Will, que permaneció callado.

—Tú, el grande, ¿cómo te llamas? —Se volvió hacia Chester, que movía los pies sin parar de puros nervios.

—Chester Rawls, señor —respondió el muchacho con voz temblorosa.

—No eres un colono, ¿verdad?

—Eh… no —respondió con la voz ronca.

—¿Un Ser de la Superficie?

—Sí. —Chester bajó la vista, incapaz de aguantar más tiempo la mirada de aquel frío ojo.

—¿Cómo has llegado aquí?

—He sido desterrado.

—Con los mejores —dijo Drake, volviéndose para mirar a Will—. Tú, el valiente (o el idiota), ¿nombre?

—Will —respondió sin alterarse.

—Me pregunto qué eres tú. Te mueves y tienes el aspecto de un colono normal y corriente, pero tienes también un aire de Ser de la Superficie.

El chico asintió con la cabeza.

Drake prosiguió:

—Eso te convierte en algo extraño. Está claro que no eres un agente de los Limitadores.

—¿De quiénes? —preguntó Will.

—Los acabas de ver en acción.

—No sé lo que son los Limitadores —le dijo el muchacho en tono insolente.

—Un destacamento especial de styx. Últimamente aparecen por todas partes. Por lo visto lo están convirtiendo en una costumbre, eso de venirse a las Profundidades —comentó Drake—. ¿Así que no trabajas para ellos?

—¡No, desde luego que no! —contestó Will tan categóricamente que el ojo de Drake pareció abrirse un poco más, tal vez por efecto de la sorpresa. Lanzó un suspiro y se cruzó de brazos, cogiéndose la barbilla en actitud pensativa.

—Eso me parecía. —Miró al chico fijamente, negando con la cabeza—. Pero me disgusta no comprender algo enseguida. Suelo actuar rápidamente... deshaciéndome de lo que sea. Vamos, chaval, contéstame sin pérdida de tiempo: ¿quién y qué eres?

Will decidió que más le valía obedecer a aquel hombre y responder a su pregunta.

—Nací en la Colonia, pero mi madre me sacó de allí —contestó—. Me llevó a la Superficie.

264

—¿Cuándo llegaste a la Superficie?

—Cuando tenía dos años, ella…

—Basta —le interrumpió el hombre alzando la mano—. No te he pedido que me cuentes la historia de tu vida. Pero esto tiene buena pinta. Y te convierte en una… en una rareza. —Clavó los ojos en la oscuridad que se extendía detrás de los chicos—. Creo que deberíamos llevarlos de vuelta. Ya decidiremos más tarde qué hacer con ellos, ¿no te parece, Elliott?

Otra persona, de más corta estatura que Drake, y no más alta que Will, se hizo visible de repente al dar un paso adelante con el sigilo de un gato. Incluso con aquella luz tan tenue pudieron distinguir las curvas del cuerpo de una chica bajo la chaqueta y los pantalones holgados, una ropa parecida a la que llevaba Drake. Se cubría la cabeza con un amplio pañuelo árabe color caqui, una *shemagh,* que le tapaba toda la cara, salvo los ojos, que no miraron ni un instante a los chicos.

Iba armada con una especie de rifle; lo blandió y se apoyó en él después de hundir en el suelo la culata. El arma parecía pesar mucho. El recio soporte de la mira del grueso cañón tenía un brillo apagado como si el metal no estuviera pulido.

El arma era casi tan grande como ella y resultaba claramente desproporcionada para una chica de cuerpo tan ligero.

Los dos muchachos contuvieron el aliento esperando que hablara. Pero tras un par de segundos, ella se limitó a asentir con la cabeza y volvió a echarse el rifle a la espalda como si no pesara más que una caña de bambú.

—Vamos —les ordenó Drake.

No volvió a vendarles los ojos, pero les dejó las manos atadas. El hombre se movía con rapidez y seguridad aunque caminaban casi en la total oscuridad, pues sólo contaban con la débil luz de su lamparilla de minero para iluminar el camino.

Siguieron a la fornida figura que los fue conduciendo por un paisaje monótono. Pese a la falta de señales, Drake parecía conocer con absoluta seguridad el camino que había que seguir.

Después de avanzar muchas horas por aquel terreno desértico, llegaron a la boca de un túnel de lava que se encontraba en el borde de la Llanura Grande. Se adentraron con cierta prisa en el pasaje. Era como si Drake fuera capaz de ver en la oscuridad: eso pensó Will.

Dentro del túnel podían distinguir el contorno borroso de la cabeza de Drake, que los precedía, pero cada vez que Will y Chester miraban hacia atrás para ver dónde estaba Elliott, no la veían ni tampoco la oían. Will supuso que debía de haber tomado otro camino, o que se había quedado rezagada por el motivo que fuera.

Los tres, Drake, Will y Chester, giraron a la izquierda en una bifurcación y no tardaron en llegar a lo que parecía un callejón sin salida.

Drake les ordenó detenerse. Orientó hacia arriba el foco de la lamparilla de minero, que llevaba ceñida a la frente, y se volvió hacia ellos, de espaldas a la pared, mientras Will y Chester miraban a su alrededor sintiéndose muy incómodos. No veían razón para detenerse. Chester contuvo la respiración cuando Drake, de repente, se acercó a él y extrajo su cuchillo de la funda.

—Voy a desataros las manos —les anunció el hombre antes de que tuvieran tiempo de imaginar otra cosa mucho peor—. Alzadlas —añadió haciendo un ademán con el cuchillo, y a continuación, cuando ellos levantaron las muñecas, cortó con destreza y de un solo tajo las ataduras.

—¿Tenéis algo en esas mochilas que se pueda estropear con el agua? ¿Comida, o cualquier cosa que merezca la pena mantener seca?

Will meditó un instante.

—¡Vamos, contestad! —les urgió Drake.

—Sí, mis cuadernos, mi cámara de fotos, provisiones, y... y algunos cohetes —respondió Will—. Eso en la mía. —Entonces dirigió la mirada a la mochila de su hermano, que llevaba Chester a la espalda—. Y en la de Cal hay comida y poco más.

Antes de que terminara de hablar, Drake les lanzó a los pies dos paquetitos plegados.

—Con esto podéis protegerlo todo.

Cada muchacho cogió un paquetito y lo abrió. Eran bolsas hechas de un material ligero y recubierto de cera, que se cerraban con cordones en el extremo donde estaba la abertura.

Will se quitó la mochila y metió rápidamente en la bolsa las cosas que no quería que se mojaran. Tiró de los cordones y se volvió a mirar a Chester, que no conocía bien el contenido de su mochila y por eso tardaba más.

—Venga, aprisa —gruñó Drake en voz baja.

—Déjame —se ofreció Will, apartando a Chester con el hombro y terminando su trabajo en unos segundos.

—Bueno —bramó Drake—. ¿Ya está todo?

Asintieron con la cabeza.

—Un pequeño consejo: la próxima vez os sugiero que al menos conservéis un par de calcetines secos.

Habían estado tan afanados en su tarea, que ninguno de ellos pensó para qué lo hacían.

—Sí, señor —respondió Will. Se sintió muy aliviado al oír las palabras «la próxima vez», y por el consejo casi paternal que les daba aquel perfecto extraño.

—Mira, nadie me llama señor —le soltó Drake de inmediato y con brusquedad, haciendo que Will volviera a sentirse incómodo. El chico no había querido molestar, había respondido sin pensar, como si se dirigiera a un profesor del colegio.

—Perdone, se... —alcanzó a balbucear Will, pero logró callarse justo a tiempo. Vio un instante el gesto de desprecio en los labios de Drake antes de que éste volviera a hablar.

—Vais a atravesar esto buceando. —Tentó con la puntera del zapato la superficie a sus pies. En lo que los chicos habían creído que era terreno sólido, se formaron unas pequeñas ondas que se extendieron lentamente bajo una espesa capa de polvo: era una poza de unos dos metros de diámetro.

—¿Buceando? —preguntó Chester tragando saliva.

—Supongo que serás capaz de contener la respiración durante treinta segundos, ¿no?

—Ssí, sí —tartamudeó Chester.

—Bien. Esto es un pequeño sumidero que va a dar a otro túnel. Forma una U.

—¿Como el sifón del váter? —sugirió Chester con la voz quebrada por el miedo.

—¡Qué bonita comparación! —comentó Will haciendo una mueca.

Drake les puso mala cara y les señaló con un gesto de la mano el agua sucia:

—¡Adentro!

Will se echó la mochila a la espalda y se acercó a la poza sujetando contra el pecho la bolsa impermeable. Se metió sin pensarlo dos veces, hundiéndose más a cada paso en la tibia agua. A continuación, llenándose de aire los pulmones, hundió la cabeza bajo la superficie y desapareció.

Notando en la cara la caricia de las burbujas, se impulsó utilizando la mano que le quedaba libre. Mantuvo los ojos fuertemente cerrados. El sonido del agua le atronaba en los oídos. Aunque el túnel no era muy ancho, tal vez de un metro en su mayor estrechamiento, no era difícil pasar por él, ni siquiera con la mochila y la bolsa impermeable.

Pero pese a que le parecía que avanzaba, no llegaba a ningún lado. Abrió los ojos en la impenetrable oscuridad, lo que hizo que el corazón le latiera aún más aprisa. El agua en que estaba sumergido era espesa como la miel y resultaba difícil de atravesar. Estaba viviendo su peor pesadilla.

«¿No será un engaño? ¿Debería volver?»

Trató de no perder los nervios, pero con la falta de aire su cuerpo dio señales de rebelión. Notó que el pánico se apoderaba de él y empezó a retorcerse, agarrándose a cualquier cosa que le ayudara a avanzar más rápido. Tenía que salir de aquella especie de tinta en que estaba sumergido. Se movió con una desesperación enloquecida, impulsándose en las negras aguas en una carrera a cámara lenta.

Por un breve instante, se preguntó si no sería aquél el procedimiento que había elegido Drake para matarlos. Pero en ese mismo instante comprendió que éste no tenía motivo para tomarse tantas molestias: si su intención era acabar con ellos, habría sido mucho más fácil rebanarles la garganta en la Llanura Grande.

Aunque probablemente no duró más de medio minuto, a Will le pareció que aquella inmersión se prolongaba durante siglos enteros hasta que por fin salió del agua, salpicándolo todo.

Respirando agitadamente, buscó a tientas la lámpara que llevaba consigo y la encendió, pero no descubrió gran cosa en el lugar en que se encontraba, salvo que las paredes y el suelo brillaban cuando les daba la luz. Supuso que sería por la humedad. Reconfortado por el aire que entraba en sus pulmones, aguardó la llegada de su amigo.

Al otro lado del sumidero, de mala gana, Chester se colocó la mochila en los hombros y se acercó indeciso a la poza, arrastrando la bolsa impermeable.

—¿A qué esperas, chaval? —le preguntó Drake con voz tajante.

El chico se mordió un labio, demorándose en la orilla del agua, que continuaba moviéndose por efecto de la inmersión de Will. Se volvió para mirar tímidamente el único ojo de Drake, que lo observaba a su vez con severidad.

—Eh… —empezó a decir, preguntándose cómo podría apañárselas para que Drake entrara primero—. No puedo…

El hombre le sujetó el brazo, pero sin apretar demasiado.

—Escucha, no te deseo ningún mal. Tienes que confiar en mí. —Levantó la barbilla, apartando la vista del aterrorizado muchacho—. Sé que no es fácil depositar toda tu confianza en un perfecto extraño, especialmente después de todo lo que has tenido que pasar. Motivos para desconfiar los tienes… Sí, eso está bien. Pero yo no soy un styx y no te voy a hacer daño. ¿Vale? —Para terminar de convencer al muchacho, lo miró fijamente.

También Chester lo miró directamente a la cara y, por el motivo que fuera, tuvo la total certeza de que era sincero. De pronto, no tuvo reparos en depositar toda su confianza en aquel hombre.

—Muy bien —aceptó, y sin más vacilaciones se zambulló en las oscuras aguas. Y al avanzar utilizando el mismo método, a medio camino entre nadar y correr, que había empleado Will, no permitió que ninguna duda le nublara la mente.

Al otro lado, su amigo estaba preparado para ayudarlo a salir del sumidero.

—¿Estás bien? —le preguntó—. Has tardado tanto que temí que te hubieras quedado atrapado o que te hubiera pasado algo.

—No, no he tenido ningún problema —respondió Chester con la respiración agitada y secándose la cara.

—¡Ésta es nuestra oportunidad! —dijo Will intentando descubrir qué había delante, en la oscuridad, y después volviendo a mirar la poza. No había ni asomo de Drake, pero tampoco tardaría mucho en aparecer—. ¡Tenemos que salir por piernas!

—No, Will —rehusó Chester de manera tajante.

—¿Cómo que no? —preguntó Will, que ya se había dado la vuelta y tiraba de su amigo.

—No voy a ningún lado. Con él estamos seguros —contestó Chester. Se afianzó para resistirse al impulso de su amigo, que comprendió enseguida la firmeza de su decisión.

—Ya es demasiado tarde —comentó Will, furioso, al ver brillar una lucecita en el fondo del agua: era el foco de la lamparilla de minero que Drake llevaba ceñida a la frente.

Will le dirigió a Chester un gruñido justo cuando la cabeza y los hombros emergieron del agua y el hombre se elevó como una aparición, sin salpicar apenas.

Como su lamparilla proyectaba una luz mucho más intensa que las de los chicos, Will descubrió entonces que el brillo del suelo y de las paredes del túnel, que había supuesto que se debería a la humedad, tenía en realidad una causa muy distinta. Las paredes y el suelo estaban surcados por una gran cantidad de vetas doradas, como una enorme telaraña de metal precioso. Las vetas brillaban con mil diminutos puntitos de luz, convirtiendo el espacio en que se encontraban en un calidoscopio de tonos amarillos y cálidos.

—¡Qué pasada! —exclamó Chester.

—¡Oro! —murmuró Will sin podérselo creer. Al bajar la vista comprobó sorprendido que sus brazos estaban moteados de puntos brillantes, y después se dio cuenta de que Chester y el hombre estaban también cubiertos de los mismos brillos. Los tres tenían una buena cantidad de esos puntitos luminosos en la ropa y en la piel, que sin duda se les habían pegado del polvo brillante que flotaba en la superficie de la poza que acababan de atravesar.

—Me temo que no —dijo Drake, que se había puesto en pie delante de ellos—. Sólo es un compuesto de hierro al que llaman «el oro de los tontos»: pirita.

—Por supuesto —confirmó Will, recordando el ejemplar brillante de forma cúbica que le había llevado a casa su padre en cierta ocasión para su colección de minerales—. Pirita —repitió, algo avergonzado por su equivocación.

—Puedo enseñaros sitios donde hay oro de verdad, donde podréis coger todo el que queráis —explicó Drake contemplando las paredes—. Pero ¿de qué sirve el oro si no hay dónde gastarlo? —Su voz volvió a adoptar un tono frío cuando señaló las mochilas y les ordenó—: Coged vuestras cosas, tenemos que seguir.

En cuanto estuvieron listos, se volvió y reemprendió la marcha con su aire apremiante, recorriendo con zancadas largas y seguras aquel túnel exquisitamente dorado.

Marcharon a buen paso por un confuso laberinto de pasajes rocosos, y transcurrió bastante tiempo hasta que llegaron a una pendiente que conducía a un espacio abovedado.

Una vez allí, Drake buscó algo a tientas y tiró de una cuerda con nudos que pendía de lo alto.

—¡Arriba! —indicó ofreciéndoles la cuerda.

Will y Chester treparon los aproximadamente diez metros que había hasta llegar arriba y aguardaron allí, jadeando por el esfuerzo. Drake los siguió: trepar le costaba tan poco como a una persona normal le costaría abrir una puerta. Se encontraban en una especie de atrio octogonal, en el que se veían aberturas que daban a otros espacios levemente iluminados. El suelo era plano y estaba sucio, y cuando Will dio unos pasos, tuvo la sensación, por la reverberación del sonido, de que las salas adyacentes eran de considerable tamaño.

—Éste será nuestro hogar por un tiempo —dijo Drake desabrochándose el grueso cinturón. Se quitó la chaqueta y se la echó al hombro. A continuación se llevó la mano a la cara y se quitó el artilugio que le cubría el ojo. Entonces vieron que su otro ojo era completamente normal.

Al tenerlo delante, se dieron cuenta de lo musculosos que eran sus brazos desnudos, y de lo excepcionalmente delgado que era él. Tenía pómulos muy prominentes, y la cara era tan escuálida que los músculos resultaban casi visibles a través de la piel. Y cada pulgada de esa epidermis, que tenía la suciedad incrustada y era del color del cuero curtido, se hallaba cuajada por una telaraña de cicatrices. Algunas eran grandes, como rayas de color blanco; otras eran pequeñas y parecían pálidos filamentos que le recorrían el cuello y los lados de la cara.

Pero sus ojos, escondidos bajo las prominentes cejas, eran de un azul intenso y tenían una ferocidad tan sobrecogedora que ni Will ni Chester fueron capaces de aguantarle la mirada. Era como si lo profundo de sus ojos mostrara un atisbo de algún lugar aterrador, un lugar del que ninguno de los chicos quería saber nada.

—Bien, esperad allá.

Arrastrando los pies, comenzaron a caminar hacia la sala que les indicaba Drake.

—¡Pero dejad aquí las mochilas! —les ordenó y, sin dejar de mirar a los chicos, preguntó—: ¿Todo bien, Elliott?

Will y Chester no pudieron evitar dirigir la mirada hacia la dirección en la que Drake había hablado. Del extremo superior de la cuerda colgaba la pequeña chica, inmóvil. Estaba claro que no debía de haber ido muy por detrás de ellos, pero hasta aquel momento ninguno de los dos había percibido su presencia.

—Los atarás, ¿no? —preguntó ella con voz fría, de pocos amigos.

—No será necesario, ¿verdad, Chester? —dijo Drake.

—No. —El chico respondió tan presto que Will lo miró con desconcierto apenas disimulado.

—¿Y tú?

—Eh… no —murmuró Will con menos entusiasmo.

Una vez en la penumbra de la habitación, se sentaron sin decirse nada sobre unos catres rudimentarios que encontraron allí. Eran los únicos muebles que había, y tenían el tamaño justo para que se pudieran echar encima: eran catres muy estrechos, y su superficie resultaba dura. Debían de ser simplemente un par de tablas cubiertas con mantas.

Mientras aguardaban sin saber qué ocurriría después, en la habitación reverberaban sonidos procedentes del pasillo. Eran murmullos amortiguados de la conversación entre Drake y Elliott. A continuación oyeron cómo volcaban en el suelo el contenido de sus mochilas. Finalmente, percibieron el sonido de pasos que se alejaban, y luego nada.

Will se sacó del bolsillo una esfera de luz y, distraídamente, jugó con ella haciéndola deslizarse por la manga de la chaqueta. Como ésta ya estaba seca, el desplazamiento de la esfera hizo caer al suelo algunos granos de brillante pirita, que se esparcieron como una lluvia de chispas.

—Es como si viniera de una asquerosa discoteca —murmuró, y a continuación, sin dejar de jugar con la esfera, se dirigió a su amigo—: ¿Y tú a qué juegas, Chester?

—¿Qué quieres decir?

—Por el motivo que sea, parece que te has hecho amigo de esos dos. ¿Por qué confías en ellos? —le preguntó Will—. ¿Es que no entiendes que se van a zampar toda nuestra comida y después nos dejarán en la estacada? De hecho, lo más probable es que nos maten. Son de ese tipo de ladrones.

—Yo no lo creo —contestó el otro, molesto y frunciendo el ceño.

—Bien, ¿y qué es lo que han estado haciendo ahí, si no? —Will señaló el pasillo con un movimiento del pulgar.

—Supongo que son rebeldes que están en guerra con los styx —dijo Chester a la defensiva—. Ya sabes, luchadores por la libertad.

—Ah, sí, vale.

—Podrían serlo —sostuvo Chester, pero enseguida pareció menos seguro—. ¿Por qué no se lo preguntas?

—¿Y por qué no se lo preguntas tú? —le respondió Will.

Se ponía cada vez más furioso. Después del accidente de Cal, la manera en que los habían cogido era la gota que desbordaba el vaso. Se hundió en un inquietante silencio y empezó a idear un plan de acción que les permitiera escapar. Estaba a punto de explicarle a Chester lo que pensaba que tenían que hacer cuando en el umbral de la puerta apareció Drake. Se apoyó en la jamba, comiendo algo. Era la barra de chocolate favorita de Will: un Caramac. Él y Cal habían comprado unos cuantos en un supermercado de la Superficie, y los guardaban para una ocasión especial.

—¿Qué es esto? —preguntó Drake señalando un par de piedras del tamaño de canicas grandes que mecía en la palma de la mano. Las agitó como si fueran dados, y después cerró la mano, refregándolas una contra la otra.

—Yo no haría eso si fuera usted —le dijo Will.

—¿Por qué no?

—Porque es malo para la vista —contestó el chico, mientras las comisuras de sus labios se curvaban en una vengativa sonrisa al ver que el hombre seguía apretando las piedras una contra la otra. Se trataba de las piedras nodulares que quedaban de las que le había dado Tam, y evidentemente Drake las había cogido de su mochila. Si se rompían, se volvían incandescentes y producían una cegadora luz blanca—. Le estallarán en la cara —le advirtió.

Drake lo miró sin saber si el chico hablaba en serio. Sin embargo, dando un nuevo mordisco a la barra de Caramac, mantuvo quietas las piedras mientras seguía examinándolas.

Will se moría de rabia.

—Está bueno, ¿eh? —comentó.

—Sí —respondió Drake con rotundidad, metiéndose en la boca el último trozo de la barra—. Considéralo una pequeña recompensa por salvaros.

—Y eso le da derecho a comerse nuestras cosas, ¿verdad? —Will se acababa de poner en pie, con los brazos tensos y apretados a cada lado del cuerpo y la cara rígida de rabia—. Además, no necesitábamos que nadie nos salvara.

—¿Ah, no? —respondió Drake en un tono frívolo, y con la boca todavía llena—. Pero miraros, si sois un verdadero desastre.

—Nos iba bastante bien antes de que llegaran ustedes —replicó Will.

—¿De verdad? Entonces, contadme, ¿qué le ocurrió a ese Cal que mencionasteis? No lo veo por ningún lado. —Drake rebuscó con la mirada por los rincones de la estancia, y después levantó las cejas socarronamente—. Me pregunto dónde lo habéis escondido.

—Mi hermano… ha… ha… —empezó a decir Will en tono agresivo, pero de pronto le abandonaron todas las fuerzas y la rabia, y se dejó caer sobre la cama.

—Ha muerto —explicó Chester.

—¿Cómo? —preguntó Drake tragando el último bocado de chocolate.

—Entramos en una cueva… y… —a Will le falló la voz.

—¿Qué tipo de cueva? —preguntó Drake enseguida y completamente serio.

Lo explicó Chester:

—Olía a algo dulzón, y había una especie de plantas raras… Le mordieron o algo así, y de pronto empezó a salir una cosa…

—Una trampa de azúcar —interrumpió Drake, dejando la puerta y acercándose a ellos mientras paseaba su mirada de uno a otro—. ¿Y qué hicisteis? ¿No lo dejaríais allí?

—No respiraba —dijo Chester.

—Estaba muerto —añadió Will, desconsolado.

—¿Dónde y cuándo fue eso? —les preguntó Drake.

Will y Chester se miraron uno a otro.

—Vamos —apremió Drake.

—Hace unos dos días… supongo —dijo Will.

—Sí, fue por el primer canal al que llegamos —confirmó Chester.

—Entonces puede que todavía haya una posibilidad —dijo Drake yendo hacia la puerta—. Una posibilidad muy pequeña.

—¿Qué quiere decir? —preguntó Will.

—Que tenemos que ir —explicó el hombre.

—¿Eh? —farfulló Will casi sin voz, incapaz de comprender lo que oía.

Pero Drake caminaba ya con aire resuelto por el pasillo.

—Seguidme. Tendremos que coger unas raciones —les gritó—. ¡Elliott, prepáralo todo! ¡Salimos corriendo!

Se paró junto a sus mochilas, donde estaban todas sus pertenencias, que habían clasificado en montones.

—Coged esto, esto y esto. —Drake señaló varios montones de comida—. Con eso tiene que haber suficiente. Llevaremos una provisión extra de agua. ¡Elliott, agua! —gritó al tiempo

276

que se volvía hacia ellos. Will y Chester lo miraban anonadados, sin entender muy bien qué iban a hacer ni por qué—. Daos prisa en recoger todo eso... Si es que queréis salvar a tu hermano.

—No comprendo —dijo Will, arrodillándose y guardando apresuradamente la comida en su mochila, como le había mandado Drake—. Cal no respiraba. Estaba muerto.

—Ahora no hay tiempo para explicaciones —dijo Drake gritando mientras Elliott aparecía por otra puerta. Seguía con la *shemagh* puesta en la cabeza, y con el rifle a la espalda. Le entregó a Drake dos bolsas, como odres, que sonaron a agua.

—Cogedlas —dijo Drake pasándoselas a los muchachos.

—¿Qué pasa? —preguntó Elliott con tranquilidad mientras le daba más cosas a Drake.

—Eran tres, el que falta se metió en una trampa de azúcar —respondió lanzando una mirada a los muchachos mientras cogía un puñado de cilindros que le pasaba Elliott, que tenían unos quince centímetros de largo. Se abrió la chaqueta y los fue colocando uno a uno por la parte de dentro. Después enganchó al cinturón una especie de cartuchera que contenía otros cilindros iguales pero más pequeños, cada uno del grosor de un lápiz, y la aseguró al muslo mediante una cuerda corta.

—¿Qué es eso? —preguntó Will.

—Precauciones —respondió Drake distraído—. Iremos directos a través de la llanura. No tenemos tiempo para andarnos con sutilezas.

Se abotonó la chaqueta y volvió a ponerse en el ojo el extraño artilugio.

—¿Lista? —le preguntó a Elliott.

—Lista —confirmó ella.

23

Aquel mismo día, algo más tarde, Sarah se hallaba en su celda, estudiando minuciosamente el mapa que le había entregado el soldado styx. Estaba sentada, con las piernas cruzadas, y tenía el mapa en el suelo, extendido delante de ella. Trataba de familiarizarse con los distintos nombres de lugares.

«Ciudad de la Grieta», repitió varias veces antes de desplazar la atención a la parte norte de la Llanura Grande, de donde llegaban las noticias de recientes actividades de renegados. Se preguntó si Will estaría ligado de algún modo a aquel movimiento. Dados sus antecedentes, no le sorprendería demasiado que las revueltas en las Profundidades las hubiera provocado él.

Le distrajeron unos pasos fuertes y acompasados procedentes del pasillo. Se acercó a la puerta de la habitación y la abrió con cuidado. Vio una figura corpulenta e inconfundible que se aproximaba.

—¡Joseph! —lo llamó en voz baja.

Él se volvió y desanduvo unos pasos hacia ella, metiendo unas toallas bajo el brazo.

—No quería molestarte —dijo él mirando por el resquicio de la puerta entornada más allá de Sarah, al suelo, donde estaba desplegado el mapa.

—Pues deberías haber llamado. Estoy tan contenta de que estés aquí otra vez —le dijo Sarah con una sonrisa—. Yo estaba… eh… —empezó a decir, pero se calló.

—Si puedo hacer algo por ti, sólo tienes que pedírmelo —se ofreció Joseph.

—No creo que siga aquí mucho más tiempo —le dijo ella, y luego se quedó dudando—. Pero hay algo que quería hacer antes de irme.

—Dime —dijo él—. Sabes que estoy aquí para lo que quieras. —Le sonrió, encantado de que ella pensara que podía confiar en él.

—Quiero que me ayudes a salir de aquí —dijo Sarah en voz baja.

Desplazándose como una sombra, Sarah se mantenía pegada al muro. Ya había burlado a varios colonos policías que hacían la ronda de las calles adyacentes, y no quería que la descubrieran en aquel momento. Se metió en un recoveco oculto, detrás de una antigua fuente de agua con caño de un deslustrado bronce viejo, y se agachó para examinar la oscura entrada al otro lado de la calle.

Alzó los ojos para observar los muros altos, sin ventanas, de los edificios que formaban el límite del barrio. Justo desde aquel mismo punto, muchos años antes, había visto aquellos mismos edificios con ojos de niña. Entonces, como ahora, daban la impresión de no haber sabido presentar batalla contra los estragos del tiempo. Los muros estaban plagados de grietas inquietantes, y había muchos huecos grandes dejados por piedras que simplemente se habían caído al suelo. Toda la obra de los muros parecía encontrarse en tan mal estado, que en cualquier momento podía venirse abajo y caer encima de algún desventurado viandante.

Pero las apariencias pueden resultar engañosas. La zona en que estaba a punto de entrar había sido una de las primeras en construirse cuando se estableció la Colonia, y los muros de las casas eran lo bastante fuertes para resistir cualquier cosa que el hombre o el tiempo pudiera arrojar contra ellas.

Respiró hondo y corrió por la calle. Luego se metió en un pasaje completamente oscuro que tenía apenas la anchura suficiente para permitir pasar a dos personas al mismo tiempo. De inmediato, el olor la sacudió como una bofetada: era el olor viciado de los habitantes, un hedor de plebe tan fuerte que casi se podía tocar, y que iba mezclado con el olor de los orines y de los restos podridos de comida.

Salió a un callejón tristemente iluminado. Como todas las calles y canales que atravesaban aquel distrito, era apenas más ancho que el pasaje que acababa de dejar.

«Los Rookeries», se dijo a sí misma, mirando a su alrededor y comprendiendo que aquel lugar al que iba a parar la gente que no tenía nada no había cambiado lo más mínimo. Empezó a caminar, reconociendo un edificio que le resultaba familiar aquí, y una puerta allá, aún salpicada con restos de la pintura que ella recordaba, y se deleitó recordando los tiempos en que Tam y ella se aventuraban por aquellos peligrosos y prohibidos andurriales.

Regodeándose en aquellos entrañables recuerdos, se fue hasta el medio del callejón, evitando el reguero abierto por el que corrían las aguas sucias con aspecto de aceite usado. A cada lado tenía las casas viejas y destartaladas cuyos pisos superiores sobresalían tanto que en algunos puntos estaban a punto de tocarse con los de enfrente.

Se paró para arreglarse el pañuelo que llevaba a la cabeza mientras pasaba a su lado una pandilla de pilluelos harapientos. Estaban tan sucios que apenas se los distinguía de la mugre que cubría toda la superficie.

Dos de ellos, que eran niños pequeños, iban gritando: «¡Los styx y las piedras me romperán los huesos, pero las palabras nunca me herirán!» a pleno pulmón mientras perseguían a los otros. Su irreverencia la hizo sonreír. Si hubieran gritado tal cosa fuera de los límites de los Rookeries, el castigo habría sido rápido y brutal. Uno de los chicos saltó por encima del reguero que corría por el medio de la calle, pasando ante un cónclave de viejas que llevaban en la cabeza pañuelos parecidos al de Sarah. Iban contándose cotilleos y asintiendo con la cabeza. Casi sin mirar, una de las mujeres se apartó del grupo justo cuando el muchacho estaba a su alcance. Le soltó una buena reprimenda, dándole un montón de cachetes con una fuerza innecesaria. La mujer tenía la cara arrugada y llena de verrugas, y estaba tan pálida como un fantasma.

El chico se tambaleó ligeramente, pero después, frotándose la cabeza y rezongando entre dientes, salió corriendo como si tal cosa. Sarah no pudo contener una carcajada: veía en el niño al jovencito Tam, con la misma dureza y capacidad de recuperación que había admirado siempre en su hermano. Los niños siguieron burlándose unos de otros con su voz infantil, y riendo y chillando se metieron a la carrera por un callejón por el que se perdieron de vista.

Unos diez metros más allá, hablaban en una puerta un par de hombres de aspecto brutal, ambos con el pelo largo y barba lacia y apelmazada, y vestidos con desaliñada levita. Vio que la observaban con mirada maliciosa y despectiva. El más grande de los dos bajó la cabeza como un bulldog a punto de atacar, e hizo como si fuera a ir hacia ella. Se sacó un garrote nudoso y retorcido que llevaba colgado del grueso cinturón, y ella lo vio manejarlo con soltura en la mano. No se trataba de ninguna broma: estaba claro que sabía utilizarlo.

Estas gentes no solían recibir demasiado bien a los forasteros que se salían de su camino habitual para meterse por el de ellos. Sarah le devolvió aquella fría mirada y avanzó muy despacio. Si continuaba su camino original, tendría que pasar a su lado: no había alternativa, salvo la de dar media vuelta, y eso sería visto como un signo de debilidad. Si sospechaban, aunque fuera por un segundo, que tenía miedo y que se arrepentía de estar allí, probarían a hacer algo: así era como funcionaban las cosas en aquel lugar. Sarah sabía que ella y aquel extraño estaban jugando una partida, y que esa partida tendría que ganarla alguien, de una o de otra manera.

Aunque no tenía la más leve duda de que se las podría apañar si las cosas se ponían mal, sintió un escalofrío de antiguos terrores, un calambre eléctrico bien conocido que le recorrió la columna vertebral. Treinta años antes, aquello era lo que tanto los atraía a ella y a su hermano, el comienzo de la batalla. Lo extraño era que ahora descubría en su miedo algo que le resultaba reconfortante.

—¡Eh, eres tú! —gritó alguien detrás de ella, sacándola de sus pensamientos—. ¡Jerome!

—¿Qué? —gritó Sarah casi sin voz.

Se volvió para encontrarse con los ojos enrojecidos de una vieja. Tenía la cara llena de enormes manchas de vejez, y la señalaba con un dedo artrítico y acusador.

—Jerome —repitió la vieja con aspereza, esta vez incluso más alto y con más seguridad, abriendo tanto la boca que Sarah podía verle las encías sonrosadas, sin dientes. Entonces se dio cuenta de que el pañuelo se le había caído hacia un lado, y por eso su cara había quedado a la vista del grupo de mujeres. Pero ¿cómo, por Dios, sabían quién era ella?

—Jerome, ¡sí, es Jerome! —gritó otra de las mujeres con seguridad aún mayor—. ¡Es Sarah Jerome, sí señor!

Aunque se encontraba en una vorágine de confusiones, Sarah hizo todo lo que pudo para tranquilizarse y evaluar sus opciones rápidamente. Tomó nota de las puertas cercanas, calculando que en el peor de los casos tal vez pudiera meterse en alguna de aquellas casas medio en ruinas y perderse en el laberinto de pasadizos que había por debajo de ellas. Pero no parecía fácil, porque las puertas estaban bien cerradas o incluso tapadas con tablas.

Estaba encerrada, con sólo dos caminos por los que escapar: hacia delante o hacia atrás. Vio el callejón que salía tras las viejas, y estaba calculando si podría echar a correr por él hasta salir de los Rookeries, cuando una de las mujeres lanzó un grito desgarrador:

—¡Sarah!

A Sarah la estremeció el fuerte volumen del alarido, que fue seguido por un silencio misterioso y expectante que inundó el lugar.

Se dio la vuelta para alejarse de las viejas, sabiendo que tendría que pasar al lado del barbudo. ¡La suerte estaba echada! Ahora tendría que vérselas con él.

Al acercarse, el hombre levantó el garrote hasta la altura del hombro, y Sarah se preparó para luchar, quitándose el pañuelo de la cabeza y enrollándolo en el brazo. Se enojó consigo misma por no haber cogido la navaja.

Estaba casi a su lado cuando, con sorpresa y alivio, vio que él pegaba con el garrote en el dintel de la puerta, por encima de su cabeza, y gritaba su nombre con voz ronca. Su amigo lo imitó, como hacía todo el grupo de viejas que tenía detrás.

—¡Sarah!, ¡Sarah!, ¡Sarah!

La calle entera entraba en ebullición, como si las vigas de las casas cobraran vida.

—¡Sarah!, ¡Sarah!, ¡Sarah!

El garrote seguía marcando el compás, mientras la gente salía de las casas y bajaba a la calle, más gente de la que ella pensaba que vivía allí. Los postigos se abrían de golpe en las ventanas sin cristales, y se asomaban por ellas caras curiosas. Sarah no podía hacer más que agachar la cabeza y seguir su camino.

—¡Sarah!, ¡Sarah!, ¡Sarah! —era el grito que llegaba de todas partes, rápido y potente, un grito que la gente acompañaba con lo que cada uno tenía a mano, al son del garrote. Y el estruendo aumentaba conforme se sumaban al garrote las tazas de metal o cualquier otra cosa con lo que se pudiera golpear en los muros, en los alféizares de las ventanas, en los marcos de las puertas. Era como un coro carcelario, tan potente que las tejas de los tejados empezaban a resonar con aquel ritmo singular.

Acongojada de terror, Sarah no aflojó el paso, pero empezó a ver rostros sonrientes que expresaban asombro y maravilla. Hombres viejos que iban agachados a causa de las enfermedades, y mujeres enjutas, aquellas gentes que la Colonia había desechado la saludaban gritando con júbilo su nombre:

—¡Sarah!, ¡Sarah!, ¡Sarah!

Muchas bocas que gritaban al unísono, llenas de dientes rotos y renegridos. Caras sonrientes, rudas y algunas grotescas, pero todas con gesto que expresaba admiración e incluso cariño.

Se juntaban por toda la calle. Sarah no podía creerse la cantidad de gente que llegaba. Alguien (no vio quién) le puso en las manos una descolorida hoja de papel. La miró: era un tosco grabado en papel, el tipo de cosas que la prensa clandestina distribuía entre la gente de los Rookeries. Ya había visto anteriormente otros parecidos.

Sin embargo, aquel hizo que a Sarah el corazón le diera un vuelco. La imagen más grande, en el centro de la hoja, era un retrato suyo, con unos años menos de los que ahora tenía, aunque vestida con ropa casi idéntica. En el grabado, su cara tenía una expresión asustada, y miraba a un lado con gesto melodramático, como si fuera perseguida. El parecido era bastante notable, así que no era nada extraño que la hubieran reconocido, entre eso y los rumores que probablemente se hubieran propagado desde la Colonia de que los styx la habían traído de vuelta. Había otros cuatro grabados, más pequeños, uno en cada esquina, enmarcados en el dibujo de parecidos marcos redondos y estilizados, pero no había tiempo de examinarlos.

Dobló el papel y tomó aliento. Aparentemente, no había nada que temer, no había ninguna amenaza, así que levantó la cabeza, echándose el pañuelo a la espalda, mientras seguía caminando, entre una multitud que abarrotaba cada lado de la calle. No los reconocía, ni miraba a derecha ni izquierda, pero seguía caminando mientras el clamor se hacía aún más tumultuoso. Los silbidos de admiración, los hurras y la salmodia de «¡Sarah!, ¡Sarah!, ¡Sarah!» llegaban hasta el techo rocoso de la caverna, y el eco regresaba hasta el suelo y se mezclaba con el tumulto que surgía a su alrededor.

Sarah llegó hasta el estrecho pasaje que conducía al otro lado de los Rookeries. Sin mirar atrás, entró, dejando tras ella a la muchedumbre. Pero sus gritos seguían resonándole en los oídos, igual que el ritmo de los objetos que golpeaban contra las vigas y las paredes.

Al salir a la calle más importante, donde se levantaban las casas de colonos más ricos, Sarah se detuvo, intentando poner en orden sus pensamientos. Se sentía mareada sólo con intentar comprender lo que acababa de ocurrir. No podía creerse que toda aquella gente, a quien nunca había visto, la hubiera reconocido y le hubiera otorgado su admiración. Al fin y al cabo, ellos eran los habitantes de los Rookeries, los que ni respetaban ni admiraban a nadie fuera de los límites de su barrio. No era su forma habitual de proceder. Antes de aquello, no había tenido ni el más leve presentimiento de que pudiera ser famosa.

Acordándose de la hoja de papel que seguía en su mano, la abrió y empezó a examinarla. El propio papel era tosco y tenía los bordes raídos, pero no notó esto cuando sus ojos leyeron su propio nombre, que aparecía en la cabecera de la hoja, escrito en letras muy adornadas en el interior de una cartela que ondeaba como una bandera al viento.

Y allí estaba ella, en un retrato tan claro como el día, en medio de la hoja. El artista había hecho un buen trabajo y el resultado se parecía mucho a ella. Alrededor de su retrato, una niebla estilizada y tenue, que tal vez quisiera representar la oscuridad, formaba un marco ovalado, y en las cuatro esquinas de la hoja estaban las cuatro imágenes en redondo que no había podido mirar antes.

Estaban tan logradas como el retrato principal; una la mostraba inclinada sobre la cuna de su bebé, con las lágrimas brillándole en el rostro. Al fondo se veía una figura en sombra, que ella supuso que sería su esposo; estaba de pie, cerca de la cuna, en la misma posición en que había aguardado la muerte de su hijo.

El siguiente círculo la mostraba con sus dos hijos, saliendo a hurtadillas de la casa, y otra la mostraba en un túnel semiiluminado, luchando valerosamente con un colono. La última mostraba a un gran grupo de styx armados con hoces que le pisaban los talones a una figura con falda que corría por un túnel intentando escapar de ellos. Allí el artista se había tomado ciertas licencias, porque la cosa no había ocurrido así realmente, pero era una buena manera de explicar que Sarah había huido desesperadamente de los styx. Respondiendo a un impulso instintivo, Sarah estrujó la hoja: estaba estrictamente prohibido mostrar ningún tipo de imágenes de los styx, sólo en los Rookeries se podían atrever a semejante cosa.

No le entraba en la cabeza: allí aparecía su vida… ¡en cinco dibujos!

Seguía negando con la cabeza, sin podérselo creer, cuando oyó un suave crujir de cuero y levantó la mirada. Lo que vio la dejó paralizada.

Cuellos completamente blancos y largos gabanes negros que ondulaban a la luz de las farolas: eran styx. Era una gran patrulla, tal vez dos docenas. La estaban mirando, quietos y en silencio, formados en una fila irregular en el lado opuesto de la calle. La escena recordaba una vieja fotografía del salvaje Oeste: una partida de jinetes en torno al *sheriff* antes de salir en busca de un forajido. Pero en aquella foto, el *sheriff* no era lo que uno se hubiera esperado.

Sarah vio que, en el centro de la fila de delante, daba un paso al frente una styx más pequeña. Reconoció inmediatamente a Rebecca. Allí, orgullosa y dominante delante de sus hombres, no parecía haber nada que transmitiera una sensación tal de fuerza y poderío como ella. ¡Pero si Rebecca no era más que una niña!

¿Quién demonios era realmente? Sarah pensó en ello, y no por primera vez. ¿Se trataba de un miembro de la legendaria clase dominante de los styx? Ninguna persona normal de la Colonia había llegado nunca lo bastante alto como para descubrir si era verdad que existía esa clase dominante. Pero si Sarah quería una prueba de esa existencia, la tenía allí, ante sus ojos. Quienquiera que fuera, tenía que estar justo allí, en la mismísima cúspide de la sociedad, y nacida para mandar.

Rebecca hizo con la mano un leve gesto en el aire que indicaba a los styx que permanecieran donde estaban. Mientras continuaba la salmodia, apagada ya en los límites de los Rookeries, en su rostro se dibujó una sonrisa ligeramente divertida. Se cruzó de brazos como una señorita y miró con recelo a Sarah.

—Esto es lo que se dice el recibimiento a un héroe —le dijo dando unos golpes con el pie en el empedrado—. ¿Cómo se siente una siendo tan importante? —añadió en tono amargo.

Nerviosa, Sarah elevó un poco los hombros, consciente de todas las negras pupilas de los styx que apuntaban hacia ella.

—Bueno, espero que lo aproveches, porque los Rookeries, con toda la basura que contienen, no serán más que un mal recuerdo dentro de unos días —gruñó Rebecca—. Fuera lo viejo, que dicen.

Sarah no sabía muy bien cómo reaccionar ante aquellas palabras. ¿Se trataba tan sólo de una amenaza vacía, provocada por el enojo que sentía Rebecca al descubrir que ella se había atrevido a abandonar el complejo styx para aventurarse en los Rookeries?

En algún lugar distante empezó a repicar una campana.

—Ya basta —anunció la chica—. Se nos hace tarde. —Chasqueó los dedos y los styx se pusieron en movimiento—. No nos entretengamos más, tenemos un tren que coger.

24

—La plaza de los Palos de la Cruz —dijo Drake mirando la señal que había junto a la grieta del suelo, en forma de ranura de buzón. Will calculaba que habían andado a marchas forzadas unas diez horas, con frecuentes trozos que habían ido corriendo para alcanzar el lugar donde hasta ese momento había tenido la certeza de que había muerto Cal. Tanto él como Chester estaban completamente agotados, pero imbuidos de una frágil esperanza.

A propuesta de Drake, habían parado por el camino un par de veces para descansar, pero nadie había hablado mientras bebían agua y mascaban unos palos salados de sabor indescriptible que el taciturno hombre había sacado de una bolsa.

Mientras corrían, sin otra guía que la apenas visible lamparilla de minero de Drake, Elliott había ido todo el tiempo detrás de ellos, en la sombra, imposible de ver. Pero ahora se encontraba con ellos, mientras Drake permanecía casi al borde del agujero en forma de ranura de buzón, un lugar aterrador que Will había esperado no volver a ver nunca en su vida, una puerta abierta al mundo de la muerte.

Drake desabrochó la hebilla y dejó a un lado el cinturón con todo el equipo que colgaba de él, mientras Elliott le tendía una mascarilla que él se colocó sobre la boca y la nariz.

—Esto es un regalo que me hizo un Limitador muerto —dijo sonriendo secamente a los muchachos. A continuación comprobó que la extraña lente que llevaba en un ojo estuviera correctamente colocada.

—Quiero ayudar —declaró Will—. Voy con usted.

—No, lo siento.

—Cal es mi hermano. Era responsabilidad mía.

—Eso no tiene nada que ver. Tú te quedarás vigilando con Elliott. Hemos mandado al carajo todas las normas al venir aquí, y no quiero que me pillen en la trampa de azúcar. —Señaló a Chester—: Éste es el más fuerte de los dos, así que él vendrá conmigo.

—Claro —asintió el chico con entusiasmo.

Elliott le dio a Will un golpecito en el hombro. Estaba tan cerca de él, que el muchacho se quedó desconcertado. Ella señaló la peña que había tras la grieta del suelo.

—Colócate a aquel lado —le susurró—. Si ves algo, no grites, basta con que me lo digas. ¿Entendido?

Iba a entregarle uno de los pequeños cilindros de metal que había llevado Drake, pero éste lo vio y le dijo:

—No, Elliott; todavía no sabe cómo usarlo. Si fuera necesario, es mejor que echéis a correr para que os persigan y se alejen de aquí. En ese caso, nos reagruparíamos en el punto de emergencia. ¿De acuerdo?

—De acuerdo. ¡Buena suerte! —dijo ella sonriendo bajo su *shemagh* mientras le volvía a coger el cilindro al desconcertado Will y se lo metía de nuevo dentro de la chaqueta.

—Gracias —dijo Drake avanzando hacia la abertura. Saltó dentro, seguido de cerca por Chester.

Cuando se metieron por el agujero, Will se agachó contra las rocas, mirando en la oscuridad. Pasaron varios minutos.

—¡Pssst!

Era Elliott.

Will miró a su alrededor, pero no consiguió verla.

—¡Pssst! —volvió a escuchar, esta vez más fuerte.

Estaba a punto de llamarla cuando apareció justo detrás de él, como si hubiera bajado del cielo. Comprendió de inmediato que ella había estado sobre la peña.

—Algo se mueve por allí —susurró ella señalando un punto en la oscuridad—. Está muy lejos, así que no hay motivo para alarmarse. Pero mantén los ojos bien abiertos.

Y volvió a irse antes de que Will pudiera preguntarle qué era lo que había visto exactamente. Escudriñó en la dirección en que ella le había indicado, pero no vio nada en absoluto.

Varios minutos después, se oyó un estruendo distante que llegó por la llanura. No hubo ningún destello, pero Will estaba seguro de que había notado en la cara la onda expansiva, una leve vaharada de aire caliente que no tenía nada que ver con la brisa que soplaba de manera constante. Se incorporó, y Elliott se presentó al instante detrás de él.

—Lo que me imaginaba —le susurró al oído—. Son los Limitadores, que están volando otro asentamiento coprolita.

—Pero ¿por qué lo hacen?

—Drake piensa que tal vez tú nos lo puedas decir.

Por la abertura de la *shemagh*, Will vio el brillo de sus vivos ojos castaños.

—Pues no —respondió el chico dubitativo—. ¿Por qué iba a saberlo yo?

—Porque toda esta caza de nuestros amigos, y de los coprolitas que se han relacionado con nosotros, comenzó cuando aparecisteis vosotros. Tal vez no sea casualidad. ¿Qué habéis hecho para poner así a los styx?

—Yo... yo... —balbuceó Will, asustado ante la idea de tener algo de culpa en los actos de los styx.

—Bueno, hicierais lo que hicierais, a los styx no se les va a olvidar. Me gustaría saberlo. —Apartó los ojos de él—. Sigue atento —dijo saltando como un gato sobre la inclinada peña, manteniendo en equilibrio el enorme rifle que llevaba en el brazo.

A Will una idea le empezó a zumbar en la mente: ¿tendría razón ella? ¿Era posible que hubiera acarreado la ira de los styx contra los renegados y los coprolitas? ¿Sería responsable de todo aquello de alguna manera?

¡Rebecca!

El recuerdo de aquella que en otro tiempo fue su hermana le provocó una especie de asfixia. ¿Sería posible que Rebecca siguiera buscando venganza? Su malvada influencia parecía seguirlo adondequiera que iba, deslizándose tras él como una serpiente venenosa. ¿Se encontraría ella detrás de aquellos sucesos? No, no podía ser. Era todo demasiado descabellado, intentó decirse a sí mismo.

Volvió a pensar en el momento en que él y Chester habían entrado en el mundo subterráneo, a través de una de las cámaras estancas por la que habían llegado al Barrio, y habían desencadenado una serie de acontecimientos sobre los que no había tenido ningún control. Después, con mucho dolor, empezó a pensar en todas las vidas que habían cambiado para peor por su culpa.

Para empezar, la de Chester, al que había metido en todo aquel embrollo porque, con la bondad de su corazón, se había prestado a ayudarle a buscar a su padre. Después estaba la de Tam, que había muerto defendiéndolo en la Ciudad Eterna. Y no podía olvidar a los amigos de Tam: Imago, Jack y los otros, cuyos nombres no recordaba en ese momento: seguramente todos ellos estarían escondidos, huyendo de los styx. Todo por su culpa; todo eso constituía una carga demasiado pesada para poder soportarla.

«No —trataba de convencerse—, todo esto no puede ser culpa mía. No puede ser culpa mía.»

Unos minutos después, Will notó que algo ocurría en la ranura del buzón, y vio salir a Drake corriendo, con aquellas partículas blancas por toda la cabeza y los hombros, como si le hubieran echado confeti. Llevaba consigo el cuerpo flácido de Cal. Chester subía detrás.

El hombre se detuvo por un brevísimo instante para sacudir la mascarilla, y reemprendió de inmediato su furiosa carrera, dirigiéndose recto hacia el canal.

—¡Vamos! —le dijo Elliott a Will mientras él miraba, abobado.

El grupo fue detrás de Drake, cuya alta silueta llevaba el cuerpo en brazos, dejando atrás la estela de partículas en remolino. Pero no se detuvo al llegar al canal: se tiró desde la orilla al agua oscura, salpicando a gran distancia. El agua lo rodeó hasta que ambos, Cal y él, quedaron completamente sumergidos.

Will y Chester se quedaron de pie en la orilla, mirando, sin entender lo que sucedía. Cuando las aguas empezaron a serenarse, sólo se veía un reguero de burbujas de aire que marcaban el lugar donde había saltado Drake. Will miró a Chester.

—¿Qué hace?

—Ni idea —dijo Chester encogiéndose de hombros.

—¿Has visto a Cal?

—La verdad es que no muy bien —respondió el chico.

La superficie del agua se agitaba ligeramente con un vaivén originado en el movimiento que tenía lugar bastante más abajo. Unas pequeñas ondas se extendieron a partir de la turbulencia, y después la superficie volvió a serenarse. Pasaba el tiempo y Will empezó a pensar que algo iba mal.

Mirando al canal, aún sin comprender, Chester dijo con voz descorazonada:

—A mí me pareció que estaba completamente muerto, pero apenas lo vi.

—¿No entraste en la caverna?

—Drake me hizo esperar fuera. Entró muy despacio… Supongo que intentaba evitar que salieran esas cosas. Pero después salió corriendo…

Se calló cuando la cabeza de Drake afloró a la superficie. El hombre surgió y respiró varias veces profundamente. No veían el cuerpo de Cal porque Drake lo mantenía aún por debajo de la superficie. Entonces dio unas cuantas brazadas con un solo brazo para acercarse a la orilla y se sujetó al borde de piedra, que se desmoronó ligeramente bajo su mano. Levantó a Cal del agua hasta que quedó visible la mitad de su cuerpo, y después lo sacudió rudamente. La cabeza del niño iba de un lado a otro como si fuera a desprenderse de los hombros. Después Drake se detuvo y dejó quieto a Cal para mirarle la cara.

—Enfocadle con las lámparas —les dijo.

Will y Chester hicieron de inmediato lo que él les mandaba. El rostro de Cal tenía un aspecto horrible: era de un color azul, cadavérico, lleno de manchas blancas. No parecía haber el más leve indicio de vida. Nada. Will empezaba a desesperarse, pensando que todo aquello era una pérdida de tiempo. Su hermano estaba muerto y nadie podía hacer nada para cambiar la realidad.

Entonces Drake volvió a sacudir al niño y le dio bofetadas en la cara.

Tanto Will como Chester oyeron un jadeo.

La cabeza de Cal se movió. Respiró ligeramente, y después, de manera muy débil, tosió.

—¡Gracias a Dios, gracias a Dios! —repetía Chester una y otra vez. Will y él se miraron uno al otro, con los ojos desorbitados, sin podérselo creer. Will se limitaba a mover la cabeza hacia los lados, negando. Estaba anonadado. Hasta ese momento, no se había atrevido a albergar ninguna esperanza, y aquello que veía sobrepasaba cualquier desbocado deseo que hubiera podido concebir: ante sus propios ojos, su hermano parecía volver de la muerte.

Cal volvió a respirar dos veces con dificultad; después, de nuevo, tosió, ya con más fuerza. Y a partir de ahí siguió tosiendo sin parar, emitiendo ruidos broncos, como si no pudiera meter suficiente aire en los pulmones. Agitó la cabeza de un lado a otro, espasmódicamente, y terminó vomitando hasta las entrañas.

—¡Vamos, chaval, muy bien! —dijo Drake sosteniéndolo—. ¡Eso es!

El hombre se colocó de manera adecuada para poder izar a Cal tan alto como pudo.

—Cogedlo —les dijo. Will y Chester lo agarraron por debajo de los brazos y, tras sacarlo del canal, lo depositaron en la orilla.

—¡No, no lo acostéis! —dijo Elliott—. Mantenedlo de pie. Quitadle la camisa y hacedle andar, que no pare de moverse. Eso le ayudará a echar fuera el veneno.

Al quitarle la camisa pudieron contemplar la piel azulada de Cal. Tenía el cuerpo acribillado de heridas blancas, prominentes. Los ojos los tenía abiertos y muy enrojecidos, y la boca se le movía sin articular palabra. Uno a cada lado, le hicieron caminar en círculos pequeños. La cabeza se le movía hacia todos lados, pero era incapaz de arrastrar un pie por sí mismo.

Drake había salido del canal y estaba en la orilla, en cuclillas, mientras Elliott observaba el horizonte por la mira del rifle.

Pero los esfuerzos de Will y Chester no parecían suficientes. Al cabo de un rato, los ojos de Cal se cerraron y su boca dejó de moverse, mientras volvía a sumirse en la inconsciencia.

—¡Alto! —dijo Drake, poniéndose en pie. Se acercó a los chicos y, sujetando la cabeza del niño con una mano, con la otra le dio bofetadas sin compasión. Lo hizo una y otra vez. A Will le pareció que el color azul de las mejillas empezaba a remitir.

Las cejas de Cal comenzaron a moverse convulsivamente, y Drake se detuvo mirando su cara con detenimiento.

—Lo hemos recuperado justo a tiempo. Un poco más y los narcóticos habrían acabado con él, y las esporas habrían empezado a arraigar —explicó Drake—. Con el tiempo se habrían alimentado de él, usándolo como una especie de abono humano.

—¿Esporas? —preguntó Will.

—Sí, esto. —Con el pulgar, Drake frotó con fuerza una de las heridas blancas del cuello. Un poco de aquella blancura se desprendió para dejar al descubierto una piel azul aún más brillante, que rezumaba unas minúsculas gotitas de sangre, como si hubiera sido raspada—. Germinan como éstas, y echan una especie de raíces que crecen en la carne de la víctima, absorbiendo todos los nutrientes de sus tejidos vivos.

—Pero se pondrá bien, ¿no? —se apresuró a preguntarle Will.

—Ha pasado ahí mucho tiempo —respondió Drake encogiéndose de hombros—. Pero recordad, si sois lo bastante tontos para tropezar dos veces en la misma piedra y os volvéis a meter en una trampa de azúcar, tenéis que despertar a la víctima con un buen golpe. El sistema nervioso se va apagando, y necesita un buen choque emocional para volver a reactivarse. Una manera de hacerlo es meterlo bajo el agua: hay que ahogarlos para salvarlos.

Cal parecía volver a desvanecerse, así que Drake volvió a darle bofetadas tan fuertes que el ruido le hacía daño a Will en los oídos. Entonces, de pronto, el niño echó atrás la cabeza. Aspiró hondo y a continuación lanzó los gritos más espantosos que puedan imaginarse. Will y Chester se estremecieron. Eran gritos sobrehumanos, como de una bestia, gritos que reverberaron en el desierto de polvo que los rodeaba. Pero a Will y Chester les dieron esperanzas, como si se tratara del primer llanto de un recién nacido. Drake le cogió las manos.

—Eso es; ahora volved a hacerle caminar.

Continuaron describiendo círculos sin fin y, poco a poco, el muchacho pareció volver a la vida. Comenzó a caminar con ellos, al principio con movimientos levísimos, apenas una indicación de que pretendía dar un paso, y luego con pasos mayores aunque descontrolados, mientras la cabeza se le caía sobre los hombros como a un borracho.

—Ven a ver esto, Drake —le llamó Elliott, ajustando la mira de su largo rifle.

El hombre se fue inmediatamente junto a ella, y le cogió el rifle. Observó por la mira.

—Sí, ya lo veo… Es muy extraño…

—¿Qué te parece? —le preguntó ella—. Desde luego, levantan un montón de polvo.

Drake bajó el rifle y la miró con desconcierto:

—Son styx… ¡a caballo!

—¡No! —respondió ella sin podérselo creer.

—Han visto nuestra luz —dijo Drake devolviéndole el arma—. No podemos seguir aquí. —Se fue a grandes zancadas hasta Will y Chester—. Lo siento, chavales, no tenemos tiempo para comer ni para descansar. Yo cargaré con vuestras cosas, pero vosotros tenéis que llevar al paciente.

Se colgó a los hombros las dos mochilas, y se puso en marcha sin perder un instante.

Will y Chester llevaban a Cal entre los dos. Will lo cogía por las axilas mientras Chester lo sujetaba por las piernas. Iban casi corriendo, y para guiarse utilizaban sólo la débil luz de la lamparilla de Drake.

—No podrán seguirnos a caballo por los tubos de lava —les dijo en voz baja—. Pero aún nos queda mucho para salir del peligro. ¡Hay que darse prisa!

—Esto me hace polvo —gimió Will al volver a tropezar contra una piedra. Tambaleándose, logró a duras penas no soltar a su hermano—. ¡Pesa una tonelada!

—¡Aguanta! —le dijo Drake—. ¡No pierdas el ritmo!

El sudor les caía a chorro a Chester y a él. Estaban sufriendo las consecuencias del cansancio y la falta de comida. Will tenía en la boca un sabor desagradable, como si su cuerpo estuviera acabando con las últimas reservas. Se empezaba a marear, y se preguntaba si Chester lo estaría pasando tan mal como él. No facilitaba las cosas el hecho de que Cal no parara de moverse y de contorsionarse. Evidentemente, no tenía ni idea de lo que ocurría, y trataba de desembarazarse de ellos.

Al fin llegaron al perímetro de la Llanura Grande. Tanto Will como Chester tenían deseos de dejarse caer porque las piernas no los sostenían. Entraron en un sinuoso tubo de lava y, al doblar un recodo, Drake se volvió hacia ellos.

—Esperad un segundo —les mandó, y se quitó del hombro una de las mochilas—. Bebed un poco de agua. Hemos dejado la llanura antes de lo que deberíamos… De esta forma es más seguro, pero la vuelta se nos hará más larga.

Agradecidos, se dejaron caer en el suelo, con Cal en medio de los dos.

—Elliott, prepara un par de cables trampa —dijo Drake.

La chica surgió de la nada ante el débil haz de luz de la lamparilla de Drake y se agachó para colocar algo junto a la pared de piedra. Era un cilindro pequeño y grueso, más pequeño que una lata de alubias cocidas y de color marrón apagado. Lo sujetó bien a una roca por medio de una correa, y después tendió de un lado a otro del túnel un cable tirante, tan fino que Will y Chester apenas conseguían verlo. Sujetó el cable a un saliente del lado opuesto, y tiró suavemente de él con los dedos. Sonó como la cuerda de una guitarra.

—Perfecto —susurró, volviendo a donde había puesto el cilindro. Se tendió allí delante, extrajo de él, con mucho cuidado, un pequeño gancho y se levantó—. Ya está —dijo en voz baja.

Drake se volvió hacia los chicos.

—Ahora tenemos que avanzar un poco para que Elliott pueda poner el segundo cable —ordenó recogiendo la mochila.

Will y Chester se pusieron en pie lentamente y volvieron a levantar a Cal. Para entonces, éste había empezado a emitir sonidos extraños, absurdos, a gruñir y a gañir, intercalando entre aquellos sonidos alguna palabra apenas reconocible como «hambre» y «sed». Pero ninguno de los dos tenía en aquel momento fuerzas ni tiempo para preocuparse de eso. Lo desplazaron unos cientos de metros y volvieron a detenerse cuando lo hizo Drake.

—¡No, no os sentéis! —les dijo.

Así que permanecieron en pie mientras Elliott colocaba otro cable trampa, como los llamaba Drake.

—¿Para qué sirven? —preguntó Will apoyándose contra la pared del tubo de lava y resoplando, mientras él y Chester observaban a Elliott repetir el proceso.

—Estallan —explicó Drake—. Son explosivos.

—Pero ¿por qué se necesitan dos?

—El primero está retardado, para que los Cuellos Blancos lo activen; cuando llegan al segundo, estalla el primero, y entonces quedan atrapados en un pequeño tramo del túnel. Bueno, por lo menos ésa es la idea.

—Muy inteligente —dijo Will impresionado.

—En realidad —siguió Drake, inclinándose hacia él—, solemos poner dos o más porque esos cerdos tienen un ojo increíble para descubrirlos.

—¡Ah, vale! —murmuró el chico, algo decepcionado.

A Will le pareció que habían cubierto unos cuantos kilómetros cuando oyeron sucederse rápidamente las descargas, como palmadas de gigante. A continuación, unos segundos después, notaron una ráfaga de aire caliente en el cuello empapado de sudor. Drake no perdió ni un segundo, y continuó a una marcha que ellos encontraban difícil de seguir. Cada vez que se demoraban, él les soltaba un gruñido amenazador. En aquellos momentos, Will sujetaba a Cal por un brazo, mientras el otro colgaba flácido y le pegaba en ocasiones en las espinillas.

Fueron recorriendo un tubo tras otro, girando, subiendo y bajando, unas veces agachándose para entrar por estrechas cavidades y otras veces caminando por cavernas parcialmente sumergidas en el agua, en las cuales resonaba el eco de cada sonido. Por aquellas cavernas se veían forzados a levantar a Cal como podían casi hasta la altura de los hombros para que la cabeza no se le quedara bajo el agua.

El muchacho parecía ir recobrando las fuerzas, pero a medida que las recobraba se hacía más difícil de transportar, porque se retorcía y se revolvía contra ellos. En ocasiones, resultaba tan arduo de manejar que se les caía al suelo. Una de las veces, tanto Will como Chester estaban demasiado agotados para seguir soportándolo, y se les resbaló hasta el suelo empapado. El golpe que se llevó fue morrocotudo. Mientras lo recogían, Cal iba profiriendo una serie de insultos y maldiciones guturales del todo incomprensibles.

—«¡Oiz udos ditos firks!»

—«¡Oiz uns snecken thripps!»

Aquellas irreconocibles maldiciones, combinadas con su inútil furia, resultaban tan cómicas que Will no pudo reprimir una risotada que contagió a Chester, que empezó a reírse a su vez, lo cual provocó que Cal siguiera con aquellos improperios, lanzándolos a un ritmo aún mayor mientras se agitaba violentamente. El enorme cansancio de los muchachos y el alivio que sentían ante el hecho de que Cal estuviera vivo se combinaban para hacerlos sentirse algo alegres, aturdidos y eufóricos a un tiempo.

—Mmm… me parece que eso no me lo había llamado nadie hasta ahora —comentó Chester, jadeando por el esfuerzo—. «¿Snecken thripps?» —repitió, pronunciando cuidadosamente las palabras.

—Pues mira, ahora que lo mencionas —se burló Will—, te tengo que confesar que siempre había pensado que eras un poco thripp.

Se desternillaron de risa, y como evidentemente Cal podía oír todo lo que decían, empezó a agitar los brazos con más furia que antes.

—¡Cruts idos fe buza! —bramó con voz ronca, antes de sufrir un ataque de tos.

—¡Callad! —les gritó Drake entre dientes—. ¡O terminaréis revelando nuestra posición!

Cal volvió a callarse, no a causa de la reprimenda de Drake, sino porque comprendió que no iba a ganar nada insultando. En vez de eso, empezó a agarrar la pierna de su hermano con la intención de hacerle caer. El regocijo de Will se convirtió en irritación, y terminó sacudiéndole.

—¡Ya basta, Cal! —le dijo—. ¡O te dejaremos aquí para que recibas a los styx!

Finalmente, llegaron a la base. Como no habían pasado por el sumidero, Will comprendió que debían de haber llegado desde otra dirección. Subieron a Cal atándole la cuerda alrededor del pecho, y lo dejaron en una de las camas de la última estancia. Drake les dijo que le pusieran en la boca una esponja mojada. Cal tosió y resopló, y la mayor parte del agua se le cayó por la barbilla, pero logró beber un poco antes de dormirse profundamente.

—Chester, quédate cuidándolo. Will, ven conmigo.

Obediente, Will siguió a Drake por el pasillo. Estaba algo asustado, como si le hubieran dicho que se presentara en el despacho del director para recibir una regañina.

Entraron en una zona oscura y entonces, a través de una puerta de metal, pasaron a una estancia grande que estaba iluminada por una sola esfera luminosa colgada del centro del techo. La estancia tenía al menos treinta metros de largo, y de ancho sólo un poco menos. En un rincón había un par de literas hechas con gruesos trozos de hierro, y el equipamiento ocupaba hasta el último centímetro de las paredes. Era una especie de arsenal, y al echar un vistazo Will vio estantes con cantidades inmensas de aquellos extraños cilindros, como el que Elliott había intentado pasarle en la plaza de los Palos de la Cruz. También había trajes grises desinflados que Will reconoció como los mismos que llevaban los coprolitas, y toda clase de cinchas, rollos de cuerda y petates; todo colgaba en filas bien ordenadas.

Al seguir detrás de Drake, Will descubrió a Elliott por entre las dos literas. Le daba la espalda, y el chico vio que se había quitado la chaqueta y los pantalones y los estaba colocando en un armario de la pared. Llevaba puestos una camiseta de color marfil y unos pantalones cortos, y Will no pudo evitar fijarse en sus piernas delgadas y musculosas. Las tenía sucias y, como el rostro de Drake, parecían tener un impactante número de cicatrices, cuyo blanco brillaba frente al marrón rojizo del polvo que cubría cada centímetro de piel. Desconcertado de verla así, Will se quedó parado, pero entonces notó que Drake lo miraba a él atentamente.

—Siéntate —ordenó, indicando un lugar junto a la pared, mientras Elliott salía de entre las literas.

La chica tenía un rostro sorprendentemente femenino, con los pómulos altos y labios suaves y carnosos bajo una fina nariz. Will vio el destello de sus ojos oscuros en el instante en que le dirigieron a él una rápida mirada. Después Elliott bostezó y se pasó la mano por el pelo negro muy corto. Tenía los brazos y las muñecas tan menudos que a Will le costaba trabajo creer que estuviera mirando a la misma persona que cargaba con aquel largo rifle como si fuera una caña de bambú.

Su mirada se posó en la parte superior del brazo, en cuyo bíceps tenía una hendidura muy profunda. La piel que le cubría el hueco estaba llena de unos frunces rosados e irregulares, y la superficie era áspera, como si hubieran vertido dentro cera derretida. Lo primero que se le ocurrió pensar a Will fue que había recibido una mordedura, y de un animal de buen tamaño.

Pero todo cuanto notó en ella quedó empequeñecido por el hecho sorprendente de que, a los ojos de Will, ella parecía joven, tal vez tan sólo un poco mayor que él. Era lo último que habría esperado, dada su intimidante presencia allí fuera, en la Llanura Grande.

—¿Bien? —le preguntó Drake a Elliott, mientras volvía a bostezar y se rascaba el hombro distraída.

—Sí. Me voy a dar una ducha —contestó, yendo descalza hacia la puerta sin volver a mirar a Will, que se había quedado con la boca abierta.

Cuando Drake chasqueó los dedos delante de su cara para obtener su atención, el chico se dio cuenta de que se había quedado mirando boquiabierto a Elliott, y algo avergonzado, apartó los ojos de ella.

—Por aquí —dijo el hombre, esta vez de manera más contundente. Había dos robustos baúles de metal pegados a la pared, y se sentaron sobre ellos, uno enfrente del otro. Aunque Will no tenía las ideas muy claras ni bien organizadas en el cerebro, empezó a hablar.

—Yo... eh... quería darle las gracias por salvar a Cal. Estaba equivocado con respecto a usted y Elliott —confesó, y al decir el nombre de la chica, los ojos se le fueron de manera automática hacia la puerta, aunque ya hacía un rato que había salido.

—Ya. —Drake hizo un gesto con la mano, indicando que la cosa no tenía importancia—. Pero no es eso lo que me preocupa ahora. Está pasando algo, y me gustaría saber lo que sabes tú.

Will se quedó algo desconcertado, y miró al hombre con expresión de perplejidad.

—Ya has visto con tus propios ojos lo que están haciendo los styx. Matan a los renegados por docenas.

—Matan a los renegados —repitió Will, y tuvo un estremecimiento al recordar el episodio que había presenciado con Chester.

—Sí. Tengo que admitir que a algunos no me apena verlos irse, pero también estamos perdiendo a los amigos a velocidad de vértigo. En el pasado los styx nos dejaban bastante a nuestro aire, salvo cuando necesitaban una matanza para vengarse de algún trampero que se pasaba de la raya y se cargaba a algún Limitador. Pero ahora es diferente: nos están eliminando, y tengo la impresión de que los styx no se detendrán hasta que hayan matado al último de los nuestros.

—Pero ¿por qué matan también a los coprolitas? —preguntó Will.

—Para que entiendan que no deben comerciar con nosotros ni proporcionarnos ninguna ayuda. En cualquier caso, eso no es nada nuevo. Los Cuellos Blancos hacen purgas periódicas entre los coprolitas para mantener su población por debajo de cierto número —explicó Drake frotándose las sienes como si el asunto le preocupara profundamente.

—¿Qué quiere decir con «purgas»? —preguntó Will sin comprender.

—Matanzas al por mayor —contestó Drake duramente.

—¡Ah! —musitó el chico.

—Está claro que los styx traman algo. Los Limitadores aparecen a montones, debe de haber bastantes para formar un batallón, y por lo que hemos estado viendo, en el Tren de los Mineros llegan cuellos blancos de alto rango casi cada día. —Drake frunció el ceño—. También sabemos por alguien que es de fiar que los científicos bajan aquí a hacer experimentos con seres humanos. Se dice que han establecido una zona de pruebas, aunque yo todavía no la he localizado. ¿Esto no te dice nada? —Se detuvo para examinar a Will con sus ojos sorprendentemente azules—. ¿No sabes nada sobre este asunto? —le preguntó.

El muchacho negó con la cabeza.

—Bueno, entonces necesito saber exactamente todo lo que tú sepas. ¿Quiénes sois vosotros?

—Eh… vale —respondió Will sin saber por dónde empezar, ni cuánto quería oír Drake realmente. Se sentía exhausto y le dolía hasta el último músculo de su cuerpo por haber cargado a Cal, pero estaba dispuesto a ayudar a Drake en todo lo que pudiera. Así que empezó a contar con cierto detalle. El hombre lo interrumpía de vez en cuando con alguna pregunta, sus modales se iban dulcificando y se volvía más cordial a medida que Will contaba su historia.

Contó cómo su padre adoptivo, el doctor Burrows, se había empezado a fijar en un grupo de personas extrañas que abundaban de pronto por Highfield, y cómo había comenzado a investigar quiénes eran, lo que le había llevado a excavar un túnel por el que había terminado llegando a la Colonia. Después explicó cómo su padre había cogido voluntariamente el Tren de los Mineros. Al llegar a este punto, tragó saliva con dificultad.

—Mi padre está ahora por aquí abajo, en alguna parte. ¿Usted no lo ha visto? —se apresuró a preguntar.

—No, yo no. —Drake levantó la mano, como tratando de tranquilizar al muchacho—. Pero, y no quiero darte esperanzas, hace poco he hablado con un trampero... —Se quedó dudando.

—¿Y...? —preguntó Will muy ansioso, apremiándole a que continuara.

—A él le había dicho un pajarito que había un forastero merodeando por uno de los asentamientos. Por lo visto, no es ni colono ni styx... y lleva gafas...

—¿Sí? —Will se inclinó hacia delante, expectante.

—Y toma notas en un libro.

—¡Es mi padre! ¡Tiene que ser él! —prorrumpió el chico, riendo de alegría—. ¡Tienes que llevarme hasta él!

—No puedo —replicó Drake tajantemente.

La euforia de Will se transformó en exasperación.

—¿Qué quiere decir? ¿Cómo que no puede? ¡Tiene que hacerlo! —le imploró Will, y de pronto la sensación de impotencia lo dominó y se puso en pie—. ¡Es mi padre! ¡Tiene que mostrarme dónde está!

—Siéntate —ordenó Drake con toda rotundidad.

El muchacho no se movió.

—He dicho que te sientes... y tranquilízate para que pueda terminar de decir lo que estaba diciendo.

Muy despacio, Will volvió a sentarse en el baúl, jadeando a causa de la emoción.

—Ya te dije que no quería infundirte esperanzas. El trampero no me dio detalles sobre dónde estaba ese hombre, y las Profundidades son muy grandes. Además, ante la actividad que están desplegando los Cuellos Blancos, los coprolitas están abandonando sus asentamientos. Así que es probable que él haya levantado el vuelo y se haya marchado con ellos también.

Will se quedó callado por un instante.

—Pero si se trata de mi padre, ¿quiere decir que está bien? —preguntó al final, buscando confirmación en los ojos de Drake—. ¿Cree que se encontrará bien?

El hombre se frotó la barbilla, pensativo.

—Mientras no se tropiece con un pelotón de ejecución de los styx...

—¡Ah, gracias a Dios! —dijo Will, cerrando por un momento los ojos.

Aunque Drake no pudiera indicarle dónde se encontraba su padre, la información de que se encontraba vivo le reconfortó tanto que recobró energías.

Se lanzó a contar su propia historia: cómo, tras la desaparición de su padre, él había recabado la ayuda de Chester; cómo habían llegado a la Colonia; cómo los habían capturado y los terribles interrogatorios a que los habían sometido los styx. Después narró su primer encuentro con su hermano y con su padre auténticos, y la revelación de que había sido adoptado y que sus padres adoptivos nunca le habían hablado de ello. Cuando mencionó a su madre real, y que era la única persona que había logrado escapar de las garras de la Colonia y se encontraba viva, Drake le interrumpió de golpe:

—¿Su nombre? ¿Cómo se llama?

—Eh... Jerome. Sarah Jerome.

Drake aspiró con fuerza y, durante el instante de silencio que siguió, Will percibió con toda seguridad una transformación en sus penetrantes ojos. De pronto, Drake lo miraba de manera diferente, como a una persona distinta.

—Conque tú eres su hijo —dijo enderezando la espalda—. El hijo de Sarah Jerome...

—Sí —confirmó Will, sorprendido de la reacción del hombre—. Y Cal también —añadió entre dientes.

—Y tu madre tiene un hermano.

Will no hubiera podido decir si eso era una pregunta o una afirmación.

—Sí, lo tenía —respondió—. Mi tío Tam.

—Tam Macaulay.

Will asintió, impresionado de que Drake conociera su apellido.

—¿Ha oído hablar de él?

—Es famoso. No está nada bien visto entre los que mandan en la Colonia... Lo consideran un gamberro —respondió Drake—. Pero ¿has dicho que lo tenía? ¿Ya no lo tiene? ¿Qué le ha ocurrido?

—Murió para salvarnos a Cal y a mí de los styx —respondió Will con tristeza. Mientras Drake lo escuchaba con el ceño fruncido, el chico siguió contando todo cuanto sabía sobre Rebecca, y cómo Tam había luchado contra su padre y lo había matado.

Drake lanzó un silbido.

—Desde luego, te has guardado lo mejor para el final —dijo mirando detenidamente a Will por un instante—. O sea que —continuó con voz reflexiva— habéis mandado a criar malvas a alguien que estaba en la cúspide de la jerarquía de los styx, y... —se quedó en silencio por un brevísimo instante— ahora quieren tu cabeza servida en una fuente.

Ante aquel comentario, Will se quedó anonadado y no supo cómo responder.

—Pero... —empezó, y continuó con un resoplido.

Drake lo interrumpió:

—Es imposible que te dejen en paz. Así como Sarah es una especie de emblema, una heroína para los insurgentes de la Colonia, a ti te verán de manera parecida.

—¿A mí? —preguntó Will, tragando saliva.

—Claro —afirmó Drake—. Deberías llevar puesta una advertencia sanitaria.

—¿Qué quiere decir?

—Quiero decir que será extremadamente peligroso estar cerca de ti, amigo mío —le dijo al pasmado muchacho recalcando cada palabra—. Puede que ésa sea otra razón de que la llanura esté infestada de Limitadores. —Entonces, imbuido en sus pensamientos, Drake apoyó los codos en las rodillas y se echó hacia delante, como estudiando el suelo—. Esto le otorga a todo un matiz diferente.

—¿Por qué? No, no puede ser que todo esto sea por mí —protestó Will con vehemencia—. Usted sabe cómo están las cosas en la Colonia…

—No, no lo sé —refutó Drake con ferocidad, levantando la cabeza de repente—. Hace bastante que no piso por allí.

—Pero ¿por qué me persiguen todavía? ¿Qué puedo hacerles yo?

—No se trata de eso. Tú pretendes no tener nada que ver con ellos e irte. —Drake soltó un bufido—. Pero con los styx no va eso del «vive y deja vivir».

—Pero ha dicho que están llegando aquí todos los styx importantes. No van a venir sólo por mí, ¿no?

—No, eso es verdad… —Drake entrecerró los ojos, asintiendo vagamente—. Puede que quieran eliminarte, pero con todos los mandamases que aparecen por aquí, está claro que se traen entre manos algo gordo. Y sea lo que sea, es evidente que para ellos se trata de algo muy importante.

—¿Y de qué cree que se trata? —preguntó Will.

El hombre se limitó a negar con la cabeza, sin ofrecer ninguna respuesta.

—¿Puedo preguntarle algo? —aventuró Will, dándole vueltas todavía a la cabeza.

Drake asintió.

—Eeeh… Chester piensa que usted es un guerrillero. ¿Lo es?

—No, nada de eso. Soy un Ser de la Superficie, igual que tú.

—¡Bromea…! —exclamó Will—. ¿Cómo es que…?

—Es una larga historia. Tal vez en otro momento —respondió Drake—. ¿Hay algo más que quieras saber?

Will se armó de valor para hacer una pregunta que llevaba un rato rondándole por la cabeza

—¿Por qué…? —empezó, pero titubeó al pensar si no estaría sobrepasándose.

—Vamos —invitó Drake, doblando el brazo.

—¿Por qué… por qué salvó a Cal? ¿Por qué nos ayuda?

—Esa piedra que llevas… —se zafó Drake, evitando dar una respuesta.

—¿Esto? —preguntó Will, tocando el jade verde que le colgaba del cuello.

—Sí, ¿de dónde lo has sacado?

—Me lo dio Tam. —Will contempló el colgante, tocando con las yemas de los dedos las tres líneas ligeramente convergentes talladas en su pulida superficie—. ¿Es algo importante?

—Hay leyendas que hablan de una raza fabulosa que habita al fondo del Poro. Se dice que son casi tan viejos como la propia Tierra. He visto ese símbolo muchas veces… Figura en las ruinas de sus templos. —Drake observó el colgante y volvió a caer en un silencio durante el cual Will se sintió cada vez más incómodo.

Si no hubiera estado tan cansado, habría formulado mil preguntas sobre el Poro y la antigua raza que Drake acababa de mencionar. Pero en el estado en que se encontraba, su mente sólo podía ocuparse de asuntos más inmediatos. Se revolvió, incómodo, sobre el baúl de metal y después habló:

—Eh… no me ha respondido realmente… sobre por qué nos ayuda…

—Eres un tipo bastante testarudo, ¿verdad? No me imagino a tu compinche, Chester, poniéndose tan pesado. —Se echó hacia atrás con expresión meditabunda—. Unos van detrás, otros delante —dijo en voz baja.

—¿Eh? —preguntó Will, que no había entendido la última frase de Drake.

—Respondiendo a tu pregunta —dijo el hombre poniendo la espalda derecha—, aquí la vida es dura, pero el hecho de que vivamos como animales no quiere decir que hayamos perdido todo atisbo de humanidad. Hay renegados mucho menos complacientes que Elliot y yo que os hubieran matado sólo para robaros las botas, o que os dejarían con vida sólo para... ¿cómo te diría?, para divertirse. Yo rescaté a Elliott de un destino así hace algunos años. —Se frotó el pecho como si recordara alguna herida recibida en aquella ocasión—. No me apetecía ver que eso os sucedía a ninguno de los dos.

—¡Ah! —exclamó Will.

Drake volvió a suspirar, un suspiro largo y profundo.

—Tú y Chester no sois los habituales desterrados de la Colonia, que son restos de seres humanos que a duras penas aún pueden caminar. No estáis lisiados ni habéis sido torturados, ni quebrantados por años de servicio. —Se frotó las palmas de las manos mientras continuaba—: No estaba en mis planes cargar con vosotros tres, lo admito. —Miró a Will a los ojos—. Pero tendremos que ver cómo evoluciona tu hermano.

Cansado como estaba, el chico comprendió lo que implicaba aquel comentario.

—Y en cuanto a ti, chaval, podrías constituir un problema serio si es que los styx van persiguiéndote —dijo Drake bostezando, y su cara perdió toda expresión mientras miraba a su alrededor—. Pero antes de dejar la llanura quiero averiguar más cosas de lo que se traen entre manos los styx. Le daremos un respiro a tu hermano para que recobre las fuerzas. Cuando lleguemos al lugar al que vamos a ir, nos vendrá bien poder contar con todas las manos posibles.

Will asintió.

—El hecho de que seas el hijo de Sarah Jerome y de que conozcas cómo van las cosas en la Superficie podría ser de utilidad.

Will volvió a asentir, pero enseguida dejó quieta la cabeza, preguntándose por qué aquello tenía tanta importancia para Drake:

—¿Qué quiere decir?

—Bueno, si el instinto no me falla, eso en lo que están trabajando los styx podría tener implicaciones importantes para los Seres de la Superficie. Y creo que a ninguno de los dos eso nos resulta indiferente, ¿verdad? —Levantó una ceja: un gesto socarrón dirigido a Will.

—¡Desde luego que no! —prorrumpió el chico.

—Así pues, ¿qué me dices? —preguntó directamente.

—¿Eh...?

—Bueno, ¿estáis con nosotros, sí o no? ¿Vais a uniros a nosotros?

Confuso, Will se mordió el labio. Estaba completamente desconcertado, tanto por la oferta de aquel hombre formidable, como por la insinuación de que Cal podía no formar parte del acuerdo. ¿Y si su hermano no se recobraba del todo? ¿Se limitaría Drake a deshacerse de él? Y Will se preguntaba qué sucedería si realmente los Limitadores andaban tras él. Si era verdad que resultaba demasiado peligroso tenerlo cerca, ¿qué ocurriría? ¿Lo entregaría Drake a los styx? Pero lo que Will tenía muy claro era que estaba dispuesto a hacer cualquier cosa para pararles los pies a los styx. Tendrían que pagar por la muerte de Tam.

No tenía más opción que aceptar la propuesta de Drake. Porque además, él, Chester y Cal tenían pocas posibilidades de sobrevivir solos, si estaban completamente rodeados de Limitadores. Y menos en el estado en que se encontraba su hermano.

Mientras Drake lo observaba, esperando una respuesta, Will sabía que no debía dudar. No sería buena cosa. ¿Qué podía hacer, más que decir que sí? Y además, si jugaba bien sus cartas, tal vez aquel hombre fuera la clave para encontrar a su padre adoptivo.

—Sí —dijo.

Siguieron hablando un poco más, y después Drake lo mandó de vuelta a su habitación. Will atravesó el corredor y entró en la estancia. Chester estaba profundamente dormido, en el suelo, junto a la cama en que habían acostado a Cal.

Hubiera querido comentar con él la conversación que acababa de tener, y pedirle disculpas por la manera tan poco reflexiva en que se había tomado la aprobación de su amigo con respecto a Drake y Elliott. Pero Chester no estaba en este mundo, y no se podía ni pensar en despertarlo. El agotamiento hizo también mella en Will y, después de servirse un poco de agua, se acurrucó en el catre libre y se quedó profunda y apaciblemente dormido.

25

En los días que siguieron, Will y Chester cuidaron de Cal, dándole de comer aquella comida de aspecto y sabor indefinido con que les proveían Drake y Elliott. Él no quería otra cosa que seguir durmiendo en su estrecho catre, pero los muchachos le obligaron a hacer ejercicio. Dando pasos torpes y desgarbados, como si los pies no lo sostuvieran, Cal los miraba de mala uva.

Empezó a hablar con más claridad y su piel fue perdiendo poco a poco el color azul. Drake se acercaba cada día para informarse de cómo iba, y después se llevaba a uno de los otros en expediciones de reconocimiento para que fueran «enterándose de lo que hay», como decía él.

Durante una de aquellas salidas con Chester, Will aprovechó la oportunidad para tener unas palabras con su hermano.

—Sé que estás despierto —le dijo a Cal, que se hallaba tendido en la cama de cara a la pared—. ¿Qué opinas de Drake?

El niño no respondió.

—Te he preguntado qué piensas de Drake.

—Parece guay —murmuró Cal al cabo de un rato.

—Bueno, yo pienso que es mejor que guay —comentó Will—. Me dijo que en las Profundidades hay muchos que te rebanarían el pescuezo por quedarse con lo que llevas en la mochila. Eso si no te encuentran primero los Limitadores.

—Mmm —gruñó Cal, no muy convencido.

—Pero me parece que deberías saber que si no dejas de pasarte el día pensando en las musarañas y no te da la gana de levantarte, puede que a Drake se le acabe la paciencia.

Cal se volvió para mirar a Will, con los ojos imbuidos en una furia repentina.

—¿Es una amenaza? ¿Me estás amenazando? ¿Qué va a hacerme, enviarme a freír espárragos? —dijo sentándose en la cama como un rayo.

—Sí, eso exactamente —respondió Will.

—¿Cómo lo sabes? Eso se te acaba de ocurrir.

—No, no se me acaba de ocurrir —contestó con decisión. Se levantó y anduvo hacia la puerta.

—¿Así que le dejarías que me echara? —preguntó Cal echando chispas por los ojos.

—Vaya, vaya —dijo Will gruñendo y volviéndose al llegar a la puerta—. ¿Qué puedo hacer por ti si no haces nada tú mismo? Sabes que Elliott y él no viven en este lugar de manera permanente, y Drake quiere salir pronto de aquí. Y le gustaría que fuéramos con él.

—¿Los tres? —preguntó Cal.

—Eso depende. ¿Crees que tiene ganas de cuidar de los tres, especialmente cuando uno de ellos es un incordio?

—¿Te das cuenta de lo que dices?

Will asintió.

—Pensé que te interesaría saberlo —dijo saliendo de la habitación.

Cal se tomó a pecho las palabras de Will y, en los días que siguieron, su actitud cambió completamente. Se entregó a un severo régimen de ejercicios, que realizaba andando con la ayuda de un bastón de madera oscura que le había dado Drake. El problema parecía estar en la parte izquierda de su cuerpo, porque el brazo y la pierna de ese lado tardaban en recuperarse mucho más que los del otro.

En una de aquellas ocasiones, incordiado por el continuo golpeteo del bastón y por los abruptos ronquidos de Chester, a Will le resultaba imposible dormir. Ni el calor ni la proximidad de unos a otros resultaban una ayuda para conciliar el sueño, aunque para entonces ya estaban bastante acostumbrados a ambas cosas. Al final decidió tirar la toalla, y se levantó. Se iba rascando la cabeza, porque le parecía que tenía piojos.

—Eso está muy bien, hermanito —le dijo en voz baja a Cal, que murmuró «gracias», y siguió su recorrido por la habitación.

—Necesito beber —dijo Will en voz alta, y se dirigió al pasillo, hacia el pequeño almacén en que guardaban los odres de agua. Oyó algo y se paró. Mientras estaba allí, en penumbra, Elliott apareció al final del pasillo. Llevaba puesta su ropa habitual, la chaqueta oscura y los pantalones, y tenía el rifle en las manos, pero no se había cubierto todavía la cabeza con la *shemagh*.

—Eh... hola —dijo Will, azorado porque sólo llevaba puestos los calzoncillos. Se puso los brazos delante, intentando taparse.

Ella lo miró de arriba abajo con expresión de total indiferencia.

—¿Tienes problemas para dormir? —preguntó.

—Eh... sí.

Ella se dio cuenta en ese momento de la herida que tenía Will en el hombro.

—Impresionante —comentó.

Sintiéndose aún más incómodo bajo aquel escrutinio, se pasó la mano por la herida que le había hecho el perro de los styx. El calor de las Profundidades hacía que le picara muchísimo, y Will no podía dejar de rascarse.

—Un perro de presa —dijo el chico finalmente.

—Parece que estaba hambriento —observó ella.

Sin saber qué decir, Will apartó la mano para mirar el trozo de piel roja que había sustituido a la anterior, y asintió con la cabeza.

—¿Quieres venir de patrulla conmigo? —preguntó ella con indiferencia.

Era lo último en que pensaba Will a aquellas horas de la noche; pero estaba intrigado porque sabía muy poco de ella, y al mismo tiempo casi le asustaba el ofrecimiento. Drake hablaba siempre con mucho respeto de su destreza, diciendo que se «manejaba en el terreno», como él decía, de una manera que a Will y Chester les costaría Dios y ayuda igualar.

—Sí... está bien —dijo—. ¿Qué tengo que coger?

—No gran cosa... Yo voy con poco —dijo ella—. ¡Pero date prisa! —le apremió al ver que Will no se movía del sitio.

Volvió a la habitación, donde Cal apenas pareció darse cuenta de su presencia mientras proseguía con sus ejercicios, y se vistió con una prisa loca. Un minuto después se reunió con Elliott en el pasillo. Ella le ofreció una de las cartucheras llenas de cilindros que Drake llevaba siempre puestas.

—¿Estás segura? —preguntó Will, dudando si cogerla porque recordaba que Drake no se lo había permitido en la plaza de los Palos de la Cruz.

—Drake piensa que te vas a quedar, así que antes o después tendrás que aprender a usarlos —dijo ella—. Y nunca se sabe, podríamos toparnos ahora mismo con unos Limitadores.

—Si quieres que te diga la verdad, ni siquiera sé qué son estas cosas —admitió Will, fijándose la cartuchera al cinturón y después atándose el cordón al muslo.

—Los llamamos cócteles. Son algo un poco más primitivo que esto —dijo levantando el largo rifle—. Y deberías probar esto otro. —Le entregó algo.

Era un aparato consistente en dos tubos, uno más grande y otro más pequeño, uno al lado del otro. Parecían fundidos entre sí, de tal manera que la juntura entre ambos apenas se notaba. El aparato estaba hecho de un bronce mate, y su superficie estaba llena de rasponazos y abolladuras. Tenía como medio metro de largo, y el más grande de los cilindros tenía una tapa a cada extremo. Will enseguida cayó en la cuenta de por qué le resultaba familiar.

—Es una mira, ¿no? —preguntó mirando el rifle de Elliott, que tenía un aparato idéntico montado sobre el cañón. La diferencia estaba en que el que él sostenía llevaba dos cortas correas.

La chica asintió.

—Mete el brazo por las correas... así es más fácil llevarlo. Muy bien. Ahora vamos. —Se volvió hacia la salida y, en un abrir y cerrar de ojos, se había internado en la oscuridad, al final del pasillo.

Will fue tras ella, deslizándose por la soga para descubrir al llegar abajo que se encontraba totalmente inmerso en la oscuridad. Escuchó, pero no consiguió oír nada. Desenganchando la lámpara, aumentó un grado la potencia.

Se sobresaltó cuando la luz iluminó a Elliott: se encontraba a unos metros de distancia, en pie e inmóvil como una estatua.

—A menos que yo te lo mande, es la última vez que usas una esfera de luz patrullando conmigo. —Indicó la mira que llevaba Will en el brazo—. Utiliza la mira, pero recuerda que tienes que protegerla de la luz intensa, porque estropearía el elemento interno. Además, tienes que tratarla con cuidado: son más difíciles de encontrar que los dientes de las babosas.

Will apagó la lámpara y sacó el aparato del brazo. Quitó la tapa de cada extremo de la mira y se la llevó al ojo para mirar por ella.

—¡Sensacional! —exclamó.

Era sorprendente. La mira penetraba en la oscuridad como iluminándola con una luz ambarina, ligeramente fluctuante y borrosa. Podía distinguir hasta el más pequeño detalle de la pared de piedra que tenía delante, y al dirigirlo hacia el túnel se dio cuenta de que podía ver a considerable distancia. El suelo y las paredes aparecían bajo un brillo misterioso, como si estuvieran húmedos y brillantes, aun cuando en la zona próxima todo estaba seco.

—¡Eh, esto está muy bien! Es como... como verlo todo bajo una luz extraña. ¿De dónde las has sacado?

—Los styx raptaron a alguien de la Superficie que las fabricaba. Pero escapó y se vino aquí, a las Profundidades. Y se trajo con él todo un cargamento de miras.

—Estupendo —comentó Will—. ¿Y cómo funciona?, ¿con pilas?

—¿Pilas? No sé qué es eso —respondió ella, pronunciando la palabra como si fuera la primera vez que la oía—. Dentro de cada mira hay una pequeña esfera de luz junto con otras cosas. No sé más.

Will giró lentamente sobre los talones, mirando por el aparato hacia el final del túnel de lava. Por el camino apareció un momento el rostro de Elliott.

Bajo aquel etéreo resplandor ambarino, su piel resultaba lisa y radiante, como bañada por una suavísima luz diurna. La chica parecía hermosa y muy joven, y sus pupilas brillaban como dos chispas. Pero aún resultaba más impactante el hecho de que estaba sonriendo, algo que no le había visto hacer hasta aquel momento. Sonriéndole a él. Eso produjo en Will una sensación cálida que le resultaba nueva y desconocida. Sin querer, sin darse cuenta, lanzó un suspiro, pero enseguida, implorando que ella no lo hubiera oído, trató de recuperar la respiración normal. Siguió moviendo la mira en arco hacia el otro extremo del túnel, como si quisiera familiarizarse con el instrumento, pero sus pensamientos no tenían nada que ver con él.

—Bueno —dijo ella con suavidad, echándose la *shemagh* a la cabeza—. Sígueme, compañero.

Caminaron por el tubo de lava y se detuvieron brevemente en la caverna dorada para meter las cosas en una bolsa impermeable que llevaba Elliott, antes de sumergirse en el sumidero. Al llegar al otro lado, volvieron a parar para arreglarse.

—¿Te puedo dar un pequeño consejo? —preguntó ella mientras él volvía a atarse al muslo la cartuchera de los cócteles.

—Por supuesto. ¿De qué se trata? —respondió él sin tener ni idea de lo que iba a decirle.

—Es la manera en que te mueves. Cuando pisas lo haces como los demás. Hasta Drake camina de la misma manera. Intenta utilizar la parte de delante del pie... Quédate más tiempo sobre los dedos, antes de descargar el peso en el talón. Mírame por la mirilla.

Will hizo lo que le decía, observando cómo daba ella cada paso, moviéndose como un gato que se acerca a hurtadillas a su presa. A través de la mira, sus botas y pantalones, empapados en el agua del sumidero, brillaban con un resplandor amarillo claro que se desplazaba a lo largo del campo de visión.

—Esta manera de andar reduce el ruido de los pasos, e incluso las huellas que se dejan. —Will observaba las ágiles piernas que hacían la demostración, maravillándose de aquella destreza que parecía ser en ella completamente natural.

»Y también tendrás que aprender a buscar —dijo ella de pronto al ver algo en la roca, a su lado—. Si sabes mirar, te darás cuenta de que tienes mucha comida cerca de ti. Como esto, que es una ostra de cueva.

Will no tenía ni idea de a qué se refería, cuando la vio dirigirse hacia lo que pensaba que no era más que un saliente en la roca. Con la hoja del cuchillo, Elliott empezó a hurgar alrededor del saliente. Después volvió a guardarse el cuchillo y se puso un par de guantes.

—Los bordes son cortantes —explicó introduciendo los dedos en el espacio que había abierto.

Tomando aire, tiró con ambas manos. La roca cedió poco a poco, haciendo un lento ruido de succión. Después, sonando de manera parecida a como suena un huevo al cascarse, la pieza de roca se desprendió y ella retrocedió un par de pasos.

—¡Aquí la tienes! —dijo en tono triunfal, y levantó la ostra para que él lo observara. Era más o menos del tamaño de medio balón de fútbol, y cuando Elliott le dio la vuelta para mostrársela a Will, se encogió. La parte de abajo era carnosa y correosa, con una franja de pequeños filamentos en su circunferencia. Fuera lo que fuera, no había duda de que se trataba de un animal.

—¿Qué demonios es eso? —preguntó el chico—. ¿Una lapa gigante o algo así?

—Ya te lo he dicho: es una ostra de cueva. Se alimentan de las algas de la toba que rodean los pozos de agua. Cruda sabe repugnante, pero hervida está bastante buena. —Al apretar con el pulgar en medio de la carne, el animal se incorporó un poco y empezó a extender un tronco grande y carnoso, parecido al pie reptante de un caracol, pero varias veces más grande. Elliot se agachó entonces y metió con cuidado el animal boca abajo entre dos piedras—. Es para que no se vaya por ahí y nos espere aquí hasta que volvamos.

No hubo incidentes en el recorrido por la Llanura Grande, aunque se vieron obligados a cruzar varios canales usando como puentes las estrechas compuertas. Will tenía que esforzarse para ir al paso de Elliott, que se desplazaba a una velocidad asombrosa. Intentó pisar como ella le había enseñado, pero no pasó mucho tiempo hasta que el empeine le empezó a doler de tal manera que tuvo que desistir.

Elliott empezó a ir más despacio cuando se hizo visible la pared de la caverna. Examinó detenidamente los alrededores con la mira de su rifle, y a continuación le mostró el camino por un túnel bajo y ancho. Se detuvo tras recorrer unos cientos de metros.

Había un olor indescriptible, un intenso hedor a carne podrida, que resultaba hiriente. Will intentó respirar por la boca, pero aquella espantosa peste era tan fuerte que casi podía paladearla.

Pero entonces, a través de la mira, vio algo que hizo que el corazón le diera un vuelco.

—¡Oh, no! —exclamó sin resuello.

A un lado del túnel había cadáveres de lo que, a juzgar por la ropa con que estaban cubiertos, tenían que ser renegados. Y al otro lado, enfrente de ellos, había coprolitas, que llevaban todavía sus trajes bulbosos. Sin necesidad de hacer preguntas comprendió que aquello lo habían hecho los styx, y que los cadáveres habían sido abandonados allí ya hacía tiempo. El olor que emanaba de ellos no dejaba lugar a dudas.

Contó cinco renegados y cuatro coprolitas. Tanto en una fila como en otra, los cuerpos estaban atados a gruesas estacas de madera. Las cabezas de las víctimas colgaban sobre sus pechos, y los pies estaban soportados por una pequeña madera horizontal, cruzada y clavada a la estaca vertical aproximadamente a medio metro del suelo. Eso producía un efecto inquietante, dando la impresión de que los oscuros y mudos cadáveres estuvieran en realidad suspendidos en el aire.

—Pero ¿por qué han hecho esto? —preguntó Will, negando con la cabeza ante aquella terrible matanza.

—Es un aviso y una manera de demostrar su poder. Lo hacen porque son styx —respondió Elliott. Mientras ella se acercaba a la fila de los renegados, él se fue a la de los coprolitas, aunque era la última cosa en el mundo que le apetecía hacer.

—A este hombre lo conocía —dijo Elliott con tristeza, y Will, al volverse, vio que ella se había quedado plantada ante uno de los cuerpos.

Después, conteniendo la respiración, se obligó a mirar el cadáver de un coprolita. El color champiñón del traje resaltaba con el ámbar de la mira, pero había una zona oscura alrededor de los ojos. Las esferas de luz no se encontraban allí. Era evidente que la gruesa goma del traje había sido rasgada para sacarles las pequeñas esferas. Sintió un estremecimiento. Tenía ante él una prueba palpable de todo el horror del que eran capaces los styx.

—¡Carniceros! —murmuró para sí.

—¡Will! —exclamó Elliott de pronto interrumpiendo sus pensamientos. Ya no estaba observando los cadáveres, sino mirando a uno y otro lado del ancho túnel, con los sentidos aguzados.

—¿Qué pasa? —preguntó él.

—¡Escóndete! —le susurró.

No dijo más. Will la miró sin saber a qué se refería. Elliott estaba de pie junto al cadáver del último de los renegados, en la pared opuesta del túnel. Se movió tan rápido que él apenas pudo seguirla por la mira. Encontró una depresión en el suelo, un pequeño hoyo, y pegando el rifle a su cuerpo, se metió en el hoyo, boca abajo. Will ya no la veía. Había quedado completamente fuera de la vista.

Él miró rápidamente a su alrededor, buscando con desesperación un agujero similar en el suelo del túnel, pero no vio ninguno. ¿Adónde podía ir? Tenía que encontrar un lugar en qué esconderse, pero ¿dónde? Anduvo de un lado a otro, deslizándose por detrás de los cadáveres de los coprolitas, pero no había nada que hacer. El suelo era llano, incluso se levantaba ligeramente en la proximidad de la pared.

Al oír un ruido, se quedó paralizado.

Era el ladrido de un perro.

¡De un perro de presa!

No sabía de dónde provenía.

Y estaba totalmente indefenso.

26

Aquel perro abominable lanzaba horrendos gruñidos tirando con todas sus fuerzas de la correa. El que lo llevaba era uno de los cuatro Limitadores que paseaban por el medio del túnel. Iba haciendo todo lo posible por mantener a la bestia bajo control.

En la cabeza, los soldados styx llevaban gorros negros sin brillo, y la cara estaba oscurecida por unas grandes gafas protectoras que les daban aspecto de insectos y por mascarillas respiratorias de cuero. Los gabanes que les llegaban hasta los pies tenían un peculiar dibujo de camuflaje, con rectángulos de color arenoso y parduzco. A cada paso que daban, sonaba todo el equipo militar que llevaban en los cinturones y las mochilas. Era evidente que no estaban de servicio activo: no debían de esperar que apareciera nadie más por la zona.

Se detuvieron entre las dos filas de cadáveres, y el que llevaba la correa del perro le dio entre dientes una orden ininteligible al animal. El perro gruñó y se sentó inmediatamente sobre las ancas, lanzando breves y furiosos gruñidos mientras adelantaba la cabeza para aspirar el rancio hedor de los cadáveres en putrefacción. Un hilo de espesa baba le manaba de las fauces, tal vez porque aquel olor le abría el apetito.

Las voces de los Limitadores eran nasales y aflautadas, y sus palabras salían cortadas y casi siempre incomprensibles.

Entonces uno de ellos empezó a reírse con ganas, con una risa estridente y malévola, y los demás lo imitaron, y el coro sonó como una manada de hienas deformes. Evidentemente, se estaban riendo de los cadáveres de sus víctimas.

Will no se atrevía a respirar, y no sólo a causa del hedor más insoportable que hubiera olido en su vida, sino porque se moría de miedo ante la posibilidad de que pudieran oírle.

Al acercarse los Limitadores, él se había visto obligado a esconderse en el único lugar que había encontrado.

Estaba literalmente adherido a una de las estacas, detrás del cadáver de un coprolita. Asustado, había dado un salto y había metido el brazo en el escaso resquicio existente entre el cadáver y la áspera madera de la estaca. Pero al intentar sujetarse, sus pies habían buscado infructuosamente un lugar en que apoyarse contra la estaca, hasta que la puntera de su bota había encontrado la punta de un largo clavo. Afortunadamente para Will, sobresalía varios centímetros por detrás de la estaca, de manera que ofrecía por lo menos cierto apoyo para el pie.

Pero con eso no bastaba para mantenerse allí arriba. Mientras se acercaban los Limitadores, había buscado a la desesperada algo a lo que agarrarse con su mano izquierda. Tentando como loco, sus dedos encontraron un corte en el traje de seguridad del coprolita, a la altura del omóplato. Metió los dedos por el corte, a través de la gruesa goma del traje, y tocó por dentro algo húmedo y suave. Aquella materia cedió al tocarla: era blanda. Estaba hundiendo los dedos en la carne podrida del cuerpo del coprolita. Eso lo comprendió con la misma claridad con que supo que no había tiempo de encontrar un lugar alternativo al que asirse.

«¡No pienses! ¡No pienses en esto!», se dijo con desesperación.

Pero el olor del cadáver se hizo más intenso, golpeándolo con la misma intensidad de una patada en la cabeza.

«¡No, Dios!»

Si antes el olor le había parecido fuerte, en aquellos momentos le resultaba simplemente insoportable. Sus dedos habían separado los bordes del corte que había en el traje de goma de dos centímetros de espesor, y al hacerlo lo habían abierto mucho más, de manera que desde el interior del traje escapaban unos gases nauseabundos. El hedor salía a raudales. Will sentía deseos de bajar y echar a correr, porque aquello era mucho más de lo humanamente soportable. Era el hedor de la carne caliente y putrefacta del cadáver. ¡Era macabro!

Pensó que iba a vomitar. De hecho, notó el vómito, que se abría camino hasta la boca, y rápidamente volvió a tragarse el acre fluido. No podía permitirse el lujo de vomitar ni de deslizarse de su escondite, porque si lo hacía le esperaba un terrible final a manos de los Limitadores. Tenía que aguantar, no importaba lo horrible que resultara. Tenía muy fresco en la mente el recuerdo del ataque del perro de presa en la Ciudad Eterna, y no pensaba someterse de nuevo a algo semejante.

Cerró los ojos muy fuerte, e intentó desesperadamente concentrar toda su atención en lo que hacían los Limitadores. Habían comenzado hablando en la lengua de los styx, pero después alternaron entre esa lengua y el inglés. De vez en cuando, Will entendía un retazo de la conversación. Parecía que hablaban distintos miembros de la patrulla, pero no estaba seguro, porque todas las voces sonaban igual de extrañas.

—… la próxima operación…

—… neutralizar…

Y después de un periodo de calma en que sólo pudo oír el sonido del perro de presa, que olfateaba la tierra y gruñía, entendió:

—… capturar al rebelde…

—… madre…

—… ayudará…

Como tenía que mantener rígido el cuerpo, los brazos le dolían y comprendió que estaba ocurriendo lo peor que podía ocurrir. La pierna, que mantenía en una postura espantosamente incómoda, empezaba a temblar a causa de la tensión producida por el peso del cuerpo. Intentó controlar el temblor, horrorizado al comprender que, a causa de él, la bota se deslizaba del clavo.

Pero no pudo evitarlo, no había nada que hacer. El sudor le caía de las sienes mientras trataba por todos los medios de olvidarse del sufrimiento y escuchar las voces de los Limitadores:

—... para barrer...

—... rastreando concienzudamente...

Seguía sin atreverse a abrir los ojos, y rezaba por estar lo bastante oculto tras el rotundo cuerpo del coprolita, pero no podía estar seguro de eso. Sería suficiente que alguno de los styx viera parte de un brazo o de una pierna, para que todo hubiera acabado. Recordó fugazmente a Elliott, que estaba en el pequeño hoyo, al otro lado del túnel.

Entonces ocurrió: se le agarrotó la pierna con calambres de dolor insoportable. Era como si alguien le triturara sin piedad, con unas tenazas, los músculos de la pantorrilla y el muslo, todos al mismo tiempo. Pero no podía perder el sostén de su pie, no podía dejar de afirmarse en el clavo. Hubiera querido levantarse un poquito con los brazos, pero no se atrevía.

La pierna volvía a moverse espasmódicamente, como si obedeciera a una mente propia, independiente del cerebro de Will. Se resistió a aquellos movimientos involuntarios. Centró toda su atención en ello, de manera que por unos segundos olvidó todo lo demás, el hedor de los cadáveres, el seco y entrecortado lenguaje de los Limitadores y la cercanía del perro de presa. Pero el dolor y los temblores empeoraban más de lo que podía soportar. Tenía que hacer algo.

«¡Ah, por Dios!» Tensó los brazos y se impulsó hacia arriba tan sólo un centímetro, con lo que redujo el peso que soportaba la pierna, y el alivio fue instantáneo, pero la estaca se movió ligeramente. Se dio cuenta de que los Limitadores se habían quedado callados.

«¡Por favor, por favor, por favor!», imploró.

A continuación, los Limitadores volvieron a hablar:

—El Ser de la Superficie —decía uno—. Lo encontraremos...

Le siguió otra frase, pero la mente de Will sólo registró una palabra y nada más. Fue pronunciada con una entonación diferente a cuanto había oído hasta entonces, como si los styx demostraran un respeto especial:

—... Rebecca...

«¿Rebecca? ¡No, no, no puede ser!» El corazón le dio un vuelco, pero tampoco podía permitirse reaccionar ante lo que acababa de oír.

Tenían que referirse a su hermana, o a esa arpía a la que había creído hermana suya. ¿Por qué, si no, iban a utilizar aquel nombre precisamente? Sería demasiada coincidencia. Se dio cuenta de que había hecho demasiado ruido al respirar. ¿Le habrían oído?

Los Limitadores se habían quedado callados. Oyó con más claridad los gruñidos del perro, como si se hubiera acercado.

¿Qué estaba sucediendo? ¡Si al menos pudiera ver!

Entonces oyó botas que arañaban el suelo. Entreabrió un ojo para ver luces que se desplazaban por las paredes y el techo. ¿Estaban acercándosele por todos lados los styx, rodeándolo? ¿Lo habían descubierto?

No.

Los oía. Estaban moviéndose.

Pisaban al unísono: se iban.

Sintió deseos de bajarse de un salto, pero todavía tenía que aguantar y esperar un poco más. Menos mal que los Limitadores se movían rápido. Apretó los dientes. Le parecía que no podía soportar aquel olor más rato.

Entonces, algo le tiró del tobillo.

—Despejado —dijo Elliott en un susurro—. Puedes bajar.

Inmediatamente, Will se dejó caer hacia atrás desde la estaca. Pisó en el suelo, y rápidamente retrocedió para alejarse del cadáver.

—¡Por Dios, estáte quieto! ¿Qué ocurre? —le preguntó ella.

Él flexionó los dedos, los que habían estado dentro del traje del coprolita. Estaban impregnados de algo pegajoso y húmedo: jugos del cadáver en putrefacción. Tuvo un estremecimiento. Se le revolvieron las tripas. Sin mirarse los dedos ni la mano, la acercó un poco a la nariz y notó el rancio olor de muerte pasada. Apartó la mano al instante, alejándola todo lo posible. Sintió náuseas y respiró varias veces, rápidamente. Se frotó la mano en la tierra, usando la otra para restregársela una y otra vez con puñados de arena.

—¡Qué asco! —exclamó, volviendo a olerse la mano.

Se echó atrás, pero no tan violentamente esta vez, porque el hedor ya no era tan fuerte.

—¿Cómo puede nadie llevar esta vida? —murmuró entre dientes.

—Nos acostumbramos —respondió Elliott en voz baja—. Esto es lo que Drake y yo hacemos cada día. —Levantó el rifle para mirar hacia el final del túnel, añadiendo en voz baja—: Simplemente para sobrevivir.

Ella empezó a marchar delante de él, no de regreso a la llanura, sino hacia dentro del túnel. Will no tenía ganas de seguir con la excursión: se tambaleaba de puro cansancio. Aún tenía la carne de gallina, pensando en el cadáver en el que había hundido los dedos. De pronto se sintió enojado consigo mismo, y también por los hombres de las estacas y por el hecho de que Rebecca parecía tener algo que ver en todo aquello. ¿Se libraría de ella algún día?

—¡Date prisa! —susurró Elliott con brusquedad, porque él iba arrastrando los pies.

Will se paró en seco, farfullando: «Yo… yo…» Tal vez no fuera más que una secuela del terror que había padecido, pero el caso es que se puso furioso, se sintió imbuido de una ira repentina a la que necesitaba dar rienda suelta. Y encontró una víctima en la pequeña muchacha que tenía ante él.

Levantó la mira con un gesto violento, y con las manos temblorosas intentó enfocar la cara de Elliott.

—¿Por qué me has traído aquí? ¡Casi nos atrapan por tu culpa! —fue la acusación que lanzó con toda su ira a la silueta de color ámbar—. Nunca tendríamos que habernos metido en este agujero, y menos con todos esos styx tan cerca. El perro podía habernos devorado a los dos. Me habían dicho que eras buena en esto. —Y a partir de ahí, la furia lo ahogó de tal modo que apenas consiguió seguir hablando—: Pensaba que sabías por dónde andabas, pero la verdad es que tú...

Elliott estaba completamente quieta, sin que aparentemente aquel arrebato la afectara en absoluto.

—Sé por dónde ando. Esto no había manera de preverlo. Te aseguro que si hubiera venido con Drake les hubiéramos dado su merecido a los styx, y sus cuerpos hubieran quedado bajo el montón de piedras de un desprendimiento.

—¡Pero no has venido con Drake! —le contestó—. ¡Has venido conmigo!

—Asumimos riesgos todos los días —explicó ella—. Si tú no lo haces, puedes irte, vivir toda tu vida arrastrado y pudrirte —añadió con frialdad al tiempo que empezaba a andar, pero de pronto se paró y volvió la cabeza para mirarlo de frente—. Y si me vuelves a hablar de esa manera, ahí te quedas. Piense lo que piense Drake, no creo que nos hagas ninguna falta. Pero nosotros a ti, ya lo creo que te hacemos falta. ¿Lo entiendes?

A Will se le pasó la furia de inmediato. No sabía qué decir, porque estaba ya arrepentido de su arrebato. Elliott no se movió, esperando su respuesta.

—Eh... sí... perdona —murmuró él. Se sentía de pronto desinflado, apabullado al darse cuenta de hasta qué punto él y los otros dos dependían de Elliott y de Drake para vivir dignamente. Era demasiado evidente que no habrían sobrevivido mucho tiempo en aquella tierra salvaje y sin ley si ellos no hubieran aparecido para rescatarlos. Él, Chester y sobre todo Cal estaban vivos gracias a la destreza duramente adquirida a lo largo de los años por ellos dos, y lo menos que podían hacer era sentirse agradecidos. Elliott se volvió, y Will acomodó el paso al de ella.

—Lo siento —repitió hablando a la oscuridad que tenía ante él. Pero ella no le contestó.

Una hora después, tras meterse por una confusa maraña de galerías conectadas unas con otras, Elliott se detuvo. Buscaba algo en la base de la pared. Esparcidos por el suelo, había restos de desprendimientos, entre los cuales se veían unas losas grandes como escudos que la chica utilizaba para pisar. A continuación se detuvo.

—Ayúdame con esto —dijo ella con aspereza, y empezó a levantar una de las losas. Will agarró por el otro lado y entonces, al levantarla, tensos por el esfuerzo, descubrieron un pequeño agujero en el suelo.

—No te separes de mí, porque hay cuevas de hormigas rojas por todo el camino —le aconsejó.

Will recordó que en una ocasión el tío Tam les había hablado de lo peligrosas que eran las hormigas rojas, pero pensó que no era el momento propicio para preguntarle a Elliott de qué clase de bichos se trataba realmente. La muchacha se agachó de inmediato y empezó a meterse por el agujero, y Will la siguió muy obediente, preguntándose adónde llevaría. Aunque no podía ver nada, usó las manos para tentar las paredes, y se dio cuenta de que el túnel tenía una forma aproximadamente oval, y casi un metro de lado a lado. Siguió a Elliott guiándose por el oído, pero en algunos tramos la grava acumulada y los trozos de piedra que había en el suelo le dificultaban el avance, y tenía que arrastrarse impulsando la grava hacia atrás, como hace un nadador con el agua.

El pasadizo empezó a ascender abruptamente, y los movimientos de Elliott, que iba delante, desprendían montones de grava que terminaban dándole en la cara. Sin atreverse a quejarse, se detuvo varias veces para sacudirse el polvo y la arenilla.

Entonces dejó de oírla. Estaba a punto de llamarla cuando oyó la reverberación de sus movimientos, proveniente de un espacio mucho más amplio. Recorrió el tramo final del estrecho pasadizo, que era casi vertical, y utilizando la mira, vio que se hallaban en una galería de unos diez metros por cincuenta. Elliott estaba tendida junto a una grieta que había en el suelo. Él se sacudió y empezó a toser a causa de todo el polvo que había respirado.

—Silencio —gruñó ella.

Él logró apagar el ruido de sus toses con la manga de la camisa, y después se acercó a ella y se tendió a su lado. Miraron a través de aquella grieta de forma recortada. Desde una altura de vértigo, contemplaban una cámara tan grande como una catedral. Muy abajo, distinguía el destello borroso de muchos puntos de luz. Se retiró un poco de la grieta y, ladeando la cabeza, consiguió una mejor vista del espacio que tenía a sus pies, donde había máquinas de aspecto bastante extraño. A la luz que las envolvía, Will pudo contar hasta diez de aquellas máquinas, situadas en fila.

Tenían forma de cilindros cortos y gruesos, con una especie de rueda dentada en uno de los extremos. Le recordaron antiguas fotos que había visto de la maquinaria empleada en la excavación y construcción del viejo metro de Londres. Pensó enseguida que eran también maquinaria de excavación. Después vio varios grupos de coprolitas parados, y un puñado de styx que los observaban a distancia. Vio el rifle que Elliott tenía junto a sí y se preguntó si pensaría usarlo. Desde donde se encontraba, no le costaría trabajo liquidarlos.

Varios minutos después, se pusieron de pronto en movimiento. Algunos de los coprolitas empezaron a moverse lentamente, mientras los styx caminaban detrás de ellos, en actitud amenazante, con sus largos rifles en las manos. Al subirse a las extrañas máquinas, los bulbosos coprolitas parecían diminutos en el interior de ellas. Una de las máquinas se puso en marcha, el motor arrancó con un estruendo y una nube negra salió por la parte de atrás. Empezó a avanzar, siempre bajo la atenta mirada de los styx, y se colocó delante de las otras máquinas.

Will siguió mirando mientras la máquina cogía velocidad. Pudo ver la escotilla de la parte de atrás y la serie de tubos de escape alrededor, por los que salían humo y vapor. Vio también los anchos rodillos sobre los que se desplazaba, y oyó el ruido de las piedras que se partían bajo ellos. La máquina se dirigió hacia la boca de un túnel que salía de aquella nave principal y bajaba antes de perderse de vista. Supuso que los coprolitas iban a trabajar en la mina, pero no tenía ni idea de por qué había tantos styx a su alrededor.

Elliott murmuró algo al tiempo que se levantaba de la grieta, y Will la oyó dirigirse a un rincón de la galería. Utilizando la mira, vio que metía la mano detrás de una piedra y sacaba varios paquetes oscuros. Se acercó a ella.

—¿Qué es eso? —preguntó sin poder reprimirse.

Ella tardó un momento en responderle, pero después explicó:

—Comida.

Y se guardó los paquetes en su bolsa.

No parecía dispuesta a dar más explicaciones, pero a Will le había picado la curiosidad.

—¿Quién… de dónde salen? —se atrevió a preguntar.

Elliott sacó de la mochila un paquete más pequeño y fuertemente atado, y lo escondió detrás de la piedra.

—Si realmente quieres saberlo, lo han dejado ahí los coprolitas. Comerciamos con ellos. —Señaló la piedra—. Les acabo de dejar algunas de las esferas de luz que birlasteis del Tren de los Mineros.

—¡Ah! —exclamó Will sin atreverse a protestar.

—Dependen por completo de las esferas. La comida para nosotros no es tan importante, esto lo hacemos más que nada por ayudarles cuando podemos. —Le dirigió a Will una mirada feroz—. Tal como van las cosas por aquí, supongo que cualquier ayuda les vendrá bien.

Will asintió, entendiendo que aquello era un comentario mordaz contra él. Le parecía difícil sentirse culpable de lo que los styx les estaban haciendo a los coprolitas, y no se lo tomó muy en serio. Empezaba a tener la sensación de que le echaban la culpa de todo lo que iba mal.

Elliott le dio la espalda.

—Volvemos —dijo, y salieron juntos por donde habían llegado: por el túnel oval.

El regreso fue tranquilo y sin incidentes. Hicieron un alto para que Elliott pudiera recoger la ostra de cueva, que seguía donde la había dejado metida. Su único pie mocho había estado trabajando intensamente desde entonces, moviéndose hacia los lados en un intento de darse la vuelta y segregando una desagradable espuma blanca que caía de la concha formando grandes grumos. Pero eso no hizo vacilar a Elliott, que envolvió con un trozo de tela la voluminosa concha del animal y se lo metió en el bolso. Mientras lo hacía, Will observaba su rostro por la mira. Estaba seria, nada sonriente, muy distinta a como la había visto hacía sólo unas horas.

Lamentaba haberse dejado llevar por la ira. Comprendía que había hecho mal en decirle lo que le había dicho. Había cometido un error espantoso y se preguntaba qué podría hacer para corregirlo. Se mordió un lado de la boca, de pura frustración, mientras pensaba en lo que podía decir. Entonces, sin dirigirle una palabra, ni siquiera una mirada, Elliott penetró en el agua del sumidero y desapareció. Observó la agitación del agua, la película de polvo que ondulaba en círculos excéntricos y sintió ganas de llorar. Pero tomó aire y la siguió. Notó que la completa inmersión en el agua oscura y cálida le hacía sentirse bien. Era como si le apartara los problemas de la mente.

Al salir del agua, y mientras se pasaba las manos por la cara para limpiársela, se sentía aliviado, como nuevo. Pero en cuanto volvió a posar los ojos en Elliott, que le esperaba en la cámara dorada, volvió a sentirse incómodo y confuso.

No entendía a las chicas. Por lo que a él concernía, eran completamente insondables e incomprensibles. Daba la impresión de que sólo decían parte de lo que estaban pensando, y de pronto se callaban, se ocultaban en su huraño silencio y no decían nada de lo que realmente importaba. En el pasado, cuando metía la pata con alguna chica, en el colegio, intentaba por todos los medios solucionarlo disculpándose por lo que pensaba que podía haberlas ofendido, pero a ellas no les interesaba para nada saberlo.

Volvió a mirar a Elliott y a suspirar. Bueno, había vuelto a meterla hasta el fondo. Se había portado como un imbécil. Intentó consolarse con la idea de que no tendría que permanecer para siempre con ella y con Drake. Su único objetivo en la vida seguía siendo encontrar a su padre, costara lo que costara. Y aquella situación era simplemente temporal.

Las cuatro botas, empapadas de agua, resonaban en el pétreo silencio. Llegaron a la entrada de la base y treparon por la soga. Las habitaciones estaban en calma, y Will se imaginó que Cal se habría cansado de sus ejercicios y se habría echado a dormir.

En el corredor, Elliott levantó hacia él la mano abierta, sin mirarlo. Él se aclaró la garganta con dificultad, sin entender qué era lo que quería ella, hasta que comprendió de repente que le pedía que le devolviera la mira. Sacó el brazo de las correas. Elliott la cogió, pero volvió a levantar la mano. Tras un momento de incomodidad, recordó la cartuchera de los cócteles que llevaba atada al muslo, e intentó desabrocharla.

Ella también se la cogió, y después hizo un gesto con la mano y se fue. Él se quedó allí, goteando agua sobre el polvo, y enfrentándose a sus propios sentimientos de soledad y arrepentimiento.

En las semanas que siguieron, Will no volvió a acompañar a Elliott ni una sola vez. Y lo que aún empeoraba las cosas era que ella parecía invitar a Chester cada vez con más frecuencia a ir con ella en sus patrullas «rutinarias» de reconocimiento. Aunque no hablaba de ello, Will descubría de vez en cuando a Chester hablando con Elliott en el pasillo, en susurros, y sentía la horrorosa sensación de que lo dejaban de lado. Y por más que intentaba evitarlo, sentía además un creciente resentimiento contra su amigo. Se decía para sí que Elliott debería estarle enseñando a él, no al torpe e incompetente de Chester. Pero no podía hacer nada al respecto.

Will se encontraba con mucho tiempo de sobra. Ya no necesitaba cuidar a su hermano, que había mejorado a base de dar vueltas y vueltas por la habitación y el pasillo y había llegado hasta el túnel que estaba justo a la salida de la base. Allí iba de un lado para otro, si bien es cierto que no abandonaba el bastón. Así que, para llenar las horas, Will trataba de escribir en su diario o simplemente reposar en la cama, meditando sobre la situación de todos ellos.

Comprendía, tal vez algo tarde, que incluso en aquel entorno tan duro y hostil, en que uno tenía que hacer cuanto fuera necesario, no importaba lo desagradable y asqueroso que fuera, la consideración por los amigos seguía siendo lo más importante. Aquella consideración, aquel código de comportamiento, era lo que mantenía unido al grupo. Ninguno de ellos podía dudar del juicio de Drake o del de Elliott, ni poner en cuestión sus órdenes. Había que hacer exactamente lo que ellos dijeran, por el propio bien y el de los demás.

Pero tenía que admitir que Chester estaba más capacitado

que él para obedecer las órdenes. Su amigo había adquirido muy pronto una lealtad permanente e inquebrantable hacia Drake, que después había hecho extensiva a Elliott.

Y Cal no era muy diferente a Chester en su lealtad hacia los dos renegados. Estaba transformado, tal vez a causa de su roce con la muerte. Alguna vez estallaba su viejo carácter bravucón, pero en general su hermano estaba más tranquilo, y con respecto a su situación se mostraba casi estoico. Estoico, sí; ésa fue la palabra que utilizó Will para describir en el diario el cambio de temperamento de su hermano. La había aprendido de su padre, y cuando él le había explicado su significado, había entendido que el estoicismo implicaba debilidad, una disposición a aceptar lo que fuera, no importaba lo malo que fuera. En aquellos días, sin embargo, empezaba a darse cuenta de que no era así, y de que una persona que se enfrentaba a una situación en la que le iba la vida o la muerte necesitaba un cierto distanciamiento para poder pensar con serenidad, y no tomar a causa del pánico una decisión equivocada.

En las semanas siguientes, Drake les dio clases de manera regular sobre varios temas como, por ejemplo, cómo encontrar comida y prepararla. En realidad, aquello empezó con la ostra de cueva, que una vez cocida sabía como un calamar extremadamente correoso.

Drake también los llevó en cortas misiones de patrulla y les enseñó a manejarse en el terreno. En cierta ocasión, los despertó a una hora que parecía muy temprana, aunque la hora realmente no tenía mucho significado en aquella permanente oscuridad. Les dijo a los tres que se prepararan, y los llevó por el túnel que estaba debajo de la base, en dirección opuesta a la Llanura Grande. Sabían que no iba a ser una salida muy larga, ya que les dijo que cogieran sólo una cantimplora de agua y algunas raciones ligeras, mientras él cargaba a la espalda una mochila llena.

Mientras recorrían una serie de pasadizos, los muchachos charlaban entre ellos para pasar el tiempo.

—Esos imbéciles integrales —soltó Cal cuando Will y Chester hablaban de los coprolitas. Drake oyó el comentario.

—¿Por qué crees eso? —preguntó en voz baja. Will y Chester se callaron.

—Bueno —respondió Cal, recuperando aparentemente algo de su antigua petulancia—, no son más que unos animales bobos... metiéndose por la tierra como si fueran inútiles babosas.

—Así que ¿piensas que nosotros somos mejores que ellos? —le presionó Drake.

—Por supuesto que sí.

Drake negó con la cabeza mientras seguía delante de los demás, guiándolos por el túnel. No estaba dispuesto a pasar por alto el comentario de Cal.

—Los coprolitas cultivan la tierra sin agotarla, y sin tener que moverse continuamente. Y cuando extraen un mineral, vuelven a llenar el hueco. Lo dejan todo donde estaba, porque sienten respeto por la Tierra.

—Pero son... No son más que... —intentó decir Cal, sin encontrar argumentos.

—No, Cal, los imbéciles somos nosotros. Nosotros somos animales bobos. Nosotros lo usamos todo hasta el agotamiento... Consumimos y consumimos hasta esquilmar todas las fuentes... y después, ¡sorpresa, sorpresa!, tenemos que liar el petate y empezar de nuevo en otro lado, desde el principio. No, ellos son los inteligentes... Ellos viven en armonía con su entorno. Tú y yo, los nuestros, somos los equivocados, los demoledores. ¿No te parece que eso es ser bastante imbécil?

En silencio, avanzaron varios kilómetros, hasta que Will apretó el paso, dejando atrás a Chester y Cal para alcanzar a Drake.

—¿Te ronda algo por la cabeza? —preguntó el hombre, antes incluso de que Will llegara a su altura.

—Eh... sí... —titubeó el chico, dudando si debería haberse quedado con los otros.

—Adelante.

—Bueno, tú dijiste que eras un Ser de la Superficie...

—¿Y quieres saber más? —le interrumpió Drake—. Tienes curiosidad.

—Sí —murmuró el muchacho.

—Will, no importa realmente lo que yo haya sido en el mundo. No importa lo que hayamos sido ninguno de nosotros. Lo que cuenta es el aquí y ahora.

Durante unos pasos, Drake se quedó callado.

—No sabes ni la mitad —empezó, y de pronto se quedó callado durante otros cuantos pasos más—. Mira, Will, yo podría burlar a los styx y regresar a la Superficie, pero allí me vería obligado a llevar una vida muy parecida a la de tu madre, mirando siempre por encima del hombro cada vez que pasara junto a una sombra. Pero, sin pretender menospreciar a Sarah, pienso que es más auténtico vivir aquí en las Profundidades. ¿Entiendes lo que quiero decir?

—No, en realidad no —admitió Will.

—Bueno, ya has visto por ti mismo que aquí las cosas no son fáciles. Éste es un lugar muy duro. Aquí vivimos al día, entre mil peligros —dijo Drake antes de hacer una mueca—. Si no te pilla alguno de los Cuellos Blancos, hay otro montón de cosas que pueden acabar contigo en cualquier momento: infecciones, desprendimientos, otros renegados, y paro de contar... Pero te puedo decir, Will, que nunca me he sentido tan vivo como en los años que llevo aquí. Vivo de verdad. No, que se queden con su vida de plástico, llena de seguridades: a mí eso no me va.

Drake se calló al llegar a una intersección con otro túnel. Les dijo que esperaran mientras sacaba varias cosas del equipo. Lo hizo como si fuera una tarea cotidiana, y sin dirigir a los muchachos ni una mirada. Cal estaba un poco más atrás que los otros dos, con miedo de haber molestado a Drake.

Will observaba al hombre con interés creciente mientras sacaba una selección de aquellos cócteles que Elliott y él llevaban consigo a todas partes.

—Bien —dijo Drake, después de colocar los cilindros en dos grupos sobre la arena, delante de ellos, por grupos en orden decreciente de tamaño.

Los muchachos lo miraron expectantes.

—Ha llegado el momento de que aprendáis a utilizarlos.

—Se hizo a un lado para que pudieran ver la disposición de cilindros en el primer grupo, el mayor de los cuales era un grueso tubo de circunferencia ligeramente mayor que la de un desagüe, y unos veinte centímetros de largo—. Todos éstos que tienen las bandas rojas alrededor... son explosivos. Cuantas más bandas tienen, más larga es la mecha. Si recordáis, Elliott puso un par de éstos con cables trampa.

Will abrió la boca para decir algo, pero Drake levantó la mano para que se callara.

—Antes de que preguntes: no, no voy a hacer aquí ninguna demostración con explosivos. —Se volvió al otro grupo de objetos—. Pero a éstos, como sabéis —dijo pasando la mano por encima de una serie de tubos más pequeños que había colocado junto a los explosivos—, los llamamos cócteles. Éste —señaló el más grande— es la artillería pesada, el mortero. Podéis ver que, a diferencia de otras armas de fuego, carece de gatillo.

Levantó el mortero para mostrárselo.

—Es sencillo, pero resulta muy efectivo para quitar de en medio a un gran número de enemigos. O sea, de styx. El revestimiento —golpeó con los nudillos haciendo un ruido sordo— es de hierro, y está cerrado por los dos extremos. —Le dio unas palmadas, como si se tratara de un bongo alargado—. Esta versión en particular se detona golpeando el extremo. —Aspiró hondo—. La carga puede consistir en lo que se quiera: sal gema, hierro o barras de grafito son muy efectivos si se quiere eliminar a un gran número de objetivos. Es lo que se dice un seductor de multitudes —dijo con una sonrisa sardónica—. Probad a levantarlo para que veáis lo que pesa, pero, por lo que más queráis, no lo dejéis caer.

Guardando un religioso silencio, los chicos se lo pasaron de uno a otro, sosteniéndolo con cuidado mientras miraban el extremo más pesado, que albergaba el detonador. Cal se lo devolvió a Drake, que lo depositó de nuevo en la arena.

A continuación, con un gesto de la mano, les señaló otros cilindros.

—Éstos son más fáciles de transportar, y se detonan como las verdaderas armas de fuego. Todos tienen espoletas mecánicas bastante parecidas al martillo de los antiguos rifles de chispa. —Dudó un momento sobre cuál de ellos coger, y al final eligió uno del medio. Era casi del mismo tamaño que algunos de los cohetes de fuegos artificiales que Will había lanzado en la Ciudad Eterna, de unos quince centímetros de largo y varios de diámetro. Su recubrimiento mostraba un leve brillo bajo las luces de las lámparas.

Drake se volvió de lado para mostrar la postura correcta.

—Como todas estas armas, estos cilindros son de un solo tiro. Y cuidado con el retroceso: si os los ponéis cerca del ojo, lo lamentaréis. Como las demás armas, se accionan por un muelle que hay detrás... Se disparan tirando de la cuerda. —Se aclaró la garganta y los miró—. En fin, ¿alguien quiere probar?

Los tres asintieron con la cabeza con mucho entusiasmo.

—Bueno, dispararé yo una primero para mostraros cómo se hace. —Avanzó unos pasos y buscó por el suelo hasta que encontró una piedra del tamaño de una caja de cerillas. Después caminó otros veinte pasos hasta una peña que había en el medio de la intersección, en la que colocó la piedrecita en equilibrio. Se volvió y cogió un cóctel, no de los que había colocado en la arena, sino de los de la cartuchera que llevaba sujeta a la cadera. Los muchachos se juntaron a su lado, empujándose para ver mejor—. Separaos un poco, ¿queréis? De vez en cuando, el tiro sale por la culata.

—¿Qué quiere decir eso? —preguntó Will.

—Que te puede dar en los morros.

La advertencia fue bien entendida por los muchachos, en especial por Chester, que se apartó bastante: tanto que casi quedó con la espalda apoyada contra la pared del túnel. Will y Cal eran menos prudentes, y se colocaron a sólo unos metros por detrás de Drake. Cal se inclinaba sobre el bastón con ambas manos y daba muestras de total atención. Tenía todo el aspecto de esos que van a una partida de caza sólo a mirar.

Drake se tomó su tiempo para apuntar, y después disparó. Los muchachos, los tres a la vez, se estremecieron ante el retumbar del arma. A diez metros de distancia vieron el impacto en la peña, de la que saltaron fragmentos y polvo. La piedra que hacía de blanco tembló ligeramente, pero permaneció en el sitio.

—Bastante cerca —dijo Drake—. Estas armas no tienen la precisión del rifle de Elliott. Están pensadas más que nada para el cuerpo a cuerpo. —Se volvió hacia Cal. Ahora te toca a ti —le dijo.

El niño estaba dubitativo, y Drake le ayudó a colocarse correctamente, empujándole hacia delante uno de los pies y haciéndole mover los hombros hasta encontrar la postura adecuada. Cal tenía el problema de que su pierna derecha todavía estaba débil, y la tensión que necesitaba para mantener la postura se le notaba en la cara.

—Vale —dijo Drake.

El chico tiró de la cuerda que había en la parte posterior del tubo. No ocurrió nada.

—Tira más fuerte. Tienes que echar atrás el martillo con fuerza —le dijo Drake.

Cal volvió a intentarlo, pero al hacerlo el tubo se movió y no salió hacia el blanco. El proyectil pegó a cierta distancia en la pared de la cámara, y se oyó un silbido al rebotar en el túnel.

—No te preocupes, ha sido tu primer intento. No has disparado nunca, ¿verdad?

—No —admitió Cal con tristeza.

—Tendremos más oportunidades de practicar cuando lleguemos a los niveles más profundos. Es el mejor lugar para la caza mayor, con todas las especies salvajes que se encuentran por allí —dijo Drake de manera enigmática. A Will le picó enseguida la curiosidad, y se estaba preguntando a qué tipo de animales se referiría Drake, cuando éste le dijo que era su turno.

El arma se disparó al primer intento de Will, y esta vez vieron el impacto justo enfrente del blanco.

—No está mal —le felicitó Drake—. Tú tienes algo de práctica…

—Tengo una escopeta de aire comprimido —dijo el chico, recordando las ilegales sesiones pasadas con su vieja pistola G.A.T. en los terrenos comunales de Highfield.

—Con algo de práctica, calcularás mejor la distancia. Ahora tú, Chester.

Éste avanzó algo indeciso, y cogió el cóctel de Drake. Encorvó los hombros, y parecía encontrarse muy incómodo tratando de apuntar con aquel aparato.

—Tiene que descansar en el pulpejo de la mano. No, baja la mano un poco. Y, por todos los santos, tranquilízate, muchacho. —Drake le cogió los hombros con las manos, y en vez de movérselos como había hecho con Cal, intentó bajárselos—. Relájate —volvió a decirle—, y tómate tu tiempo.

Chester aún parecía encontrarse muy incómodo, y sin querer volvió a erguir los hombros. Pasó una eternidad hasta que por fin encontró la cuerda del detonador.

Y entonces, ninguno de ellos pudo creer lo que vio.

Esta vez no hubo lluvia de polvo, ni silbido de rebote. Con un ruido seco, el proyectil dio de lleno en la piedra y la hizo perderse en el túnel.

—¡Bravo! ¡Sí señor! —dijo Drake dándole al atónito muchacho unas palmadas en la espalda—. ¡Has dado en el blanco!

—¡Y la muñeca es para el caballero! —dijo Will riéndose.

Chester se había quedado sin palabras. Miraba al lugar en que había estado la piedra, parpadeando y sin poder dar crédito a sus ojos. Will y Cal le dieron mil enhorabuenas, pero él no sabía qué decir, porque estaba completamente anonadado por su propio éxito.

Comprendieron que la sesión de entrenamiento había llegado a su fin cuando Drake se apresuró a guardar los explosivos y los cócteles en el rollo de tela y los volvió a meter en su mochila. Sin embargo, dejó en la arena uno, un cilindro de tamaño mediano. Will lo miraba, preguntándose si debería advertir a Drake del olvido, cuando comprendió el motivo por el que el cilindro se había quedado fuera.

Una piedra voló ante ellos y cayó al suelo, rebotando hasta que fue a detenerse en la pizarra, junto a los pies de Drake. Era la misma piedra a la que con tanto éxito había disparado Chester.

Una voz rasposa y ceceante salió de las sombras de forma desagradable, como si se tratara de un olor asqueroso.

—Siempre dispuesto a hacer un poco de teatro. ¿No serás tú, Drakey?

Will miró inmediatamente a Drake, que estaba atento, vigilando las sombras, con el cóctel listo en las manos. No había adoptado en absoluto una postura amenazadora, ni siquiera defensiva, pero antes de que se bajara la lente para ponerla sobre el ojo, Will vio una mueca asesina en su rostro.

—¿Qué haces aquí? Recuerdas la Norma, ¿no, Cox? Los renegados guardamos distancia, o sufrimos las consecuencias —bramó Drake.

—Tú no la recordaste cuando te colaste en la guarida del pobre Lloyd, ¿a que no?, y te llevaste a su chica.

Un bulto amorfo emergió del túnel, un ser encorvado y contrahecho que quedó iluminado por las lámparas de los muchachos.

—¡Ah, ya había oído que tenías unas nuevas bellezas! Un poco de carne sabrosa.

El bulto tosió y siguió avanzando, como si flotara justo por encima del suelo. Will vio que se trataba de un hombre que llevaba sobre la cabeza y los hombros una especie de pañoleta marrón muy sucia, como si fuera una campesina. Estaba muy encorvado, lo que daba la impresión de que estaba seriamente contrahecho. Se paró ante Drake y los muchachos y levantó la cabeza: fue una visión espeluznante. En un lado tenía una enorme protuberancia, como un melón pequeño, y como estaba limpia de polvo, se veía una piel grisácea surcada por una maraña de venas azules, prominentes. En la boca tenía otra protuberancia parecida, ligeramente más pequeña, de manera que los labios, negros y partidos, formaban una permanente «O». Un constante hilillo de baba, blanca y brillante, le caía por el labio inferior y por la barbilla hacia abajo, desde donde colgaba como una barba líquida.

Pero lo peor de todo eran los ojos. Completamente blancos, como huevos recién descascarillados, sin rastro de pupila ni iris por ningún lado. Eran la única zona que se veía de un color rotundo, uniforme y definido, y por eso resultaba aún más sorprendente.

Una mano nudosa, como una raíz arrancada y secada al sol, salió de la pañoleta para describir un círculo mientras hablaba.

—¿No tienes nada para tu viejo compadre? —dijo en voz alta, escupiendo saliva—. ¿Algo para el pobre viejo que te enseñó todo lo que sabes? ¿Qué me dices de uno de estos jovencitos?

—No te debo nada. Vete —respondió Drake con frialdad—. Antes de que yo...

—¿Son los chicos que están buscando los Cabezas Negras? ¿Dónde los escondes, Drake? —Como una cobra a punto de saltar, lanzó hacia delante la cabeza, deslizando sus ojos blancos y ciegos sobre Will y Cal, mientras Chester se escondía tras ellos, aterrorizado. Will distinguió una gruesa y oscurecida cicatriz en forma de cruz en cada ojo, y la señal de muchos otros tajos grises sobre la piel ennegrecida de las mejillas.

—Huelen a joven —rápidamente el hombre se limpió la nariz con un golpe de su mano nudosa y retorcida—, a limpio y bonito.

—Pasas mucho tiempo por estos lares... y tienes aspecto de estarte muriendo, Cox. ¿Tal vez te gustaría que te ayudara a hacerlo? —dijo Drake secamente sosteniendo el cóctel.

El hombre volvió la cabeza hacia él.

—No hay necesidad de eso, Drake, y menos con un viejo amigo.

Entonces aquel bulto hizo una pomposa reverencia, y al instante salió del área iluminada. Chester y Cal seguían mirando el lugar en que había estado, pero Will miraba a Drake, y no pudo dejar de notar que sus manos agarraban el cóctel con tanta fuerza que tenía los nudillos blancos.

Drake se volvió hacia los muchachos:

—Ese tipo encantador es Tom Cox. Preferiría en cualquier momento la compañía de los styx que la de ese engendro abominable. Es tan horrible por dentro como por fuera. —Respiró hondo, tembloroso—. Podríais haber acabado en sus garras, si Elliott y yo no os hubiéramos encontrado primero. —Bajó los ojos hacia el cóctel, y como si se sorprendiera de verlo todavía preparado en su mano, lo bajó—. Cox y los suyos son el motivo de que no pasemos mucho tiempo en la Llanura. Y podéis ver en él lo que la radiación terminará haciendo con vosotros.

Volvió a meter el cóctel en la cartuchera que llevaba atada al muslo.

—Deberíamos ponernos en camino —dijo volviendo la cabeza al punto en que había estado Tom Cox, y su mirada se quedó allí clavada, viendo fantasmas que los muchachos no podían ni imaginarse. Después pasó delante, guiándolos en el camino de vuelta, pero comprobando en todo momento que el hombre no los seguía.

En otra ocasión, Will estaba pasando mala noche: se despertaba a menudo, y dormía a ratos muy profundamente. Justo estaba volviendo a coger el sueño cuando le despertó la voz de Elliott, procedente del pasillo. Pero era tan débil e irreal que no estaba seguro de si la había oído de verdad o la había imaginado en sueños. Al tiempo que Will se incorporaba en la cama, Chester entraba en la habitación, caminando con dificultad. Estaba calado hasta los huesos, evidentemente porque acababa de pasar por el sumidero.

—¿Todo bien, Will? —preguntó.

—Sí, creo que sí —respondió él medio dormido—. ¿Has estado de patrulla?

—Sí, nada más que haciendo la ronda. Está todo muy tranquilo. No hemos encontrado nada —dijo Chester con alegría mientras se quitaba las botas. Hablaba en un tono despreocupado y frío, con aquiescencia militar, como si lo hiciera nada más que por cumplir y pusiera en ello un entusiasmo forzado.

De pronto, Will se dio cuenta de hasta qué punto su amistad había cambiado en los dos últimos meses, como si el roce de Cal con la muerte en la trampa de azúcar y la presencia de Drake y Elliott, especialmente de Elliott, hubiera de algún modo trazado una nueva geometría en su relación, en las relaciones de todos ellos. Tendido en la estrecha cama, con los brazos cruzados tras la cabeza, le vino a la mente el recuerdo de cómo había sido en otro tiempo su amistad con Chester. Medio dormido como estaba, se hallaba en condiciones de sentirse reconfortado y agradecido, y de engañarse pensando que nada había cambiado. Oyó cómo Chester se quitaba su ropa empapada, y tuvo la sensación de que podía decirle lo que quisiera.

—Es curioso —dijo Will en voz baja para no despertar a su hermano.

—¿El qué? —preguntó Chester doblando los pantalones como si quisiera dejar preparado para el día siguiente el uniforme del colegio.

—He tenido un sueño.

—Vale —dijo su amigo pensando en otra cosa y colgando, para que se secaran, los calcetines empapados en un par de puntas que había en la pared.

—Era realmente raro. Yo estaba en un lugar soleado y agradable. —Will hablaba despacio, haciendo un duro esfuerzo por recordar a la vez que el recuerdo del sueño empezaba a alejarse—. No pasaba nada, no había nada importante. Había una chica, eso sí. No sé quién era, pero parecía una amiga. —Se quedó un rato en silencio—. Era muy maja... y cuando yo cerraba los ojos, su cara seguía allí, alegre, relajada y como... como perfecta...

»Estábamos tendidos en la hierba... Sí, porque acabábamos de hacer un picnic en aquel prado, o lo que fuera el sitio en el que estábamos. Creo que estábamos los dos un poco dormidos. Pero yo tenía la sensación de que ambos estábamos donde queríamos estar, en un lugar al que pertenecíamos. Aunque no nos movíamos, era como si flotáramos en una cama de hierba suave, y a nuestro alrededor todo era verde y tranquilo, bajo el azul más claro que te puedas imaginar. Éramos felices, muy felices. —Suspiró—. Era todo completamente diferente de las humedades subterráneas y del calor y de estar todo el día rodeados de piedra. En el sueño, todo era suave... y el prado era tan real... hasta podía oler el aroma de la hierba. Estaba...

Se calló, disfrutando de lo que le quedaba de las imágenes y sensaciones que se alejaban. Dándose cuenta de que llevaba un rato hablando, y de que no había oído señal de Chester, volvió la cabeza para ver a su amigo.

—¿Chester? —preguntó en voz baja.

Se quedó atónito al ver que su amigo ya se había metido en la cama, y estaba vuelto hacia la pared de forma que Will no lo podía ver. Lanzó un potente ronquido y se volvió hacia el otro lado. Estaba profundamente dormido.

Will lanzó un largo suspiro de resignación y cerró los ojos, anhelando regresar a su sueño, aunque sabía que eso era muy improbable.

27

Con un formidable estrépito, el Tren de los Mineros dio una sacudida tan brusca que Sarah se temió que fuera a descarrilar. Agarrándose al banco con todas sus fuerzas, le dirigió una mirada asustada a Rebecca, pero la vio completamente tranquila. De hecho, la niña parecía hallarse casi en estado de trance, con rostro apacible y ojos muy abiertos, aunque sin mirar a nada en especial.

Después el tren recuperó su anterior ritmo hipnótico. Sarah respiró algo más tranquila, observando el interior del furgón de cola. Una vez más, dejó que los ojos se le fueran hasta donde se encontraban los Limitadores, pero volvió a apartar la mirada enseguida porque no quería que notaran su interés.

Tenía que pellizcarse para asegurarse de que todo estaba sucediendo en la realidad, porque no sólo se encontraba ella allí, hombro con hombro con una patrulla de cuatro styx, sino que de hecho eran Limitadores, miembros del «escuadrón de Hobb», como lo llamaban en ciertos círculos.

De niña, su padre le contaba cosas terribles de aquellos soldados, como que les gustaba comerse vivos a los colonos, y que, si ella no hacía lo que él le mandaba y se iba enseguida a dormir, aquellos caníbales irían a buscarla en mitad de la noche. Según su padre, los Limitadores se metían bajo la cama de los niños malos. Y si se atrevían a sacar el pie, les cortaban un trozo de los tobillos, porque les gustaba mucho la carne tierna de los niños. Desde luego, contándole eso había conseguido que no pudiera dormir.

Hasta que tuvo varios años más no se enteró, por Tam, de que aquellos hombres misteriosos existían realmente. Desde luego, en la Colonia todo el mundo sabía de la existencia de la División: los equipos que patrullaban por los límites del Barrio y la Ciudad Eterna, las regiones más próximas a la Superficie. Cualquier lugar, hablando claro, que pudiera ser utilizado por un colono para escapar a la Superficie.

Pero los Limitadores eran harina de otro costal, y raramente se los veía por las calles, si es que aparecían alguna vez. Como resultado, en la Colonia se contaban mil leyendas sobre ellos y su increíble habilidad guerrera. Y algunas de las cosas más descabelladas que contaba la gente, según le explicó Tam, eran ciertas: sabía de muy buena tinta que era verdad que, en cierta ocasión en que se les habían acabado los víveres en la parte más septentrional de las Profundidades, habían devorado a un colono desterrado. También le había explicado Tam que «Hobb» era un nombre que daban al diablo, y que era muy apropiado, según dijo, para aquellos demoniacos soldados.

Pese a aquéllas y otras muchas historias muy descabelladas que se contaban en voz baja y a puerta cerrada, en realidad se sabía muy poco de los Limitadores, salvo la conjetura de que se hallaban envueltos en operaciones encubiertas en la Superficie. En cuanto a las Profundidades, se decía que se entrenaban allí para sobrevivir durante largos periodos sin ayuda. Y en esos momentos, mientras volvía a atreverse a mirarlos, tenía que aceptar que eran el grupo de hombres de aspecto más temible y con los ojos más fríos que había visto nunca: los ojos grises y empañados, como los de un pez muerto.

Había mucho sitio en aquel furgón grande pero sencillo, construido con el mismo bastidor que los vagones de carga, de los que había muchos en el tren, formando una larga fila que iba delante de ellos. Los lados y el techo eran de tablas de madera que habían sido sometidas con tal regularidad a intenso calor y a ráfagas de agua en el recorrido que estaban completamente combadas. Además, se habían abierto anchos resquicios entre una tabla y otra por los que entraba el humo y el aire durante la veloz marcha del tren, y que hacían el viaje no mucho más tolerable que el que habían sufrido Will y los otros en su vagón abierto.

A ambos lados del interior del furgón había bancos de madera tosca, y a cada extremo había dos pequeñas mesas que llegaban a la rodilla y estaban atornilladas al suelo, ante la última de las cuales se sentaban los cuatro Limitadores.

Aquellos soldados iban vestidos con su característico uniforme de faena: largos gabanes de color marrón parduzco y pantalones holgados con gruesas rodilleras, una indumentaria muy diferente de la que llevaban los styx habitualmente. También le habían provisto a Sarah de un uniforme parecido, y lo llevaba puesto, aunque le hacía sentirse muy incómoda. Le costaba muy poco esfuerzo imaginarse lo que habría dicho Tam si la hubiera visto con el uniforme de sus enemigos acérrimos. Al palpar la solapa del gabán, se representaba en la mente la cara de mortificación de Tam. Casi hasta oía su voz: «Ah, Sarah, ¿cómo has podido meterte en esto? Pero ¿qué te piensas que estás haciendo?»

Incapaz de superar aquella sensación de incomodidad, encontraba difícil mantenerse quieta, y cuando cambiaba de posición en el implacable banco de madera, el uniforme no hacía ni el más leve crujido. Eso echaba por tierra el rumor que había oído y que aseguraba que estaban hechos con piel de coprolita. Parecían más bien fabricados de un cuero excepcionalmente fino, suave y flexible: tal vez piel de ternero de gran calidad. Supuso que sería así para que los styx se pudieran mover con más sigilo, sin aquel crujido característico de los uniformes semejantes, de color negro azabache, que llevaban en la Colonia.

Los Limitadores descansaban por turno: dos de ellos dormían con los pies sobre la mesa mientras los otros dos permanecían despiertos e inhumanamente inmóviles, sentados tiesos como estacas, con la mirada al frente. Había una especie de fiera atención en todos ellos, incluso en los que dormían, como si estuvieran preparados para entrar en acción en un abrir y cerrar de ojos.

Sarah y Rebecca no intentaron conversar debido al constante ruido, que era más fuerte de lo habitual, según le había informado la chica, porque el tren corría al doble de velocidad de lo habitual.

Así que en vez de hablar, Sarah observaba lo que parecía una vieja y maltrecha cartera de colegio, de color marrón, que estaba sobre la mesa, delante de Rebecca. Sobresalía de ella un fajo de periódicos de la Superficie, y Sarah podía adivinar el patético titular del primero de todos, que decía en grandes letras negritas: «ATACA EL SUPERVIAJERO». No había estado muy al corriente durante las últimas semanas de los acontecimientos de la Superficie, y no tenía ni idea de a qué se refería. De todas formas, se había pasado muchas horas del viaje preguntándose por qué les interesaba aquello a Rebecca y a los styx. Se moría de ganas de sacar los periódicos y leer más.

Pero durante todo el viaje, Rebecca no había cerrado los ojos ni una vez, y mucho menos echado una cabezada. Repantigada contra la pared del furgón, con los brazos delicadamente cruzados en el regazo, era como si hubiera entrado en un estado de meditación profunda. A Sarah le resultaba francamente desconcertante.

La única ocasión en que cruzó unas palabras con la niña styx fue cuando finalmente el tren empezó a aminorar la marcha y terminó parándose.

Como si saliera de aquel extraño estado de suspensión, se inclinó de repente hacia delante y le dijo a Sarah:

—Las compuertas de tormenta. Después sacó los periódicos de la cartera y empezó a hojearlos.

Sarah asintió, pero no respondió nada, porque en ese momento se oyó un fuerte ruido metálico que venía de delante. Los Limitadores se movieron, y uno de ellos pasó unos platos de campaña con tiras de cecina y unas tazas de agua de loza descascarillada. Sarah cogió la suya, dio las gracias al hombre, y comieron en silencio mientras el tren volvía a ponerse en marcha. Pero apenas habían recorrido una pequeña distancia cuando el tren volvió a pararse con otra sacudida, para cerrar las compuertas.

Rebecca leía el periódico muy atentamente.

—¿Qué es todo eso? —preguntó Sarah aguzando la vista para distinguir el titular, que decía «PANDEMIA: YA ES OFICIAL»—. ¿Son recientes esos periódicos?

—Sí. Los compré esta mañana, cuando estuve en la Superficie. —Cerró el que tenía en las manos y dirigió los ojos hacia lo alto—. ¡Tonta de mí! Se me olvida que conoces bien Londres. Los compré a un tiro de piedra de Saint Edmunds, que seguramente te suena.

—El hospital… en Hampstead —concretó Sarah.

—Ése exactamente —confirmó Rebecca—. Y no te haces a la idea de las riñas que había ante la puerta de urgencias. Es de alucine: colas de dos kilómetros. —Negó con la cabeza en gesto teatral, y de pronto se paró y sonrió como un gato que acaba de devorar una tarrina de la nata más exquisita.

—¿De verdad? —preguntó Sarah.

Rebecca se rió:

—La ciudad entera está paralizada.

Sarah observó con recelo cómo volvía a desplegar el periódico y a meterse en la lectura.

¡Pero aquello no podía ser cierto! Rebecca había estado aquella mañana en el Cuartel, preparándose para el viaje en tren. Sarah la había atisbado varias veces por allí, y otras veces había oído su voz por los pasillos. Entre una de esas ocasiones y la siguiente no podía haber pasado más de una hora, así que ése era el tiempo del que había dispuesto para salir del edificio. En ese tiempo no podía haber subido a Highfield y vuelto, no digamos ya a Hampstead. Rebecca tenía que estar mintiendo. Pero ¿por qué? ¿Estaba jugando con ella, para ver cómo reaccionaba, o tal vez haciendo una exhibición de su autoridad, de su poder sobre ella? Sarah estaba tan perpleja que no preguntó más sobre las noticias.

Antes de que el tren reanudara la marcha, Rebecca dejó los periódicos a un lado y, tras dar otro sorbo a la taza, se agachó para sacar de debajo del banco un largo fardo envuelto en arpillera. Se lo tendió a Sarah, que lo cogió y, tras quitar la arpillera, descubrió uno de los rifles largos que utilizaban los Limitadores, un rifle completo, con mira telescópica incluida. Ya había utilizado un arma semejante en el Cuartel, cuando el militar styx de las cicatrices le había instruido en su manejo.

Sarah le dirigió a Rebecca una mirada interrogante. Como no obtuvo ninguna respuesta ni reacción por su parte, se inclinó hacia ella y le preguntó:

—¿Es para mí? ¿De verdad?

La chica le sonrió levemente, asintiendo con un lento movimiento de cabeza.

Sabiendo que no debía quitar las tapas de cuero que había a ambos lados de la mira porque la luz hubiera podido estropear el interior, Sarah se llevó el rifle al hombro. Apuntó con él al otro extremo del furgón al tiempo que le tomaba al peso. Era pesado, pero no más de lo que ella podía manejar.

Podría haber ronroneado de satisfacción, como un gato. Se tomó aquel regalo como una prueba de la confianza que Rebecca depositaba en ella, y eso aunque ella seguía desconcertada por la imposibilidad de que la chica styx hubiera estado aquella misma mañana en Hampstead. Intentó convencerse de que Rebecca debía de haberse confundido de día, y seguramente estaba pensando en otra mañana distinta. Pero trató de olvidarlo para concentrarse en lo que tenía en las manos.

Pasó los dedos por la superficie mate del cañón del rifle. Sólo encontraba una razón para que le dieran aquella arma. Ya tenía los medios, y estaba dispuesta a cualquier cosa para vengar la muerte de Tam. Se lo debía a él y a su madre.

Mientras el tren ganaba velocidad, Sarah jugaba con el arma. Pasó así el resto del trayecto, unas veces colocándosela en posición de disparar, mientras accionaba el cerrojo y apretaba el gatillo sumamente sensible, disparando sin munición, y otras veces dejándola en el regazo hasta que se familiarizó del todo con ella, incluso bajo aquella luz del furgón de cola, que era tan tenue que apenas permitía verla bien.

28

Drake los había sacado de patrulla por la Llanura Grande, y caminaban a través de lo que él llamaba «los Perímetros», por donde dijo que era muy raro que hubiera Limitadores.

Era un día especial, porque era la primera excursión en la que Cal tenía que pasar por el sumidero y llegar a la Llanura Grande, que no había pisado desde que Will y Chester lo llevaron a la base a rastras, inconsciente, hacía ya unas cuantas semanas. Drake había puesto mucho cuidado para decidir cuándo podía salir Cal. En aquellos momentos ya se encontraba bien y listo para un cambio de escena; además, en el limitado espacio de la base se empezaba a revolver como loco. Aunque aún cojeaba ligeramente, Cal había recuperado casi toda la sensibilidad en la pierna, y estaba que se moría por ir un poco más lejos.

Tras pasar el sumidero y ponerse en marcha, acompañados por Drake y Elliott, Will experimentó una sensación de euforia, pensando que era la primera vez que iban los cinco juntos, como un equipo. Después de varias horas de caminata, con Elliott en cabeza, Drake les dijo que iban a dejar la llanura y meterse por un tubo de lava. Pero antes de hacerlo, sugirió que comieran algo, tras lo cual él les daría unas instrucciones. Colocó una luz muy tenue en un hoyo que había en el suelo, y se reunieron en torno a ella. Cada uno cogió su ración, y se sentaron todos a comérsela.

No le pasó desapercibido a Will que Chester y Elliott se habían sentado juntos y charlaban entre ellos en voz muy baja. Se pasaban la cantimplora uno a otro. Su ánimo decayó y volvió a tener la sensación de que lo excluían. Eso le molestó tanto que se dio cuenta de que había perdido el apetito por completo.

Necesitaba aliviarse y, despechado, se levantó y se alejó del grupo. Se sintió muy agradecido de poder ahorrarse el tierno espectáculo del *tête-á-tête* de Chester y Elliott durante el tiempo que le llevaría vaciar la vejiga. Al irse, observó por encima del hombro el grupo sentado alrededor de la lámpara. Hasta Drake y Cal estaban totalmente absortos en su conversación, y no se percataban de que él empezaba a alejarse.

No tenía la intención de separarse mucho de ellos, pero, preocupado con sus propios pensamientos, siguió andando. Empezaba a resultarle cada vez más evidente que los demás lo dejaban de lado porque había algo que «tenía» que hacer. Todos ellos, Drake, Elliott, Chester y Cal, parecían completamente imbuidos en su supervivencia cotidiana, como si eso fuera lo único que había en la vida: desvivirse por llevar una primitiva existencia en aquel lugar tan parecido al infierno.

Pero Will tenía un propósito, un propósito único y absoluto. Había algo más que tenía que hacer aparte de sobrevivir. De un modo u otro conseguiría encontrar a su padre, y una vez que lo encontrara, los dos trabajarían como un equipo estudiando aquel lugar. Igual que en los buenos tiempos, allá en Highfield. Y después, por último, su padre y él regresarían a la Superficie con todos sus descubrimientos. Casi se paró en seco al comprender que, con la excepción de Chester, nadie albergaba deseo alguno de encontrar a su padre, y desde luego, ningún otro tenía intención de subir a la Superficie. Pues bien, él tenía esa misión, y desde luego no estaba dispuesto a pasar el resto de sus días en aquel duro exilio subterráneo, corriendo a esconderse como un conejo asustado cada vez que aparecían los styx.

Al llegar a la pared del perímetro, vio ante él la boca de varios tubos de lava. Entró en uno de ellos, saboreando aquella sensación de distancia en medio de la oscuridad impenetrable. Cuando hizo lo que tenía que hacer, salió del tubo de lava, aún inmerso en pensamientos sobre el futuro. Había dado unos diez pasos cuando notó que había algo que no estaba como tenía que estar.

Se paró en seco. Donde creía haber dejado a los otros no había ni movimiento, ni voces, ni luz. Quedó completamente impactado con la escena, o con la falta de ella, que tenía ante los ojos. Se habían ido. El grupo ya no estaba allí.

Will no se aterrorizó de inmediato, porque pensó que tal vez se estuviera equivocando de lugar. Pero no, estaba completamente seguro de que el sitio era aquél, y tampoco se había alejado tanto como para confundirse.

Durante unos segundos escudriñó en la oscuridad. Después levantó la linterna por encima de la cabeza y barrió con ella el terreno de lado a lado, esperando que eso les revelara su posición.

—¡Estáis ahí! —exclamó al verlos. Y desde una distancia que parecía alarmantemente grande, alguien del grupo le devolvió la señal, dirigiéndole por un instante una luz en respuesta a su linterna.

Y, como descubierto por el flash de una cámara de fotos, le llegó a la retina la imagen de ellos corriendo caóticamente como una manada de gacelas asustadas. Aquel flash había descubierto a Drake que señalaba un punto en la distancia, como si intentara decirle algo a Will. Pero éste no entendía lo que quería decirle. Entonces perdió todo atisbo de Drake y de los demás.

Volvió a mirar el lugar donde habían estado sentados. Había dejado allí la chaqueta y la mochila, y sólo se había llevado con él una pequeña linterna de pilas: ¡no tenía nada!

El corazón le dio un vuelco, como si se acabara de caer desde lo alto de un edificio de muchas plantas. Tendría que haberles dicho adónde iba. Sabía con toda certeza que, fuera lo que fuera aquello que los hacía huir de manera tan despavorida, tenía que ser algo muy peligroso. Comprendió que también él debería empezar a correr, pero ¿hacia dónde? ¿Debía intentar alcanzarlos? ¿Debía tratar de recuperar la chaqueta y la mochila? ¿Qué demonios debía hacer? Estaba indeciso, sacudido de un lado a otro por un mar de dudas.

De pronto, volvió a sentirse como un niño pequeño, y revivió su primer día en la escuela primaria de Highfield. Su padre lo había dejado en la puerta principal y, con su habitual despiste, no se le había ocurrido asegurarse de que Will supiera adónde debía dirigirse. Con creciente pavor, el niño había deambulado por los pasillos vacíos del colegio, sin dirigirse a ningún punto en concreto, perdido y sin tener a nadie a quien preguntar.

Will forzó la vista intentando volver a vislumbrar a Drake y a los otros, haciendo todo lo posible por comprender hacia dónde se dirigían. Estaba seguro de que tratarían de refugiarse en alguno de los tubos de lava. Movió la cabeza hacia los lados, en gesto de negación: no, saber eso no le servía de nada, porque había demasiados tubos. Las posibilidades de que él acertara con el que habían elegido ellos eran muy escasas, por no decir nulas.

«¿Y ahora qué hago?», se preguntó varias veces, una detrás de otra. Observó el oscuro horizonte hacia donde había señalado Drake. Parecía bastante tranquilo. Imploró que no hubiera nada allí, pero en el fondo se temía que sí, que algo había. ¿Qué era? ¿Qué era lo que los hacía correr de aquel modo? Entonces oyó un ladrido lejano, y se le erizaron los pelos de la nuca.

¡Perros de presa!

Se estremeció. Eso sólo podía significar una cosa: que los styx se aproximaban. Buscó sus cosas de manera desesperada. ¿Tendría tiempo suficiente de cogerlas? ¿Se atrevería a intentarlo? No llevaba con él más que la pequeña linterna: ni esferas de luz, ni comida, ni agua. Preso de creciente terror, se quedó allí quieto, observando los diminutos puntos de luz de los styx que se iban haciendo visibles, aparentemente lejanos, pero ya lo bastante cerca para infundirle un pánico atroz.

Había dado unos pasos vacilantes hacia la chaqueta y la mochila cuando oyó un ruido seco y fuerte, como una sonora bofetada, seguido rápidamente por otro igual. Muy cerca de su cabeza, saltaron esquirlas de la roca. Siguieron más disparos de rifle, a un lado y otro de él, pero siempre muy cerca, como una sucesión de truenos.

¡Aquellos bastardos le estaban disparando!

Se agachó mientras otra sucesión de disparos levantaba la tierra a ambos lados de él. Y después vinieron más. Se estaban acercando demasiado. Y parecía que el aire hubiera cobrado vida, silbando al paso de las balas.

Tapando la linterna con la mano, se tiró al suelo. Rodó para ponerse a cubierto tras una roca, al tiempo que una salva de disparos impactaba contra ella, y olió el olor del plomo caliente y de la pólvora. No había nada que hacer. Le apuntaban a él directamente. Parecía que sabían muy bien dónde se encontraba.

Volvió a apoyar los pies en el suelo y, tan agachado que casi formaba una bola, corrió con torpeza hacia el tubo de lava que tenía detrás.

No se detuvo al doblar un recodo del túnel. Llegó al final a una intersección y cogió el túnel de la izquierda, sólo para descubrir que había un enorme precipicio en el camino. Al volver rápidamente atrás, comprendió que su prioridad era poner tanta distancia como fuera posible entre él y los styx. Pero no podía olvidar que tendría que desandar el camino después, si quería encontrar a Drake y los otros. Y sabía que le resultaría imposible hacerlo si se limitaba simplemente a alejarse de aquel lugar. La trama de tubos de lava era compleja, y no era fácil distinguir un túnel del siguiente. Sin dejar algún tipo de señal en la tierra, le sería muy difícil encontrar el camino de regreso.

Dividido entre la necesidad de escapar y la perspectiva de perderse sin duda alguna si continuaba, se detuvo unos segundos en la intersección. Escuchó, preguntándose si los styx lo estarían siguiendo realmente. Cuando oyó el eco de un aullido resonando en el túnel, volvió a correr. No había más remedio que correr. Salió lo más rápido que pudo para alejarse de los styx.

En unas horas cubrió una distancia considerable. No se había dado cuenta de que debía restringir el uso de la linterna. Pero entonces, despavorido, notó que la luz empezaba a perder parte de su intensidad. A partir de ese momento comenzó a ahorrar pilas, apagando la linterna cada vez que tenía delante un tramo de túnel recto e ininterrumpido, pero el haz de luz no tardó en convertirse en una lucecita amarilla muy débil.

Y, de pronto, se apagó completamente.

Nunca podría olvidar la profunda angustia que sintió en aquel instante, al quedar sumergido en la oscuridad palpitante y absoluta. Agitó la linterna con desesperación, intentando en vano extraerle unas gotas de luz. Sacó las pilas, las frotó con las manos para calentarlas antes de volver a ponerlas, pero eso no sirvió de nada. ¡Estaban agotadas!

Hizo lo único que podía hacer: siguió caminando, tentando a ciegas por los desconocidos túneles. No era tan sólo que no tuviera la más leve idea de adónde iba y se estuviera extraviando irremediablemente, sino también que podía oír de vez en cuando ruidos por los túneles que había dejado atrás. Tuvo tentaciones de pararse a escuchar, pero le obligaba a seguir la idea de que un perro de presa podía surgir de la oscuridad y lanzarse sobre él. El miedo que le infundían sus perseguidores era mayor que la implacable oscuridad en que se iba hundiendo más y más. Se sentía completamente perdido y solo.

«¡Idiota, idiota, idiota! ¿Por qué no seguí a los otros? ¡Estoy seguro de que había tiempo! ¿Cómo puedo ser tan imbécil?» Se lanzaba contra sí mismo reproches cada vez más fuertes y abundantes, al tiempo que la oscuridad lo invadía, convirtiéndose en algo que casi podía palpar, como una sopa espesa de color negro.

No le quedaba esperanza alguna, pero había una pequeña idea que le permitía no desmayar. Era una idea que tenía en la mente, una pequeña ilusión, luminosa como la luz de un faro lejano: se imaginaba el momento en que se reuniría con su padre, el momento en que todo se arreglaría y volvería a ser tal como había soñado.

Sabiendo lo inútil que resultaba hacerlo, pero notando que eso lo tranquilizaba y le proporcionaba un pequeño alivio, empezó a llamarlo cada poco:

—¡Papá…! —decía llorando—. ¿Estás ahí, papá?

El doctor Burrows estaba sentado sobre la más pequeña de dos rocas y apoyaba los codos en la más grande mientras mordisqueaba, pensativo, un trozo de comida seca que le habían dado los coprolitas. Ignoraba si aquello era animal o vegetal, pero su sabor era salado, cosa que agradecía porque había sudado a mares siguiendo la intrincada ruta marcada en el mapa y notaba que los calambres le rondaban las pantorrillas. Sabía que si no tomaba sal en grandes cantidades muy pronto se vería en serios problemas.

Se giró para observar la orilla del precipicio. En la oscuridad se perdía el diminuto camino por el que acababa de descender, que era una peligrosa cornisa tan estrecha que se había visto obligado a tumbarse contra la superficie de la roca, haciendo el camino a rastras, muy despacio y con mucho cuidado. Suspiró. No tenía ganas de repetir la experiencia.

Se quitó las gafas y les dio una pasada a los cristales con la manga raída de la camisa. Pese a las reservas que albergaba aún con respecto a la exposición a la radiactividad, se había quitado unos kilómetros antes el traje coprolita, porque era demasiado incómodo y pesado. En aquellos momentos pensaba que tal vez había exagerado un poco sobre los riesgos asociados a la radiactividad, entre otras cosas porque era probable que se concentrara sólo en áreas muy concretas dentro de la Llanura Grande, y además no había pasado allí mucho tiempo. De todas formas, en aquellos momentos no podía preocuparse de eso, porque tenía cosas más importantes en qué pensar. Cogió el mapa y estudió las enmarañadas marcas por enésima vez.

Entonces, con una de aquellas cintas de comida colgada de los labios como un cigarrillo sin encender, retiró el mapa a un lado y, utilizando como atril la roca más grande, abrió el diario para comprobar algo que le tenía preocupado. Pasó hojas con dibujos de las lápidas que había encontrado poco después de su llegada a la Estación de los Mineros. Localizando uno de los últimos dibujos de la serie, comenzó a estudiarlo. No estaba muy bien dibujado, debido al estado físico en que se encontraba entonces, pero a pesar de todo estaba seguro de haber captado lo principal. Siguió mirándolo durante un rato, y después se echó para atrás en actitud pensativa.

La lápida dibujada en aquella página en concreto era distinta de las otras que había visto. Para empezar, era más grande, y algunas de las marcas que contenía eran completamente distintas de todas las demás que se encontraban en aquel sitio.

En la superficie, la lápida tenía tres zonas muy bien definidas, cada una distinta de la otra. En la superior, la escritura estaba compuesta de extraños signos cuneiformes (o sea, letras en forma de cuña) que no podía ni empezar a descifrar. Por desgracia, aquél era el tipo de letra utilizado en todas las demás lápidas que había visto en la caverna. Era imposible encontrarles algún sentido.

Debajo había otro bloque de extrañas letras cuneiformes angulares, muy diferentes de todas las demás, y que tampoco recordaban a nada de lo que se hubiera encontrado en todos sus años de estudio. El tercer bloque de escritura era igual de extraño, pero en él había una sucesión de símbolos jeroglíficos: unos dibujos extraños e irreconocibles, desprovistos de significado para él.

—No lo pillo —decía lentamente, frunciendo el ceño.

Pasó hojas hacia delante, hasta llegar a una página en la que ya había apuntado cosas en un intento de traducir aunque fuera un brevísimo fragmento de cualquiera de los tres bloques. A fuerza de examinar los símbolos repetidos en la parte media e inferior de la lápida, pensaba que sería capaz de empezar a encajar piezas hasta conseguir entender una parte de los escritos cuneiformes. Aun cuando fueran similares a la escritura ideográfica china, con un prodigioso número de caracteres distintos, esperaba al menos poder descubrir algún tipo de patrón básico.

—Vamos, vamos, utiliza la cabeza, hombre de Dios —se apremiaba a sí mismo con un gruñido, pegándose en la frente con la palma de la mano. Pasándose la cinta de comida de un lado de la boca al otro, se puso de nuevo a elucubrar, tratando de hacer algún progreso.

—No... lo... pi... llo... —rezongó. Con intensa frustración, rasgó la página en la que estaba haciendo las anotaciones y, tras arrugarla hasta hacerla una bola, la tiró por encima del hombro. Se echó para atrás y entrelazó las manos con fuerza, inmerso en profundas cavilaciones. Al hacerlo, el diario se cayó de la roca.

—¡Maldición! —exclamó, agachándose a recogerlo. Había caído abierto por la página del dibujo que tantos problemas le causaba. Volvió a ponerlo sobre la roca.

Escuchó ruidos: un crujido seguido por una serie de algo que parecían taconeos o castañeteos. Terminó poco después de empezar, pero de inmediato levantó la esfera de luz y miró a su alrededor. No vio nada, y empezó a silbar en un intento de sentirse más tranquilo.

Bajó la esfera y, al hacerlo, la luz incidió sobre la página del diario que estaba tratando de traducir.

Acercó la cabeza a la página, y después la acercó todavía más.

—¡Pero serás tonto de capirote! —exclamó antes de empezar a reírse, mientras examinaba las letras que hasta ese mismo instante habían carecido para él de todo sentido—. ¡Sí, sí, sí, sí!

Se había encontrado tan mal en el momento en que había copiado el dibujo de la lápida que sencillamente no había reconocido el alfabeto. Desde luego, no había conseguido reconocerlo boca abajo.

—¡Es alfabeto fenicio, so imbécil! ¡Lo estabas mirando al revés! ¿Cómo puedes ser tan tonto?

Empezó a transcribir furiosamente en la página, pero se dio cuenta de que, de tan nervioso y emocionado como estaba, en vez del lápiz estaba intentando utilizar la cinta de comida a medio mascar. La tiró al suelo y, usando esta vez el lápiz, garabateó apresuradamente en el margen, adivinando los símbolos allí donde era necesario, ya fuera porque su copia había sido deficiente, o porque la propia lápida se encontraba desgastada o dañada.

—Aleph... lamed... lamed... —murmuraba para sí transcribiendo letra por letra, dudando al llegar a alguna que estaba poco clara o que él no conseguía recordar a bote pronto. Pero no le llevó mucho tiempo recordarlas todas, ya que se le daba muy bien el griego antiguo, cuyo alfabeto descendía directamente del fenicio—. ¡Ya lo tengo, qué diablos! —gritó, y su voz resonó a su alrededor.

Descubrió que la escritura que había en el medio de la lápida era una especie de plegaria. Nada que resultara en sí mismo muy emocionante, ¡pero el caso es que podía entenderlo! Habiendo llegado tan lejos, empezó a examinar el bloque superior, una vez más, que consistía en una serie de jeroglíficos. Inmediatamente, los símbolos comenzaron a cobrar sentido para él, ahora que veía los detallados pictogramas en el sentido correcto.

Los símbolos no tenían nada que ver con los signos mesopotámicos que había estudiado en su doctorado. Además de recordar que los pictogramas mesopotámicos eran la forma de escritura más antigua conocida, y que databan del año 3000 a.C., el doctor Burrows recordaba también que los pictogramas habían ido haciéndose más esquemáticos con el paso de los siglos. Así, al comienzo, los dibujos eran muy fáciles de entender (cosas tales como un barco o una fanega de trigo), pero con el tiempo se volvían más estilizados, algo más parecido a las letras cuneiformes de los bloques medio e inferior de la lápida. Es decir, se terminaban convirtiendo en un alfabeto.

—¡Sí, sí! —exclamaba, comprobando que la parte superior repetía la plegaria escrita en el bloque del medio.

Pero no daba la impresión de que la escritura se hubiera desarrollado directamente a partir de los pictogramas. De repente, quedó apabullado al darse cuenta de las implicaciones de lo que acababa de averiguar:

—¡Dios mío! Hace milenios, de la forma que fuera, un escriba fenicio llegó de la Superficie... e hizo esto: grabó una traducción a partir de un antiguo lenguaje jeroglífico. Pero ¿cómo llegó hasta aquí? —El doctor Burrows infló las mejillas y exhaló el aire por entre los labios—. Y esa antigua raza desconocida... ¿quiénes eran? ¿Quiénes eran, por todos los demonios?

A su mente llegó toda suerte de posibilidades, pero hubo una, tal vez la más rebuscada de todas, que se presentó con mucho más ímpetu que las otras:

—¡Los atlantes...! ¡La perdida ciudad de la Atlántida! —Se le cortó la respiración, y el corazón le empezó a palpitar ante aquella hipótesis.

Farfullaba para sí mismo, jadeando de la emoción. Enseguida dirigió la atención al bloque inferior, cotejándolo con las palabras fenicias que había arriba.

—Por todos los diablos, creo que lo tengo. Es... ¡es la misma plegaria! —empezó a gritar. E inmediatamente descubrió las semejanzas entre los jeroglíficos de la parte de arriba y la forma de las letras de abajo. No le cabía ninguna duda de que estaban relacionados, de que aquellos pictogramas habían evolucionado hasta convertirse en aquellas letras.

Y empleando la escritura fenicia, no debería tener problemas para traducir la inscripción del bloque inferior. Ahora disponía de la clave que le capacitaba para traducir todas las otras lápidas que había encontrado en la caverna y dibujado en su diario.

—¡Puedo hacerlo, qué narices! —exclamó eufórico pasando las páginas de unos dibujos a otros—. ¡Voy a ser capaz de entender su lengua! He encontrado mi propia piedra Rosetta. No, espera... —Levantó el dedo al tiempo que concebía la idea—: ¡Se llamará... la piedra Burrows! —Se puso en pie y se volvió hacia la oscuridad, levantando el diario por encima de la cabeza, eufórico—. ¡La piedra del doctor Burrows!

»¡Vaya papanatas, vosotros los investigadores del Museo Británico, y vosotros los catedráticos de Oxford y de Cambridge! ¡Y usted, viejo y rancio profesor Whites, que me afanó la excavación romana...! ¡Yo soy el vencedor! ¡Yo seré el que pase a la posteridad! —Sus palabras resonaron por el precipicio—. ¡Puede que aquí, en mis manos, tenga guardado el secreto de la Atlántida! ¡Y es sólo mío, pobres infelices!

Volvió a oír aquel sonido que parecía un castañeteo, y encendió de repente la lámpara.

—¿Qué dem...?

Allí, donde había caído la cinta de comida, se movía algo grande. Con mano temblorosa, dirigió hacia el lugar la luz de la lámpara.

—¡No! —gritó con la voz ahogada.

Tenía el tamaño de un pequeño turismo, con seis patas articuladas que sobresalían formando ángulos, y un enorme caparazón abombado como cuerpo. Era de color blanco amarillento, y se movía con pesadez. Pudo ver sus pinzas polvorientas, que rechinaban una contra otra mientras devoraba la comida que él había tirado. Moviendo las antenas con intención exploratoria, avanzó muy lentamente hacia él. El doctor Burrows dio un paso atrás.

—No... no puedo creer... lo que veo —consiguió pronunciar Burrows—. ¿Qué demonios eres tú...? ¿Un insecto descomunal?, ¿un ácaro gigante? —preguntó, corrigiéndose mentalmente casi al mismo tiempo que hablaba, porque sabía muy bien que los ácaros no eran insectos sino arácnidos, como las arañas.

Fuera lo que fuera, se había parado, evidentemente con algo de recelo hacia él, moviendo las antenas de manera independiente pero sincronizada, como dos palillos chinos. No vio rastro de ojos en la cabeza, y el caparazón parecía tan grueso como la carrocería de un tanque. Pero cuando lo examinó más de cerca, vio que el caparazón tenía una especie de abolladuras, con muescas que parecían heridas de cuchillo por toda la deslustrada superficie, y que tenía agujeros de feo aspecto en los bordes, que parecían destrozados.

Pese a su tamaño y apariencia, Burrows comprendió enseguida que no representaba un peligro para él. No intentaba acercarse más, y permanecía cautelosamente donde estaba, quizá con más miedo del doctor Burrows que el que éste tenía de él.

—Parece que vienes de la guerra, ¿eh? —comentó iluminándolo con su esfera de luz.

El bicho hizo castañetear las pinzas, como para mostrarse de acuerdo. Por un momento, Burrows levantó la vista de la descomunal criatura para mirar a su alrededor.

—Este lugar es tan... rico... ¡es como una mina de oro! —dijo suspirando, y a continuación hurgó en su cartera—. Aquí tienes, amigo. —Le lanzó otro trozo de comida a la extraña criatura, que retrocedió unos pasos, como si tuviera miedo. A continuación, muy despacio, se aproximó, localizó la comida y la cogió con prudencia. Evidentemente, la criatura llegó a la conclusión de que la cinta se podía comer, y cogiéndola con las pinzas empezó a devorarla al instante, emitiendo chirridos diversos.

El atemorizado doctor Burrows volvió a sentarse sobre la roca y buscó el sacapuntas en el bolsillo del pantalón. Lo encontró, y empezó a utilizarlo, dándole vueltas en torno a lo poco que quedaba ya del lápiz. Sin dejar de masticar y como si esperara otro bocado, la gigantesca criatura se tumbó pero sin dejar de mantenerse sobre las patas.

El doctor Burrows se rió ante aquella extraña situación, mientras cogía el diario y pasaba las páginas hasta llegar a una en blanco, para hacer un dibujo del «ácaro del polvo» que tenía delante. Observó la página en blanco, y luego dudó, mirando indeciso. El ruido que emitía la criatura gigante lo sacó de repente de sus pensamientos. Comprendió lo que tenía que hacer. Regresó al dibujo de la lápida. La prioridad era traducir el resto de la Piedra del Doctor Burrows.

—No tengo tiempo para ti... —murmuró—. No tengo tiempo...

29

—¡Socorro! ¡Que alguien me ayude! ¿No hay nadie?

«No te hagas ilusiones. ¿Sabes lo probable que es que acuda alguien en tu auxilio? —decía una voz brusca y desagradable que salía de la propia cabeza de Will. Y por mucho que él intentaba acallarla, no había manera—. No hay nadie en kilómetros a la redonda. Estás completamente solo, tío», proseguía la voz.

—¡Socorro, ayuda! ¡Ayuda! —gritaba Will, haciendo todo lo posible por ignorar aquella voz.

«¿Qué esperas...? ¿Que papaíto aparezca de repente al volver la esquina para llevarte de vuelta a casa? ¿Papaíto, el superdoctor Burrows, el que se pierde en el metro de Londres? ¡Vaya por Dios!»

—¡Déjame en paz! —bramó el chico con voz ronca, dirigiéndose a la fastidiosa voz de su pesimismo. Su grito resonó a lo largo de los túneles que lo rodeaban.

«¿Te has perdido, eh? ¡Qué divertido! —insistía la voz. Era una voz tranquila, petulante, que parecía saber perfectamente cómo iba a terminar todo—. Las cosas ya no pueden estar peor. Estás acabado.»

Will se paró y negó con la cabeza, rehusando aceptar lo que le decía la voz. Tenía que haber una solución, una salida a aquello.

Abrió y cerró los ojos, intentando ver algo, lo que fuera,

pero no veía nada. En la Superficie, hasta la más oscura de las noches tiene un pequeño resto de luz, pero allí no. Allí la oscuridad era absoluta y estaba llena de engaños y falsas esperanzas.

Se desplazó a lo largo de la pared, palpando con los dedos aquella aspereza de la roca a la que ya había tenido tiempo de acostumbrarse completamente. Avanzaba muy despacio hasta que lo vencía la impaciencia e intentaba ir demasiado aprisa. El pie se le enganchó en un obstáculo y cayó hacia delante, tras lo cual rodó por una pendiente. Se paró al final, tumbado boca abajo, con la cara contra la tierra. Respiraba con dificultad.

Si se permitía pensar durante mucho tiempo en la situación en que se encontraba, no podría soportarlo. Allí estaba él, a más de ocho mil metros por debajo de la Superficie de la Tierra, si eran correctos los datos que le había dado Tam. Y estaba solo, aterrorizado, irremediablemente perdido. Calculaba que llevaba al menos un día separado de Drake y de los demás. Era muy posible que fuera más tiempo, pero no tenía ningún modo de averiguarlo.

Cada segundo que pasaba en aquella situación era tan crucial y pavoroso como el anterior, y tenía la impresión de que se extendían ante él millones de aquellos horribles segundos. Realmente, no tenía ni idea de cuánto tiempo llevaba por aquellos túneles interminables, pero si la sequedad de su garganta demostraba algo, tenían que haber pasado al menos veinticuatro horas. Lo único de lo que estaba completamente seguro era de que no había tenido tanta sed nunca.

Se levantó y alargó las manos para tocar la pared, pero sus dedos extendidos no encontraron más que el aire caliente. La pared no estaba donde debía estar. De repente, se imaginó que se encontraba al borde de un enorme precipicio, y sintió vértigo. Dio otro paso, sin muchas ganas. El suelo no parecía estar nivelado, pero ni siquiera de eso podía estar seguro, porque había llegado a un punto en que no sabía si el suelo estaba inclinado, o era él el que se encontraba torcido. Empezaba a desconfiar incluso de los sentidos que le quedaban operativos.

El vértigo empeoró. Sintió mareos. Intentó recuperar el equilibrio levantando los brazos a ambos lados. Después de pasarse un rato en esta posición, como un espantapájaros torcido, empezó a sentirse más confiado. Dio unos pasos de manera precavida, pero siguió sin encontrar rastro de la pared. Lanzó un grito y escuchó el eco.

Había llegado a un espacio amplio, eso era lo que podía decir a partir de las reverberaciones de su voz. Tal vez se encontrara en la intersección de varios túneles. Desesperado, intentó contener el creciente pánico. Su respiración, superficial y ruidosa, y los latidos del corazón le martilleaban en los oídos de manera desacompasada. Sintió estremecimientos de terror por todo el cuerpo. Y tembló, sin poder evitarlo, sin saber si lo que tenía era frío o calor.

¿Cómo había podido meterse en aquella situación? La pregunta le daba vueltas en la cabeza, como una polilla atrapada en una jarra puesta boca abajo sobre la mesa.

Necesitó todo su valor para avanzar otro paso. Pero seguía sin haber pared. Dio una palmada y escuchó la reverberación del sonido. Estaba claro que se hallaba en un lugar de mayores dimensiones que un simple túnel, e imploró que no hubiera allí un abismo, aguardándolo en la oscuridad. La cabeza volvió a darle vueltas.

«¿Dónde están las paredes? ¡He perdido esas paredes de mierda!»

La rabia se apoderó de él, y apretó los dientes con tanta fuerza que empezaron a rechinarle. Con los puños cerrados, lanzó un grito inhumano, a medio camino entre el gruñido de una fiera y un alarido de terror, pero diferente de ambos. Intentó poner en orden sus pensamientos, pero se encontró con que no podía contener la ira ni el desprecio hacia sí mismo.

«¡Imbécil, imbécil, imbécil!»

Era como si, al final, la desagradable voz que oía antes en el interior de su cabeza hubiera ganado la partida, y toda esperanza hubiera desaparecido. Era un idiota y merecía la muerte. Empezó a culpar a los demás, en especial a Chester y a Elliott, y gritó obscenidades contra ellos, obscenidades lanzadas a las mudas paredes que debían de rodearlo. Le invadió un deseo de golpear, de herir. En el anonimato de la oscuridad, empezó a pegarse a sí mismo, descargándose puñetazos en los muslos. Después se golpeó a un lado de la cabeza, y el dolor trajo aparejada una punzante claridad, por la que volvió a recobrar algo de sensatez.

«¡No, soy un poco mejor que todo eso! Tengo que seguir.»

Se puso de rodillas y después a gatas. Y empezó a avanzar, tanteando el suelo delante de él con las manos por si había un agujero, un vacío, comprobando y volviendo a comprobar que no estaba a punto de caerse por un precipicio. Tocó algo con la mano, por encima del suelo: ¡era la pared! Con un suspiro de alivio, se levantó y lentamente, pegado a ella, reemprendió el lento y tedioso caminar.

Durante las horas siguientes, el Tren de los Mineros atravesó varias más de aquellas compuertas de tormenta a las que se refería Rebecca.

La primera señal que apreció Sarah de que se acercaban a su destino fue el repique de una campana, seguido del potente lamento del silbato del tren. Éste empezó a frenar y se detuvo chirriando. Corrieron las puertas laterales del furgón: tenía ante ella la Estación de los Mineros. En las ventanas, las luces brillaban con languidez.

—¡Fin de trayecto! —anunció Rebecca, con el asomo de una sonrisa. Al bajar del furgón y estirar las entumecidas piernas, Sarah vio que se acercaba apresuradamente un grupo de styx.

Cogiendo el regalo en su envoltorio, Rebecca le indicó a Sarah que se quedara junto al tren, y ella se dirigió al encuentro del grupo. Eran al menos una docena de styx, que caminaban tan deprisa que levantaban a su paso una nube de polvo. Sarah reconoció a uno: al styx anciano que la había acompañado en el coche de caballos el día de su regreso a la Colonia.

De acuerdo con una costumbre profundamente arraigada, Sarah aprovechó el tiempo para tomar nota mental de la cantidad y localización del personal que había en la estación. Le vendría bien tener una cierta idea del terreno que pisaba por si se le presentaba la oportunidad de escapar.

Aparte de los diversos Limitadores esparcidos por el lugar, había una tropa de soldados de la División, a los que se distinguía enseguida por sus uniformes verdes de camuflaje. Pero ¿qué hacían allí?, se preguntó. Estaban muy lejos de su sitio. Le pareció que la tropa contaba con unos cuarenta hombres, y alrededor de la mitad se ocupaban de sus armas, que incluían morteros y diversas armas de fuego de gran calibre. El resto de los soldados estaban montados a caballo, y parecían a punto de partir. ¡Montados a caballo! Pero ¿qué demonios pasaba allí?

Después dirigió la atención a la disposición de la estación, fijándose en los castilletes y pasarelas que tenía por encima de la cabeza. Intentó descubrir por dónde se podía entrar o salir de la caverna, pero abandonó el intento al cabo de un rato, pues era imposible descubrir gran cosa en la oscuridad que envolvía el perímetro de la caverna.

Empezando a transpirar ya en el uniforme de faena de los Limitadores, se dio cuenta del calor que hacía allí abajo. Al respirar el aire seco, todo le olía a quemado. El entorno le resultaba nuevo y extraño, pero confiaba en poder acostumbrarse a él igual que se había acostumbrado a la Superficie.

Percibió un movimiento a la derecha de los edificios de la estación. Pudo distinguir apenas unos seis o siete hombres que estaban por allí, en una fila irregular. No los había visto antes porque estaban muy quietos y en parte ocultos por pilas de banastas. Adivinó que eran colonos por su ropa de civil, y todos a la vez agacharon la cabeza ante un Limitador que montaba guardia apuntándolos con el rifle. Aquello parecía completamente innecesario, puesto que tenían pies y manos sujetos con pesadas cadenas. No podían escapar a ninguna parte.

La única explicación que encontró Sarah era que habían sido desterrados. Sin embargo, era muy raro que un grupo tan grande de hombres fueran exiliados todos al mismo tiempo, a menos que hubieran organizado algún tipo de levantamiento o de revuelta que los styx habían sofocado. Empezaba a preguntarse dónde se había metido, y si la arrojarían con aquellos prisioneros, cuando oyó la voz de Rebecca.

La niña estaba mostrando los periódicos de la Superficie al anciano styx, quien asentía en actitud de superioridad, mientras los demás se quedaban al margen. Sarah tuvo la impresión de que todo el interés que mostraban en los titulares (puede que sobre la enfermedad que se extendía por la Superficie) sobrepasaba lo que era el mero deseo de estar al tanto de los acontecimientos de allá arriba. Especialmente a la luz arrojada por el desliz de Joseph sobre una operación importante llevada a cabo en Londres. Sí, en todo aquello había algo más de lo que había pensado al principio.

Pasaron los periódicos al resto del grupo, y a partir de ese momento, el único que habló fue el anciano styx. Sarah estaba demasiado lejos para oír gran cosa, y además él se pasaba a menudo a la áspera e incomprensible lengua de los styx. Después Sarah oyó la voz de Rebecca.

—¡Sí! —exclamó la chica muy claramente y con alegría juvenil. Levantó el brazo en gesto de victoria, como emocionada por algo que le había oído decir al anciano. Entonces éste se volvió hacia otro styx del grupo, que abrió una pequeña maleta y sacó de ella algo que le entregó a Rebecca. Ésta lo cogió y lo sostuvo con cuidado delante de ella, ante la mirada del grupo.

Se quedaron callados. Sarah no podía distinguir muy bien lo que tenía Rebecca en las manos, pero por la manera en que reflejaba la luz, parecía que eran dos pequeños objetos hechos de cristal o de algún material parecido.

Rebecca y el viejo styx intercambiaron una larga mirada. Era evidente que acababa de ocurrir algo significativo. El encuentro terminó abruptamente cuando el anciano styx dio una orden y, flanqueado por el resto del grupo, marchó en dirección a los edificios de la estación.

La chica se giró para mirar al styx solitario que montaba guardia ante los prisioneros encadenados. Le hizo una señal con los dedos de la mano, como si estuviera ordenando a alguien que se fuera. El guardia inmediatamente gritó una orden a los prisioneros, y éstos empezaron a marchar arrastrando los pies hacia el rincón más apartado de la caverna.

Sarah vio que Rebecca volvía hacia ella, levantando los dos objetos.

—¿Quiénes son? —preguntó Sarah señalando a los prisioneros, que se desplazaban hacia un lugar oscuro en que apenas resultaban visibles.

—Olvídalos… —dijo Rebecca, y después añadió vagamente, como si tuviera la mente en otra cosa—, ya no necesitamos más conejillos de Indias, por el momento.

—Veo que la División ha traído armamento pesado —se atrevió a comentar Sarah mientras un par de styx montados a caballo se llevaban a remolque las primeras armas.

Pero Rebecca no estaba interesada en sus preguntas. Echándose el pelo hacia atrás, levantó los objetos que tenía en las manos hasta la altura de la cabeza.

—«Porque esto es el *Dominion* —recitó Rebecca en voz baja—. Y el *Dominion* asegurará que la justicia vuelve a los buenos, y los rectos de corazón lo seguirán.»

Sarah vio que los objetos eran dos pequeñas ampollas llenas de un fluido claro, cuyas bocas estaban selladas con cera. Cada una con una cuerda atada, de manera que Rebecca podía dejarlas colgando de la mano.

—¿Es algo importante? —preguntó Sarah.

Rebecca no le prestaba mucha atención, pero había una especie de ensoñación eufórica en sus ojos al contemplar las ampollas.

—¿Tiene algo que ver con el «superviajero» del que hablan los periódicos? —se atrevió a preguntar Sarah.

En los labios de la niña styx apareció un asomo de sonrisa.

—Tal vez —dijo como para provocar su curiosidad—. Nuestras plegarias están a punto de ser escuchadas.

—Así que ¿vais a utilizar nuevos gérmenes contra los Seres de la Superficie?

—No simplemente nuevos gérmenes. Lo del superviajero, como han decidido llamarlo, no es más que una prueba, mientras que esto… —agitó las ampollas—, esto es el germen de verdad. —Sonrió—. El Señor provee… y proveerá.

Antes de que Sarah pudiera decir nada, la niña styx se había dado la vuelta y se marchaba con paso firme.

Sarah no sabía qué pensar. No les tenía cariño a los Seres de la Superficie, pero no costaba mucho entender que los styx estaban preparando algo terrible contra ellos. Sabía que no se lo pensarían dos veces antes de extender la muerte y la destrucción para lograr sus propósitos. Pero no pensaba dejar que nada de aquello la distrajera: sólo había una cosa que ella tuviera que hacer, y era encontrar a Will. Iba a averiguar si era el culpable de la muerte de Tam. Se trataba de un asunto de familia, y no permitiría que nada le impidiera resolver ese tipo de asuntos.

—Ya estamos. En marcha —le dijo uno de los Limitadores, dándole a Sarah una palmada en la espalda que la hizo dar un respingo. Era la primera vez que un Limitador le dirigía la palabra directamente.

—Eh... ¿ha... ha dicho «estamos»? —tartamudeó, apartándose un paso de los cuatro Limitadores. Al hacerlo, oyó algo a sus pies y bajó la mirada.

—¡*Bartleby!* —exclamó.

No sabía de dónde había salido el gato. Moviendo los bigotes, lanzó un discreto maullido antes de bajar el hocico a la tierra y olfatearla varias veces. A continuación levantó bruscamente la cabeza. Tenía las narices cubiertas de aquel fino polvo negro que parecía estar en todas partes. Pero era evidente que aquel polvo no le gustaba, porque se frotó el hocico con la pata, resoplando con fuerza. Y de pronto, soltó un estornudo muy potente.

—¡Jesús! —le dijo Sarah sin poder reprimirse. Estaba encantada de tenerlo otra vez con ella. Al menos, con él contaría en la búsqueda con la compañía de un viejo amigo, de alguien de quien podía fiarse.

—¡Vamos! —dijo otro de los Limitadores poniendo mala cara y apuntando con el fino dedo hacia una zona alejada de la estación, más allá de la locomotora, que aunque estuviera detenida lanzaba copiosas nubes de vapor—. ¡Ahora! —gruñó.

Sarah dudó por un momento, notando los ojos de los cuatro Limitadores clavados en ella. Después asintió con la cabeza y dio a regañadientes un paso en la dirección que le indicaban.

«Bueno, si una vende su alma al demonio...», pensó con ironía. Había ya decidido su camino, y tenía que seguirlo.

Así, seguida por los cuatro lúgubres soldados, Sarah se resignó a su destino y empezó a caminar con más brío, acompañada por el gato.

Además, ¿qué alternativa le quedaba con aquellos demonios pegados a ella?

30

Pasaban las horas, y Will tenía la frente y la parte baja de la espalda empapadas en un sudor pegajoso causado tanto por el calor del lugar como por las rachas de implacable terror que se esforzaba por conjurar. Tenía la garganta completamente reseca. Notaba el polvo pegado a la lengua y no tenía bastante saliva para humedecerlo y tragarlo.

Volvieron los mareos, y se vio obligado a detenerse cuando sintió que el suelo se balanceaba a sus pies. Se cayó contra la pared, abriendo y cerrando la boca como alguien que se ahoga y murmurando para sí. Haciendo un enorme esfuerzo, se puso derecho y se frotó los ojos con los nudillos, y la presión provocó borrosos estallidos de luminosidad que le ayudaron a tranquilizarse. Pero sólo fue un breve respiro, porque la oscuridad impenetrable regresó invadiéndolo todo.

A continuación, tal como había hecho ya muchas veces, se agachó y comenzó a comprobar el contenido de los bolsillos de su pantalón. Era un ejercicio completamente inútil, un ritual que no servía para nada porque se sabía de memoria todo lo que llevaba encima: pero imploraba al cielo que se hubiera olvidado algo las veces anteriores, algo que pudiera utilizar, por insignificante que fuera.

Primero se sacó el pañuelo y lo extendió en el suelo, ante él. Después sacó las otras cosas que tenía y las fue poniendo sobre el cuadrado del pañuelo, reconociéndolas por el tacto. Colocó allí su navaja, un cachito de lápiz, un botón, un trozo de cuerda y algunas otras cosas sueltas e inútiles y, por último, la linterna agotada. En aquella oscuridad fue palpando cada uno de los objetos, reconociéndolos con las yemas de los dedos, como si por algún milagro pudiera encontrar su salvación en alguno de ellos. Después lanzó una breve carcajada de decepción.

Era inútil.

Pero ¿qué demonios estaba haciendo?

Y, sin embargo, aún dio a los bolsillos un último repaso, por si se había olvidado de algo. Pero estaban inevitablemente vacíos, salvo por un poco de arenilla que había entrado en ellos. Sopló de pura decepción, preparándose para la última parte del ritual. Cogió la linterna con las dos manos.

«¡Por favor, por favor, por favor!»

Apretó el interruptor.

No ocurrió absolutamente nada. Ni siquiera una insinuación, ni un atisbo de luz.

—¡No! ¡Desgraciada!

Había vuelto a fallar. Sentía deseos de golpear la linterna, de hacerle daño, de hacerle sufrir como sufría él.

Con una explosión de rabia, echó el brazo hacia atrás para arrojar el inútil objeto, pero después suspiró y lo bajó. No podía hacerlo. Lanzó un gruñido de pura frustración y volvió a meterse la linterna en el bolsillo. Después hizo un lío con todos los demás objetos dentro del pañuelo, y los volvió a guardar también.

«¿Por qué, por qué no cogí una de las esferas de luz? No me hubiera costado nada.»

Hubiera sido tan sencillo hacerlo, y en aquellos momentos supondría un cambio como de la noche al día. Empezó a pensar en su chaqueta. ¡Si hubiera tenido el sentido común de dejársela puesta! Recordó dónde la había dejado, encima de la mochila. La lámpara estaba enganchada en ella, y en los bolsillos llevaba otra linterna y una caja de cerillas, además de varias esferas de luz.

—Si hubiera... con sólo que hubiera...

Aquellos sencillos objetos hubieran sido de una importancia vital en aquellas circunstancias. No llevaba con él nada que le pudiera servir en aquellas circunstancias.

—¡Maldito imbécil! —empezó a gritar contra sí mismo en un áspero graznido, maldiciendo la oscuridad que lo rodeaba y llamándola de todo. Después se quedó callado, imaginando que veía deslizarse algo, lentamente, por su campo de visión. ¿Era aquello una luz, una luz parpadeante, allí, a la derecha?

«¿Qué? Allí, sí, a lo lejos. Un brillo, sí, una luz, una salida, ¡sí!»

Con el corazón latiendo a toda velocidad, se dirigió hacia allí, pero tropezó en la irregular superficie del suelo y volvió a caer. Poniéndose en pie a toda prisa, buscó la luz, escudriñando con desesperación la impenetrable oscuridad.

Ya no estaba. ¿Dónde era?

La luz, si es que de verdad había habido alguna luz, ya no se veía por ningún lado.

«¿Cuánto tiempo puedo seguir así? ¿Cuánto tiempo antes de...?» Sintió que le temblaban las piernas y que se interrumpía el ritmo regular de la respiración.

—Soy demasiado joven para morir —dijo en voz alta, comprendiendo por primera vez en su vida el pleno sentido de aquella frase hecha. Sentía que se quedaba sin aliento. Empezó a sollozar. Tenía que descansar, y se dejó caer de rodillas. A continuación se inclinó hacia delante, sintiendo la arena en la palma de las manos.

«No es justo. No me merezco esto.»

Intentó tragar, pero tenía tan seca e irritada la garganta que no pudo hacerlo. Se inclinó más, hasta descansar la frente sobre la áspera arena. ¿Tenía los ojos abiertos o cerrados? Daba exactamente lo mismo. Veía puntitos de colores, luces reticulares que giraban en remolinos, sumiéndolo en la confusión. Pero sabía que no eran reales.

Se quedó en aquella posición, jadeando con la cabeza contra el suelo, y por algún motivo apareció ante él la imagen de su madre adoptiva. Era una imagen tan vívida que por un instante sintió como si hubiera sido transportado a otro lugar. La señora Burrows estaba repantigada ante un aparato de televisión en una sala inundada por la luz del sol. La imagen se emborronó y fue reemplazada por una de su padre adoptivo, en un lugar muy diferente, en algún lugar de lo más profundo de la Tierra. Caminaba despreocupadamente, silbando en tono muy agudo, como siempre lo hacía.

Después vio a Rebecca tal como la había visto mil veces: estaba en la cocina, preparando la cena para toda la familia, algo que hacía cada noche, una especie de constante en su vida que parecía hallarse incluso en sus recuerdos más remotos.

Y como en una película que aparece desencuadrada en la pantalla, la vio a continuación esbozando una sonrisa malvada, vestida con el uniforme blanco y negro de los styx.

«¡Bruja! ¡Bruja falsa y traidora!» Ella le había traicionado, había traicionado a su familia. Todo aquello era culpa suya.

«¡Bruja, bruja, bruja, bruja, bruja!»

A sus ojos, ella era la peor de las traidoras, un ser retorcido, oscuro y malvado, una suplantadora enviada por el infierno para sembrar la confusión en su hogar.

«¡Levántate!» El odio que sentía hacia Rebecca le infundió vida. Tomó aire y se irguió hasta ponerse de rodillas. Lanzaba gritos dirigidos a sí mismo, animándose a ponerse en pie:

—¡Levántate, vamos! ¡No dejes que ella venza! —Después, en pie sobre sus temblorosas piernas, agitó las manos en el vacío que lo rodeaba, en aquella tierra de la noche eterna capaz de succionar el alma.

—¡Vamos, tienes que seguir, adelante! —gritó con la voz quebrada—. ¡Vamos!

Fue tropezando, pidiendo socorro a Drake y a su padre adoptivo, a cualquiera que pudiera oírle. Pero a cambio no oyó otra cosa que el eco de su voz. Entonces oyó un desprendimiento detrás de él, y pensó que tal vez fuera demasiado peligroso seguir gritando, y se quedó en silencio. Pero siguió avanzando, marcando en la cabeza un ritmo conforme a sus pasos:

«Uno, dos; uno, dos, uno; uno; uno, dos...»

Antes de que pasara mucho tiempo, empezó a ver cosas horribles que se acercaban a él desde las invisibles paredes. Se dijo a sí mismo que no eran reales, pero eso no les impedía acercarse.

Estaba desvariando. Se dio cuenta de que acabaría loco, si no lo mataban antes el hambre y la sed.

«Uno, dos; uno, dos...»

Intentó no pensar en otra cosa que en el ritmo de los pasos, y seguir con su paso lento, pesado y triste, pero las visiones no lo abandonaban. Eran tan vívidas y reales que casi podía olerlas. Hizo un esfuerzo de concentración, tratando de no hacerles caso, hasta que fueron desapareciendo.

Lamentaba haber tomado la decisión de subirse al Tren de los Mineros para bajar a las Profundidades. ¿En qué había estado pensando? Perderse de aquella manera, cuando podía haber subido a la Superficie... Al fin y al cabo, ¿es que en la Superficie podía haberle ocurrido algo peor que aquello? Porque pasarse la vida huyendo de los styx no le parecía un destino tan malo, a la vista de lo que le ocurría en las Profundidades. Por lo menos en la Superficie era imposible verse perdido de aquella manera.

Volvió a caerse, y esta vez fue una caída bastante mala. Fue a parar encima de unas rocas recortadas y se golpeó en la cabeza. Rodó y quedó boca arriba, con los brazos y las piernas abiertos. Levantó los brazos: donde debía haber visto el blanco de la piel de sus manos, no había ni un atisbo de claridad: todo era exactamente igual de negro. Era como si hubiera dejado de existir.

Volvió a rodar, y tentó con las manos en el suelo, delante de él, aterrorizado ante la posibilidad de que hubiera allí algún tipo de rampa o una grieta. Pero el suelo del túnel seguía sin interrupción, y supo que tendría que volver a ponerse en pie si quería avanzar.

Sin nada más en lo que confiar, había llegado a familiarizarse con el eco de sus pisadas al avanzar sobre la arena y las piedras. Había aprendido a entender la reverberación de sus pasos en las paredes. En cierto modo, era como si dispusiera de su propio radar. En más de una ocasión ya, se había percatado de una grieta o de un cambio en el nivel del terreno sólo por el sonido de esa reverberación.

Se puso en pie y avanzó unos pasos.

Hubo un cambio drástico en los sonidos que escuchaba. Se habían vuelto más suaves, como si el tubo de lava se hubiera hinchado de repente. Avanzó a paso de tortuga, con el terror de pensar que podía llegar en cualquier momento ante un corte en vertical del terreno.

Al cabo de unos pocos pasos, los ecos desaparecieron completamente. Al menos no sonaba nada que pudiera discernir. Sus botas estaban pisando sobre algo diferente a los usuales restos de desprendimientos depositados en el suelo de los túneles. ¡Eran guijarros! Estaba pisando guijarros que rechinaban unos contra otros y producían aquel característico sonido a hueco que no se puede confundir con nada más. Cedían al peso de su cuerpo y, en el estado de agotamiento en que se encontraba, le dificultaban aún más el avance.

Entonces aspiró hondo, al notar la humedad en su rostro. Y volvió a aspirar. ¿Qué era aquello?

«¡Ozono!»

Olía a ozono, aquel aroma que evocaba la playa y las excursiones que hacía a la costa con su padre.

¿Adónde había ido a parar?

La señora Burrows estaba junto a la puerta de su habitación, observando lo que ocurría algo más allá, en el pasillo.

La habían levantado de la siesta unas voces fuertes y el rápido taconeo de las pisadas sobre el linóleo del suelo del pasillo. Eso le extrañó porque no era normal que ocurriera algo así. Durante la última semana, apenas había habido actividad en el lugar. Sobre Humphrey House había descendido un inquietante silencio, porque los internos habían ido recluyéndose uno tras otro en su cama conforme iban sucumbiendo al misterioso virus que tenía al país en jaque.

Al empezar a oír la conmoción, la señora Burrows había imaginado que sería simplemente algún paciente que armaba bronca, y no había hecho ningún esfuerzo por levantarse. Pero unos minutos después se oyó un fuerte estrépito procedente de la zona del montacargas. La sensación de que ocurría algo se incrementó por la voz de una mujer que hablaba con tono apremiante. Era la voz de alguien que estaba o enfadada o afligida, y quería gritar, pero lograba contenerse con mucho esfuerzo.

Por fin, cuando la curiosidad se adueñó de ella, la señora Burrows decidió salir a echar un vistazo. Sus ojos ya estaban bastante mejor de lo que habían estado, pero todavía le dolían y apenas podía abrirlos.

—¿Qué es todo esto? —farfulló al mismo tiempo que bostezaba y salía de la habitación al pasillo. Se paró porque le llamó la atención algo que ocurría ante la puerta de la Venerable anciana.

Observó la escena con más detenimiento, y el asombro le hizo abrir completamente los enrojecidos ojos. La señora Burrows había visto suficientes series de hospitales para comprender lo que ocurría.

Lo llamaban «carro del paraíso»: un horrible eufemismo para designar una camilla de hospital con bordes y tapa de acero inoxidable... Un medio para transportar cadáveres sin alertar a nadie sobre el contenido y sin que supieran de hecho si había contenido alguno. Básicamente, un ataúd de metal brillante sobre ruedas.

Mientras miraba, salieron por la puerta la supervisora y dos camilleros en busca del carro. Los camilleros metieron la camilla en la habitación de la Venerable anciana mientras la supervisora se quedaba fuera. Al ver a la señora Burrows, se acercó lentamente hacia ella.

—No. ¿No será lo que estoy pensando...? —empezó a decir la señora Burrows.

Con un lento movimiento de la cabeza, la supervisora le dio a entender lo que quería saber.

—Pero la Venerable anciana era tan... joven —comentó casi sin voz, utilizando sin darse cuenta, debido a la impresión, el apodo de la interna—. ¿Qué ha sido?

La supervisora volvió a mover la cabeza hacia los lados.

—¿Qué ha sido? —repitió.

La mujer habló en voz muy baja, como si no quisiera que se enteraran otros internos:

—El virus —explicó.

—¿Esto? —preguntó la señora Burrows, señalando sus ojos, que, igual que los de la supervisora, seguían hinchados y enrojecidos.

—Me temo que sí. Le llegó al nervio óptico, y desde allí se extendió al cerebro. El médico ha dicho que está ocurriendo en algunos casos. —Respiró hondo—. Especialmente en pacientes con sistema inmunitario deficiente.

—No me lo puedo creer. Dios mío, pobre Venerable anciana —dijo casi sin voz, lamentándolo sinceramente. Era raro que algo atravesara sus defensas y consiguiera conmoverla. En aquellos momentos, sentía compasión por alguien de carne y hueso, no por un mero actor que representaba un papel en una de las series de las que ella sabía muy bien que no eran reales.

—Al menos ha sido rápido —comentó la supervisora.

—¿Rápido? —farfulló ella frunciendo el ceño debido a la perplejidad.

—Sí, muy rápido. Se quejó de que se encontraba mal justo antes de comer, y de pronto se sintió muy desorientada y entró en coma. No pudimos hacer nada para devolverla a la vida. —La supervisora apretó los labios en un gesto de tristeza y bajó la mirada al suelo. Sacando un pañuelo, se secó primero un ojo y después el otro, sin que la señora Burrows pudiera saber si era a causa de la infección o de la pena—. Esta epidemia es bastante seria, no sé si lo sabe. Y si el virus muta… —añadió en voz baja.

No llegó a terminar la frase, porque en ese momento los camilleros sacaban el «carro del paraíso» por la puerta, y la supervisora se apresuró a alcanzarlos.

—Tan rápido —repitió la señora Burrows, intentando aceptar la idea de la muerte.

Aquella misma tarde, en la sala de estar, la señora Burrows estaba tan preocupada por el prematuro fallecimiento de la Venerable anciana que no conseguía poner mucho interés en la televisión. Estaba inquieta y no le apetecía mucho quedarse en la habitación, así que decidió buscar consuelo en su butaca favorita: el único lugar donde normalmente encontraba algo de felicidad y satisfacción. Pero cuando llegó, vió que había ya unos cuantos internos repantigados delante de la pantalla. El programa diario de actividades seguía desbaratado debido a la falta de personal, así que prácticamente podían hacer lo que quisieran.

La señora Burrows se había mostrado mucho más contenida y sumisa que de costumbre, y había dejado que otros internos eligieran la cadena, pero ante algo que apareció en el telediario, saltó de pronto:

—¡Eh! —exclamó apuntando a la pantalla—. ¡Es él! ¡A ése lo conozco!

—¿Y quién es? —preguntó una mujer levantando la vista de un rompecabezas que tenía extendido delante de ella, en un escritorio que había junto a la ventana.

—¿No lo reconocéis? ¡Estuvo aquí! —dijo la señora Burrows, con los ojos emocionados, y prendidos de la noticia.

—¿Cómo se llama? —preguntó la señora del rompecabezas, levantando una pieza en la mano.

Como la señora Burrows no tenía ni idea de cómo se llamaba, hizo como que estaba tan atenta a la tele que no oía.

«¿Y el profesor Eastwood estaba encargado de la investigación sobre el virus?», fue la pregunta del entrevistador.

El hombre de la pantalla asintió con la cabeza: el mismo hombre de voz distinguida que había hablado con aires de superioridad con la señora Burrows durante el desayuno, hacía sólo unos días. Hasta llevaba puesta la misma chaqueta de cheviot.

—Es un médico importante —dijo dándose importancia la señora Burrows ante el grupo de gente que tenía detrás, como si les hablara de un amigo íntimo—. Le gusta mojar el pan tostado en el huevo pasado por agua.

Alguno de los presentes repitió «mojar el pan tostado en el huevo pasado por agua», como si la información le hubiera impresionado.

—Efectivamente —confirmó la señora Burrows.

—¡Shhh!, ¡dejad oír! —dijo desde la fila de atrás una mujer que llevaba una bata amarillo limón.

La señora Burrows inclinó hacia atrás la cabeza para mirar a la mujer, pero estaba demasiado intrigada con el telediario como para hacerle más caso.

«Sí —respondió al entrevistador el hombre del huevo pasado por agua—. El profesor Eastwood y su equipo de investigadores trabajaban en el hospital de Saint Edmund las veinticuatro horas del día para identificar la cepa. Parece ser que estaban haciendo progresos importantes, aunque se ha perdido toda la información.»

«¿Nos puede decir cuándo empezó el fuego exactamente?», preguntó el entrevistador.

«La alarma sonó a las nueve y cuarto de esta mañana», respondió el hombre del huevo pasado por agua.

«¿Y nos confirma que en el incendio han muerto con él cuatro miembros de su equipo?»

El hombre del huevo pasado por agua asintió con el semblante sombrío:

«Sí, me temo que así es. Todos ellos eran científicos excepcionales, muy valiosos. Quiero aprovechar la ocasión para enviar mis condolencias a la familia de cada uno de ellos.»

«Supongo que es demasiado pronto para conocer el origen del incendio, pero ¿existe ya alguna hipótesis?», preguntó el periodista.

«En el almacén del laboratorio había una gran variedad de disolventes, así que supongo que la investigación forense empezará por ahí.»

«Durante la última semana se ha especulado con la posibilidad de que la pandemia haya sido creada artificialmente. ¿Cree usted que la muerte del profesor Eastwood podría…?»

«No quiero tomar en consideración semejantes conjeturas —repuso el hombre del huevo pasado por agua en voz alta y tono desaprobatorio—. Todas esas teorías conspirativas… El profesor Eastwood fue amigo mío durante los últimos veinte años, y no caeré en…»

—El profesor Eastwood debía de estar acercándose demasiado... ¡eso es lo que pasó! ¡Se lo han cargado! —gritó la señora Burrows, ahogando el sonido de la televisión—. Por supuesto que es una conspiración. Seguro que son los rusos otra vez, o los izquierdistas, que no paran de quejarse de lo que le hacemos al medio ambiente. Ya veréis cómo empiezan a decir que la culpa de esta plaga la tienen los gases de efecto invernadero y los pedos de vaca.

—A mí me parece que habrá salido de nuestros propios laboratorios, como ese equipo supersecreto de Portishead —saltó la señora del puzle, moviendo vigorosamente la cabeza de arriba abajo como si creyera que había resuelto el misterio ella solita, sin ayuda de nadie.

—Me parece que se llama Porton Down —comentó la señora Burrows.

Volvió a hacerse el silencio en la sala, mientras el telediario presentaba a otro científico que enunciaba la apocalíptica profecía de que, en un abrir y cerrar de ojos, el virus podía mutar y adoptar una forma inmensamente más letal, con funestas consecuencias para la especie humana.

—¡Ah! —exclamó la señora del rompecabezas desde su escritorio, al tiempo que colocaba en su sitio una de las piezas.

A continuación la televisión presentó una obra de arte callejero sumamente lograda. Pintada en la pared, en el tramo comprendido entre dos tiendas en el norte de Londres, había una figura de tamaño real que llevaba una máscara de oxígeno y llevaba puesto un voluminoso traje de protección contra armas químicas. Dejando aparte el detalle de que le salieran un par de orejas como las de Micky Mouse por encima del casco militar, la figura resultaba muy realista y, a primera vista, parecía que fuera de verdad. El soldado mostraba un cartel que decía:

EL FIN SE AVECINA:
LO LLEVAS EN LA RETINA.

—¡Cuánta razón tiene! —bramó la señora Burrows volviendo a acordarse de la prematura e inesperada muerte de la Venerable anciana, mientras la mujer de la bata amarillo limón volvía a pedir silencio.

—¡Ah!, ¿es que no puedes callarte? —se quejó en tono altivo—. ¿Es necesario que des esas voces?

—¡Sí, es necesario, porque esto es una cosa seria! —gruñó la señora Burrows—. ¡Además, yo no soy tan chillona como el color de tu espeluznante bata, vieja bruja! —añadió, mojándose los labios para prepararse para la batalla. Pues, por mucho que se acercara el fin del mundo, no estaba dispuesta a permitir que le hablaran en aquel tono.

32

Drake tenía que admitir que no tenía la más remota idea de dónde podía encontrarse Will.

En primer lugar, se daba con la cabeza contra la pared por no haberse percatado de que el muchacho se separaba del grupo. Era Chester el que había visto las señales que les hacía mientras ellos corrían a esconderse en un tubo de lava. En aquel momento, cuando recibían los disparos lanzados a discreción por francotiradores, Drake había tenido tiempo nada más que de devolver la señal al extraviado. Y no había podido preocuparse más que de poner a salvo a los demás.

Will todavía no conocía aquel terreno, y Drake no lo conocía a él lo suficiente para intuir qué camino podía haber tomado, cosa que hubiera podido adivinar en el caso de Elliott. No, no tenía ni idea de por dónde empezar a buscar al chico perdido.

Y ahora, mientras caminaban lentamente por el serpenteante túnel, entre Cal, que se rezagaba, y Elliott, que iba en cabeza, Drake volvió a tratar de ponerse en la piel de Will. Intentaba borrar todos sus años de conocimiento y experiencia y ponerse en el lugar de un completo novato: pensar desde la ignorancia.

Sí, hacía esfuerzos por meterse en la piel del muchacho y pensar como pensaría él. Pillado desprevenido y aterrorizado hasta el punto de no poder razonar, el primer impulso del chico tenía que haber sido darles alcance. Al comprender que eso no era posible, tal vez hubiera tomado la opción más obvia: abandonar la llanura por el tubo de lava más cercano. Tal vez lo hubiera hecho, pero tal vez no.

Drake sabía que el muchacho no llevaba nada consigo, ni agua ni comida, así que podría haber intentado regresar en busca de su mochila. Pero con toda probabilidad, el fuego de los francotiradores se lo habría impedido.

Así pues, ¿se habría metido por un tubo de lava y corrido por él para alejarse? Si había hecho eso, entonces la perspectiva era poco halagüeña. Podía haber elegido uno de entre varios, y la gran cantidad de túneles interconectados agravaba realmente el problema. Drake no podía ni pensar en organizar una búsqueda a través de un área tan extensa. Recorrerla llevaría semanas, si no meses, y estaba completamente fuera de cuestión mientras persistiera la constante amenaza de los Limitadores.

La sensación de impotencia le hizo apretar los puños.

No, por aquel camino no iba a ninguna parte. Tenía que seguir pensando.

«Vamos —se apremiaba a sí mismo—, ¿qué habrá hecho después?»

Tal vez...

Tal vez, y Drake deseaba que eso fuera lo que había pasado, Will no hubiera entrado por el primer túnel sino que podía haber seguido por la Llanura, pegado a la pared del perímetro que en aquel lugar trazaba un recoveco que le habría permitido una cierta protección frente a los disparos.

Eso podía ser demasiado optimista, pero mientras se llevaba a Elliott y a Cal con él hacia el interior de la Llanura, Drake apostaba a que aquélla era la opción que más probablemente habría elegido Will. Contaba con que el chico hubiera decidido encaminarse hacia donde los había visto por última vez, y después simplemente habría seguido bajo la persecución de los Limitadores. Si había hecho eso, y si los styx no lo habían alcanzado, había una pequeña posibilidad de que estuviera todavía vivo. Eran demasiados condicionales, desde luego, y Drake era consciente de que se aferraba desesperadamente a una pequeña esperanza.

Le pasó por la cabeza otra posibilidad: que los Limitadores hubieran atrapado ya al muchacho y en aquel mismo instante lo estuvieran torturando para extraerle toda la información posible. Podían de ese modo averiguar dónde más o menos se hallaba la base; pero de todas maneras ya era tiempo de dejarla. Le afligía la idea de que a Will le hubiera tocado en suerte aquel destino, pues en ese caso los Limitadores harían lo de costumbre: utilizarían sus terribles métodos para conseguir sacarle toda la información que quisieran. Hasta el más fuerte de los hombres terminaba cediendo, antes o después. Era un destino mucho peor que la muerte.

Detrás de Drake, Cal tropezó y un montón de piedras salieron rodando. Eso hizo demasiado ruido, que reverberó en el espacio. Drake estaba a punto de dirigirle una reprimenda cuando volvió a arrancar la cadena de sus pensamientos, algo que casi le hace perder el paso.

«Tres nuevos en el equipo, tres nuevas responsabilidades..., ¡las tres al mismo tiempo!» Con los Limitadores apareciéndose por sorpresa por todas partes como muñecos malvados que salen de su caja accionados por un resorte, ¿en qué demonios había estado pensando?

Él no era ningún santo errante que fuera por ahí rescatando las almas perdidas que soltaba la Colonia. Entonces, ¿por qué lo había hecho? ¿Delirios de grandeza? ¿En qué había estado pensando? ¿En que aquellos chicos se convirtieran en su propio ejército privado si entraba en batalla campal con los Limitadores? No; eso era completamente ridículo. Debería haberse deshecho de dos de los muchachos, y haberse quedado solo con uno, con Will, porque con su madre, de infausta memoria, y su conocimiento de la vida en la Superficie podía serle de utilidad en sus planes para el futuro. Y ahora lo acababa de perder.

Tras él, Cal volvió a tropezar y cayó de rodillas ahogando un lamento. Drake se detuvo y se dio la vuelta.

—La pierna —dijo el niño antes de que Drake pudiera meter baza—. No es nada, podré seguir. —Se levantó de inmediato y volvió a andar, apoyándose con fuerza en el bastón.

Drake pensó por un momento.

—No, no podrás. Tendré que dejarte escondido en algún lado. —Su tono era frío y distante—. Cometí un error trayéndote... Esperaba demasiado de ti. —Su intención había sido colocar a Cal y a Chester en puntos estratégicos en que pudieran quedarse esperando a Will en caso de que por casualidad apareciera por allí. Pero ahora pensaba que debería haber dejado atrás a Cal, y haber seguido con Chester, en vez de al revés. O bien haberlos dejado a los dos juntos donde se había quedado Chester.

Mientras seguía camino, Cal se hundía en horribles dudas. Comprendía lo que significaba el tono de voz de Drake, y eso apartó el resto de sus pensamientos. Recordó las palabras de Will, la advertencia de que Drake no llevaba pasajeros, y se aterrorizó al pensar que eso era exactamente lo que estaba a punto de suceder en aquel momento.

Drake avanzó más aprisa y, tras doblar un recodo del túnel, se encontraron de nuevo en la Llanura Grande.

—No te quedes atrás y baja la luz de la lámpara —le dijo a Cal.

Will tuvo que detenerse tras dar unos pasos, preguntándose si estaba soñando. Y, sin embargo, todo parecía completamente real. Para asegurarse de ello, se agachó a coger un guijarro y palpó su pulida superficie, al tiempo que una leve brisa le acariciaba el rostro. Se levantó de inmediato. ¡Había viento!

Siguió bajando y de pronto oyó un sonido como de ola que pega en la orilla. Pese a que el cálido aire lo zarandeaba, se le puso carne de gallina en todo el cuerpo. Sabía lo que era: agua. Allí había una gran cantidad de agua... Allí en la oscuridad, ante él, invisible y aterradora: una extensión de agua que parecía relacionarse con sus miedos más profundos.

Siguió dando pasos minúsculos hasta que los guijarros dieron paso a otra cosa: a arena, a arena suave y escurridiza. Pocos metros después, su pie, al posarse, hizo un sonido de chapoteo. Se puso en cuclillas y palpó la superficie que tenía delante. Sus manos encontraron líquido. Era agua templada. Sintió un estremecimiento. Se imaginó una extensión enorme y oscura delante de él, y el instinto quiso hacerle retroceder, le gritaba que se alejara, que echara a correr. Pero tenía tanta necesidad de agua que no lo hizo. Poniéndose en cuclillas, cogió algo de agua en el cuenco de las manos y se la acercó a la cara. La olió un par de veces. No distinguió nada: no tenía olor alguno. Se la acercó a los labios y sorbió.

La escupió al instante y cayó hacia atrás, en la húmeda arena. La boca le ardía y la garganta se le contrajo. Empezó a toser y después tuvo arcadas. Si hubiera tenido en el estómago algo de comida, la habría vomitado violentamente. No, no era buena: era agua salada. Y si fuera capaz de beberla, sabía que el agua acabaría con él, como aquellos náufragos en un bote a la deriva sobre los que había leído en una ocasión que habían muerto de sed en medio del Atlántico.

Escuchó el letárgico sonido de las olas y después se puso en pie de modo vacilante, preguntándose si debería regresar a los tubos de lava. Pero no sería capaz de hacerlo después de todas las horas que había pasado recorriéndolos. Además, no había ni la más leve posibilidad de encontrar el camino de regreso a la Llanura Grande, e incluso, aunque por un milagro sobreviviera al recorrido, ¿qué iba a encontrar allí? ¿Una fiesta de bienvenida organizada por los styx en su honor? No, lo único que podía hacer era seguir por la orilla del agua, acompañado por aquel sonido que se burlaba de él y convertía su sed en algo todavía más difícil de sobrellevar.

Aunque la superficie de arena fuera llana, se deslizaba bajo cada pisada, minando sus fuerzas al avanzar lenta y pesadamente. Al seguir, se dio cuenta de que no podía pensar con claridad: su mente iba a la deriva, empujada por el hambre y el agotamiento. Trató de concentrarse. ¿Qué tamaño tendría aquella extensión de agua? ¿Estaba simplemente recorriendo la orilla y describiendo un gran círculo? Su sensación no era aquélla: estaba convencido de que avanzaba en línea recta.

Pero a cada paso que daba se sentía más y más inmerso en un estado de abatimiento y entumecimiento. Lanzando un suspiro prolongado, interminable, se echó en la arena y cogió un puñado de ella en la mano, pensando que no volvería a levantarse. Un día, en el futuro, alguien descubriría sus restos: un cadáver reseco en la oscura soledad. Qué horrible ironía: morir de sed allí, acurrucado ante un mar subterráneo. Después era probable que algún animal carroñero le fuera limpiando los huesos, y sus costillas terminarían sobresaliendo de la arena como el esqueleto de un camello en el desierto. Al pensarlo, un estremecimiento le recorrió el cuerpo.

Will no sabía cuánto tiempo había permanecido allí tendido, entrando de vez en cuando en un sueño intermitente y volviendo a salir de él con la misma facilidad. Varias veces intentó convencerse a sí mismo de que debía volver a ponerse en pie y seguir caminando. Pero estaba demasiado fatigado para reemprender una caminata carente de propósito y de destino.

Pensó en abandonarse, en dejarse caer hacia el sueño final. Recostó la cabeza en la arena, mirando en la dirección en que sabía que debería continuar caminando, si todavía fuera capaz de hacerlo. Abrió y cerró los ojos varias veces, notando cómo le raspaban los párpados contra la superficie reseca del ojo, y volvió la cabeza para mirar detrás.

Al hacerlo, hubiera jurado que había visto una levísima luz. Dio por hecho que se trataba de un efecto óptico, de una burla de los ojos, pero siguió mirando hacia allí. Entonces volvió a verla: era un destello diminuto y apenas apreciable. Se levantó a duras penas y empezó a correr hacia allí, dejando tras él la playa de arena y empezando a pisar en los guijarros. Tropezó y cayó. Al levantarse empezó a insultarse a sí mismo, porque se había desorientado, y no sabía de dónde había llegado la luz. Pero al mirar a su alrededor volvió a verla un instante.

No se trataba de imaginaciones de un cerebro agotado. Estaba seguro de que era real, y de que además se encontraba cerca. Se dijo que podían ser styx, pero le daba igual: necesitaba luz con la misma desesperación con que un hombre que se asfixia necesita aire.

Con más cuidado que antes, subió por la pendiente de guijarros. Descubrió que aquellos destellos intermitentes surgían de un tubo de lava, cuya boca quedaba perfectamente dibujada por la luz. Y aunque su intensidad parecía irregular, al acercarse vio que la iluminación dentro del tubo era constante. Se acercó a la boca con sigilo, pisando con suavidad hasta que pudo asomarse.

Lo que vio fueron bultos informes, sombras descoloridas. Le costó mucho esfuerzo recordar cómo se usaban los ojos. Tenía que hacer un esfuerzo para convencerse de que lo que tenía ante él eran cosas reales y no una falsa y vacía orquestación de su propia mente.

Tuvo que pasarse varios segundos abriendo y cerrando rápidamente los ojos y tratando de unir sus dos focos de visión y obligar a las fluctuantes imágenes a quedarse quietas. Pero la visión de sus ojos terminó unificándose a una distancia en la que podía distinguir algo.

—¡Cerdo! —gritó en una especie de graznido—. ¡Maldito cerdo!

—¿Qué…? —gritó Chester a su vez, incorporándose y escupiendo la comida de la boca. Se puso en pie de un salto—. ¿Quién…?

Will recuperaba la visión. Sus ojos celebraban la presencia de luz, deleitándose con las formas y colores que tenían ante ellos. A menos de diez metros de distancia estaba Chester, con una lámpara en la mano y la mochila abierta entre las piernas. Había cogido algo de comida y se la había ido comiendo sin más ceremonias. Estaba claro que se había asustado al oír a Will.

Éste avanzó hacia su amigo tambaleándose, y más alegre que lo que se pueda explicar. Se acercó a Chester y medio se sentó, medio se dejó caer junto a él, que lo miraba con la boca abierta, como si se encontrara ante un fantasma. Estaba a punto de decir algo cuando Will le cogió la lámpara y la agarró con las manos.

—Gracias a Dios —repitió Will varias veces con una voz quebrada que no parecía la suya, mirando la luz directamente. Era tan brillante que le hacía daño a los ojos y tuvo que entrecerrarlos, pero en aquel momento lo único que quería era disfrutar con su misterioso temblor ligeramente verduzco.

Chester se recuperó de su estupefacción:

—Will... —empezó a decir.

—Agua —dijo él en una especie de graznido—. ¡Dame agua! —intentó gritarle al ver que Chester no reaccionaba, pero la voz no le salió. En su lugar, surgió un sonido tan débil que apenas resultaba audible, una especie de ronquido flojo. Entonces, señaló con desesperación. Chester comprendió lo que le pedía, y le pasó rápidamente la cantimplora.

No pudo quitar el tapón lo bastante rápido, y movía los dedos desesperada y patéticamente. Después salió haciendo «¡plop!» y Will se la metió en la boca y empezó a tragar con avaricia, intentando respirar al mismo tiempo. El agua se le derramaba por todos lados, sobre todo por la barbilla y la frente.

—¡Dios mío, Will, creímos que no te volveríamos a ver nunca! —comentó Chester.

—¡Qué típico! —soltó Will entre dos tragos de agua—. Yo muriéndome de sed... —tragó, sintiendo cómo el agua volvía a humedecerle las cuerdas vocales— y mientras vosotros poniéndoos como cerdos. —Se sentía transformado y eufórico, pensando que habían llegado a su fin las largas horas vividas en la oscuridad, y él volvía a encontrarse a salvo. Había sobrevivido—. ¡Asquerosamente típico!

—Tienes una pinta espantosa —comentó Chester en voz baja.

La piel del rostro de Will, generalmente pálida a causa de su albinismo, ahora resultaba más pálida aún, blanqueada por los cristalitos de sal que se le habían incrustado alrededor de la boca, en la frente y en las mejillas.

—Gracias —farfulló al final, después de engullir otro enorme trago.

—¿Te encuentras bien?

—De maravilla —respondió Will con sarcasmo.

—Pero ¿cómo has llegado hasta aquí? —le preguntó Chester—. ¿Dónde has estado todo este tiempo?

—Mejor ni te cuento —respondió con voz todavía ronca y apenas inteligible. Echó un vistazo al tubo de lava, por detrás de Chester—. Drake y los demás… ¿dónde están? ¿Dónde está Cal?

—Se han ido a buscarte —respondió Chester, negando con la cabeza y sin podérselo creer—. Por Dios, Will, cómo me alegro de verte. Creíamos que te habrían atrapado, o tal vez matado de un disparo, qué sé yo.

—Esta vez no —dijo él y, tras respirar varias veces, volvió a darle otro tiento a la cantimplora, y sorbió avariciosamente el agua hasta que no quedó ni una gota. Eructó de satisfacción, tiró al suelo la cantimplora y después, por primera vez, se dio cuenta de la preocupación que reflejaba el rostro de su amigo. La mano de Chester, que sostenía algo de comida, estaba todavía delante de él. «Mi buen amigo Chester.» Will no pudo evitar reírse, al principio de manera floja, pero cada vez más fuerte hasta llegar a lanzar unas carcajadas tan estruendosas que su amigo se asustó y se apartó un poco. La garganta de Will no se había recuperado todavía de la falta de agua, y su risa sonaba rasposa y perturbadora.

—¿Qué te pasa, Will? ¿Qué ocurre?

—Déjame que me ría todo lo que quiera —dijo él antes de sucumbir a otro ataque de carcajadas estruendosas y de extraño sonido.

Chester se quedó bastante asustado de aquella actitud.

—No tiene gracia —dijo bajando la mano en la que sujetaba algo de comida.

Como Will no daba ninguna muestra de abandonar su risa ahogada pero estrepitosa, Chester empezó a indignarse.

—Creía que no volvería a verte nunca —declaró con sinceridad—. De verdad lo creía.

Allí, en su rostro sucio, con restos de migas en los labios, empezó a formarse una amplia sonrisa. Negó con la cabeza:

—Me rindo. Estás como una cabra, sí, señor. ¿Por qué no te comes algo de esto? —le ofreció señalando la bolsa que tenía abierta encima de la mochila—. Creo que te estás muriendo de hambre.

—Gracias —le dijo Will con gratitud.

—No pasa nada. Por lo demás, es tu comida. Ésta es tu mochila. Drake cogió tu equipo cuando fuimos a buscarlo.

En aquel momento, Will se sentía de nuevo junto a su amigo, y estaba en la gloria.

—¿Sabes?, se me agotaron las pilas de la linterna. No he tenido ni siquiera una luz, creí que iba a morir —le explicó.

—¿Qué? Entonces, ¿cómo has podido llegar hasta aquí? —preguntó Chester.

—Divisé una luz —respondió Will—. ¿Y cómo te parece que he llegado? Andando.

—¡Por todos los demonios! —exclamó Chester moviendo de un lado a otro la cabeza de pelo enmarañado.

Will observó la sonrisa de atontado que se le había quedado a su amigo, que le recordó tanto el momento en que se habían encontrado en el Tren de los Mineros. En aquel entonces había visto aquella misma sonrisa amplia y atontada en su rostro, y aunque habían pasado sólo dos meses desde aquello, parecían siglos. Tantas cosas habían sucedido desde entonces, tantas cosas habían cambiado...

—¿Sabes? —le dijo a Chester—, ¡creo que preferiría volver al instituto antes que pasar lo que acabo de pasar!

—¡Ostras!, ¿tan terrible ha sido? —le preguntó su amigo en un remedo de seriedad.

Will asintió con la cabeza, pasándose la lengua por los labios y volviendo a notar la sensación de la saliva en la boca. Casi podía sentir el agua recorriéndole el cuerpo y dando nueva vida a sus piernas y brazos exhaustos.

Sosteniendo todavía la linterna en su mano, se quedó contemplando su débil luz, que podía ver a través de sus ojos semicerrados.

La voz de Chester empezó a sonar como un ruido de fondo, porque su amigo se puso a hablar emocionado y sin parar, pero Will estaba demasiado fatigado para asimilar lo que decía. Con la cabeza apoyada en una piedra, se fue relajando y abandonando. Las piernas se le movían ligeramente, como si les costara trabajo romper por completo el ritmo de intenso y prolongado esfuerzo que habían llevado durante tantas horas, e intentaran seguir caminando.

Aquel movimiento se fue deteniendo poco a poco hasta que se quedaron inmóviles. Entonces Will encontró un descanso bien merecido, ignorando la horrible cadena de sucesos que, en aquel mismo instante, tenía lugar en la Llanura Grande.

33

Cal había concentrado todos sus esfuerzos en caminar, y al levantar la vista le costó unos segundos asimilar lo que tenía ante sí.

Drake y él habían ido andando por el contorno de la Llanura Grande, pero allí no estaba la acostumbrada y escabrosa pared que esperaba encontrar.

En su lugar, había una superficie vertical y aparentemente lisa que iba desde el suelo al techo de la caverna, llenando por completo el espacio entre ambos. Era como si aquella grieta en que consistía la Llanura Grande hubiera sido precintada. Se trataba de una barrera demasiado perfecta para ser natural, que se prolongaba internándose en la penumbra hasta donde alcanzaba la luz amortiguada de su lámpara. De tal manera se había acostumbrado a la peña escarpada e irregular que bordeaba la llanura, que aquella barrera le produjo un sobresalto.

Se acercó para tocar la superficie. Era sólida y gris, pero no tan perfecta como había pensado al principio. De hecho, vio que la superficie estaba llena de rugosidades, que en muchas partes se habían desprendido fragmentos, y que en los huecos había manchas de color marrón rojizo que se alargaban hacia abajo, dibujando lágrimas en el muro.

Era hormigón. Un enorme muro de hormigón: lo último que habría esperado encontrar en aquel lugar primitivo. Y se dio cuenta de lo grande que era cuando continuaron bordeándolo durante otros veinte minutos hasta que Drake le hizo seña de parar. Señaló algo en el muro, una abertura rectangular situada a metro y medio del suelo. Inclinándose hacia Cal, le susurró:

—Ése es el conducto de acceso.

El niño levantó la lámpara para inspeccionarlo.

Drake le agarró el brazo y lo bajó.

—¡Manténla baja, idiota! ¿Quieres que se enteren de dónde estamos?

—Lo siento —dijo Cal observando cómo el hombre metía la mano en la oscura boca del muro y luego tiraba de ella. Oyó un sordo crujido: en el muro se abrió una trampilla de hierro oxidado.

—Tú primero —ordenó Drake.

Cal miró en la inquietante oscuridad y tragó saliva con esfuerzo.

—¿De verdad crees que voy a entrar ahí? —preguntó.

—Sí —gruñó Drake—. Esto es el Búnker. Lleva años vacío. No tendrás ningún problema.

El niño negó con la cabeza:

—¡No tendré ningún problema! No quiero hacerlo, ¡no quiero hacerlo! —murmuró entre dientes. Con la ayuda de Drake, que le tendió una mano, se metió a regañadientes por el conducto y empezó a avanzar a gatas.

Delante de él lucía débilmente la luz de la lámpara, revelando metro tras metro de pasadizo regular, al tiempo que arañaba con las manos en una capa de varios centímetros de arenilla seca que había en el suelo del conducto. El sonido de su propia respiración se volvió opresivo, y tuvo una sensación de constreñimiento realmente horrible. Atrapado como un ratón en el desagüe, ésa era la idea que le venía a la cabeza. De vez en cuando se paraba para tentar con el bastón delante de él o golpear en los muros para comprobar que el camino estaba despejado. Eso le daba una oportunidad de descansar la pierna, que empezaba a dolerle mucho. Tenía miedo de que se le agarrotara completamente y se tuviera que quedar allí, atrapado en el conducto.

Sin embargo, se esforzaba por continuar después de cada instante de descanso. El conducto parecía no tener fin.

—¿Qué grosor tienen estos muros? —preguntó en voz alta. Entonces, al volver a tentar con el bastón, la punta no pegó contra nada. Avanzó un poco más y volvió a hacer la prueba. No había nada, había llegado al final. Lo había presentido instintivamente dado que el aire había empezado a oler de manera distinta: a humedad, moho y años de abandono.

Anduvo palpando por la boca del conducto y con cautela se bajó de allí. Con los pies firmes en el suelo, encendió la lámpara y la fue pasando por delante para examinar el terreno. Estuvo a punto de gritar cuando vio algo que se erguía a su lado, y levantó el bastón para defenderse.

—Tranquilo —le dijo Elliott, y él se sintió como un tonto en ese mismo instante. Se había olvidado de que ella habría ido delante, como hacía siempre.

Drake se dejó caer desde el conducto sin hacer ruido, y se plantó detrás de él. Le dio un leve empujón y, sin mediar palabra, siguieron avanzando.

Se encontraban en una sala pequeña y lúgubre en la que no había nada, salvo unos charcos de agua estancada, pero estaban entrando cautelosamente en un espacio más amplio en el que retumbaban las pisadas y las huellas quedaban impresas en el suelo, que parecía una cubierta de linóleo o de algo semejante. Era de color claro, y tal vez hubiera sido blanco en otro tiempo, pero ahora estaba lleno de suciedad y de montones de restos podridos de olor acre.

Mientras Cal y Drake se quedaban allí para que Elliott se adelantara a investigar el terreno, la lámpara de Cal reveló que se encontraban en una sala de considerable longitud. Había un escritorio arrimado contra uno de los muros, que estaban llenos de manchas de humedad de color marrón y gris, con hongos que formaban colonias aisladas, como pequeños salientes redondeados. Y allí donde estaba Cal había estantes llenos de carpetas y papeles muy deteriorados. El agua había convertido el papel en un mantillo amorfo sin forma ni consistencia que había terminado derramándose como si fuera líquido para formar en el suelo montones de papel maché que resultaba firme al tacto.

A una señal de Elliott, Drake le susurró a Cal que siguiera hacia delante, y atravesaron con sigilo una puerta para entrar en un estrecho corredor. Al principio, Cal pensó que el brillo indefinido que lucían los muros de ambos lados se debía a la humedad, pero después comprendió que estaba pasando entre enormes tarros de cristal. Su luz no penetraba apenas en el cristal recubierto de algas negras, pero por donde conseguía hacerlo, parecían distinguirse las más grotescas formas suspendidas en el agua. Pensó que veía un reflejo de su propia cara, pero al mirar más de cerca, un estremecimiento le recorrió la espalda. ¡No! ¡No se trataba en absoluto de ningún reflejo! Era un rostro humano, blanco y reseco, que estaba apoyado contra el cristal, con las cuencas de los ojos vacías y los rasgos descompuestos, como parcialmente devorados. Le entró pavor y se alejó de allí rápidamente, sin consentirse echar una segunda mirada.

Doblaron una esquina al final del corredor, después del último tarro, sólo para encontrar que el camino se hallaba bloqueado por enormes losas de hormigón roto: el techo y los muros se habían desprendido. Pero justo cuando Cal empezaba a pensar que tendrían que volverse, Drake le hizo entrar en la zona oscura que había al lado. Allí el techo desplomado había creado una especie de escalera, bordeada por un hierro retorcido y mal formado. Se metieron bajo la enorme losa y juntos bajaron por los peldaños de trozos desmoronados hasta el lugar en que los esperaba Elliott.

El olor de putrefacción que encontraron al llegar estaba muy lejos de resultar agradable. Cal pensó que habían llegado al fondo cuando la chica avanzó unos pasos para penetrar en el agua negra. El niño dudó, pero Drake le azuzó dándole golpes en la espalda hasta que, en contra completamente de sus apetencias, penetró él también. El agua templada le llegaba al pecho. En la superficie se movían el polvo y las irisaciones oleaginosas provocadas por el movimiento de ellos tres. Por encima de ellos había formaciones de hongos radiales, tan espesas y abundantes que los individuos tenían que crecer unos encima de otros, algo así como un arrecife de coral.

De los hongos colgaban unos diminutos filamentos que brillaban a la luz de Cal como un millón de telas de araña. Pero el hedor se hacía demasiado fuerte para él y no podía dejar de toser, aunque el ruido que hacía irritaba a Drake. Intentó contener la respiración, pero no pudo hacerlo por mucho tiempo, y al final se vio obligado a introducir los miasmas en los pulmones. Eso le irritó la parte de atrás de la garganta, y empezó de nuevo a toser.

Al tiempo que trataba de dejar de toser, miró abajo, penetrando en la superficie del agua. Horrorizado, distinguió inequívocos movimientos justo por debajo de la superficie. Notó que algo se le enredaba en la pantorrilla. A continuación, fuera lo que fuera aquello, apretó.

—¡No, Dios mío! —exclamó sin resuello, e intentó correr por el agua con movimientos desesperados.

—¡Quieto! —retumbó la voz de Drake, pero Cal no le hizo caso.

—¡No! —gritó muy fuerte—. ¡Voy a salir!

Adelantándose, vio a Elliott, que subía delante de él un tramo de escalera. La alcanzó, agarrándose a una destartalada barandilla de hierro que se dobló con su fuerza. Logró salir de las fétidas aguas, pero tropezó y se cayó en la escalera. Luego avanzó golpeando el muro con el bastón y buscando desesperadamente un poco de aire limpio, pero entonces una mano lo agarró por el hombro. La mano lo dejó clavado en el sitio, le apretó dolorosamente en la clavícula y lo hizo girarse.

—¡No vuelvas a hacer una proeza como ésa! —dijo Drake gruñendo, pero sin levantar la voz, con el rostro a pocos centímetros del de Cal, y con el ojo descubierto encendido por la cólera. Empujó al aterrorizado muchacho contra el muro, sin soltarle el hombro.

—Pero había… —empezó a explicarse el niño. Se sentía sofocado tanto por el apestoso aire como por el miedo.

—Me da igual lo que hubiera. Aquí abajo, una sola acción descontrolada como ésa puede significar la diferencia entre vivir o no… Así de sencillo —explicó el hombre—. ¿He hablado claro?

Cal asintió con la cabeza, haciendo esfuerzos para dejar de toser mientras Drake volvía a empujarlo. Subieron hasta otro corredor que tenía el techo mucho más alto que el claustrofóbico pasadizo que acababan de abandonar. Los muros eran aproximadamente verticales, con un sesgo hacia fuera y después hacia dentro hasta llegar al techo, en una forma que recordaba una antigua tumba. El suelo estaba húmedo y las botas de Cal restallaban en él como si pisara sobre cristales.

Enseguida llegaron ante unas aberturas que salían de forma extraña a cada lado de la galería. Se metieron por una de ellas y recorrieron una pequeña distancia antes de salir a un espacio mucho más amplio. Aunque en la oscuridad Cal no podía ver gran cosa, le pareció que estaba dividido en varias zonas más pequeñas: un laberinto de grueso hormigón hacía las divisiones hasta la mitad de la altura, formando una serie de corrales. Por el suelo, a la entrada de aquellos corrales, había montones de escombros y de lo que parecían hierros oxidados.

—¿Esto qué es? —preguntó Cal, atreviéndose a romper el silencio.

—Los Campos de Cría.

—De cría… ¿de qué? ¿De animales?

—No, de animales no. De coprolitas. Los styx los criaban para usarlos como esclavos —respondió Drake muy despacio—. Construyeron todo este complejo hace siglos.

Hizo pasar al niño a una antecámara más pequeña antes de que pudiera hacer más preguntas. Tenía aspecto de sala de hospital. Cal vio que el suelo y los muros estaban alicatados con baldosas blancas que, con el paso de muchos años de suciedad y humedades, habían perdido el color. Había una enorme cantidad de camas caprichosamente amontonadas junto a la entrada, como si alguien hubiera empezado a quitarlas, pero hubiera dejado el trabajo a medias. Lo más extraño de aquellas camas era que todas, sin excepción, eran bastante pequeñas: no había modo de que pudieran albergar ni siquiera a alguien de su tamaño, no digamos a un adulto.

—¿Son cunas? —preguntó en voz alta, al tiempo que descubría que había muchas más de las que había visto al principio.

Encima de aquellas camas diminutas había jaulas circulares de metal, de hierro oxidado y decrépito, la mayoría de las cuales estaban cerradas. No había indicio alguno de qué era lo que había estado originalmente encerrado en aquellas jaulas, tan sólo algunos restos de jergones de paja podrida.

—¿No serían para bebés? —preguntó Cal. Se le pusieron los pelos de punta: era una sala de pediatría de pesadilla.

—Sí, para bebés coprolitas —respondió Drake al tiempo que alcanzaban a Elliott. La chica entró por una puerta de vaivén, que tenía una de las hojas asegurada sólo por una bisagra, y que crujió de una manera estrepitosa al entrar la muchacha. Elliott se apresuró a sostenerla para evitar que siguiera haciendo ruido.

Cal y Drake la siguieron hasta el corredor adyacente, que estaba recubierto de estantes combados sobre los que había unos cuantos aparatos, oscuros y corroídos, de aspecto extraño, de color marrón de herrumbre o verde de moho que parecía como si goteara, porque se había extendido alrededor. A algunos de aquellos aparatos les salía una proliferación de tubos de goma muy deteriorada. Cal posó los ojos en una máquina que había en el suelo, con fuelles podridos y cuatro tarros de cristal que salían de su parte superior. Junto a esto había una especie de bomba de aire para accionar con el pie.

Después levantó la vista hasta una balda de madera pegada al muro que contenía todo tipo de instrumentos mortalmente punzantes, muchos tan oxidados que se habían terminado fundiendo con su soporte. Y junto a ellos vio una especie de mapa. Pese al moho que lo recubría, distinguió trazos angulosos y extrañas escrituras, pero no entendió en absoluto cuál era su significado, y no había tiempo para pararse a buscárselo.

Atravesando pesadamente zonas encharcadas por agua sucia, pasaron varios corredores más, todos ellos estrechos. Estaban vacíos, salvo por una serie de anchos tubos que iban a lo largo del techo, de los que colgaban restos de material aislante.

Y volvieron a salir a una estancia que tenía forma de ele y estaba llena de grandes tarros de cristal apilados desde el suelo al techo, algunos de los cuales tenían un metro de diámetro. Mientras aguardaban a que Elliott les hiciera una seña, a Cal le llamó la atención algo que vio en uno de los tarros que tenía más cerca.

Al principio no estaba seguro de lo que contenía, pero después vio que era la cabeza de un hombre cortada transversalmente. El corte estaba hecho de manera muy precisa desde la parte superior del cráneo, bajando por el resto de la cabeza, de manera que podía verse el cerebro y todo lo que había dentro del cráneo. En cierto modo no parecía real, y costaba trabajo creer que en otro tiempo había formado parte de una persona. Pero Cal cometió el error de inclinarse para examinar el tarro de cristal por el otro lado. Al penetrar la luz de su lámpara en el líquido amarillento en que se hallaba inmersa la cabeza, vio el ojo único, de mirada fija, y la barba oscura que asomaba de la piel blanca de la cabeza del hombre, como si no se hubiera afeitado aquella mañana.

Cal ahogó un grito. Desde luego que era real. Resultaba tan macabra, que de inmediato se apartó de ella, pero entonces vio en otros tarros cosas que eran igual de horribles: embriones horrendamente deformes que flotaban en líquido, unos enteros y otros parcialmente diseccionados, y varios bebés enteros e intactos, asegurados por medio de alambres a planchas de cristal en una gran variedad de posiciones distintas. Había uno que se chupaba el pulgar. Si no hubiera sido por la piel casi traslúcida, a través de la cual se apreciaba una multitud de venitas azules, uno podía pensar que simplemente dormía, de tan vivo que parecía.

Pasaron en silencio a otra zona. Era una estancia octogonal dominada por un sólido plinto de cerámica que estaba colocado en el centro exacto. Sobre el plinto había unas tiras de metal, obviamente destinadas a mantener sujeto al desdichado.

—¡Carniceros! —murmuró Drake, mientras Cal veía herramientas y cascos de cristal esparcidos por el suelo. Había bisturíes, enormes fórceps y otros instrumentos médicos extraños.

—¡No! —exclamó Cal, incapaz de contenerse ante el escalofrío que le recorría el cuerpo. Aunque aquella estancia no tuviera nada semejante a los macabros especímenes que acababa de ver, había en el ambiente algo sumamente sórdido. Era como si quedaran los ecos del agudo dolor y sufrimiento infligido entre aquellos muros, hacía muchos años.

—Este lugar está lleno de fantasmas —dijo Drake, en sintonía con la sensación que Cal estaba experimentando.

—Sí —respondió el muchacho con un estremecimiento.

—No te preocupes, no nos quedaremos aquí —le aseguró el hombre. Y se internaron en otro corredor más grande, que recordaba el que habían atravesado antes, el de los muros inclinados. Lo recorrieron hasta que Drake le indicó que parara. Cal distinguió que allí había un sonido distinto, y volvió a percibir un asomo de brisa en la cara. Supuso que habían llegado al otro lado del Búnker. Se apoyó completamente en el bastón, agradeciendo la oportunidad de descansar la pierna, e intentó olvidar cuanto acababa de ver.

Drake escuchó un momento, mirando a través de la lente que tenía colocada en el ojo, antes de poner la lamparilla de minero en baja intensidad. Ante ellos tenían una especie de patio de formación natural. Era circular, de unos treinta metros de diámetro, con el suelo de roca, irregular. En torno a él, el niño vio que salían hasta diez tubos de lava, cada uno en una dirección diferente.

—Métete en uno de ésos, Cal —susurró Drake señalando los tubos de lava al tiempo que se dirigía a la zona circular. Elliott se había quedado atrás, agachada junto a la boca de salida del Búnker.

Drake se dio cuenta de que el chico no le seguía.

—Muévete, ¿quieres? —El muchacho refunfuñó para sí y dio unos pasos a regañadientes en dirección a Drake—. Elliott y yo nos vamos a buscar a Will, pero tú te quedarás aquí vigilando. Hay posibilidades de que pueda pasar por aquí —le explicó, y añadió en voz baja—, si no lo ha hecho ya.

Apenas había dado Cal unos pasos cuando oyó un silbido a su espalda. Se paró. Elliott seguía agachada, con el rifle apoyado en un muro de la boca del Búnker.

Drake se quedó inmóvil, pero no se volvió hacia ella.

—¡Vuelve! —le susurró Elliott a Cal de manera apremiante, sin quitar la vista del rifle.

—¿Yo? —preguntó el niño.

—Sí —confirmó ella, mirando tras ellos a través de la mira.

Sin entender nada de lo que ocurría, Cal se dirigió hacia Elliott, que en un momento retiró una mano del rifle para pasarle un par de delgados cócteles. Él los cogió, desconcertado por el cambio en las instrucciones de Drake, y se metió más adentro en el corredor, detrás de Elliott, y agachó la cabeza.

Enmarcado por la boca de la entrada, vio la imagen de Drake, que estaba completamente inmóvil en el espacio abierto, con el único movimiento de su chaqueta, que se agitaba con la ligera brisa que corría por allí. No había apagado la lamparilla de minero que llevaba en la frente, y aunque el haz de luz no era fuerte, alcanzaba a iluminar algunas de las piedras y rocas que lo rodeaban y que proyectaban su sombra contra los muros. Pero nada se movía a su alrededor.

—¿Has notado algo? —le preguntó Drake a Elliott en voz baja.

—Sí —respondió ella muy despacio—. Es un presentimiento. —Su voz sonó muy seria. Parecía tensa, y mantenía la mejilla apretada contra la culata del rifle. Pasó rápidamente el rifle de un túnel a otro. En un solo gesto rápido y limpio, se sacó varios cócteles más del cinturón y los dejó en el suelo, a su lado.

Cal entrecerró los ojos tratando de ver cuál era la causa de aquella preocupación, pero como nada se movía en la zona que se encontraba más allá de Drake, no conseguía entenderlo.

Pasaron unos segundos.

El silencio era tan absoluto que Cal empezó a relajarse. No veía nada. Estaba seguro de que se trataba de una falsa alarma, y de que Elliott y Drake se estaban comportando de manera exagerada. Le dolía la pierna y cambió ligeramente la postura, pensando en las ganas que tenía de parar.

Drake se volvió hacia Elliott.

—Me parece… me parece que ha venido a visitarnos el hombre invisible —declamó en voz alta, sin hacer más esfuerzos por bajar la voz.

—Dile que ahora no le puedo atender —respondió Elliott en un susurro. Tras cambiar el rifle a la boca de otro túnel, se detuvo de pronto, como si se demorara por algo, antes de dirigir finalmente el rifle hacia Drake—. Sí —murmuró asintiendo con la cabeza y observándolo a través de la mira—. Yo tendría que estar ahí. Tendría que haber salido yo, no tú.

—No, mejor así —dijo Drake con frialdad, y se separó de ella.

—Adiós —dijo ella con la voz tensa.

Pasaron unos segundos tan largos que parecían siglos antes de que respondiera Drake:

—Adiós, Elliott —dijo, y dio un paso atrás.

Y entonces empezó todo.

Comenzaron a salir Limitadores de los tubos de lava, con el arma en alto. Por la manera de moverse, parecían un enjambre de insectos malignos. Las oscuras máscaras y los largos gabanes de color parduzco salían del oscuro hueco de la boca de los túneles como si fueran una prolongación de las propias sombras. Demasiado numerosos para contarlos, empezaron a formar un semicírculo perfecto por delante de los tubos de lava.

—¡Tirad las armas! —ordenó una voz aflautada y penetrante.

—¡Rendíos! —dijo otro.

Y como un solo hombre, empezaron a avanzar.

A Cal le dio la impresión de que el corazón se le paraba. Por algún motivo, Drake no se había agachado y puesto a cubierto, sino que permanecía exactamente donde estaba mientras se acercaba la fila. Después dio otro paso atrás.

El niño oyó un solo disparo y vio saltar la tela en la curva del hombro de Drake, como si una pequeña bala hubiera penetrado en él. El impacto le hizo doblarse, pero rápidamente volvió a erguirse. Elliott respondió con una rápida descarga, manejando el cerrojo de su rifle a velocidad cegadora. Uno tras otro, los Limitadores iban cayendo bajo sus balas. No había disparo que no diera en el blanco. Cal vio el resultado en las delgadas formas de los soldados styx: unos salían impulsados hacia atrás y otros caían exactamente en el punto en que se encontraban. Pero siguieron avanzando. Y por algún motivo, no disparaban a su vez.

Con un suave movimiento, Drake se agachó. Al principio Cal pensó que le habían vuelto a dar, pero después vio que tenía un mortero en las manos. Golpeó la base contra una piedra y salió una llama desde la boca, como una lanza. Una franja del semicírculo de styx que avanzaba hacia él quedó completamente destruida; en su lugar no quedó más que un poco de humo: la ráfaga los había borrado del mapa. De todas partes se alzaban gritos y chillidos. Pero, no obstante, otros Limitadores continuaban avanzando, y ahora también disparaban contra Elliott.

Cal retrocedía por el corredor, alejándose de la boca, aferrando los cócteles en la palma sudorosa de la mano. La única idea que albergaba su cerebro era que tenía que salir de allí. Como fuera.

Entonces, por entre nubes de humo, pensó que había visto moverse a Drake. Se había tambaleado unos pasos y había caído. No vio nada más, porque en aquel mismo instante Elliott lo agarró por el brazo y se lo llevó corriendo. Corría tirando de él, tan rápido que él apenas lograba mantenerse sobre los pies. Corrieron unos doscientos metros antes de que ella lo levantara del suelo del corredor para meterlo en una de las estancias laterales.

—¡Tápate los oídos! —le gritó.

Se oyó casi inmediatamente una explosión atronadora. Aunque estaban bien resguardados, aún la notaron en los pies. Por el corredor, atravesando la puerta, llegaron volando una bola de fuego y cascotes de hormigón. Cal comprendió que Elliott debía de haber preparado unos explosivos antes de escapar. Antes de que los escombros se asentaran, se levantó ella misma y tiró de Cal para evitar una nube de polvo. En los charcos del suelo, pequeñas brasas encendidas chisporroteaban al caer.

Al atravesar corriendo espesas y revueltas nubes de humo sofocante, vieron una silueta alta que se acercaba a ellos. Elliott apartó a Cal del camino mientras ella se dejaba caer sobre una rodilla. Accionó el cerrojo del rifle. El Limitador se dirigía directamente hacia ella, con el arma en alto. La chica no dudó: apretó el gatillo. La boca del cañón de su rifle escupió fuego y el destello iluminó el rostro sorprendido del Limitador. El disparo le dio de lleno en el cuello. La cabeza se le cayó hacia delante, sobre el pecho, mientras desaparecía de la vista al caer sobre una nube de polvo. Elliott ya se había levantado.

—¡Vamos! —le gritó a Cal señalando hacia el corredor.

Otra sombra oscura se cernió sobre ellos. Con el rifle todavía en la cadera, Elliott apretó el gatillo. Sonó un *clic*.

—¡Oh, no! —gritó el niño, viendo que la mirada asesina que había en el rostro del styx se transformaba en un gesto de triunfo: pensaba que ya eran suyos.

De manera patética, Cal levantó ante él el bastón, como si quisiera pegarle con él. Pero en un abrir y cerrar de ojos, Elliott había dejado caer el rifle y le había cogido la mano, para apuntar al Limitador con los cócteles que le quedaban. Tiró de las cuerdas.

Cal sintió el retroceso y el intenso calor cuando ambos cócteles estallaron a boca de jarro.

No pudo ver el resultado. El hombre ni siquiera había gritado. El chico se había quedado clavado en el sitio, y su mano, empapada y temblorosa, seguía aferrando los cilindros humeantes.

Elliott le gritó mientras sacaba algo de la mochila. Pero él no entendía lo que le decía. El miedo lo tenía completamente aturdido. La chica le pegó una bofetada tan fuerte que le sonaron los dientes. Eso pareció despertarlo. Y despertó para ver cómo Elliott lanzaba un explosivo al interior del corredor por donde él pensaba que se disponían a escapar. No entendió lo que hacía: ¿por dónde iban a escapar si ella bloqueaba el camino?

—¡Ponte a cubierto, idiota! —le gritó ella, dándole una patada que lo lanzó por el corredor. Cal cayó en el hueco de una puerta, al lado opuesto.

Esta vez la explosión fue más leve, e inmediatamente se metieron corriendo por el lugar en que había estallado el explosivo. Cal tropezó en algo blando. No lo miró, sabía que era un cadáver, y dando las gracias al polvo, que lo cubría y lo tapaba todo de la vista, pasó por encima dando tumbos.

Fue como si el tiempo se hubiera colapsado. Los segundos no existían en aquel lugar. Y era el cuerpo de Cal, y no su mente, el que dictaba sus acciones, haciéndole huir. Sólo sabía que tenía que escapar, eso era lo único que importaba: algo muy básico e instintivo se había apoderado de él.

Antes de que se diera cuenta, se hallaban de nuevo en aquella especie de quirófano que tenía el siniestro plinto de cerámica en el centro. Elliott lanzó tras ellos otro explosivo. Debía de tener muy poco retardo, porque sólo habían recorrido la mitad de la sala en forma de ele para abandonar el quirófano cuando los alcanzó la onda expansiva.

Lo más horrible de todo fue que la explosión rompió muchos de los tarros de los especímenes. Su contenido se derramó por todas partes como peces muertos, mientras el aire se impregnaba del olor punzante del formaldehído. Cal vio la media cabeza humana resbalando por el suelo hasta llegar junto a sus pies, con su media boca sonriéndole a él y su media lengua saliendo descaradamente de la boca. Saltó sobre ella para seguir a Elliott, y juntos atravesaron los siguientes corredores. Tomaron varias veces la opción de la izquierda, y luego la de la derecha. Allí el polvo y el humo no eran tan espesos, pero de repente Elliott se paró en seco y miró a su alrededor con desesperación.

—¡Mierda, mierda, mierda! —despotricaba.

—¿Qué? —preguntó Cal resoplando y sujetándose a ella, porque estaba desorientado y completamente exhausto.

—¡Mierda! ¡Nos hemos equivocado de camino! ¡Hay que volver… no hay más remedio!

A toda prisa desanduvieron el camino, doblando varias esquinas, y después Elliott se detuvo para observar un corredor secundario. Cal percibió la ansiedad en sus ojos.

—Tiene que ser por ahí —murmuró ella sin convencimiento—. ¡Dios, espero que lo sea!

—¿Estás segura? —interrumpió él—. No recuerdo...

Elliott abrió una puerta. Él la seguía tan de cerca que cuando ella se paró, él tropezó con ella.

Cal cerró los ojos y se tapó la cara. Había una luz fulgurante.

Se encontraban en una estancia blanca, de unos veinte metros de largo y la mitad más o menos de ancho.

Era algo asombroso.

En la estancia había una calma absoluta. No tenía ningún parecido con nada de lo que Cal había visto en el Búnker hasta aquel momento. Estaba perfectamente limpia, con un suelo inmaculado de baldosas blancas y un techo recién pintado, también blanco, de cuyo centro colgaba una larga fila de esferas de luz.

A lo largo de los dos laterales de la estancia había puertas de metal bruñido, y Elliott ya se había acercado a la primera de ellas para mirar a través de la ventanilla de inspección. Después pasó a la siguiente. Todas las puertas tenían grandes marcas hechas con pintura negra, que había sido aplicada con tal abundancia que la pintura había trazado lágrimas sobre el metal bruñido.

—Se ven cuerpos —decía ella—. Así que ésta es la zona de cuarentena.

No eran simplemente cuerpos. Como pudo ver Cal por sí mismo, en cada celda había dos o tres cadáveres extendidos en el suelo. Era evidente que llevaban bastante tiempo muertos, porque habían empezado a descomponerse. Podía distinguir un claro fluido gelatinoso, con irisaciones rojas y amarillas, que goteaba de los cadáveres y formaba un charco sobre las baldosas completamente blancas.

—Los hay que parecen colonos —dijo Cal al observar la ropa que llevaban.

—Y otros son renegados —añadió ella con voz tensa.

—¿Quién ha hecho esto? ¿Cómo han muerto? —preguntó el chico.

—Los styx los han matado —respondió ella.

Esta frase le recordó al instante la gravedad de la situación en que se hallaban, y empezó a sentir pánico.

—¡No tenemos tiempo para quedarnos aquí! —gritó, volviéndose hacia la puerta.

—Espera —dijo ella. Lo miró con mala cara, pero no lo apartó.

—¡No podemos entretenernos! Nos estarán siguiendo... —dijo Cal casi sin voz, comprendiendo que se habían cambiado los papeles, y ahora era ella la que retrasaba la fuga.

—Esto es importante. ¡Estas celdas han sido selladas! —comentó Elliott examinando los bordes de la puerta. Como todas las otras puertas, estaban soldadas por los cuatro lados, y no había picaporte ni otro medio de abrirlas—. ¿No te das cuenta de lo que es esto, Cal? Se trata de la zona de pruebas de los styx, de la que habíamos oído hablar. ¡Aquí han estado probando algún tipo de arma nueva!

Cal detrás de Elliott, se acercó a la siguiente celda, y notó que la puerta no tenía nada pintado. Mientras ella miraba, una cara apareció de pronto en la ventana. Tenía los ojos hinchados e inyectados de sangre. Era un hombre, que parecía hallarse en un estado de pánico extremo. Tenía las mejillas comidas y cada centímetro de la piel cubierto por forúnculos irritados de color rojo. Gritaba algo, pero ellos apenas podían oír un susurro a través del cristal.

Empezó a golpear débilmente en el cristal con ambos puños, pero tampoco eso se oía. Entonces se detuvo y los miró con ojos penetrantes y enloquecidos.

—Lo conozco —dijo Elliott con voz ronca—. Es uno de los nuestros.

Tenía la cara tan delgada como un esqueleto, como si lo hubieran estado matando de hambre. Intentaba decirles algo con los movimientos de la boca, exagerándolos lo más posible para hacerse entender.

Pero para ella no tenía sentido.

—¡Elliott! —imploró Cal—. Olvídalo, ¿quieres? ¡Tenemos que irnos!

Ella pasó los dedos por una parte de la soldadura que extendía su sello por todo el borde de la puerta en una gruesa capa y se preguntó si habría algún medio de abrirla. Pero sabía que no tenía tiempo de intentarlo. No podía hacer otra cosa que dirigirle a aquel hombre un gesto de impotencia, encogiéndose de hombros.

—¡Vámonos! —gritó Cal, y a continuación añadió—: ¡Ahora mismo!

—Vale —dijo ella, girándose sobre los talones para correr hacia la puerta por la que habían entrado.

La atravesaron y volvieron a meterse en la oscuridad del Búnker, donde el aire estaba lleno de un polvo que se agitaba alrededor de ellos. Cuando se les acostumbraron los ojos después de la claridad de aquella extraña estancia, siguieron por el corredor en la dirección que ella había tomado antes.

—No te separes —le susurró Elliott avanzando con dificultad.

Habían recorrido una corta distancia cuando ella se detuvo.

—¡Vamos, vamos! ¿Por dónde? —la oyó murmurar Cal para sí misma—. Tiene que ser por aquí abajo —decidió.

Tras atravesar varios corredores más, entraron en un pequeño salón con dos puertas, que conducían a dos caminos opuestos. Se fue de uno a otro, y después se detuvo por un brevísimo instante entre las dos, cerrando los ojos.

Para entonces, Cal había perdido toda confianza en la capacidad de la chica para salir de allí. Pero no tuvo tiempo de expresar sus dudas, porque se oyó un sonido metálico y bastante cercano. Estaban tirando abajo una puerta. Los Limitadores estaban allí mismo.

Elliott abrió los ojos.

—¡Ya lo tengo! —gritó, señalando la puerta que debían tomar—. ¡Éste es el tramo de regreso!

Después de girar a izquierda y derecha varias veces, bajaron la escalera entre resbalones y se metieron en el corredor sumergido del sótano. Esta vez Cal no tuvo ningún reparo en meterse él mismo en el agua estancada, y antes de darse cuenta ya estaba subiendo por la escalera del otro lado. Notó que Elliott se quedaba atrás: estaba colocando un explosivo de gran tamaño en la otra escalera, justo por encima de la superficie del agua. En cuanto lo hubo hecho, alcanzó a Cal, y estaban pasando bajo las losas de hormigón desplomado cuando estalló la carga.

El lugar entero se estremeció y cayeron sobre ellos torrentes de cieno. Se oyó un ruido sordo que se convirtió luego en un chirrido inquietante. Todo tembló. Las enormes losas de hormigón se quebraron y cayeron, lanzando agua y polvo en todas direcciones y sellando el camino detrás de ellos.

—Esta vez ha faltado muy poco —oyó que Elliott comentaba jadeando. Atravesaron corriendo la estancia del suelo de linóleo, treparon hasta el conducto y lo recorrieron a gatas.

A la salida del conducto, Cal se dejó caer al suelo de la Llanura Grande profiriendo un grito de alivio. Elliott le ayudó a ponerse en pie y sin perder un segundo volvieron por donde habían llegado, bordeando el muro.

Varios disparos impactaron en el muro de hormigón, junto a ellos.

—¡Francotiradores! —gritó la chica lanzando algo por encima del hombro, tan rápido que Cal no tuvo tiempo de ver lo que era. Al estallar, salió un humo que se mantuvo próximo al suelo, invadiendo una gran superficie. Elliott lo había tirado con intención de que los protegiera de los disparos. Aunque seguía sonando algún tiro de vez en cuando que impactaba no muy lejos de ellos, el peligro era ya mucho menor.

Corrieron hasta que pudieron meterse por un tubo de lava y alejarse de la Llanura Grande. Varios metros adentro, Elliott le gritó a Cal que siguiera avanzando, mientras ella se paraba a colocar y preparar otro artefacto. El chico no necesitaba que lo animaran: corrió cuanto pudo, casi enloquecido de la cantidad de adrenalina que le corría por las venas y que le proporcionaba tantas energías que ni se acordaba del dolor de la pierna.

Mientras Elliott le alcanzaba, dio la impresión de que la onda expansiva de la explosión propulsaba por el aire sus cuerpos y los ayudaba a avanzar. Y de esa forma siguieron, sin dejar de correr.

Will no sabía cuánto tiempo había dormido cuando fue rudamente despertado por unos gritos insistentes. La cabeza le dolía horrores, especialmente en las sienes.

—¡Arriba!

—¡Eh…! —contestó farfullando—. ¿Quién…?

Abrió y cerró los ojos sin acabar de despertar. Intentó enfocar las borrosas siluetas que tenía delante. Vio a Elliott y a Cal de pie ante él.

—¡Arriba! —le ordenó Elliott con severidad, antes de pegarle con el pie.

Will quiso hacer lo que se le mandaba, pero volvió a derrumbarse. Estaba tembloroso y confuso, y no conseguía comprender nada. Vio el rostro de ella. Aunque estuviera negro de mugre, era fácil darse cuenta de que no se alegraba en absoluto de volverlo a ver. ¡Y había creído que Drake y ella le felicitarían por su increíble resistencia, por sobrevivir frente a todas las posibilidades que tenía en contra!

Podía ser que se hubiera equivocado completamente al imaginar cómo reaccionarían ellos, y que los dos no sintieran más que rabia por que él se hubiera separado del grupo, aun cuando, como intentaba recordarse a sí mismo, eso no hubiera sido culpa suya. Tal vez había conculcado otra de sus inescrutables normas. Quitándose los cristalitos de sal que se le habían formado en los ojos enrojecidos, volvió a examinar el rostro de Elliott. La expresión era de increíble severidad.

—Yo no… ¿Cuánto tiempo he…? —dijo pronunciando de manera apenas inteligible, y dándose cuenta de que la expresión del rostro de Cal era parecida. También vio que ambos, Elliott y Cal, estaban empapados y olían a demonios.

Chester había empezado a moverse detrás de ellos, recogiendo los restos de la comida y metiéndolos torpe y apresuradamente en la mochila.

—Lo han atrapado —explicó Cal, respirando agitadamente al tiempo que azotaba el aire con el bastón—. ¡Los Limitadores han atrapado a Drake!

Chester interrumpió lo que estaba haciendo. Will negó con la cabeza, sin podérselo creer, y después miró a Elliott buscando confirmación. No necesitó ver los arañazos que tenía en un lado de la cara, ni la sangre que salía de una herida que había recibido en la sien, para saber que su hermano decía la verdad: era suficiente con verle a ella los ojos, apretados y llenos de rabia.

—Pero… ¿cómo…? —preguntó casi sin voz.

Ella se limitó a darse la vuelta, y comenzó a caminar en dirección al mar subterráneo frente al cual Will había pasado tanto tiempo.

CUARTA PARTE

La isla

34

Tenían grandes dificultades para ir al paso de Elliott, de tan rápido como caminaba. Parecía que no le importaba mucho que pudieran seguirla o no.

De los tres, a Cal era al que más le costaba. Arrastraba los pies, y hasta se cayó varias veces al caminar por la playa de arena. Will temía realmente que su hermano no pudiera volver a levantarse; sin embargo, cada vez que caía, el chico lograba volver a ponerse en pie y continuar. Se decía algo para sí, sonaba como si fueran oraciones, pero Will no estaba seguro, y no pensaba gastar energías preguntando. Tenía un horrendo dolor de cabeza que no se le iba, y se encontraba débil por la falta de sueño y de comida. Su sed seguía siendo insaciable: cada poco echaba un tiento a la cantimplora, pero parecía que no se mitigaba nunca.

Los muchachos no hablaban entre ellos. Las preguntas les pululaban por la cabeza, escociendo: ahora que Drake no estaba, ¿los abandonaría Elliott a su suerte? ¿O proseguiría con los planes de Drake, y seguirían los cuatro juntos, formando un equipo?

Will se estaba planteando todo eso y sopesaba las posibilidades de un lado y de otro, cuando notó en el terreno un cambio apenas perceptible: aquella arena difícil de pisar porque se resbalaba bajo los pies se había vuelto más firme, así que costaba menos esfuerzo caminar. Se preguntó a qué se debería el cambio.

Seguían teniendo el mar a la derecha. De vez en cuando oía una ola que lamía la orilla con lúgubre sonido, pero sabía que la pared de la caverna, que se encontraba a su izquierda y resultaba completamente invisible en la oscuridad, debía de estar a bastante distancia. Se adentraban más y más en una zona que Will sólo había rozado en sus horas de vagar solitario.

Después los pies empezaron a raspar contra algo y, a la leve luz que proyectaba su lámpara, vio que la pálida arena se había trasformado en algo más oscuro. Tropezó con algo sólido y firme y se tambaleó. Se detuvo para ver qué era: parecía como un pequeño tocón de un árbol talado. Durante los siguientes cien pasos, más o menos, Will trató de contener la curiosidad, pero al final esta curiosidad pudo más, y subió la potencia de la luz para iluminar en torno a sus pies.

Inmediatamente, Elliott se fue hacia él. Se plantó delante, amenazadora.

—¿Qué te crees que estás haciendo? —gruñó—. ¡Baja eso!

—Sólo estaba echando un vistazo —respondió, rehusando mirarla a los ojos mientras observaba el suelo a sus pies.

Era verdad que había habido un cambio. Había un gran número de tocones de diversa altura, entre los cuales se alzaban plantas de aspecto extraño: eran plantas suculentas, como los cactus, adivinó Will, y crecían tan apretadas unas a otras que quedaba poca superficie de arena entre ellas. Eran de color negro, o al menos gris oscuro, y las hojas, que salían de un grueso tallo central, eran redondeadas e hinchadas y estaban cubiertas por una película como de cera.

—Halófilas —aventuró, dando con la bota en una de las plantas.

—Baja esa maldita luz —dijo ella poniendo mala cara. Apenas se le notaba el cansancio, mientras que Will y los otros dos chicos respiraban con dificultad y agradecían aquella breve parada.

Will levantó la mirada hacia ella.

—Me gustaría saber adónde nos llevas —preguntó aguantándole la mirada—. Vas muy rápido, y nosotros estamos hechos polvo.

Ella no respondió.

—Por lo menos dinos cuál es el plan —le pidió.

Elliott escupió, y casi le alcanza a Will en la rodilla.

—¡La luz! —dijo entre dientes, levantando amenazadoramente la culata del rifle.

Will no tenía ningún deseo de discutir con ella por la potencia de la luz, así que la volvió a poner al mínimo. Elliott miró hacia otro lado y se marchó con andar decidido e insolente, adelantando a Cal y luego a Chester para volver a ponerse en cabeza. Eso le recordó a Will la manera en que lo había tratado Rebecca en Highfield y despertó recuerdos que hubiera preferido mantener dormidos. Se preguntaba si todas las chicas tendrían aquellos aires vengativos y, no por primera vez, se preguntó también si algún día llegaría a entender a las mujeres. Durante las horas siguientes, pese a sus ruegos para que fuera más despacio, le dio la impresión de que Elliott había metido la directa e iba todavía más aprisa sólo para fastidiarle.

Las plantas ganaban en altura a medida que se adentraban en aquella nueva zona. Al pisar las hojas, hacían ruidos blandos, como si estuvieran caminando sobre barro. Incluso, muy a menudo, alguna de las hojas reventaba haciendo un sonoro *¡plop!* parecido al pinchazo de un globo, e impregnaba el aire de un intenso olor a azufre.

A continuación empezaron a encontrar plantas de aspecto sencillo, enmarañadas como setos de zarzas. Will pensaba en que se parecían mucho a la cola de caballo, una planta que conocía por su desaforado crecimiento en el cementerio de Highfield. Pero éstas tenían tallos de color blanco sucio que llegaban a alcanzar los cinco centímetros de diámetro, y a intervalos regulares presentaban unos anillos de hojas negras en forma de aguja y que pinchaban como tales. Cuanto más avanzaban, más plantas había, hasta que les empezaron a llegar por la cintura, y caminar a través de ellas comenzó a resultar incómodo.

Además de aquellas plantas, en el camino había también cada vez más árboles. Por lo poco que podía ver, Will descubrió que tenían el tronco cubierto de escamas. Le pareció que eran una especie de helechos arbóreos. Eran tan abundantes que cada vez les resultaba más difícil seguir al que iba delante. También el aire se volvía cada vez más húmedo, y enseguida se encontraron empapados en su propio sudor.

Will iba detrás del fatigado Cal para asegurarse de que no se quedaba por el camino, cuando le pareció notar que cambiaban de dirección. Estaban bajando por una ligera pendiente y comprendió que al final llegarían a la playa. Oyó el ruido de sacudir las plantas para apartarlas del camino. El ruido venía de algún lugar por delante de ellos. Will se asustó al pensar que tal vez se estaban saliendo del camino. No tenía ganas de perderse allí: con la experiencia de los dos últimos días, se le habían acabado para el resto de la vida las ganas de perderse. Se alegró al distinguir un leve destello de luz y ver de refilón a Chester, lo cual indicaba que Cal y él seguían por el buen camino. Pero ¿adónde los llevaba Elliott?

Bajaron el final de la pendiente tambaleándose y salieron de la maleza para llegar a la orilla. Era la primera vez que Cal y Chester veían aquel mar. Se quedaron allí con la mirada fija, mudos de sorpresa, mientras la leve brisa les secaba el sudor del rostro.

Will oía el sonido del agua, que chocaba contra algo, no muy lejos de donde estaban, pero otra cosa le llamaba más la atención: la visión del enorme bosque del que acababan de salir. A la escasa luz de la lámpara, parecía absolutamente oscuro e impenetrable.

Los gigantescos helechos arbóreos se alzaban ante él como torres.

—¡Cicadófitas! —exclamó—. Tienen que ser gimnospermas. ¡Los dinosaurios comían esas cosas!

En el vértice de sus troncos suavemente curvos, que tenían en su contorno oscuros anillos a intervalos regulares, como si los hubieran formado poniéndoles alrededor cilindros más pequeños conforme ascendían, había una enorme corona de frondas que daba un aspecto muy pesado a la copa. Algunas de estas frondas estaban completamente abiertas, mientras que otras permanecían ovilladas. Pero a diferencia de las grandes hojas de los helechos que se encontraban en la superficie de la Tierra, las hojas de aquellas enormes plantas eran de color gris.

Por entre aquellos árboles primigenios había zonas de plantas suculentas muy hinchadas y de enmarañadas zarzas, todo tan tupido y entremezclado que parecía un trozo de jungla en noche cerrada. También se veían cosas blancas revoloteando entre las altas ramas de los helechos arbóreos: cuanto más miraba, más insectos de aquellos veía. No sabía qué eran los más grandes, pero los que tenía más cerca pertenecían claramente a la misma especie de polilla blanca que había visto en la Colonia. Y se oía un sonido allí inusitado que a él le resultaba familiar. Algo que evocaba tan intensamente el campo de la Superficie y que le hizo sonreír: ¡eran grillos!

Retrocedió un paso en dirección al agua, imbuido de una intensa fascinación ante la escena entera. Pasó un buen rato antes de que apartara la mirada de allí. Vio que Cal y Chester, los dos intentando todavía recuperar el aliento, miraban con preocupación la extensión de agua que tenían ante ellos.

Se dio la vuelta sobre la húmeda arena y miró más allá de los dos muchachos, donde estaba Elliott, de rodillas, observando la playa, más allá de ellos, a través de la mira de su rifle.

Will se acercó a ella, intrigado por aquella violenta agitación de las aguas. Descubrió que se encontraba en el preciso lugar de la playa en que una línea blanca cortaba la superficie. Esa línea trazaba un arco en la penumbra, y vio que a uno de los lados había restos de espuma blanca.

—Es el paso elevado —explicó Elliott en tono brusco, anticipándose a su pregunta.

Se puso en pie y los chicos la rodearon.

—Vamos a cruzar. Al que resbale se lo lleva el agua, así que procurad mantener el equilibrio. —Su voz sonó plana, y no revelaba sentimientos.

—Aquí abajo hay una especie de peña, ¿no? —dijo Will pensando en voz alta, y avanzando unos pasos para meter la mano en la espuma y averiguar lo que había bajo la superficie—. Sí... aquí está.

—Yo no lo haría —advirtió Elliott.

Will sacó la mano rápidamente.

—Ahí dentro hay cosas que te pueden llevar los dedos —prosiguió ella, y al hacerlo aumentó la potencia de la lámpara para iluminar el agua y que los muchachos pudieran ver la uniforme extensión, la enorme superficie negra a ambos lados del paso que los hizo estremecerse, pese al calor y la humedad del ambiente.

—Por favor, dinos adónde nos llevas —le rogó Will—. ¿Hay alguna razón para que nos mantengas a oscuras?

Sus palabras quedaron en el aire durante unos segundos, antes de que ella respondiera.

—Vale —dijo Elliott soltando una bocanada de aire—. No tenemos mucho tiempo, así que espero que escuchéis con atención. ¿De acuerdo?

Los tres murmuraron un «sí» como respuesta.

—Nunca había visto tantos Limitadores aquí abajo, en las Profundidades, y no me hace ninguna gracia. Está muy claro que se traen entre manos algo muy importante, y tal vez por eso están atando todos los cabos sueltos.

—¿A qué te refieres con eso de cabos sueltos? —preguntó Chester.

—Me refiero a los renegados..., a nosotros —respondió Elliott. A continuación apuntó a Will con la luz—. Y a él. —Bajó la mirada al agua espumeante—. Nos vamos a un lugar seguro para poder pensar qué hacer después. Ahora seguidme —indicó.

El paso elevado resultó aterrador. Ella les permitió que subieran la potencia de la luz, pero la corriente, que era sumamente fuerte, les pegaba en las botas y les lanzaba una neblina de vapor. Tampoco era una ayuda precisamente que la superficie sobre la que caminaban fuera irregular y estuviera recubierta de algas muy resbaladizas. A menudo la superficie del paso se hundía por debajo del agua: ésos eran los tramos más traicioneros. Will oía gruñir a Chester al pasar por otro de aquellos tramos invisibles y le oía dar gracias cuando el tramo terminaba y volvía a verse el borde. Por allí era algo más fácil cruzar, porque la espuma proporcionaba una clara indicación del camino y la corriente parecía menos fuerte.

Cal farfullaba delante de él, elevando la voz con frecuencia como implorando que llegara el final. Will no podía hacer nada para ayudarle: cada uno tenía ya bastante trabajo intentando dar el siguiente paso sin resbalar y ser tragado por la horrible extensión que quedaba a su izquierda.

No habían recorrido mucho cuando sintieron un colosal chapoteo, como si algo enorme hubiera caído al agua.

—¡Dios mío!, ¿qué ha sido eso? —farfulló Chester, tambaleándose en el borde al detenerse de pronto.

Will hubiera jurado que vislumbraba una ancha aleta caudal a no más de cinco metros de distancia, pero no podía estar seguro con toda aquella agitación del agua. Estaban mirando hacia allí con aprensión, cuando el agua volvió a calmarse sin revelar qué era lo que había originado la sacudida.

—¡Vamos! —los apremió Elliott.

—Pero… —dijo Chester, tendiendo hacia el agua la mano temblorosa.

—¡Vamos! —repitió ella en un gruñido, mirando con aprensión hacia la playa que dejaban atrás—. Aquí somos un blanco demasiado fácil.

Les llevó cosa de media hora alcanzar tierra firme. Al llegar, se dejaron caer en la arena de la playa y observaron la espesa jungla que tenían ante ellos. Pero Elliott no les consintió un momento de respiro y los obligó a seguir avanzando y a meterse entre las plantas suculentas y los enmarañados arbustos de tallo trepador con púas negras, que formaban espesuras tan enmarañadas como las que habían dejado al otro lado del paso elevado.

Al final llegaron a un pequeño claro de unos diez metros de anchura, donde Elliott les pidió que la esperaran, y se fue, presumiblemente a explorar el resto de la zona. Porque, a causa de la espesura que los rodeaba por todos lados, resultaba imposible saber dónde se encontraban en aquel instante. Entonces nadie le dio mayor importancia. Estaban agotados, y tenían la ropa empapada en un sudor que no ayudaban a secar la humedad del aire y la ausencia de viento. Bajo el revuelo de algún insecto, Will y Chester compartieron la cantimplora de agua.

Cal había elegido descansar en un punto del claro lo más alejado posible de los otros dos. Sentado con las piernas cruzadas y mirando a la oscuridad, empezó a balancearse adelante y atrás, murmurando algo monótono en voz baja.

—¿Qué le pasa? —preguntó Chester en un susurro, secándose la frente.

—Ni idea —respondió Will dándole otro tiento a la cantimplora.

Justo entonces, la voz de Cal se hizo más fuerte y pudieron entender trozos de lo que decía: «... y los ocultos no serán ocultos a los ojos del...»

—¿Tú crees que está bien? —le preguntó Chester a Will, que se había recostado contra la mochila y cerraba los ojos echando el aire por la boca.

—«... y seremos nosotros los salvados... salvados... salvados...» —farfullaba Cal.

Will, que en aquel momento no podía encontrarse más exhausto, abrió un ojo y se dirigió a su hermano en tono irritado:

—¿Qué dices, Cal? ¡No te entiendo!

—No estaba diciendo nada —replicó el chico a la defensiva, incorporándose con una expresión de desconcierto.

—Cal, ¿qué ocurrió allí? —le preguntó Chester, dubitativo—. ¿Qué le pasó a Drake?

Cal se acercó a ellos casi a rastras y se lanzó de inmediato a un pormenorizado relato de los hechos, volviendo atrás cada vez que recordaba algo que se había dejado, y muchas otras veces parándose del todo, incluso a mitad de una frase, para tomar aliento antes de seguir. Después les habló de la estancia blanca con las celdas selladas con la que se habían topado en el Búnker.

—Pero ese renegado… el que estaba vivo… ¿qué le pasaba? —preguntó Will.

—Tenía los ojos muy hinchados y la cara era horrible. La tenía llena de forúnculos —explicó Cal—. Estoy seguro de que era una especie de enfermedad.

Will se quedó pensativo.

—Así que se trata de eso… —dijo.

—¿A qué te refieres? —terció Chester.

—Drake decía que los styx estaban probando algo aquí abajo. Quería averiguar dónde lo hacían y para qué. Puede que sea una enfermedad.

Con un leve encogimiento de hombros, Cal prosiguió contando cómo habían escapado por los tubos de lava, y de pronto se quedó sin voz.

—Drake podía haber huido, pero no lo hizo, para que Elliott y yo tuviéramos una posibilidad. Fue como… como cuando el tío Tam se quedó allí…

—Puede que no haya muerto —dijo la voz de Elliott, silenciando la de Cal. Estaba impregnada de una mezcla de ira y pena.

Asombrados por aquella declaración, los tres la miraron. Estaba en pie, al borde del claro.

—Nos pillaron desprevenidos, pero los Limitadores disparaban a herir, no lo hacían a matar. Si hubieran querido matarnos, ni nos hubiéramos enterado. —Se volvió para mirar de frente a Will, dirigiéndole una mirada de intenso reproche—. Pero ¿por qué nos querían coger vivos? Explícamelo, Will.

Todos los ojos se dirigieron a él, pero el chico negaba con la cabeza.

—Vamos, ¿qué motivo tienen? —insistió ella en voz baja pero amenazante.

—Rebecca —respondió él muy bajo.

—¡Oh, no! —exclamó Chester—. ¡Ella otra vez, no!

Eso hizo estallar a Cal, que empezó a salmodiar otra monótona oración, juntando las manos. Ahora podían oírle perfectamente:

—Y el Señor será el Salvador de aquellos que...

—¡Cállate! —Elliott se volvió contra él—. ¿Qué estás haciendo, rezar? —Y le dio una fuerte bofetada en mitad de la cara.

—Yo... eh... no... —farfulló Cal, levantando los brazos para protegerse la cabeza, pensando que ella iba a volver a pegarle.

—Vuelve a hacerlo y acabaré contigo aquí mismo. Todo eso son idioteces. Lo sé muy bien, me pasé años tragándome el *Libro de las Catástrofes*, allí en la Colonia. —Lo agarró por el pelo y le sacudió la cabeza sin piedad de un lado a otro—. Fíate de tus propias fuerzas, porque sólo te tienes a ti.

—Yo... —empezó Cal, medio sollozando.

—No. Escucha, despierta, ¿lo harás? Te han lavado el cerebro —dijo con voz baja y feroz, tirándole del pelo y sacudiéndole la cabeza de un lado a otro—. No existe el cielo. ¿Te acuerdas de antes de que nacieras?

—¿Qué...? —preguntó Cal sollozando.

—¿Te acuerdas?

—No —tartamudeó, sin entender.

—¡No! ¿Y por qué? Pues porque no somos diferentes de los animales, insectos o bacterias.

—Elliott, si él quiere creer… —empezó a decir Chester, incapaz de quedarse callado ante lo que oía.

—¡No te metas, Chester! —soltó Elliott sin dirigirle una mirada—. No somos especiales, Cal. Tú, yo, nosotros venimos de la nada, y ahí es exactamente adonde volveremos algún día, puede que pronto, nos guste o no. —Dio un resoplido de desprecio y lo empujó hasta que se cayó de costado—. ¿El cielo? ¡Ja! No me hagas reír. ¡Tu *Libro de las Catástrofes* es para los pájaros!

En un abrir y cerrar de ojos se situó frente a Will. Él se preparó a ser la siguiente víctima de su comportamiento. Pero ella se quedó callada ante él, con los brazos cruzados en ademán combativo sobre su largo rifle. Aquella postura le trajo a Will recuerdos indeseados de su antigua hermana, recuerdos que intentó apartar de la mente. Porque muy a menudo, allí en Highfield, Rebecca se colocaba ante él en aquella misma postura para reñirlo por manchar de barro la alfombra o por alguna otra falta insignificante. Pero esto era diferente, esto era un asunto de vida o muerte, y él estaba agotado hasta el borde del colapso. Sencillamente, no podía más.

—Te vienes conmigo —bramó ella.

—¿Qué quieres decir? ¿Adónde?

—Tú nos has metido en esto, así que muy bien puedes ser de alguna ayuda —respondió ella.

—¿Ayuda en qué?

—Tenemos que volver a la base.

Will la miró con mala cara, sin comprender lo que quería decir.

—Nos volvemos a la base tú y yo —repitió ella, pronunciando cada palabra con mucha claridad—. ¿Lo entiendes? Tenemos que recoger el equipo y las provisiones.

—Pero yo no puedo volver a hacer ahora todo el camino. Soy incapaz —suplicó—. Estoy muerto… Necesito descansar, comer algo…

—Pides demasiado.

—¿Por qué no vamos a la base siguiente? Drake me dijo que...

Elliott negó con la cabeza.

—Está demasiado lejos.

—Yo...

—Arriba. —Le entregó la otra mira de rifle y él se puso en pie despacio, comprendiendo que Elliott no iba a ceder.

Dirigiéndole a Chester una mirada de impotencia, Will salió del claro y siguió a la chica a través de la espesura, de vuelta al paso elevado.

Era como si se encontrara en medio de una espantosa pesadilla. Estaba cansado hasta el punto de caerse, y aquello era lo último que podía soportar. Nunca se habría imaginado que estuviera a punto de regresar, y menos tan pronto. Pero al menos esta vez sabía lo que le quedaba por delante.

Las agitadas aguas les cubrían los tobillos y les empapaban el resto de las piernas. Iluminados con la leve luz que proyectaban delante de ellos las lámparas, las dos figuras eran lo único que sobresalía en medio del vasto desierto de agua.

Hacia el final del paso, Will caminaba sin pensar. Anestesiado por la fatiga, seguía a Elliott de manera mecánica, colocando un pie delante del otro, y caminó lenta y pesadamente sobre la arena de la playa hasta llegar a la selva.

—Alto aquí —ordenó ella.

Bajó la luz de la lámpara y empezó a dar patadas entre las raíces de las plantas que estaban junto a ella. Buscaba algo en la descolorida arena cuajada de las raíces leñosas y nudosas de las plantas suculentas.

—¿Dónde estará? —se preguntaba a sí misma, adentrándose en la maleza—. ¡Ah! —exclamó, agachándose para arrancar una pequeña planta en forma de escarapela que estaba puesta en la intersección de dos enormes raíces, al pie de uno de los árboles más grandes. Desenvainó el cuchillo y lo utilizó para quitarle todas las hojas grises, que fue dejando caer a los pies hasta que sólo le quedó el corazón. Continuó pelando la planta. Al cabo de unos segundos ésta se había quedado reducida a una especie de fruto seco que peló cuidadosamente aún más, arrancando trozos de su cubierta leñosa. Entonces cogió el grano, que tenía el tamaño de una almendra, y empezó a cortarlo en lonchas. Lo olió antes de tender la mano a Will para ofrecerle un poco.

—Mastícalo —le dijo, y a continuación se llevó a la boca un trozo pegado a la hoja del cuchillo—. No te lo tragues. Sólo mastícalo lentamente.

Will asintió dubitativo y masticó la fibrosa carne con los incisivos. Tenía un fuerte amargor que le hizo torcer el gesto.

Ella lo miró, mientras cogía otra loncha y se la metía en la boca con un dedo mugriento.

—Tiene un sabor desagradable —comentó él.

—Dale un poco de tiempo. Te ayudará.

Tenía razón. Mientras masticaba, un frescor se extendió por sus extremidades. Era una agradable sensación en medio del calor y la humedad incesantes. Aquella sensación se vio acompañada de una energía que acabó con la pesadez que notaba en las piernas y los brazos. Se sintió fuerte, renovado, listo para lo que fuera.

—¿Qué demonios es esto? —preguntó irguiendo los hombros y sintiendo renacer su desmedida curiosidad—. ¿Cafeína?

Lo único con lo que podía comparar aquello era con lo que había sentido el día que su hermana le había preparado en casa café de verdad, y él se había tomado una taza. Había sentido un ímpetu pasajero que le había puesto nervioso, y no le había gustado en absoluto el sabor que el café le dejaba en la boca.

—¿Cafeína? —repitió.

—Algo parecido —respondió Elliott con una sonrisa despreocupada—. Venga, vamos.

A partir de aquel momento descubrió que podía ir fácilmente a la misma marcha que Elliott. Con la velocidad de dos gatos, atravesaron la playa de arena y subieron por la pendiente de guijarros que conducía a la pared de la caverna y a los tubos de lava.

Will perdió por completo toda noción del tiempo, y le pareció que llegaban a la base en cuestión de minutos, aunque sabía perfectamente que habían tardado mucho más. Era como si no le hubiera costado ningún esfuerzo, como si estuviera fuera de su propio cuerpo, como un espectador que contemplara a otro sudar y jadear por el tremendo trabajo de avanzar a aquella velocidad.

Elliott subió por la soga y él la siguió. En cuanto estuvieron dentro de la base, ella fue, como un torbellino, eligiendo las cosas que se iban a llevar. Con una prisa loca, iba de una zona a otra como si estuviera perfectamente preparada para aquella eventualidad y supiera con toda exactitud lo que tenía que hacer.

En la estancia principal, que Will sólo había visto antes una vez, fue tirando de cosas colgadas en los ganchos de las paredes y recogiendo otras guardadas en las baldas de viejos armarios de metal. En menos que canta un gallo, el suelo era un revoltijo de cosas desechadas, a las que daba un puntapié cuando se las encontraba en el camino. Fue dejando lo que iban a llevarse junto a la puerta. Motu proprio, Will empezó a meter las cosas en un par de grandes mochilas y en dos grandes bolsas con cierre de cordón.

De pronto Elliott se quedó en silencio. Desde su posición, de rodillas junto a la puerta, Will levantó la vista. Ella quedaba fuera de la vista tras una de las literas, donde había estado sacando cosas del armario de Drake. Él se puso en pie mientras ella aparecía tras la esquina de la litera. Parecía preocupada por algo que tenía en las manos, y lo llevaba de tal manera que Will notó su actitud reverenciosa ante el objeto.

—El artilugio de repuesto de Drake —anunció mientras, deteniéndose ante el chico, tendía las manos como esperando que él lo cogiera.

Will observó el gorro de cuero con el monóculo blanco, y

los cables de los que pendía una cajita plana y rectangular que, sin otra fijación, se balanceaba suavemente en el aire.

—¿Eh? —preguntó frunciendo el ceño.

Ella no respondió, pero se lo acercó aún un poco más.

—¿Para mí? —preguntó al cogerlo—. ¿De verdad?

Asintió.

—¿De dónde sacó Drake estas cosas? —preguntó examinando el artilugio.

—Las hizo él. A eso se dedicaba en la Colonia... y por eso lo cogieron los científicos.

—¿Qué quieres decir con eso de que lo cogieron?

—Era un Ser de la Superficie, igual que tú.

—Lo sé. Me lo dijo —explicó Will.

—Los styx lo cogieron. De vez en cuando van a la Superficie a raptar a gente que puede hacer algo que a ellos les interesa.

—No —musitó Will sin podérselo creer—. Y ¿qué era lo que buscaban? ¿Estaba en el ejército o algo así? ¿Era un soldado de élite?

—Era ingeniero óptico —explicó Elliott, pronunciando las palabras tan cuidadosamente como si pertenecieran a una lengua extranjera—. También hizo esto. —Puso la mano en la mira del rifle que llevaba al hombro.

—Me tomas el pelo —dijo Will, sopesando el aparato que tenía en las manos. Recordó que Elliott le había comentado en cierta ocasión que los styx habían raptado a alguien que era capaz de fabricar instrumentos que les permitían ver en la oscuridad. Pero ¿ese alguien era el propio Drake? Por la mente de Will pasaron imágenes de aquel hombre delgado y lleno de cicatrices que le inspiraba tanto respeto, y que comparó con el estereotipo del científico de bata blanca, obsesionado con su labor y sin despegarse de los aparatos electrónicos del laboratorio. Las dos imágenes eran irreconciliables en su mente, y el contraste lo dejaba estupefacto.

—Yo pensaba que habría sido una especie de soldado —murmuró Will, moviendo la cabeza hacia los lados en señal de incredulidad—. Y que lo habían desterrado de la Colonia, como a ti.

—¡A mí no me desterraron!

Elliott respondió con tal pasión que Will sólo pudo emitir un sonido gutural de disculpa.

—En cuanto a Drake, los styx lo obligaron a trabajar en esto. ¿Entiendes lo que quiero decir?

Will dudó al responder:

—¿Que lo torturaron?

Asintió con la cabeza.

—Hasta que hizo lo que querían. Lo trajeron aquí, a las Profundidades, para probar las minas sobre el terreno, pero un día encontró una oportunidad, y escapó. Debían de pensarse que ya le habían sacado todo el partido que podían sacarle, porque no lo buscaron demasiado.

—¡Es increíble! —comentó Will—. Conque era científico, un investigador, algo así como mi padre.

Elliott hizo un gesto que expresaba que no entendía lo que decía Will y tampoco tenía más que añadir. Se volvió hacia el armario que había al otro lado de la litera, de donde siguió sacando cosas y echando de vez en cuando algo sobre la cama.

Conteniendo la respiración, Will se puso el artilugio con mucho cuidado. Ajustando la correa para que le quedara sujeto a la frente, se aseguró de que la lente le quedaba correctamente colocada en el ojo, y probó a levantarla y volver a bajarla. Al meterse en un bolsillo del pantalón la caja rectangular, se dio cuenta de lo incómodo que se sentía llevando aquel artilugio. Él mismo no hubiera podido explicarlo, pero el caso es que no se sentía digno de él.

Tal vez al comienzo, cuando conoció a Drake y se quedó intrigado con el extraño aparato, le hubiera gustado ponérselo, pero no ahora, porque aquel artilugio había llegado a convertirse en un emblema del dominio de Drake en aquel mundo subterráneo, un símbolo de su posición, una especie de corona. Era un testimonio de su voluntad de alzarse contra los styx y de su supremacía sobre el heterogéneo montón de renegados que erraban por las Profundidades. A juicio de Will, Drake era muy diferente de ellos. Era la personificación de las cualidades que a él le gustaría llegar a tener: era fuerte, tenía sentido práctico y era libre hasta el punto de no tener que rendirle cuentas a nadie.

Elliott cogió en los brazos algunas cosas más y las llevó hasta las mochilas. Las dejó allí, pasó al lado de Will sin dirigirle una mirada y desapareció por el corredor. Volvió a aparecer un poco después con una caja de cócteles.

—Mete esto y nos vamos.

Will puso los cócteles en las mochilas, que junto con las otras bolsas llevó hasta la entrada de la base. Lo ató todo al extremo de la soga y, aunque era un bulto considerable, logró bajarlo hasta el suelo del túnel. No le hizo mucha gracia pensar que había que llevarlo todo a la isla donde esperaban Cal y Chester: pesaba una tonelada, y sospechaba que a él le tocaría llevar la mayor parte.

De pie junto al extremo superior de la soga, esperando a que terminara Elliott, la vio pasar con lentitud de una a otra estancia. Will no sabía muy bien si ella estaba comprobando que no se dejaba nada importante, o tan sólo se estaba despidiendo del lugar ante la sospecha de que no volvería a verlo nunca.

—Bueno, vámonos —dijo reuniéndose con él en la entrada.

Se deslizó por la soga, y en cuanto estuvieron los dos abajo, él desató las mochilas y las bolsas. Al ponerse en pie sobre el suelo, descubrió que Elliott estaba leyendo un trozo enrollado de tela.

—¿Qué es eso? —preguntó.

Ella le gritó que se callara. Cuando terminó, lo miró. Will le devolvió la mirada.

—Es un mensaje sobre Drake… Estaba prendido a la soga —explicó—. Es de otro renegado.

—Pero… pero yo no he visto nada —repuso Will tartamudeando, mirando en la oscuridad y aterrorizado ante la idea de que pudiera esconderse allí gente del tipo de Tom Cox.

—Se supone que no tenías que verlo. Es de alguien conocido: un amigo. Tenemos que darnos prisa —dijo ella. De una de las bolsas sacó el explosivo más grande que había visto Will hasta ese momento, del tamaño de una lata grande de pintura. Sujetó el cilindro de color gris plomo a la pared de piedra bajo la que colgaba la soga, y después retrocedió hacia el lado opuesto del túnel, tendiendo tras ella un cable trampa prácticamente invisible. Will no necesitó preguntar lo que hacía: estaba colocando un potente explosivo por si alguien se acercaba por la base: tan potente que el lugar entero quedaría enterrado bajo toneladas de escombros.

Comprobó la calidad de su trabajo pellizcando el tenso cable, que emitió una nota amenazadora. Tras tirar del gancho para dejarlo preparado, se volvió a Will.

—¿Y ahora qué? ¿Nos llevamos todo esto? —preguntó él señalando las bolsas.

—Olvídalo.

—¿No volvemos a la isla?

—Cambio de planes —dijo ella, con una mirada de feroz decisión que le hizo ver a Will de inmediato que las cosas no iban a ser tan sencillas como se esperaba. Comprendió que ella tenía en mente algo más, y que no iban a volver con los otros.

—¡Ah! —exclamó Will, cayendo en la cuenta.

—Tenemos que llegar al otro lado de la llanura, y rápido.

Sin razón aparente, Elliott lanzó furtivas miradas a un lado y otro del túnel, olfateando.

—¿Por qué? —preguntó él, pero ella levantó la mano para mandarle callar.

Entonces lo oyó él también: era un leve lamento. Mientras escuchaba, el lamento se fue haciendo cada vez más fuerte hasta convertirse en un alarido. Sintió en el rostro la suave brisa y vio cómo movía una de las puntas de la *shemagh* que llevaba Elliott suelta alrededor del cuello.

—Es de Levante —dijo ella, y luego exclamó—. Viene viento. ¡Vaya suerte!

Todo eso sobrepasaba a Will. Se tambaleó como si estuviera a punto de caer. A Elliott no le pasó desapercibido. Lo miró con preocupación. Se hurgó en el bolsillo y le ofreció otro poco de la raíz. Él tomó varios trozos y los masticó con tristeza, notando el amargor en toda la lengua.

—¿Mejor? —preguntó.

Él asintió, agradecido, viendo en los ojos de ella no la preocupación de una amiga, sino frildad y distanciamiento, mero sentido práctico. Necesitaba a alguien que la ayudara en lo que quería hacer, pero lo que era él no le importaba nada.

—Ponte el casco —le ordenó ella mientras él seguía masticando.

Asintió, se bajó la pieza del ojo, y después buscó en el bolsillo del pantalón el interruptor de la caja y lo encendió. Oyó una nota débil, que empezó a aumentar, hasta alcanzar un tono agudo, y después descendió varias octavas hasta un sonido bajo, tan inapreciable que no estaba seguro de si lo oía a través del cráneo o a través de los oídos.

—Cierra el ojo izquierdo. Utiliza sólo el de la lente —le indicó Elliott.

Hizo lo que le decía: cerró el ojo izquierdo, pero no pudo ver nada por el derecho con aquella lente demasiado apretada, y la goma que no dejaba pasar ni una gota de la luz de la lámpara de Elliott, que había bajado al mínimo. Entonces, justo cuando empezaba a pensar que el artilugio estaba estropeado, empezaron a girar en espiral unos puntitos, como si se agitaran las aguas del océano revelando una misteriosa fosforescencia en el fondo. Pero aunque parecía de color ámbar, como lo que se podía ver a través de la mira del rifle, empezó a transformarse rápidamente en un amarillo más brillante, hasta que todos los puntos se unieron en un resplandor tan potente que casi hacía daño. Todo resultaba intensamente visible, como si estuviera bañado por la luz del sol. Miró a su alrededor, se miró las manos llenas de suciedad incrustada, observó a Elliott colocándose la *shemagh* en la cara y vio los remolinos de borrosa oscuridad que se acercaban a ellos por el túnel con el viento de Levante.

Ella se dio cuenta de que él veía las oscuras nubes que se acercaban velozmente.

—¿No has soportado nunca el Viento Negro? —le preguntó.

—Soportarlo, no —respondió recordando cuando Cal y él habían visto las nubes invadir la calle de la Colonia, pero eso había sido desde detrás de las ventanas cerradas. Will recordó las palabras de su hermano en aquella ocasión, cuando el chico había imitado la voz nasal de los styx: «Pernicioso para aquellos que encuentra en su camino...»

Miró rápidamente a Elliott:

—¿No será venenoso o algo así?

—No —respondió ella con sorna—. No es más que polvo, nada más que polvo común y corriente que viene del Interior. No deberías hacer caso de nada de lo que digan los Cuellos Blancos.

—No lo hago —respondió Will indignado.

Ella levantó el rifle y lo dirigió hacia la Llanura Grande.

—Vamos.

Él la siguió, con el corazón palpitante, tanto por los efectos de la extraña raíz como por los nervios ante lo que pensaba que podían estar a punto de hacer. La visión de rayos X que le proporcionaba el casco y que atravesaba la oscuridad como un reflector invisible le levantaba el ánimo. Llegaron a la galería dorada que había al final del túnel, y al sumidero. En cuanto Will salió del agua por el otro lado, vio que el paisaje estaba ya cuajado de leves jirones de oscuridad. Las nubes como de espuma invadían ambos lados de su campo de visión, como dos manos calzadas con guantes negros que se juntarían en una palmada y que tardarían muy poco en emborronarlo todo. Se dio cuenta de que el artilugio ocular de Drake no le serviría de nada en aquellas circunstancias.

—Estas tormentas son muy cerradas. ¿No nos perderemos? —le preguntó a Elliott mientras el viento aullaba en ráfagas cada vez más potentes y la negrura los envolvía.

—Imposible —dijo ella en tono desdeñoso, pasándose una cuerda por la muñeca antes de atársela, y pasándole después el otro cabo a él para que se lo atara a la cintura—. Donde vaya esto, vas tú —dijo—. Pero si notas que te tiro dos veces seguidas, te paras en seco, ¿lo has entendido?

—Vale —respondió, sintiéndose algo raro ante la extraña situación.

Se movieron con rapidez, sumergiéndose de tal manera en la oscuridad que no podía ver a Elliott, a pesar de que no estaba a más de dos metros de él. Notaba en la nariz y la cara el tacto de aquella neblina semejante a humo que lo iba envolviendo con una capa de polvo fino y seco. Varias veces tuvo que cogerse la nariz para sofocar un estornudo, y el ojo izquierdo, que no estaba protegido por el artilugio, se le llenaba de polvo y le lloraba.

Siguió masticando la raíz con decisión, al ritmo de cada paso, como si de eso pudiera extraer más energía. No tardó en quedar reducida a unos hilitos, y después a sólo una fina pasta que se le pegó bajo la lengua, y temía que en gran parte aquella pasta no fuera más que partículas de polvo inhaladas del viento negro.

Sintió dos tirones y se paró en seco. Se agachó mientras trataba de ver algo a su alrededor. Elliott se acercó a él por entre la niebla y se arrodilló apretando un dedo contra los labios para pedirle que guardara silencio.

La chica se inclinó hacia él hasta que la *shemagh*, que le tapaba la boca, le rozó a él la oreja.

—Escucha —le susurró a través de la tela.

Eso hizo, y oyó el lejano aullido de un perro. Tan sólo unos segundos después, llegó un grito espantoso.

El grito de un hombre.

En la más terrible agonía.

La cabeza de Elliott estaba inclinada a un lado, y sus ojos, que eran lo único que podía distinguir de ella, no le decían nada.

—Tenemos que darnos prisa.

Aquellos largos alaridos de espantoso sufrimiento iban de un lado a otro como encauzados entre los jirones de humo que de vez en cuando se abrían para proporcionarles una fugaz visión del suelo o para formar pasillos que ellos aprovechaban para avanzar.

Los gritos se hacían cada vez más fuertes, acompañando los bajos aullidos de los perros en una especie de ópera infernal.

Bajo los pies de Will el suelo empezaba a elevarse y la bota pisó algo que parecía de cristal rosado, una rosa del desierto. Entonces se dio cuenta de que estaban subiendo por la loma que llevaba al claro en forma de anfiteatro en que Drake y Elliott los habían encontrado, el lugar en que había presenciado la horrible matanza de renegados y coprolitas a manos de los Limitadores.

Se oyó un agudo lamento. Era difícil saber con precisión qué era lo que había provocado aquel gemido, que tenía más de animal que de humano. Le siguió un chillido repentino y desgarrador. Will no hubiera podido señalar de dónde procedía: era como si hubiera llegado al techo para descender luego en una cascada de sonido. La combinación de aquel ruido, que le revolvió el estómago de terror, y el recuerdo de las matanzas de los styx le producía tentaciones de dejarse caer sobre la suelta superficie de la pendiente y taparse la cabeza con los brazos. Pero no podía hacerlo. La cuerda que le unía a Elliott no cedía, le obligaba a avanzar y lo arrastraba al interior de la oscuridad y de camino hacia algo que por instinto sabía que no deseaba ver.

Ella tiró dos veces de la cuerda, y él se quedó parado.

Antes de que se diera cuenta, Elliott estaba a su lado. Le indicó que avanzara con un lento gesto de la mano que concluyó en un movimiento descendente. Él asintió con la cabeza, comprendiendo que ella le pedía que fuera tras ella, avanzando con cautela y todo lo agachado que pudiera.

Así agachados, Elliott se paraba de vez en cuando sin previo aviso. Él se pegó varios cabezazos contra las botas de ella, y cada vez que lo hacía se retiraba hacia atrás para dejar algo de espacio entre ellos. No se detenía mucho rato, y pensó que seguramente lo hacía para escuchar, por si había alguien cerca.

El Viento Negro amainaba ligeramente. Ante sus ojos se abrían trozos de la pendiente: confusas escenas de paisaje lunar. El artilugio ocular de Will se quedaba a veces a oscuras, o empezaba de pronto a dibujar remolinos antes de volver a funcionar. Aquellas interrupciones sólo duraban décimas de segundo pero, por algún motivo, le recordaba cuando su madre (o madre adoptiva, como se esforzaba en recordarse) se ponía hecha un furia debido al mal funcionamiento de su amada televisión. Will negó con la cabeza: aquellos días le parecían ahora tan cómodos, tan apacibles, tan ridículamente intrascendentes...

Pero como para recordarle dónde se encontraba, volvió a oír el atroz alarido de antes, proveniente de algún punto por delante de ellos. Aunque parecía distante, ahora se oía con más claridad, y en Elliott produjo un efecto electrizante. Se quedó paralizada y se volvió para mirar a Will por encima del hombro. Sus ojos expresaban sorpresa y terror, un terror contagioso que lo invadió como una ola helada, y que resultaba aún peor por el hecho de ignorar a qué habían ido allí.

¿Qué era aquello? ¿Qué era lo que sucedía?

Estaba confuso. Si fuera una repetición de la masacre que había presenciado allí mismo con Chester, eso no le produciría a Elliott aquella reacción, puesto que la primera vez, y con todo lo perturbador que había resultado el espectáculo, ella había mantenido la calma.

Siguieron avanzando cuerpo a tierra, arrastrándose con los brazos, deslizando las rodillas sobre el yeso, subiendo la pendiente centímetro a centímetro hasta que el viento empezó a darles más fuerte en el rostro, girando en remolinos a su alrededor. Poco a poco, iban cediendo los jirones negros del viento.

Llegaron al borde del cráter.

Elliott tenía el rifle levantado, dispuesto.

Le decía algo que le llegaba amortiguado y confuso a través de la tela que le tapaba la boca. Se la retiró y apretó fuertemente la mejilla contra la culata del rifle. Estaba temblando, y el cañón del rifle temblaba también. No parecía la misma de siempre. ¿Por qué? ¿Qué le pasaba?

Todo estaba sucediendo demasiado rápido para él.

Intentó ver qué había delante, lamentando no haber llevado consigo la mira del rifle.

Sobre su ojo, la lente volvió a chisporrotear por la electricidad estática, como una máquina que se para, pero después pudo fijarse en la escena. Había luces colocadas sobre trípodes, dispuestas en desorden, y mucha gente que se encontraba demasiado lejos para que él pudiera distinguir los detalles. Negras nubecillas pasaban entre ellos y la escena, como telones de teatro que se movían al azar, unas veces para dejar al descubierto la escena y otras para taparla.

No pudo quedarse inmóvil por más tiempo. Se acercó a Elliott, recogiendo en el recorrido la cuerda que aún los unía.

—¿Qué es? —le preguntó en un susurro.

—Creo... creo que es Drake —respondió ella.

—Entonces, ¿está vivo? —dijo Will casi sin aliento.

Ella no respondió, y eso sofocó su alegría inicial.

—¿Lo tienen preso? —preguntó él.

—Peor que eso —dijo ella con voz nerviosa. Tembló ligeramente—. Tom Cox... está ahí. Se ha pasado al otro bando.

Trabaja para los styx… —Le salió una especie de graznido que fue tragado por el aullido del viento.

—¿Qué le van a hacer a Drake?

Como seguía mirando por la mira del rifle, a Elliott le costaba trabajo hablar.

—Si realmente es él, están… Un Limitador está… —Levantó la cabeza del rifle y la movió hacia los lados enérgicamente—. Lo han atado a una estaca y lo están torturando. Tom Cox se ríe… Es asqueroso…

Se quedó callada al oír otro lamento, que resultaba aún más espantoso que el anterior.

—No puedo seguir mirando. No puedo dejar que esto continúe —dijo ella restañando los dientes con decisión y mirando directamente a Will a los ojos. Debido al artilugio ocular del chico, las pupilas de ella eran de un intenso y oscuro color ambarino.

—Tengo que… Él haría lo mismo por mí… —dijo aumentando la potencia amplificadora de la mira. Clavando los codos en la tierra y afirmando los brazos para que el rifle no se moviera, inspiró y espiró varias veces en rápida sucesión, y finalmente contuvo el aire de la última inspiración.

Will la observó callado, incapaz de creerse lo que estaba a punto de hacer.

—¿Elliott? —preguntó con voz temblorosa—. ¿No irás a…?

—No puedo disparar… Las nubes me lo impiden, no me dejan ver… —dijo ella, exhalando el aire contenido en sus pulmones.

Pasaron segundos tan largos como años.

—¡Ah, Drake! —dijo ella en voz tan baja que resultaba casi inaudible.

Volvió a tomar aire y apuntó.

Disparó.

El ruido del disparo hizo saltar a Will. La detonación reverberó en toda la llanura y volvió a él, una y otra vez, bajando de intensidad hasta que volvió a oírse sólo el lamento del aire.

Will no conseguía creer lo que Elliott acababa de hacer. Atisbó en la borrosa distancia, y después la miró a ella.

Elliott temblaba pavorosamente.

—No sé si he acertado... estas malditas nubes... yo...

Accionó el cerrojo del rifle para preparar otro disparo, y después, de pronto, le pasó el arma a Will.

—Mira.

Él se echó atrás.

—Cógelo —ordenó ella.

A regañadientes, Will hizo lo que Elliott le pedía, sin querer ver lo que había allí abajo, pero sabiendo que no podía negarse. Levantó el rifle tal como le había visto hacer a ella y, apartándose la lente del ojo, lo acercó a la mira. Estaba fría y, lo más llamativo, húmeda, pero no pensó en eso en aquel momento. Orientó el rifle hacia el grupo que estaba en la base del cráter. La mira estaba puesta en mucho aumento, y con sus manos inexpertas tardó mucho en localizarlos.

¡Allí aparecía un Limitador!

Volvió hacia donde lo había visto. ¡Allí había otro! No, era el mismo, que estaba de pie y apartado de los demás. Will sujetó el rifle con firmeza, viendo la aterradora cara del Limitador perfectamente enfocada. Le dio un vuelco el corazón cuando apreció que el Limitador miraba hacia arriba, hacia donde se encontraban ellos. Entonces vio a otros styx que corrían tras él. Apartó la mira del hombre.

«¿Dónde estará Drake?»

Entonces se acercó, descubriendo la forma contrahecha de Tom Cox, que tenía algo en la mano. Brillaba a la luz: era una especie de vejiga. Entonces, junto a él, Will vio la estaca. Había un cuerpo en ella. Le pareció reconocer la chaqueta. Era Drake...

Will no quiso enfocarlo muy de cerca, porque no quería verlo con detalle. En eso le ayudaban la distancia y las nubes que quedaban del Viento Negro. Justo cuando estaba logrando dominarse, notó que se extendía una mancha oscura alrededor de Drake, por todo el suelo. Por la mirilla no se veía roja, sino simplemente oscura, y reflejaba la luz como si fuera bronce fundido. Will empezó a notar un sudor frío y a sentirse débil.

«Esto no es verdad, yo no estoy aquí.»

—¿Le he dado? —preguntó Elliott.

Will levantó el rifle de modo que sólo veía la cabeza de Drake.

—No sabría decir…

El chico no podía verle la cara, porque Drake tenía la cabeza caída.

Oyeron disparos lejanos dirigidos contra ellos. Los Limitadores no perdían el tiempo y les disparaban.

—Concéntrate, Will, están viniendo hacia nosotros —le dijo Elliott entre dientes—. Necesito saber lo que he hecho.

Él intentó mantener firme el rifle, apuntando a la cabeza de Drake. Las nubecillas giraban en su campo de visión.

—No veo…

—¡Tienes que ver! —le soltó Elliott, con la voz impregnada de desesperación.

Entonces Drake movió la cabeza.

—¡Dios mío! —exclamó Will, horrorizado—. Parece que sigue vivo.

«Intenta no pensar», se dijo a sí mismo.

—Vuelve a dispararle… rápido —imploró ella.

—¡Imposible! —respondió Will.

—¡Hazlo! ¡Líbrale de ese sufrimiento!

Will negó con la cabeza:

«No estoy aquí. Éste no soy yo. Esto no está ocurriendo.»

—Imposible —repitió casi sin voz, notando que estaba a punto de echarse a llorar—. ¡No puedo hacerlo!

—¡Hazlo! No nos queda tiempo, se están acercando.

Will levantó el rifle y con un estremecimiento tomó aire a través de los dientes apretados.

—No le des fuerte al gatillo, aprieta suavemente… —dijo Elliott.

Apartó la mira de la cabeza de Drake, que de vez en cuando se movía un poco. Después bajó un poco el cañón del rifle, como si no tuviera la fuerza suficiente para mantenerlo en alto, y apuntó al pecho. Se dijo que sería más fácil acertar apuntando allí. Pero era todo una locura. No le entraba en la cabeza que realmente pudiera matar a nadie.

—No puedo hacerlo.

—Tienes que hacerlo —le suplicó ella—. Él lo haría por nosotros. Tienes que...

Will intentó dejar la mente en blanco.

«Esto no es real. Estoy viendo una película. Esto no lo estoy haciendo yo.»

—Hazlo por él —dijo ella—. ¡Ahora!

Todo el cuerpo se le puso tenso, rebelándose contra lo que sabía que debía hacer. La cruz reticular de la mira se movía sin parar, pero sin salirse apenas del lugar correcto, del pecho del hombre al que tanto admiraba y que ahora estaba horriblemente mutilado.

«Hazlo, hazlo, ¡hazlo!» Aumentando la presión sobre el gatillo, cerró los ojos. El rifle se disparó. Lanzó un grito al sentir la sacudida en las manos. Con el retroceso, la mira telescópica le pegó en el entrecejo. No había disparado nunca un rifle, y había dejado el ojo demasiado cerca. Haciendo una mueca y con la respiración agitada, bajó el arma.

Le llenó la nariz el olor punzante de la pólvora, un olor que le recordaba siempre las noches de fuegos artificiales, pero que a partir de aquel momento cobraría para él un significado completamente distinto. Y, aparte de eso, sentía como si estuviera marcado para siempre, como si las cosas no pudieran volver a ser nunca lo mismo para él. «Llevaré esto conmigo hasta el día de mi muerte. ¡Puedo haber matado a un hombre!»

Elliott se inclinó sobre Will, pasó sus brazos a través de los suyos y sus rostros se tocaron mientras ella manejaba el cerrojo del rifle. En alguna parte de su cerebro, Will se dio cuenta de aquel contacto, pero en aquel momento no significaba nada. El cartucho usado saltó en la oscuridad mientras ella colocaba uno nuevo en la recámara. Will intentó pasarle el arma, pero ella le obligó a quedársela, levantando la boca del cañón.

—¡No! ¡Asegúrate! —le gritó entre dientes.

A regañadientes, Will volvió a acercar el ojo a la mira y trató de localizar la estaca y el cuerpo de Drake. No lo logró. La mira se acercaba y alejaba, dejándolo todo borroso. Entonces lo encontró, pero se le resbaló el rifle en el brazo. Volvió a intentarlo.

Entonces descubrió…

A Rebecca.

La chica estaba entre dos altos Limitadores, a la izquierda de Drake.

Miraba hacia allí. Estaba mirando directamente a Will.

Sintió como si se cayera.

—¿Le has dado? —preguntó Elliott, casi sin voz.

Pero el ojo de Will estaba prendido a Rebecca. Tenía el pelo recogido detrás, muy tirante, e iba vestida con uno de los gabanes largos de los Limitadores, con el dibujo de camuflaje.

Era ella.

Le vio la cara.

Sonreía.

Le hizo un gesto con la mano.

Se oyeron más disparos, y el plomo pasó atravesando los restos de las nubes. Los Limitadores ajustaban las miras de sus rifles y los disparos les pasaban cada vez más próximos. Uno de ellos impactó tan cerca de Elliott y Will que las esquirlas de la roca les cayeron encima.

—¿Le diste?

—Creo que sí —respondió Will.

—Asegúrate —le rogó ella.

Miró rápidamente la estaca y el cuerpo de Drake, pero Rebecca apareció de nuevo en el punto de mira, tan grande como si estuviera allí mismo. En aquel breve intervalo se había quitado el gabán y, lo que parecía aún más inexplicable, se había pasado al otro lado de la estaca. No lo podía entender, pero de pronto se dio cuenta de lo fácil que resultaría dispararle. Pero aunque tal vez hubiera matado a Drake, sabía que nunca tendría el estómago suficiente para hacer lo mismo con Rebecca. A pesar del intenso odio que le inspiraba.

—¿Y bien? —preguntó Elliott, interrumpiendo sus pensamientos.

—Sí, creo que sí —mintió devolviéndole el rifle. No tenía ni idea de si le había dado a Drake o no, ni quería tenerla. Prefería quedarse con la duda. Había hecho todo lo posible por acertar, por no fallarles a Elliott ni a Drake, pero ahora prefería quedarse con la duda. Era un salto demasiado grande para él.

Y Rebecca había estado allí, durante aquella espantosa tortura... ¡Su hermanita!

Aquella cara sonriente, orgullosa y satisfecha, la misma cara que se había encontrado tantas veces cuando él llegaba tarde a cenar o manchaba de barro la alfombra del recibidor o se dejaba encendida la luz del baño... Aquella sonrisa de superioridad y de reproche que se dirigía a él con autoridad, dominante... Eso era más de lo que podía soportar. Tenía que escapar, que salir de allí. Se levantó, tirando de Elliott por medio de la cuerda.

Corrieron como locos cuesta abajo, tan rápido como pudieron. Will casi derriba a Elliott.

Al llegar al fondo de la cuesta, los sorprendió un destello de luz. Amplificado por la lente del artilugio de Drake, el destello le inundó el ojo con un brillo abrasador que le hizo daño. Dio un grito. Pensó que eran los Limitadores, pero no: era la tormenta eléctrica que seguía siempre al Viento Negro. El pelo de la cabeza y de los brazos desnudos se le erizó a causa de la electricidad estática.

Unas grandes bolas brillantes, cargadas de electricidad, danzaron alrededor de ellos, antes de que llegara otro destello cegador y un estruendo ensordecedor. Una lengua ondulante de luz azul corrió por el suelo, ante ellos, como un relámpago errante. A continuación se partió en dos trozos, y estos dos en otros muchos, hasta que se apagaron y se quedaron en nada. El aire olía a ozono, como en una auténtica tormenta de rayos y relámpagos.

—¡Apágalo! —le oyó gritar a Elliott, pero él ya estaba buscando a tientas el interruptor de latón de la cajita que tenía guardada en el bolsillo. No necesitaba explicarle que la luz intensa podía dañar el artilugio. En cualquier caso, había tantas bolas de tormenta girando y saliendo de las nubes de polvo que quedaban, y corriendo por la llanura en todas direcciones, que la zona entera aparecía iluminada como un jardín en Nochevieja.

Will y Elliott corrían sin desviarse mientras pasaban por su lado aquellas esferas chisporroteantes, algunas de las cuales eran tan grandes como pelotas de playa.

Él oía disparos. Los Limitadores se acercaban, pero con toda aquella confusión resultaba imposible saber a qué distancia estaban. Entonces oyó los feroces ladridos de los perros.

—¡Perros de presa! —le gritó a Elliott.

Ella se sacó algo del interior de la chaqueta: una bolsa de cuero. La abrió tirando de la solapa. A Will le pareció que mientras corrían, ella tiraba al suelo una especie de polvo.

Jadeando por el esfuerzo de la carrera, le dirigió una mirada interrogadora. Pero Elliott estaba demasiado preocupada para hacerle caso. Tiró la bolsa al suelo y siguió corriendo.

Se sentía vacío, agotado y desbordado. En la boca tenía aún el sabor amargo de la raíz, y la cabeza le dolía tanto como si le fuera a estallar.

A pocos centímetros de Elliott pasó volando una pequeña bola eléctrica, lanzando chispas como el hada Campanilla, pero ella no se paró y casi se la lleva por delante.

Llegaron al límite de la Llanura Grande.

Entonces se metieron en uno de los tubos de lava, y de nuevo en la oscuridad, mientras el brillo de la tormenta eléctrica titilaba débilmente a sus espaldas. Al tiempo que conectaba el artilugio, Will vio que Elliott volvía a sacar algo del interior de su chaqueta mientras corría: era otra bolsa de cuero.

—¿Qué haces? ¿Qué es eso? —preguntó jadeando.

—Resecadores.

—¿Eh?

—Con esto los perros se paran en seco. Les escuece de manera espantosa —le dijo señalándose la nariz y con una sonrisa malvada.

Will miró hacia atrás y vio el brillo impresionante que producía el polvo al caer en un charco de agua. Lo había visto antes… Emitía el mismo brillo que aquella bacteria que se habían encontrado Chester, Cal y él en aquel túnel. Muy inteligente. Si un perro lo olfateaba, seguramente le secaría y puede que le quemara las membranas nasales. Se rió. Eso los dejaría inservibles como rastreadores.

Siguieron corriendo. Will se cayó en una postura nada elegante y se golpeó la cara y la barbilla contra el áspero suelo. Elliott le ayudó a levantarse. Mientras descansaba apoyado contra la pared, intentando recuperar el aliento, ella preparó en el túnel una nueva carga con cable trampa.

Luego le gritó que siguiera.

35

—¿Qué será ese ruido? —preguntó Chester en un susurro.

Tratando de penetrar con la mirada en la oscuridad, él y Cal escuchaban con mucha atención.

—Se está haciendo más fuerte —comentó Chester—. Suena como si fuera un motor.

—¡Shhh, habla bajo! —le pidió Cal, intranquilo.

Siguieron escuchando mientras el ruido continuaba.

—No sabría decir si está cerca o lejísimos —dijo Chester, desconcertado.

—A mí me parece que se mueve alrededor de nosotros —dijo Cal en voz muy baja.

De pronto sonó mucho más fuerte, y a continuación se paró. Chester pegó un chillido.

—¡Aprisa, Cal! —gritó en tono desesperado—. ¡Enciende la luz!

—No. Enciende la tuya —respondió el niño—. Elliott nos dijo que no debíamos…

—¡Hazlo! —soltó Chester—. ¡Lo tengo en el brazo! ¡Lo noto!

Eso fue suficiente para Cal. Cogió la lámpara, la encendió y la dirigió hacia Chester.

—¡Dios mío!, ¿qué es esto? —gritó el muchacho, apartando lentamente el brazo del cuerpo. En su rostro había una mirada de pánico.

Se le agarraba al antebrazo con las patas. Se parecía vagamente a un caballito del diablo por el hecho de que tenía dos pares de tenues alas que reflejaban los colores del espectro a lo largo de su longitud, pero aquél era el único aspecto del insecto que podía resultar vagamente atractivo. El cuerpo medía unos quince centímetros de cabeza a cola, y estaba cubierto por una piel polvorienta de color sombra tostada.

Bajo un par de bulbosos ojos compuestos, tan grandes como canicas partidas por la mitad, tenía dos probóscides de aspecto horrible, y su largo abdomen estaba curvado con una púa de terrible aspecto, como si le hubieran trasplantado el aguijón de un alacrán. Si alguien hubiera querido imaginar una criatura de aspecto más diabólico y pavoroso, se las habría tenido que ingeniar mucho.

—¡Quítamelo! —imploró Chester apretando los dientes e intentando no hacer ningún movimiento brusco para no provocar a la criatura.

Aunque había separado el brazo todo lo que podía, el animal arqueaba la cola con el aguijón como si pretendiera herirle en la cara.

—¿Cómo…? ¿Qué quieres que haga? —preguntó Cal, con la luz temblándole en la mano mientras se alejaba de Chester.

—¡Vamos! ¡Dale con lo que sea!

—Yo… yo… —tartamudeó Cal.

Para entonces, el bicho había enrollado el aguijón de la cola sobre el tórax y movía las alas como si tratara de mantener el equilibrio sobre el tembloroso brazo de Chester.

—¡Por todos los santos, mátalo! —gritó despavorido.

Cal buscaba algo que pudiera usar como arma, cuando Chester decidió que no podía esperar más y agitó el brazo de lado a lado, esperando espantar al animal de ese modo. Pero la criatura no se soltó, y se aferró aún más fuertemente con sus tres pares de patas mientras él, desesperado de terror, agitaba el brazo frenéticamente. Aquel bicho siguió aferrado a él, meneando el aguijón en la espalda. A continuación, de repente, con un batir de alas, se levantó y se quedó amenazadoramente un rato delante de la cara de Chester antes de regresar volando a la oscuridad.

—Ha sido horrible —dijo el chico casi sin voz y con el cuerpo estremecido, agitando los codos y profiriendo gemidos inarticulados—. Horrible... horrible... horrible... Este lugar de mierda es como una barraca de monstruos. ¡Horrible! —Parecía estarse recobrando del incidente cuando, de manera inesperada, se volvió contra Cal—. ¡Y menuda ayuda la tuya! —exclamó con rabia—. ¿Por qué no mataste esa maldita cosa como te pedí?

—¿Qué podía hacer? No he encontrado nada —respondió el niño en un tono ofendido que enseguida se convirtió en pura rabia—. Da la casualidad de que no voy por ahí con un matamoscas gigante.

—Vamos, cualquier cosa habría valido —rezongó Chester con furia—. ¡Bueno, un millón de gracias, amigo...! Recordaré esto la próxima vez que te encuentres en un aprieto.

Se sentaron los dos, guardando un silencio tenso hasta que empezaron a oír un zumbido a su alrededor, pero esta vez era más suave y más agudo.

—Dios mío, ¿y ahora qué? —dijo Chester—. ¿No será otra cosa como la de antes?

Esta vez, sin que se lo tuvieran que pedir, Cal buscó a tientas la lámpara.

—¿Pulgones? —sugirió Chester, esperando que no volviera el pavoroso caballito del diablo.

—No, son más grandes que los pulgones —dijo Cal cuando la luz mostró que el aire estaba cuajado de montones de insectos del tamaño de mosquitos mal alimentados.

—¿Qué demonios es esto? ¿La familia completa de la abeja Maya? Supongo que han venido todos a comerme un trozo —gritó Chester exasperado.

Cal rezongaba, y se dio un manotazo en la nuca al notar que le picaban.

—Los odio. Siempre he odiado a los insectos —dio Chester intentando matar a manotazos los que tenía delante de la cara—. Solía matar moscas y avispas en mi jardín sólo por diversión. Me parece que ahora se están tomando la revancha.

Fueran lo que fueran aquellos pequeños insectos, habían tardado poco en enterarse de que había llegado carne fresca a la isla. Al final, Chester y Cal recurrieron a taparse completamente con prendas de ropa que sacaron de las mochilas. Cal farfullaba algo sobre encender un fuego, pero los dos se quedaron allí sentados, como un par de momias, de mal talante, sin otra ocupación que sacudirse los insectos de los ojos, que era la única parte de su cuerpo que habían dejado sin tapar.

Apareció primero Will, irrumpiendo en el claro casi sin darse cuenta y deteniéndose en seco. Dobló la parte superior de su cuerpo poniendo las manos sobre las rodillas y haciendo esfuerzos por respirar hondo.

Al verlo aparecer, tanto Chester como Cal, sorprendidos, se pusieron en pie de un salto. Ver a Will asustaba un poco: tenía la cara sucia de la tormenta de polvo y surcada por gotas de sudor. Sobre un ojo llevaba puesta la lente de Drake, y el otro estaba manchado de sangre fresca a causa de la herida que se había hecho al caer.

—¿Qué ha pasado? —dijo Chester tartamudeando.

—No es el de Drake, ¿o sí? —preguntó Cal al mismo tiempo, señalando el artilugio ocular.

—Yo… tuve… que… —intentaba decir Will, jadeando.

Pero siguió intentando respirar y moviendo la cabeza hacia los lados.

—Yo… —intentó decir.

—Hemos matado a Drake —explicó Elliott con rotundidad, saliendo de detrás de Will ante la débil luz proyectada por la lámpara de Cal—. O al menos creemos haberlo hecho. Hemos acabado con él. —Dio un manotazo delante de la cara para apartarse unos insectos voladores. A continuación miró por el suelo y arrancó un helecho que estrujó en la mano. Se frotó con la mano en la frente y las mejillas. El efecto fue milagroso: los insectos la evitaron de inmediato, como si hubiera quedado protegida por un campo magnético.

—¿Qué habéis hecho? ¿Qué es lo que habéis hecho? —preguntó Cal mientras Chester cogía otra fronda del mismo helecho e imitaba a Elliott. Will, sin embargo, no parecía darse cuenta de los insectos que le corrían por toda la cara. Miraba a lo lejos con el ojo vidrioso.

—Teníamos que hacerlo. Le estaban torturando. Ese bastardo de Tom Cox también estaba allí, ayudándolos —dijo Elliott con voz ronca, y después escupió al suelo.

—¡No! —exclamó Chester horrorizado.

—Y Rebecca —añadió Will con la vista aún perdida. Elliott volvió la cabeza hacia él, y Will prosiguió, resoplando—: estaba con los Limitadores. —Se detuvo para tomar un poco más de aire—. No sé cómo, pero ella sabía que yo estaba allí. Os juro que me miraba directamente… Me miraba y sonreía, maldita sea.

—¡Ahora me lo dices! —gruñó Elliott—. Con ese desertor de Cox ya resultaba demasiado arriesgado acercarse a la base en busca del equipo. Pero ahora es imposible intentarlo, con tu hermanita styx, que te la tiene jurada.

Will agachó la cabeza, aún esforzándose por recuperar el aliento.

—Tal vez fuera mejor que yo… que yo me entregara. Eso podía acabar con todo esto. Tal vez se diera por satisfecha.

Hubo unos segundos horribles, mientras todos los ojos se dirigían a Will, y él pasaba de una cara a otra, esperando que ninguno estuviera conforme con su ofrecimiento. Entonces habló Elliott:

—No, no creo que con eso ganáramos nada —dijo con la más sombría de las expresiones. Cogiendo un trocito de helecho de su labio superior, volvió a escupir—. No creo que eso sirviera de nada. Me parece que esa Rebecca es de las que les gusta dejar todo bien barrido.

—Sí, desde luego —asintió Will con desánimo—. No hay duda de que le gusta dejarlo todo bien limpio.

36

—¡Vale ya!

Sarah dobló a toda prisa un recodo del tubo de lava, dándole patadas a la grava sin querer y lanzándola hacia delante, mientras *Bartleby* tiraba de ella con tanta fuerza que estaba a punto de derribarla.

—¡Tranquilo, tranquilo! —gritó ella, hundiendo en el suelo los talones y empleando toda su fuerza para intentar contenerlo. En unos metros logró que se parara. Sin dejar de jadear por el esfuerzo, lo cogió por el collar y tiró de él hacia arriba. Dio gracias por aquel pequeño descanso, porque los brazos le dolían, y dudaba de poder controlar al animal si éste no aflojaba un poco la marcha.

Cuando el gato volvió con rigidez la cabeza hacia ella, Sarah vio una gruesa vena que palpitaba bajo la piel gris y sin pelo de la ancha sien y el ansia en los ojos.

El gato tenía las ventanas de la nariz abiertas: el olor era más fuerte que antes y había encontrado el rastro.

Sarah volvió a agarrar la gruesa correa de cuero en la mano irritada y dolorida, dándole varias vueltas alrededor. Trató de recuperarse respirando hondo un par de veces, y sólo entonces soltó el collar. Con un bufido de impaciencia, *Bartleby* se lanzó hacia delante y la correa dio un chasquido al volver a tensarse.

—¡Calma, *Bartleby*! —gritó ella casi sin voz. Aquella orden tuvo evidentemente algún efecto en el sobreexcitado cerebro del animal, que se relajó un poco.

Mientras seguía hablando al gato en voz apaciguadora, sentía la desaprobación que emanaba de las cuatro sombras que la acechaban a corta distancia. La cuadrilla de Limitadores, a diferencia del gato y de ella, se movían tan silenciosos como fantasmas. Normalmente se disimulaban tan bien en el terreno que Sarah no los veía, pero en aquel momento se dejaban ver, como si quisieran que se sintiera intimidada. Si era eso lo que pretendían, desde luego que lo estaban consiguiendo.

Se sentía sumamente incómoda.

Rebecca le había prometido dejarla a su aire para perseguir a Will. Entonces, ¿por qué le enjaretaba aquella escolta? ¿Y por qué se había tomado la chica tantas molestias para involucrarla en aquella cacería humana, en un entorno que era completamente nuevo para Sarah y del que no tenía experiencia alguna, cuando al mismo tiempo desplegaba soldados muy bien preparados para aquella labor? Algo no encajaba.

Mientras ella rumiaba estos pensamientos, *Bartleby* volvió a tirar de ella para arrastrarla, quisiera o no.

Guiados por Elliott, salieron del claro y avanzaron a través de la maleza. Will iba el último, tambaleándose. Cal y Chester estaban preocupados por él, pero ninguno de los dos sabía qué decirle. Al salir de la espesura, se volvieron a encontrar en una franja de playa. Elliott los hizo ir por la misma orilla y llegaron enseguida a lo que parecía el principio de una ensenada; pero en medio de la impenetrable oscuridad, no podían estar seguros de que lo fuera.

Will se encontraba mal, muerto de cansancio porque ya se le habían pasado los efectos de la raíz que le había dado Elliott. Caminaba con las piernas rígidas, como el monstruo de Frankenstein. El artilugio ocular sólo servía para incrementar el parecido. Cuando alcanzó a los demás, Elliott lo miró con detenimiento.

—Está hecho puré, lo que necesita es dormir un poco —les dijo a Cal y Chester como si Will no estuviera presente. De hecho, él no respondió a este comentario y siguió balanceándose en su sitio—. Ahora no nos sirve para nada.

Chester y Cal intercambiaron miradas de desconcierto, porque no entendían lo que decía ella.

—¿No nos sirve? —repitió Chester, pidiendo una aclaración.

—Sí, y eso no me hace ninguna gracia. —Se volvió a Cal, mirándolo de arriba abajo—. ¿Y tú qué tal? ¿Cómo va la pierna?

Chester se dio cuenta de inmediato de que los estaba evaluando. No sabía por qué razón lo hacía, pero le daba mala espina. Le ponía los pelos de punta. No se le escapaba que si tenían que salir corriendo de los styx, necesitarían estar todos en forma. La pregunta de Elliott le parecía bastante inquietante.

—Está mucho mejor. La ha descansado —se apresuró a decir, lanzando a Cal, que se había quedado sorprendido por su intervención, una mirada de advertencia.

—¿No puede responder por él mismo? —preguntó Elliott con el ceño fruncido.

—Sí, perdona —se disculpó Chester.

—Bueno, ¿qué tal va la pierna?

—Pues, como ha dicho Chester, mucho mejor —respondió Cal flexionando la pierna para tranquilizarla. Lo cierto es que la tenía muy tiesa, y cada vez que descansaba el peso sobre ella, ignoraba si iba a aguantar o no.

Elliott examinó por un segundo la cara del niño, y cuando desvió su atención a Chester, el muchacho se preguntó si el hermano de Will habría pasado el examen. Pero en ese momento se distrajeron porque oyeron a Will murmurar la palabra «cansado» una sola vez, y entonces sentarse y dejarse caer en el suelo, boca arriba. Empezó a roncar fuertemente: estaba dormido como un tronco.

—Está nocaut. En un par de horas se encontrará como nuevo —comentó Elliott, y entonces se dirigió a Cal—: Tú quédate aquí con tu hermano. —Le entregó la mira suelta—. Y no pierdas de vista la orilla, en especial el paso elevado. —Señaló el mar y la impenetrable oscuridad, en algún lugar de la cual se encontraba la invisible extensión de la playa por la que habían llegado, y que llegaba al paso elevado—. Si ves algo, lo que sea, aunque te parezca insignificante, me lo dices. Es muy importante que estés atento, ¿lo entiendes?

—Bueno, pero ¿adónde vais? —preguntó Cal, intentando que no se le notara en la voz la preocupación que sentía. Antes le preocupaba ser abandonado por Drake y ella. Pero ahora que Drake ya no estaba, ese miedo se incrementaba. ¿No habría pensado marcharse con Chester y dejarlos allí, a Will y a él, solos e indefensos?

—No muy lejos… Vamos a buscar algo de comer —le explicó—. Cuídame esto también —dijo quitándose la mochila y dejándola caer junto al inmóvil Will. Esa sencilla acción disipó los miedos de Cal: sin sus cosas no iría muy lejos. Vio que sacaba un par de bolsas de un bolsillo lateral de la mochila, y después, acompañada por Chester, se internó en la oscuridad.

—¿Y tú qué tal te encuentras? —le preguntó Chester a Elliott caminando a su lado. Había puesto la lámpara en la posición más baja, y tal como ella le había indicado, la tapaba con la mano, de forma que apenas había luz para iluminar el camino. Como de costumbre, la chica no necesitaba luz para andar, pues parecía poseer un conocimiento prodigioso del terreno en que se movía. Se iban adentrando en la ensenada, dejando todo el tiempo la espesura de maleza a la izquierda y el mar a la derecha.

Elliott no respondió a la pregunta. Guardaba un amargo silencio. Chester supuso que estaba pensando en Drake. Se imaginaba lo consternada que tenía que sentirse por su muerte, y se sentía obligado a decir algo, pero le resultaba increíblemente difícil. Aunque había pasado mucho tiempo con ella en las numerosas patrullas que habían hecho juntos, en realidad no hablaban apenas durante aquellas salidas. Se daba cuenta de que realmente no la conocía mucho mejor que aquel día en que los habían capturado Drake y ella. Elliott no se explayaba. Era tan escurridiza como una débil brisa en lo más oscuro de la noche, que uno puede notar que está ahí, pero no puede tocarla.

Lo volvió a intentar.

—Elliott, ¿estás… estás bien de verdad?

—No te preocupes por mí —fue la lacónica respuesta.

—Sólo quiero que sepas que todos sentimos mucho lo de Drake… Estamos en deuda con él… por todo. —Se calló por un momento—. Supongo que sería horrible, allí, cuando Will tuvo que… eh…

Sin previo aviso, ella se detuvo y le dio un empujón en el pecho con tanta agresividad que él se quedó completamente alelado.

—¡No intentes consolarme! ¡No necesito la compasión de nadie!

—No intentaba…

—Déjalo, ¿vale?

—Mira, estoy preocupado por ti —repuso indignado—. Todos lo estamos.

Allí parada, Elliott se suavizó un poco, y cuando por fin habló, la voz le salió ronca:

—No puedo aceptar que haya muerto —dijo sollozando—. Él mencionaba a menudo el día en que eso nos ocurriría al uno o al otro o a los dos, y solía decir que no era más que la última baza de la partida. Decía que había que estar preparado para la muerte, pero no dejarse arrastrar por ella. Decía que no había que mirar atrás, que había que aprovechar al máximo el momento... —Se recolocó el rifle a la espalda, toqueteando la correa con los dedos—. Eso es lo que trato de hacer, pero es difícil.

Ante la mirada de Chester, con su rostro borroso a la escasa luz proyectada por la lámpara, la máscara de chica dura de Elliott pareció caerse y dejó al descubierto a una muchacha tremendamente asustada y perdida. Quizá, por primera vez, Chester veía a la auténtica Elliott.

—Estamos juntos en esto —dijo él afectuosamente, compadeciéndola.

—Gracias —respondió ella con muy poquita voz, y evitando mirarlo a los ojos—. Deberíamos seguir nuestro camino.

Llegaron al final a una pequeña franja de la playa, en la ensenada, que parecía una sombra proyectada sobre ella. Como descubrió Chester al examinarla más de cerca, no tenía nada que ver con la luz, sino que se debía a un sedimento más oscuro y pesado que se había acumulado en aquellas aguas poco profundas.

—Aquí tendría que haber lo suficiente para ponernos las botas —anunció ella, y le pasó las bolsas a Chester. Se metió en el agua y, agachándose, pasó las manos por debajo de la superficie buscando algo.

Caminando de lado, fue buscando por la orilla, y de repente se irguió lanzando un grito exultante. En sus manos se agitaba un extraño animal, que tenía medio metro de cabeza a cola y cuerpo plateado en forma de cono aplanado, con ondulantes aletas a cada lado que movía desesperadamente como si tratara de alejarse nadando por el aire. En la parte superior de la cabeza tenía un par de enormes ojos negros compuestos, y en la parte de abajo, dos apéndices prensiles que terminaban en unas púas que se retorcían tratando de atrapar las manos de Elliott mientras ella se afanaba en sujetar bien al bicho. La chica se volvió y corrió hasta la playa, mientras Chester se caía a la arena en un intento de apartarse de su camino.

—¡Santo Dios! —gritó él—. ¿Qué es esa cosa?

Elliott golpeó al animal contra una piedra. El chico no supo si lo había matado o sólo lo había atontado, pero a partir de aquel momento apenas se movió.

Lo dobló por la mitad, y Chester vio los dos apéndices que todavía se flexionaban, y una boca circular llena de decenas de agujas blancas y brillantes.

—Se llaman cangrejos nocturnos. Están realmente sabrosos.

Él tragó saliva, como si el asco le produjera mareos.

—Pues yo diría que es un asqueroso pececillo de plata gigante —gruñó. Seguía tendido en el lugar en que se había caído. Elliott vio las bolsas donde él las había dejado caer y, comprendiendo que no iba a ayudarle mucho, las cogió por sí misma y metió el bicho en una de ellas.

—Ya tenemos el plato principal —dijo—. Ahora vamos a…

—No me digas que vas a coger otro bicho de ésos —le dijo Chester en tono suplicante, con la voz un poco aguda, como si se estuviera poniendo histérico.

—No, eso no es nada probable —repuso ella—. Los cangrejos nocturnos son muy escasos, y sólo los ejemplares más jóvenes llegan hasta la orilla para alimentarse. Hemos tenido mucha suerte.

—Sí, mucha… —dijo él, levantándose por fin y sacudiéndose la ropa.

Elliott ya estaba de vuelta en el agua, pero esta vez metía los brazos en el barro hasta el fondo.

—Y esto es lo que venía a buscar el cangrejo —le explicó a Chester. Cuando los sacó, tenía los brazos cubiertos hasta el codo de espeso barro. Le acercó la mano al chico para que viera las dos conchas que tenía en la palma, de unos tres centímetros de largo cada una.

—¡Qué bien, moluscos! Voy a ver si hay más.

Chester se estremeció ante la idea de que ella esperara realmente que él se comiera alguna de aquellas cosas.

—Adelante, sírvete tú misma —le dijo.

Al volver por la playa, Chester tuvo el presentimiento de que había algo incorrecto. No se movía nada en absoluto, y no recibieron saludo ni señal alguna por parte de Cal. Furiosa, Elliott se fue directa hacia el muchacho. Aunque Cal permanecía en su posición, sentado, la cabeza le caía hacia delante de manera muy poco elegante. Estaba dormitando al lado de su hermano, y se hallaba tan ausente del mundo como él.

—¿Es que aquí nadie me escucha? —le preguntó a Chester. Estaba que trinaba. El chico hasta podía oírla respirar a través de los dientes—. ¿Es que no dejé claro que tenía que mantenerse alerta?

—Sí que lo dejaste claro —respondió él bien fuerte.

—¡Shhh! —le ordenó ella acercándose un poco a la playa hasta un punto en el que levantó el rifle para dar una batida por el horizonte.

Chester esperó junto a los dos durmientes a que volviera ella.

—Drake no hubiera dejado pasar una cosa así —dijo con voz tensa, caminando de un lado a otro detrás de Cal como una leona a punto de saltar. El niño seguía durmiendo muy tranquilo, moviendo levemente la cabeza en su sueño, inconsciente de la rabia silenciosa de Elliott.

—¿Qué quieres decir? —preguntó Chester intentando descifrar la mirada de sus ojos.

—Que Drake lo habría dejado aquí. Se habría marchado y lo habría dejado que se las apañara solo —explicó.

—Eso es completamente desproporcionado. ¿Cuánto tiempo crees que sobreviviría él solo? —objetó él—. Sería lo mismo que condenarlo a muerte.

—¡Qué pena!

—Tú no puedes hacerle eso —respondió él farfullando—. Tienes que perdonarle. El pobre está completamente hecho polvo. Como lo estamos todos.

Pero ella hablaba muy en serio.

—¿No te das cuenta? Al quedarse dormido, podría llevarnos a todos a la perdición —dijo mirando al mar—. No sabemos cómo va a ser el próximo ataque... Si son Limitadores, seguramente ni yo los veré llegar. Pero si fueran civiles... (A menudo los ponen delante porque los hay a patadas: los ponen como carne de cañón.) Así trabajan a veces los styx... Los soldados van después para recoger los restos.

—Sí, pero... —empezó Chester.

—No, escucha. Cometes un pequeño error, y terminas ahí, boca abajo —dijo con frialdad, señalando el mar con el pulgar. Dio la impresión de que meditaba por un momento. Se echó el rifle al hombro. Se acercó a Cal y le dio un sopapo en la parte de atrás de la cabeza.

—¡Aaay! —gritó él despertando al instante.

Se levantó de un salto, moviendo los brazos como loco. Entonces comprendió que había sido Elliott y la miró con odio.

—¡Supongo que te crees muy graciosa! —vociferó con odio—. Bueno, pues a mí no me lo pareces...

Pero la mirada glacial de Elliott le hizo comprender, y dejó de quejarse.

—¡No te puedes quedar dormido en una guardia! —gruñó ella amenazante.

—No... —respondió él, colocándose la camisa, completamente avergonzado.

—¿Qué son esas voces? —preguntó Will amodorrado, frotándose los ojos con los nudillos al tiempo que se incorporaba—. ¿Qué sucede?

—Nada, sólo estamos preparando la cena —dijo Elliott. Sin que la viera Will, le dirigió a Cal una mirada prolongada, pasándose la mano por la garganta en gesto de cortar. Él asintió compungido.

Elliott hizo un hoyo en la arena, y a continuación envió a Chester y Cal a recoger algo de leña y brozas, que puso en el borde. En cuanto todo estuvo a su entera satisfacción, encendió un fuego en la base del agujero. Cuando prendió bien dejó a un lado, de pantalla, un par de ramas con sus hojas, evidentemente como precaución para que el fuego no resultara visible.

Mientras ella estaba atareada en aquella labor, Chester y Cal observaban a Will, que se acercaba, con pies de plomo y tambaleándose, a unas charcas que había a la orilla del mar, entre las piedras. Will se levantó la lente del ojo y empezó a lavarse la cara con agua. Después se quedó una eternidad lavándose las manos, frotándoselas con arena húmeda y a continuación aclarándoselas con agua, y repitiendo el proceso una y otra vez, lenta y metódicamente.

—¿Crees que debería ir a hablar con él? Se comporta de manera bastante rara —le preguntó Chester a Elliott al observar la extraña actitud de su amigo—. ¿Qué les pasa a sus manos?

—Efectos secundarios —dijo simplemente ella, dejándoles a Cal y Chester igual que estaban. Tras enterarse de que Will podría haber matado a Drake, los dos muchachos se sentían realmente agradecidos de que todavía no se les hubiera presentado la ocasión de hablar con él. Sentían que el acto de matar lo separaba de ellos y lo colocaba en un lugar que no podían ni siquiera intentar comprender.

Porque ¿cómo se suponía que tenían que tratarlo? Aunque no se les ocurriera abordarla entre ellos, en su mente tenían muy presente esta pregunta. Desde luego, no le iban a felicitar y darle palmaditas en la espalda. Entonces, ¿debían compadecerle y consolarle por la muerte de Drake, cuando había sido él el autor? La verdad es que se sentían bastante sobrecogidos ante Will. ¿Cómo se sentiría él por lo que había hecho? No era sólo que tuviera las manos manchadas de sangre por disparar contra otro ser humano y matarlo, sino que se trataba de Drake, de uno de los suyos, de su protector y amigo, de un amigo suyo.

Y mirando a Elliott con detenimiento, Chester volvió a preguntarse cómo se sentiría también ella. Tras aquel breve instante en que la chica le había dejado ver su lado vulnerable, parecía haber retomado su habitual modo de comportarse y se había puesto a cuidar de ellos a conciencia. El curso de sus pensamientos se vio interrumpido cuando Elliott sacó de la bolsa el cangrejo nocturno y lo dejó caer en la arena. Parecía tan vivo como cuando lo había capturado, y tuvo que ponerle el pie encima para que no escapara.

Chester vio que Will se acercaba a ellos. Andaba con movimientos lentos, como si no se hubiera despertado del todo. Iba goteando agua y tenía un aspecto espantoso. No se había lavado muy bien la cara y la tenía tiznada por trozos, bajo los ojos y por el cuello y la frente. Su blanco pelo estaba lleno de manchas oscuras. En otras circunstancias, Chester podría haberse burlado de él diciéndole que parecía un oso panda. Pero no eran ni el momento ni el lugar adecuados para andarse con bromas.

Will se paró a varios metros de distancia, rehusando mirar a los ojos a ninguno de ellos. En vez de eso, agachó la cabeza para mirarse los pies. Se arañaba la palma de la mano con el índice de la otra, como si tratara de desprender algo de ella con la uña.

—¿Qué he hecho? —preguntaba. No se le entendía bien: arrastraba las palabras como si tuviera la boca dormida, y no abandonaba el movimiento del dedo en la mano.

—¡Para ya! —le soltó Elliott con brusquedad. Terminó de rascarse y dejó los brazos muertos, colgando flácidos a los lados, con los hombros caídos y la cabeza gacha.

A la vista de Chester, una gota resbaló de la cara de Will y brilló un momento al darle la luz, pero no sabía si sería una lágrima o sólo agua de mar que se le había quedado allí, tras su intento de lavarse.

—Mírame —le ordenó Elliott.

Will no se movió.

—¡He dicho que me mires!

Él levantó la cabeza y la miró como atontado.

—Eso está mejor. Ahora vamos a dejar algo claro... hicimos lo que teníamos que hacer —le dijo ella con firmeza, y después suavizó la voz—. Yo no pienso en ello... y tú tampoco deberías hacerlo. Ya habrá tiempo para eso.

—Yo... —empezó él tartamudeando y, negando lentamente con la cabeza.

—No, no... Escúchame: tú hiciste el disparo porque yo no podía. Yo fallé al disparar a Drake, pero tú no. Tú hiciste lo que tenías que hacer... por él.

—Vale —respondió al final, casi fundiendo la palabra en un suspiro—. ¿Dijisteis algo de cenar? —preguntó después de una larga pausa. Era evidente que estaba haciendo todo lo que podía por recobrarse, pero la mirada de desesperación seguía allí, en sus ojos ribeteados de negro.

—¿Qué tal te encuentras? —preguntó Elliott recordando que tenía que hacer algo con el cangrejo nocturno que tenía bajo el pie. Y en ese mismo momento, el animal agitó las aletas en la arena intentando escapar y volver al agua.

—No muy bien —respondió—. La cabeza ya no me zumba, pero el estómago es como si estuviera en una montaña rusa.

—Tienes que comer algo caliente —dijo ella levantando el pie del cangrejo nocturno y desenfundando el cuchillo. Movía los apéndices que tenía bajo la cabeza como dos antenas de televisor que hubieran cobrado vida.

Hubo un momento de silencio mientras Will comprendía lo que había allí. Entonces exclamó:

—¡Pero si es un *Anomalocaris canadensis*!

Para sorpresa de todos, su comportamiento sufrió una inmediata transformación. Se puso tan nervioso que empezó a dar saltos, agitando los brazos.

Elliott le dio la vuelta al cangrejo nocturno y colocó el cuchillo entre dos segmentos de su plano vientre.

—¡Eh! —chilló Will—. ¡No! —Alargó la mano para evitar que la chica lo sacrificara, pero ella se dio mucha prisa: le clavó el cuchillo y los apéndices que tenía debajo de la cabeza dejaron de moverse.

—¡No! —volvió a gritar él—. ¿Cómo puedes hacer eso? ¡Es un *Anomalocaris*! —Dio un paso hacia ella alargando la mano.

—Apártate o te pincho —le advirtió Elliott levantando el cuchillo.

—Pero... es un fósil... Quiero decir que... está extinguido... Te digo que lo he visto fosilizado... ¡Es una especie extinguida! —gritó, alterándose aún más al ver que nadie parecía comprenderle ni hacerle ningún caso.

—¿De veras? Yo no le veo mucha pinta de estar extinguido —dijo Elliott levantando el cuerpo del animal y poniéndoselo delante, como para hacerle burla.

—¿No comprendes lo importante que es? ¡No los puedes matar! ¡Tienes que dejar vivir a los que quedan! —Había visto la otra bolsa y ya no gritaba sino que sólo farfullaba, comprendiendo que Elliott no iba a hacerle caso.

—Will, deja de hacer el tonto, ¿quieres? La otra bolsa sólo contiene almejas. Y, además, Elliott dice que de esos cangrejos hay a montones —intentó explicarle Chester indicando el mar con un gesto de la mano.

—¡Pero... pero...!

La expresión de enfado de Elliott fue suficiente para que Will dejara de dar la lata. Se mordió la lengua, observando con espanto el cuerpo sin vida del *Anomalocaris*.

—En su tiempo fue el mayor depredador de los mares... una especie de *Tyrannosaurus rex* del periodo cámbrico —murmuró con tristeza—. Lleva extinguido unos quinientos cincuenta millones de años.

Se quedó igualmente atónito cuando Elliott sacó de la segunda bolsa los moluscos, como ella los llamaba.

—¡Son uñas del diablo! —exclamó Will—. *Gryphaea arcuata*. En casa tenía una caja llena. Los encontré con mi padre en Lyme Regis, ¡pero no eran más que fósiles!

De esa forma, con el *Anomalocaris* atravesado en un palo y suspendido encima de las llamas, Elliott, Cal y Chester se sentaron ante aquella barbacoa prehistórica mientras Will dibujaba en el diario una uña del diablo que le había pedido a Elliott. Sus hermanos y hermanas (o tal vez ambas cosas al mismo tiempo, Will no recordaba muy bien si eran hermafroditas) no habían tenido la misma suerte y crepitaban suavemente al borde de la hoguera, sobre las brasas encendidas.

Hablaba consigo mismo y sonreía como un bobo, con el mismo tipo de ensimismamiento de que podía hacer gala un niño el examinar un bichito descubierto en el jardín de su casa.

—Sí, una concha realmente gruesa... Mira los anillos de crecimiento... y la concha superior... —decía golpeando con el extremo del lápiz un achatado círculo de concha en la parte más ancha. Al levantar la vista, vio que todos los ojos estaban puestos en él—. ¡Esto es más que guay! ¿Sabíais que ésta es la predecesora de la ostra?

—Drake mencionó algo de eso. Le gustaban crudas —dijo Elliott con frialdad, dándole la vuelta en la hoguera al *Anomalocaris*.

—Ninguno de vosotros tiene ni la más remota idea de lo importante que es el descubrimiento de estos animales —dijo Will, sintiéndose impotente ante su total falta de interés—. ¿Cómo podéis pensar en coméroslos?

—Si no quieres tu parte, Will, me la comeré yo —comentó Cal. Y se volvió a Chester para preguntar—: Al fin y al cabo, ¿qué es una ostra?

Mientras la cena terminaba de hacerse, Elliott mencionó el asunto de la extraña serie de celdas selladas que habían visto

Cal y ella en el Búnker. Evidentemente no se le había ido de la cabeza, y sentía la necesidad de hablar sobre ello.

—Sabíamos que había una zona de cuarentena, pero no sabíamos dónde estaba ni para qué era.

—Sí, lo dijo Drake, pero ¿cómo lo sabíais? —preguntó Will.

—Por un contacto —explicó Elliott bajando la vista rápidamente. Parpadeó varias veces, y Will hubiera jurado que le pasaba algo en los ojos, pero supuso que tendría que ver con el descubrimiento de las celdas.

—O sea que estaban todos muertos —dijo Chester.

—Todos, salvo uno —explicó Elliott—. Un renegado.

—Los otros eran colonos —dijo Cal—. Se les notaba en la ropa.

—Pero ¿por qué se toman los styx la molestia de traer aquí a los colonos sólo para matarlos? —preguntó Chester.

—No lo sé. —Elliott se encogió de hombros—. Siempre han usado las Profundidades para hacer experimentos, eso no es nuevo... Pero ahora todo indica que se cuece algo importante. No sabemos qué es lo que se traen entre manos los Cabezas Negras, pero Drake pensaba que vosotros podríais ayudarnos a estropearles los planes. Especialmente ése de ahí. —Hizo una mueca mirando a Will, que ponía a su vez cara de horror viendo el aspecto que cobraba al fuego el *Anomalocaris*—. Realmente, no sé si lo había pensado con calma.

Elliott sacó del fuego el *Anomalocaris* y lo dejó en el suelo. Entonces con la punta del cuchillo le quitó la piel a uno de los segmentos del vientre, y empezó a partirlo en trozos.

—Está listo —anunció.

—¡Qué bien! —dijo Will con sarcasmo.

Sin embargo, cuando lo comida estuvo troceada, capituló. Dejó a un lado el diario y empezó a comerse su ración con los demás, al principio de mala gana, pero luego devorándola con hambre feroz. Hasta se mostró de acuerdo con Chester en que el *Anomalocaris* se parecía mucho a la langosta. Las uñas del diablo ya eran otra cosa, y los muchachos hacían muecas mientras trataban valerosamente de masticarlas.

—¡Mmm, interesante! —comentó Will al terminar su bocado, celebrando la idea de ser una de las pocas personas en todo el mundo que se habían puesto las botas con animales extinguidos. De pronto le vino a la cabeza la idea de comerse una hamburguesa con huevo y queso, y sonrió con incomodidad.

—Sí, una barbacoa realmente guay —dijo Chester riendo y estirando las piernas—. Ha sido como volver a casa.

Will asintió con la cabeza a modo de respuesta.

Las tonificantes rachas de viento, el crepitar de los restos del fuego unido al sonido de las olas y el sabor de marisco en los paladares, todo eso hizo a Chester y Will experimentar una intensa añoranza. Todo aquello recordaba otros tiempos más amables y tranquilos, allá arriba, en la Superficie, y les daba la sensación de que podían hallarse en una fiesta veraniega a la orilla del mar, bien avanzada la noche. Y aunque la familia de Will raramente hacía aquel tipo de salidas, y menos todos juntos, no por eso él dejaba de sentirse conmovido por aquella sensación.

Pero cuanto más trataban de convencerse de que se encontraban como en casa, más comprendían que eso no era cierto y que se hallaban en un lugar extraño y peligroso en el que uno tenía que dar gracias si conseguía llegar vivo al día siguiente. Intentando no pensar en eso y evitando el tema de la muerte de Drake, se dedicaron a hablar de cosas insustanciales, pero la conversación decayó enseguida y cada uno se quedó inmerso en sus propios pensamientos, masticando en silencio.

Elliott se había cogido su ración y se había acercado con ella a la orilla. Cada poco, levantaba el rifle para observar las playas distantes.

—¡Eh, mirad! —exclamó Cal. Chester y Will se volvieron hacia ella, que se había levantado, dejando caer su trozo de comida de su regazo. Estaba muy quieta, con el rifle fijo en algo.

—¡Es hora de irse! —les dijo sin despegar el ojo de la mira.

—¿Has visto algo? —preguntó Will.

—Sí, he visto un destello… Pensaba que tendríamos más tiempo antes de que llegaran a la playa… Puede que sea una avanzadilla.

Chester tragó de golpe la comida que tenía en la boca.

37

—¡Estúpido animal! —gritó Sarah pasando por entre las plantas suculentas. *Bartleby* tiraba de ella con una fuerza superior a todo lo anterior. No había ninguna duda de que había encontrado claramente el rastro de los muchachos; ésa era la buena noticia. La mala era que se estaba volviendo cada vez más salvaje e intratable, y Sarah había temido en más de una ocasión que la pudiera atacar.

—¡Despacio! —le gritaba.

De repente, la tensión de la correa cedió completamente. Sarah perdió el equilibrio y cayó de espaldas. La lámpara se le soltó de la mano y se fue rodando y rebotando por entre las plantas, y al hacerlo la palanca de la potencia subió al tope. En los altos árboles que había detrás de ella impactaron unos rayos de luz cegadores, destellos intermitentes que comprendió que resultarían visibles a bastantes kilómetros de distancia. Si hubiera querido proclamar su presencia a bombo y platillo, no podría haberlo hecho mejor.

Se quedó sin aliento, y durante unos segundos no se pudo mover. Después se dirigió rápidamente hacia la lámpara y se echó encima para tapar la luz. Se quedó tendida sobre ella, jadeando y echando pestes. ¡Vaya torpeza la suya! Sintió ganas de gritar de pura frustración, pero eso no habría solucionado nada.

Aún cubriendo con su cuerpo la lámpara, volvió a ponerla

al mínimo antes de dirigir su atención a los restos de la correa de cuero enrollada en torno a su mano. El extremo por donde se había partido estaba rasgado y deshecho, y al observarlo más detenidamente descubrió marcas de dientes: *Bartleby* debía de haberle dado un buen mordisco cuando ella no miraba. ¡Qué listo aquel hijo de su santa madre! Si Sarah no hubiera estado tan furiosa contra sí misma, habría admirado su astucia.

Lo último que había vislumbrado de él eran sus cuartos traseros, las patas negras que se movían demasiado rápido para verlas con claridad, y los largos pies que levantaban el follaje al internarse como una bala en la oscuridad.

—¡Ese maldito gato! —se dijo, llamándolo de todo para sus adentros.

A la velocidad que iba tenía que hallarse ya bastante lejos, y se engañaba a sí misma si pensaba que podía haber algún medio de recuperarlo. Había perdido su único medio de encontrar a Will y Cal.

—¡Maldito gato! —se repitió para sí, esta vez más desanimada, oyendo el sonido de las olas. La única posibilidad que le quedaba era seguir por la orilla del mar con la esperanza de que ese camino la condujera hasta su presa.

Se levantó y empezó a correr implorando que Will no hubiera tomado de repente una dirección completamente distinta a aquella que había ido llevando *Bartleby*. Si había elegido un nuevo rumbo a través de la densa maleza que quedaba a la izquierda, le sería imposible dar con él.

Media hora después, el sonido de las olas fue sustituido por otro diferente: el del agua que rompía contra el paso elevado. Recordó lo que había visto en el mapa: había una especie de paso para llegar a una isla. Atajó hacia el mar, y el ruido del agua aumentó.

Casi se encontraba ya en el paso elevado cuando, saliendo de la nada, apareció en su camino una silueta. El corazón le dio un vuelco. Distinguió que se trataba de un hombre. Para entonces, se encontraba en la despejada playa, y a corta distancia no había nada absolutamente tras lo que pudiera ocultarse. No tenía ni idea de dónde había salido él. Aterrorizada, intentó coger el rifle que llevaba colgado, y en el proceso casi se le cae.

Oyó una dura risa nasal y se quedó completamente inmóvil, poniendo el rifle en actitud defensiva, cruzado delante del cuerpo. Estaba demasiado cerca como para apuntarle con él.

—¿No has perdido nada? —le dijo él con una voz que rezumaba desprecio. Dio un paso hacia Sarah, y ella levantó un poco la lámpara. La luz que proyectó era escasa, pero suficiente para distinguir su rostro duro y las oscuras cuencas de los ojos.

Era un Limitador.

—Eres muy, pero que muy descuidada —dijo él poniéndole en la mano una cuerda que tenía un lazo hecho.

Ella la cogió con miedo, sin saber qué podría ocurrir a continuación. La cosa había sido muy diferente en el tren, cuando Rebecca iba con ella; pero allí no le hacía ninguna gracia la idea de encontrarse a solas con aquellos monstruos, en especial si hacía algo que no les agradaba. En aquella tierra salvaje, ellos eran su propia ley. Le vino a la cabeza la idea de que aquella era la cuerda con la que iban a colgarla. ¿Se trataba de una especie de burla? Tal vez fueran a ejecutarla porque se habían dado cuenta de que era una incompetente y una rémora para ellos. Y no se lo podía echar en cara: hasta entonces, todo lo había hecho mal.

En aquel momento, sin embargo, sus temores eran infundados: *Bartleby* apareció por detrás de las piernas del Limitador, con el otro extremo de la cuerda firmemente atado al cuello y asegurado con un nudo corredizo. Parecía avergonzado, con la cola entre las patas. Sarah no sabía si el Limitador le habría dado una tunda, pero en cualquier caso, el gato parecía completamente asustado y amedrentado. Su actitud no podía haber cambiado más: cuando Sarah tiró de la cuerda, *Bartleby* acudió sin oponer la más ligera resistencia.

—Vamos a tomar el mando —dijo otra voz desde justo detrás de ella. Sarah se volvió para descubrir tras ella una fila de siluetas: eran los otros tres miembros de la patrulla de Limitadores. Aunque no les hubiera visto el pelo durante las últimas doce horas, estaba claro que no habían dejado de seguirla. Ahora se daba cuenta de por qué tenían aquella fama de sigilosos, pues realmente se movían como si fueran fantasmas. ¡Y creía que a ella se le daba bien eso!

Se aclaró la garganta con incomodidad.

—No —empezó a decir con mansedumbre, mirando hacia el agua que rompía al comienzo del paso elevado y manteniendo la mirada en aquel punto: prefería mirar cualquier cosa antes que sus gélidos ojos—. Llevaré al Cazador para que siga su rastro, cruzaremos a la isla… para…

—Eso ya no es necesario —dijo con voz horriblemente baja el primer Limitador, el que tenía delante. La manera en que había convertido su voz en un susurro, en vez de bramarle una orden, resultaba perturbadora. Podía notar perfectamente la rabia que le producía el que ella se atreviera a responder—. Tú ya has hecho bastante —murmuró. Lo dijo de tal manera que a ella no le quedaron dudas de lo que significaba su desprecio.

—Pero Rebecca dijo… —empezó Sarah, consciente de que aquélla podía ser la última frase de su vida.

—Esto es cosa nuestra —le gruñó desde detrás uno de los Limitadores, y la agarró de lo alto del brazo tan fuerte que ella quiso desprenderse. Pero no lo hizo, y tampoco se volvió a mirarlo. En aquel momento los tres estaban muy cerca de ella. Tuvo la seguridad de que uno de ellos le acariciaba el otro brazo, y también de que sentía varias respiraciones en la nuca. Se resistía a reconocerlo, pero estaba muerta de miedo. Una vívida imagen le vino a la mente: la de ellos rebanándole el pescuezo y dejando su cadáver abandonado en el mismo lugar en que había caído.

—Bueno —dijo con voz apenas audible, y la mano que le

apretaba el brazo aflojó ligeramente pero continuó allí. Bajó la cabeza, avergonzada por no atreverse a permanecer erguida ante ellos. Pero era mejor someterse, razonó para sí, que ser ejecutada. Si conseguían capturar a Will vivo, podría tener la oportunidad de averiguar la verdad sobre la muerte de Tam. Rebecca le había prometido que podía terminar con Will ella misma. Eso significaba al menos que tendría tiempo para hablar con él. Pero no era prudente discutir en aquel momento y con aquellos salvajes los términos de su acuerdo con la chica.

—Tú ve por la costa. Los renegados podrían tener otros medios de salir de la isla —le susurró al oído un Limitador.

La mano que le agarraba el brazo le dio un empujón repentino y ella se tambaleó unos pasos. Cuando se volvió a poner derecha, ellos ya habían desaparecido como por ensalmo. Estaba sola, sin otra compañía que la brisa que le daba en el rostro y una intensa sensación de vergüenza y fracaso. ¿Había hecho todo aquello sólo para que ahora la dejaran de lado en la cacería? Sintió un hueco en el estómago al pensar en los soldados que avanzaban hacia la isla, delante de ella, y sin ella. Pero no había nada que hacer: hubiera sido una locura seguir resistiéndose. Una locura de consecuencias mortales.

Así que fue caminando lentamente por la orilla, haciendo un esfuerzo para no detenerse al pasar por delante del paso elevado. Hacerlo sería tentar demasiado la suerte. Sin embargo, se permitió volver la cabeza para echar una breve mirada hacia atrás. Aunque no había ni asomo de los Limitadores, estaba segura de que uno de ellos se habría quedado atrás para asegurarse de que ella iba por la costa y no los seguía hacia la isla. No tenía más remedio que obedecer, aunque sabía que seguir por la costa era una absoluta pérdida de tiempo. Porque Will estaba en la isla: se había metido en un callejón sin salida. Y ella había estado muy, muy cerca de capturarlo.

—¡Muévete! —le dijo a *Bartleby* de forma innecesaria—. ¡Ha sido todo por culpa tuya!

Tiró fuerte de la cuerda. Él la siguió obediente, pero su cabeza señalaba hacia el paso elevado. Gimoteaba de frustración porque sabía, igual que ella, que habían tomado una dirección equivocada.

38

En una vasta caverna, había algo que pudiera ser un camino: una franja estrecha, apenas discernible entre las piedras. Era posible que fuera natural… El doctor Burrows no estaba seguro.

Miró con mayor detenimiento y, ¡sí!, había unas anchas losas que se extendían de lado a lado. Utilizó la puntera de la bota para apartar la arena y dejar al descubierto los intersticios entre una y otra, que se encontraban a intervalos regulares. No había ya duda, pues: estaba claro que no era natural… y al avanzar algo más, vio una pequeña escalinata. Subió por ella y se detuvo. Viendo que el camino se perdía a lo lejos, comenzó a examinar la zona, primero a un lado y después al otro. Descubrió que había piedras cuadradas que se elevaban orgullosamente del suelo, a ambos lados del camino.

—¡Sí, son piedras labradas! —murmuró. Y después vio que estaban colocadas formando líneas. Se inclinó para examinarlas mejor. No, no formaban líneas: formaban rectángulos—. ¡Estructuras rectilíneas! —exclamó el doctor Burrows cada vez más emocionado—. ¡Son ruinas!

Sacó del cinturón su martillo de geólogo de mango azul y se salió del camino mirando con detenimiento el suelo que pisaba.

—¿Serán cimientos?

Se agachó para palpar los sillares, apartando los guijarros

y utilizando la punta del martillo para quitar trozos de piedras sueltas. Asintió con la cabeza en respuesta a su propia pregunta, al tiempo que una sonrisa le arrugaba la cara llena de tierra.

—No hay duda, se trata de cimientos. —Se levantó y observó otros rectángulos cuyas formas se perdían en la oscuridad—. ¿Sería un asentamiento? —Pero al mirar más lejos, empezó a apreciar la escala de aquello con que se había encontrado—. ¡No, era bastante más que eso! ¡Era una ciudad!

Volvió a meter en el cinturón su martillo de geólogo y se secó la frente. El calor era sofocante, y se oía un murmullo de agua que caía no muy lejos. Surcaban el aire largos jirones de vapor que se desplazaban lentamente como serpentinas de una fiesta. Un par de murciélagos revoloteaban, deshaciendo los jirones de vapor con el rápido batir de las alas.

El enorme ácaro del polvo emitía su castañeteo esperando que volviera al camino, como un perro bien educado. Se había mostrado muy resuelto a acompañarle durante los últimos dos kilómetros de camino. En tanto que el doctor Burrows disfrutaba de su compañía, el animal no engañaba sobre los motivos que le impulsaban a seguirle: simplemente albergaba la esperanza de recibir más comida.

El enorme descubrimiento de que era capaz de leer el antiguo idioma de la gente que había habitado aquellos lugares en otro tiempo había encendido en Burrows el deseo de averiguar más sobre ellos. Anhelaba encontrar aunque sólo fueran algunos restos artesanales que le permitieran hacerse una idea de cómo vivían. Estaba examinando los cimientos en busca de cualquier cosa que pudiera serle de utilidad, cuando un grito resonó en la calurosa quietud de la caverna: un alarido bajo pero estridente que retumbó en las paredes de la cueva.

Este alarido fue seguido por el sonido de algo que rompía el aire, algo así como *¡guumf!*. Venía de algún lugar por encima de él.

El ácaro del polvo se quedó inmediatamente quieto como una estatua.

—¿Qué dem...? —empezó a preguntarse el doctor Burrows. Miró hacia arriba, pero fue incapaz de descubrir el origen de aquel ruido. Sólo entonces se dio cuenta de que no llegaba a ver el techo de la caverna. Era como si se encontrara en el fondo de un enorme precipicio. Había estado tan absorto en el descubrimiento de las ruinas que no había prestado atención al entorno.

Movió lentamente la esfera de luz hasta suspenderla encima de la cabeza. En la penumbra podía distinguir las paredes verticales del precipicio, con ondulaciones verticales de la piedra que semejaban la textura de una barrita de chocolate y que se perdían en la oscuridad. El color no era tampoco muy diferente del de la barra de chocolate, sólo que el marrón de la peña era un poco más claro. Privado desde hacía tanto tiempo de su adorado chocolate y de la dosis diaria que constituía una parte tan importante de su existencia en Highfield, su mente empezó a vagar mientras la boca se le hacía agua. Aquel antojo le hizo comprender lo tremendamente hambriento que estaba: los víveres de que le habían provisto los coprolitas no resultaban muy apetitosos, y tampoco saciaban mucho.

El alarido volvió a oírse y consiguió apartar completamente todo pensamiento relacionado con comida. Esta vez sonó más fuerte y más cercano. Notó en la cara la onda de aire provocada por el alarido: tenía que ser algo muy grande. Bajó la mano en la que tenía la esfera de luz y, cerrando la mano, trató de rebajar la intensidad de la luz.

El miedo le hizo un nudo en el estómago, y tuvo que hacer un esfuerzo para vencer el impulso de echarse a correr. Se quedó inmóvil entre la extensión de piedras. Estaba en un terreno abierto en el que no veía nada que pudiera ofrecer un refugio. Se encontraba en una situación espantosamente expuesta, sin protección alguna. Observó al ácaro del polvo. Estaba tan inmóvil que le había costado trabajo localizarlo en el camino. Comprendió que su inmovilidad tenía que ser una suerte de comportamiento defensivo: la criatura trataba de pasar desapercibida. Así pues, razonó para sí, fuera lo que fuera aquello que daba vueltas sobre ellos, era muy probable que se tratara de algo temible. Si un ácaro del polvo monstruosamente grande como aquél, que tenía el tamaño de un elefante adolescente y estaba protegido por su coraza, tenía motivos para asustarse, entonces él podía constituir para aquello una presa de primer orden: un bocado de carne indefensa, exquisita, tierna, en el punto ideal para ser ingerida.

¡*Guumf*!

Una enorme sombra descendió sobre él.

Se acercó más y más, describiendo círculos como un halcón, cada vez más cerrados.

Comprendió que no podía quedarse donde estaba. En aquel instante, el ácaro del polvo se había puesto de nuevo en movimiento, escabulléndose rápidamente por donde el doctor Burrows supuso que continuaba el camino. Dudó por un momento y después echó a correr tras el bicho, tropezando con los cimientos y las irregularidades del terreno. En su ciega huida tropezaba, se resbalaba y las piedras le raspaban las espinillas, pero de algún modo logró no caerse.

¡*Guumf*!

Estaba casi encima de él. El doctor Burrows sofocó un grito y se cubrió la cabeza con los brazos sin dejar de correr. ¿Qué demonios era aquello? ¿Una especie de pájaro depredador? ¿Un ave rapaz que se lanzaba sobre su presa?

Había regresado al camino, pero no se podía creer lo rápido que avanzaba el ácaro del polvo, impulsado por sus seis patas. Apenas conseguía verlo delante de él, y si no hubiera sido por aquel vago camino, hubiera perdido el rumbo con toda seguridad. Pero ¿adónde le llevaban el camino y el ácaro del polvo?

¡*Guumf*! ¡*Guumf*!

—¡Santo Dios! —gritó al caer al suelo. Recibió en el rostro

una bocanada de aire caliente levantada por el batir de las oscuras alas del animal. ¡Estaba allí mismo! A cuatro patas, el doctor Burrows volvió la cabeza, desesperado, para atisbar qué era. Sabía que estaba trazando un círculo por encima de él, pero bastante cerca, y que de un momento a otro descendería para agarrar a su presa.

¿Iba a ser ésa la forma de su muerte? ¿Acabaría siendo presa de una bestia voladora subterránea?

La imaginación le daba vueltas, con ideas diversas sobre qué tipo de criatura era aquélla. Pero volvió a salir corriendo, medio a rastras, como un loco. Tenía que encontrar un refugio, y rápido.

Con la cabeza gacha, chocó contra algo. Cayó sobre el vientre medio aturdido, e inmediatamente trató de ver contra qué se había dado. Seguía en el camino, así que adivinó que se encontraba en el lugar al que había acudido el ácaro del polvo. Había llegado a la pared de la caverna: eso era todo lo que sabía. Pero había más. Ante él tenía una entrada excavada en la pared de roca, con un dintel claramente definido situado a unos veinte metros de altura.

Lanzó un grito de alivio, atreviéndose a pensar que había encontrado un refugio seguro. Volvió a ponerse a gatas, pensando que era más seguro no sobresalir mucho del suelo. Al avanzar se raspaba las rodillas y las pantorrillas, y los nudillos se le quedaron en carne viva. No se detuvo hasta que comprendió que llevaba un tiempo sin oír el alarido del animal. ¿Se hallaría ya a salvo?

Cayó tendido en el suelo y se encogió, incapaz de contener los fuertes temblores. Eran efectos posteriores al pánico. Se dio cuenta de que no podía dejar de temblar, pese al hecho de que todo hubiera quedado tan tranquilo y calmado. Como para coronarlo todo, empezó a sufrir un ataque de hipo que le provocaba cada medio minuto un pequeño espasmo. Tras unos minutos, se estiró sobre el suelo y, todavía con su hipo, se puso de costado. En esta posición respiró varias veces de manera profunda y temblorosa, relajando los dedos que aferraban la esfera de luz.

Se aclaró la garganta y murmuró: «Sí, sí, sí, ¡hip!», como si se avergonzara de su reacción. A continuación, se sentó para mirar a su alrededor. Estaba en un lugar cerrado, aunque ciertamente grande, con dos filas de largas columnas a cada lado de él, todas en la misma piedra de color marrón de la caverna. Abrió los ojos anonadado.

—¿Qué de… ¡hip!?

Elliott guiaba a los muchachos tierra adentro. En algunos lugares la maleza era tan espesa que tenía que usar su machete para abrirse camino. Tras ella, en fila india, los chicos se ayudaban unos a otros, asegurándose de que las carnosas ramas de las altas plantas suculentas y las frondas inferiores de los árboles de helecho no le pegaban en la cara al que iba detrás. No circulaba el aire, y los muchachos enseguida se encontraron empapados en sudor y añorando los espacios abiertos y la brisa de la playa.

Pese a ello, Will estaba animado. Le encantaba aquello de que volvieran a funcionar como un equipo y a cuidar unos de otros. Esperaba que su amistad con Chester volviera a ser lo que había sido en otro tiempo. Y por encima de todo, estaba muy contento de que Elliott hubiera asumido el papel de Drake como nueva jefa. Le cabían pocas dudas de que era capaz de desempeñar el puesto.

Oía ruidos por todo el camino: broncos chillidos de animales y cantos rápidos y apagados. Sentía mucho interés por localizar el origen de aquellos cantos, y miraba hacia todas partes, a su alrededor y hacia lo alto, por entre las ramas de los helechos gigantes, pero no encontraba nada. Hubiera dado cualquier cosa por poder detenerse y llevar a cabo una investigación en toda regla. Aquello era una jungla primitiva que podía estar llena de todo tipo de criaturas increíbles.

El camino los llevó hasta un claro desde el cual Will escudriñó la exuberante vegetación, con ardientes deseos de echar un vistazo aunque sólo fuera a uno de aquellos animales. No podía dejar de fantasear sobre las maravillas que debía de haber a menos de un tiro de piedra de distancia.

Entonces, al mirar hacia atrás, un par de animales se asomaron por entre las suculentas, al borde del claro. Will tuvo que mirarlos dos veces, porque no supo a la primera si eran pájaros o reptiles, aunque parecían un par de pequeñas gallinitas de Bantam recién desplumadas, con el cuello corto y grueso y un pico diminuto. Como dos viejas que se quejaran la una a la otra, se comunicaban entre sí utilizando tanto los sonidos broncos como los rápidos que Will había estado oyendo. Se dieron la vuelta y volvieron a meterse velozmente en la maleza, sacudiendo unas alas atrofiadas de las que salían desaliñadas guedejas que no se sabía si eran de plumas o de pelo. La decepción del chico fue notoria. Las exóticas criaturas con las que había soñado se le habían quedado en poca cosa.

Entonces Elliott los guió hasta un camino, y siguieron por él hasta que Will oyó delante de él la voz de Chester:

—¡El mar!

Se reunieron en torno a Elliott, y se pusieron en cuclillas entre la maleza. Tenían ante ellos una playa, y volvían a oír el ruido del mar. Esperaban que ella les dijera lo que iban a hacer a continuación, cuando habló Cal:

—Es exactamente igual que la playa en que hemos cenado. ¿No será que hemos caminado en círculo? —le preguntó indignado a Elliott, sacudiéndose el sudor de la cara.

—No, no es la misma playa —informó ella con frialdad.

—Pero ¿adónde vamos ahora? —preguntó él estirando el cuello para atisbar la costa a un lado y otro.

Elliott apuntó con el dedo a las incesantes olas del mar.

—O sea que estamos en una isla, y la única... —empezó Will a decir.

—La única salida es el paso elevado —dijo Elliott, terminando la frase por él—. Y me apuesto a que en este mismo momento los Cabezas Negras están olfateando los restos de nuestra hoguera —dijo.

Un incómodo silencio se cernió sobre el grupo hasta que Chester comentó en voz baja:

—¿De modo que tendremos que ir nadando?

39

Se puso en pie tambaleándose. Abría y cerraba los ojos de sorpresa. Estaba hechizado por lo poco que había visto de cuanto lo rodeaba, y su insaciable sed de conocimiento dejaba a un lado todo lo demás. En aquel instante, el hipo parecía haber desaparecido y el doctor Burrows, el intrépido explorador, volvía a la carga. Ya ni se acordaba del terror que le había producido la bestia desconocida, ni de las prisas locas por huir de ella.

—¡Bingo! —gritó.

Se había topado con una especie de edificio, según parecía tallado en la peña de la propia caverna. Si iba buscando la evidencia de una antigua raza, estaba claro que la había encontrado. Avanzó, descubriendo con la luz de su esfera una fila tras otra de asientos de piedra, muchos de ellos rotos por los trozos desprendidos del techo. Se dirigía hacia la parte frontal, adonde miraban los asientos, cuando se le ocurrió levantar la vista.

El techo, que estaba a gran altura, era liso y en general estaba intacto, salvo por algunos trozos que se habían desplomado. Al dirigir hacia allí la luz, le llamó mucho la atención algo que parecía devolverle el resplandor que él proyectaba.

—¡Extraordinario! —exclamó levantando más la esfera. Su haz de luz cubría apenas la distancia hasta un círculo cuyo intenso brillo habían apagado los años, y que tenía al menos veinte metros de diámetro.

—Más alto Tengo que llegar más alto —se dijo subiéndose al más cercano de los bancos de piedra. Seguía sin ser suficiente, de forma que se subió al respaldo.

Al mover la luz lentamente, balanceándose algo sobre el estrecho respaldo del banco, el dibujo se hizo más claro. El círculo era de color oro viejo o bronce, y podía haber sido aplicado con alguna técnica de dorado, o tal vez incluso pintado. El doctor Burrows hablaba en voz alta mientras lo examinaba:

—Resulta que eres un círculo vacío con… con… ¿qué es eso que tienes en el medio? Parece como… —dijo arrugando los ojos y subiendo la esfera hacia el cielo cuanto le permitía el brazo, hasta que la sujetó con sólo las yemas de los dedos.

En el centro exacto del círculo, en el mismo material dorado, había un disco macizo. Desde la circunferencia de este disco salían unas líneas con picos que parecían rayos de forma estilizada y angulosa.

—¡Ajá! Es evidente lo que quieres representar… ¡Eres el Sol! —pronunció el doctor Burrows antes de fruncir el ceño—. Así pues, ¿qué es lo que tenemos aquí? ¿Una raza subterránea que profesaba una adoración a la superficie? ¿Estas personas estaban evocando un tiempo anterior en que vivían arriba, en la corteza terrestre?

Le llamó la atención otra cosa que al principio había pasado por alto creyendo que se trataba de meros daños producidos en el círculo exterior, pero ahora veía que no era así. Observando con más detenimiento, vio con claridad que había unas sencillas pinturas de figuras humanoides que caminaban por la parte interior del círculo más amplio; no había duda de eso. Eran hombres uniformemente colocados en el interior, como si estuvieran dentro de una enorme noria de hámster.

—Pero ¿qué hacéis vosotros ahí, amigos? ¡Vosotros y el Sol os habéis cambiado el sitio! —observó frunciendo el ceño aún más mientras volvía a dirigir la luz hacia el disco macizo del centro—. ¡No sé quién os pintaría, pero estáis muy mal colocados!

Pese a la naturaleza aparentemente invertida de la pintura, no se le pasó por alto que una representación de la Tierra en forma de esfera que se remontara a la época de los fenicios suponía que el que la había hecho era increíblemente ilustrado y muy adelantado a su época, por decir poco.

El brazo se le empezaba a cansar de sostener la luz, así que lo bajó y volvió al suelo, desconcertado por lo que había visto.

«¡Vaya con el simbolismo!», pensó con desdén mientras seguía su camino hacia delante. Pasó la primera fila de asientos, y el haz de luz de la lámpara iluminó lo que había delante. Contuvo la respiración al ver un estrado elevado sobre el que descansaba un macizo bloque de piedra. Al mirarlo más de cerca, calculó que el bloque tenía unos quince metros de largo y metro y medio de altura.

—¿Qué es lo que eres? —preguntó, hablando de nuevo en voz alta a la penumbra que lo rodeaba. Volvió la vista a las filas de asientos, al techo con los dos círculos, y contempló una vez más el bloque de piedra—. Tienes bancos, un mural disparatado en el techo, y también tienes un altar —planteó—. No queda ninguna duda, decididamente, eres un lugar de veneración… ¿Una iglesia o un templo, tal vez?

El interior ciertamente recordaba un templo por la manera en que estaba organizado: un lugar de veneración bastante típico, con un pasillo central. Y ahora encontraba el altar para completar el cuadro.

Avanzó hacia delante en silencio, descubriendo una porción mayor del altar a medida que lo hacía. Se paró y se maravilló de la labor con que lo habían hecho: estaba decorado con hermosas y complejas tallas geométricas dignas de un escultor bizantino.

Al levantar la esfera, quedó iluminada la parte de la pared que estaba inmediatamente detrás del altar. Esta parte brillaba, llamando la atención poderosamente.

—¡Dios mío, mira esto!

Con respiración agitada, se inclinó para acercarse más. Era un tríptico: había unos enormes paneles —bajorrelieves—, tallados con una especie de imágenes. Por la manera en que reflejaba la luz y le otorgaba calidez, comprendió que estaban labrados en un material diferente a la piedra de color chocolate que tenía a su alrededor por todas partes.

Los pies encontraron en la base del altar un escalón, y después otro, y, como hipnotizado, subió por ellos hasta el estrado, que tenía unos dos metros de anchura. De un lado al otro, los tres paneles abarcaban toda la anchura del altar, y de altos eran cada uno aproximadamente el doble que el doctor Burrows. Con el pulso desbocado, se acercó al panel central y, limpiando con delicadeza un trozo del polvo y de las telas de araña que lo cubrían, empezó a examinarlo con repentinos movimientos de la cabeza.

—Exquisito, exquisito… Cristal de roca pulido —proclamó pasando los dedos por la superficie—. Realmente eres muy hermoso, pero ¿qué haces tú aquí? —le preguntó al tríptico, acercando los ojos hasta que se encontraron a sólo unos centímetros de la superficie—. ¡Qué diantre, yo diría que por dentro eres de oro! —dijo casi sin aliento al observar el brillo detrás de la capa transparente, y sin poderse creer lo que veía—: ¡Tres enormes paneles de oro cubiertos por una capa de cristal de roca tallado! ¡Qué obra tan increíble! ¡Esto tengo que dibujarlo!

Aunque se moría de impaciencia por examinar lo que había en los paneles, decidió que antes que nada tenía que organizarse, y emprendió la tarea de reunir astillas suficientes para prender un fuego. Era lo último en que deseaba ocupar el tiempo en aquel momento, pero resultaba muy incómodo utilizar la esfera como única fuente de luz, y además, razonó para sí, el fuego le permitiría contemplar los paneles en todo su esplendor. Al cabo de unos minutos había reunido bastante materia seca para encender una pequeña hoguera encima del altar, y las llamas prendieron con ganas.

Con el fuego crepitando a su espalda y empleando el antebrazo como escoba, empezó a barrer el polvo de los tres paneles. Para limpiar la parte superior de cada panel, se quitó su andrajoso mono azul y lo fue agitando por encima de la cabeza, a veces dando saltos para llegar más arriba.

Esta actividad levantó una nube de polvo, y en el estado de debilidad en que se encontraba, el esfuerzo empezó a resultarle excesivo. Jadeando, se detuvo para observar su obra. Se alegró al darse cuenta de que no necesitaba quitar todo el polvo, porque combinado con la luz que proyectaba el fuego, una capa residual de polvo hacía las imágenes talladas en el panel incluso más fáciles de ver.

—Bien, ahora voy a echaros un vistazo —anunció y, levantando sobre una página del diario el trocito de lápiz que le acompañaba fielmente a todas partes, silbó impaciente retazos inconexos de canciones mientras esperaba a que el polvo se asentara. A continuación, con la puntera de la bota, arrimó más astillas al fuego, y se volvió para otorgar a los paneles toda su atención—. Vamos a ver qué me cuentas... —le dijo al panel izquierdo en tono insinuante, como si flirteara con él, mientras caminaba para situarse justo enfrente.

Bajo la intensa iluminación de las inquietas llamas, el doctor Burrows distinguió al instante que el panel representaba una figura tocada con un sombrero que recordaba vagamente una mitra baja. La figura tenía una fuerte mandíbula y una gran frente, y su porte sugería que se trataba de alguien enormemente poderoso, algo subrayado por el largo báculo que blandía en el puño cerrado.

Aquella figura ocupaba la mayor parte del panel. Burrows siguió examinándolo, descubriendo que el hombre iba en cabeza de una serpenteante procesión de personas, una procesión que se alargaba hasta una gran distancia, haciéndose más pequeña a medida que se acercaba al horizonte por entre una llanura enorme y desolada. Acercó la cabeza al panel, y después la desplazó de un lado a otro, mientras las llamas de la hoguera danzaban y crepitaban. Limpió un poco más del polvo de la figura y sopló sobre la pulida superficie de cristal. Estaba tallado con muy bello estilo.

—¿Influencia egipcia? —se preguntó el doctor Burrows, notando la semejanza con los objetos de aquel arte que había estudiado en la universidad.

Se alejó un paso del panel.

—Así pues, ¿qué quiere decir esto? Está claro que me quieres explicar que este tipo es un pez gordo, un líder del tipo que sea, una figura semejante a Moisés que tal vez condujo a su gente en un largo periplo hasta aquí, o… tal vez todo lo contrario, alguien que los saca de aquí en una especie de éxodo. Vale, pero ¿por qué?, ¿qué era eso tan importante que justificaba que alguien te esculpiera con un estilo tan consumado y te colocara aquí, en el altar?

Tarareó durante un rato, pronunciando de vez en cuando alguna palabra suelta, y después chasqueó la lengua contra los dientes.

—No, ya veo que no me quieres contar nada más, ¿verdad? Voy a tener que hablar con tus compañeros, pero puede que no tarde en volver —informó al mudo panel.

Giró elegantemente sobre los talones y se dirigió al panel que ocupaba la parte derecha del tríptico.

Comparado con el primer panel, aquí resultaba más difícil entender el tema. No había una única imagen predominante a la que se pudiera agarrar: era todo mucho más complejo y confuso. Sin embargo, a la luz del fuego, empezó a distinguir poco a poco lo que representaba.

—¡Ah…! Aquí tenemos un hermoso paisaje: campos ondulados, un arroyo con un puente y… ¿pero qué es eso? —murmuró limpiando la zona del panel que tenía justo delante—. Agricultura, árboles, ¿un huerto de frutales? Sí, eso parece. —Dio un paso atrás para contemplar la parte superior del panel. Pero ¿qué podrían ser esas figuras?—. Es curioso, verdaderamente muy curioso.

Vio unas extrañas columnas que descendían desde la esquina superior derecha sobre el resto del intrincado paisaje. Se acercó lentamente al panel y volvió a retirarse de él, mientras batallaba consigo mismo tratando de comprender lo que mostraba. Entonces se paró en seco al entender lo que estaba viendo: en el punto desde el que irradiaban las columnas, había un círculo.

—¡El Sol! ¡Es mi viejo amigo el Sol, que aparece otra vez! —exclamó el doctor Burrows—. ¡Qué burro que soy, pero si eres igual que el que está pintado en el techo! —La esfera estaba metida en una de las esquinas, y sus rayos en punta se extendían por el resto del relieve—. Ahora, veamos: ¿qué es lo que me quieres contar? ¿Me estás mostrando el lugar al que aquella figura mosaica llevará a la gente? ¿Se trata de un enorme peregrinaje hacia la Superficie? ¿Es eso?

Volvió a mirar el primer panel que había examinado.

—¿Un jefe que lleva a su pueblo a una especie de nirvana ideal, a los Campos Elíseos, al Jardín del Edén? —Volvió a mirar el panel que tenía delante—. Pero me estás mostrando la superficie de la Tierra y el Sol… y entonces, ¿qué hace aquí, tan por debajo de esa superficie, un relieve tan bonito como éste? ¿Eres un recordatorio de lo que hay allí arriba, algo que sirve para refrescarle la memoria a todo un pueblo, tal vez? ¿Una nota de esas que se dejan en la puerta de la nevera, pero destinada a ser leída por los habitantes del mundo subterráneo? ¿Y quiénes son esas gentes? ¿Son realmente una cultura extinguida, o los antepasados de los egipcios, o (más probablemente) fenicios, o… o tal vez algo aún más increíble? —Negó con la cabeza—. ¿Será posible que fueran evacuados de la ciudad perdida de la Atlántida? ¿Será posible?

Se echó el freno, comprendiendo que estaba llegando demasiado lejos antes de llevar a cabo una investigación completa.

—Y sea cual sea tu mensaje, me pregunto por qué quisieron colocarte aquí. ¡Ah, tú encierras un verdadero misterio! La verdad es que no consigo entenderte. —Y diciendo eso, se quedó callado, perdido en sus pensamientos y mordiéndose los labios resecos y pelados—. Tal vez tú tengas la respuesta —murmuró para sí mismo dirigiéndose al panel central.

No estaba en absoluto preparado para lo que iba a encontrar en él. Porque en el que por derecho propio tenía que ser el más importante de los tres paneles, esperaba hallar algo impresionante, tal vez un símbolo religioso, una imagen suprema. Y sin embargo resultó ser con diferencia el menos llamativo de los tres paneles.

—Bien, bien, bien —dijo.

Tenía ante él la representación de un agujero en el suelo, un agujero circular con escarpados bordes de piedra. La perspectiva en que estaba plasmado permitía vislumbrar por dentro del agujero hasta bastante hondo, pero no se veía nada en él más que las paredes de piedra.

—¡Ah! —exclamó agachándose hacia delante y observando unas diminutas figuras humanas que se hallaban en el borde mismo del agujero—. Veamos qué más me quieres decir. Ahora comprendo que eres un agujero gigantesco —dijo acercándose para limpiar con el pulgar el polvo de las pequeñas figuras que no eran mucho más grandes que hormigas. Siguió haciéndolo durante un rato, encontrando cada vez más liliputienses en procesión hasta que de repente dejó de restregar y retiró la mano.

Había visto que, a la izquierda de la procesión, había un cierto número de aquellas diminutas formas humanas con las piernas y los brazos abiertos que parecían caer en caída libre. Se desplomaban por la boca del enorme agujero, y mientras lo hacían, unas extrañas criaturas aladas sobrevolaban por encima de ellos. El doctor Burrows se puso de puntillas y sopló con toda la fuerza de sus pulmones para intentar desprender la suciedad de aquellas figuras aladas.

—¡Bueno, esto sí que es una sorpresa! —declaró. Parecían tener cuerpo humano, y llevaban túnicas largas y holgadas, pero tenían a la espalda unas alas como de cisne—. ¿Ángeles... o demonios? —se preguntó en voz alta. Entonces dio varios pasos atrás, con cuidado de no pisar el fuego, que seguía encendido. Con los brazos cruzados y sujetándose la barbilla con una mano, siguió mirando el panel y silbando bajito, como solía hacer, retazos sueltos, inconexos y atonales.

Dejó de silbar.

—¡Ajá! —exclamó al recordar algo. Sacó apresuradamente del bolsillo del pantalón el mapa que le habían dado los coprolitas y lo desplegó. A continuación lo levantó y lo mantuvo ante él—: ¡Ya me parecía a mí que tú y yo nos habíamos visto antes!

En el mapa, al final de una larga línea que representaba lo que suponía que era un túnel o un camino, y puntuado con varios símbolos a lo largo del sendero, vio algo parecido a la imagen del panel, aunque en el mapa estaba dibujado de manera mucho más sencilla, con unos pocos trazos. Pero también en el mapa parecía representar una especie de agujero en el suelo.

—¿Podría ser lo mismo? —se preguntó.

Se acercó al panel central y lo volvió a examinar. Había algo más en la base, algo que no había visto porque se hallaba bajo una capa de moho que estaba ya reseco y polvoriento. Febrilmente frotó aquella zona y descubrió que el moho había estado tapando una línea de escritura cuneiforme.

—¡Sí! —gritó exultante, yéndose de inmediato a su diario y abriéndolo por la página de la «Piedra del Doctor Burrows». Coincidía con el tipo de escritura de la parte inferior de la losa... ¡Estaba en condiciones de traducirla!

Se colocó en cuclillas y sin pérdida de tiempo se puso a trabajar en la inscripción, que consistía en cuatro palabras claramente diferenciadas. Pasó la vista repetidamente del panel al cuaderno, y una enorme sonrisa de satisfacción apareció en su rostro. Descifró la primera palabra: «Jardín».

Chasqueó la lengua con impaciencia, pasando los ojos rápidamente del cuaderno a la inscripción y de la inscripción al cuaderno:

—¡Vamos, vamos! —se apremió—. ¿Cuál es la siguiente palabra?

Entonces leyó:

—«Enl»… ¡No, «enl» no! Veamos, tú eres una palabra bastante fácil… «Del». —Tomó aliento y juntó todo lo que había descubierto hasta el momento—: O sea que tenemos «Jardín del…» —proclamó.

Pero tropezó en la siguiente palabra.

—¡Piensa, piensa, piensa! —se decía, dándose a cada «piensa» una palmada en la frente—. ¡Completa tu descubrimiento, Burrows, no seas zoquete! —gruñó, molesto porque su mente no parecía trabajar a pleno rendimiento—. ¿Qué es lo que falta?

Pero el resto de las palabras no se dejaban descifrar tan fácilmente, y se sintió frustrado de que le costara tanto trabajo traducirlas. Examinó la parte final de la inscripción, esperando que sonara la flauta.

Justo entonces se avivó el fuego, porque había prendido un trozo más grueso que emitía un silbido. El doctor Burrows vio algo con el rabillo del ojo, y lentamente apartó la cara del panel.

A la intensa luz que en aquel momento proyectaba el fuego, podía distinguir unos grandes huecos, o tal vez agujeros, a lo largo de las paredes laterales del templo. Muchos.

—Qué raro —murmuró arrugando el entrecejo—. No los había visto antes.

No, no eran agujeros… Se movían.

Se giró completamente. Soltó un grito de sorpresa.

Ante él tenía tantos ácaros del polvo gigantes que ni siquiera podía empezar a contarlos. Era como si aquel del que se había hecho amigo hubiera convocado a toda su familia, y se hubieran congregado cientos de ellos para formar una parroquia de pesadilla en el interior del templo. Entre ellos había gigantes tres o cuatro veces más grandes que el ácaro del polvo que le había acompañado hasta allí: tan grandes como un tanque, y su coraza parecía igual de fuerte.

En reacción a su grito, empezaron a moverse y a hacer aquel sonido de castañeteo con las pinzas, como si recibieran al doctor Burrows con aplausos. Varios de ellos comenzaron a avanzar hacia él con esa determinación lenta y mecánica que sólo poseen los insectos. Eso le heló la sangre.

No le había dado demasiado miedo el primer ácaro del polvo (aunque al principio había tenido mucho cuidado en guardar las distancias, lo cierto es que no se había sentido amenazado por él), pero esto ya era harina de otro costal. Éstos eran demasiados y demasiado grandes, y parecían también demasiado hambrientos. De pronto se vio a sí mismo como un bocado considerable y suculento, presentado en el altar del templo para resultar aún más apetecible.

«¡Santo Dios, santo Dios, santo Dios!», era lo que le venía una y otra vez a la cabeza.

Algunos de los más grandes, que eran bestias de aspecto pavoroso con el caparazón dentado y abollado, empezaron a avanzar más rápido que los demás, apartando del camino a los más pequeños. Era como si hubiera ido andando por la selva y al llegar a un claro se hubiera dado cuenta de que estaba lleno de rinocerontes enojados. Ni aquello sería una situación de envidiar, ni esto lo era tampoco.

Cogió la mochila, metió en ella el diario, y se la echó a la espalda, poniendo la mente a funcionar a toda velocidad: tenía que salir de allí, y rápido.

Los ácaros del polvo se le acercaban lentamente, y sus patas articuladas hacían un ruido sordo al golpear contra las losas del suelo. Al subir por encima de los bancos, algunos se levantaban sobre las patas de atrás y dejaban en el aire las gruesas patas de delante, concediendo al doctor Burrows la posibilidad de echar un vistazo a la parte inferior de su cuerpo, que era de un negro brillante.

Estaba rodeado. Los tenía por todas partes. Se le acercaban de frente y por los lados, como tanques de una división acorazada, sólo que aquellos tanques eran de una especie devoradora de carne.

«¡Santo Dios, santo Dios, santo Dios!»

Asustado, se preguntó si podría salir corriendo por encima de los ácaros del polvo, saltando de lomo en lomo como si fueran los techos de los coches en un embotellamiento. No; la idea no era del todo mala, pero estaba seguro de que aquellos bichos no se quedarían parados dejándole hacer. Sabía que no era posible, y la cosa no iba a resultar tan fácil. Además, prefería no regresar a la caverna, donde podía estar esperándolo la criatura voladora.

Cogió un palo del fuego y lo agitó ante los ácaros, tratando de espantarlos con las llamas. Los más cercanos se hallaban ya a muy pocos metros de la base del altar, y los otros se le acercaban por los lados con un avance constante. Las llamas no produjeron ningún efecto. De hecho, parecía más bien al contrario, que los atraían, porque empezaron a avanzar un poco más rápido.

Desesperado, el doctor Burrows le lanzó con todas sus fuerzas el palo ardiendo a un gran ácaro del polvo. El palo rebotó en el caparazón sin infligir daño alguno, y no ralentizó su avance ni por un instante.

«¡Santo Dios, santo Dios, santo Dios, no!»

Presa de un pánico absoluto, se volvió e intentó trepar por el panel central del tríptico, sin saber si podría subir por él y tal vez trepar por la pared. Al menos eso le permitiría ganar tiempo. Su futuro se reducía en ese momento a unos pocos segundos.

Resbaló por la polvorienta superficie de la talla de cristal. No había manera de agarrarse a ella.

—¡Vamos idiota! —se gritó a sí mismo, pero su voz quedó casi ahogada por el castañeteo de los ácaros del polvo, que sonaba más fuerte y más rápido, como si los excitara el ver a su apetitoso trozo de comida intentando escapar.

Entonces pudo aferrar los dedos a los laterales del panel y, haciendo un esfuerzo inmenso, alzó los pies del altar. Jadeando y gruñendo, tensando hasta el límite las piernas y los brazos, se mantuvo en alto, arañando con los pies en la talla pero sin lograr aferrarlos a ningún lado.

—¡Por favor, por favor, por favor…! —se decía mientras los brazos empezaban a ceder. Milagrosamente, en ese momento los dedos de los pies encontraron algo en qué apoyarse. Era suficiente. Enseguida corrió las manos un poco más arriba, y después, colgado de nuevo tan sólo por los brazos, buscó y encontró otro apoyo para los pies. Empleando este medio de locomoción propio de una oruga, alternando entre manos y pies, consiguió trepar por la talla y salvar la vida.

Recurrió desesperadamente a sus últimas fuerzas para llegar a lo alto del panel. Una vez allí, puso el pie derecho en la talla del enorme agujero del suelo que había estado examinando. De esta manera, y con los dedos crispados en lo alto del panel, un borde que sólo tenía unos cuatro centímetros de anchura, volvió a evaluar rápidamente su situación.

Se hallaba en una posición muy difícil, que no podría aguantar durante mucho tiempo. Los brazos y las piernas estaban ya exhaustos por el esfuerzo de la escalada. Y no había que engañarse pensando que los ácaros del polvo serían incapaces de subir detrás de él, porque los había visto trepar por las paredes del templo. En realidad, pensaba que tardarían poquísimo en llegar hasta él. ¿Qué podía hacer para defenderse? Lo único que se le ocurría era la posibilidad de dar patadas con los talones.

Levantó la vista, intentando desesperadamente planear el siguiente paso. Separó del borde una de sus manos temblorosas, y la levantó para tentar la pared de piedra que había por encima de él. No había nada que hacer: era tan lisa como una baldosa, demasiado perfecta, sin agujeros ni salientes en los que poderse apoyar. Sintió el sudor empapándole la frente y corriéndole por la espalda mientras él retiraba la mano y, respirando hondo para tranquilizarse, se agarraba con determinación.

Como un hombre con vértigo, torció rígidamente la cabeza para mirar a los ácaros del polvo. Mientras se movía, la esfera de luz que llevaba al cuello se le escurrió por debajo de la chaqueta, y quedó colgando de manera que su luz se proyectó en las apretadas filas de ácaros. Esto causó un gran revuelo entre ellos, que empezaron a mover la cabeza arriba y abajo, castañeteando aún más fuerte las pinzas, como en un frenético y nervioso *crescendo*.

Por alguna razón pensó de pronto en palillos chinos, en muchos palillos chinos gigantescos que le abrían el cuerpo y le arrancaban pedazos de él.

—¡Fuera! ¡Atrás! ¡Fuera! ¡Marchaos de aquí! —gritaba por encima del hombro: las mismas palabras que solía utilizar para espantar al gato del vecino del patio trasero, allá en Highfield, aunque aquélla era una situación muy distinta. Ahora estaba a punto de ser devorado por mil ácaros gigantes.

Tenía las manos empapadas en sudor y horriblemente crispadas. ¿Qué podía hacer? Seguía llevando puesta la mochila, y el peso extra no le servía de mucha ayuda. Pensó si debería quitársela, sacándosela primero con cuidado por un hombro y luego por el otro, pero le preocupaba perder su sujeción al borde superior del panel. Aparte de eso, no había ninguna otra acción que pudiera emprender, ni le quedaba ningún lugar al que trepar.

Volvió a mirar hacia arriba para asegurarse de que realmente no había nada a lo que pudiera agarrarse para subir más alto. Al hacerlo, por todo el techo del templo vio un *collage* móvil de trozos corporales de arácnido de forma quebrada, amontonados, innumerables sombras de patas que se solapaban, proyectadas allí por la parpadeante luz del fuego del altar. Se encontraban ya muy cerca. Aquélla era la materia de la que están hechas las pesadillas.

—¡Cristo bendito! —exclamó desesperado.

Sintió que su mano izquierda empezaba a escurrirse del borde a medida que el polvo depositado encima absorbía el sudor y se convertía en una pasta resbaladiza. Deslizó los dedos hasta encontrar una nueva posición, intentando al mismo tiempo levantarse un poco.

Algo empezó a ocurrir: algo que retumbaba, estremeciendo todo su cuerpo.

«¡Cristo bendito, Cristo bendito, Cristo bendito!»

Miró rápidamente a su alrededor, a un lado y otro, con la esfera de luz balanceándose libremente desde el cuello y dificultando la visión con su movimiento.

—¡No! ¿Qué pasa ahora? —gritó, sufriendo un nuevo acceso de terror, pero éste más intenso que los precedentes.

Tuvo la extraña sensación de que se estaba moviendo... pero ¿cómo iba a ser así? Las manos, ahora casi completamente entumecidas por el esfuerzo de sostenerlo, no habían dejado de aferrarse al panel y los pies estaban firmemente posados. No, decididamente, no se estaba resbalando del panel hacia los hambrientos arácnidos que había debajo.

No se trataba en absoluto de eso.

Entonces cesaron los temblores y, aunque su situación no había mejorado nada, empezó a felicitarse. Consiguió elevarse un poco más.

Inmediatamente, el ruido sordo que le había hecho estremecerse volvió a empezar, pero esta vez más fuerte.

Lo primero que pensó fue que era un temblor subterráneo, una especie de terremoto de las Profundidades. Pero esa idea quedó descartada en cuanto comprendió que era él el que se movía, no su entorno.

El panel de piedra, el panel central del tríptico, del que estaba él colgado con la intención de salvar la vida, se estaba cayendo lentamente. Bajo su peso, parecía inclinarse hacia delante, introduciéndose en la muralla.

—¡Socorro! —gritó.

Todo ocurrió demasiado rápido para poder comprenderlo. Se emborronó su visión de todo cuanto le rodeaba. Supuso que el panel se había desprendido de su soporte y caía. Pero de lo que no podía darse cuenta era de que el panel estaba pivotando por la mitad, desde un eje horizontal que se encontraba justo bajo sus pies.

Y le gustara o no, él pivotaba también. Su movimiento se fue acelerando, y en una fracción de segundo se encontró cayendo a gran velocidad. El panel siguió bajando, y él iba obstinadamente aferrado al borde hasta que el panel llegó a la posición horizontal. El doctor Burrows se quedó tumbado sobre el panel, que terminó su movimiento deteniéndose abruptamente al chocar, emitiendo el estruendo del golpe de cristal de roca contra cristal de roca, un estruendo como para desencajarle las mandíbulas.

Burrows fue catapultado hacia delante y dio varias volteretas por el oscuro aire. Su vuelo fue corto y suave, y terminó casi nada más empezar. Aterrizó boca arriba, sin aliento. Tragando saliva y tosiendo, intentó recuperar la respiración mientras sus manos agarraban la suave arena que tenía bajo él. Había tenido mucha suerte: la arena le había amortiguado la caída.

Oyó tras él un golpe sordo y fuerte. Algo le roció la cara, algo que iba acompañado de un fuerte ruido de aspersión.

—¿Qué...? —El doctor Burrows se incorporó y se giró para ver qué había allí, esperando que las hordas arácnidas se cernieran sobre él. Pero había perdido las gafas en la caída, y sin ellas era incapaz de discernir nada en absoluto en medio de aquella penumbra. Palpó en la arena a su alrededor hasta que las encontró. Rápidamente se las colocó.

En aquel mismo instante, oyó a su lado el ruido de algo que se movía, y volvió la cabeza hacia allí. Era la pata cortada de uno de los ácaros del polvo, tan grande como el menudillo de un caballo, seccionada a la altura de lo que debía de ser el equivalente del hombro. Vio cómo se abría y se volvía a cerrar repentinamente, con tal fuerza que se daba la vuelta sobre la arena. Se movía como si tuviera mente propia, y por lo que sabía el doctor Burrows, era probable que la tuviera.

Se alejó de la pata y se puso en pie, balanceándose algo aturdido, resollando y tosiendo todavía mientras recuperaba lentamente la respiración normal. Miró a su alrededor con aprensión, temiendo que de un momento a otro apareciera el ejército de arácnidos avanzando contra él.

Pero allí ya no había ni asomo de ellos, como tampoco de la parte interior del templo. Tan sólo un silencio ininterrumpido, la oscuridad y los lisos muros de piedra.

Estaba aturullado por la caída y se esforzaba por comprender lo sucedido. Era como si hubiera sido transportado a un lugar completamente diferente.

—¿Dónde demonios me encuentro? —murmuró inclinándose hacia delante, con las manos descansando en las piernas. Después de un momento empezó a sentirse mejor y se irguió para inspeccionar el lugar en que se hallaba. Recordaba que el panel parecía haberse volcado bajo su peso, y al cabo de unos segundos comprendió cómo había ocurrido realmente. Al hacerlo, se dio cuenta de la increíble suerte que había tenido y empezó a farfullar:

—¡Gracias, gracias! —Unió las manos en una breve oración, llorando de gratitud.

Otra rociada llenó el aire. Olía acre y desagradable. Saliera de donde saliera, tenía que ser algo profundamente repulsivo. Sintió que se ahogaba. Intentó descubrir de dónde provenía.

Unos dos metros por encima del suelo, sobresalían de la pared los restos brillantes y destrozados de un ácaro del polvo. Evidentemente, había quedado atrapado en el panel desplomado cuando había vuelto a cerrarse. De entre los restos aplastados del animal, caía un líquido azulado y transparente que manaba de varios tubos seccionados, algunos del tamaño de desagües. Mientras el doctor Burrows lo observaba, salió otra rociada de líquido que le hizo retroceder de un salto, alarmado. Era como si las válvulas de una extraña máquina se abrieran para soltar presión y purgarse ellas mismas.

Comprendió que la cabeza del ácaro del polvo podría no hallarse muy lejos, y que era muy posible que sus pinzas estuvieran completamente activas, si indicaba algo el hecho de que la pata cortada no parara de abrirse y cerrarse.

Y no pensaba quedarse allí para comprobarlo.

—¡Ay, so tonto, esta vez sí que has estado a punto de diñarla! —se dijo mientras se alejaba apresuradamente de aquel lugar. Se limpió la cara con la manga de la camisa y, algo aturdido aún, vio que ante él había anchos escalones que se perdían de vista descendiendo por un corredor abovedado... Una gran cantidad de escalones que empezó a recorrer sin dejar de murmurar incoherentes plegarias de agradecimiento.

40

Muy desanimada, Sarah estaba sentada en la playa. Tenía la barbilla sobre las rodillas y los brazos rodeando las piernas. Había abandonado todo intento de ocultarse: había puesto la lámpara a máxima potencia y, en compañía de *Bartleby*, contemplaba cómo rompían en la playa las olas del mar.

Había hecho lo que le habían mandado los Limitadores, y había ido por la orilla, pero se preguntaba a sí misma, medio en broma, si no se trataría solamente de una táctica para quitársela de en medio. No había ninguna razón para que fuera por allí.

Al caminar, se había dado cuenta de que *Bartleby* había perdido todos sus bríos en cuanto había dejado de seguir el rastro. No podía continuar enfadada con él por su comportamiento, porque había algo totalmente conmovedor en la tenacidad con que había corrido tras su amo. No dejaba de recordarse a sí misma que aquel cazador era la mascota de Cal, y lo cierto es que el animal había pasado con él más tiempo que ella, ¡y eso que ella era su madre!

Con un acceso de cariño, observó las grandes paletillas de *Bartleby* elevarse y caer hipnóticamente, primero de un lado, luego del otro, mientras él se escabullía. Bajo la piel suelta y sin pelo, las paletillas le habían sobresalido al andar incluso en sus mejores tiempos, pero resultaban más prominentes ahora que le colgaba tanto el pellejo del cuello. Tenía la cabeza a

sólo unos centímetros del suelo y, aunque Sarah no podía verle los ojos, daba toda la impresión de que no le interesaba en
absoluto nada de lo que le rodeaba; su deambular sin rumbo
lo dejaba bien claro: sentía exactamente lo mismo que ella.

Y ahora, sentada con él en la playa, no podía contener la
frustración.

—La caza del gamusino —rezongó dirigiéndose al gato. Él
se rascaba la oreja con una zarpa como si le doliera—. ¿Has
probado carne de gamusino alguna vez? —le preguntó, y él se
quedó parado, con la pata trasera levantada en el aire, mirándola con sus ojos brillantes y enormes—. ¡Dios mío, no sé lo
que me digo! —admitió, y se recostó en la blanca arena mientras *Bartleby* volvía a rascarse—. Ni lo que me hago —confesó
dirigiéndose esta vez al invisible techo de piedra que había por
encima de la oscuridad.

¿Qué habría pensado Tam de todo aquello? Y más concre-
tamente, ¿qué habría pensado de ella si estuviera viéndola?
Sarah había doblado la cerviz ante una patrulla de aquellos
necrófagos Limitadores. Estaba tratando de averiguar si de
verdad Will era el culpable de la muerte de su hermano, y
también trataba de recuperar a Cal para llevárselo de regreso, sano y salvo, a la Colonia. Pero parecía que estaba muy lejos de conseguir ninguna de las dos cosas. Sentía que había
fracasado completamente.

«¿Por qué no les hice frente?», se preguntaba.

—La puñetera debilidad —dijo en voz alta—. ¡Ése es el
porqué!

Se preguntaba cómo resultarían las cosas si los Limitadores cogían vivo a Will. Si lo hacían, y ella se las veía cara a cara
con él después de que lo capturaran, ¿qué iba a hacer? Los Limitadores esperarían seguramente que lo matara a sangre
fría. Pero no podía hacerlo, no sin saber si de verdad era culpable o no.

No obstante, si no lo hacía, la alternativa sería peor para
él, increíblemente peor. Porque las torturas que tendría que

soportar a manos de Rebecca y de los styx serían inimaginables. Al pensar en esto se daba cuenta de lo intensos que eran los sentimientos hacia su hijo, pese a todo lo que hubiera hecho. ¡Ella era su madre! Y el caso era que no lo conocía en absoluto. Realmente, ¿podía él ser capaz de traicionar a su propia familia? Tenía que encontrarlo antes que los demás, porque eso de no conocer la verdad la iba a volver loca.

El curso de sus pensamientos la llevó otra vez hasta Tam, y de pronto volvió a sentir la rabia de su muerte. Sintió que le hervía la sangre. Arqueando la espalda, apretó fuertemente la cabeza contra la arena.

—¡Tam! —gritó.

Alarmado por este arranque, *Bartleby* se puso en pie. La miró sin comprender mientras ella aflojaba la tensión de la columna vertebral y volvía a relajarse, tendida sobre la arena de la playa, en un silencio triste y falto de esperanza. No había salida para su ira, ningún medio de canalizarla. Era como un juguete mecánico al que Rebecca y los suyos habían dado cuerda y al que dejarían moverse hasta que se parara en seco.

Bartleby terminó su aseo y emitió algunos sonidos, como si tratara de escupir granos de arena de la boca. A continuación, bostezó ostentosamente. Se sentó sobre las ancas, y al hacerlo soltó gases con el volumen de una corneta que toca a retirada.

A Sarah no le produjo ninguna sorpresa. Se había dado cuenta de que *Bartleby* había estado complementando su dieta masticando los restos medio podridos de cosas indescriptibles que encontraba por el camino. Evidentemente, algo no le había sentado bien.

—Yo no lo habría explicado mejor —murmuró Sarah con los dientes apretados. Luego cerró los ojos con un sentimiento de impotencia.

41

No teniendo otra opción que seguir por la escalera, adondequiera que llevara, el doctor Burrows había ido a dar a un gran espacio abierto. Allí vio que proseguía el camino de losas regularmente dispuestas, y fue por él, descendiendo por su suave inclinación. Hasta donde le alcanzaba la vista, el suelo estaba salpicado de una especie de menhires, rocas en forma de lágrima de tres o cuatro metros de altura y con la cúspide redondeada. Era un paisaje extraño que parecía hecho por alguna deidad que se hubiera divertido dejando caer al tuntún cucharadas de masa sobre la bandeja del horno.

Dada la uniformidad de aquella especie de menhires, el doctor Burrows empezó a preguntarse si habrían sido puestos allí de forma deliberada, en vez de ser un fenómeno puramente natural. Empezó a rumiar varias teorías sobre su posible origen mientras caminaba. Se sobresaltaba a veces, cuando la luz que llevaba con él, al proyectarse sobre los menhires más cercanos, lanzaba sombras a los de detrás, con lo que daba la impresión de que alguien merodeaba por allí. Y es que tras la experiencia con la criatura alada y con el hambriento ejército de ácaros del polvo, no quería correr más riesgos con la fauna local.

Otra parte de su cerebro no paraba de darle vueltas a las imágenes que había visto en el tríptico, tratando de encontrarles sentido. En especial, deploraba la mala suerte que no le había permitido descifrar hasta el final la inscripción del panel central. Hubiera querido disponer de un poco más de tiempo para traducirlo, pero por nada del mundo estaba dispuesto a regresar allí para terminar su labor. Aunque hubiera sido tan sólo un breve vistazo, al menos había visto las letras que formaban las palabras siguientes, y en aquellos momentos hacía todo lo que podía por recordarlas.

Usando una técnica que empleaba con frecuencia en situaciones parecidas, se obligó a pensar en algo que no tenía nada que ver, esperando que eso le llevara a desbloquear las imágenes que guardaba en algún lugar de la memoria. Dirigió todos sus pensamientos al mapa coprolita, que en su mayor parte seguía constituyendo un enigma para él.

Todo lo que había encontrado hasta aquel momento, la caverna de chocolate y el templo después, se hallaba en el mapa, y fue fácil de hallar cuando volvió a examinarlo. El problema era que los extraños iconos que los representaban eran demasiado pequeños, casi microscópicos, y él había perdido la lupa por algún lugar del recorrido. Aunque, seguramente, si la hubiera tenido, la diferencia no habría sido mucha, ya que los elementos del mapa no tenían ningún tipo de leyenda que explicara de qué se trataba. A menos que lo hubiera visto en la realidad, interpretar cada detalle del mapa suponía caer en la simple conjetura.

Pero al menos el mapa coprolita servía para darle una idea del enorme tamaño de las Profundidades. Había dos elementos principales: a la izquierda estaba la Llanura Grande con las zonas que la circundaban, y a la derecha aparecía algo que muy bien podía ser un enorme agujero en el suelo, y para verlo no necesitaba lupa. Según supuso, debía de tratarse del mismo agujero que había visto en el tríptico.

Numerosos caminos salían de la Llanura Grande en disposición radial, y muchos de ellos terminaban convergiendo en el agujero, como si se tratara del callejero de alguna

516

gran conurbación de la superficie de la Tierra. Y en aquel momento se hallaba precisamente en uno de aquellos caminos.

Después había un gran número de rutas que salían del agujero y seguían hacia el borde derecho del mapa y que parecían terminar en callejones sin salida. No sabía si eso sería porque los coprolitas no los usaban nunca, o porque jamás los habían explorado. Pero esta última razón le parecía improbable, porque aquella raza se había pasado la totalidad de no sabía cuántas generaciones en aquellos lugares, y dado que eran maestros mineros, le sorprendería muchísimo que hubieran dejado una piedra sin remover o una porción de terreno sin explorar. Los coprolitas, por lo que él podía discernir, no eran sólo maestros en la minería sino también en la prospección: una cosa llevaba a la otra. Así que seguro que habían examinado todas las áreas periféricas en busca de piedras preciosas o del tipo que fueran.

Para sus adentros se preguntaba si aquella expedición, aquel *grand tour* por tierras subterráneas, iba a culminar en una serie de callejones sin salida, de los que tendría que regresar cada vez por el mismo lugar por el que había ido. Así que, si podía encontrar comida y, lo que era aún más importante, agua potable, y eso tal vez fuera mucho pedir, ocuparía su tiempo explorando todas las zonas señaladas en el mapa coprolita, peinándolas en busca de antiguos asentamientos y objetos dignos de reseñar.

Si ése era el caso, su viaje tendría un final claro y no habría manera de que pudiera llegar a niveles más profundos en el manto terrestre, donde podían yacer inimaginables tesoros arqueológicos, o donde pasadas e inauditas civilizaciones podrían haber habitado. O seguir habitando todavía.

Sabía que no tenía motivos para el desánimo. Pese a todos los peligros a los que se había enfrentado, había hecho ya algunos de los descubrimientos más importantes del siglo, y tal vez de todos los tiempos. Si regresaba a la superficie algún día, sería recibido como uno de los más grandes de la comunidad arqueológica.

Aquel día ya lejano en que había abandonado Highfield corriendo los estantes del sótano de su casa para meterse por el túnel que él mismo había excavado, como si fuera el personaje de alguna rocambolesca novela infantil, no imaginaba ni por asomo dónde se metía. Pero había llegado hasta allí, y durante el recorrido había superado todos los obstáculos que se le habían puesto por delante, sorprendiéndose a sí mismo en el proceso.

Y ahora, al pensar en ello, se daba cuenta de que había desarrollado un gusto por la aventura, por el riesgo. Bajando por el camino, echó atrás los hombros y se consintió una fanfarronería:

—¡Vamos, Howard Carter! —declaró en voz alta—. ¡La tumba de Tutankamón no es nada comparada con mis descubrimientos!

El doctor Burrows casi podía oír los elogios y los atronadores aplausos, e imaginar las numerosas apariciones en la televisión y el...

Los hombros se le volvieron a hundir, y el acceso de fanfarronería acabó.

En cierto modo, no era suficiente.

Claro, tenía por delante una empresa colosal. La sola tarea de documentar todo lo que aparecía en el mapa bastaba para mantenerlo ocupado durante varias vidas y necesitar la ayuda de un gran equipo de investigadores. Pero seguía sintiendo cierta sensación de decepción.

¡Quería más!

De pronto, sus pensamientos cambiaron de rumbo. El agujero que aparecía en el mapa, todo el enigma referido a qué era realmente, no lo abandonaba. ¿Qué podía ser? Tenía que tratarse de algo importante, o en caso contrario los coprolitas no le habrían prestado tanta atención, ni tampoco irían a parar allí todos los caminos.

¡No! ¡Tenía que ser mucho más que un simple rasgo geológico! Eso al menos era, evidentemente, lo que habían pensado las gentes del antiguo templo.

Se detuvo en el camino, hablando y murmurando consigo mismo muy animadamente mientras señalaba en el aire hacia una pizarra imaginaria.

—La Llanura Grande —anunció indicando a la izquierda de la pizarra con un movimiento de la mano, como si se dirigiera a una clase llena de estudiantes. Alzó el otro brazo hacia la derecha y describió con la luz un círculo en el aire—. El gran agujero… aquí —dijo, pegando repetidos golpecitos en el centro—. Pero ¿qué demonios eres?

Bajó los brazos, resoplando por entre sus sucios dientes. Tenía que tratarse de algo importante.

Le vino a la mente la imagen del tríptico. Le parecía que seguía intentando decirle algo, pero no podía descubrir qué era. En aquellos tres paneles tenía que haber un mensaje. Y necesitaba recordar las últimas letras de la inscripción, que de alguna forma permanecían enterradas en su mente, para poder completar la traducción y unir todas las piezas. Pero no conseguía que ese recuerdo aflorara. Por momentos le parecía que estaba a punto de verlas, pero enseguida el recuerdo se volvía a emborronar, como si se le empañaran las gafas.

Suspiró.

Sólo podía hacer una cosa: tenía que dirigirse al agujero y ver con sus propios ojos de qué se trataba.

Tal vez se tratara precisamente de aquello que más anhelaba: un camino de bajada.

Tal vez hubiera aún una esperanza.

Volvió a ponerse en camino con renovado entusiasmo, pero veinte minutos después se dio cuenta de lo increíblemente hambriento y cansado que estaba, y se obligó a moderar el paso.

Al tiempo que lo hacía, oyó delante de él un ruido chirriante, y de inmediato levantó la vista.

Volvió a oír el ruido, esta vez con más claridad.

Unos segundos después, la luz reveló dos formas que se acercaban hacia él por el camino.

No podía creerse lo que veían sus ojos: eran dos personas caminando, juntas.

Siguió andando, igual que hacían ellas. Fuera como fuera, la esfera de luz que llevaba brillaba a bastante distancia, y tenían ya que haber notado su presencia.

Cuando se aproximaron, distinguió que eran un par de styx, de aquel tipo de soldados que llamaban Limitadores, a juzgar por el aspecto de los largos gabanes, los rifles y las mochilas. Sabía reconocerlos porque había visto otro par de ellos en la Estación de los Mineros, al salir del tren. Los chirridos que había oído eran sus voces, porque iban hablando entre ellos.

No se podía creer la suerte que tenía. Llevaba días sin ver un ser humano, y se daba cuenta de lo extraño que era tropezarse con alguno allí abajo, en aquella red de túneles y cavernas interconectadas de miles de kilómetros. ¿Cuántas probabilidades había de que eso ocurriera?

Cuando se encontraban a no más de cinco metros de él, los saludó con un «¡Hola!» gritado con voz expectante y amistosa.

Uno de ellos lo miró con mirada fría y rostro carente de expresión, pero no dio muestras de darse por enterado de su existencia. El otro soldado ni siquiera levantó los ojos del camino. El primero apartó enseguida la mirada del doctor Burrows, ignorándolo por completo. Los dos siguieron caminando con paso decidido, hablando entre ellos, sin hacerle ningún caso.

Burrows se quedó desconcertado, pero tampoco se detuvo. La total falta de interés en él que acababan de demostrar le hacía sentirse como un mendigo que hubiera tenido la desfachatez de pedir dinero en la calle a dos hombres de negocios. No se lo podía creer.

—¡Bueno, pues haced lo que queráis! —dijo encogiéndose de hombros y volviendo a pensar en cosas más importantes.

«¿Dónde estás y qué eres, gran agujero en el suelo?», preguntó ante los mudos menhires que lo rodeaban, dando vueltas en la mente a teorías sin fin.

42

—¡Ahora!, ¡ahora!, ¡ahora! —decía Chester, acompañando los esfuerzos que hacían él y Will con los remos. Chester les había dicho que había aprendido a remar con su padre, y Elliott se mostró dispuesta a dejarles tomar el control de la embarcación en cuanto se subieron al destartalado bote. De hecho, la palabra «bote» le venía demasiado grande a aquella especie de canoa que había crujido amenazadoramente en el instante en que habían subido a ella. Tenía unos cuatro metros de largo, y estaba formada por un esqueleto de madera sobre el que habían tensado y atado algo que parecían pieles.

Estaba claro que no estaba pensada para transportar a cuatro pasajeros, y menos con todo el equipo que llevaban ellos. Apretujado en la proa del bote, Cal refunfuñaba a media voz mientras trataba de poner la pierna en una posición menos insatisfactoria. Intentaba ponerse de tal manera que pudiera estirarla, algo que resultaba casi imposible teniendo a Will tan cerca de él.

—¡Vamos, un poco de cuidado! ¡No hay manera de remar si sigues así! —protestó Will cuando su hermano le pegó por enésima vez en la espalda tratando de colocarse. Cal encontró al final que la posición óptima para él era quedarse en el fondo del bote con la cabeza empotrada en la uve de la proa. Así colocado, podía poner la pierna mala sobre un lateral y extenderla completamente.

—¡Qué bien viven algunos! —bromeó Will entre resoplidos al vislumbrar con el rabillo del ojo la curiosa visión del pie en el aire, y se volvió para ver a su hermano reclinado detrás de él—. Esto no es un crucero de placer, ¿sabías?

—Ahora… ahor… ¡Concéntrate, Will! —ordenó Chester, esforzándose en que su amigo y él remaran al mismo tiempo. Enseguida quedó claro que Chester tampoco tenía ni idea de lo que hacía, pese a lo que había dicho. Con demasiada frecuencia, los remos apenas rozaban la superficie del agua, pero sí acababan salpicándolos a todos.

—¿Dónde dices que aprendiste a remar? —le preguntó Will—. ¿En Legolandia?

—No, en Disneylandia —admitió Chester.

—¡Bromeas! —exclamó Will—. ¡Adelante, que pase el siguiente niño con su papá! —dijo imitando una voz de megáfono.

—Calla, ¿quieres? —repuso Chester con una amplia sonrisa.

La sincronización era caótica, por decir poco, pero a Will le parecía que moverse en bote era la mejor manera de desplazarse. El ejercicio físico de remar le apartaba las telarañas de la mente, y hacía días que no se encontraba con la cabeza tan despejada. Y la leve brisa que soplaba por encima del agua bastaba para secarle el sudor de la frente mientras se afanaba sobre los remos. Se sentía lleno de energía.

Parecía que iban a buen ritmo, aunque Will no veía la costa. Ni ninguna otra cosa, en realidad. La interminable oscuridad y la invisible extensión de agua que los rodeaba resultaban sobrecogedores. La única luz que había salía de la lámpara de Chester, que estaba puesta al mínimo y descansaba en el fondo del bote.

Elliott iba sentada en la popa y, como siempre, observaba tras ellos, vigilante, aunque la isla se había perdido de vista hacía tiempo. Sentados de cara a ella, Will y Chester apenas distinguían otra cosa que su silueta. Esperaban que les diera instrucciones, pero pasó un tiempo larguísimo hasta que abrió la boca.

De repente, les dijo que descansaran, y Will y Chester posaron los remos, aunque el bote siguió avanzando por sí solo sorprendentemente rápido, como si lo llevara una fuerte corriente. Pero Will no prestó mucha atención a ese hecho mientras bajaba la cabeza sobre el lateral del bote. A menos que se equivocara, veía en el agua unas formas débiles y borrosas. Cobraban intensidad y se desvanecían repentinamente, y no pudo saber muy bien qué eran. Algunas eran pequeñas y se desplazaban rápido, mientras que otras, que eran más grandes, se movían despacio y desprendían una luz mucho más fuerte.

Ante sus ojos embelesados, la cara amplia y plana de un pez, que tal vez tuviera medio metro de una agalla a la otra, cabeceó justo por debajo de la superficie del agua. Entre sus grandes ojos tenía una larga protuberancia en cuya punta palpitaba una luz verdosa. Abrió la boca para soltar un racimo de burbujas, la volvió a cerrar y se sumergió. Con un escalofrío de emoción, Will descubrió enseguida la semejanza de aquel pez con el rape, que habita en las profundidades de los océanos de la Superficie. Comprendió que debía de haber todo un ecosistema oculto bajo aquellas olas: criaturas vivientes que generaban su propia luz.

Casi como había hecho el pez, abrió la boca para decir a Elliott y a los otros algo sobre su descubrimiento cuando lo dejó mudo un pequeño chapoteo que oyó, como si alguien hubiera tirado una piedra al agua a unos veinte metros de babor.

—Empieza —susurró Elliott, pero nadie entendió lo que quería decir.

Lo primero que pensó Will es que era otro de aquellos peces luminosos que salía a la superficie del agua, pero descartó la idea al oír un ruido como de un disparo distante, un segundo después del chapoteo. Se oyeron otros ruidos de chapoteo seguidos de sus respectivos disparos, pero estaban demasiado lejos para ver qué era lo que los producía.

—Sería un buen momento para apagar la luz —sugirió Elliott.

—¿Por qué? —preguntó Chester de manera inocente, mirando en la oscuridad y tratando de discernir qué eran aquellos sonidos en el agua.

—Pues porque los Limitadores están en la playa.

—Nos están disparando, imbécil —explicó Cal.

Por estribor, a no más de cinco metros de distancia, Will vio la señal de un pequeño impacto en la superficie del agua.

—¿Disparándonos? —repitió Chester, tardando en comprender el significado de la palabra—. ¡Dios mío! —exclamó al darse cuenta por fin y agachándose de inmediato y buscando la lámpara para apagarla mientras resollaba—: ¡Diosdiosdiosdios! —Después de apagar la luz, se incorporó y se volvió para mirar a Elliott. Se quedó atónito al ver la tranquilidad con que se lo tomaba ella. La descarga prosiguió con más chapoteos a su alrededor. Parecía que llegaban algo más cerca, y Chester se encogía al oír cada uno de ellos.

—Si realmente son disparos… —empezó a decir Will.

—Desde luego que lo son —confirmó Elliott.

—Entonces, ¿no deberíamos ponernos a remar como locos? —preguntó Will, agarrando los remos y preparándose para empezar.

—No es necesario, estamos fuera de su alcance… Están disparando al tuntún. —Elliott se permitió una pequeña risotada—. Tienen que estar que trinan. Hay una posibilidad entre un millón de que nos den.

En la impenetrable oscuridad, Will oyó a Chester rezongar algo así como «Con la suerte que yo tengo…» mientras agachaba la cabeza entre los hombros, al tiempo que intentaba obtener una vista de la isla sorteando la silueta completamente inmóvil de Elliott.

—Los tenemos exactamente donde yo quería —dijo ella en voz baja.

—¿Que los tenemos exactamente donde tú querías? —preguntó Chester casi sin voz, y sin dar crédito a lo que había oído—. No creo que...

—Explosivos retardados —interrumpió Elliott—, mi especialidad.

El tono de su voz no decía nada, y todos ellos esperaron en el silencio sólo roto por los crujidos de la madera del bote y del agua que los rodeaba, además del chapoteo de algún otro disparo.

—De un momento a otro... —dijo la chica.

Pasaron unos segundos.

Procedente de la isla, se vio un gran destello que iluminó el punto de la playa en el que habían embarcado. En la distancia, a los muchachos les pareció diminuto, pero entonces llegó el sonido de la explosión, que les hizo dar un salto.

—¡Santo Dios! —exclamó Cal, tirando de su pierna para incorporarse.

—No, esperad... —dijo Elliott levantando la mano. Su silueta cobraba relieve ante el brillo de las lejanas llamas—. Si han sobrevivido, cosa que dudo, estarán corriendo como ratas escaldadas para alejarse de la playa e ir tierra adentro. —Empezó a contar, inclinando ligeramente la cabeza a cada número.

Los chicos contuvieron el aliento, sin saber qué iba a pasar.

Hubo una segunda explosión mucho más fuerte que la primera. Estallaron destellos rojos y amarillos que llegaban muy alto en la caverna. Sus penachos lamían la copa de los altos helechos arbóreos. Will pensó que la isla entera debía de haber saltado en pedazos. Esta vez todos sintieron en la cara la fuerza de la onda expansiva. En el agua, a su alrededor, caían fragmentos que habían atravesado el aire.

—¡Jo...! —exclamó Cal sin aliento.

—¡Impresionante! —comentó Chester—. ¡Has hecho polvo la isla!

—Pero ¿qué demonios ha sido eso? —preguntó Will, dudando si habría quedado algún animal en la isla, o si por el contrario todos habrían sido engullidos por el fuego. Aunque tenía que admitir que no le preocupaba demasiado si a unas gallinas primitivas con bastante mala pinta se les chamuscaba la cola.

—Ésa fue la definitiva —explicó Elliott—. La emboscada perfecta... La primera explosión los habrá hecho correr al centro mismo de la segunda.

Seguían mirando. Era como si las llamas flotaran en la superficie del mar, originando largos reflejos en las negras aguas. Esto permitió a Will hacerse por primera vez una idea de la enormidad del espacio en que se encontraban: a su derecha, la lejana costa quedaba apenas iluminada, mientras que en la dirección que habían tomado no había absolutamente nada a la vista, y tampoco había ningún signo de tierra a la izquierda.

Con el sonido de la explosión resonando todavía en la inmensa caverna, los fragmentos seguían cayendo en el agua, cerca del bote, muchos de ellos ardiendo hasta que llegaban al agua y se apagaban con un chisporroteo.

—¿Tú pusiste todo eso? —le preguntó Chester a Elliott.

—Lo hicimos Drake y yo. Él lo llamaba el «regalo sorpresa», aunque nunca he sabido lo que quería decir —admitió Elliott. Le dio la espalda al espectáculo, y su cara quedó oculta en la impenetrable oscuridad, mientras la aureola de llamas dibujaba su silueta. Inclinó lentamente la cabeza, como si estuviera rezando—. Era tan bueno... tan bueno... —dijo en una voz que era poco más que un susurro.

Mientras Will, Chester y Cal contemplaban extasiados el infierno en que se había convertido la isla, ninguno de ellos pronunció una palabra, y todos compartían el recuerdo y la sensación de pérdida de Drake. Era como si la isla ardiente fuera su pira funeraria, el acto con el que le despedían. No sólo había allí un imponente espectáculo de color en el más extraño de los lugares para honrar la muerte de un hombre, sino que algunos de sus enemigos habían recibido su merecido.

Tras un momento de reflexivo silencio, Elliott habló:

—Entonces, ¿cómo os gustan los Limitadores? ¿Muy hechos? Empezó a reírse, exultante.

—No, el mío sólo vuelta y vuelta —respondió Chester, rápido como un relámpago. Los muchachos se rieron con ella, al principio dubitativos, pero después con carcajadas tan estruendosas que hacían oscilar el bote.

La primera explosión despertó a Sarah de su letargo, y cuando estalló la segunda, ya estaba de pie y corría hacia la orilla, seguida a muy poca distancia por *Bartleby*.

Lanzó un silbido al ver la extraordinaria magnitud de la explosión, y enseguida levantó el rifle y se pasó la correa por el brazo para sostenerlo mejor. A través de la mira, observó con detenimiento el fuego, que formaba una pequeña extensión sobre las olas. Después desplazó el rifle muy despacio, separándolo de la isla y peinando el horizonte del mar de un lado a otro. La luz que irradiaba el fuego facilitaba la visión a través de la mira, pero aun así pasaron varios minutos hasta que logró distinguir algo. Ajustó las lentes para enfocar mejor.

«¿Un bote?», se preguntó mirando y volviendo a mirar, convencida de que veía una pequeña embarcación a una gran distancia. No era posible distinguir quién iba en ella, pero por instinto sabía que no eran los styx. No; algo en su interior le decía que aquello que iba buscando se encontraba en aquel bote que cabeceaba en las olas.

—Parece que volvemos a la carga, amigo mío —le dijo a *Bartleby*, que movía la huesuda cola como si ya supiera lo que iban a hacer. Sarah echó un último vistazo a la isla en llamas, y sus labios se curvaron en una sonrisa maliciosa—. Y no sé por qué me parece que Rebecca va a tener que enviar Limitadores de repuesto.

43

—Remad acompasados —les mandó Elliott desde la popa a Will y Chester, que tiraban de los remos no muy bien concertados.

—¿Adónde vamos exactamente? —le preguntó Cal—. Dijiste que nos ibas a llevar a un lugar seguro.

Will salpicó agua al meter mal el remo, cuya pala resbaló por encima de la superficie. Elliott no respondió, de manera que Cal volvió a intentarlo:

—Queremos saber adónde nos llevas. Tenemos derecho a saberlo —insistió. Había rabia en su voz. Will comprendió que la pierna le debía de estar doliendo.

Elliott apartó la cara del rifle.

—Vamos a perdernos por las Ciénagas. Si es que logramos llegar a ellas. —Se quedó callada durante varias paladas irregulares, y después volvió a hablar—: Los Cuellos Blancos no podrían seguirnos el rastro por allí.

—¿Por qué? —preguntó Will, resollando por el esfuerzo.

—Porque es como… como un gran terreno pantanoso que no se acaba nunca… —Su voz sonaba incómoda, como si no estuviera muy convencida de lo que decía, y esto no dio mucha confianza a los muchachos, que estaban totalmente pendientes de cada una de sus palabras—. Nadie que esté en su sano juicio va nunca por allí —continuó—. Es una buena zona para esconderse hasta que los styx nos den por perdidos.

—Esas Ciénagas, ¿están más profundas? Quiero decir, ¿están por debajo del nivel en que nos encontramos ahora? —preguntó Cal antes de que Will tuviera ocasión de hacerlo.

Elliott negó con la cabeza:

—No; es una de las zonas periféricas de la Llanura Grande que llamamos los Baldíos. Algunos de los bordes son demasiado peligrosos porque cuentan con lugares terribles... Drake nunca permitió que pasáramos allí más de unos pocos días. Nos vendrá bien por un tiempo, después nos iremos a otros puntos de los Baldíos en los que será más fácil sobrevivir.

Después de eso los muchachos se quedaron en silencio, cada uno inmerso en sus propios pensamientos. Las palabras «en los que será más fácil sobrevivir» reverberaban en la mente de todos, sin sonar muy prometedoras viniendo de Elliott, pero en aquel momento y lugar, ninguno tuvo muchas ganas de preguntar qué quería decir exactamente con ellas.

Oyeron un murmullo de aguas agitadas, muy diferente de los chapoteos que habían provocado las balas.

—Ya no hay Limitadores —dijo Chester de inmediato, mientras Will y él dejaban de remar.

—No... Quietos... muy quietos —susurró Elliott.

Siguió otra agitación más intensa, y el agua empezó a moverse furiosamente a su alrededor, como si algo inmensamente grande estuviera a punto de ascender a la superficie. Oyeron un chirrido bajo el casco del bote mientras se balanceaba violentamente de lado a lado, sacudiéndolos. En cuestión de segundos volvió la calma y el bote se estabilizó.

—¡Uf! —exclamó Elliott, resoplando.

—¿Qué ha si...? —empezó a preguntar Chester.

—Leviatán —respondió Elliott sencillamente.

Will soltó un incrédulo «¿Eh?» antes de que ella lo interrumpiera.

—Ahora no hay tiempo para explicaciones... Callad y remad —ordenó—. Estamos bajo la influencia de una zona de remolinos que se encuentra a unos tres kilómetros al este de aquí. —Apuntó con el dedo hacia estribor, por encima de sus cabezas, en la dirección opuesta a aquella en la que Will pensaba que estaba la costa—. Y si no queréis sufrirlos de cerca, que no sería buena idea, sugiero que pongáis empeño en avanzar.

—Sí, sí, capitán —refunfuñó Will para sí, perdiendo casi todo el entusiasmo en la navegación.

Varias horas más tarde, después de una maratoniana sesión de remo, Elliott les volvió a mandar pararse. Will y Chester estaban completamente agotados por el ejercicio, y se alegraron del descanso. Tenían los brazos tan exhaustos que les temblaban al llevarse la cantimplora a la boca para echar un trago. Elliott mandó a Cal que vigilara usando la mira suelta. También le pidió a Will que utilizara el artilugio ocular.

Él lo bajó sobre el ojo y lo encendió. Mientras su visión se llenaba de una crepitante nieve de color anaranjado que se iba asentando hasta formar una imagen coherente, fue distinguiendo que se hallaban más cerca de la costa. El bote se deslizaba hacia lo que Will pensó que era una especie de cabo, aunque no podía verlo bien, ni siquiera con el artilugio.

Mientras seguían deslizándose, unos dedos plateados se extendían sobre la superficie del agua. Era una neblina tenue que se alargaba hacia ellos y terminó engordando tanto que empezó a meterse dentro del bote. A los pies de Chester, la lámpara arrojaba una luz difusa por entre la niebla que la hacía parecer leche y otorgaba a las caras un brillo misterioso. Un poco después ya no podían ver nada por debajo de la cintura. Era una extraña sensación eso de estar allí sentado, con la manta extendida uniformemente sobre los pies, mientras se abrían camino por entre ella montados en un bote invisible. Y era como si aquella niebla tuviera la capacidad de absorber todo sonido, sofocando incluso el murmullo de las olas hasta hacerlo casi inapreciable.

El calor aumentaba claramente a medida que avanzaban, y aunque ninguno de ellos decía una palabra, tenían la sensación de que la presión los empujaba hacia abajo. Fuera por efecto de la oscuridad producida por la niebla o por algún otro fenómeno, el caso es que los cuatro experimentaron la misma sensación de melancolía y desamparo.

El bote siguió deslizándose durante otros veinte minutos, hasta que entraron en una especie de cueva o de bahía. El triste silencio se quebró cuando la quilla del bote chocó contra las piedras y el bote encalló. Fue extraño, como si el embrujo hubiera quedado roto, como si los cuatro acabaran de despertar de un inquieto sueño.

Elliott no perdió el tiempo y saltó del bote. Oyeron sonidos de chapoteo cuando los pies de ella tocaron fondo, pero no había forma de saber lo profunda que era el agua, porque la niebla le llegaba por encima de los muslos. Caminó hasta la proa y, guiando el bote, tiró con fuerza de él.

Will dirigió su atención a la costa y vio que acababan de llegar a lo que parecía una bahía situada entre dos promontorios que penetraban en el agua. La niebla se movía perezosamente fuera de la cala, se desmenuzaba en pedazos entre las numerosas rocas afiladas. Se quedaron donde estaban mientras Elliott tiraba del bote y lo arrastraba una breve distancia. Después les mandó desembarcar y, uno tras otro, salieron del bote casi a regañadientes, cogiendo sus cosas.

Los muchachos estaban recelosos porque no podían distinguir adónde saltaban, pero vieron que el agua no tenía más de un metro de profundidad, aunque notaban la fuerza de las corrientes invisibles contra las piernas. Con cuidado de no resbalar en la irregular superficie que tenían bajo los pies, caminaron hacia la orilla rocosa mientras Elliott metía el bote en un pequeño brazo de mar, seguramente con intención de esconderlo. Mientras salían del agua, se oyó un ruido de rasponazos: el que hizo el bote al encallar en la orilla.

—¿No deberíamos echar una mano…? Elliott… —le sugería Chester a Will cuando ambos notaron un abrupto cambio en la playa que se extendía a ambos lados. El ruido del bote provocó que algo ocurriera al instante, algo que producía un rumor sordo, aunque la capa de niebla impedía ver qué era lo que lo causaba. Will y Chester estaban casi fuera del agua, y Cal, que se movía por las peñas unos veinte pasos por delante de ellos, había comprendido también que pasaba algo.

Los tres se quedaron quietos en su sitio mientras proseguía aquel rumor sordo. Había una extraña agitación, como si las rocas mismas despertaran a la vida y, de inmediato, montones de lucecitas se hicieron visibles justo por encima de la manta de niebla, parpadeando como pares de llamas de velas agitadas por una corriente de aire.

—¡Ojos… ojos! —exclamó Chester, tartamudeando—. ¡Son ojos!

Tenía razón: los ojos recibían la luz de las lámparas que él y Cal llevaban y devolvían el reflejo como si fueran balizas luminosas en medio de una carretera. Mirando por el artilugio ocular, Will veía aún más que los demás. Vio que lo que al principio había pensado que era la escarpada formación rocosa de los promontorios y la playa que unía uno con otro era en realidad algo más: era una alfombra viviente, y en una fracción de segundo toda la zona estaba llena de un movimiento que se extendía por todas partes con un gran alboroto… Y extraños golpes como de goma.

Al abrirse una zona de niebla, Will descubrió una especie de aves, como cigüeñas de largas patas, que abrían las alas. Pero no eran aves: eran lagartos, lagartos como no había visto nunca.

—¿Y ahora qué hacemos? —preguntó Chester, muerto de miedo, acercándose a Will.

—¡Will! —gritó Cal moviéndose indeciso, pero enseguida empezó a retroceder para volver al agua.

—¿Dónde está Elliott? —preguntó Chester. Los tres la buscaron para ver cómo reaccionaba, y la vieron andar por la playa con paso decidido. Sin mostrar la más leve preocupación, la chica se abría camino por entre aquellas criaturas, que desplegaban las alas al apartarse, emitiendo grititos inquietantes, grititos como de niños pequeños que experimentaran un terrible dolor y se quejaran para dar pena.

—Es realmente espeluznante —dijo Chester, algo más tranquilo al ver que aquellos animales no parecían representar ningún peligro.

Empezaron a sacudir las alas, apartando de ese modo la niebla. Will se fijó en que eran alas angulares con una zarpa prensil en el borde principal. Los lagartos tenían el cuerpo bulboso, con un tórax afilado y un abdomen regordete que, al igual que las alas, tenían un brillo grisáceo semejante al de la pizarra pulida. La cabeza tenía forma de cilindro aplanado con la punta redondeada, y estaba sostenida por un cuello largo y delgado. Las fauces, que se abrían y volvían a cerrar, carecían de dientes.

El paso decidido de Elliott por entre la colonia de lagartos pareció molestarlos tanto que empezaron a emprender el vuelo. Para hacerlo necesitaban tomar carrera, dando unos pasos extrañamente rígidos y mecánicos antes de poder levantarse del suelo.

Al cabo de unos segundos el aire estaba cuajado de cientos de aquellas criaturas que echaban a volar, batiendo las alas y rasgando el aire, de forma que producían un zumbido continuo. Los extraños e inquietantes grititos prosiguieron, extendiéndose por la colonia como el fuego, como si se pasaran unos a otros la señal de alarma. Cuando estuvieron todos en el aire, se reunieron formando una sola bandada sobre las aguas. Will miraba por la lente, embelesado, aquella masa de lagartos voladores, como una mancha anaranjada que desaparecía en la distancia en una migración masiva.

—Moveos —gritó Elliott—. No tenemos tiempo para visitas turísticas. —Les hacía gestos de impaciencia con la mano, indicando que la siguieran por la playa. Había hablado en tal tono que Will comprendió que no le contestaría con mucha amabilidad si preguntaba por los lagartos.

—¿No te han parecido fabulosos…? Me hubiera gustado hacerles una foto —le comentó a Chester mientras se apresuraban para alcanzar a Elliott, que se iba derecha hacia la pared de la caverna.

Chester no parecía entusiasmado.

—Sí, sí. Podíamos enviarles una postal a los «compas» —le respondió en voz alta—. «Cómo me gustaría que vosotros también estuvierais aquí. Lo estamos pasando de maravilla… en la tierra de los dragones parlantes.»

—Has leído demasiadas novelas fantásticas. No son dragones parlantes —respondió Will con brusquedad. Se había quedado tan extasiado con el último descubrimiento que no se había dado cuenta del estado de ánimo en que se encontraba su amigo. Chester estaba tan tenso que le faltaba poco para estallar—. Son dragones fascinantes… una especie de lagartos voladores prehistóricos, como los pterosaurios —prosiguió Will—. Ya sabes, pterodáctilos.

—Oye, tío, a mí me importa un pimiento lo que sean —le interrumpió Chester agresivamente, mirando hacia abajo mientras caminaban por las escarpadas peñas—. Cada vez que pasa algo así me digo que ya no puede haber nada peor; pero, no falla, nada más volver la esquina… —Negó con la cabeza y escupió, como si estuviera disgustado—. Tal vez si tú también hubieras leído novelas de ésas y te hubieras conformado con llevar una vida normal, en vez de andar escarbando túneles como un chiflado, no estaríamos metidos en esto. Eres un friki, tío… No, eres peor que un friki, ¡eres un obseso de mierda!

—Vale, Chester, no tienes que ponerte así —dijo Will intentando suavizar las cosas.

—No me digas lo que puedo y lo que no puedo hacer, tú no estás al mando —respondió Chester, furioso.

—Yo sólo estaba… Los lagartos… Yo… —intentó responder Will, pero la voz le falló a causa de la indignación.

—¡Cállate ya! No te puedes meter en la chola que aquí a nadie le importan un comino tus fósiles ni tus animales de mierda, ¿verdad? Son todos asquerosos, y si pudiera los aplastaría como insectos —despotricó, pisando con fuerza y haciendo el movimiento de aplastar con el pie, como para que quedara más claro, mientras se volvía hacia él.

—No quería molestarte —se disculpó Will.

—¿Molestarme? —gritó Chester hecho una furia—. Has hecho algo bastante peor que molestarme. ¡Estoy hasta las narices de todo esto! ¡Y, sobre todo, estoy hasta las narices de ti!

—Ya te he dicho que lo siento —respondió Will con voz débil.

Chester abrió los brazos en un gesto agresivo.

—Y con eso todo solucionado, ¿verdad? Crees que todo esto lo arreglas diciendo que lo sientes, y se supone que yo tan contento... Se supone que te lo tengo que perdonar todo, ¿no? —Le dirigió a Will una mirada de desprecio tal que éste se quedó sin habla—. Las palabras no cuestan dinero, y menos las tuyas —dijo en voz baja y temblorosa, antes de separarse de Will adelantándose a grandes zancadas.

Éste se quedó destrozado por las palabras de su amigo, que resultaban peores por el recuerdo del espíritu de camaradería que había habido tan sólo un poco antes. Había creído que su amistad estaba volviendo a ser la que había sido en otro tiempo, pero acababa de ver que el tono de broma de las conversaciones en el bote y en la playa no significaban nada. Se había engañado. Y por mucho que intentara quitarle importancia a la cosa, el estallido de su amigo le hería profundamente. No necesitaba que le recordara que él era el culpable de todo. Él había arrancado a Chester de su familia y de su vida en Highfield y lo había metido en aquella situación de pesadilla que empeoraba por momentos.

Se había puesto a andar otra vez, pero la sensación de culpa había regresado y lo aplastaba como una losa. Intentaba convencerse de que el agotamiento de Chester tenía que ser la causa de su desahogo: uno tendía a crisparse cuando, como ellos, apenas había dormido, pero no le parecía una explicación muy convincente para su comportamiento. Su ex amigo había dicho lo que llevaba dentro. Así de claro.

Y como el estallido de Chester no era precisamente una ayuda, Will se sentía francamente mal. Habría dado cualquier cosa por un baño caliente y una cama limpia con sábanas blancas y bien planchadas. Le parecía que sería capaz de pasarse un mes durmiendo. Buscó a su hermano, que iba delante, y vio que a cada paso que daba se apoyaba pesadamente en el bastón, y que andaba con torpeza, como si la pierna fuera a dejarlo caer en cualquier momento.

No, ninguno de ellos se encontraba en buena forma. Esperaba que antes de que transcurriera mucho tiempo tuvieran oportunidad de tomarse un merecido descanso. Pero no se podía engañar: se veía venir que eso no iba a ocurrir teniendo detrás a los Limitadores.

Se juntaron en torno a Elliott en la pared de la caverna. Se encontraba ante una grieta, una abertura alargada en la base de una pared que tenía varios metros de altura. Daba la impresión de que era la principal fuente de niebla, que salía por allí con un flujo incesante. Will guardó las distancias con Chester, fingiendo que no se fijaba más que en la grieta, aunque la espesa niebla le impedía ver nada de ella, ni siquiera la anchura que tenía.

—Nos queda por delante un camino largo y difícil —advirtió Elliott desenrollando una cuerda que se fueron atando a la cintura. Ella se puso delante, y le siguió Cal, después Chester, y por último Will—. No quiero que nadie se nos pierda —les dijo, y entonces se quedó callada antes de pasar la mirada de Will a Chester.

—¿Estáis bien vosotros dos?

«Lo ha oído todo… Tiene que haber oído todo lo que me ha dicho Chester», pensó Will, con inquietud.

—Porque esto no va a ser fácil, y tenemos que mantenernos unidos —prosiguió.

Will gruñó algo que se parecía a un sí, en tanto que Chester no ofrecía ningún tipo de respuesta, evitando cuidadosamente la mirada del otro.

—Y tú —le preguntó Elliott a Cal—, tengo que saberlo… ¿estás preparado para esto?

—Me las apañaré —contestó, asintiendo con optimismo.

—Sinceramente, eso espero —dijo ella, y se volvió para dirigirles a todos una última mirada antes de meterse en la grieta—. ¡Nos vemos al otro lado!

QUINTA PARTE

El poro

—¡Extraordinario! —exclamó el doctor Burrows, cuya voz repitió el eco una y otra vez hasta que sólo quedaron oyéndose las gotas de agua que caían en ráfagas esporádicas. Se encontraba ante dos grandes columnas de piedra en lo que parecía ser el final del camino.

Se volvía hacia uno y otro lado tratando de captarlo todo al mismo tiempo.

Para empezar, la clave de bóveda del arco tenía tallada un símbolo de tres picos que ya había visto varias veces en diversas construcciones con las que se había encontrado en su recorrido por las Profundidades, además de estarlo en una de las losas que había dibujado en su cuaderno. Era un símbolo que no tenía correspondencia con ninguno de los jeroglíficos de la Piedra del Doctor Burrows, así que el enigma que encerraba le desconcertaba y molestaba considerablemente.

Pero aquello le pareció insignificante cuando dio unos pasos bajo la estructura y el camino se ensanchó en un área cubierta de grandes losas.

Con pasmo creciente, se rió, se detuvo, y se volvió a reír cuando sus ojos encontraron el negrísimo vacío que tenía ante él. Se trataba del agujero en el suelo más grande que se pudiera imaginar. Él se hallaba en una especie de saliente que estaba suspendido sobre él.

541

Desde lo alto soplaba el viento. Dio pequeños pasos sobre las desgastadas losas hasta el mismo borde del precipicio.

Lo encontró de lo más inquietante, y el mero tamaño del agujero le hacía palpitar el corazón. Desde luego, no podía ver ni rastro del lado opuesto del agujero, que estaba completamente velado por la oscuridad. Echó de menos una luz más fuerte que la que tenía, una luz que le permitiera hacerse una idea más acertada de su tamaño, pero por lo que podía calcular, una montaña de gran tamaño hubiera cabido dentro, y con holgura.

Levantando poco a poco la cabeza, pudo ver que en el techo había otro agujero equivalente: fuera lo que fuera aquel elemento geológico, el caso era que continuaba por arriba, y era por allí arriba por donde llegaban el viento y los esporádicos torrentes de agua que caían. Sus labios se movían sin emitir sonido al pensar dónde podría acabar aquel increíble fenómeno natural: tal vez en algún tiempo hubiera llegado hasta la superficie de la Tierra, pero después hubiera quedado tapado por un corrimiento de placas tectónicas o por la actividad volcánica.

Pero no pensó mucho tiempo en todo eso, porque se sintió de nuevo impulsado a bajar la vista hacia la profundidad. Era como si la oscuridad del vacío lo hipnotizara y lo atrajera. Al mirar hacia abajo, con el rabillo del ojo vio una escalera que bajaba desde el borde de la plataforma, inmediatamente a su izquierda.

—¿Será por ahí? —se preguntó muy ansioso—. ¿No me digas que acabo de sacar el billete al Interior?

Inmediatamente, se quitó la mochila y empezó a bajar por los deteriorados escalones de piedra.

—¡Maldición! —exclamó encogiéndose de hombros al darse cuenta de que la escalera moría enseguida.

Se arrodilló, mirando a la penumbra para ver si era que se había desprendido un trozo.

—No hay nada que hacer —dijo suspirando con desánimo.

No veía nada que sugiriera que la escalera continuaba más abajo. Sólo quedaba aquel tramo consistente en siete escalones en el que se encontraba. No era aquello lo que esperaba. Tal vez aquél fuera el punto final de su expedición, pero no perdió completamente las esperanzas, y se preguntó si no habría en algún punto del borde otra escalera que estuviera intacta: otro camino de bajada.

Regresó arriba y cogió la mochila, intentando todavía encontrarle un sentido a todo aquello. Se hallaba ante el agujero que aparecía en el mapa que le habían dado los coprolitas, y tenía que tratarse del mismo agujero tallado en el panel central del tríptico del templo de los bichos asquerosos.

Se daba cuenta de por qué los antiguos moradores lo habían considerado tan importante. Pero tenía que haber algo más. Porque ellos, la civilización que había construido y usado el templo, pensaban claramente que se trataba de algo santo, algo digno de veneración. Se frotó la nuca mientras pensaba.

Aquellas personas del tamaño de hormiguitas del panel principal del tríptico, ¿se arrojaban al agujero por sí mismas como parte de alguna ceremonia? ¿Se sacrificaban voluntariamente? ¿O había algo más que él ignoraba?

Éstas y otras preguntas se formaron en el interior de su cabeza y empezaron a dar vueltas en ella como si se hubieran quedado atrapadas en un tornado. Cada una de ellas le reclamaba su atención, pidiéndole que la respondiera, cuando de repente todo su cuerpo se vio conmocionado como si de pronto le hubiera caído un rayo encima.

—¡Sí, lo tengo! —gritó, y le faltó poco para lanzar un «¡Eureka!»

Abrió de un tirón la mochila y sacó de ella el cuaderno. Cayó literalmente sobre él, porque se lanzó al suelo para buscar entre sus páginas a toda prisa lo que tenía en mente. En su memoria, habían salido a flote las últimas dos palabras del panel central del templo: podía visualizarlas clara y detalladamente, no con la perfección de una foto, pero lo suficiente como para acudir a su Piedra del Doctor Burrows e intentar una traducción.

Tras diez minutos de furioso garabatear, una amplia sonrisa se formó en su cara.

—¡Los jardines del… segundo sol! —exclamó. A continuación se le borró la sonrisa y se le frunció el ceño—: ¿Los jardines del segundo sol? ¿Qué demonios quiere decir eso? ¿A qué «segundo sol» se refiere?

Rodó casi una vuelta para atisbar por el agujero.

—¡Hechos, hechos, hechos y nada más que hechos! —dijo utilizando un mantra que usaba a menudo, en situaciones en las que estaba a punto de ser arrastrado por su desbocada imaginación. Intentó pensar en secuencias lógicas, por difícil que le resultara en el estado de nerviosismo en que se hallaba, sabiendo que tenía que poner unos cimientos sobre los que asentar todo aquello que había descubierto. Entonces, y sólo entonces, podría empezar a construir teorías asentadas sobre esos cimientos, teorías cuya veracidad pudiera comprobar.

Había algo que ya estaba categóricamente demostrado y que constituía de por sí un importante descubrimiento: todos los geólogos y geofísicos de allá arriba estaban completamente equivocados, porque se hallaba a muchos miles de metros por debajo de la superficie, y según lo que ellos calculaban, a aquellas horas tendría que estar carbonizado. Aunque había atravesado zonas de intenso calor, en las que probablemente había presencia de roca fundida, eso desde luego no correspondía a las creencias generalmente asumidas sobre la composición del planeta y el gradiente de temperatura.

Bien, todo eso estaba muy bien, pero no le servía para encontrar las respuestas que buscaba.

Empezó a silbar, devanándose los sesos…

¿Qué pueblo era el que había construido el templo?

Estaba claro que se trataba de una civilización que, muchos milenios antes, se había refugiado bajo la superficie del planeta.

Pero, tal como estaba plasmado en el «tríptico del Jardín del Edén», habían vuelto en peregrinación a la superficie de la Tierra. ¿Qué había sido de ellos allí?

Con expresión de completo desconcierto, exhaló un silbido fuerte y agudo y se puso en pie. Volvió a pasar por debajo del arco y a bajar por la escalera.

Tal vez estuviera equivocado. Tal vez la escalera prosiguiera más abajo, pero él no la hubiera visto. Se sacó del cinto el martillo de geólogo de mango azul y, tras agacharse en el último peldaño, introdujo la punta en una fisura que había en la pared, a su lado. Lo golpeó con la palma de la mano para asegurarse de que había quedado firmemente anclado. Sí, parecía bastante seguro. Después se agarró a él con una mano y, con la esfera de luz suspendida en la otra por el cordón que tenía atado, se inclinó todo lo que pudo, intentando averiguar algo más de lo que había debajo de él.

Mirando hacia la impenetrable negrura del agujero, con la esfera de luz balanceándose y el cerebro dándole vueltas al tríptico, una idea se le encendió en la mente.

«¿No será que, al saltar al agujero, esa gente del templo creía que alcanzaría algún tipo de tierra prometida? ¿No sería éste el camino para llegar a su Jardín del Edén, a su nirvana, o como quisieran llamarlo?»

Le estaba dando vueltas a esta idea, cuando de repente, otra idea brillante apareció ante él como de la nada.

Tal vez estuviera mirando todo el tiempo en la dirección equivocada. Había estado tan pendiente de mirar arriba ¡que no se le había ocurrido mirar abajo!

Puede que hubiera una buena razón para que aquel antiguo pueblo no hubiera tenido nada que ver durante milenios con las culturas de la Superficie. Aun cuando hubieran llegado de ella huyendo de algo, y hubieran traído de allí la escritura y su refinamiento, puede que no regresaran nunca a la Superficie. Ése podía ser el motivo de que no pudiera comprender qué les había sucedido después, y por qué no encontraba nada en los relatos históricos de ninguna civilización terrestre que recogiera la historia de aquel pueblo.

«Así pues...»

Tomó aliento antes de volver a sumergirse en sus pensamientos.

«¿Poseían tal vez el secreto de lo que yace abajo, en el centro de la Tierra? ¿Es que había «jardines de un segundo sol» aguardándolos allí, en el Interior? ¿Y creían que podían llegar a ellos tirándose a lo profundo de un enorme agujero? ¿Por qué creían tal cosa? ¿Por qué? ¿Por qué? ¿Por qué? Tal vez... ¡porque tenían razón!

La idea entera era demasiado fantástica para él, pero al mismo tiempo le parecía evidente que las gentes de aquel pueblo primitivo creían que aquella acción los arrojaría a un paraíso idílico. Y lo creían con fervor.

Tal vez el doctor Burrows estuviera sufriendo los efectos del cansancio y la falta de comida, pero una idea absurda le vino a la mente: ¿debería arriesgarse y saltar al agujero?

—¡Estás de broma! —se respondió inmediatamente en voz alta.

¡Por supuesto que era una locura! ¡Qué cosas se le ocurrían!

¿Cómo iba él, un hombre de considerable cultura, a aceptar la creencia pagana de que un milagro le permitiría sobrevivir a la caída, y encontrar abajo un paraíso de árboles frutales y un sol encendido esperando por él?

¿Un sol en el centro de la Tierra?

No, la idea era demasiado insensata. ¡Menuda deducción racional y científica!

Descartando tajantemente la idea, se volvió al peldaño, y a continuación se dio la vuelta.

Lanzó un grito de terror.

El arácnido gigante estaba justo allí, ante él. El gigantesco ácaro del polvo del que se había hecho amigo al principio. Y agitaba las pinzas delante de la cara del doctor Burrows.

Retrocedió, intentando huir de él, presa de un pánico absoluto. Perdió el equilibrio y movió los brazos a la desesperada al tiempo que perdía el contacto con el escalón.

Al caer no lanzó un grito desgarrador, sino sólo la breve exclamación que provoca una sorpresa desagradable. Y desapareció en la oscuridad, trazando tirabuzones al hundirse en el oscuro abismo del Poro.

Desde su posición, por delante y por encima de Will, Chester tiró con tal fuerza de la cuerda que le pilló la muñeca a su amigo y le levantó el brazo del suelo. Will cayó de bruces en el barro caliente y pegajoso. Oyó la voz de Chester, apagada y poco clara, pronunciar algo que tomó por maldiciones, probablemente dirigidas contra él. Chester volvió a tirar de la cuerda, esta vez aún más fuerte. A la luz de la conversación precedente, Will sabía sin género de dudas que Chester le estaría echando la culpa de aquella desagradable etapa del viaje, igual que se la echaba de todo lo demás. Eso le parecía cada vez más injusto, porque ¿acaso no estaba pasándolo él tan mal como los otros?

—¡Ya voy! ¡Ya voy, demonios! —gritó furioso en respuesta, tratando de levantarse y alcanzar a los demás, escupiendo y renegando por el camino.

Le parecía que acortaba la distancia con Chester, pero seguía sin poder verle a través de la niebla. Sólo al tirar de la cuerda, comprendió que ésta debía de haberse enganchado en algún sitio. Estaba atascada.

Chester volvía a gritar por su demora. No entendía muy bien lo que decía, pero sonaba bastante desagradable.

—Calla, ¿quieres? ¡Se ha enganchado la cuerda! —le gritó Will, echándose de costado y utilizando la lámpara para tratar de ver dónde se había enganchado. Pero era inútil: no podía ver nada. Adivinando que la cuerda había pasado por encima de una roca, la agitó varias veces hasta que consiguió liberarla. Entonces avanzó a gatas cuesta arriba, siguiendo el recorrido de la cuerda hasta que alcanzó a Chester, que se había parado, presumiblemente porque Cal, que iba delante, se había parado también.

Desde el mismo inicio, la grieta ascendía en una pendiente constante de unos treinta grados de desnivel. Dado que no había altura suficiente para ponerse en pie, tenían que avanzar a cuatro patas. El sustrato subyacente era liso, y pasaban por él copiosas cantidades de agua que bajaban por la pendiente hacia el mar que habían dejado tras ellos. Durante la subida, el agua fue reemplazada por un barro caliente que tenía la consistencia del petróleo y resultaba muy resbaladizo, con lo que la marcha se hizo mucho más difícil.

Un poco más adelante llegaron a un tramo en el que la piedra resultaba caliente al tacto, y había pequeños charcos en los que el barro burbujeaba. Después pasaron una zona en la que salían pequeños chorros de vapor, como miniaturas de géiser: evidentemente, aquél era el origen de la omnipresente niebla que los rodeaba.

Aquello era bastante parecido a estar en una sauna con el calor puesto al máximo: resultaba intolerablemente cálido y húmedo. La respiración de Will era rápida, y se tiraba del cuello de la camisa en un vano intento de refrescarse. Y de vez en cuando el aire se impregnaba de hedores de azufre, hasta el punto de que Will se mareaba y se preguntaba cómo les iría a los demás.

Elliott les había permitido poner las lámparas al máximo, porque era muy improbable que la luz fuera vista en los confines de la grieta, y menos con aquella niebla que lo enmascaraba todo. Will lo agradeció profundamente porque, sin algo de iluminación para ver el camino, todo habría resultado espantosamente claustrofóbico.

En un par de ocasiones, oyó delante de él la voz de su hermano. A juzgar por las pestes que echaba, Cal parecía claramente descontento. Por supuesto, los tres muchachos daban rienda suelta a su malestar, entremezclando gruñidos y vocabulario selecto. Chester era el más parlanchín, y se desahogaba lanzando expresiones propias de un soldado mercenario. Sólo Elliott conservaba su talante taciturno, y avanzaba en silencio.

Un tirón de la cuerda proveniente de Chester le hizo darse cuenta a Will de que se había quedado un instante dormido, y enseguida volvió a avanzar aprisa. Pero al cabo de muy poco volvió a pararse. Al limpiarse el barro de los ojos, observó una charca enfangada que había a su lado, en la que se formaban burbujas que salían al aire haciendo un incesante *glop glop*.

Hubo otro tirón de cuerda demasiado fuerte.

—¡Muchas gracias, tío! —le gritó a Chester.

Aquellos frecuentes tirones le recordaban constantemente a quién estaba atado. Sin tener otra cosa en qué pensar aparte de la extenuante subida, empezó a darles vueltas a algunas frases que le había dicho Chester:

«¡Las palabras no cuestan dinero, y menos las tuyas!»

«¡Y, sobre todo, estoy hasta las narices de ti!»

En la mente de Will, aquellas frases sonaban altas y claras.

¿Cómo era capaz de decir aquellas cosas?

Él no había pretendido que tuviera lugar nada de todo aquello. Jamás se hubiera imaginado que se verían inmersos en tales peligros cuando Chester y él se habían puesto a investigar qué había pasado con su padre. Y hacía unos meses, al encontrarse en el tren, camino de la Estación de los Mineros, Will le había pedido perdón a su amigo de todo corazón. Y él le había dejado bien claro, en aquel entonces, que aceptaba sin reserva sus excusas.

«¡Las palabras no cuestan dinero, y menos las tuyas!»

Eso le había soltado Chester a la cara, ¿y qué podía hacer Will para arreglar las cosas?

Nada.

No había nada que hacer. Empezó a pensar lo que ocurriría cuando encontrara a su padre adoptivo. Era evidente que

Chester había establecido un fuerte lazo de lealtad con Elliott, quizá en parte para fastidiarle a él. Pero fuera cual fuera el motivo, el caso es que parecían muy unidos, y Will se sentía completamente excluido de aquella amistad.

Pero si su padre adoptivo aparecía en escena, ¿cómo reaccionaría Elliott a su incorporación al grupo? ¿Y cómo reaccionaría su padre ante ella? ¿Se quedarían juntos: él, su padre adoptivo, Chester, Cal y Elliott? A Will no le acababa de entrar en la cabeza semejante amalgama: el doctor Burrows sería demasiado intelectual y demasiado poco práctico para Elliott. Al fin y al cabo, no había en el mundo dos personas más diferentes: en cuestión de carácter, eran los dos polos del espectro. Eran mundos aparte.

Así pues, si se separaban, ¿qué pasaría con Chester? La frontera estaba trazada, y estaba claro a qué lado de la raya se quedaría su amigo. Will tenía que admitir que las cosas estaban tan mal que no le importaría demasiado si Chester se quedaba con Elliott. Pero la cosa no era tan fácil. Él y su padre adoptivo tendrían también necesidad de Elliott, especialmente si los styx andaban tras sus pasos.

Sus pensamientos quedaron bruscamente interrumpidos cuando la cuerda volvió a tensarse y la voz gutural de Chester le conminó a que se diera prisa.

Siguieron trepando hasta que Will notó que la niebla y el vapor del aire parecían aclararse, en tanto que se filtraba hacia ellos un leve soplo de aire fresco. Eso no los aliviaba mucho, porque estaban llenos de barro hasta arriba y, con el aire, el barro empezó a secarse y a hacerles daño el roce de la ropa contra la piel.

La brisa se convirtió en un viento fuerte y, con el último tirón de la cuerda, Will vio que habían llegado al final. Con enorme alivio, se pudo poner de pie y doblar la espalda. Se quitó el barro de alrededor de los ojos y vio que los demás estaban ya de pie y hacían lo mismo que él: doblar las articulaciones para desentumecerlas y relajarlas. Todos menos Cal,

que había encontrado una peña en que sentarse y estaba ma-
sajeándose la pierna con un gesto de intenso dolor. Will se
miró y miró a los demás: con aquella capa de barro seco que
los cubría, tenían todos una pinta horrorosa.

Al dirigirse al centro del espacio, notó que el viento soplaba con tanta fuerza y constancia que se llevaba el aire que ex-
halaba por la boca. Al principio pensó que estaban en un lugar lleno de estalagmitas, o de estalactitas, o de ambas. Sólo
cuando se limpió el barro de las gafas y puso en marcha el artilugio ocular se dio cuenta de que no se trataba de eso. Se
hallaban en un gran túnel con el techo a unos veinte o treinta metros más arriba, que tenía en los bordes múltiples bocas
de túneles más pequeños que partían de él. Eran tantos los
túneles que sus oscuras bocas le hicieron sentirse muy mal, al
imaginarse que había styx agazapados dentro de ellas.

—Ya no necesitas la cuerda —le gritó Elliott a Will, que
hizo lo que pudo por quitársela, pero el nudo estaba tan duro
y embarrado que ella le tuvo que echar una mano. En cuanto
la cintura le quedó libre, la chica enrolló la cuerda y después
les hizo señas para que se acercaran. Al juntarse a los demás,
Will notó que Chester seguía evitándole la mirada.

—Vais a ir por ahí —dijo ella, señalando hacia abajo el
gran túnel. Su voz se la llevaba el viento, y ello hacía difícil
que la oyeran los muchachos.

—¿Cómo dices? —preguntó Will, llevándose una mano a
la oreja.

—He dicho que iréis por ahí —gritó ella, retrocediendo ya
hacia uno de los túneles secundarios. Todo parecía indicar
que ella no iba a acompañarlos.

La miraron sin comprender, con gesto de preocupación.

Sarah estaba cerca. Tan cerca que casi podía olerlos, pese a
los chorros de vapor sulfúreo.

El Cazador estaba en su elemento, haciendo aquello para

El poro

lo que había sido entrenado. El olor era tan reciente allí que se ponía a correr como loco tras su rastro. Del hocico le colgaban hilos de baba, y se le movían las orejas, en tanto que la cabeza no se levantaba del suelo. Las patas ni se le veían de lo aprisa que las movía, salpicando barro hacia atrás. Llevaba a Sarah casi a rastras, y ella hacía todos los esfuerzos posibles por no soltar la correa. Cuando él se detuvo para limpiarse el barro del hocico con rápidos resoplidos que parecían más propios de un gorrino, ella le preguntó:

—¿Dónde está tu amo?

Aunque no necesitaba que nadie lo animara, volvió a preguntarle en voz cantarina, como espoleándolo:

—¿Dónde está Cal, eh? ¿Dónde está?

Y el animal volvió a salir como de estampida. El empuje hacia delante pilló a Sarah por sorpresa. La fue arrastrando, tumbada boca abajo, durante unos veinte metros en los que no paró de gritarle que fuera más despacio, hasta que por fin el gato se calmó lo suficiente como para que ella pudiera volver a ponerse a cuatro patas.

—¿Cuándo aprenderé a tener la boca cerrada? —murmuró para sí, intentando pestañear bajo la capa de barro que le cubría la cara.

Después de ver volar a los lagartos, sabiendo perfectamente qué era lo que los había hecho emprender el vuelo, *Bartleby* y ella se habían lanzado a la carrera por el último tramo de la playa. Después, al llegar a las rocas, el animal había descubierto enseguida el rastro que se metía por la grieta, y allí había levantado la cabeza y lanzado un profundo maullido de triunfo.

Y en aquellos momentos, avanzando por la grieta, ella veía las huellas que había dejado el grupo. Había algunas huellas de manos que indicaban que iba alguien más con Will y Cal, alguien pequeño. ¿Un niño, tal vez?

46

El viento no amainó en su recorrido por el túnel principal, y en ocasiones se hacía más fuerte al pasar por un tramo más estrecho, hasta el punto de que, como lo llevaban de espalda, les ayudaba a caminar. Después del calor y el vapor que habían tenido que soportar en la grieta, el cambio resultaba agradable, aunque se tratara de aire caliente.

El techo del túnel estaba a gran altura, y todas las superficies que podían ver brillaban, como si las hubiera ido puliendo el polvo transportado año a año por aquel viento que incluso en ese momento les hacía bajar a ellos la cabeza, para evitar que les entraran partículas en los ojos.

Después de que Elliott los dejara abandonados a sus propios recursos, habían caminado a buen paso. Sin embargo, conforme pasaba el tiempo y ella no volvía a aparecer, empezaron a no entender para qué caminaban, y a hacerlo de manera indolente.

Antes de irse, Elliott les había dado instrucciones de que siguieran por el túnel principal mientras ella se iba a reconocer el terreno por delante, desde lugares a los que ella llamaba «puestos de escucha». Cal y Chester aceptaron la explicación que ella les daba, pero Will recelaba, y trató de averiguar qué era realmente lo que Elliott se traía entre manos.

—No entiendo… ¿Por qué tienes que dejarnos? —le preguntó fijándose atentamente en su mirada—. Creía que decías que los Limitadores iban detrás de nosotros.

Elliott no había respondido de inmediato, y rápidamente había ladeado la cabeza y apartado la mirada, como si distinguiera algo en el gemido del viento. Escuchó por un segundo antes de volverse de nuevo hacia él:

—Los soldados conocen este terreno casi tan bien como lo conocemos Drake y yo. Como lo conocía Drake… —se corrigió al tiempo que hacía una mueca—. Podrían estar por cualquier lado. Nunca hay que dar nada por sentado.

—Entonces, ¿podrían estar esperándonos? —preguntó Chester atisbando en el paisaje con intranquilidad—. Tal vez podríamos estar metiéndonos en una trampa.

—Sí. Así que dejadme que haga lo que mejor sé hacer —había respondido Elliott.

En aquel momento en que no la tenían de guía, Chester iba al frente del grupo, seguido de cerca por Will y Cal. Se sentían de pronto muy vulnerables sin la protección de su felina cuidadora.

Aunque el incesante vendaval los hacía sentirse bien, al mismo tiempo también los deshidrataba, y cuando Will propuso hacer un descanso para echar un trago, los otros dos no pusieron objeciones. Se apoyaron en la pared del túnel, tomando con placer unos sorbos de la cantimplora.

Como el problema entre Will y Chester no se había resuelto, ninguno de ellos hacía ningún esfuerzo por decir nada. Y Cal, con su cojera, tenía otros problemas con los que lidiar, de forma que permanecía tan callado como los otros dos.

Will observó a sus dos compañeros de viaje. Por la manera en que actuaban, sabía que no era el único que se preguntaba si Elliott los habría abandonado. Él ya estaba preparado para tal cosa, pensando que ella sería perfectamente capaz de irse y dejarlos allí, entregados a su suerte. Porque sin ellos tres, ella podría desplazarse mucho más rápido para ir a las Ciénagas o a donde quisiera.

Will se preguntaba cómo se lo tomaría Chester si realmente ella les había hecho esa jugarreta. No cabía duda de que él confiaba completamente en ella, y de que eso sería para él un duro golpe. Al echarle un vistazo en aquellos momentos, Will vio que Chester aguzaba la vista en la penumbra tratando de descubrir algún indicio de ella.

De inmediato, por encima del aullido del viento, oyeron el más espantoso de los ruidos, un gemido grave.

En cuanto Will lo oyó, comprendió que iba directo hacia ellos. Era un sonido que había esperado no volver a oír nunca. Presa del pánico, gritó con alarma:

—¡Un perro! ¡Un perro de presa!

Tanto Cal como Chester lo miraron con perplejidad, en tanto él dejaba caer la cantimplora y saltaba hacia ellos. Tiró de ellos, para obligarlos a moverse.

—¡Corred! —gritó ciego de terror.

Entonces, en tan sólo un segundo sucedieron varias cosas.

Se oyó un suave gimoteo, y de la oscuridad surgió algo tan rápido que apenas se podía ver. Ese algo dio un brinco desde el suelo y se lanzó sobre Cal. Si el muchacho no hubiera estado tan cerca de la pared del túnel, lo habría derribado. Will se vio apartado del empujón, pero recobró enseguida el equilibrio. Vislumbró al sinuoso animal y se quedó aún más convencido de que era un perro de ataque de los styx. Creyó que estaba todo perdido hasta que oyó los gritos de su hermano.

—¡*Bartleby!* —gritaba Cal con enorme alegría—. ¡*Bart*, pero si eres tú!

Al mismo tiempo, se oyeron dos estallidos lejanos. Con el rabillo del ojo, Will vio destellos en el túnel.

—¡Allí está ella! —exclamó Chester—. ¡Elliott!

Will y Chester observaron cómo la chica salía de las sombras y de un paso se colocaba en el medio del túnel.

—¡Quedaos ahí! —les gritó saliendo al camino principal.

Cal estaba que no podía más de la emoción. Sentado al

lado de su gato, estaba completamente al margen de cualquier otra cosa que ocurriera a su alrededor.

—Pero ¿quién te ha puesto esta cosa tan tonta? —le preguntó al animal.

De inmediato desabrochó el collar de cuero y lo tiró lejos. A continuación abrazó al enorme gato, que a su vez le empezó a lamer la cara.

—No me puedo creer que estés de vuelta conmigo, *Bartleby* —repetía una y otra vez.

—Yo tampoco me lo puedo creer. ¿De dónde demonios ha salido? —le preguntó Will a Chester, olvidando por el momento sus diferencias.

Pese a las instrucciones que les había dado en sentido contrario, Will y Chester se encaminaron lentamente hacia Elliott. Will conectó su artilugio ocular para ver qué hacía. Ella apuntaba con el rifle hacia abajo, a no se sabía qué. Will seguía impresionado por la repentina aparición de *Bartleby*, y no empezó a comprender lo sucedido hasta que habló Chester:

—Elliott le ha disparado varios tiros a alguien —comentó simplemente.

—¡Dios mío! —exclamó Will al comprender que los destellos que había visto tenían que ser los disparos de la chica. Se quedó parado allí mismo, sin ningún deseo de acercarse más.

Más allá, Elliott había apartado el arma del cuerpo de una patada y se había puesto en cuclillas para examinarlo. No hacía falta comprobar el pulso, porque había visto el charco de sangre que se extendía por el polvo y sabía que si el styx no había muerto ya, no tardaría en hacerlo.

El primer disparo lo había hecho a la parte inferior del cuerpo para detener al atacante, y después, rápidamente, le había disparado a la cabeza, y la bala le había dado en la sien. «Primero incapacitar, y después matar.» La puntería no había sido perfecta y la muerte no había sido tan limpia como le hubiera gustado, pero el resultado era el mismo. Elliott se permitió una sonrisa de satisfacción.

El styx estaba lleno de arriba abajo de barro seco: estaba claro que los había seguido a través de la grieta. Con las yemas de los dedos, Elliott palpó la superficie de cuero brillante del largo gabán rayado con manchas marrones de camuflaje, un dibujo que conocía muy bien. En fin, un Limitador menos. Aquél no volvería a molestarlos.

—Va por ti, Drake —susurró, pero a continuación unos frunces le arrugaron el ceño.

Y es que había algo que no encajaba: el styx que llegaba con intención de asesinar se había lanzado hacia los chicos con el arma colgada del hombro, y preparada. Elliott estaba segura de que había estado a punto de disparar mientras corría, y sin embargo no lo había hecho. Y tampoco había demostrado la precisión ni el sigilo que se esperarían en un soldado de la división de los Limitadores. Las habilidades en el combate de aquellos soldados eran legendarias, pero por algún motivo aquel hombre había ido a lo loco. Dándole vueltas al asunto, Elliott arrugaba el ceño aún más, pero el problema era ya puramente teórico, pues el styx estaba abatido. Y aquél no era lugar para quedarse mucho tiempo. Era más que probable que hubiera otros styx en camino, y no tenía ganas de que la pillaran en campo abierto.

Empezó a rebuscar en el cuerpo. El styx no llevaba mochila, lo cual resultaba decepcionante: debía de haberla dejado por el camino para poder avanzar más rápido. Sin embargo, sí que llevaba puesto el cinturón de campaña, que ella le quitó y puso junto al rifle.

Andaba hurgando en los bolsillos de la chaqueta cuando encontró un papel doblado. Pensando que sería un mapa, lo desplegó, ensuciándolo con la sangre del Limitador con la que se había manchado la mano. Se trataba de un pliego que conmemoraba algún tipo de suceso: había visto algunos parecidos en la Colonia. El dibujo principal era de una mujer, con cuatro imágenes más pequeñas de diferentes escenas a su alrededor, por las que Elliott pasó rápidamente antes de que algo le llamara poderosamente la atención.

Había un quinto dibujo en la parte de abajo que parecía añadido posteriormente, porque estaba hecho a lápiz. Era muy extraño. Lo miró con recelo, sin poderse creer lo que veía: era clavado a Will, aunque en el dibujo estaba mejor vestido y llevaba el pelo muy corto y bien peinado.

Lo observó más de cerca, acercando la lámpara al papel. Sí, se trataba de él, pero había otro detalle en él que la dejó sin respiración: Will tenía puesta al cuello una soga de horca. El otro extremo de la cuerda trazaba una curva en forma de signo de interrogación.

Y detrás de él había una figura ensombrecida, menos clara, que se parecía vagamente a Cal. Mientras que Will parecía triste, como se supone que estará cualquiera al que están a punto de colgar, la segunda figura sonreía con serenidad. La expresión de las dos caras estaba completamente desligada una de otra, y la combinación de ambas resultaba bastante inquietante.

Examinó el resto de la hoja, demorándose en el dibujo central de la mujer, y después leyó el nombre que figuraba en una cartela arriba del todo: «Sarah Jerome».

Elliott se inclinó entonces sobre el cuerpo y le giró la cabeza para poder verle la cara. Pese a la cantidad de sangre que procedía de la herida que tenía en la cabeza, vio claramente que no se trataba de un Limitador.

¡Era una mujer!

Con un largo pelo castaño claro que se había echado hacia atrás.

No había mujeres Limitadoras. Nadie había oído hablar nunca de tal cosa. Y Elliott lo sabía mejor que nadie.

En ese instante comprendió quién era la persona que tenía delante. A quien había matado:

A la madre de Will y Cal... a Sarah Jerome.

Volvió a dejarle la cabeza de lado, pensando que debía esconderla por si alguno de los muchachos se acercaba.

—¿Necesitas ayuda? —preguntó Will.

—Eh… —respondió Elliott—. No, quédate ahí.

—Es un cerdo styx, ¿no? —gritó el chico, con la voz temblorosa.

—Eso parece —respondió ella al cabo de un instante.

Dudó, mirando el rostro bañado en sangre, pensando si sería mejor decírselo a Will. Con dolor, Elliott rememoró la época en que vivía en la Colonia. Recordó el momento desgarrador en que se vio obligada a separarse de su madre, sabiendo que seguramente no volvería a verla nunca.

Indecisa, observó de nuevo la hoja de papel. No podía guardarse aquel secreto. No podría vivir llevándolo en la conciencia.

—¡Will, Cal, venid aquí!

—¡Vamos! —gritó Will, y se acercó corriendo—. ¡Te has cargado al bastardo! —dijo observando el cuerpo con cierto temor.

—Me imagino que te interesará ver esto —dijo Elliott rápidamente, poniéndole la hoja en la mano.

Él miró la hoja que el viento agitaba en su mano. Al reconocer el dibujo de sí mismo en la parte inferior de la hoja, movió la cabeza hacia los lados, sin poder creérselo.

—¿Qué es esto? —Entonces sus ojos descubrieron el nombre que figuraba en la parte superior—. Sarah… Sarah Jerome —leyó en voz alta. Se volvió hacia Chester—. ¿Sarah Jerome? —repitió.

—¿No será tu madre? —preguntó el otro muchacho inclinándose para ver mejor la hoja.

Elliott se arrodilló junto al cuerpo. Sin decir una palabra, le volvió con suavidad la cabeza y le apartó el pelo empapado en sangre para mostrar el rostro. Entonces se levantó y dijo:

—Pensé que era un Limitador, Will.

—¡Dios mío! ¡Es ella! ¡Es ella! —exclamó él, pasando la vista de los grabados a la mujer que yacía en el suelo. En realidad ni siquiera necesitaba la hoja, porque la similitud entre su propia cara y la de ella era evidente. Era como ver su propio reflejo en un espejo polvoriento.

—¿Qué hace ella aquí? —preguntó Chester—. Y ¿por qué llevaba eso? —dijo señalando el rifle.

Will negó con la cabeza. Todo aquello era más de lo que podía soportar.

—Anda a buscar a Cal —le dijo a Chester dando un paso hacia Sarah. Se agachó a la altura de su hombro y alargó una mano para tocar el rostro que tanto se parecía al suyo.

Retrocedió un poco al oír un leve gemido que venía de ella.

—Está viva, Elliott —dijo casi sin voz.

Sarah movió ligeramente los párpados, pero no los abrió.

Antes de que la muchacha pudiera reaccionar, la mujer abrió la boca para respirar.

—¿Will? —preguntó, moviendo débilmente los labios y emitiendo una voz tan débil que él apenas pudo oírla por encima del desolado aullido del viento que recorría el túnel.

—¿Eres Sarah Jerome? ¿Eres de verdad mi madre? —le preguntó él con la voz ronca. Experimentaba emociones tumultuosas. Veía por primera vez a su madre biológica, vestida con el uniforme de los soldados que lo perseguían. Por otro lado, en la hoja que ella llevaba, él tenía una soga al cuello. ¿Qué significaba todo aquello? ¿Había ido a pegarle un tiro a él?

—Sí, soy tu madre —gimió—. Tienes que decirme... —dijo ella, pero entonces la voz le falló.

—¿Qué? ¿Qué quieres que te diga? —preguntó Will.

—¿Tú mataste a Tam? —chilló Sarah, jadeando y abriendo desmesuradamente los ojos y clavando la mirada en Will. Él se quedó tan impactado por la pregunta que casi se cae.

—No, claro que no —respondió Cal desde detrás de Will, que no se había dado cuenta de que estaba allí—. ¿Realmente eres tú, mamá?

—Cal —dijo Sarah derramando lágrimas por los ojos mientras los cerraba con fuerza y empezaba a toser. Pasaron varios segundos antes de que pudiera volver a hablar—. Decidme qué sucedió en la Ciudad Eterna... Decidme qué le ocurrió a Tam. Necesito saberlo.

A Cal le resultaba difícil hablar. Los labios le temblaban.

—El tío Tam murió para salvarnos... a los dos —dijo por fin.

—Dios mío —gimió Sarah—. Me mintieron. Lo sabía. Los styx me han mentido todo el tiempo. —Intentó incorporarse, pero no pudo.

—Tienes que quedarte quieta —le dijo Elliott—. Estás muy grave. Te tomé por un Limitador. Te disparé...

—Eso ya no importa —dijo Sarah, volviendo la cabeza a causa del dolor.

—Puedo vendarte las heridas —se ofreció Elliott, moviéndose con nerviosismo, mientras Will levantaba la vista hacia ella.

Sarah intentó decir que no, pero tuvo otro acceso de tos. Cuando pasó, continuó diciendo:

—Siento haber dudado de ti, Will. Lo siento mucho, mucho.

—Eh... no te preocupes por eso —dijo el chico tartamudeando, y sin entender muy bien lo que ella quería decir.

—Acercaos... los dos —les pidió—. Escuchadme.

Mientras se inclinaban para oír lo que su madre quería decirles, Elliott le puso en la cadera unas gasas que ató con vendas.

—Los styx poseen un virus mortal que pretenden extender por la Superficie. —Se detuvo, apretó los dientes emitiendo un gemido y después siguió—. Ya lo han probado allí, pero eso no ha sido más que un ensayo... El virus realmente mortal se llama *Dominion*... y causará una terrible plaga.

—Entonces, eso es lo que vimos en el Búnker —susurró Cal, mirando a Elliott.

—Will... Will —dijo Sarah, mirándolo presa de profunda desesperación—. Rebecca lleva el virus con ella... y quiere eliminarte. Los Limitadores... —Sarah puso todo su cuerpo en tensión, y luego volvió a relajarlo—. No pararán hasta matarte.

—Pero ¿por qué a mí? —A Will la cabeza le daba vueltas. Allí tenía la confirmación de lo que se temía: los styx iban tras él.

Sarah no respondió pero, haciendo un enorme esfuerzo, miró a Elliott, que estaba terminando de ponerle una venda en la sien.

—Van detrás de todos vosotros. Tenéis que escapar de aquí. ¿Hay otros a los que podáis pedir ayuda?

—No, sólo estamos nosotros —le respondió Elliott—. A la mayor parte de los renegados los han atrapado.

Sarah se quedó callada, intentando recuperar el ritmo normal de respiración.

—Entonces, Will, Cal y tú tenéis que bajar más hondo... ir a algún lugar en que no puedan alcanzaros.

—Eso es lo que estamos haciendo —confirmó Elliott—. Nos dirigimos a los Terrenos Baldíos.

—Bien —dijo Sarah con voz ronca—. Y después debéis ir a la Superficie y avisarles de lo que se les avecina.

—¿Qué...? —empezó Will.

—¡Ah, me duele! —gimió Sarah, y su cara se quedó relajada como si hubiera perdido el conocimiento. Sólo la esporádica agitación de los párpados indicaba que no se había desvanecido.

—Mamá... —dijo Will dudando. Dirigirse de ese modo a una persona completamente extraña le hacía sentirse muy raro. Había mil cosas que quería preguntarle, pero sabía que no eran el momento ni el lugar adecuados—. Mamá, tienes que venir con nosotros...

—Te podemos llevar —añadió Cal.

La respuesta de Sarah fue tajante:

—No, yo no haría más que impediros avanzar, y si os dais prisa tenéis una posibilidad.

—Tiene razón —dijo Elliott cogiendo el rifle de Sarah y su cinturón de campaña y pasándoselos a Chester—. Ahora tenemos que irnos.

—No, yo no me voy sin mi madre —insistió Cal, cogiéndole la flácida mano.

Mientras Cal hablaba con su madre, con las lágrimas cayéndole por las mejillas, Will se llevó aparte a Elliott.

—Tiene que haber algo que podamos hacer —le presionó—. ¿No podríamos llevarla con nosotros una parte del camino, y después dejarla oculta?

—No —respondió Elliott con énfasis—. Además, no le va a ser de ninguna ayuda que la movamos. Seguramente va a morir de todos modos.

Sarah pronunció el nombre de Will, y él inmediatamente se colocó al lado de Cal.

—No olvidéis —les dijo Sarah a los chicos con un enorme esfuerzo y el rostro contorsionado por el dolor— que estoy muy orgullosa de vosotros do… —No terminó la frase. Ante los ojos de Cal y Will, cerró los ojos firmemente y se quedó inmóvil. Había perdido el conocimiento.

—Tenemos que irnos —dijo Elliott—. Los Limitadores llegarán pronto, muy pronto.

—¡No! —gritó Cal—. Esto se lo has hecho tú. No podemos…

—No puedo deshacer lo que hice —le respondió la chica sin alterarse—. Pero lo que sí puedo hacer es ayudaros a vosotros. Tú eliges si sigues conmigo o no.

Cal estaba a punto de objetar algo cuando Elliott volvió a ponerse en camino, seguida por Chester.

—Mira cómo está, Cal. No le haríamos ningún favor cargando con ella —añadió la joven volviendo de lado la cabeza.

Pese a las continuas protestas de Cal, tanto él como Will sabían en el fondo que Elliott tenía razón. No serviría de nada intentar llevarse a Sarah con ellos. Se pusieron en marcha mientras la muchacha les decía que Sarah tendría alguna posibilidad si pasaba por allí otro renegado e intentaba curarle las heridas. Pero tanto Will como Cal sabían perfectamente lo improbable que era que eso ocurriera, y comprendieron que Elliott sólo intentaba consolarlos un poco.

Al doblar el primer recodo del túnel, Will se paró y se volvió a mirar a Sarah. Con el aullido incesante y lastimero del viento, resultaba aún más triste y escalofriante la idea de que se fuera morir allí, en la oscuridad, sin nadie al lado. Tal vez le esperara a él la misma suerte: exhalar en soledad su último aliento, en un remoto rincón de la Tierra.

Pero aunque estuviera increíblemente afectado por el incidente, tenía la impresión de que no sentía todo lo que hubiera debido sentir.

Hubiera debido sentir la más intensa de las penas ante el hecho de que su madre se desangrara hasta la muerte en aquel túnel. Pero donde debía de haber estado aquella terrible pena, se hallaba una nebulosa de confusas emociones. Sí, hubiera debido sentir más pena, pero para Will aquella mujer era poco más que una extraña que había recibido un disparo por error.

—Will —le apremió Elliott, tirándole del brazo.

—No entiendo. ¿Qué había venido a hacer aquí? —le preguntó—. ¿Y por qué llevaba a *Bartleby*?

—¿Ese cazador era de Cal? —preguntó Elliott.

Él asintió.

—Entonces está muy claro, realmente —dijo Elliott—. Los Cuellos Blancos sabían que Cal y tú estabais juntos, así que ¿qué mejor que utilizar al animal para seguir a su amo, sabiendo que eso la llevaría directa a ti?

—Supongo que es así —dijo Will frunciendo el ceño—. Pero ¿por qué estaba aquí abajo? ¿Qué pensaban los styx…?

—¿No te das cuenta? Querían que te encontrara para matarte —dijo Chester con voz mesurada y fría. Hasta aquel momento se había quedado en silencio, y su mente pensaba con más claridad que la de Will—. Obviamente, le habían hecho creer que eras responsable de la muerte de Tam: otro de sus malvados planes. Igual que ese *Dominion* del que hablaba.

—Vale, y ahora, ¿podemos ir más aprisa? —les dijo Elliott, esparciendo unos *resecadores* en el camino, por detrás de ellos.

Siguieron por el camino principal, con Cal algo apartado, y el gato pegado a él y dando brincos de alegría.

Y antes de que pasara mucho tiempo, salieron a una estrecha cornisa. El viento seguía soplando fuerte. Se pararon. No había nada delante de ellos, y tampoco había un camino de bajada.

47

—¿Y ahora qué? —preguntó Will intentando apartar a Sarah de la mente y concentrarse en la situación.

Con las lámparas puestas al mínimo y sin la ayuda del artilugio ocular, tuvo la clara impresión de que en el área que se ofrecía ante ellos había algo, por borroso que fuera, algo que podían ser resaltes o plataformas situadas aproximadamente a la misma altura. No había duda de que Elliott los había llevado ante una especie de precipicio, pero no sabía qué había delante ni debajo de ellos.

Will era consciente de la fría mirada de Chester, y eso le irritaba extraordinariamente. Tenía la sensación de que, en silencio, su antiguo amigo le echaba la culpa de todo. Teniendo en cuenta lo que acababa de pasar, hubiera esperado de Chester un poco de conmiseración. Evidentemente, eso era esperar demasiado.

—¿No iremos a dar un salto? —preguntó mirando lo que comprendía que era un acantilado cortado a pico.

—¡Por supuesto! Tiene varios cientos de metros de altura, en picado —respondió Elliott—. Pero tal vez prefiráis probar a ir por allí.

Miraron hacia donde ella indicaba, al borde de la cornisa, y vieron dos picos. Se acercaron todo lo que pudieron. La combinación del viento con el precipicio los invitaba a moverse con cautela. Descubrieron que era la parte superior de una vieja escalera de mano hecha de hierro, oxidada pero recia.

—Una escalera coprolita: no es tan rápida como saltar, pero sí mucho menos dolorosa —explicó ella—. Este lugar es conocido como los Cortantes. Cuando lleguéis abajo, veréis por qué.

—¿Y qué pasa con *Bartleby*? —preguntó Cal de repente—. ¡Él no puede bajar por esa escalera, y yo no puedo dejarlo aquí! ¡Acabo de recuperarlo!

El niño estaba arrodillado con el brazo alrededor del gato, que frotaba su enorme mejilla contra la cabeza de su amo y ronroneaba tan fuerte que sonaba como una colmena llena de abejas.

—Mándalo por la cornisa. Encontrará el camino de bajada —indicó Elliott.

—No voy a volver a perderlo —dijo Cal con decisión.

—Ya lo he entendido —bramó ella—. Si de verdad es un Cazador, sabrá encontrarnos abajo.

Indignado, el chico lanzó un gruñido de contrariedad.

—¿Qué quieres decir? ¡Es el mejor Cazador que hay en toda la Colonia! ¿Verdad que sí, *Bart*? —Pasó la mano con cariño por la cabeza pelada y arrugada del gato, y la colmena de abejas empezó a sonar como una revuelta popular.

Elliott fue delante, seguida de cerca por Chester, que adelantó a Will:

—Perdona —dijo con brusquedad.

Éste prefirió no decir nada, y en cuanto Chester se perdió de vista, lo siguió por la escalera. Se sintió desconcertado, mientras se agarraba a los listones de hierro y buscaba a tientas el peldaño en que posar el pie. Sin embargo, en cuanto empezó a moverse, la cosa no resultó del todo mal. El último fue Cal, que había enviado a *Bartleby* por el camino largo, por la cornisa, pero parecía tener grandes recelos al descender por la escalera, y bajaba con mucha rigidez y lentitud.

Era un largo descenso, y la escalera temblaba y crujía pavorosamente con sus movimientos combinados, como si alguna de las sujeciones se hubiera soltado o roto. No tardaron en tener las manos llenas de óxido y tan resecas que tenían que tener especial cuidado para no soltarse. Poco a poco, a medida que bajaban, el viento disminuía. Al cabo de un rato, Will se dio cuenta de que ni veía ni oía a Cal por encima de él.

—¿Estás bien? —le gritó.

No hubo respuesta. Repitió la pregunta, esta vez más fuerte.

—Sí —fue la respuesta, pronunciada con voz resentida, que le llegó de abajo: era Chester.

—¡No te pregunto a ti, so ganso! ¡El que me preocupa es Cal!

Al tiempo que Chester mascullaba una respuesta, el bastón de Cal cayó por delante de Will, dando vueltas.

—¡Dios mío! —exclamó, pensando por un horrible instante que su hermano se resbalaba e iba a caer tras el bastón. Contuvo el aliento y aguardó. Sus temores no se vieron confirmados, pero seguía sin percibir señal alguna de Cal. Will decidió comprobar dónde estaba e, invirtiendo el sentido de su marcha, empezó a subir por la escalera. No tardó en llegar hasta él. Cal estaba completamente inmóvil, aferrándose con fuerza a la escalera.

—Se te ha caído el bastón. ¿Qué pasa?

—No puedo hacerlo… —dijo con la voz entrecortada—. Estoy mal… Déjame un poco.

—¿Es por la pierna? —preguntó Will preocupado por la tensión que revelaba la voz de Cal—. ¿O es todavía por Sarah? ¿Qué te ocurre?

—No, es sólo que… me mareo.

—¡Ah! —exclamó Will al comprender lo que le pasaba a su hermano, que habiendo pasado toda la vida en la Colonia no estaba acostumbrado a las alturas. Ya arriba, en la Superficie, había dado muestras de vértigo—. Lo estás pasando mal, ¿no? ¿Es por la altura?

Cal pronunció con dificultad un «sí».

—Mira, confía en mí. No quiero que mires abajo, pero estamos casi llegando... Ahora mismo puedo ver a Elliott.

—¿Estás seguro? —preguntó Cal, desconfiando un poco.

—Completamente. Vamos.

El engaño funcionó durante unos treinta metros, hasta que Cal volvió a pararse en seco.

—Me estás mintiendo. Ya tendríamos que haber llegado.

—No, realmente ya queda muy poco —le aseguró Will—. ¡Pero no mires abajo!

Esto se repitió varias veces, y Cal fue desconfiando y enfadándose más hasta que al fin Will llegó abajo.

—¡Aterrizaje sin problemas! —anunció.

—¡Me has estado mintiendo! —le acusó Cal al bajar el último peldaño.

—Sí señor, pero ha funcionado, ¿no? Ya estás a salvo —respondió su hermano encogiéndose de hombros, muy contento de haber conseguido que su hermano bajara, aunque hubiera tenido que recurrir al engaño para ello.

—Nunca más te voy a hacer caso —le soltó con enfado mientras empezaba a buscar el bastón—. Eres un cochino mentiroso.

—Ah, claro. Por favor, no te cortes y enfádate conmigo... como todos los demás —respondió Will, más para que le oyera Chester que Cal.

Will había estado tan preocupado por su hermano que todavía no había echado un vistazo al lugar en que se hallaba. Se dio la vuelta desde la escalera, y sus pies hicieron un ruido de cristales, como si pisara cascos de una botella rota. Efectivamente, al desplazarse por allí, el suelo no paraba de hacer aquel ruido de cristales rotos.

Will comprendió lo que tenía delante. Por lo poco que podía ver, parecía una serie de columnas muy apretadas, que se elevaban y perdían en la oscuridad, por encima de sus cabezas, cada una de las cuales tendría unos setenta metros de circunferencia.

—Voy a hacer esto sólo porque los Limitadores tienen que estar bastante lejos todavía, y quiero que sepáis dónde os encontráis —dijo Elliott poniendo la lámpara al máximo e iluminando la zona que tenían ante ellos.

—¡Ahí va! —exclamó Will.

Era como mirar en un mar de espejos oscuros. Cuando el haz de luz de la lámpara de Elliott dio en la más próxima de las columnas, se reflejó en otra y luego en otra, y el resultado fue un entrecruzamiento de haces de luz que producía la ilusión de tratarse de montones de lámparas. El efecto era asombroso. Aparte de la luz, vio su reflejo y el de los demás desde múltiples ángulos.

—Los Cortantes —dijo Elliott—; son de obsidiana.

Will se quedó maravillado al empezar a examinar la columna más próxima. Su contorno no era redondeado, como le había parecido al principio, sino que estaba compuesto de una serie de caras completamente planas que iban de arriba abajo, como si hubiera sido formada por muchos cortes longitudinales. Al levantar la vista, le parecía que la columna no se estrechaba en absoluto hacia la parte superior.

Entonces, al pasar la vista a su alrededor, descubrió otra columna que parecía diferente. Las caras planas que iban de arriba abajo estaban suavemente retorcidas, dando la impresión de una enorme columna salomónica. Al fijarse más, vio que había otras columnas como aquélla entre las rectas, y unas pocas incluso que tenían una curvatura extraordinariamente pronunciada.

Recordando que aún llevaba en la mochila su sencilla cámara, se preguntó si podría sacar una buena foto de la escena. Pero se dio cuenta enseguida de que los reflejos lo hacían imposible. Empezó a darle vueltas a los factores que podían haber producido semejante fenómeno natural único.

Aunque tenía muchas ganas de comentar algo sobre las columnas, se reprimió, recordando con tristeza la reacción de Chester cuando había admirado los lagartos voladores. Y sin embargo, si algo parecía el escenario ideal para una de las novelas fantásticas que le gustaban a Chester, eran aquellos monolitos cristalinos. *La guarida secreta de las hadas oscuras*, pensó irónicamente Will. No, todavía mejor: *La guarida secreta de las vanidosas hadas oscuras*. Reprimió una risita al pensar en eso, guardándose la idea sólo para él. No tenía ganas de volver a discutir con Chester: su relación con él ya había llegado al mínimo.

Chester aprovechó ese momento para hablar, y en su voz había un tono de indiferencia por todo lo que le rodeaba, muy probablemente en un intento de molestar a Will.

—Bueno, ¿y ahora qué? —le preguntó a Elliott, que volvió a bajar la intensidad de la lámpara. Desapareció la confusión de luces e imágenes múltiples, y Will se sintió bastante aliviado, porque aquello resultaba muy desorientador.

—Esto es un laberinto, así que tenéis que hacer exactamente lo que os diga —dijo Elliott—. Drake y yo tenemos un depósito a medio camino en el que podemos reabastecernos de comida y agua, y también coger municiones del arsenal. Eso no nos llevará mucho tiempo, y después nos dirigiremos al Poro. En cuanto lo hayamos pasado, nos quedará un trayecto de dos días hasta las Ciénagas.

—¿El Poro? —preguntó Will, a quien se le había despertado la curiosidad.

—¿Y qué pasa con *Bartleby*? —preguntó Cal interrumpiendo la conversación—. Todavía no está aquí.

—Dale tiempo. Sabes que nos encontrará —dijo Elliott en tono comprensivo, intentando calmar al muchacho, que empezaba a ponerse nervioso.

—Eso espero —dijo Cal.

—Vamos a lo nuestro —respondió ella, suspirando al tiempo que se le acababa la paciencia.

No había manera de que los muchachos se pudieran desplazar sin hacer ruido con el tintineo y rasponazos de la grava cristalina bajo los pies, aunque Elliott lo lograba sin esfuerzo, como si se deslizara sobre la superficie.

—Todo ese ruido que hacéis va a durar unos cuantos kilómetros. ¿Es que no podéis pisar más suavemente, cavernícol-
as? —les rogó, pero sin que sirviera de nada. No importaba
el cuidado que pusieran, seguían sonando como si hubiera
entrado una manada de elefantes en un cristalería—. El escondrijo no está lejos de aquí. Voy primero a comprobarlo,
después me podéis seguir, ¿entendido? —dijo Elliott, antes
de salir de allí como deslizándose.

Mientras aguardaban que volviera, Cal dijo algo de pronto:
—Me parece que oigo a *Bart*. Viene.

Separándose de Will y Chester, avanzó unos pasos, despacio y cautelosamente, sin separarse de la columna.

De pronto, la luz puesta al mínimo de su lámpara dio en
algo.

No era *Bartleby*.

Lo primero que pensó era que veía su propio reflejo. Pero
no tardó nada en darse cuenta de que no era así.

Ante él, erguido con toda su tenebrosa y amenazante presencia, había aparecido un Limitador.

Había ido bordeando la columna desde el lado opuesto.
Llevaba gabán largo y tenía el rifle a la altura de la cintura.

Por un brevísimo instante, dio la impresión de que estaba
tan sorprendido como Cal, que lanzó un chillido imperioso e
ininteligible para alertar a Will y Chester.

Cal y el Limitador se miraron a los ojos. A continuación el
labio superior del Limitador se levantó en un gesto despecti-
vo y brutal, mostrando los dientes en su rostro horrible y chupado. Era un rostro demente e inhumano: el rostro de un
asesino.

El instinto actuó antes que la mente, y Cal empleó lo único que tenía a mano. Levantó el bastón y, con un inusitado
golpe de suerte, el mango enganchó el rifle del Limitador antes de que lo pudiera agarrar firmemente, y se lo arrancó de
las manos. Hizo ruido de cristales al caer en la gravilla de obsidiana del suelo.

Entonces el Limitador y Cal se encontraron allí, frente a frente, tal vez más sorprendidos todavía por lo que acababa de ocurrir que en el instante en que se habían descubierto el uno al otro. No duró mucho. En menos de un abrir y cerrar de ojos, la mano del Limitador se abalanzó sobre él, blandiendo lo que parecía una daga en forma de hoz. Era el arma reglamentaria de los styx, que tenía una hoja curvada de aspecto mortal, de unos quince centímetros de larga. Blandiéndola en la mano, se lanzó contra Cal.

Pero Will ya estaba allí. Apareció por un lado. Agarrando el brazo del Limitador, dio un fuerte golpe contra él, y el Limitador salió impulsado. Will lo siguió en su caída y, al aterrizar ambos en el suelo, se dio cuenta de que estaba colocado de través sobre el Limitador. Seguía agarrando el brazo del soldado, y empleó todo su peso para evitar que pudiera usar el cuchillo.

Viendo lo que intentaba hacer su hermano, Cal siguió su ejemplo y se lanzó sobre las piernas del soldado, cogiéndole los tobillos con toda la fuerza de sus brazos. El Limitador estaba golpeando la espalda y el cuello de Will con el brazo libre, e intentaba cogerle la cara. La mochila se le había subido a Will hasta los hombros, y le dificultaba al Limitador descargar los puñetazos. Mientras le gritaba a Chester, Will mantenía la cabeza agachada.

—¡Usa el rifle! —le gritaba Will una y otra vez con voz amortiguada porque tenía la boca apretada contra el brazo del limitador.

—¡El rifle, Chester! —le gritó Cal con voz ronca—. ¡Dispárale!

Las abandonadas lámparas de los muchachos enviaban luces que se reflejaban de una columna a otra en un confusión de focos de luz. Chester, a varios metros de distancia, había levantado el rifle y trataba de apuntar.

—¡Dispara! —gritaron al unísono Cal y Will.

—¡No veo! —chilló Chester.

—¡Venga!

—¡Dispara!

—¡No veo como para disparar bien! —gritó Chester, totalmente desesperado.

El hombre se retorcía como loco bajo Will y Cal, y aquél estaba a punto de volver a gritar cuando le golpeó algo grande. El Limitador había dejado de lanzarle puñetazos, pero Will oía el sonido de golpes rápidos.

Tenía que mirar.

Giró la cabeza, levantándola lo suficiente para ver que Chester se había metido también en la pelea. Estaba claro que había renunciado a disparar y había decidido sumarse al cuerpo a cuerpo. Estaba de rodillas, una de las cuales había colocado sobre el abdomen del Limitador, y le descargaba puñetazos en la cara con ambos puños. Al tiempo que descargaba aquellos puñetazos, Chester trataba de inmovilizar el otro brazo del soldado para dejarlo completamente indefenso. Al hacer otro intento de cogerle el brazo, el soldado aprovechó la oportunidad. Tensó repentinamente el cuello y, con un movimiento furioso de la cabeza, golpeó a Chester en la cara.

—¡Cerdo! —gritó Chester. Volvió a lanzar sus puñetazos de inmediato, pero esta vez teniendo buen cuidado de guardar la distancia, y esquivando el brazo libre del Limitador cada vez que le lanzaba un golpe.

—¡Muere! ¡Muere, bastardo! ¡Muere! —gritaba Chester al intensificar los puñetazos que descargaba contra el rostro del Limitador.

Si Chester hubiera visto su reflejo en la columna que tenía al lado, no se habría reconocido a sí mismo. Su rostro estaba completamente distorsionado, convulsionado hasta el punto de que parecía una máscara enloquecida y resuelta. Ni en mil años se hubiera imaginado capaz de semejante acto de brutalidad y violencia. Todo el resentimiento y la rabia provocados por el modo en que lo habían tratado en la

Colonia se manifestaba allí, en un torrente imparable de golpes. Descargaba un golpe tras otro sobre el soldado, y sólo se detenía para esquivar el puño del Limitador cuando éste intentaba contraatacar.

Los cuatro se retorcían en una lucha a muerte, gritando y tensando el cuerpo desesperadamente, conteniendo la respiración, mientras el hombre lanzaba gruñidos como un jabalí, haciendo cuanto podía por liberarse. Chester seguía descargando puñetazos sobre el soldado, pero no parecían hacerle mucho efecto. El peso combinado de los tres muchachos conseguía constreñir sus movimientos, pero aún era capaz de utilizar el codo del brazo suelto para lanzar un golpe de vez en cuando, aunque con poca fuerza. Y como eso no funcionaba, intentó lanzarles a la cara sus dedos como garras, aunque tampoco eso le sirvió de mucho. Chester rechazaba un golpe tras otro, y Will mantenía la cabeza agachada y fuera de su alcance.

—¡Mátalo! —gritaba Cal desde las piernas del Limitador.

Los chicos pegaban y sujetaban, con una única idea en la mente: que tenían que contener al soldado fuera como fuera. Era como si lucharan con un tigre, un tigre cansado, pero que aún podía resultar mortal. No tenían más alternativa que seguir luchando, porque no lo podían soltar. La apuesta no podía ser mayor: era o él o ellos.

En el forcejeo de la pelea había una intimidad casi obscena. Chester podía oler el sudor acre del styx y su aliento de vinagre. Will sentía los músculos del hombre contraerse bajo él cada vez que utilizaba toda su fuerza para intentar liberar el brazo.

—¡No, no lo mates! —gritó Will doblando y redoblando sus esfuerzos para sujetar el brazo del hombre debajo de él.

El Limitador cambió de táctica, tal vez como último recurso, ya que no conseguía descargar sobre Chester ni Will ningún golpe significativo. Levantó la cabeza todo lo que pudo, escupiendo e intentando morderlos al tiempo que hacía ruidos no muy distintos a los del perro de presa que había atacado tan duramente a Will en la Ciudad Eterna.

Pero aquella muestra de puro salvajismo era sólo para distraerlos de sus auténticas intenciones, porque había detectado una fisura en su ataque combinado. Lanzó un grito de triunfo al levantar las rodillas y desplazar a Cal lo suficiente para poder liberar una pierna. La encogió y después lanzó con toda la fuerza el talón contra el estómago del chico. La patada derribó a Cal y lo envió por encima de la grava cristalina, sin aliento. Se retorció jadeando, tratando de volver a respirar.

Ahora el Limitador tenía un punto de apoyo. Movió las piernas y empezó a sacudirse con tal fuerza que a Chester le resultó imposible sujetarlo. Mientras intentaba aguantarlo, el Limitador le lanzó un sonoro manotazo a la cabeza. Se desplomó en el suelo, aturdido.

Will no sabía nada de las dificultades de los otros. No se atrevía a levantar la vista por miedo a recibir un golpe o una herida, y se aferraba tenazmente al brazo del Limitador, utilizando el peso de su cuerpo lo mejor que podía para mantener inmovilizado al hombre. Tenía que evitar que usara la hoz costara lo que costara, aunque fuera lo último que hiciera en su vida. Y probablemente lo fuera.

Como estaba menos constreñido, el Limitador pegaba repetidamente con el puño en la cabeza y el cuello de Will, que gritaba de dolor. No podría aguantarlo mucho más.

Afortunadamente, el Limitador sólo lo había aporreado un par de veces antes de que Chester volviera a entrar en la batalla. Recuperándose enseguida, cogió un trozo de obsidiana y, lanzando gritos, empezó a golpear con él la cabeza del Limitador.

Éste le echaba maldiciones en la lengua nasal de los styx. Alargó la mano y agarró la mandíbula de Chester. A continuación metió el pulgar en la comisura de la boca del chico, y, agarrándolo por allí, tiró del muchacho haciéndole mucho daño para apartarlo a un lado.

Moviendo desesperadamente las piernas, Chester no tenía más remedio que ir adonde lo empujaba el Limitador. En cuanto Chester se encontró en el suelo, al alcance del Limitador, éste le dio un tremendo golpe en el cráneo con el puño. Esta vez la recuperación no iba a ser tan rápida. Chester se quedó tendido, aturdido, y en su mente una lechosa nebulosa de estrellas se mezcló con las luces reflejadas por todas partes.

Con los dos, Cal y Chester, fuera de combate, sólo quedaba Will. El Limitador lo agarró por el cuello y hundió los dedos en él, apretándole la tráquea. El soldado balbuceaba de alegría en la lengua styx. Aferrándole la garganta a Will, comprendía que había ganado la pelea.

Jadeando a causa del dolor y de la falta de aire, el chico veía acercarse el final. No era demasiado sorprendente, porque al fin y al cabo aquél era un soldado entrenado, y ellos nada más que tres niños.

El Limitador estaba muy por encima de ellos. ¿Qué posibilidades habían tenido? Will se estaba resignando a la horrible y dolorosa derrota cuando el soldado aflojó un poco. Respirando una enorme bocanada de aire y tosiendo, Will se permitió pensar que algo cambiaba, y tal vez para mejor. Pero estaba completamente equivocado.

Se oyó un chasquido que podía haber hecho el Limitador con los dedos, y en su mano libre apareció una segunda hoz. La hoja brilló a la luz de una lámpara cercana cuando, con un movimiento ligero y sencillo, el soldado cambió su manera de coger el arma.

Will volvió unos centímetros la cabeza para intentar averiguar qué era lo que ocurría, y si Cal o Chester estaban lo bastante cerca como para intervenir. Pero ni siquiera los podía ver.

—¡No! —gritó alarmado, y el estómago le dio un vuelco al vislumbrar la hoz. No podía hacer absolutamente nada. No había tiempo de apartarse del recorrido de la daga. El Limitador lo tenía atrapado. La hoja brilló en el momento en que el hombre tomaba aire por entre sus magullados labios y empezaba a desplazar la hoz. El cuello de Will estaba totalmente expuesto. Apretó los dientes, abandonó toda esperanza, y esperó a que la daga llegara a su destino.

Se oyó un disparo atronador.

La bala pasó tan cerca de Will que sintió el calor en la piel. La mano levantada del Limitador siguió en el aire durante un tiempo que al chico le pareció una eternidad, pero que no fueron en realidad más que unas décimas de segundo. Después la mano se abrió y el arma cayó al suelo.

Will siguió donde estaba, paralizado de asombro, mientras el ruido de la bala seguía sonando en sus oídos. No miró directamente al soldado, pero vio lo bastante para darse cuenta de que constituía un espectáculo horripilante. Mientras estaba allí, oyó una larga exhalación, la de los pulmones del hombre, que se vaciaban. Siguió un paroxismo incontrolable. El cuerpo entero del Limitador se tensó debajo de Will y se oyó un gorgoteo húmedo al tiempo que una niebla sonrosada se esparcía por el aire. Will sintió las gotitas en la cara. Era demasiado para él. No pudo apartarse lo bastante rápido. Con una prisa alocada, se echó hacia atrás, alejándose del Limitador, y se puso en pie, soltando un torrente de palabras ininteligibles y gritos de horror y repulsión.

Sin dejar de jadear apresuradamente, se limpió la cara una y otra vez con las mangas de la camisa. Se paró y se volvió. Cal sostenía el rifle de Chester. Estaba observando el cadáver.

—Le he dado —dijo en voz baja, sin bajar el rifle ni la mirada.

Will se acercó a él, igual que Chester.

—Le he dado en la cara —repitió el niño en voz aún más baja. Tenía los ojos en blanco y el rostro sin expresión.

—Muy bien, Cal —dijo Will tomando el rifle de las rígidas manos de su hermano y dándoselo a Chester. Le pasó el brazo por encima de los hombros y lo apartó de la visión del Limitador muerto. Estaba tembloroso y le costaba mantenerse en pie, pero su preocupación por Cal sobrepasaba cualquier cosa que pudiera sentir sobre sí mismo. Su hermano pequeño accedió sin responder cuando él propuso sentarse.

Sólo cuando Will volvió a mirar el cuerpo inmóvil del Limitador, quedó lúgubremente fascinado por la idea de lo que habían hecho. No miró la cara mutilada del soldado, sino que se quedó paralizado ante su mano, iluminada por un haz de luz. Tenía los dedos flácidos y curvados, como en reposo. Por algún motivo irracional, Will hubiera querido que esa mano se moviera, hubiera querido que aquello no fuera real sino sólo una especie de representación teatral. Pero la mano no se movió, ni volvería ya a moverse.

Apartó los ojos del Limitador mientras sentía contra él los temblores de Cal. No era el momento más apropiado para que a su hermano le diera un ataque de histeria.

—¡Le has dado! ¡Te lo has cargado! ¡Te has cargado a un Limitador tú solo! —Chester farfullaba emocionado, riéndose, y las palabras le salían con dificultad a causa de la hinchazón de la cara—. ¡Le has dado en plenos morros! ¡En el centro de la diana! ¡Justo lo que se merecía! ¡Jajajajaja!

—¡Cállate, Chester, por Dios! —le dijo Will gruñendo.

Su hermano empezó a sentir arcadas, después a vomitar violentamente. Lloraba y murmuraba algo sobre el Limitador.

—Está bien, está bien —le decía Will, sin soltarlo—. Ya se acabó.

Elliott llegó con su andar veloz.

—¡Dios mío! ¿Es que no podéis hacer menos ruido?

Vio al Limitador muerto e hizo un gesto de aprobación con la cabeza. Después miró a los muchachos. Todavía agitado por la descarga de adrenalina, Chester brincaba de un pie al otro, en tanto que Cal y Will parecían completamente exhaustos.

Ella observó las columnas cristalinas.

—Los Cuellos Blancos están aún más cerca de lo que yo creía.

—Tenlo por seguro —murmuró Will.

Elliott se volvió a Chester, que se ocupaba de su nariz, intentando contener el flujo de sangre que había empezado a salir de ella. Sonrió:

—Buen trabajo, Chester —le dijo.

—No… yo no… —repuso tartamudeando—. Yo no fui capaz…

—Ha sido Cal —intervino Will.

—Pero ¿no tenías tú el rifle? —le preguntó Elliott a Chester, perpleja y un poco decepcionada.

El chico no dio ningún tipo de explicación, y se limitó a mirar a Will con irritación. Entonces Elliott se volvió hacia los dos hermanos:

—Arriba. Tenemos que seguir… sin perder tiempo. ¿Alguien está herido?

—La mandíbula… La nariz… —empezó a quejarse Chester.

—Cal necesita un descanso. Míralo —interrumpió enseguida Will, echándose hacia atrás para que Elliott pudiera ver los ojos perdidos y desenfocados de su hermano.

—Imposible. Y menos después de este jaleo —dijo ella.

—¿No puede…? —rogó Will.

—No —gruñó ella—. ¡Escuchad!

Hicieron lo que les decía. Oyeron un aullido en la lejanía, pero no podían saber lo lejos que estaba exactamente.

—¡Son perros de presa! —exclamó Will, notando que se le erizaban los pelos de la magullada nuca.

—Sí, toda una manada —explicó Elliott asintiendo con la cabeza. Les dirigió a los muchachos una ligera sonrisa—. Y hay otra razón por la que pienso que es buen momento para poner pies en polvorosa —dijo.

—¿Cuál? —se apresuró a preguntar Will.

—Pues porque acabo de poner un explosivo en el depósito. El escondrijo entero volará por los aires dentro de sesenta segundos.

Afortunadamente, esta última información tuvo la virtud de resucitar a Cal. Elliott cogió el rifle del Limitador al pasar todos junto a su cadáver, y después corrieron como no lo habían hecho hasta entonces. Will permaneció junto a Cal, que hacía todo lo que podía con su pierna mala, pero cuando *Bartleby* llegó con ellos, el muchacho se sintió capaz de correr tan rápido como los demás.

Hubo una ráfaga de disparos, como petardos que volaban. Una lluvia de balas horadó las columnas a su alrededor, y los impactos arrancaban pedazos de obsidiana del tamaño de platos que giraban en el aire. Por instinto, Will agachó la cabeza y empezó a ir más despacio.

—¡No! ¡No te pares! —le gritó Elliott.

Las balas silbaban y rebotaban en las superficies especulares mientras ellos huían. Will sintió unos tirones en las perneras del pantalón, a la altura de las pantorrillas, pero era imposible pararse a mirar qué los causaba.

—¡Listos! —gritó Elliott por encima del ruido del tiroteo.

Ocurrió entonces.

La explosión fue enorme. Lo inundó todo una luz cegadora que corría en todas direcciones, reflejada en todas las superficies, y después, tan pronto como amainaron las reverberaciones del estallido inicial, comenzó un enorme estruendo.

Las columnas rotas empezaron a caer, chocando unas contra otras como piezas de dominó en una reacción en cadena. Una sección descomunal de una columna partida cayó al suelo justo detrás de ellos, y levanto una tormenta de cristales en polvo, que brillaban a la luz como diamantes negros. El polvo se les metía por la garganta y les escocía en los ojos. El propio suelo se estremecía con cada golpe. Enormes cantidades de aire eran desplazadas alrededor de ellos al caer las columnas, y ráfagas azarosas de viento los impulsaban tan pronto a un lado como a otro.

Aquel pandemonio prosiguió, y antes de que ninguno de ellos se diera cuenta, estaban corriendo por un túnel detrás de Elliott. Will volvió la cabeza para mirar atrás, justo a tiempo de ver una columna caer contra la entrada y sellarla perfectamente. Siguieron sumergidos en una nube de cristal durante varios cientos de metros, pero después el aire se aclaró y Elliott les indicó que se detuvieran.

—Tenemos que seguir, tenemos que seguir —urgía Chester.

—No; tenemos unos minutos de respiro. Por aquí dentro no nos pueden seguir —explicó Elliott, quitándose de la cara trocitos de cristal—. Vamos a beber algo y recuperar el aliento. —Se llenó bien la boca de agua para refrescarse, echó algunos tragos más y pasó la cantimplora—. ¿Alguien está herido? —preguntó observándolos uno a uno.

Chester no podía respirar por la nariz, pero Elliott le dijo que no creía que la tuviera rota. También tenía la boca muy hinchada y partida por la comisura por la que lo había agarrado el Limitador, y la cabeza dolorida de todos los golpes que había recibido. Cuando Elliott le acercó la lámpara para examinarlo, él vio sus propios nudillos rojos y magullados, y las mangas y los antebrazos empapados de sangre. Ella lo examinó todo con cuidado.

—No pasa nada; la sangre no es tuya —dijo después de una somera inspección.

—¿Es del Limitador? —preguntó Chester, mirándola con los ojos como platos y temblando al recordar cómo había pegado al soldado con el cascote de obsidiana—. Es horrible… ¿Cómo puedo haberle hecho eso… a otra persona? —se preguntó en un susurro.

—Lo hiciste porque si no él te habría hecho a ti algo peor —le respondió ella antes de pasar a Cal.

El muchacho no parecía herido, salvo por algunas costillas que le dolían cuando le tocaban. Como seguía anonadado e intentando hacerse a la idea de que había disparado al Limitador, tardó en responder cuando Elliott le preguntó.

Ella lo agarró por los hombros y le dijo con voz comprensiva:

—Escúchame, Cal. Una vez, después de que me ocurriera algo horrible, Drake me dio un consejo.

El chico la miró sin fijar del todo la vista.

—Me explicó que nuestra piel ya tiene una capa muerta.

Entonces él la miró con atención, sin entender, frunciendo el ceño con expresión interrogante.

—Es muy inteligente: la piel muere y la capa superior se desprende para protegernos de la infección. —Poniéndose derecha, levantó las manos de los hombros de Cal y pasó una sobre el dorso de la otra para ilustrar lo que decía—. Las bacterias, o los gérmenes, como los llamáis vosotros, se asientan, pero no pueden fijarse.

—¿Y...? —preguntó el niño, intrigado.

—Y eso es lo que pasa, que una parte de ti se muere, igual que con la piel. Puede que te lleve un tiempo, como me pasó a mí, pero morirá para salvarte. Y la próxima vez tú serás más duro y más fuerte.

Cal asintió.

—Así que no te preocupes demasiado, y sigue.

Él volvió a asentir con la cabeza.

—Creo que te entiendo —dijo mientras su rostro perdía la rigidez y sus ojos recuperaban parte de la vitalidad—. Sí, entiendo.

Will había escuchado, y estaba impresionado por la manera en que ella había consolado a su hermano. Casi de inmediato, Cal pareció recuperar su carácter normal y se puso a hablar con su querido gato.

Entonces Elliott se acercó a Will. Teniendo en cuenta todo lo que había pasado, estaba relativamente indemne, salvo por algunos moretones hinchados y unos arañazos en el cuello, otros en la cara y una cordillera de chichones en la parte de atrás de la cabeza. Mientras Will se los tocaba con cuidado, pensaba en los tirones que había notado mientras corría, y palpándose con los dedos en la pantorrilla descubrió un par de desgarrones en la tela del pantalón.

—¿Y esto qué es? —le preguntó a Elliott. Estaba seguro de que no estaban antes.

La chica los examinó.

—Son agujeros de bala. Creo que has tenido mucha suerte.

Los disparos habían atravesado la tela, y él podía meter un dedo en los agujeros para mostrar por dónde habían entrado. Por el motivo que fuera, tal vez por el alivio que le causaba que no le hubieran acertado, no pudo parar de reírse. Cal le dirigió una mirada de curiosidad, mientras Chester hizo con la boca un sonido de desprecio. Elliott miró a Will con muda desaprobación.

—No desbarres, Will —le regañó.

—No estoy desbarrando en absoluto —le respondió, prorrumpiendo en una nueva carcajada—. Y mira que tengo motivos.

—Venga, vámonos derechitos al Poro —anunció ella—. Y después a las Ciénagas.

—¡Uy, qué a gusto se estará allí! —comentó Will, volviendo a reírse.

48

—¿Eres tú, Will? —gimió Sarah al notar que alguien la agarraba de la muñeca. Entonces recordó que él, Cal y los demás se habían ido hacía bastante, tal como ella les había pedido.

Abrió los ojos a la oscuridad y a la agonía más insoportable que hubiera experimentado jamás.

Si alguien puede imaginarse todos los dolores y sufrimientos soportados a lo largo de una vida, cada dolor de muelas y de cabeza, cada incomodidad que haya sufrido y que esté destinado a sufrir, acumulados todos en un solo momento de agonía insoportable, se hará una idea de lo que Sarah sentía en ese momento: algo mil veces peor que un parto.

Lanzó un grito, haciendo un enorme esfuerzo por no perder la conciencia. Mantuvo abiertos los ojos pese al hecho de no poder ver quién estaba allí. No sabía cuánto tiempo había permanecido inconsciente, pero era como si hubiera traspasado un par de pesadas cortinas, y algo ineludible tirara hacia atrás de ella para volverlas a correr. Era una lucha horrenda, porque el dolor tiraba de ella hacia el otro lado de las cortinas, donde había un espacio tranquilo, cálido y acogedor. Todo lo que podía hacer era resistir la tentación de regresar. No iba a permitírselo. Y cada trabajosa inspiración de los pulmones era un esfuerzo para resistirse.

Sintió que le apretaban la muñeca más fuerte, y al oír el sonido bronco de la lengua styx, el corazón le dio un vuelco.

Por algún lugar, en el límite mismo de su campo de visión, apareció una luz y oyó más voces styx mientras la rodeaban muchas sombras.

—Un Limitador —dijo ella, reconociendo el dibujo de camuflaje en el brazo que en aquel momento le tocaba las heridas.

En confirmación, una dura voz le gritó:

—¡En pie!

—No puedo —dijo ella, haciendo un gran esfuerzo por ver algo en la penumbra.

Eran cuatro los Limitadores. La había encontrado una patrulla. Dos de ellos tiraron de Sarah para ponerla en pie. Ella sintió un dolor atroz en la cadera y gritó. El grito resonó a través del túnel, pero era como si gritara otra persona diferente. Estuvo muy cerca de volver a perder la conciencia, y sintió que las cortinas volvían a abrirse invitándola a pasar.

Estaba suspendida entre los Limitadores, que la obligaban a caminar. El dolor era insoportable. Sintió que los huesos fracturados de la cadera rozaban uno contra otro, y casi se desvaneció de nuevo. Le caían gotas de sudor por la frente y se le metían en los ojos, obligándola a parpadear y cerrar los párpados.

Se estaba muriendo, y lo sabía.

Pero no quería morir aún, porque mientras siguiera viva tenía alguna posibilidad de ayudar a Will y Cal.

Drake atravesó el túnel tan raudo y sigiloso como el viento que iba con él. De tanto en tanto se paraba para buscar en el camino alguna huella reciente. El viento constante aseguraba que las huellas en la arena no duraban mucho tiempo, así que sabía que era improbable confundirse con huellas viejas.

Sin detenerse, se llevó una mano al hombro, que había recibido el impacto de una bala. Tan sólo había penetrado en la carne. Otras veces había sufrido heridas peores. Bajó la mano hasta el cuchillo que llevaba a la cadera y después a la cartuchera de cócteles que llevaba sujeta al muslo. Se sentía muy vulnerable sin su rifle y su mochila llena de municiones, que había perdido a la entrada del Búnker. Además, tenía el oído afectado por el estallido del mortero y se le había quedado en los oídos un zumbido permanente.

Pero todo eso era un precio muy pequeño a cambio de escapar con vida. Había faltado muy poco para que no hubiera sido así. Muy, muy poco, y no acababa de comprenderlo. Los Limitadores lo habían tenido atrapado, y sin embargo, por algún motivo, habían decidido no disparar. Era como si lo hubieran querido coger vivo, pero no era aquél su proceder habitual. Tras el mortero que había causado un tumulto en las hordas de styx, Drake había aprovechado la ventaja del caos y el remolino de polvo para esconderse de nuevo en el Búnker.

A partir de aquel momento, todo había sido como un juego de niños. Él era capaz de recorrer el complejo con los ojos cerrados, aunque las explosiones de Elliott hubieran cerrado varios de los recorridos más rápidos. Y había numerosas patrullas de Limitadores con las que lidiar, muchas de las cuales contaban con perros de presa. Durante un tiempo se escondió en un refugio que tenía preparado para una circunstancia como aquélla. Era una suerte para él que los perros se vieran completamente afectados por las consecuencias del trabajo de Elliott: los gases y el polvo seguían en el aire, incapacitándolos para seguir el menor rastro.

Utilizó un conducto de drenaje para salir del Búnker, pero al llegar a la Llanura Grande se dio cuenta de que no estaba fuera de peligro. No tuvo más remedio que dejar algunas huellas falsas para zafarse de la tropa montada de styx y de la jauría de perros de presa que le pisaban los talones. Para huir de aquellos animales del infierno había empleado todos los trucos del manual.

En aquel momento, mientras el sonido del viento se unía al zumbido que tenía en los oídos, se puso en cuclillas para estudiar el terreno. Le preocupaba no haber encontrado nada aún. Había varias rutas que Elliott podía haber tomado, pero, de todas, aquélla era la más probable, aunque la elección dependía de los movimientos de los Limitadores.

Se levantó y siguió otros treinta metros hasta que vio lo que andaba buscando.

—¡Aquí están! —anunció examinando las huellas impresas en el polvo. Eran huellas recientes, y le resultaba bastante fácil saber a quién pertenecían.

—Chester, y... ¡y éste tiene que ser Will! ¡De manera que lo logró! —dijo con un gesto de incredulidad y una sonrisa tensa, contento de ver que el chico había sido encontrado y se había reincorporado al grupo. Alargó la mano hacia la izquierda recorriendo el borde de otra huella, y después puso el cuerpo en tierra para ver el perfil con más detalle.

—La pierna te está dando problemas, ¿verdad, Cal? —murmuró para sí, viendo la desigualdad de una de las huellas del muchacho.

Otra cosa le llamó la atención en el polvo, junto a las huellas de Cal.

—¿Un perro de presa? —se preguntó, mirando a ver si había indicios de lucha por la zona, y tal vez hasta manchas de sangre. Se acercó a gatas para examinar las huellas, siguiendo su rastro hacia la pared en el lado opuesto del túnel. Todas las huellas parecían haberse originado allí, pero en aquel momento sólo le interesaban las que no eran humanas.

A continuación encontró una huella muy clara de la zarpa del animal.

«Esto no es un perro. No; esta huella es de felino. Para mí que es un Cazador.»

Dándole vueltas a lo que aquello podía significar, se irguió y buscó en un área mayor, regresando al camino por el que había llegado.

«¿Y tú dónde estás, Elliott?», se decía tratando de localizar sus huellas. Sabía que serían más difíciles de descubrir debido a la manera que tenía ella de moverse.

Una somera búsqueda no produjo ningún resultado, y decidió que no podía perder más tiempo en aquel examen, porque cada segundo que perdía, Elliott y los muchachos se alejaban de él. De manera que reemprendió la marcha.

Unos cientos de metros más allá, volvió a ponerse en cuclillas para inspeccionar el terreno, y después lanzó una exclamación:

—¡Ah, caramba!

Notó el escozor de los *resecadores* en la mano, y vio el débil destello que empezaban a emitir. Se limpió la mano enseguida en los pantalones para quitarse las bacterias. Había que hacerlo rápido, antes de que chuparan la humedad de la piel y revivieran con un destello de luz. Si se tardaba un poco más de la cuenta, ya no era posible detener la reacción. Habría sido tan grave y doloroso como si hubiera metido la mano en ácido. Había visto a suficientes perros de presa aullando y brincando de dolor, con el hocico tan brillante como la luz trasera de una bicicleta de la Superficie, como para saber de qué iba la cosa.

Pero se había limpiado a tiempo las bacterias y, sabiendo que Elliott no las habría utilizado sin necesidad, empezó a correr.

Fue entonces cuando oyó una terrible explosión que tenía lugar en algún punto por delante de él.

«Eso suena como si hubieran volado por el aire todas las municiones que yo guardaba», se dijo.

Siguió un ruido sordo y profundo que parecía el retumbar de un trueno, aunque duró bastante más que un trueno de la Superficie, y a continuación el viento que corría por el túnel vaciló y cambió de sentido.

Si antes avanzaba aprisa, en aquel momento empezó a correr por el túnel a toda velocidad, horrorizado al pensar que ya era demasiado tarde.

49

—¿Ves algo? —le preguntaba Chester a Elliott mientras escudriñaban el horizonte por la mira de los rifles.

—Sí… Algo que se mueve, a la izquierda —confirmó ella—. ¿Los ves tú?

—No —admitió Chester—. Nada…

—Son dos Limitadores, puede que tres —explicó Elliott.

Ya habían avistado styx varias veces a lo largo del camino, y cada vez que lo hacían, se veían obligados a cambiar de dirección. Ésa había sido la tónica general desde que salieron a un espacio abierto gigantesco lleno de extrañas formaciones rocosas. Se trataba de aquellas rocas como de masa de pan que había encontrado el doctor Burrows. Pero a diferencia de éste, ellos evitaban el camino, porque Elliott consideraba que ir por él era demasiado peligroso.

—Es mejor resultar lo menos visibles posible —dijo la chica. Aunque los Limitadores estaban a una distancia considerable, Chester y ella iban agachados y utilizaban los menhires para resguardarse al volver sigilosamente hacia el lugar en que los esperaban Will y Cal.

—¿Habéis visto algo? —preguntó Will.

—Más Limitadores —respondió cortante Chester, evitando mirarlo.

—No me hace ninguna gracia —dijo Elliott negando con la cabeza—. No podemos seguir por el camino que yo pensaba, así que tendremos que atajar por la cuesta más próxima al Poro, y después… después iremos hacia…

Dudó, al tiempo que llegaba por el seco aire un aullido distante seguido de ladridos.

Bartleby soltó un leve maullido, y sus orejas se levantaron como antenas de radar mientras se giraba completamente hacia el lugar del que llegaban los ladridos.

—Vienen con los perros de presa —dijo Elliott—. Vamos.

Siguieron andando todo lo aprisa que podían, pero Will y los demás se daban cuenta de que no sentían el miedo que sería de esperar. Y eso por dos razones: la primera, porque los soldados se encontraban aún a una distancia tal que no percibían el peligro como inmediato; la segunda, porque la pelea con el Limitador había producido en ellos un efecto importante. Las palabras de ánimo que Elliott le había dirigido a Cal en los Cortantes habían animado a los tres muchachos, y era como si estuvieran un poco anestesiados del miedo constante en que habían vivido. La chica tenía razón: la experiencia, por horrible que fuera, servía para endurecerlos.

Y también habían averiguado que sus enemigos no eran los invencibles guerreros que habían creído. Podían ser derrotados. Además, ellos tenían a Elliott a su lado. Al bajar por la cuesta, Will, perdido en ensoñaciones, pensaba en ella como una superheroína. «La increíble chica explosiva —bromeaba para sí—, con dedos de dinamita y nitroglicerina en la sangre.» Se rió entre dientes. Elliott siempre estaba a la altura de las circunstancias, siempre tenía algo previsto para poder salir del apuro. «Ojalá siga así», pensó Will.

De manera que los pilló de sorpresa cuando, tras otra parada para reconocer el horizonte, se mostró cada vez más agitada. Estaba habitualmente tan tranquila y serena que su nerviosismo repentino contagió a los muchachos. Veía a los Limitadores por todas partes.

—Esto no me gusta. Tendremos que bajar aún más —les dijo dando un cuarto de vuelta y llevándose el rifle al hombro para reconocer el terreno una vez más antes de tomar una nueva dirección.

Will no comprendió la importancia de aquel nuevo cambio de dirección hasta que llegaron al Poro.

Caía agua en lloviznas esporádicas, sacudidas por el viento, en el momento en que Will se acercaba a ver exactamente lo mismo que había visto el doctor Burrows.

Lanzó un silbido de asombro.

—¡Vaya agujero descomunal! —exclamó dirigiéndose de inmediato al borde y echando un vistazo.

Afectado de vértigo, Cal no ocultó su incomodidad y guardó una buena distancia entre él y el borde del precipicio.

Will examinaba la curva del Poro a través del artilugio ocular.

—Pues sí que es grande de verdad.

—Sí —dijo Elliott—. Ya lo creo.

—Ni siquiera alcanzo a ver el otro lado —murmuró Chester sin dirigirse a nadie en concreto.

—Tiene casi dos kilómetros de diámetro —dijo Elliott tomando un sorbo de agua—. ¡Y quién sabe cuál es su profundidad! Nadie que haya caído en él ha regresado para contárnoslo. Salvo uno, hace mucho tiempo, que dicen que salió por su propio pie.

—He oído hablar de él. Un tal Abraham no sé qué —dijo Will recordando que Tam le había hablado de ese hombre.

—Mucha gente pensó que era mentira —siguió Elliott—. O eso, o que la fiebre le había reblandecido el cerebro. —Miró a lo hondo del Poro—. Pero hay un montón de antiguas leyendas sobre una especie de… —dudó como si estuviera a punto de decir algo demasiado absurdo— una especie de lugar, ahí abajo.

—¿A qué te refieres? —preguntó Will volviéndose rápidamente hacia ella. Necesitaba saber más, y le traía sin cuidado cómo reaccionara Chester—. ¿Qué tipo de lugar?

—¡Ah, ya está otra vez con su montón de preguntas —murmuró Chester sin perder un segundo. Will lo ignoró.

—Dicen que allí hay otro mundo, pero Drake pensó siempre que eran un montón de paparruchas —dijo poniéndole el tapón a la cantimplora.

Andando por el borde del Poro no vieron indicios de más Limitadores. Tras pasar un rato caminando a buen ritmo, Will vio a través de la lente el contorno de una especie de estructura regular. Unos minutos después, quedó patente que no se trataba de un edificio, sino tan sólo de un enorme arco.

Dos cosas le sorprendieron al llegar. El arco, aunque erosionado y en parte desmoronado, conservaba un símbolo en la clave de bóveda que reconoció enseguida. Tenía talladas tres líneas divergentes, el mismo símbolo que aparecía en el colgante de jade que le había dado el tío Tam justo antes de su último enfrentamiento a la división styx en la Ciudad Eterna.

La segunda cosa que notó era que había papeles esparcidos por el suelo en el lado de allá del arco. Chester y Elliott ya habían cogido algunos de aquellos papeles y estaban examinándolos.

—¿Qué es todo eso? —preguntó Will al acercarse a ellos.

Sin comentario alguno, Chester le entregó unas hojas.

No necesitó más que echarles una mirada.

—¡Mi padre! —exclamó—. ¡Mi padre!

Vio que varias de ellas contenían dibujos de piedras, en los que había minuciosos borradores de líneas de símbolos extraños y complejos. La inconfundible escritura de su padre llenaba los márgenes. En otras hojas había anotaciones en letra muy apretada.

Will observó el suelo y revolvió con la bota entre las hojas sueltas. Encontró unos calcetines marrones de lana, bastante viejos y con grandes agujeros, envueltos juntos, y después, cosa extraña, un cepillo de dientes de Mickey Mouse muy usado.

—¡Con todo lo que lo busqué! —sonrió Will apretando las mugrientas y desgastadas cerdas con el pulgar—. Mi padre está como una cabra… ¡Se trajo mi cepillo de dientes por equivocación!

Pero su alegría se evaporó cuando encontró las tapas con dibujo de mármol azul y morado de un cuaderno. Entonces comprendió de dónde habían salido todas las páginas. Lo cogió y miró la etiqueta pegada en la cubierta, que contenía el dibujo de un búho con gafas a un lado y las palabras *Ex Libris...* impresas en la parte superior en una refitoleada letra inglesa. Había algo escrito a mano:

—«Tercer diario. Doctor Roger Burrows» —leyó en voz alta.

Regresó inmediatamente hacia el arco. Al traspasarlo, no se detuvo mientras avanzaba hacia la plataforma, y descubrió enseguida una escalera erosionada que salía de ella. Bajó por los escalones y, llegando al último, se agachó para mirar hacia abajo. No pudo ver nada. Al levantar la vista, parpadeando bajo el agua que le caía en el rostro, algo le llamó la atención.

Justo delante de él estaba el martillo de geólogo de mango azul de su padre adoptivo, con la punta incrustada en la roca. Se inclinó para recuperarlo. Se desprendió después de varios tirones, y lo miró por unos segundos antes de renovar sus esfuerzos por ver algo al fondo del Poro. A través de la lente del artilugio ocular, vio que no había nada.

Inmerso en sus pensamientos, y esta vez sin prisas locas, se acercó a los demás.

—¿Qué pensáis que ocurrió aquí? —preguntó con la voz crispada de aprensión.

Elliott y Chester permanecieron en silencio. Ninguno era capaz de darle una respuesta.

—¿Mi padre...? —le preguntó a Chester.

Éste tenía la mirada perdida, el rostro sin expresión y los labios cerrados: no se sentía inclinado a decir nada.

—Espero que esté bien —comentó Elliott—. Si seguimos andando, tal vez...

—Sí, tal vez podamos alcanzarlo —completó Will la frase, aferrándose a la idea para reconfortarse—. Espero que se le cayera todo esto por accidente... a veces es algo olvidadizo...

—Diferentes explicaciones para la ausencia de su padre

adoptivo se revolvían dentro de su mente mientras volvía a observar el arco—. Pero no es… descuidado —añadió lentamente—. Quiero decir que… no es como si estuviera aquí la mochila, o…

En aquel momento Cal soltó un grito de terror. Había estado apoyado contra una roca grande de forma redondeada, a cierta distancia del borde del Poro, y se acababa de levantar de un salto como si le hubiera picado una abeja.

—¡Se ha movido! ¡Os juro que la roca se ha movido! —gritó.

La roca se había movido, y se seguía moviendo. Como por milagro, se había levantado sobre unas patas articuladas y se estaba dando la vuelta. Al proseguir su rotación y después pararse, todos pudieron ver sus antenas enormes y vacilantes. Las pinzas de aspecto mecánico que tenía delante de la boca emitieron un único castañeteo.

—¡Madre mía! —gritó Chester.

—¡Vamos, cállate! —le reprendió Elliott—. No es más que una «vaca de cueva».

Los muchachos miraron cómo el bicho, el gigantesco «ácaro del polvo» y antiguo compañero de viaje del doctor Burrows, volvía a chasquear las pinzas y avanzaba con cautela. *Bartleby* correteaba a su alrededor, atreviéndose a olfatearla y después volviendo a alejarse, como si no supiera muy bien a qué carta quedarse.

—¡Dispárale! —le exhortó Chester a Elliott al tiempo que se escondía tras ella, horrorizado—. ¡Mátalo! ¡Es horrible!

—No es más que un bebé —dijo ella sin mostrar ningún miedo al acercarse hasta el animal y darle una palmada en el exoesqueleto que resonó con un sonido sordo—. Son inofensivos. Se alimentan de algas, no de carne. No tenéis que poneros…

Se quedó callada al ver que había algo enganchado en las pinzas de la vaca de cueva. Le volvio a dar unas palmaditas, como si se tratara de la ternera ganadora del premio de engorde, y se adelantó para desengancharlo.

Se trataba de la mochila del doctor Burrows, muy rasgada y vuelta del revés.

Will se acercó despacio a Elliott y se la cogió.

Sus ojos lo decían todo.

—Así que este bicho… esta vaca de cueva… tú dices que es inofensiva, pero ¿no podría haberle hecho algo a mi padre?

—Imposible. Ni siquiera los adultos te harían el más leve daño, a menos que se sentaran encima de ti por accidente. Te lo he dicho: no comen carne. —Puso la mano sobre la de Will para acercarse la mochila a la cara y oler la lona rota—. Es lo que pensaba: había comida dentro. Eso es lo que la vaca iba buscando.

Muy poco tranquilizado por esas palabras, Will paseó la vista varias veces de la inmóvil vaca de cueva al arco, arrugando la frente con preocupación.

Aquello no tenía buena pinta, y todos lo sabían.

—Lo siento, Will, pero no podemos quedarnos aquí —dijo Elliott—. Cuanto antes nos vayamos, mejor.

—Tienes razón —respondió él.

Mientras Elliott, Chester y Cal volvían a ponerse en marcha, Will se dio mucha prisa cogiendo todas las hojas que pudo y metiéndoselas dentro de la chaqueta. Después, temiendo quedarse atrás, echó una carrera para alcanzar a los otros, aferrando en la mano el cepillo de Mickey Mouse.

—*«Estas botas son…»*

La letra de la canción pasaba por la nublada mente de Sarah. Medio gruñía, medio jadeaba palabras sueltas de ella en tanto que los Limitadores, a cada lado, la obligaban a seguir andando, y cada paso le producía un horrendo dolor en la cadera, como si le metieran en la carne un alambre con púas y se lo retorcieran.

Poco a poco, Sarah se moría y los Limitadores lo sabían perfectamente. Dispensarle atenciones médicas, ¿para qué?

Ella les importaba un rábano. Rebecca les daría seguramente la enhorabuena aunque la entregaran en forma de cadáver.

Sarah también sabía que tenía que conservar la conciencia, y se negaba a ser engullida por la oscuridad que se cernía sobre ella.

—… *son para caminar… uno de estos días…*

Uno de los Limitadores le dijo algo amenazante, pero ella, en desafío, siguió con la canción:

—… *estas botas te van a pisotear…*

La sangre de Sarah dejaba un reguero de gotas por donde pasaba. Por pura casualidad, un par de veces ocurrió que alguna gota cayera sobre los *resecadores* que Elliott había echado tras ella al huir por allí mismo con los muchachos. Resucitadas por la sangre de Sarah, las bacterias desprendían tal brillo como si la luz brotara directamente del suelo, como si fueran destellos desprendidos por el círculo exterior del infierno.

Pero Sarah no era consciente de aquello. Tenía la mente fija en un único propósito de importancia absoluta. Por lo que podía vislumbrar, los Limitadores la llevaban en la misma dirección que habían tomado Will y Cal. Esto tenía su lado malo y su lado bueno. Seguramente significaba que los styx seguían persiguiéndolos, o sea que sus hijos estaban en peligro. Pero también significaba que ella podría aún ayudarlos, aunque fuera la última cosa que hiciera. Y lo haría.

Lo que no sospechaba era que los acontecimientos estaban a punto de dar un giro inesperado a su favor.

50

Drake se había visto obligado a ir más despacio al encontrar-se delante de él con la patrulla de Limitadores. Soltó una maldición en silencio, porque estaban en su camino y no po-día hacer nada para adelantarlos, salvo ir por otro camino mucho más largo.

Forzando la suerte, se acercó más a ellos para evaluar con exactitud lo que tenía ante él. Se dio cuenta de que llevaban con ellos a alguien a rastras, pero no podía saber si se trataba de Elliott o de alguno de los muchachos. Tal vez fuera algún desafortunado renegado al que habían cogido los soldados, pensó para sí, muriéndose de impaciencia por volver a po-nerse en acción. Palpó los cócteles que llevaba en la cartu-chera. Hubiera querido tirárselos a los cuatro soldados, pero no quería arriesgarse a matar al prisionero.

Así que se vio obligado a aguardar la ocasión hasta que la patrulla arrastró a aquel desgraciado por la cornisa que había al comienzo de los Cortantes. Desde allí, emprendieron la ba-jada por el camino más largo. En cuanto se perdieron de vis-ta, Drake bajó rápidamente por la escalera de mano de los co-prolitas. Al llegar abajo, se puso a cubierto de inmediato. El aire brillaba con millones de diminutas partículas de cristal que se movían muy despacio y no sólo le entorpecían la visión sino que se le atragantaban en la garganta. Al desplazarse en-tre trozos de cristal y restos de columnas que quedaban de la explosión, se vio forzado repetidamente a pararse y ocultarse. En el lugar descubrió una buena cantidad de Limitadores muertos, pero también había bastantes vivos que parecía que estaban llevando a cabo un rastreo de la zona.

Al final llegó al pasaje que sabía que habría tomado Elliott, pero la entrada estaba completamente cerrada por una columna cristalina. No había nada que hacer aparte de bordear el perímetro y meterse por la siguiente ruta.

Al hacerlo volvió a ver la patrulla que llevaba al prisionero bajando por el último trozo de la cornisa. Dos de los cuatro Limitadores se separaron enseguida, seguramente para comunicar su presencia a los compañeros que estaban más adentro. Los otros dos dejaron caer al suelo a su cautivo. Oyó un grito de mujer en el momento de la caída. Drake no tenía ni idea de quién era, pero, por mucho que le urgiera alcanzar a Elliott, no podía dejar a la prisionera a merced de los styx.

Cogió un cascote de obsidiana y lo lanzó a veinte metros a la izquierda de la posición de los styx. Los dos soldados reaccionaron al instante ante el ruido, levantando el rifle y acercándose al lugar en que había caído. Drake esperó el momento y tiró otro cascote grande para apartarlos aún más, y a continuación se dirigió sigilosamente hacia donde había quedado la mujer. Poniéndole una mano en la boca para evitar que gritara, la levantó en brazos y salió con ella por el túnel. Cuando hubo recorrido bastante trozo, la posó en el suelo.

Le extrañó que ella llevara puesto un uniforme de Limitador, pero aún más el hecho de que el rostro de la extraña le resultara familiar. Ella intentó decir algo, pero él le pidió que se callara mientras examinaba las heridas que tenía, y notaba que las vendas eran idénticas a las que llevaban él y Elliott.

—Estas vendas… ¿quién te las ha puesto? —preguntó a la mujer.

—Eres un renegado, ¿no? —le preguntó Sarah a su vez.

—Sólo dime, ¿te las ha puesto Elliott? —repitió apresuradamente, sin tiempo para cortesías.

—¿Es una chica pequeña con un rifle grande? —preguntó Sarah.

Drake asintió con la cabeza, intentando recordar de qué le sonaba aquella cara.

—Supongo que será amiga tuya, ¿no? —preguntó ella. Vio a Drake alzar las cejas. Resultaba extraño. Por un instante le dio la impresión de que tenía ante ella a Tam, o una versión más delgada de él, pero la expresión socarrona era la misma. Tuvo la inmediata impresión de que podía fiarse completamente de aquel extraño, de aquel hombre de pelo entrecano con duros ojos azules y un incomprensible aparato en la cabeza.

—En fin, esa chica tiene una puntería que da asco —comentó ella con una risotada triste.

Drake se quedó desconcertado con la mujer, que demostraba un valor increíble a pesar de la gravedad de sus heridas. Pero no había tiempo que perder. Estaban malgastando unos segundos preciosos.

—Tengo que seguir —dijo disculpándose al tiempo que se levantaba—. Mi amiga Elliott me necesita.

—Y yo quiero ayudar a mis hijos, Will y Cal —dijo Sarah.

—¡Ah, ahora sé quién eres! —dijo Drake, dando un respingo al caer en la cuenta—. La legendaria Sarah Jerome. Me pareció reconocer tu…

—Y si quieres saber qué es lo que traman los styx —le interrumpió ella—, te lo puedo contar por el camino.

Elliott condujo a los muchachos hasta otro arco, aunque éste no había resistido las inclemencias del tiempo como el primero que habían encontrado. Sólo una de las columnas seguía en pie, y el resto descansaba a trozos en la decrépita plataforma sobre la que se había erigido el arco.

Will y los demás acababan de salir de las losas gigantescas cuando volvieron a oír el aullido de los perros de presa. Esta vez se oían tan cercanos que se asustaron. Elliott había estado caminando a toda velocidad, pero se paró en seco, y se volvió a los muchachos.

—¿Cómo puedo haber sido tan idiota? —estalló en un susurro feroz.

—¿Por qué dices eso? —preguntó Chester.

—¿No lo veis? —dijo ella con la voz quebrada a causa de la rabia.

En torno a ella, Will, Chester y Cal cambiaron miradas de incomprensión.

—Nos han estado hostigando durante kilómetros y kilómetros… y no me he dado cuenta. —Agarró el rifle con tanta furia que le crujió un nudillo de la mano—. ¡Vaya imbécil!

—¿Que no te has dado cuenta de qué? —preguntó Chester—. ¿De qué estás hablando?

—De las pautas que hemos seguido… Nos hemos encontrado con styx a cada vuelta del camino, y hemos torcido exactamente hacia donde ellos querían que fuéramos, como vaquillas en un encierro. Nos han hecho rebotar una y otra vez.

Will creyó que Elliott estaba a punto de ponerse a llorar, de tan furiosa que estaba consigo misma.

—Nos hemos metido en la boca del lobo… —Dejó deslizarse la culata del rifle hasta que descansó en la tierra, y después se apoyó contra el cañón, con la cabeza gacha. Estaba alicaída, como si de pronto hubiera perdido su carácter resuelto y decidido—. Y con todo lo que me enseñó Drake… Él nunca hubiera caído en…

—Vamos, no te pongas así, estamos bien —la interrumpió Cal, intentando conservar la calma, aunque su voz sonaba muy diferente de lo que pretendía. el niño no quería oír lo que ella decía. Estaba completamente exhausto, al borde del colapso. No quería más que llegar al lugar al que se dirigían y tomarse un merecido descanso—. ¿No podemos ir por ahí? —le preguntó señalando el perímetro del Poro.

—Ni mucho menos —respondió Elliott lánguidamente.

—¿Por qué no? —le preguntó.

Ella tardó un rato en responder, con los ojos puestos en *Bartleby*. El animal tenía la cabeza levantada y las orejas en alerta. Ante la mirada de ellos, levantó la cabeza aún más y olfateó. Elliott movió la cabeza de arriba abajo, con resignación, antes de responder a Cal.

—Porque por allí, en algún punto, nos aguarda un montón de Limitadores con los rifles preparados. —Como vio que los muchachos seguían negándose a aceptar lo que ella decía, recobró la compostura y dirigió una mirada feroz a cada uno de ellos, por turno—. Y por allí —señaló con el pulgar el área que quedaba a la izquierda— habrá suficientes Cuellos Blancos para llenar una apestosa iglesia. ¿Por qué no le preguntas a tu Cazador? Él lo sabe.

Cal miró al gato y después a Elliott, dubitativo, mientras Will y Chester daban unos pasos en las direcciones que ella había indicado para escrutar el yermo paisaje.

Colocándose la lente, Will podía ver a considerable distancia cuesta arriba, donde se encontraban los menhires en disposiciones azarosas.

—Pero… pero por allí no hay absolutamente nadie —comentó.

—Y tampoco por aquí —dijo Chester—. Te estás poniendo nerviosa, eso es todo. No pasa nada, Elliott —aseguró, y se volvió a acercar a ella al mismo tiempo que Will. Al igual que Cal, Chester necesitaba que Elliott le dijera que no pasaba nada, que todo iba bien.

—Si a ser acribillado a balazos lo llamas no pasar nada, entonces tienes razón —dijo lacónicamente ella colocándose el rifle en el hombro con un solo movimiento.

—Mira, no hay styx por allí —insistió Will, con voz teñida de incredulidad—. Es una tontería.

Nada hubiera podido prepararlo para lo que sucedió justo en ese instante.

51

Drake había bombardeado a Sarah con una pregunta tras otra mientras avanzaban para enterarse de todo. A ella le resultaba cada vez más difícil concentrarse en responder, y a menudo lo hacía de forma inconexa, en ocasiones confundiendo el orden en que habían ocurrido los acontecimientos al hablarle de Rebecca y del complot *Dominion*.

Al final se quedaron en silencio, Drake porque intentaba reservar sus energías para llevar a Sarah, y ella porque se mareaba cada vez con más frecuencia. Como si fuera un caldero agujereado, notaba cómo se le iba la vida gota tras gota, y sabía que, de continuar así, aquellos mareos sólo significarían una cosa. No se engañaba: sabía que tenía muy pocas posibilidades de volver a ver a sus hijos.

—*Estas botas te van a…* —cantaba sin fuerzas mientras Drake la llevaba. El dolor de la cadera fracturada era tan devastador que a veces le daba la impresión de ser un corcho cabeceando en la superficie de un océano rojo brillante que en cualquier momento podría inundarla y sumergirla en sus profundidades. Luchaba por quedarse a flote, pero se encontraba con la dificultad añadida de que su mente estaba muy confusa, y la cabeza le dolía tanto a causa del tiro que había recibido en la sien como si le hubiera partido el cerebro en dos.

—*Sigues mintiéndome en vez de…*

Y por fin llegaron a la cuesta que bajaba hasta el Poro. Drake jadeaba a causa del esfuerzo. Como si supiera lo que estaba a punto de ocurrir, echó a correr, pese al efecto que sabía que eso tendría en Sarah.

Un grito llegó hasta ellos a través de la explanada:

—¡Ah, Will!

El chico se quedó rígido.

—¡Sé que estás ahí, *sunshine!* —dijo una voz alegre.

Will reconoció la voz sin un instante de duda. Él y Elliott se miraron a los ojos.

—¡Rebecca! —exclamó casi sin aliento.

Por un instante, ninguno de ellos se movió ni dijo nada.

—Me parece que estamos perdidos —comentó Will con impotencia.

Elliott asintió.

—Tienes razón —añadió con voz totalmente inexpresiva.

Will se sentía igual que un conejo al ser cegado por la luz de los faros de un camión que avanza hacia él.

Era como si, en el fondo de su corazón, hubiera sabido que aquel momento llegaría, tarde o temprano, como si desde el comienzo mismo estuviera escrito que aquello iba a ocurrir. A pesar de lo cual, él los había metido a todos en ello. Posó en Chester su mirada aturdida, pero éste le respondió con tal gesto de recriminación y desprecio que Will tuvo que mirar a otro lado.

—¡Bueno, no os quedéis ahí! ¡Poneos a cubierto! —les gritó Elliott. Afortunadamente, a sólo unos metros de distancia había un par de gruesos menhires. Se dispersaron: Elliott y Chester se escondieron detrás de uno, mientras Will y Cal se iban al otro.

—¡Ah, Wiiill! —repitió la voz con la dulzura propia de una niña—. ¡Sal, vamos, sal de donde estés!

—¡Quieto! —le dijo Elliott con un rápido movimiento de la cabeza.

—¡No te escondas, hermanito! —gritó Rebecca—. Vamos a hablar un poco, como en los viejos tiempos.

Obedeciendo a Elliott, Will no respondió. Asomó un ojo por un lado de la roca, pero no vio más que la oscuridad.

Rebecca siguió, divertida:

—Está bien, si quieres jugar, dejemos claras las reglas.

Hubo un silencio. Evidentemente, Rebecca esperaba la respuesta de Will. Pero como no la obtuvo, prosiguió:

—Bien… las reglas. Primero, como parece que a ti te da vergüenza venir, iré yo hasta ti. Segundo, si a alguien se le ocurre hacerme pupa, se acabaron las contemplaciones. Soltaré los perros. Los pobrecitos llevan días sin comer, así que, de verdad, no os lo aconsejo. Y en el improbable caso de que mis perros no acaben con vosotros, mis hombres de élite lo harán. Por último, aquí está la División, que cuenta con un poco de artillería… Sus armas acabarán con cualquier cosa que encuentren por el camino, incluidos vosotros. Así que es mejor que no intentéis ninguna heroicidad, o sufriréis las consecuencias. ¿Lo habéis entendido?

Hubo otro silencio, y después volvió a hablar, esta vez con voz más estridente e imperiosa:

—Will, quiero que me des tu palabra de que puedo acercarme con seguridad.

Él dejó de intentar ver nada por encima de la cuesta y se dejó caer tras el enorme menhir. Tenía la sensación de que incluso allí podía verlo Rebecca, como si en vez de una roca fuera sólo un panel de cristal.

Le corrió un sudor gélido por la espalda, y se dio cuenta de que le temblaban las manos. Cerró los ojos y, dándose cabezazos contra la roca que tenía detrás, gimió:

—No, no, no…

¿Cómo podía haber salido todo tan mal? Habían ido muy bien hacia las Ciénagas, y tenían tantas opciones donde elegir que no supieron acertar. Ahora se hallaban en aquella situación espantosa, rodeados y con un enorme agujero detrás. ¿Cómo podían haberse metido en la boca del lobo?

Y tenían allí a Rebecca, alguien tan despiadado y brutal, que además lo conocía a él tan bien como la palma de su mano.

No tenía ni idea de qué podían hacer para salir de aquella situación. Le dirigió una mirada a Elliott, pero ella estaba discutiendo con Chester. Will no pudo entender nada de lo que hablaban. Pero ante sus ojos pareció que llegaban a un acuerdo, y concluyó su disputa. Rápidamente, Elliott se quitó la mochila y empezó a hurgar en ella.

—¡Eh, cara de topo! —gritó Rebecca—. Estoy esperando tu respuesta.

—¡Elliott! —le dijo Will de manera apremiante—, ¿qué hago?

—Tienes que ganar tiempo. Habla con ella —le dijo Elliott, desplegando un trozo de cuerda y sin levantar la vista.

Animado al ver que Elliott se decidía a pasar a la acción, Will respiró hondo varias veces y asomó la cabeza por el borde de la roca:

—¡Sí, vale! —le gritó a Rebecca.

—¡Ése es mi niño! —respondió la chica con alegría—. Sabía que dirías que sí.

Durante los segundos siguientes, no volvieron a oír a Rebecca. Elliott y Chester se ataron la cuerda y después él lanzó el otro extremo a Will, mientras Elliott se volvía a poner detrás del rifle.

Will lo cogió y se encogió de hombros mirando a Chester, que le respondió con el mismo gesto. A Will sólo se lo ocurrió pensar que, como última salida, Elliott había decidido que bajaran por la pared del Poro. No veía que hubiera otro camino de salida. Se volvió hacia Cal. Su hermano lloriqueaba en silencio, escondiendo la cara en el cuello de *Bartleby*, al que tenía apretado contra su pecho. El niño estaba destrozado, y Will no se lo podía echar en cara. Aseguró la cuerda a su alrededor, y después se la ató a Cal a la cintura. Su hermano se lo permitió sin hacer preguntas.

Will dirigió la vista al Poro. Era la única salida. Pero a menos que Elliott supiera algo que él no sabía, ésa no parecía una buena solución. ¿Qué sería lo que ella tenía en mente? Él había visto que no había más que una pared lisa y cortada en vertical, sin nada a lo que agarrarse. Algo totalmente desalentador.

Will oyó a Rebecca silbar en la oscuridad mientras se acercaba.

—«*You are my sunshine*» —murmuró él, reconociendo la música enseguida—. ¡Cómo odio esa canción!

Cuando volvió a hablar, ella se encontraba ya bastante más cerca, tal vez a unos treinta metros.

—Bueno, no me voy a acercar más.

Unos enormes reflectores lanzaron su luz desde más atrás.

—¡Mierda! ¡No puedo ver nada! —exclamó Elliott levantando la cabeza del rifle al dar la luz en la mira. Cerró los ojos varias veces como para recobrarse del resplandor—. ¡Esto es maravilloso! —dijo furiosa—. ¡Ahora no puedo establecer la posición de nada!

Los cegadores haces de luz barrían la zona en que se escondían Will y los demás, proyectando tras ellos negras sombras, largas como cuchillos.

Will asomó la cabeza un poco más. Había tenido que apagar el artilugio ocular para no estropearlo, y la extraordinaria intensidad de la luz le impedía ver con claridad, aunque algo habría podido hacer. Desde luego, aquella chica tenía todo el aspecto de Rebecca. Estaba en pie, en campo abierto, entre dos menhires. Will se echó atrás y miró a Elliott, que estaba todavía tendida boca abajo, con una gran variedad de explosivos y cócteles en el suelo a su alcance; en ese momento corrigió la posición de los brazos, y daba la impresión de que estaba a punto de disparar sobre la silueta, incluso sin contar con la mira.

—No hagas eso, no le dispares —le rogó Will en un susurro—. ¡Los perros!

Elliott no respondió ni separó la cabeza del rifle.

—¡Will! ¡Tengo una sorpresita para ti! —gritó Rebecca. Antes de que terminara de decirlo, como si fuera ventrílocua, la chica también dijo—; ¡Una estupenda sorpresa!

Will frunció el ceño y no pudo evitar echar otra mirada.

—Te presento a mi hermana gemela —anunció la voz de Rebecca. O, más bien, lo anunciaron dos voces a la vez.

—¡Cuidado! —advirtió Elliott al ver que Will se ponía en pie y asomaba demasiado lo cabeza.

Ante sus ojos, la solitaria silueta se dividió en dos, y vio que una segunda persona había permanecido oculta detrás de la primera. Las dos figuras se miraron, y Will distinguió dos perfiles idénticos, como una cara frente a un espejo.

—¡No! —gritó con voz ahogada, sin podérselo creer. Retrocedió un poco, pero volvió a asomarse.

—Es una noticia bomba, ¿no, hermanito? —gritó la Rebecca de la izquierda.

—Todo el tiempo hemos sido dos, totalmente intercambiables —dijo la Rebecca de la derecha, riéndose como una joven bruja.

Los ojos no le engañaban: eran dos… ¡Dos Rebeccas, una al lado de la otra!

¿Cómo podía ser?

Tras la sorpresa inicial, pensó que tenía que tratarse de un truco, una ilusión del tipo que fuera, o tal vez una segunda persona con una máscara puesta. Pero después comprendió que no podía haber error, porque al ver moverse a las gemelas y oír sus voces, vio que eran absolutamente idénticas.

Siguieron hablando en sucesión tan rápida que Will no sabía cuál de las dos hablaba en cada momento.

—Tu peor pesadilla: en vez de una fastidiosa hermanita, tienes dos. ¿Qué te parece?

—Si no, ¿cómo íbamos a trabajar cuando una de nosotras tenía que estar en la Superficie todo el tiempo?

—Nos turnábamos para cuidarte.

—Una cada vez, haciendo turnos durante todos estos años.

—Las dos te conocemos tan bien...

—Las dos te hemos preparado esa asquerosa comida...

—Las dos te hemos recogido la ropa sucia...

—Las dos te hemos lavado tus apestosos calzoncillos...

—¡Pero qué guarro! —dijo con sorna una de ellas.

—Y las dos te escuchábamos lloriquear en sueños, llamando a tu mamá...

—... Lo que pasa es que a tu mamá le traía sin cuidado...

Pese a la gravedad de la situación en que se hallaba, Will se quería morir de vergüenza. Ya hubiera sido completamente espantoso si hubiera habido una sola Rebecca diciendo aquellas cosas, pero dos, dos hermanitas que conocían hasta la más leve intimidad que podía conocerse sobre él, y lo que era peor, dos hermanitas que discutían sobre ello, la una con la otra... eso era más de lo que podía soportar.

—¡Cállate, cerda asquerosa! —gritó.

—¡Oooh, pero qué susceptible! —se burló una de ellas.

De repente, Will se sintió transportado a la época en que vivía en su casa, en Highfield, y recordó cómo eran las cosas hasta el día en que desapareció su padre adoptivo. Él y su hermana estaban continuamente discutiendo por las cosas más tontas. La situación actual se parecía tanto a una de sus peleas, cuando ella le tomaba el pelo con sus interminables y certeras pullas. El resultado era siempre el mismo: él se ponía hecho un furia, y ella se apartaba un poco para seguirse regodeando, con mirada petulante.

—Querrás decir «cerdas asquerosas» —corrigió la Rebecca de la derecha, con una ese sibilante, mientras la otra continuaba picándolo:

—Pero su mamá no tenía tiempo para el pequeño Will... Él no venía en la programación de la tele...

—No era un programa de esos que no te puedes perder. Dos carcajadas.

—¡Qué penita de niño! —exclamó una de las gemelas.

—El patito feo que se puso a cavar agujeros, siempre solito.

—Cavaba para que lo quisiera su papá —dijo la otra con desprecio, y las dos se partieron de risa.

Will cerró los ojos: era como si le estuvieran clavando algo en plena cabeza, escogiendo y exponiendo con toda crueldad sus miedos y secretos más ocultos. No dejaban nada: las gemelas lo sacaban todo a relucir para que todos lo oyeran.

Entonces habló la gemela de la izquierda con voz muy seria:

—Pero lo que queríamos deciros, a ti y a ese burro que se llama Chester, es que muy pronto no habrá ya ninguna casa a la que regresar.

—Ya no habrá Seres de la Superficie —dijo la segunda gemela con alegre voz de pájaro.

—Bueno, no tantos —la corrigió la primera con voz cantarina.

—¿Qué están diciendo? —preguntó Chester. Sudaba abundantemente, y tenía la cara lívida bajo las manchas de tierra.

Will ya había tenido bastante.

—¡Mierda! ¡Son todo sucias mentiras! —gritó. El cuerpo le temblaba de miedo y de rabia.

—Ya lo visteis, hemos estado muy atareados en la Ciudad Eterna —dijo una de las gemelas—. La División lleva años buscando por allí.

—Y al final han aislado el virus exacto que andábamos buscando. Nuestros científicos cumplieron su misión, y aquí tenéis el fruto de todo su trabajo.

Ante los ojos de Will, la gemela de la izquierda sacó algo que llevaba colgado al cuello y lo levantó. Brilló al ser iluminado por la luz de uno de los reflectores. Parecía una pequeña ampolla de cristal, pero Will no podía estar seguro a aquella distancia.

—Esto es la flor y nata... Genocidio embotellado... El papá de todas las pandemias desde hace siglos. Lo hemos llamado *Dominion*.

—*Dominion* —repitió la otra.

—La romperemos en la Superficie y...

—... y después la Colonia reclamará la tierra que le corresponde.

La gemela que tenía la ampolla se la presentó a su hermana como si estuviera proponiendo un brindis.

—Por un nuevo Londres.

—Por un nuevo mundo —añadió la otra.

—Sí; por el mundo.

—¡No os creo, cerdas! ¡No son más que sucias patrañas! —exclamó Will entre dientes—. ¡Estáis mintiendo!

—¿Para qué íbamos a tomarnos la molestia? —refutó la gemela de la derecha, levantando una segunda ampolla—. ¿Ves esto...? Tenemos también la vacuna, compañero. Mientras que vosotros los Seres de la Superficie no podréis producirla a tiempo. Todo el país quedará afectado, y a disposición del que lo quiera conquistar.

—Y no te creas que estamos aquí abajo sólo por ti.

—No, estamos haciendo un poco de limpieza general en las Profundidades, eliminando viejos renegados y traidores a la causa.

—Y también estamos haciendo algunas pruebas finales con *Dominion*, pero eso ya lo han visto por sí mismos algunos de tus nuevos amigos.

—Pregúntale a esa vagabunda, Elliott.

Al oír su nombre, Elliott levantó la cabeza del rifle.

—El Búnker —le dijo a Will sin pronunciar las palabras, sólo moviendo la boca, recordando las celdas selladas que se había encontrado yendo con Cal.

Will pensaba con celeridad. Sabía que Rebecca, o las Rebeccas, como tenía que hacer el esfuerzo de recordar, eran capaces de la más abyecta crueldad. ¿Podía ser cierto? ¿Sería verdad que tenían una plaga en su poder? Sus pensamientos se vieron interrumpidos cuando ellas volvieron a hablar.

—Vamos a lo que nos concierne, hermanito —dijo la Rebecca de la izquierda—. Vamos a hacerte una oferta increíble.

—Pero antes tenemos que volver —añadió la otra.

Will vio a la doble hermana girarse con delicadeza sobre las puntas de los pies y empezar a subir la cuesta con idéntica ligereza.

—Podría darle a una… —susurró Elliott. Se había vuelto a colocar en el rifle.

—¡No, espera! —le suplicó Will.

—… pero no a las dos —terminó de decir Elliott.

—No, eso sólo empeoraría las cosas. Vamos a oír lo que proponen —rogó Will. Se le heló la sangre al imaginarse a la jauría de perros de presa bajando la cuesta hacia ellos cuatro, y desgarrándolos miembro por miembro como si fueran el zorro de una cacería. Mientras veía las dos figuras que se perdían de vista entre los menhires, se negaba a abandonar toda esperanza. No podía aceptar que aquél fuera el fin de los cuatro.

Pero ¿qué más tramaban las hermanas? ¿Cuál sería esa oferta que tenían que hacerle?

Sabía que no tendría que esperar mucho para enterarse. Y, efectivamente, las gemelas volvieron a gritarle en rápida alternancia:

—A tu alrededor la gente tiene la costumbre de morirse, ¿verdad?

—Como ese vividor, el tío Tam, al que nuestros hombres hicieron trizas.

—Y ese bufón gordito, Imago. Me dijo un pececito que bebió más de la cuenta…

—… pero ahora es un muerto muy sobrio —apuntó la otra gemela.

—Por cierto, ¿te has tropezado ya con tu madre real? Sarah está por aquí abajo y te anda buscando.

—No sé quién le habrá metido en la cabeza que tú tienes la culpa de la muerte de Tam, y...

—¡No! ¡Ya sabe que eso no es cierto! —gritó Will con voz quebrada.

Por un instante las gemelas se quedaron calladas, como si no se lo esperaran.

—Bueno, no se nos volverá a escapar —prometió una de las gemelas, cuya voz ya no sonaba tan llena de confianza.

—No, desde luego que no. Y ya que estamos de reunión familiar, hermanita, ¿por qué no le hablamos de la abuelita Macaulay? —sugirió la otra en tono severo; no parecía nada desconcertada por la intervención de Will.

—¡Ay, sí, se me olvidaba la abuelita! Se murió —respondió la otra sin rodeos—. De causa no natural.

—La hemos echado en los campos de *Boletus edulis*. —Tanto una como la otra echaron una risotada horrible mientras Will oía murmurar algo a Cal, que seguía con la cara apretada contra *Bartleby*.

—No —dijo Will con la voz ronca, sin atreverse a mirar el efecto que aquellas palabras producían en su hermano—. Eso no es verdad —añadió débilmente—. Están mintiendo. —Entonces, en un grito angustiado, les preguntó—: ¿Por qué hacéis todo eso? ¿No me podéis dejar en paz?

—Lo sentimos, pero no, la verdad es que no podemos —respondió una.

—Ojo por ojo —añadió la otra.

—Por pura curiosidad: ¿por qué disparasteis a aquel trampero al que estábamos interrogando en la Llanura Grande? —prosiguió de inmediato una de las gemelas—. Porque fuiste tú, Elliott, ¿verdad?

—¿No lo confundiríais con Drake, supongo? —preguntó la otra antes de lanzar una potente risotada—. Eres de gatillo fácil, ¿no, Elliott?

Al oír esto, Will y Elliott se miraron desconcertados, y ella gesticuló un «¡Oh, no!»

—Y en cuanto a ese cabra loca del doctor Burrows, le hemos dejado que se entretenga por ahí...

Will se puso tenso al oír el apellido de su padre adoptivo, y el corazón le dio un vuelco.

—Sí, como el cebo de una trampa...

—Y ni siquiera hemos tenido que acabar con él...

—... porque él ha hecho ese trabajo por nosotros.

Las agudas risitas de las gemelas resonaron en las oscuras piedras.

—No, mi padre no... —susurró Will, negando con la cabeza al tiempo que se escondía tras el menhir. Se deslizó por la rugosa superficie de la roca hasta quedarse sentado, desplomado, con la cabeza gacha.

—Pero, bueno, a lo que vamos, esto es lo que tenemos que ofrecer... —gritó una de las gemelas con la voz muy seria.

—Si quieres que vivan tus amigos del alma...

—Entonces, entrégate.

—Y seremos indulgentes con ellos —añadió su hermana.

¡Lo utilizaban de juguete! Era como si jugaran un juego infantil, sólo que torturando de verdad.

Siguieron hablando en tono persuasivo, diciéndole que su rendición ayudaría a sus amigos. Will oía lo que decían las Rebeccas, pero no era más que ruido para él, como si ya no pudiera entender el significado de las palabras.

Como si hubiera descendido sobre él una densa niebla. Ya no podía hacer más que quedarse sentado, apuntalando el menhir. Miró el suelo a su alrededor, cogió con desgana un puñado de tierra, y la apretó dentro del puño. Al levantar la cabeza, sus ojos encontraron el rostro de Cal, por cuyas mejillas caían abundantes lágrimas.

Will no tenía ni idea de qué decirle. Ni siquiera podía empezar a explicar lo que él mismo sentía por la muerte de la abuela Macaulay, de forma que volvió la cabeza en la dirección opuesta. Al hacerlo vio que Elliott había abandonado su posición tras el menhir. Reptando como una serpiente, atravesaba el arco y se acercaba al borde del Poro, hacia el primero de los escalones de piedra que no llevaban a ningún lado. Unido a Elliott por la cuerda, Chester había empezado el mismo recorrido y no estaba muy lejos de ella.

Intentando recobrarse, Will tiró la tierra que tenía en la mano. Volvió a mirar a Chester. Sabía que debía seguirlo, pero no podía: no podía moverse. Estaba sumergido en un torbellino de indecisiones. ¿Debería dar la partida por perdida, y simplemente entregarse? ¿Sacrificarse en un intento de salvar la vida de su hermano, de Chester y de Elliott? Era lo menos que podía hacer… Al fin y al cabo, él era el que los había metido en aquel embrollo. Y si no se rendía, seguramente todos estaban sentenciados.

—Entonces, ¿qué decides, hermanito? —le empujó una de las Rebeccas—. ¿Vas a elegir bien?

Elliott estaba ya completamente oculta en el tramo de escalera, pero evidentemente estaba oyendo todo lo que decían las gemelas.

—No, Will. Eso no va a servir de nada —le dijo.

—¡Estamos esperando! —gritó la otra Rebecca, que había perdido por completo las ganas de reírse—. ¡Te damos diez segundos, tú verás! —Empezaron la cuenta atrás, en la que las voces de las hermanas se alternaban para anunciar cada segundo.

—¡Diez!

—¡Nueve!

—¡Dios mío! —murmuró Will, volviendo a mirar a Cal.

—¡Ocho!

Con el cuerpo sacudido por los sollozos, el niño le decía a su hemano algo incomprensible, y Will no era capaz de responderle más que negando con la cabeza.

—¡Siete!

Tras ellos, en el borde del Poro, Elliott los apremiaba para que se pusieran en movimiento.

—¡Seis!

Al comienzo de la escalera, Chester le decía algo muy rápidamente.

—¡Cinco!

—¡Vamos, Will! —le espetó Elliott, asomando por momentos la cabeza sobre el borde del Poro.

—¡Cuatro!

Todo resultó confuso cuando todos intentaron hablarle al mismo tiempo, y en medio de aquel barullo Will sólo lograba oír los segundos que iban anunciando con frialdad las gemelas, acercándose al final de la cuenta atrás.

—¡Tres!

—¡Will! —gritó Chester, tirando de la cuerda en un intento de obligarle a acercarse.

—¡Dos!

Will se levantó tambaleándose.

—¡Uno!

—¡Cero! —dijeron las dos hermanas al mismo tiempo.

—Se te ha acabado el tiempo.

—Ya no hay trato.

—¡Te puedes ir apuntando más muertes innecesarias, Will!

Todo lo que ocurrió después dio la impresión de que tenía lugar en milésimas de segundo.

Will oyó gritar a Cal, y se volvió hacia él.

—¡No! ¡Esperad! —gritaba su hermano—. ¡Quiero irme a casa!

Salió de repente de detrás del menhir, agitando los brazos, a plena vista de los styx y bañado por la luz de los reflectores. A plena línea de fuego.

En ese preciso instante, se oyeron los disparos de múltiples rifles que provenían de todos los puntos de la cima de la cuesta. Fueron tantos disparos en un espacio tan corto de tiempo que sonaron como un redoble de tambor.

La descarga cayó sobre todo el cuerpo de Cal con precisión mortal. No tuvo ni la más remota posibilidad. Como golpeado por una mano invisible, los disparos lo derribaron, dejando en el aire, detrás de él, por un instante, un reguero rojo.

Will no pudo hacer nada más que mirar mientras su hermano caía al borde del Poro con brazos y piernas en desorden, como una marioneta a la que le han cortado todas las cuerdas. Fue como si ocurriera en una espeluznante cámara lenta: Will pudo ver hasta los más pequeños detalles de la caída, tales como el impulso hacia arriba del brazo de su hermano al golpear en el húmedo suelo, que fue como el rebote de un objeto de goma inanimado, y también el hecho de que sólo llevaba puesto un calcetín. Debía de haberse vestido tan deprisa que se le había olvidado ponerse el otro: eso pensó Will en algún remoto rincón del cerebro.

Después el cuerpo cayó por el borde del precipicio. La cuerda que Will llevaba atada a la cintura se tensó completamente, y esa repentina tensión tiró de él y le obligó a dar varios pasos.

Bartleby, que había aguardado obediente donde lo había dejado Cal, puso en movimiento las patas y arrancó a correr tras su amo, perdiéndose de vista al otro lado del borde del Poro. La fuerza con que la cuerda tiraba de Will aumentó, y comprendió que el gato debía de haberse subido al cuerpo de Cal.

Will resultaba parcialmente visible a los tiradores styx, y las balas pasaron silbando por delante de los reflectores, que enfocaban hacia atrás y hacia delante con un movimiento tan rápido que producía un efecto estroboscópico. Las balas caían a su alrededor como una lluvia de metal, aullando en el aire, rebotando en los menhires y levantando puñados de tierra a sus pies.

Pero Will no hizo intento alguno de ocultarse. Se apretó las sienes con las manos, chilló con todo el aire de sus pulmones hasta que no le quedó por emitir más que un bronco graznido. Tragó más aire y volvió a chillar, sólo que esta vez podía oírse, si no muy bien, la palabra «¡basta!».

Los Limitadores habían dejado de disparar y, a su vez, Chester y Elliott habían dejado de gritar para llamar su atención.

Will se balanceó sin moverse del sitio. Estaba aturdido, olvidado de la cuerda que le mordía la cintura, haciéndole tambalearse al tirar de él.

Pero él no sentía nada.

Cal estaba muerto.

Esta vez no había dudas en la mente de Will. Podría haber salvado la vida de su hermano si se hubiera rendido a las gemelas.

Pero no lo había hecho.

Ya una vez había pensado que Cal se había ido para siempre, sólo que después Drake había obrado un milagro y lo había resucitado. Pero esta vez no podía haber indultos, nada de finales felices. Ya no.

Will se sintió aplastado por el intolerable peso de su responsabilidad en lo ocurrido. Él, y sólo él, era el responsable de tantas vidas destruidas. Veía las caras: la del tío Tam; la de la abuela Macaulay... Gente que lo había dado todo por él, gente a la que él quería.

Y no pudo evitar pensar que había perdido para siempre a su padre adoptivo, el doctor Burrows. No volvería a verlo: ya no. El sueño de Will había acabado.

La tregua llegó a su final de repente, cuando los Limitadores volvieron a abrir fuego con una descarga aún más violenta que la anterior, y Chester y Elliott volvieron a gritar presas del pánico, intentando que Will fuera hacia ellos.

Pero, como si hubieran quitado el sonido, Will no oía nada a su alrededor. Sus ojos vidriosos encontraron el rostro afligido y desesperado de Chester, del que no le separaban ni siquiera unos metros. Su amigo le gritaba con toda la potencia de sus pulmones, pero eso no hacía mella en Will. Le habían quitado hasta la amistad de Chester.

Todo aquello en lo que se sostenía, todas las cosas seguras que apuntalaban su insegura vida, se las habían quitado a golpes, una tras otra.

Y el cerebro le ardía con la horrenda y vívida imagen de la muerte de su hermano: esto último emborronaba todo lo demás.

—Basta —dijo, esta vez sin gritar.

Cal había perdido la vida por su culpa.

No había remedio, ni margen para excusas, ni tregua para el sentimiento de culpa.

Will sabía que debería ser él el que estuviera allí tirado, atravesado por un montón de agujeros, él y no su hermano.

Era como si algo se extendiera por su mente, haciéndola crujir e hincharse de un lado a otro, hasta que estaba a punto de romperse en pequeños pedazos que nunca más volverían a ocupar su sitio.

Hizo todo lo posible por aguantar de pie mientras el peso del cadáver de Cal tiraba de él. Los Limitadores seguían disparándole, pero era como si él no estuviera allí, y ya nada le importaba.

Chester estaba agachado en el peldaño superior. Seguía gesticulando y gritándole. Pero ni gestos ni gritos llegaban hasta Will.

Nada de todo aquello llegaba a él.

Avanzó hacia el Poro con un único paso muy rígido, permitiendo que el peso lo arrastrara.

Chester se dirigía hacia él, tendiéndole la mano y gritando su nombre con voz ronca.

Will levantó la vista y lo miró como si lo viera por primera vez.

—¡Lo siento mucho, Will! —gritó Chester, y de pronto su voz se volvió extrañamente tranquila al notar que su amigo le estaba escuchando—. Ven aquí. El mundo no se acaba.

—¿No se acaba? —preguntó Will.

Pese a la espantosa situación en que se hallaban, durante un segundo parecía que estaban aislados del horror que los rodeaba. Chester asintió con la cabeza y le sonrió brevemente en respuesta.

—No, y nosotros tampoco —respondió—. Lo siento. —Se disculpaba por el modo cruel en que había estado tratando a

Will, comprendiendo que tenía parte de culpa del abatimiento de su amigo.

Un diminuto germen de esperanza renació en él.

Seguía teniendo a su amigo. Por lo tanto, no todo estaba perdido. Saldrían de aquélla como fuera.

Will dio otro paso, alargando la mano hacia Chester.

Dio más pasos, más y más rápido, acortando la distancia entre ellos, hasta que ya no usaba las piernas, porque la cuerda lo hacía por él. Al borde del Poro, estaba a punto de cogerle la mano a Chester.

Desde lo alto de la cuesta, las Rebeccas gritaron a la vez:

—¡Al infierno con él!

—¡Abrid fuego!

La artillería a la que se habían referido antes empezó a funcionar. Los Limitadores lanzaron enormes proyectiles que giraban como bolas de fuego hacia el punto en que se encontraba Will, en el borde del Poro, dejando tras ellos una estela roja. Toda la cuesta quedó iluminada por aquella luz abrasadora que producía un ruido ensordecedor.

Los proyectiles impactaban, partiendo los menhires que se encontraban en el camino y arrancando enormes cortinas de tierra. Uno de ellos pegó en la zona enlosada y derribó la única columna que quedaba en pie y levantó las losas igual que un soplo de viento levanta los naipes de una baraja.

Las explosiones le hicieron perder el conocimiento a Will y lo impulsaron hacia delante. Se fue derecho hacia la impenetrable oscuridad, por encima de la cabeza de su amigo.

Si hubiera estado consciente, habría visto los brazos y las piernas de Chester agitarse intentando agarrarse a lo que pudiera en un intento desesperado de no ser arrastrado por la cuerda que le unía a Will.

Y también habría oído los gritos de Elliott cuando, también ella, cayó al Poro tras Chester.

Si Will hubiera conservado la conciencia, habría sentido el aire oscuro que le daba en la cara mientras él caía en picado, acompañado por el cadáver de su hermano, que iba delante, y por los otros dos, que gritaban despavoridos detrás de él. Y le habrían aterrado los grandes restos de piedra de los menhires partidos que caían a su alrededor.

Pero no podía pensar, en su mente no había más que una nada negra idéntica a aquella por la que estaba cayendo.

Bajaba en caída libre. Los oídos le dolían muchísimo, y a veces, al alcanzar la velocidad máxima, el empuje del aire era tal que apenas podía respirar.

En algún momento chocó con Elliott, con Chester, e incluso con el cuerpo flácido de Cal. La cuerda se enrollaba alrededor de sus torsos y extremidades, atándolos de forma azarosa, y se desenrollaba dejándolos separarse, como si estuvieran en un macabro ballet aéreo. Así siguió él la mayor parte del tiempo, cayendo por el negro vacío, pero de vez en cuando la trayectoria le acercaba a una pared del aparentemente interminable Poro, donde chocaba contra la implacable piedra, o bien, de forma inexplicable, golpeaba otro material más blando, que de encontrarse consciente le habría sorprendido muchísimo.

Pero después de su desmayo, era inconsciente de todo aquello. Se encontraba en un estado en el que no había preocupaciones.

Si su mente no hubiera estado desconectada de todo aquello, de toda sensación física, habría notado que, aunque continuaba cayendo por el vacío, la velocidad de descenso se aminoraba.

Al principio el cambio fue casi imperceptible, pero después siguió cayendo cada vez más despacio, más despacio, más despacio...

52

Al ver los reflectores de los styx, Drake no quiso arriesgarse a recorrer a pie la distancia final. En vez de eso, llevó a Sarah a un punto equidistante entre los Limitadores y el lugar, al fondo de la cuesta, donde Elliott y los muchachos habían quedado acorralados.

Mientras Drake se colocaba en cuclillas tras un menhir, Sarah simplemente se tendía allí. Estaba demasiado agotada como para hacer otra cosa que escuchar. Con la cabeza apoyada en una piedra y la ropa empapada y pegada al cuerpo con su propia sangre, escuchó parte de la conversación entre las dos gemelas y Will. El hecho de que hubiera en realidad dos Rebeccas no la impresionó demasiado. Había oído en la Colonia muchos rumores de que los styx hacían escarceos en la eugenesia, en la manipulación genética para la mejora de su raza: otra leyenda que veía confirmada. Debería haber caído en la cuenta de que había dos Rebeccas cuando la del tren dijo que había estado aquella misma mañana en un hospital de la Superficie: la niña styx le había dicho la verdad.

Allí tendida, oyó cómo las gemelas se burlaban de Will, y después escuchó su amenaza de matar a los Seres de la Superficie mediante el *Dominion*.

—¿Lo has oído? —le preguntó Drake en un susurro.

—Sí —contestó ella, moviendo la cabeza afirmativamente, con tristeza, en la oscuridad.

Los gritos de la conversación le llegaban como si se encontrara en el fondo de un pozo profundo, entre resonancias y distorsiones, y a menudo demasiado confusos para entenderlos bien. Pero pese al estado deteriorado en que se encontraba, una parte de su cerebro retenía lo bastante bien para poder procesar, aunque fuera lentamente, los fragmentos que oía.

Oyó mencionar su nombre, y lo que decían las gemelas sobre la muerte de Tam y de la abuela Macaulay. El cuerpo de Sarah se tensó de furia. Los styx estaban aniquilando a todos los miembros de su familia, uno por uno. Después oyó la amenaza de matar a Will, a Cal y a los demás.

—¡Tienes que ayudarles! —le dijo a Drake.

Él le dirigió una mirada de impotencia:

—¿Qué puedo hacer yo? Son muchísimos, y sólo traje cócteles. Ellos son todo un ejército.

—¡Pero tienes que hacer algo! —le exhortó.

—¿Qué propones? ¿Que les tire piedras? —preguntó él, con voz temblorosa a causa de la angustia.

Pero Sarah tenía al menos que intentar ayudar a sus hijos. Sin que se diera cuenta Drake, que seguía mirando lo que ocurría tras el menhir, empezó a arrastrarse por el suelo. Estaba decidida a llegar donde se encontraban Cal y Will, aunque tuviera que detenerse para descansar cada pocos metros.

Tenía la visión afectada, lo cual hacía que todo resultara borroso y desenfocado, pero perseveró, levantando la temblorosa cabeza y mirando por un ojo casi completamente cerrado los reflectores que lanzaban su luz cuesta abajo.

Oyó la cuenta atrás de las gemelas, y los gritos de desesperación que provenían del final de la cuesta.

Vislumbró una pequeña figura que avanzaba hacia el haz de luz. Supo por intuición materna que se trataba de Cal. El corazón le palpitó con toda la fuerza que cabía en su debilidad. Alargó una mano hacia donde él estaba, tan lejos de ella. Lo vio agitar los brazos con frenesí y oyó sus gritos de desesperación.

Entonces le dispararon.

Lo vio morir. Dejó caer la mano al suelo.

Hubo terribles gritos, después un estrépito insoportable, y el aire se llenó de lo que a su aturdida cabeza le parecieron cometas llameantes. El suelo tembló como ella nunca lo había visto temblar, como si la caverna entera se estuviera derrumbando. Entonces cesaron la luz y el ruido, y en su lugar sólo quedó una espantosa quietud.

Había llegado demasiado tarde. Seguramente era demasiado tarde para todos. Hubiera querido llamar a Cal, pero no le había dado tiempo.

Lloró lágrimas llenas de polvo.

Comprendió lo estúpida que había sido. Nunca debería haber dudado de Will. Los styx la habían intentado engañar para hacerle cometer el error más grande de toda su inútil y penosa vida. Habían convencido a la abuela Macaulay de la culpabilidad de Will. La pobre anciana, embaucada, había creído sus mentiras.

Ahora le resultaba a Sarah completamente evidente que los styx estaban acabando con todo. Ésas eran sus maneras. Y, por supuesto, en cuanto ella hubiera servido a sus propósitos, la habrían eliminado.

¿Por qué no había hecho caso de su propio instinto? Debería haberse quitado la vida en la excavación de Highfield. Había intuido lo equivocada que estaba al bajar la navaja que tenía puesta en la garganta y permitir que aquella pequeña serpiente la convenciera de trabajar con los styx. A partir de aquel momento de debilidad, Sarah había sido utilizada, sin darse cuenta, para cazar a sus propios hijos. Una pieza más del engranaje del gran proyecto de los styx. Nunca podría perdonárselo a los styx, ni tampoco a sí misma.

Cerró los ojos, notando las fuertes palpitaciones del corazón. Era como si tuviera un animal dentro de su caja torácica.

Puede que fuera mejor así, y que todo terminara allí mismo.

Abrió sus ojos nublados.

¡No!

No podía permitirse el lujo de morir, todavía no. No mientras quedara la más remota posibilidad de hacer algo.

Conservó una brizna de esperanza de que Will siguiera vivo y ella pudiera llegar hasta él, porque no le había visto morir bajo las balas como a su hermano. Pero era muy improbable que hubiera sobrevivido a las explosiones, y aun en el caso de que siguiera vivo y ella lograra llegar hasta él, ¿de qué iba a servirle? Aquellos pensamientos y dudas le aguijoneaban el cerebro como espuelas, produciéndole más dolor que las heridas del cuerpo, pero al mismo tiempo estimulándola a seguir.

Utilizando los brazos, se arrastró hacia el lugar en que había quedado atrapado Will, pero cada movimiento le costaba más esfuerzo que el anterior, como si tratara de avanzar a través de melaza. Pero no se detuvo. Había recorrido varios cientos de metros cuando volvió a perder el conocimiento.

Despertó después, sin saber cuánto tiempo había permanecido inconsciente. No vio rastro de Drake pero oyó voces cercanas. Levantó la cabeza y vio a las dos gemelas. Estaban dando órdenes a un grupo de Limitadores que se encontraba en el mismo borde del Poro.

Comprendió que era demasiado tarde para salvar a Will. Pero, aun en el estado en que se encontraba, ¿podía hacer algo? ¿Podía vengar a Tam, a su madre y a sus hijos?

¡Dominion!

Sí, algo podía hacer. Estaba convencida de que una o ambas Rebeccas aún tenían las ampollas de *Dominion* en su poder. Y había visto lo importante que era el virus en su plan.

¡Sí!

Entonces comprendió lo que tenía que hacer. Si lograba obstaculizar los planes de los styx, y tal vez de paso salvar vidas de Seres de la Superficie, eso justificaría su existencia. Había dudado de su propio hijo, se había equivocado en tantas cosas… Ya era hora de que hiciera algo bien.

Apoyándose en el lateral de un menhir roto, consiguió ponerse en pie. Notaba en la cabeza los irregulares latidos del corazón, tan potentes como los golpes de un timbal. El paisaje se tambaleaba ante ella, que estaba allí de pie pero encorvada en la sombra, envuelta por un tipo de oscuridad diferente, una oscuridad a la que no afectaba la luz.

Las gemelas se encontraban al borde de un enorme agujero que había en el suelo, en el mismo punto en que, a menos que se equivocara completamente, había estado aquella columna solitaria. Las niñas styx miraban hacia el interior del Poro, señalando algo.

Haciendo un esfuerzo hercúleo, Sarah extrajo de su maltrecho cuerpo hasta la última gota de vida que le quedaba. Con los brazos extendidos, salió corriendo hacia las gemelas, recorriendo la distancia que la separaba de ellas con toda la rapidez que le permitía su cuerpo destrozado.

Vio una idéntica mirada de sorpresa en los dos rostros cuando se volvieron hacia ella, y oyó el mismo grito que ambas emitieron al caer con ella por el precipicio. No había hecho falta mucha fuerza para derribarlas, pero sí toda la que le quedaba a Sarah.

En sus últimos instantes de vida, Sarah sonreía.

53

En Humphrey House, la señora Burrows se hallaba sola en la sala de estar. Era bien pasada la medianoche y, una vez superado el dichoso virus, no había nada que le impidiera ver la televisión. Sin embargo, no estaba absorta en ninguno de sus culebrones: en la pantalla, ante ella, tenía unas imágenes en blanco y negro. Tal como había hecho ya muchas veces, paró la cinta, la rebobinó y la volvió a poner.

La grabación mostraba la puerta del área de recepción al abrirse de golpe y aparecer por ella una silueta. Pero antes de que esa silueta saliera de campo, había un instante en que se le podía ver la cara: la silueta miraba hacia arriba un momento y volvía a bajar el rostro apresuradamente, como si supiera que la cámara de seguridad la estaba filmando.

La señora Burrows congeló la imagen apretando con decisión un botón del mando a distancia, y se acercó a la televisión, inclinándose para ver mejor aquel rostro de ojos nerviosos y pelo revuelto. Tocó la pantalla, trazando en ella los rasgos faciales de la mujer, cuya imagen, paralizada entre dos fotogramas de la cinta, estaba corrida y borrosa, como la sombra de un fantasma.

—Para su deleite y entretenimiento, señoras y señores, la única e inimitable dama de la intriga: Kate O'Leary —murmuraba la señora Burrows entrecerrando los ojos y chasqueando varias veces la lengua en los dientes, sin dejar de examinar el rostro de Sarah—. Bien, señora Kate Comosellame, le comunico que no hay lugar en la Tierra en que pueda esconderse y donde yo no pueda encontrarla. —A continuación, se sumergió en sus pensamientos, silbando de forma desordenada y atonal, un hábito del doctor Burrows que ella, curiosamente, le había reprendido siempre—. Y lograré que me devuelvas a mi familia aunque sea lo último que haga.

Ululó una lechuza, y la señora Burrows se volvió hacia las ventanas, atisbando en la oscuridad de los jardines.

Al hacerlo, un hombre que llevaba visera y un largo sobretodo se apartó con cuidado de la ventana para que ella no lo pudiera ver. Era muy difícil que una mujer de la Superficie, con su pobre visión nocturna, acertara a descubrir a un hombre escondido en la oscuridad, pero no quería correr riesgos.

La lechuza echó a volar y pasó por entre los árboles, mientras el individuo de complexión recia aguardaba pacientemente antes de volver a su puesto de vigilancia, junto a la ventana.

Mientras aguardaba, otro hombre, desde una pequeña loma, a unos trescientos metros de distancia, lo enfocaba con una mira montada sobre un trípode y capaz de incrementar la luz.

—Te estoy viendo —dijo Drake, subiéndose el cuello de la chaqueta al levantarse un poco de viento. Haciendo otro pequeño ajuste en la rosca giratoria de la mira, para obtener un foco perfecto del hombre oculto en la sombra, murmuró a media voz—: ¿Quién espía al espía?

Desde una distancia de medio kilómetro, las luces largas de un coche incidieron por un instante en la parte trasera de Humphrey House. A aquella distancia no fue más que un pequeño destello, pero aumentado por la electrónica intensificadora de la luz de la mira, resultó lo bastante fuerte para obligar a Drake a cerrar los ojos. Interrumpido por sorpresa en su vigilancia, se llevó un susto. La luz le trajo el recuerdo de los arcos cegadores descritos por los proyectiles arrojados contra Elliott y los muchachos en el Poro, mientras él no podía hacer otra cosa más que mirar cómo se desarrollaban los espantosos acontecimientos.

Levantó los ojos de la mira y se irguió. Estiró la espalda, que ya le dolía, y fijó la mirada en las profundidades del cielo nocturno.

No, no había podido salvar a Elliott ni a los muchachos, pero iba a hacer todo lo que pudiera para detener a los styx. Si tenían la intención de recuperar los planes de usar el *Dominion*, se iban a llevar un chasco. Sacó el teléfono móvil que llevaba en el bolsillo y, retrocediendo hacia el Range Rover que estaba aparcado allí, marcó un número y aguardó a que contestaran.

En *Caída libre*, tercer libro de *Túneles*

—Chester —dijo Will, recuperándose en buena medida—, hay algo que tendrías que saber.

—¿Qué?

—¿No notas nada raro en este lugar? —preguntó Will, dirigiendo a su amigo una mirada de perplejidad.

Sin saber a qué se refería, Chester negó con la cabeza. Al hacerlo, el pelo rizado y engrasado de la cabeza se le fue a la cara, y un mechón se le metió en la boca. Se lo apartó inmediatamente con un gesto de disgusto y escupió varias veces.

—No, aparte de que esta cosa en la que estamos huele a demonios y sabe igual de mal.

—Tengo la impresión de que nos encontramos sobre un hongo increíblemente grande —siguió Will—. Hemos caído sobre una especie de saliente en la pared del Poro. He visto algo parecido en la tele: un hongo monstruoso que encontraron en Estados Unidos y que ocupaba más de mil kilómetros por debajo del suelo.

—¿Es eso lo que preg…?

—No —le interrumpió Will—. Lo interesante es esto. Mira atentamente.

Tenía la esfera de luz en la palma de la mano, y sin ningún esfuerzo la tiró al aire, de forma que se elevó cinco metros. Chester vio totalmente asombrado cómo volvía a bajar despacio hasta la mano de Will. Era como si presenciara la escena a cámara lenta.

—¡Eh!, ¿cómo has hecho eso?

—Prueba tú —respondió Will, pasándole la esfera—. Pero no la tires con mucha fuerza, o no la volverás a ver.

Chester hizo lo que le proponía Will y lanzó la esfera hacia arriba. Lo hizo con demasiada fuerza, y la esfera ascendió unos veinte metros, iluminando lo que parecía otra colonia de hongos por encima de ellos, antes de volver a caer lenta y misteriosamente, iluminándoles la cara, que levantaban hacia lo alto.

—¿Cómo…? —preguntó Chester casi sin voz y con los ojos como platos.

—¿No te sientes, eh… como… ligero? —preguntó Will, tardando en encontrar la palabra adecuada—. Hay poca gravedad. Calculo que más o menos un tercio de la que tenemos en la superficie —le informó apuntando con el dedo hacia el cielo—. Eso y el suave aterrizaje que hemos tenido explican tal vez por qué no nos hemos convertido en tortilla. Pero ten cuidado al moverte, o te saldrás de esta protuberancia y seguirás cayendo por el Poro.

—Poca gravedad —repitió Chester intentando asimilar lo que decía su amigo—. ¿Qué significa eso exactamente?

—Significa que hemos caído mucho.

Chester lo miró sin comprender, hasta que Will le dijo:

—¿No te has preguntado nunca cómo sería el centro de la Tierra?

Agradecimientos

Quisiéramos dar las gracias a Barry Cunningham, Rachel Hickman, Imogen Cooper, Mary Byrne, Elinor Bagenal, Ian Butterworth y Gemma Fletcher, de The Chicken House, por aguantar nuestros berrinches, y a Catherine Pellegrino, de Rogers, Coleridge & White, por prestarles atención.

Queremos agradecer en especial a Stuart Webb, escritor como nosotros, sus valiosas aportaciones, y a Mark Carnall, del Grant Museum of Zoology and Comparative Anatomy, el que nos haya corregido nociones sobre los insectos y bichos extinguidos. Gracias también a Katie Morrison y Cathrin Preece, de Colman Getty, que sostuvieron nuestra mano temblorosa.

Por último, nos gustaría dar las gracias a nuestras respectivas familias, que siguen esperando que salgamos a la Superficie. Un día de éstos…

Nota para entomólogos

Para evitar confusiones, queremos aclarar que el ácaro del polvo del doctor Burrows es un arácnido (o sea, un pariente de las arañas) y no un insecto. Pero es evidente que las condiciones evolutivas de las Profundidades han causado una serie de adaptaciones específicas: la llamada «vaca de cueva» posee tres pares de patas (cosa no infrecuente entre los ácaros), porque el cuarto par se ha convertido en lo que el doctor Burrows percibe como antenas o pinzas. Los autores pondrán todo el empeño en capturar un ejemplar para su posterior estudio, y sus hallazgos serán reseñados a su debido tiempo en www.deeperthebook.com. Muchas gracias.

DATE DUE
